国家社科重点项目成果

曾繁仁 主编

# 中国新时期文艺学史论

**图书在版编目(CIP)数据**

中国新时期文艺学史论/曾繁仁主编. —北京:北京大学出版社,2008.4
ISBN 978-7-301-13599-0

Ⅰ.中… Ⅱ.曾… Ⅲ.文艺学—文学史—研究—中国—当代 Ⅳ.209.7

中国版本图书馆 CIP 数据核字(2008)第 046343 号

**书 名:中国新时期文艺学史论**
著作责任者:曾繁仁 主编
责 任 编 辑:高秀芹
标 准 书 号:ISBN 978-7-301-13599-0/I·2032
出 版 发 行:北京大学出版社
地 址:北京市海淀区成府路 205 号 100871
网 址:http://www.pup.cn
电 子 邮 箱:pw@pup.pku.edu.cn
电 话:邮购部 62752015 发行部 62750672 编辑部 62750112
出版部 62754962
印 刷 者:三河市欣欣印刷有限公司
经 销 者:新华书店
730 毫米×980 毫米 16 开本 25.75 印张 495 千字
2008 年 4 月第 1 版 2008 年 4 月第 1 次印刷
定 价:46.00 元

---

# 目　录

## 第二编　文艺学新领域研究史论

# 第三编 新时期文艺论争研究

# 导 言

当前，回顾总结新时期近三十年来中国文艺理论的发展具有特殊的意义。因为，我们是从新世纪的独特视角审视既往的历史。我们总的认识是新时期近三十年来，我国文艺理论领域发生了根本性的变化，愈来愈加走向健康成熟的发展道路，但困难与问题仍然很多，需要我们加倍地努力学习和研究。

## 一

说到新时期，就有一个新时期的起点问题。学术界有1976年、1977年与1978年三种说法。我们基本持以1978年党的十一届三中全会作为起点之说。前几说尽管都有其理由，但我们认为新时期的最根本标志就是“解放思想，实事求是”方针的确立。所有经历过这段历史的人们都会记得十年“文革”对人们思想的禁锢，那时普遍存在一种不敢越雷池一步、害怕动则得咎的心态。党的十一届三中全会突破“两个凡是”，提出“解放思想，实事求是”的方针，犹如一声春雷，震撼了人们的心灵，开启了人们的思想。这才真正开始了思想领域的“拨乱反正”和文艺理论领域的改革创新。我们认为确定这样一个起点是非常重要的，那就是进一步明确了我国新时期文艺理论发展的“解放思想，实事求是”这一思想指导主线，而今后的发展也仍然需要坚持这样一条主线。这应该是新时期文艺理论发展的最重要的经验之一。

如果将新时期从1978年算起，那么，其文论的发展历史大体可以分为突破、发展与建构这样三个阶段。第一个阶段从1978年到1986年，是对旧的受到“左”的僵化思潮严重影响的文艺理论体系突破的阶段；第二阶段从1987年到1996年，是我国文艺理论全面发展阶段，各种新说纷纷涌现，层出不穷；第三阶段从1997年至今，是我国文艺理论逐步走上独立的理论建构时期，但这只是开始，未来的路仍然很长。当然，这三个阶段又不是截然分开，而是互有交叉重叠。确定这三个阶段，不仅是历史的划分，而且反映了一种理论的发展趋势。那就是，我国当代文艺理论必然会走上独立建构之路，这是历史的趋势，也是文艺理论自身的要求。如果一个国家和民族面对经济全球化逐渐逼近的新的历史，没有自己的相对独立的文艺理论建构，就无法面对历史，更难以适应社会现实与文艺现实的需要。这恰是我们广大文艺理论工作者历史责任之所在。

我国新时期文艺理论的发展与其他文化形态一样，是在古今中西复杂的矛盾与关系中进行的，但主要面对的是中西之间的关系与矛盾问题。古今之间的矛盾与关系尽管在新时期仍有反映，但其重要性已让位于中西之间的矛盾与关系，并渗透其中。诚如钱中文所说，“我国文学理论在反思中，深感我国文学理论的求变、求新的过程中，每个阶段自己都深受外国文论的影响”。① 这其实是“五四”之后的中西文化“体用之争”的继续。但新时期我国文论发展的中西关系已经大异于“五四”以后，因为“五四”时期我国文论的固有资源就只有古代文论，但新时期我国不仅有固有的古代文论，而且还有历经一百多年历史的十分丰富的中国现代文论，特别是现代具有中国特色的马克思主义文论。我们实际上是在我国现代文论的基础上来发展建设新时期文论，也是在此基础上面对西方文论。但由于历经十年“文革”甚至更长时间的闭关锁国，也由于20世纪中期以来西方哲学、美学与文论发生巨大变化，因此在我国新时期文论发展中，西方文论的影响显得特别巨大深刻。其过程与我国新时期文论发展之突破、发展与建设的历程相应，历经了传播、吸收与对话的历程。这就是改革开放之初的大量传播、20世纪80年代中期以后的拼命吸收与此后逐步走向相对冷静的对话。在新时期近三十年中西文论的碰撞、交流与对话的过程中我们遇到一系列十分尖锐的现实与理论问题。就其大者言有这样四个方面。首先是西方文论特别是西方现代文论的性质问题，也就是我们通常所说的姓“资”、姓“社”的问题。西方文论的资本主义性质本来是没有什么问题的，但却涉及这样的文论到底是有价值还是没有价值，对其应该是肯定还是否定？我国长期以来对于西方文论，特别是对于西方现代文论因其属于剥削阶级意识形态特别是资产阶级意识形态因而总体上是否定的。新时期近三十年来，我们正是在“解放思想，实事求是”思想路线指导下，坚持“实践是检验真理的唯一标准”，在对西方文论的定性和态度上我们相继做了这样两个方面的工作。首先是将政治哲学立场与美学文学理论价值加以必要的区分，得出政治哲学立场错误唯心，而其美学文学理论仍有其价值的看法。例如，古希腊的柏拉图与德国古典美学的康德、黑格尔都是这样的情形。在这个问题上还比较好统一，因为马克思主义经典理论家对于这些古代哲学家与美学家大都有肯定性的意见。而对于西方现代文论，因其产生于帝国主义时期，作为这个时期的意识文化形态，从传统理论的视角看那就必然是腐朽的、没落的与反动的，因而是必须否定的。这里，仍然有一个坚持“解放思想，实事求是”思想路线的问题，不仅应面对当代资本主义经过调整后还具有发展活力的现实，而且还要敢于承认其经济与科技的先进性，并进一步承认其包括文艺理论在内

① 钱中文：《文学理论：在新世纪的晨曦中》，《文学评论》1999年第6期。

的文化形态也有一定的先进性。这是因为,一定的文化形态都是一定社会的反映,当代资本主义的经济社会发展比我们先进,已经完成了现代化建设,历经了当代现代化的全过程,那就必然对于现代化过程中的一系列经济社会问题有其文化的与艺术的思考与反映。也许,这种思考与反映是扭曲的,但其毕竟是进行过思考,也就因此对于我们这些后发展国家有其极为重要的参照价值。刘放桐在评价与西方现代文论较为接近的西方现代哲学时指出:"总的说来,他们的哲学也更能体现这一时期西方社会的政治、经济和文化发展的状况,特别是科学技术飞速发展所导致的各种问题,因而具有重大的进步意义。"①朱立元在评价西方现代美学时也指出:"把西方现代美学放在整个现代西方科学文化发展的总背景上审视,从人类历史与文化进步的总趋向来衡量,那么,应当承认现代西方美学'离经叛道'的反传统倾向,它的许多别出心裁的新花样,它的'百家争鸣',频繁更替,并不能简单地斥之为'堕落'与'倒退',而恰恰应该看成是对传统美学的超越与推进,是美学学科的巨大历史进步。"②正是从这样的角度,我们全面地分析了西方现代文论先进性与没落性、创新性与荒谬性共在的基本特征,而从总体上适当肯定其当代价值。在对现代西方马克思主义文论的评价上也经历了一个由否定到基本肯定的过程。因为现代西方马克思主义文论基本上是从学术的角度来看待马克思主义,而且它们本身对于马克思主义也有许多新的发挥。这样,就出现了一个"西马是不是马"的问题。20 世纪 70 年代与 80 年代初中期,我们认为凡是与经典马克思主义论著哪怕只要有一点不一致之处的就不是马克思主义,就属于应该批判的范围。但还是"解放思想,实事求是"的思想路线指导我们以科学的眼光来看待"西马",肯定了它作为"左翼激进主义美学"总体上对资本主义的批判精神与结合新时代特点对马克思主义的某些发展与补充,从而将"西马"的许多有价值的内容吸收到我国当代文论建设之中,例如"西马"的意识形态理论、文化批判理论等等。诚如冯宪光所说:"应当说西方马克思主义美学是一种与马克思主义美学有一定联系的,当代西方社会中的左翼激进主义美学。"③再一个非常重要的问题就是西方现代文论与我国社会现实的"时空错位"问题。也就是说,西方现代文论是西方现代与后现代社会的产物,而我国正处于现代化过程之中,事实上在我国不仅存在着现代的生活文化状况而且存在着大量的前现代生活文化状况。在这样的情况下,我们引进西方后现代理论,特别是"解构"的后现代理论,作为还在"建构"中的我国,这难道不是一种与实际的脱离与"奢侈"吗?我们觉得这样的发问是有其现实根据的。我们的确应该紧密结合中国的现实与语境来借鉴和引进西方文论,特别是西方后现代文论。但这决不

① 刘放桐:《新编现代西方哲学》,人民出版社,2000 年 4 月版,第 18—19 页。

② 朱立元:《现代西方美学史》,上海文艺出版社,1993 年 11 月版,第 1051 页。

③ 冯宪光:《西方马克思主义美学研究》,重庆出版社,1997 年 3 月版,第 17 页。

意味着西方后现代文论对于我国没有现实的意义。事实上，西方后现代文论本身是比较复杂的，既有解构的后现代，也有建构的后现代。如果说后现代之“后”是一种对于现代性的全面的摧毁与解构，那当然是不恰当的。西方后现代文论之“后”也有一种是通过对于现代性之反思超越走向建构，特别包含对于现代性中不恰当的唯科技主义与工具理性的一种反思超越，通过对于这种具有绝对性的形式“结构”进行“解构”走向建构一种新的具有共生内涵的理论形态。这其实就是对于资本主义弊端的一种反思，对于通过张扬一种新的人文精神克服这种弊端的探索。这样的具有“建构”内涵的“后现代”对于我国是有着借鉴的价值的。诚如美国建构性“后现代”哲学家大卫·雷·格里芬在《后现代精神》一书的中文版序言中所说：“我的出发点是：中国可以通过了解西方国家所做的错事，避免现代化带来的破坏性影响。这样的话，中国实际上也是‘后现代化’了。”[①]从这样的角度看，我们只要不照搬西方后现代文论，而是将其作为对资本主义现代性批判的一种理论形态来加以借鉴，我们认为是有其特殊价值的。由此可见，解决“时空错位”的重要途径就是一切的借鉴引进都应从中国的现实与语境出发，而绝对不能脱离现实的照搬。在新时期近三十年的文论建设中，与西方文论大量引进的同时发生了一个如何对待中国传统文论的问题，由此产生了20世纪90年代中期著名的有关我国文论“失语”的讨论。主要是有的学者认为，我国当代文论患了严重的“失语症”，“一旦离开了西方文论话语，就几乎没办法说话，活生生一个学术‘哑巴’”，而解决的途径则是“重建中国文论话语系统”。[②] 由此可见，我国新时期古今关系是在中西关系背景下发生的，是试图以此对中西关系进行某种消解。当然，这种“失语症”的提出有其文化本位的立场，也有其关注民族文论的价值。但显然，“失语”的提法是没有顾及到中国当代文论的现实的。因为，我国新时期的文论建设不是从古代文论为其出发点，而是以现代文论为其出发点的，新时期对于西方文论的引进是在现代文论基础之上的引进与融合。当代文论建设中的确存在“食洋不化”的问题，但从总体上看这只是一个过程，是发展中的某种现象，不能提到“失语”的高度认识。而推倒现代文论，“重建中国文论话语系统”是没有可能，也是不现实的。与“失语症”的讨论相继，在我国文论界出现了“中国古代文论现代转换”的学术讨论。这是我国新时期与西方文论的引进相伴的对于我国当代文论建设民族性的十分有价值的学术探讨。有论者认为，古今文论是“宿命的对立”，根本无法转换。有的论者则试图进行中国古代文论整体范畴的现代转换。我们认为，这两种看法都有其偏颇之处。所谓古今文论“宿命的对立”，其实质是完全否定了人类文化所具有的某种共通性和

① 大卫·雷·格里芬：《后现代精神》，中央编译出版社，1998年1月版，第20页。

② 参阅曹顺庆：《文论失语症与文化病态》，《文艺争鸣》1996年第2期；曹顺庆、李思屈《再论重建中国文论话语》，《文学评论》1997年第4期。

历史继承性。同时中国古代文论范畴的“整体转换”也完全没有正视“五四”以来我国新文化运动整体上对于古代文化的超越，而倒退到过去是完全没有可能的。但我们并不否认某些古代文论范畴局部转化的可能性，例如王国维对“境界说”的运用，我国当代学者对“意境说”的改造，海外华人学者对“感通说”的发展等等。但我们认为，当代文论建设中民族传统的现代转换并不能完全局限于范畴的转换，而主要是对蕴涵在古代文论之中的中国哲学与艺术精神的现代转换。特别是中国古代相异于西方的“天人合一”的哲学精神和“言外之意”的艺术精神，都是特别具有当代价值并引起国际学术界的广泛关注，而值得我们特别加以重视。2000 年以来，随着世界经济全球化步伐的加大和我国进入世界贸易组织成为现实，许多国外的文化产品作为商品大量进入我国文化市场，我国当代文论建设面临着这样一种新的经济全球化的挑战。在这种情况下，许多高校和文艺研究机构开始研究全球化语境中我国当代文论的发展，这其实还是一个中西文论的关系问题，只是这种关系出现了新的语境和背景，值得我们进一步研究。有的学者认为，经济全球化必然伴随着文化的全球化，因此文论的全球化也是必然趋势。而有的学者则认为，经济的全球化不应导致文化的全球化，而应倡导文化的多样共存，我国当代文论建设应走有中国特色之路。我们认为，经济全球化是历史发展的必然，也必然地加速文化的交流和传播，西方文论对我国的传入和影响也必然加速。而对西方某些人来说，与其“欧洲中心主义”相伴，也必然依仗着他们的经济与科技强势有着进行文化渗透的意图。在这里关键是处理好全球化与民族化的关系。一方面，我们应以积极的态度迎接因经济全球化所带来的文化与文论加速交流的新的形势，因势利导促进中西文论交流，加速我国文论发展。同时，我们也应进一步增强民族的文化自觉，加速我国当代文论民族化的进程，在现有基础上建设具有中国风格的当代文论话语和文论精神。事实证明，文化是一个民族之根，是民族凝聚力之所在。曾经有人说民族是具有共同地域、共同语言、共同文化与共同生活的人群的标志。这是将民族的概念拓展的太宽泛了，其实民族的最核心内涵应该是以共同文化为其标志。因此，文化建设直接涉及未来世纪中华民族的兴衰，关系重大。而文论建设属于当代中华文化建设之必不可少的内容，所以建设有中国特色的当代文论成为我们当代中国文论工作者的历史的与民族的责任之所在。

## 二

回顾新时期近三十年来中西文论交流对话的历史，我们总的认为发展是比较健康的，效果也是比较好的。其原因是我国经过改革开放有了逐步增强的国力，并有一个好的对外开放的政策，更重要的是我们始终是在新时期“解放思想，实事求是”这一思想路线的指导之下。当然，由于我们面对新的形势，未免经验不足，加上自身理论储备的局限，因此在新时期引进西方文论与建设新的文艺理论的进程中还有许多教训需要记取。从积极的方面说，新时期西方文论的引进首先是极大地推动了中国文论的现代转型。也就是促使我国当代文论突破旧的框框，适应社会的需要，走向时代的前沿。众所周知，我国改革开放以来，社会经济生活与文化发生了根本性的变化。从社会经济的角度说，我国大幅度地由传统的计划经济转变到新兴的社会主义市场经济；从哲学的角度说，我国哲学领域迅速地推倒了旧唯物主义的认识论，恢复了马克思唯物实践论的指导地位；从文化领域说，新时期我国文化领域呈现出丰富多彩的景象，影视文化迅速发展，大众文化日渐勃兴，网络文化方兴未艾。因此，新时期文论建设的首要任务就是迅速突破落后的机械唯物论文论，实现我国文论的现代转型。而西方文论，特别是西方现代文论的引进恰恰起到了这样的作用。因为，20 世纪以来西方现代文论恰是西方市场经济与大众文化条件下的产物，其突出标志就是对于传统的主客二分思维模式的批判，对于机械认识论文艺观的摒弃，对于文艺同人的生存状态关联的强调。我国新时期近三十年来，在重新研究阐发马克思主义经典与引进西方现代文论等多种因素的促进下，迅速地实现了文论的现代转型。从横向看，我国新时期突破了传统认识论文论主客二分的思维模式及其机械唯物论倾向，将我国当代文论奠定在马克思唯物实践观的理论基础之上。从文艺理论的哲学理论指导的角度，我国新时期近三十年经历了由物本到人本，再到“主体间性”这样的发展过程。有些理论家从马克思主义实践理论的立场提出“审美的反映”的重要理论观念，成为新时期马克思主义文论建设的重要收获。但随之而来的就是我国当代现实随着现代化的深入，人与人以及人与自然的和谐问题突出出来。而西方现代哲学与文论中的有关现象学“主体间性”理论和“交流对话”理论也对我国文论建设中“共生”理念的发生产生了重要影响。于是随着“后实践美学”的讨论和文化诗学的发展，“主体间性”作为我国当代文论的理论指导逐步为多数学者接受。在此前提下我国当代文论的现代转型具体表现为由文艺的机械认识论到审美反映论；由单纯的认识论文艺观到审美存在论文艺观；由人类中心的主体性文艺观到生态整体的生态审美观。所谓由文艺的机械认识论到审美反映论，就是说传统文论将文艺看作对现实生活的机械模仿，而新时期则一改这种机械模仿的文艺观念，以主体能动的审美反映取而代之，这恰同西方马克思主义文论的审美反映论相契合。所谓由单纯的认识论文艺观到审美存在论文艺观，则指传统文论仅仅将文艺看作对于现实生活的认识从而忽视了文艺与科学的界限，而新时期我们吸收西方现代存在论文论将文艺的主要特性归结为人的审美的生存；所谓由传统的人类中心的主体性文艺观到生态整体的生态审美观，是指启蒙主义以来特别强调人的理性的巨大作用，张扬主体功能，而新时期我们在西方生态哲学与文学生态批评的影响下，一改人类中心的主体性文论为强调生态整体的当代生态审美观文论。而从纵向的角度来看，我国新时期文论建设经历了这样两个相关的过程：首先是初期的由重视文艺的社会功能研究向重视文艺的审美特性研究的转型过程。这就是20世纪80年代与90年代初期文艺美学理论的提出和对于艺术形式与文学语言等的强调，以及对文本批评的重视等等。而20世纪90年代中期以后，由于我国社会文化转型的加速和西方文化理论的影响，我国文论界又发生了由重视文艺的审美特性研究向重视文艺的社会功能研究的转向。这就是我国当代文艺理论领域对于文艺的意识形态等外部属性的新的阐释与强调以及一系列有关大众文化理论的提出与讨论。我国新时期在历经了文艺学的所谓“内转”之后，在新的现实形势面前重新发现了忽视文艺的社会功能的局限，转而出现对文艺的社会功能研究的热潮。在我国文论领域出现了意识形态研究、女性研究、种族研究、文化身份研究、新历史主义研究等等理论热点。而文化研究也愈来愈引起许多青年学者的重视，出现了引起整个文论界关注的“文学边界”与“日常生活审美化”的讨论。毋庸讳言，当代大众文化的空前勃兴的确促使文学边界的滑动和“日常生活审美化”现象研究的话，但文艺理论自有的价值判断功能要求其对于“滑动”的文学与日常生活审美化中的种种低俗现象起到引导与提升的作用。这场讨论已经远远超越了讨论自身具体的内容，而具有在崭新的新形势面前如何建设真正适应现实需要的文艺理论的重大意义。经过新时期近三十年的文论建设，我们可以肯定地认为我国当代文论尽管还在建构的过程之中，但已经初具规模，能够基本上做到与当代现实生活与现实文艺相沟通。

新时期西方文论影响下的我国当代文论发展的另一个重要特点是，有力地促进了思想的解放、视野的拓宽，使我国当代文论呈现出从未有过的马克思主义指导下的多样共存的理论空间和良好态势。列宁曾经在著名的《党的组织与党的出版物》一文中指出，在文学这个领域里“绝对必须保证有个人创造性和个人爱好的广阔天地，有思想和幻想、形式和内容的广阔天地”。① 同样，作为对于文学艺术进行研究的文艺理论的发展也需要自由的环境。总结我国当代文论发展的历史，我们深感党的“百花齐放，百家争鸣”方针是完全正确的，是有利于文学与学术理论发展的。但长期“左”的思潮的干扰使得这一方针难以真正得到贯彻。但新时期近三十年，由于党的改革开放方针的有力贯彻，特别是由于党的“解放思想，实事求是”思想路线的指导，使得我国当代文论发展处于建国以来最好的环境之中。这样的环境为我们广大文论工作者提供了从未有过的自由思考与研究的空间，也为我们吸收引进和研究西方文论创造了一个非常宽松的环境，这正是我国当代文论繁荣发

---

① 列宁：《论文学与艺术》，人民文学出版社，1983年2月版，第68—69页。

展的根本原因。正是在这种空前宽松的自由环境中当代文论研究才能自如地与西方文论交流对话，从而打破我国长期以来文论领域单一的局面，走向马克思主义指导下的多样共存的新局面。从研究方法的角度来说，我国当代文论目前有社会的、心理的、文化的、审美的、现象学、阐释学、新历史主义、语言学，甚至是自然科学等多种研究方法。从研究的领域来说，我国当代文论除了传统的中国古代文论、西方文论与马克思主义文论之外，还有西方马克思主义文论研究、审美教育研究、生态文艺研究、网络文论研究、文化诗学研究、女性文学理论研究等等。从研究地域的角度来说，我国当代文论目前有中国文论、西方文论、东方文论、少数民族文论、华文文论，以及港澳台等地文论研究等等。可以这样说，目前世界上业已出现的文论领域在我国当代都有涉及，也可以说目前我国当代文论正处于涉及的范围最广并与国际接轨的速度最快的时期。

新时期西方文论影响下的我国当代文论发展，一个非常重要的成果就是经过建国后五十多年，特别是近三十年的理论探索，我们初步为我国当代文论发展找到了一条古今中外综合比较的发展道路。毛泽东曾经在一篇文章中为了强调方法的重要性而将其比喻为过河所必须的“桥或船”。[①] 我国五十多年，特别是新时期三十多年文论探索的重点和难点就在于找到一条适合我国国情并行之有效的当代文论建设发展的道路。这个道路和方法就是被许多文艺理论家所总结和认可的古今中外综合比较的道路和方法。这个问题首先由我国当代著名文艺理论家蒋孔阳于新时期初期在其晚年所著《美学新论》中提出。他说“综合比较百家之长，乃能自出新意，自创新派”。[②] 后来，这一综合比较方法被许多文艺理论家所进一步论述发挥。这个综合比较的道路和方法其实是文论研究观念的重大转变。长期以来，我国文论研究中存在着一种机械僵化的形而上学的思维模式，认为“是”就是“是”，“非”就是“非”，这是一种单向的线性的思维方法，缺乏在一定价值判断前提下的包容兼蓄。在文艺理论领域的表现就是在强调一种理论形态时必然地否定另外的理论形态，甚至将其视为“另类”。这是一种否定思想本身的发散性与多维性的形而上学思维方式，是违背学术发展规律和人的思维规律的。新时期以来，由于西方现代现象学“悬搁”主客对立的方法、哈贝马斯“对话”理论、巴赫金“狂欢”理论与德里达“去中心”等理论的引进，进一步促使我们对这种单向线性的形而上学思维方式进行突破，对于一种新的“亦此亦彼”的“共生”与“对话”的思维方式的倡导，才出现了我国当代文论发展道路与方法的全新变革。诚如钱中文所说，“而应倡导一种走向宽容、对话、综合与创新的思维，即包含了一定的非此即彼、具有价值判断的亦此

① 《毛泽东选集》，人民出版社，1964 年 4 月版，第 125 页。

② 蒋孔阳：《美学新论》，人民文学出版社，1993 年，第 47 页。

亦彼的思维。新的文艺理论的建设是要求新的思维方式的”。[1] 当然,这种综合比较是有着明确的立场的,这个立场就是我们的目的在于建设具有中国特色的当代文论。这也就是我们综合比较的出发点之所在。这就决定了我们在吸收西方文论时不是为了吸收而吸收,更不是为了标新立异而吸收,而是为了发展建设具有中国特色的当代文论而吸收,而引进。这种综合比较方法和立场的逐步明确使我国当代文论建设在处理中西关系时愈来愈成熟,也使建设具有中国特色的当代文论这样的艰巨任务愈来愈有把握。

我们以实事求是的态度总结回顾新时期近三十年文论发展的历史时,应该找到自己的差距和问题所在。首先是新时期对西方文论吸收较多,消化不够,因而具有中国特色的当代文论至今尚未基本完成建构的任务。新时期近三十年来,我们的确大量引进了西方文论,特别是西方现代文论。可以这样说目前这种引进已经大致做到同步,而且西方各种有代表性的理论我国基本都有相应的研究。我们对于这些西方理论的使用也比较迅速及时,这应该讲是一种极大的进步。但与此相比,更为重要的是我们对于西方文论的消化却十分缺乏,对于一些西方理论常常停留在直接引用的水平,有的甚至是知识性的错用,有的以此装点门面,形成概念的狂轰滥炸。与此同时,具有我国特色的当代文论建构任务尚未基本完成。说我国当代文论“失语”可能有些夸张,但说我国当代文论缺乏更多的属于自己的有特色的话语却是事实。加上长期“欧洲中心主义”的影响和我国文论工作者语言的障碍,因此在国际文论讲坛上很少听到中国当代文论独特的声音。而我国当代文论对于现实的指导作用也发挥的不够,理论不能适应现实需要的情况没有得到根本的改变。实际上,我国当代文学艺术与日常生活审美现实发生了巨大的变化。大众文化、影视文化、网络文化、先锋艺术等等新的艺术与审美现实需要我们当代文论给予理论的分析和引导,但我们在这一方面的理论却显得乏力。理论的贫乏,已经成为我国当代文论对共同性的评价。而在整个当代文论建设中对于民族文化传统体现的自觉性也不是太高,探索不够,效果不太显著。任何国家和民族都无一例外地十分重视民族文化的弘扬,我国当代文论建设应该体现民族文化传统,这是大家的共识。但在具体实践过程中由于难度较大等种种原因,我们的自觉性不是太高,而古代文论研究本身则有与当代文论建设脱节的现象,以追求自身的理论自足为其旨归,而较少考虑古代文论的当代价值。因此这一方面的成果,至今整体上难以超过近代以来的王国维、宗白华与钱锺书等。而回顾新时期近三十年我国文论建设历程,我们不得不说这一时期的成果数量的确是空前的,当代文论的研究者数量也是空前的。但有质量的成果和本领域的杰出研究者却与此并不相称。由于市

---

① 钱中文:《文学理论:在新世纪的晨曦中》,《文学评论》1999年第6期。

场经济的侵袭和体制性的种种原因，我们的研究工作还有诸多浮躁。无论是对西方文论，还是对于中国文论有见地的深入研究都显得缺乏。

总之，我们付出了努力，但我们还有差距。这些差距的出现有客观原因，但也有主观的原因。我们应该明确我们成功之所在，给予客观的实事求是的评价，这样我们才有前进的信心，但我们更要看到我们的差距所在，敢于正视这些问题，这样我们才能找到未来的前进方向。

## 三

总结历史是为了现在，所谓知古而鉴今。因此，我们的着眼点还是应该放在今天我国当代文论的建设之上。如何建设具有中国特色的当代文论呢？无疑是应从已有成果的基础出发，特别是从新时期这将近三十年的可贵成果的基础出发。前文已经说过，总结新时期我们最重要的经验是明确了我国当代文论发展的综合比较的方法与道路。因此，我们要继续坚持并发展这一综合比较的方法和道路。我国新时期文论发展的综合比较首先是中西文论的综合比较与吸收消化。已有的经验表明这是行之有效的研究方法，有利于我国当代文论建设的，应该继续坚持。但新时期的综合比较也告诉我们一条最基本的经验，那就是必须遵循马克思主义的指导，具体地说就是遵循新时期“解放思想，实事求是”这一马克思主义思想路线的指导，这样我们才能明确方向，破除障碍，大胆吸收。同时，我们还应贯彻这一思想路线中十分可贵的与时俱进的精神，不断将文学艺术的新的经验和新的成果补充到马克思主义文艺理论之中。而且，由于我国当代文论应立足于建设，因此应该更加重视马克思主义基本理论的指导。我们认为，马克思主义创始人有关实践哲学的基本理论是对于西方传统哲学的重要突破，具有极为重要的当代价值，对于我国当代文论建设具有极为重要的指导意义，值得很好地学习运用。只有坚持马克思主义理论的指导，我国当代文论的建设才会具有更加明确的方向和扎实的根基。而在此基础上对于西方文论的消化吸收才会更加有效。在这一方面，今后除了不应放慢大胆引进吸收的步伐，同时还应加强对于西方文论，特别是西方现代文论的研究消化，克服食洋不化的问题，真正将其与我国的现实结合，化作自己文论的有机组成部分。当然，我国当代文论的建设还应更多地立足于建构。所谓“建构”是一种具有更多主观能动性的建设与创造。我国新时期后十年已经逐步走向与西方现代文论较为冷静地对话，通过对话逐步的建构适合我国国情、具有中国特色的新的文论形态。比较明显的如“新理性精神”的提出，既吸收了西方当代人文精神理论、对话理论，又努力结合中国当代现实，是一种新的文论建构的努力；文化诗学理论，既吸收西方当代文化理论，同时又注重我国传统诗学精神，将两者加以融合；当代生态存在论文艺学与美学理论则既吸收西方现代生态哲学与生态批评理论，同时又吸收中国传统儒道“天人合一”思想，并紧密结合中国当代现实，也是一种中西与当代融合的尝试；文艺美学理论是改革开放初期即已提出并不断有所发展的文论形态，既吸收西方当代文论对于文艺的审美特性的研究成果，又与我国古代诗论、画论与书论等民族特性相切合，是一种有生命力的中国当代文论话语；当代批评理论是将西方当代文本批评理论与中国古代批评理论结合的尝试。凡此种种只是举出其中的几个例子而已，其他文论工作者的创新之处还有许多，都是我国未来有中国特色的新的文论建设的重要资源和起点。事实证明，只有从建构出发才能更有利地吸收，当然吸收也会有利于建构，两者相辅相成。这样，我们未来的吸收和建构才会更加健康和富有生气。

紧密结合中国的实际是当代文论建设的重要坐标，我国当代文论建设应以此为方向并从我国当代有中国特色的社会主义建设理论中吸取丰富的营养。最近，我国在科学发展观的理论指导下提出构建和谐社会的战略目标。这是我国在面向21世纪之际总结国际国内社会发展经验而提出的具有划时代意义的重要发展战略和奋斗目标，反映了符合国际潮流和我国特色的社会历史转型的必然趋势。它是有中国特色的社会主义理论的进一步丰富，也是马克思主义在当代的新发展，包含着极其深刻而丰富的内涵，对于包括文艺理论在内的当代人文社会科学建设具有十分重要的意义。对于正在建构中的我国当代文论来说，这一理论为其提供了一系列新的视角和新的维度，必将推动我国当代文论在当前这一转型期更好地发展。作为构建和谐社会之理论指导的科学发展观集中地反映了当代“共荣共生”的哲学理念，是对于传统的主观与客观、主体与他者、以及人与自然二分对立的思维模式的突破，是走向全新的当代“主体间性”的思维模式，实际上是马克思主义唯物实践观在新时期的新发展。这样的理论观念对于我国当代文艺理论进一步突破“主客二分”思维模式，摆脱传统的实体主义和本质主义的研究定式，将自己的理论支点真正建立在马克思的“实践世界”的唯物实践观的基础之上，真正面向当代生动活泼的生活实际与审美实际，使之具有真正的生活与理论的活力，意义深远。构建和谐社会的核心是建设一个人与人以及人与自然和谐发展的社会主义文明社会的模式与目标，它包含着马克思论述共产主义社会时所指出的人的“自由发展”的重要内涵，诚如马克思所说“每一个人的自由发展是一切人的自由发展的条件”。[①]这一理论对于我国当代文艺理论建设具有重要的启示意义。因为，按照马克思的观点，这种人的自由发展就是“人也按照美的规律建造”，就是“异化”的扬弃，一切压迫人的剥削制度的消灭。而与人的生存状态紧密相连的“自由”问题也是20世

---

① 《马克思恩格斯选集》第一卷，人民出版社，1972年5月版，第273页。

纪以来以海德格尔为代表的众多哲人所探索的人的“诗意的栖居”的基本内涵。在这里，社会的和谐、人的自由发展与审美的生存、诗意的栖居是同格的。构建和谐社会理论之“和谐”内涵就是对马克思有关共产主义社会“自由”理论的继承发展，也在一定的程度上是对当代存在论“自由观”的吸收。从而，前所未有地将审美提到建设未来和谐社会所应有的世界观的高度，彰显了美学与文艺理论学科的当代价值与意义。其实，构建和谐社会与人的自由发展最重要的就是应以审美的态度对待社会、自然与人。这不仅将审美提到本体的高度，而且将审美教育也提到当代美学和文艺学学科建设的中心地位，将培养“学会审美地生存”的一代新人作为美学与文艺学学科建设的重要任务之一。构建和谐社会理论还包含着一个过去从未有的人与自然和谐协调发展的重要内涵。这是对启蒙主义以来占据压倒优势的“人类中心主义”的扬弃，也是对于新的生态整体观念的肯定。的确，人与自然的和谐协调归根结底是社会能否持续发展的问题，而从长远来看也是人能否真正获得美好生存的问题。自然的维度是当今人文社会科学必须具有的维度，特别在我国这样的资源相对贫乏、环境压力不断增大的国家，更是一刻也不能松懈。它也是理论工作者的社会责任之所在，必将成为我国当代文艺学建设的重要文化立场。构建和谐社会理论的一个非常重要的内涵就是“以人为本”的思想，在整个社会和谐理论的建构中带有哲学基础的重要性质。它启示我们当代文艺理论建设应该实现由传统认识论到当代存在论的哲学理论转型。

在我国当代文论的建设中应该注意进一步与西方近代以来的工具理性加以区别，坚持文艺理论学科作为人文学科的性质，坚持文艺理论学科的价值判断功能。众所周知，工具理性是自然科学的方法与手段，但文艺理论学科则属于人文学科范围。它所面对的是文学艺术这一特殊的人文现象，“文学是人学”已经成为人们的共识，因而工具理性是不适合文艺理论这一人文学科的。但问题偏偏出在工具理性的某种泛化，以其作为包括文艺学在内的一切学科的标准，将一切学科都自然科学化。同样，它也要求文艺学以本质的探求作为其目标，以科学范式作为其规范，以价值中立作为其特征，因而完全抹杀了文艺学的人文学科特性。这种做法是非常危险的，因为它完全改变了文艺学作为人文学科的性质与功能，降低了其应有的作用。文艺学作为人文学科是以对人的探索为其内容的，因而文艺学一般地来说与社会科学不同，更与自然科学相异，它主要不是以客观规律的探讨为其旨归，而是以对人的探索为其宗旨。因此，从总体上来说，文学艺术研究主要不是概念的推演，而是多侧面的人的审美经验的描述。通过这种描述来探求文学艺术深层所揭示的人的审美生存状态。因此，要扭转对于文学艺术着重于客观规律与本质研究的传统思路，将其转到人的探索的人文学科的应有轨道上来。最近，有些研究者将艺术的审美经验作为文艺理论的基本研究对象，就是从文学的人文学科性质出发的一种尝试。而文艺学作为人文学科的一个重要功能就是应该进行明确的价值判断,这也是它与自然科学与社会科学的不同之处。自然科学与社会科学是可以“价值中立”的,但文艺学作为人文学科却是有着明确的价值取向。这正是文艺学在当代作为人文精神补缺的重要作用与价值之所在。众所周知,我国当代正在进行宏大的现代化工程,同其他国家的现代化工程一样也是一种美与非美的二律背反。也就是它一方面以其空前规模的市场化、工业化与城市化历程极大地使人们的生活美化,但另一方面,又由此造成了金钱拜物、工具理性盛行、人的心理危机加剧等人的精神状态的非美化。再加上当代大众文化利益驱动的机制必然在文化走向大众的同时出现低俗化倾向。凡此种种都将人文精神的补缺作为当代社会发展的重要内涵,这正是文艺学在当代的作用之所在。我国提出和谐社会建设理论所包含的人与人、地区与地区、人与自然的和谐,包含极为深厚的人文精神内涵。因此,人文学科在我国当代社会发展中起着从未有过的重要作用。文艺学的人文精神补缺作用主要是通过它的价值判断功能来发挥的。首先是审美的价值取向,分清美与丑的界限。这是文艺理论学科的特性之所在,其他的价值判断都寓于审美的价值取向之中。它们包括道德的价值取向,旨在分清善与恶的界限;再就是意识形态方面的价值取向,旨在分清是否有利于人民的界限;最后是对于人类前途命运的价值取向,包含对于人类前途命运终极关怀的内容。这些恰是文艺学的当代价值之所在。

在我国未来文论建设中,民族化仍然是非常重要的战略性任务。诚如鲁迅所说,有地方色彩的倒容易成为世界的。[①] 特别在当前经济全球化的社会背景下,中华民族自强自立很重要的一方面就是民族精神的发扬以及一代具有民族文化素养的高素质人才的培养,而文学艺术在这种人才的培养中起着十分重要的作用。文艺理论恰是发展这种文学艺术的理论支撑。而且,单从文艺理论学科本身来说,我国当代文艺理论界也有责任在新的世纪在世界文艺理论领域发出中国自己的声音,以有中国民族特色的理论成果引起国际文艺理论界的重视。但我国当代文艺理论的民族化又有自己的特殊性。首先,我国当代文艺理论的民族化不是在传统的古代文论基础之上,而是在现当代文论的基础之上。同时,由于“五四”运动之后我国古代文化到现代文化有一个非常大的转变,那就是由文言文到白话文的转变。这不仅是简单的文字转变而且是古代与现代文化的某种文化断裂。加上历经一百多年现代到当代的文化建设过程,所以实际上作为文艺理论话语,在我国古代与现代已经很难直接接轨。因此,从文艺理论的角度,古代理论话语作为整体的转换已经基本不太可能。当然,这并意味着局部的转换没有可能,因为已有现当代学者在

① 《鲁迅全集》第10卷,人民出版社,1957年,第206页。

这一方面作过有效的努力。但作为更深层面的哲学精神与艺术精神却是完全可以在当代加以继承发扬的，这应该说是一种更重要，也更困难的转化。众所周知，我国的传统哲学精神是一种不同于西方“和谐论”的“中和论”。西方所谓“和谐”是指具体物质的对称、比例、黄金分割等微观的内涵，而中国的“中和”则指天人、宇宙等宏观的内涵。前者带有明显的科学性，而后者则带有明显的人文性。这样的“中和论”哲学思想完全可以成为具有民族性的当代文论的理论支撑。费孝通认为，中国古代文化的精髓就是“位育中和”四个字，这恰是镌刻在孔庙大殿横额上的四个大字。[①] 正如《礼记·中庸》所说“喜怒哀乐之未发谓之中，发而皆中节谓之和。中也者，天下之大本也；和也者，天下之达道也。致中和，天地位焉，万物育焉”。在这里，将“中和”提到可使天地定位，万物繁育的高度，可见其重要。其实，所谓“中和”就是一种古典形态的“共生”思想。所谓“和实生物，同则不继”，“和而不同”，“生生之为易”，“一生二，二生三，三生万物”等等。说明中国古代“中和论”思想是贯穿各种理论之中的，包括儒家的“中庸”，道家的“道法自然”等等。这种古典的“共生”思想极具当代价值，早已被海德格尔等西方理论家借鉴，海氏提出著名的“天地神人四方游戏说”就包含着对中国古代“天人之和”的借鉴。而“共生”思想实际上已经成为当代世界具有标志性的哲学与思想理念。我们完全应该在当代文论建设中自觉体现这种“中和”的精神，并以之作为指导在现有文论基础上构建新的文艺理论形态。另外，我国古代的艺术精神是一种写意的“意境论”精神，强调“象外之象，景外之景”，“味在咸酸之外”，“言有尽而意无穷”等等。这样的艺术精神与西方的“现实主义”、“浪漫主义”是大异其趣的，倒反而与西方当代现象学美学等有着某种切合。我们完全可以在此基础上结合当代现实加以改造重铸，发展成新的有民族特色的文论精神。当然，我国古代的哲学精神与艺术精神是非常丰富的，需要我们努力发掘，加以创新，经过几代人艰苦的努力奋斗，才能使我国当代文论以其鲜明的民族风貌，自立于世界文论之林。

## 四

本书是2000年立项的国家课题“西方文论影响下的中国新时期文论发展”的结项成果。因为已有新时期文论发展的专史，因此，本书采取史论的形式，着重从横向的角度论述新时期文论发展的重要问题。全书在对于新时期文论发展具有重大意义的“解放思想，实事求是”思想路线的指导之下，贯穿着西方文论影响与中国文论现代转型两个中心线索，最后落脚于有中国特色的当代文论的建构。本书力

① 费孝通：《经济全球化和中国“三级两跳”中的文化思考》，《光明日报》2000年11月7日。

图在马克思主义指导下贯彻客观科学的态度，但因水平和眼界的局限，也难免有片面之处。许多观点只是作为一家之言，提出来参与到新时期文论建设这一宏大事业之中。新时期时间虽短，但问题繁复，能否科学掌握基本问题，我们自己也没有绝对的把握，因此竭诚希望文论界的各位朋友进行批评指正。全书共分三编十章。第一编为新时期文论的本体研究，主要论述新时期马克思主义文论、中国古代文论、西方文论、文艺美学与审美教育文艺理论五个基本问题的发展情况；第二编为新时期文论发展新领域研究，主要论述新时期特有的文化研究、网络文艺学研究、生态文艺学研究与西方马克思主义文论研究的基本情况；第三编为新时期文艺论争研究，概括总结新时期文艺学领域理论论争的基本情况；最后的结语部分，则从当代科学发展观的高度回顾反思新时期文论发展。本书的附录“新时期文艺学研究大事记”，试图从纵向记事的角度弥补横向研究缺乏历史线索的不足。除本书之外本课题还将出版有关系列论著。本课题在进行过程中得到全国和山东省规划办的关心支持。更为重要的是，本课题得到所有参加者的大力支持，他们都是教学科研的骨干和博士研究生，承担着繁重的任务，同时能够努力完成项目，表现了对于我国新时期文论发展的高度关注和学术责任。本课题由多人执笔，其优点是集中了集体的智慧，而其问题是在观点和评价上难以统一，文字表达和风格也多有差异，虽然本人作为主编作了某些通稿的工作，但因各种原因很难达到一致。除了在最重要的基本观点上力求统一外，其他具体观点和评价基本保持原貌。本人的基本观点，已经在导言中加以阐述。最后，我要对于所有本课题的参与者表示衷心的感谢，也请有关专家与同行对我们提出宝贵的批评意见。

# 第一编

# 文艺学基本理论研究史论

# 第一章

# 新时期马克思主义文论研究及其当代发展

随着马克思主义的不断丰富和发展，马克思主义文艺理论也已走过了一个半世纪的历程。应当说，自马克思主义文艺理论诞生以来，它就强烈地影响着人类文学艺术的发展进程。《马克思主义文艺学大辞典》所列的有关条目曾这样讲道：马克思主义文艺学"是近现代文艺思想史上存在时间最长、流传空间最广、最为科学的审美文化主潮"。[①] 也正如西方学者 Timothy A. Spurgin 所言：马克思主义文学批评对结构主义批评、后结构主义批评、精神分析批评、女权主义、新历史主义等众多文艺理论流派都产生了深刻影响，如今又极大地影响了刚刚兴起的文化研究。[②] 一百多年来，马克思主义文艺理论的发展经历了无数风风雨雨，道路坎坷曲折。众多流派和理论家从不同的角度维护、坚持、丰富和发展了马克思主义文艺学。也有许多人和各种形形色色的理论流派对马克思主义文艺理论进行过质疑和批判，甚至攻击、诬蔑和诋毁。然而，世纪之交，越来越多的学者意识到，一直处于被喧哗的"众声"所意欲遮蔽的马克思主义文艺理论，不仅难以消解和遮蔽，而且是目前最不可忽视的强音。

马克思主义文艺理论在"文革"之前的四十多年时间里一直左右着中国文艺学学科的发展，在新时期的中国文艺理论研究中占据着主流地位，在未来的中国文艺学格局中它也将是其中重要的具有主导意义的一翼。因此，研究 20 世纪尤其是新时期中国文艺理论的发展历程，离不开对马克思主义文艺理论学术进程的研究。对新时期马克思主义文艺理论的发展脉络进行梳理，探寻其发展规律，总结经验教训。对于正确认识中国当代文艺学的特征，建构有中国特色的文艺理论体系，推动中国文论走向世界都具有重要意义。

"文艺史证明，在经济政治等其他外部条件具备的情况下，文艺理论问题的论争常常是文艺繁荣的随行者和先导。"[③]以 1976 年 10 月粉碎"四人帮"和十一届三中全会为标志，中国的马克思主义文艺理论研究也进入了一个具有历史意义的新

---

① 转引自《〈马克思主义文艺学大辞典〉条目选登》，《文艺理论与批评》1993 年第 3 期。

② 参见 http://www.lawrence.com/dept/english/courses/60A/marxist.html，2004.02.09.

③ 张弼：《对于马克思主义文艺学理论体系及其发展问题的看法——兼与刘梦溪、魏理同志商榷》，《学习与探索》1981 年第 2 期。

时期。在西方文论的影响下，我国文艺理论界对马克思主义文艺学的诸多问题都结合时代特色进行了深入的探讨、争鸣，其广度和深度大都超过了以往的争论和探讨，掀起了一个又一个高潮。通过讨论，使得马克思主义文艺学在许多方面取得了相当的进展。可以这样说，新时期 30 年是中国的马克思主义文艺理论研究发生质的飞跃的 30 年，是在基本观念、研究理念、哲学基础、思维方式、价值取向、学术命题、研究范式、治学方法、学术视野等方面都发生重大变革的 30 年，是中国马克思主义文艺理论研究逐步走向科学轨道的 30 年。在新时期，中国的马克思主义文艺理论工作者先后提出了建设“马克思主义文艺学的当代形态”、“有中国特色的马克思主义文艺理论体系”、“具有民族特色的马克思主义文艺学”等命题，并且作了大量有益的尝试，取得了令人瞩目的研究成果，初步确立了全球化语境中中国文论在世界文论格局中的应有地位，为人类文艺理论的发展奉献了一份独特的礼物。

## 第一节<br>新时期马克思主义文艺理论研究的学术背景

新时期马克思主义文艺理论研究是在特定的历史背景下展开的，它与我国改革开放进程、当代西方文论、新时期反思思潮等都有着某种深度的契合。

### (一) 新时期马克思主义文艺理论研究与改革开放进程

新时期的马克思主义文艺学是在解放思想、改革开放、社会转型、市场经济、全球化等大语境下，伴随着整个民族的政治、经济、思想、文化的巨变而走过来的。因此新时期马克思主义文艺理论研究与我国改革开放的历史进程，尤其是与我们国家的政治、经济、文化政策和思想解放进程密切相关。在这期间，我国马克思主义文艺理论研究开始摆脱苏联模式的束缚，突破二元对立思维的局限，逐渐走向在马克思主义指导下的多样化发展的道路：有的继续向“反映论”深化，有的向“艺术生产论”发展，有的向“主体论”拓展，有的向“意识形态论”努力，有的向心理学逼近，有的向“读者反应和接受理论”靠拢……反驳，挑战，论争，创新，各种观点碰撞融合，机遇与危机共存，局面纷纷扬扬，催人奋进。新时期马克思主义文艺理论研究经历了一个逐渐由破到立的复杂过程，经历了一个由重读走向建构的过程，这是一个逐步深化、逐步学理化的过程，呈现出逐步突破二元对立走向交流与对话的发展趋势。这一学术历程大体可以以 1985 年为界分为前后两期，前期重在“拨乱反正”、反思历史、重读经典，重在破除旧的、非马克思主义的文艺观念，围绕着马克思主义文艺理论有无体系，马克思主义与人道主义、人性的关系，传统马克思主义文艺学的哲学基础、本质与特征、发展形态等问题，持不同观点者之间展开了大规模激烈的交锋论争；后期重在立，着重于当代有中国特色的马克思主义文艺学体系建构的具体尝试，主要涉及马克思主义意识形态理论、艺术生产理论、马克思主义主体性理论、马克思主义文论与大众文化的关系，全球化语境下马克思主义文论的发展，马克思主义文论与文化研究等问题，不同论者之间不再是针锋相对式的交锋，而是在互相包容、互相借鉴中开展有益的学术争鸣和学理探讨。可以这样说，前期，中国马克思主义文艺理论研究主要是在中国与西方（20 世纪 80 年代我们大量引进了包括西方文论在内的西方文化思潮）的二元对立模式的牵制下展开的；而后期，中国马克思主义文艺理论则主要是在传统与现代、中国与西方的各种异质话语的平等对话当中获得其发展的多样可能性，中国马克思主义文艺理论工作者是在多种文化精神所构成的复杂和多向联系中逐渐形成多样阐释和多维度建构的整体观照视野。具体而言，结合我国改革开放的历史进程，新时期马克思主义文艺理论研究可分为以下几个阶段：

**“拨乱反正”新形势下的恢复性研究**

1976 年粉碎“四人帮”后的最初两年，我们国家面临着拨乱反正的艰巨任务，全国上下都对“四人帮”的罪行进行了全面的清算和深刻的揭露，对“文革”及以前的许多问题进行了反思，开展了“实践是检验真理的唯一标准”大讨论，各条战线上的工作都逐渐步入正轨。1978 年 5 月中国文联第三届全委会第三次扩大会议隆重召开，学术界、文艺界迎来了他们的春天。1978 年 12 月，全国“马列文论研究会”在武汉华中师范学院召开了成立大会和第一次学术研讨会，标志着我国马克思主义文艺理论研究进入了一个新的历史时期。

“文革”期间，马克思主义文艺理论被肆意篡改、歪曲，“文革”前的“十七年”文艺被界定为“黑线专政”，“十七年”的有关文艺观点被诬陷为“黑八论”。所以，粉碎“四人帮“以后，紧密结合国家的新形势和新任务，文艺理论界纷纷召开座谈会，回顾建国 30 年文艺运动的历程，总结文艺工作的经验，反省“左”倾思想的错误和危害。文艺理论工作者从揭露、批判“四人帮”在文艺领域的罪行入手，彻底否定《部队文艺工作座谈会纪要》，驳斥“文艺黑线论”，为“黑八论”恢复名誉。针对“假、瞒、骗”的现象，马克思主义文艺理论工作者大力批驳所谓的“三突出”创作原则，大力倡导恢复现实主义传统，同时积极扶持“伤痕文学”、“反思文学”，并伴随改革、开放的历史进程，进行超越现实主义传统的文艺创新。这些成绩是冲破重重理论枷锁才取得的，在解决现在看来已不成问题的每个难点时，都要以极大的勇气和耐心，投入大量精力。这一时期，尽管在理论上无多太新的建树和超越，基本没有超出建国“十七年”马克思主义文艺理论的基本格局和基本思路，但却使马克思主义文论研究逐渐步入正确轨道，为以后马克思主义文艺理论的大发展奠定了坚实的基础。

正是在这种背景下，有论者提出应该重读马克思主义经典，重新认识、分析和研究马克思主义文艺理论。

**思想解放背景下的深刻反思**

党的十一届三中全会以后，国家实行了改革开放的政策，政治、经济生活发生了令人瞩目的变化，社会生产力得到了解放，以前受到严重束缚的人的思想观念也得到了大解放。文艺理论工作者迎接改革开放潮流的冲击，努力更新观念，不断开阔视野，对文艺理论发展进行了全面的总结和反思，出版了一批马克思主义经典作家论文艺的丛书和研究马克思主义文艺思想的论著，西方马克思主义文论也开始逐渐译介到国内，使马克思主义文艺理论研究呈现出初步繁荣的景象。

早在 1979 年 3 月，上海《戏剧艺术》杂志第 1 期发表了陈恭敏的文章《工具论还是反映论——关于文艺与政治的关系》，在肯定反映论的大前提下，对流行的“工具论”作了批判。紧接着，1979 年 4 月，《上海文学》就以该刊评论员的名义发表了《为文艺正名——驳“文艺是阶级斗争的工具”说》，文章批评了“文艺是阶级斗争的工具”、“文艺从属于政治”的观点，大声疾呼“为文艺正名”。很明显，该文在内容上存在着一些明显的不足，带有一定片面化的思想倾向，但是该文所产生的客观影响却是极大的。正是以这篇文章为引子，中国文艺界开展了新时期第一次规模大、影响广的理论争鸣——文艺与政治关系的大讨论。在此后的一两年时间里，全国各大报纸、杂志发表了数百篇相关文章，文艺界多次举行学术研讨会就文艺与政治的关系问题进行了深入的研究和探讨。邓小平在《在中国文学艺术工作者第四次代表大会上的祝辞》①及《目前的形势和任务》②中，关于文艺和政治关系问题的论断——“我们的文艺属于人民”③、“党对文艺工作的领导，不是发号施令，不是要求文学艺术从属于临时的、具体的、直接的政治任务”④，为马克思主义文艺理论进一步朝着正确方向发展奠定了基础。1980 年 7 月 26 日，《人民日报》发表社论，明确提出用“文艺为人民服务，为社会主义服务”的新口号取代“文艺为政治服务”的口号，并且也客观地分析了“文艺为政治服务”这一口号在历史上所起过的积极作用，纠正了在文艺与政治的关系的讨论中所出现的一些极端化的思想偏颇。这场大讨论使文艺从服从于、依附于政治的工具的位置上分离开来，回到自身的方位，遵循其“不可能脱离政治”又不同于政治及其他上层建筑的特征和规律运行，按照其特有的风格样式，更好地为人民服务，为社会主义服务。可以说，“这次‘为文艺正名’

---

① 《邓小平文选》第 2 卷，人民出版社，1994 年 10 月版，第 207—214 页。

② 同上书，第 239—273 页。

③ 《在中国文学艺术工作者第四次代表大会上的祝辞》，《邓小平文选》第 2 卷，人民出版社，1994 年 10 月版，第 209 页。

④ 同上书，第 213 页。

是由过去的政治批判向学术研讨过渡，是在'政治'旗号之下所进行的虽然包含着政治行为但主要是学术行为，而且在当时的情况下，这可以算作是十一届三中全会之后文艺理论界第一次认真的学术行为”。[①] 随着文艺观念上的“从属论”、“工具论”的转变以及文艺与政治等一系列重大理论问题的澄清，马克思主义文艺理论研究逐步做到与时俱进，从而走向自身的完善和深入。

正是在这样一种思想解放的大背景下，马克思主义文艺理论有无体系、马克思主义与人道主义等问题开始真正进入了国内马克思主义文艺理论工作者们的研究视野之中，并就这些问题展开了轰轰烈烈的学术大讨论。这一阶段的讨论规模巨大，持续时间较长，影响深远，澄清了一些模糊认识，深化了人们对于马克思主义创始人文艺思想的理解和认识，极大地推动了我国马克思主义文艺学学科的发展和建设。

**“方法热”境况下的多种理论形态竞争的态势**

从 20 世纪 80 年代中期开始，由于国门的进一步打开，西方各种文化思潮纷纷涌入我国，各行各业都积极吸收、借鉴西方的新成果、新技术、新方法，人们的思想由于受到新思维的浸染和影响而空前活跃。我们国家一时间呈现出马克思主义指导下的各种理论形态互相竞争、共同发展的态势。

在此背景下，由于文艺学研究对象急剧衍变、扩大，文学创作内涵空前开阔，文艺活动的内、外部关系越来越复杂，重建和更新方法论问题就自然地被提到文艺理论研究的日程。一批中青年学者在理论准备和知识积累还不太充分的情况下，积极地投身理论实践，在全国范围内掀起了一场文艺学方法论的研究热潮。他们借鉴自然科学或国外社会科学的思维成果，来阐释文艺规律，取得了丰硕成果。“方法热”导致了文艺理论界空前的活跃，显示着理论工作者开始从理论贫乏状态中解放出来。这一阶段马克思主义文艺理论研究也呈现出多样发展的态势，多头并进，新论迭出，让人眼花缭乱、目不暇接。对于列宁的“两种文化”理论和文学的党性原则、艺术掌握世界的方式、马克思主义的悲剧论、党的“双百”方针、《讲话》的历史地位等一系列问题，文艺理论界都作了崭新细致的研究和探讨。文学主体性问题的激烈争论则引起了马克思主义文艺理论研究格局的大调整和重新组合。

一些有远见卓识的马克思主义文论研究者开始以马克思主义人学理论为指导把具有社会性的“人”作为开展研究工作的核心和着眼点，尝试着用审美反映论、艺术生产论等去发展和完善中国马克思主义文艺学。尤其是在西方马克思主义研究方面成就斐然。法兰克福学派以及本杰明、杰姆逊等一大批理论家的理论学说成为中国马克思主义文论研究的重要课题，使中国学术界对“西马”文论有了更深刻

① 张婷婷、杜书瀛：《新时期文艺学反思录》，山东文艺出版社，2001 年 6 月版，第 32 页。

的认识，为建构当代有中国特色的马克思主义文艺学提供了新的理论资源。但这一阶段的马克思主义文艺理论研讨也出现了一些波折，研究队伍发生了分化，一些人逐渐脱离了马克思主义文论阵地，他们对马克思主义文艺思想的科学性提出质疑，错误地认为传统马克思主义文艺理论是“左”倾思想的表现，它已经过时，不再适合中国国情。许多文艺理论和思潮打着丰富和发展马克思主义文艺理论的旗号，运用所谓的“新”方法，得出了一些非马克思主义甚至反马克思主义的结论。还一些人主张用主体论来否定、替代马克思主义文论。甚至有人公开提出反对马克思主义文艺理论的口号，主张用西方文论取代马克思主义文论在中国文艺理论格局中的主导地位，以西方文论体系为坐标重建中国文艺学理论体系。诸种论调，不一而足。但是，相当多数坚持马克思主义文论阵地的学者勇于面对这种冲击和挑战，并在马克思主义指导下通过的交流对话的途径逐步走向理论的更加成熟。

**市场经济条件下的意义重建**

进入改革更为深刻的20世纪90年代，建立和发展社会主义市场经济成为我们国家的发展主题。艺术开始进入市场，思想进一步解放，文化急剧转型，价值观念日趋多样，加之变化中的社会提出的种种新课题及现实中的种种诱惑、困惑，使我们的学术界弥漫着一种浮躁不安的情绪，造成了普遍的精神焦灼与心理失衡。在市场经济的冲击和“怎么都行”的后现代观念的浸染下，马克思主义文艺理论研究同其他学科和领域一样，也面临着新的问题，经受着新的考验，发生着深刻的嬗变。在市场经济和大众传媒的影响下，中国的大众文化得到了迅猛发展。大众文化产品以其制作的华丽、眩人耳目的感官刺激，吸引了大量受众，获取了丰厚的商业利润。一方面大众文化按照统一的模式，用受众最能接受的传播媒介成批地生产最流行的电影、电视剧、音像制品、书报出版物等，极大地丰富了人民群众的精神文化生活，但同时也造成了抬高官能享受，淡化和压抑高尚情操的文化倾向；另一方面，大众文化的发展体现了大众的文化需求和文化权利。当代大众文化提出了“审美与生活的同一”等新命题。大众文化与精英文化互相影响，形成互补格局。文化领域的多样化、多层次化给人们的生活提供了自由选择的余地，弥补了传统文论的缺陷。马克思主义文艺理论研究也不可避免地受到这一现实状况的影响。

在这样一种“众声喧哗”、“杂语共生”的多种文化背景下，文学艺术与经济的关系愈发凸显出其重要的理论意义，马克思主义艺术生产问题就自然被提到一个更为重要的位置。1993年4月中国社会主义文艺学会的成立，极大地推动了市场经济条件下我国马克思主义文艺理论的发展和建设工作。马克思主义文艺理论工作者通过对新时期以来马克思主义文艺理论发展状况的回顾、总结与反思，力戒浮躁情绪，结合社会主义市场经济条件下人的现实生存境况，继续沿着20世纪80年代开始的改革方向，努力从艺术生产论、意识形态论、价值论等角度来研究和发展有中国特色的马克思主义文艺理论。艺术生产与消费的辩证关系、马克思主义与大众文化的关系、文艺的商品性与意识形态性的关系、艺术的人文精神的失落与拯救、文艺批评的历史原则和美学原则相统一等问题成为理论工作者关注的热点，并且提出了新的形势下“建设有中国特色的社会主义文化”、“建设有中国特色的社会主义文艺”等重要理论命题。

**经济全球化语境下的交流与对话**

世纪之交，随着经济全球化步伐的加快以及社会主义市场经济体制的逐步完善，马克思主义文艺学既面临着难得的机遇，也受到了更严峻的挑战，社会实践向它提出了许多新课题。这时的中国文艺理论研究，已从20世纪80年代各种新观念与方法的探索、论争，转向在马克思主义导引下多种观念与研究模式的互补、综合，以及多种学科理论、方法相互渗透的发展趋势。

现在，经济全球化为当代有中国特色的、科学的、具有世界意义的马克思主义文艺理论的研究注入了新的动力，理论的喧嚣与浮躁的时期已经渐行渐远。自20世纪90年代以来，对中国马克思主义文论发展历程进行梳理、总结、反省，成为文艺理论家们一直关注的一个重要话题。世纪之交，学术界对20世纪马克思主义文艺理论的发生、过程、意义、经验、教训等问题作了更加深入、细致的总结、回顾和反思。的确，20世纪虽然已成为过去，但在这个世纪中所发生的事件仍然影响着今天的世界，它的历史仍在延续。就中国马克思主义文论而言，它诞生于20世纪初，它不能不带上20世纪的社会历史特点，而这些特点——无论是优点还是缺点——在建构当代有中国特色的、科学的马克思主义文艺理论体系时是我们不得不面临的现实。因此，对20世纪中国马克思主义文论与它所诞生的社会历史背景之间的复杂关系进行分析，对中国马克思主义文艺理论家们的革命理想、人生道路、学术追求进行回顾和探寻，成为这一阶段我国文艺理论工作者的一项具有重要意义的工作。

在这一阶段，人的现实生存问题日益引起众多学者的关注，实践存在论、生态美学等思想观点也逐渐渗透到建构当代有中国特色的马克思主义文艺学新体系的思考和论争当中。不少学者对如何建构面向21世纪的有中国特色的马克思主义文艺学提出了各种不同的理论见解，加强马克思主义文论与其他各种文论包括西方文论的交流与对话日益成为学术界的主旋律，出现了诸如“世纪回眸”、“新世纪的展望”等一大批专题性的学术文章。这一阶段，“交往与对话”、“马克思主义与全球化”、“全球化语境下马克思主义文论的发展”、“全球化与有中国特色的马克思主义文艺学体系建构”、“马克思主义文艺理论如何实现本土化”、“全球化与民族化”、“马克思主义文论与文化研究”、“马克思主义文艺学发展的百年回顾与新世纪的展望”、“面向新世纪的马列文论研究”等成为马克思主义文艺理论研究中学者们所关注的重要问题。

## （二）新时期马克思主义理论研究与当代西方文论

新时期马克思主义文艺理论研究从一开始就受到当代西方文论的极大影响。胡塞尔、卢卡契、海德格尔、萨特、阿多诺、马尔库塞、杰姆逊，表现主义文论、俄国形式主义、精神分析批评、存在主义文论、欧美新批评、原型批评、符号学、叙事学、结构主义、解构主义、女权主义批评、后现代主义、新历史主义、后殖民主义等，尤其是西方马克思主义文论，都是新时期马克思主义文艺理论研究与发展的重要的话语参照和理论资源。中国马克思主义文艺理论工作者在思想解放的时代机遇刚刚到来之际，便把目光投向了西方，大量引进现代西方的哲学观念、科学方法和理论成果。西方"人本主义"和"科学主义"两大文论主潮由于同新时期马克思主义文论向当代性和中国特色转变的需求相契合而在中国马列文论界得以快速的译介、传播、吸收和利用。"以系统论的引进为标志的科学主义流向与以主体意识强化为标志的人本主义流向的对峙、竞争、交融日渐突出"[①]，它们对中国新时期马克思主义文艺理论的研究思路、思维方式、研究视野和论争方式都带来了强烈的震撼和影响，潜移默化地改变着理论工作者的观念和对马克思主义文艺理论的认识，促使他们竞相提出一些新的结构框架和理论设想。当代西方文论的一些新方法、新观念广泛应用到马克思主义文艺理论的研究和建设中，促进了马克思主义文艺学逐渐由传统的二元对立的模式向以实践存在论为基础的多样化发展的模式转变。

在西方文论中，西方马克思主义文论对新时期中国马克思主义文艺学发展的影响无疑是深远而巨大的。新时期以来，关于现实主义问题的讨论，关于艺术与人道主义、人性论的关系的讨论，关于艺术生产论的讨论，关于意识形态论的讨论，关于大众文化的讨论，关于人文精神的讨论等等，无不受到西方马克思主义文论的直接或间接的影响。中国新时期马克思主义文艺学的发展路径与西方马克思主义文论具有某种一致性。西方马克思主义复兴马克思主义的路径之一是发掘马克思主义思想中长期被遮蔽、未被注意和吸收的思想点。而新时期马克思主义文艺理论研究开始于批判"四人帮"曲解马克思主义的错误行径，提倡准确地、全面地理解马克思主义文艺学的实事求是的学风。其中一个重要举措就是全面地研究和探讨马克思的文艺学和美学思想，马克思早年的著作《1844 年经济学哲学手稿》开始成为研究的热点。和"西马"一样，我国马克思主义文艺理论工作者也把这部长期被忽略的著作当作马克思主义文艺思想的重要来源之一，但却明确提出既要看到《手

① 张婷婷、杜书瀛：《新时期文艺学反思录》，山东文艺出版社，2001 年 6 月版，第 14 页。

稿》的重要理论价值又要承认其有尚不成熟之处；西方马克思主义复兴马克思主义的路径之二是在20世纪当代西方哲学文化思潮中，他们把自己认为的现代西方哲学的某些可取之处作为“改造”和“补充”马克思主义文论的思想资料，从而形成了诸如存在主义的马克思主义、精神分析学的马克思主义、结构主义的马克思主义等新学说。这一点在新时期马克思主义文论发展中也有突出反映。在20世纪80年代中期，我国兴起了一场文艺学方法论研究、讨论的热潮，一些学者热衷于在文艺学研究中引进西方现代哲学观念和文化思想，运用系统论、控制论、信息论等新方法来“改造”传统的文论模式，试图以此“完善”中国的马克思主义文艺学；西方马克思主义复兴马克思主义的路径之三是把目光投注到现实社会中，试图用马克思主义的原理和当代伟大的思想成果，去解决当代资本主义社会的社会问题和艺术问题。[①] 而新时期中国文艺理论工作者也逐渐将目光投向人的现实生存状况，注意研究新的文艺现象，着重解决社会现实向我们提出的新问题，将满足人民群众的精神文化需求作为学术研究的主要目标之一，逐渐走向马克思主义实践存在论。

在西方文论思想的参照中，人本主义倾向构成了新时期马克思主义文论的发展主潮，整个20世纪80年代正是马克思主义的人学思想不断深化发展的时期。有学者从西方文化思潮尤其是“西马”中引进人本主义并融入具体的马克思主义文艺理论研究中，有人则直接从马克思主义经典作家的著作中不断阐释、挖掘其内在的人学意义和存在论思想。可以说，新时期马克思主义文艺理论发展的过程，就是马克思主义的人学观念和实践存在论思想不断深入发展的过程，就是将对人的关注日益融入文艺理论研究的过程。从一定意义上讲，整个新时期的马克思主义文艺理论研究，都是围绕“人”这一轴心展开的。人们以空前的热忱，关注人的主体意识，倡导人文精神与人文理想，呼唤人的价值和尊严。进入20世纪90年代以后，随着中国改革开放和建立市场经济进程的推进，马克思主义文艺学所面临的语境发生了更为深刻的变化。和整个学术界的研究思路相一致，商业物质主义价值观的发育使得个人性的境遇和私人化的叙事开始成为我国学者思考马克思主义文艺理论的新的出发点，无论是对大众文化的思考，还是对人文精神的呼唤，都借助于从西方引进的理论武器。尤其是西方文论中的文化批判理论，成为在新的语境下，结合中国当代现实，补充马克思主义文艺理论研究内容的重要理论视角之一。

20世纪西方文化包括西方哲学、西方文论的现代性标志之一，是不断寻求对传统形而上学二元对立思维模式的超越。这一文化思潮，深刻地影响了新时期我国马克思主义文艺学的发展进程。在西方历史上，这种二元对立的思维方式几乎从古希腊起就已形成，并且一直影响、左右着西方文论、美学的发展。因此，西方传

---

① 冯宪光：《马克思美学的现代阐释》，四川教育出版社，2002年，第37—39页。

统的文艺理论学说大都是建立在二元分裂的理论基础上的。19世纪中期，马克思、恩格斯创立了新的哲学理论——实践唯物主义，将理性与感性、主观与客观统一在实践基础之上，西方二元对立的思维模式才逐渐被打破并朝着多样并存、多类互补的方向发展。20世纪，现象学、存在主义的兴起，进一步强化了这种发展势头。胡塞尔的现象学研究、海德格尔的存在主义研究思路、伽达默尔现代诠释学研究以及德里达的解构主义思想都显示了寻求超越二元对立思维方式的努力。可以说，突破传统的二元对立思维模式是20世纪众多西方学者不断努力的方向和目标，也是贯穿整个西方20世纪的社会文化思潮。新中国建立以后，在很长一段时间里，一些学者在思维方式上一直受到二元对立论的束缚，老是在内容/形式、主体/客体、表现/再现、理性/非理性、审美性/意识形态性、自律/他律、虚构/真实、艺术真实/生活(历史)真实、个性/共性等一系列二元对立中摇摆、徘徊，曲解了马克思主义反映论的实质，机械地理解反映论文艺观。及至改革开放的历史新时期，这种二元对立的思维模式虽然遭到部分学者的怀疑与摒弃，但在许多人头脑中，它仍然被奉为金科玉律，遵循着，实行着，以至于在包括马克思主义文艺理论在内的各种学术研讨中仍然存在着严重的形而上学思维定势的负面影响。文艺学的发展，继续为此付出着代价。比如在从何种维度出发建构马克思主义文艺学新体系的论争中，反映论和主体论本来是两个重要的切入维度，二者都具有不可替代的理论价值。但有的学者将反映论和主体论视为对立的两极，认为坚持主体性就必须反对反映论，无限夸大主体性，从而否定了客观世界对主观世界的影响和制约作用。当然这种二元对立的思维模式是历史的产物，它得以在新时期继续存在也并不是个别人的原因。令人感到欣慰的是，进入新时期以来，西方超越传统二元对立的现代文化思潮已经逐渐对我国文艺理论研究产生了重大影响。有学者曾经深刻地指出：必须“打破传统的思维惯性、研究的思路和格局”[①]。随着新时期马克思主义文艺理论研究的深化、拓展，以及西方各种哲学、美学流派对文艺研究思维方式所产生的影响，人们进一步深化了对马克思主义历史的、辩证的思维方式以及实践存在论思想的理解。马克思主义哲学将实践范畴引入其中，认为实践是人的有目的、合规律的活动，是人和自然的物质变换的过程。以实践为中介，主体与客体、人与自然、人与社会就得到有机的统一，从而弥合了主客二元的对立或人与世界的分离。不少研究者重新思考马克思在批判继承西方古典哲学、美学特别是德国古典美学所贯穿的辩证思维，力求运用辩证思维去考察分析文艺理论研究所面临的新问题，从而形成了文艺的审美精神及其传达方式的多样化格局。于是，我国马克思主义文艺学界、美学界在具体研究中开始涌现出一股努力突破二元对立思维的理论倾

① 张弼：《发展文艺学美学理论的主导、基础和建构问题》，《求是学刊》1994年第4期。

向。比如，在20世纪80年代，我国一些有影响的学者倡导有关文艺本质的“审美反映论”、“艺术生产论”、“审美意识形态论”等，显现出开始打破传统的二元对立思维格局的努力。特别是20世纪90年代以来，这种努力更加明显，并取得一些重要进展，如有的学者提出了“审美价值论”、“新理性精神”、“交往与对话”等理论或命题，极大地促进了马克思主义文艺理论研究的深入开展。

与超越二元对立的文化思潮相联系，西方当代存在论文化思潮对于新时期马克思主义文艺学的发展也产生了重大的影响。西方存在主义思潮滥觞于19世纪末20世纪初，兴盛于“二战”之后，20世纪60年代以来即融会于各种人本主义文论研究中，演化成为西方当代最具影响力的文化思潮之一。它的产生和发展是同资本主义现代化过程中的一系列矛盾的尖锐化相伴随的，诸如富裕与贫穷、发展与生存、科技与人文、物质与精神、人与环境等等一系列难解的二律背反现象。这些二律背反现象在资本主义现代化的进程中又递次地表现为人的“异化”、战争的严重破坏与环境的恶化等问题，越来越严重地威胁到人的现实生存，引起所有思想家的高度关注。随着我国社会主义现代化进程的加快，西方社会所面临的各种社会问题在我国也随之出现：环境恶化，资源枯竭，道德滑坡，贫富悬殊，工具理性过分膨胀，精神疾患蔓延，这些问题都严重地影响了人民生活质量的提高。可以说，进入新时期以后，改善当代日益严重的人的美化与非美化的二律背反状况成为中国学人包括马克思主义文艺理论工作者必须面对的紧迫的课题。与时代的步伐相伴，中国的艺术实践也发生了巨大的变化：新时期的中国文学艺术已不单纯是传统的感性与理性对立融合的现实主义与浪漫主义艺术，而是愈来愈走向感性与理性的脱节，形象与情节愈趋减弱，形式与色彩愈趋怪异与夸张，理性愈加隐没。朦胧诗、荒诞剧、霹雳舞、摇滚乐、寻根文学、先锋小说、通俗歌曲、抽象派绘画、新历史主义电影……都给我们固有的文艺观念以极大的冲击，让人眼花缭乱、应接不暇。这些作品已不仅仅是对现实的简单反映，而是对人的现实存在意义的探寻和追问。面对已经发生巨大变化的现代艺术，在二元对立思维模式影响下产生的旧的文艺观已经不能很好地解释当代文艺，不能适应新的文艺实践的发展需要，愈来愈显示出其理论的陈旧以及同现实的严重脱离。因此，有的学者提出了“生态存在论审美观”的概念，提倡以马克思主义实践存在论作为哲学基础、结合当代生态学理论来进行当代文艺学、美学研究。① 还有的学者提倡将实践论与存在论结合起来作为哲学基础，以此走向实践存在论的生成性美学，并认为这是中国美学、文艺学突破的一条尝试之途。②

---

① 曾繁仁：《生态存在论美学论稿》，吉林人民出版社，2003年10月版。

② 朱立元：《走向实践存在论美学》，《湖南师范大学学报》2004年第4期。

## （三）新时期马克思主义文艺理论研究与当代反思思潮

任何学术问题的研究都是一定社会思潮的某种反映，尤其是文艺问题的研究和论争，总是同特定的社会思潮互渗互动的。基于一定历史条件下所产生的社会思潮会不同程度地反映和折射到相关文艺问题的研究中来，而文艺问题的研究又往往作为特定社会思潮的载体和受体，使之得到形象化的呈现和张扬。一方面，在新的历史时期，结合时代特色，回顾和梳理马克思主义文艺理论一百多年的发展历程，总结经验教训，重读经典文本，正确评价经典作家的历史地位和理论贡献，显得尤其重要。有学者曾经这样说过："我们不是没有认识的历史，不是没有阅读的历史，不是没有前进的历史，也不是没有面临挑战、错误、困顿、危机的历史……我们缺少的是反思的历史、比较的历史、总结的历史。"①于是，新时期伊始，我国文艺理论工作者就开始了这项艰巨的带有反思性质的总结、梳理工作，并且形成了一股强烈的思想潮流。另一方面，十年浩劫给我们国家带来了太多的灾难和创伤，强烈地刺激了我们民族的每一个成员。粉碎"四人帮"，结束"文革"，人们痛定思痛，开始反思以往所不曾认真思考过的各种问题，从政治、经济到历史、文化、社会，从成就、繁荣、荣誉到教训、灾难、失败，从实践到理论等方方面面的问题都进行了反思。两个方面的因素汇集在一起，从而形成了中国历史上最为壮阔、最为彻底的一次反思思潮。这种反思思潮深刻地影响并且日渐融入、渗透到文艺理论研究中，这种反思思潮几乎贯穿了新时期马克思主义文艺学发展的全过程。新时期在"新诗"乃至整个文艺领域中所出现的"三个崛起"，即"在新的崛起面前"②、"新的美学原则在崛起"③、"崛起的诗群"④以及"重写文学史"等现象都是总结历史、挑战权威、突破传统的反思思潮在文艺领域的一种集中反映。

新时期的马克思主义文论研究开始于批判"四人帮"曲解马克思主义的恶劣行径，提倡准确、完整地理解马克思主义文艺理论。其中一个重要举措就是研究和探讨马克思《1844年经济学哲学手稿》，其实质就是对马克思主义文论所作的一种反思性思考，这突出表现在"回到马克思"、"重读马克思"、"走近马克思"这些口号上，注意发掘马克思思想中长期被遮蔽、未能被注意和吸收的部分。20世纪70年代末80年代初，马克思主义文论家们首先触及了文艺与政治的关系问题，还有文艺与生活的关系，也即文艺要真实地反映现实生活的问题，人们以"真实是艺术的生

① 董学文：《马克思主义文论教程》，广西师范大学出版社，2002年10月版，第11页。
② 谢冕：《在新的崛起面前》，《光明日报》1980年5月7日。
③ 孙绍振：《新的美学原则在崛起》，《诗刊》1981年第3期。
④ 徐敬亚：《崛起的诗群——评我国诗歌的现代倾向》，《当代文艺思潮》1983年第1期。

命”为口号，纷纷提出要为“写真实”恢复名誉，要“恢复现实主义的本来面目”，等等。当时人们突破种种理论限制，开展了有关马克思主义文艺学有无体系的论争，有关形象思维、典型、人性、人道主义、异化等问题的讨论，以及20世纪80年代中后期对瞿秋白、周扬、冯雪峰、胡风等人文艺思想的再认识等，都带有这种反思的性质。尤其值得一提的是，开始于1980年的那场关于马克思主义经典作家有没有建立起自己完整的文艺理论体系的大讨论，实际上就是一种对历史、对社会、对传统文化，尤其对是以往的文艺理论学说进行反思的结果和要求变革的具体表现。抛开争论中的不同的具体意见不说，争论的各方其实都不约而同地表现出了对我国马克思主义文艺思想研究现状的强烈不满，表现出一种要求有所突破的迫切愿望，并直接引发了我国文论界持续至今的一场颇具力度和深度的研究与论争热潮。20世纪80年代理论界提出的“重读经典文本”、“回到马克思”、“重温讲话”、“建构马克思主义的文艺学当代形态”，90年代轰动一时的“马克思主义文论的意义重建”、“马克思主义与人文精神”的大讨论以及90年代末直至今日的“全球化语境下马克思主义文论的未来发展”、“马克思主义文论的本土化”等研究热点，也都是这种反思思潮的一种反映。尤其是“重温讲话”这一学术活动，每逢春夏之交，必会掀起一次次的研讨高潮，理论界的这一活动贯穿了新时期马克思主义文艺理论研究的全过程。不论是“重读”还是“重温”，也不论是“走近”还是“再认识”，其实都是站在时代高度，结合当代现实语境，对马克思主义文艺学所作的一种反思性的思考。

任何反思都带有历史经验总结的性质，当然也意味着某种程度的建设。新时期有关马克思主义文艺学的反思性文章在批判弊端的同时，大都力求有正面的学术建树，有自己的理论构想，这突出表现在众多学者的构建当代有中国特色的马克思主义文艺学新体系的努力上。而且随着马克思主义文艺学的发展，研究者也都在逐渐改变着思维的方式，过去那种简单的非此即彼的价值判断已不能满足一个反思时代的需求，以往那种充满火药味、攻击性和侮辱性的恶劣之风逐渐遭到人们的摒弃。

## 第二节
## 新时期马克思主义文艺理论研究的重要问题

### （一）关于有无体系问题

新时期，对于马克思主义文艺理论有无体系问题的探讨是我国文艺理论工作者“重读”马克思主义经典著作的必然结果，也是我们对马克思主义文艺思想的阐释和理解不断加深的体现。正如有位学者所言：“关于马克思主义文艺理论有无科学体系的论争，应该说，在我国新时期文艺思想的发展上，是一次相当重要的理论论争。”[①]大约从1978年起，在社会上开始流行这样一种说法：即马克思文艺思想没有体系。同年末，在“全国马列文论研究会”举办的首届学术研讨会上发出了另外一种声音，即认为马克思主义文艺思想有科学完整的体系。这两种观点从一开始就针锋相对，尖锐对立，进行了激烈的辩论。到了1979年至1980年间，前一观点有了进一步的发展。1980年刘梦溪在《文学评论》第1期上发表了《关于发展马克思主义文艺学的几点意见》一文，详尽阐述了自己关于马克思主义文艺学体系问题的看法，认为不仅马克思和恩格斯，而且所有的经典作家，包括列宁、斯大林以及毛泽东，他们的全部文艺思想都没有形成完整的理论体系。这篇文章成为引发新时期有无体系论争全面展开的导火索，接着有论者发表了一些与刘梦溪文章观点相类似的文章。他们认为，马克思主义经典作家的文艺理论在某种意义上来说是“断简残篇”。因此有人将这一观点称为“断简残篇说”或“残篇说”。与此同时，另外一些论者则坚持认为，说马克思主义没有完整的文艺理论体系的观点是站不住脚的，马克思主义文艺理论具有一个完备的科学体系。这种观点我们暂且称之为“科学体系说”。

其实，早在20世纪二三十年代，卢卡契等西方马克思主义文艺理论家就曾就马克思主义创始人的文艺理论学说有无体系这一问题提出过各种不同的看法，并且进行过一番讨论。目前，在国际上仍有许多学者不承认马克思、恩格斯创立了自成体系的文艺学，认为他们给后人留下的只不过是一些零散的感想和评点。当然，也有部分有识之士不同意这种观点，他们对马克思、恩格斯的文艺理论进行了必要的维护并在学理上作了进一步的阐释和创新。所以说，新时期马克思主义文艺学体系论争实质上是以往的研究探索在新的历史条件下的继续和拓展。

“断简残篇说”和“科学体系说”双方围绕“什么是体系”、“体系的标准”、“文艺的内部规律与外部规律”等问题对马克思主义文艺理论有无完整体系这一重大理论课题展开了激烈的论争。由于“残篇说”一方从一开始“队伍”就不庞大，再者由于观点本身存在某些片面性，因此随着论争的深入以及种种外部的社会、政治原因的作用，“残篇说”的声音日渐衰微，而“科学体系说”则逐渐占了上风。1989年前后，有无体系问题再次受到文艺理论界的极大关注，发表了大量的阐述文章。总之，新时期以来，有无体系问题的研讨一直没有停止过，不断有人发表不同的看法。

我们的看法是，“有无体系”问题的提出，对于我们更加深入地理解马克思主义文论还是有其积极意义的：一方面，正如卢卡契所说：从某种意义上来说，“所有接近真理的途径以及整个方法都有赖于对马克思主义经典作家为我们留下的全部著

---

① 陆梅林：《回顾与反思——忆十年来若干文艺理论论争》，《文艺理论与批评》1991年第3期。

作的研究”。[①] 也就是说，对待马、恩的文艺理论要运用普遍联系的观点和方法，不能单从孤立的一两篇文章、三两部著作来研究，否则就不能准确全面地把握马克思主义创始人的文艺思想。其实，我们不能以没有完整的美学与文艺学理论论著，来否定有体系。我们不应拘泥于马克思主义创始人的片段言论及个别论点，不应形式主义地看问题，而应以马克思主义立场、观点与方法为指导把散见于马克思主义创始人著作中的有关文艺、美学问题的言论联系起来加以理解和把握。马克思主义经典作家有关文艺的论述存在着一定的内在联系，它已经初步形成了理论体系，说它是“断简残篇”是不科学的。正如美国学者梅纳德·索洛蒙所说：不能把马克思和恩格斯关于艺术的著作“描绘成像欧内斯特·西蒙斯(Eruest. J. Simmons)所说的支离破碎的‘碎片和补丁’”[②]；但是另一方面，正如恩格斯所说的：“每一个时代的理论思维，从而我们时代的理论思维，都是一种历史的产物，在不同的时代具有非常不同的形式，并因而具有非常不同的内容。”[③]马克思和恩格斯本人的文艺理论体系也不例外，它也是他们所处的那个时代的产物，它也需要不断地发展和完善，它最本质的特征在于开放性，在于它对人类新的科学成果的不断吸收和借鉴。

当然，由于受到传统的二元对立思维模式的影响，对于这一问题的讨论曾一度偏离了学术争鸣的轨道，显露出僵化机械的迹象，而且一些具体问题讨论得也并不彻底，仍有待于进一步深入探讨。在前期，如果说论战的各方还都讲究一定的逻辑性和学理性的话，那么随着论争的继续，一种情绪化的倾向逐渐显现出来，表现出一种“义气用事”的作风。尽管人们一再宣称不应该把与己不同的意见“看作是反马克思主义的，而只能把它看作一种不同的学术意见，允许研究，允许争鸣”[④]，但是在实际的讨论中，人们往往违背了这一学术争鸣的原则，将对立的学术观点与政治倾向挂起钩来。在马克思主义看来，“艺术是多方面的事物。其中，艺术是人类在情感和理智之间、认识和感情之间的协调方式；它是培育人的感官、人的敏感性和人的意识的手段；它是人类借以超越目前情况、越出既定界限的一种能动性；它是人类的一种表达方式，这种表达方式提供了能使潜在转化为现实的激情和热忱。”[⑤]所以，有无体系问题的论争中所表现出来的二元对立的态势是不符合马克思主义的，过去那种二元对立的互相攻讦的种种情形必须加以改变。超越二元对立，打破线性思维模式，在 20 世纪 80 年代已成为马克思主义文艺理论研究的当务

---

① 乔治·卢卡契：《审美特性》第一卷“前言”，徐恒醇译，中国社会科学出版社，1986 年 9 月版，第 6 页。

② 梅纳德·索洛蒙：《马克思和恩格斯的艺术观》，陈超南译，胡天惠校，《现代外国哲学社会科学文摘》1981 年第 5 期。

③ 《马克思恩格斯选集》第三卷，人民出版社，1972 年 5 月版，第 465 页。

④ 李贵仁：《〈关于发展马克思主义文艺学的几点意见〉质疑》，《人文杂志》1980 年第 5 期。

⑤ 梅纳德·索洛蒙：《马克思和恩格斯的艺术观》，陈超南译，胡天惠校，《现代外国哲学社会科学文摘》1981 年第 5 期。

之急。

经过一段比较集中的讨论，理论界确认了马克思主义文艺学有一个相对完整的理论体系，但这并不是问题的结束，而是研究的开始。马克思主义文艺学体系的哲学基础、整体面貌、逻辑结构等问题自然而然地成为文艺理论工作者所关注的又一课题。人们对马克思主义文艺学体系的哲学基础、形态类型等方面做了广泛的研讨和探索，提出了马克思主义文艺学"显体系"与"潜体系"的命题。有论者指出：马克思的"片段表述型的文艺思想作为体系更多地还是一种潜在的形态，而使它由片段走向完型、由潜在走向显在则正是马克思主义文艺美学研究者义不容辞的任务"。[①] 肖君和将马克思主义文艺学体系分为隐体系（潜体系）和显体系，并认为隐体系暗含着发展的契机。肖君和在挖掘马克思主义文艺学隐体系方面做了较多的努力，他的论述建立在主体与客体、人与自然、人与社会生活的交互性的基础上，密切结合人的"实践"与时代特色，显示出新时期文艺理论工作者试图摒弃机械反映论、突破二元对立思维模式、逐步向实践存在论靠近的努力。[②] 关于马克思主义文艺学体系的哲学基础，有人认为是辩证唯物主义和历史唯物主义，有人认为是反映论，还有人认为是不平衡理论，等等。这些观点对于加深我们对马克思、恩格斯文艺思想的理解和认识，丰富和发展马克思主义文艺理论，无疑具有十分重要的学术价值和理论意义。近年来，哲学界的邓晓芒等学者提出了"实践存在论"的概念并主张"马克思主义的实践存在论应是整个马克思主义理论的最终基点"[③]，并且得到了哲学界众多学者的认同。哲学界的研究成果对于马克思主义文论研究具有极大的启发和借鉴意义。我们认为，从某种角度来看，把实践存在论作为马克思主义文艺学的哲学基础也是有一定道理的。在哲学史上，对"存在"作"存在论"追问的哲学家数不胜数，但第一个把这种追问置于现实的实践过程即人的社会实践中的哲学家首推马克思。马克思认为实践是人的基本的存在方式，并一再强调从实践的角度观照人的存在，从人的存在的角度理解实践。马克思曾经讲道："全部历史是为了使'人'成为感性意识的对象和使'人作为人'的需要成为需要而做准备的历史（发展的历史）"[④]，"对社会主义的人来说，整个所谓世界历史不外是人通过人的劳动而诞生的过程，是自然界对人来说的生成过程，所以关于他通过自身而诞生、关于他的形成过程，他有直观的、无可辩驳的证明。因为人和自然界的实在性，即人对自然界来说作为自然界的存在以及自然界对人来说作为人的存在，已经成为实际的、可以通过感觉直观的，所以关于某种异己的存在物、关于凌驾于自然界和

---

① 邵建：《马克思主义文艺美学本质辨识——兼与陆梅林先生商榷》，《文艺争鸣》1991年第3期。

② 肖君和：《马克思主义文艺理论隐体系论纲》，《理论与创作》1989年第4期。

③ 邓晓芒：《实践唯物论的三重根》，《长沙水电师院社会科学学报》1996年第1期。

④ 马克思：《1844年经济学哲学手稿》，人民出版社，2000年第1版，第90页。

人之上的存在物的问题，即包含着对自然界的和人的非实在性的承认的问题，实际上已经成为不可能的了。”[①]从一定意义上讲，在马克思主义经典作家那里，“实践”是最根本的“存在”或者“实在”。因为整个世界的其他一切存在，都只能是在“实践”的基础上向人历史地呈现的。所以说，实践存在论是马克思主义哲学最基本的理论之一。也正因为此，我们认为，马克思主义文艺学的哲学基础不是单纯的实践论或单纯的主体论，而是以实践为基础、以人的能动的实践活动为中介的实践存在论。马克思在著名的《关于费尔巴哈的提纲》中已经阐明了由认识论到实践存在论转变的趋势。他不仅指出了旧唯物主义“只是从客体的或者直观的形式去理解”事物的弊端，而且明确表示“哲学家们只是用不同的方式解释世界，而问题在于改变世界”。[②] 这种由认识世界到改变世界的转变就是由传统认识论到唯物实践存在论的转变。在人与世界的关系的把握上由静态的主客对立到动态的社会中的人在“实践世界”中的生存的转变。这种实践存在主义与西方存在主义有着超越主客二分思维的共同性，但也有着根本的区别：① 在哲学基础上，实践存在论是唯物的、以物质生产实践为前提的，而后者则是唯心的、建立在主观“意向性”的基础之上；② 在内涵上，唯物实践存在论是具有广阔深厚的社会性的，从每个人的自由全面发展出发最后导向无产阶级和人类的解放，而后者则是灰暗的，弥漫着个人的“被抛”与“畏惧”；③ 在基调上，实践存在论强调通过人类的解放走向共产主义的光辉前景，而后者则宣扬“他人是地狱”的消极情绪。当然，马克思主义文艺学体系的哲学基础是一个十分复杂的问题，对此有必要作进一步的深入探讨。

真理是在论争中确立和发展的，只有经过认真研究和反复探讨，才能提高认识，明辨是非。通过有无体系问题的讨论，学术界加深了对马、恩文艺思想和马克思主义文艺学体系的认识，促进了马克思主义文艺学的学科建设的步伐——虽然在某些具体问题方面，人们仍然存在一些不同的看法。

### （二）关于文艺的人道主义问题

人道主义是西方马克思主义所关注的一个重要问题。西方马克思主义文论一直在努力寻找艺术、美学乃至社会的人学基础。西方马克思主义者都把对历史唯物主义的解读放在对《1844 年经济学哲学手稿》的阐释上，而把人道主义精神看作是马克思主义文艺学的根基。西方马克思主义文论人道主义思想的形成与马克思《1844 年经济学哲学手稿》全文的发表以及他们对它的研究和理解密切相关。西

① 马克思：《1844 年经济学哲学手稿》，人民出版社，2000 年第 1 版，第 92 页。

② 《马克思恩格斯选集》第一卷，人民出版社，1972 年，第 16—19 页。

方马克思主义文论是以人道主义、人的异化及人的解放，作为文艺批评的思想准则。从资本主义社会的严重异化以及资本主义制度对人性的扼杀这一基本观念出发，西方马克思主义文论家普遍认为，西方现代主义作品就是人性被扼杀、被压抑、被扭曲的表现。

在我国，20世纪50年代，巴人首先在《论人情》一文中论述了人性问题。后来，钱谷融在《论"文学是人学"》中进一步指出，人情和人性是存在于生活之中的，伟大作家按照生活塑造出来的文学典型，既有阶级性、政治性，又有自己的个性和作为人所应有的共同的人性。[①] 在新时期，较早提出人性、人道主义问题的是朱光潜，1979年他发表了《关于人性、人道主义、人情味和共同美问题》一文，指出马克思主义文艺理论界迫切需要冲破的禁区就是人性论、人道主义的禁区。他认为，"文革"中的极"左"路线歪曲了马克思主义文艺学的基本观点，应当恢复人性、人道主义在马克思主义及其文艺学中的应有地位。人道主义虽然"在不同的时代具有不同的具体内容，却有一个总的核心思想，就是尊重人的尊严，把人放在高于一切的地位"。[②] 朱光潜的观点得到了程代熙、汝信[③]等人的支持，也有很多学者对此持反对意见。这样，就在全国掀起了关于人性、人道主义的大讨论。这一问题的讨论，规模大，持续时间长。论争中提出和涉及的问题，所达到的深度，与西方马克思主义几十年对人道主义的探索，是不相上下的。和西方马克思主义文论的研究思路一样，新时期我国关于人道主义的研究和讨论也是从马克思的《1844年经济学哲学手稿》上寻求其理论渊源的。而且在讨论艺术的人道主义问题的同时，也掀起了研究马克思巴黎手稿的热潮。马克思巴黎手稿中关于美与艺术的论述，受到前所未有的重视。

一些学者认为马克思主义经典作家的著作中本身就包含着人道主义原则和理想。汝信说："人道主义是马克思主义必不可少的因素"，而且马克思主义的人道主义是"人道主义的一种高级的科学的形式"。[④] 周扬也赞同这一看法，并且提出了"马克思主义的人道主义"的理论命题，他说："我不赞成把马克思主义纳入人道主义的体系中，不赞成把马克思主义全部归结为人道主义；但是，我们应该承认，马克思主义是包含人道主义的。当然是马克思主义的人道主义。"[⑤]王若水在《为人道主义辩护》（《文汇报》1983年1月17日）一文中指出：不能说人道主义只能是资产

---

① 钱谷融：《论"文学是人学"》，《文艺月报》1957年5月号。

② 朱光潜：《关于人性、人道主义、人情味和共同美问题》，《文艺研究》1979年第3期。

③ 程代熙：《人学·人性·文学》，《光明日报》1980年1月9日；汝信：《人道主义就是修正主义吗？——对人道主义的再认识》，《人民日报》1980年8月15日。

④ 汝信：《人道主义就是修正主义吗？——对人道主义的再认识》，《人民日报》1980年8月15日。

⑤ 周扬：《关于马克思主义的几个理论问题的探讨》，《人民日报》1983年3月16日。

阶级的意识形态，通过对《1844 年经济学哲学手稿》的解读，可以发现马克思主义是最彻底的人道主义，社会主义也需要人道主义。这些学者们还从马克思主义思想来源、文化背景、发展过程、逻辑结构、内容特征、终极目标等方面，考察了马克思主义同人道主义遗产的批判继承关系，从而得出了马克思主义的人道主义是"科学的人道主义"、"真正的人道主义"、"无产阶级的人道主义"、"革命的人道主义"、"彻底的人道主义"等结论。[①] 为人道主义所作的辩护受到了陆梅林、杨炳等学者们的批评，他们认为人道主义与马克思主义是两种不同的思想体系，基本是不相容的，必须对抽象的人道主义进行批判。[②] 在论争中，学者们的分歧主要在于如何认识马克思主义与人道主义的关系，马克思主义有无人道主义、马克思主义所讲的人道主义与资产阶级的人道主义有何不同，如何认识艺术的人道主义精神实质。受传统二元对立思维模式的影响，一些学者对人道主义、人性等采取一概否定、批判的态势，也有部分学者则不加分析地完全照搬"西马"的理论，把马克思主义的世界观人本主义化。曾有一段时间，一些人片面夸大人道主义的作用和意义，文艺界出现了滥用人性、人道主义的肤浅化、粗滥化、片面化、抽象化的偏差。还有部分学者意识到把马克思主义等同于人道主义，将会产生理论的迷茫，于是就对"人道主义的马克思主义"等提法和观点进行了批评。胡乔木在《关于人道主义和异化问题》一文中，把作为世界观、历史观的人道主义与作为伦理道德原则的人道主义作了根本性的划分，指出作为世界观和历史观的人道主义同马克思主义的历史唯物主义是根本对立的，但应实行作为伦理道德原则的社会主义人道主义。[③] 他还指出："人道主义并不能说明马克思主义，不能补充、纠正或发展马克思主义，相反，只有马克思主义才能说明人道主义的历史根源和历史作用，指出它的历史局限，结束它所代表的人类历史上一个过去了的时代。"[④]胡乔木的观点也引起了争议，一些学者至今仍不赞成他的观点。但是从马克思主义的整个思想体系来看，从马克思主义经典作家在政治上对人道主义的无情批判来看，胡乔木的看法还是相当深刻的，有力地回答了马克思主义与人道主义的关系，澄清了一些有争议的论点。在胡乔木的文章发表后，这场讨论到 1984 年底，就基本告一段落。但是，关于人、人性和人道主义等问题的研究和争论，并没有到此结束，仍然在继续深入和发展，以至造成了后来一个时期的"人学"热、"主体"热，以及 20 世纪 90 年代的关于人文精神的讨

---

① 黄曼君主编：《中国 20 世纪文学理论批评史》（下册），中国文联出版社，2002 年，第 739 页。

② 陆梅林：《马克思主义与人道主义》，《文艺研究》1981 年第 3 期；陆梅林：《为马克思一辩》，《文艺研究》1983 年第 4 期；陆梅林：《空想与必然》，《文艺研究》1984 年第 3 期；杨炳：《马克思、恩格斯与人道主义》，《光明日报》1983 年 6 月 4 日。

③ 胡乔木：《关于人道主义和异化问题》，见陆梅林、盛同主编《新时期文艺论争辑要》（下），重庆出版社，1991 年，第 1360—1408 页。

④ 同上书，第 1373 页。

论。实事求是地说，新时期我国文论界对文艺的人道主义问题的探讨尚缺乏一定的理论深度，而且有部分学者越出了审美的边界，单纯地把人道主义引申为一种世界观和历史观。原因主要是许多学者没有像胡乔木那样把人道主义的两个层次的含义划分清楚，对马克思主义的人学理论与资本主义抽象的人性论、人道主义的界限认识不清，讨论也主要在政治和社会历史层面进行，这就必然导致疏于对艺术和审美的人道主义作深入研究。而且，这些论者在对《1844 年经济学哲学手稿》的认识上也深受"西马"的影响，没有看到《手稿》还没有完全摆脱费尔巴哈哲学的影响，还不是完全成熟的马克思主义。但不管怎样，新时期关于人道主义的探讨毕竟是有一定积极意义的，它澄清了一些模糊认识，推动了马克思主义文艺理论的向前发展。

与人道主义问题密切相关，新时期我国文艺理论工作者还对异化问题作了大量研究，众多学者参与到这一问题的讨论中。在新时期较早关注异化问题的是王若水，1978 年他发表了《关于"异化"的概念》[①]一文，接着又发表了《文艺与人的异化问题》、《谈谈异化问题》等文章。[②] 由于异化概念及其理论具有高度的抽象性、思辨性，也由于许多批评家、文论家是在情感上而非学理上使用它，因此在文论界引起了许多争议。新时期我国异化问题的讨论深受西方马克思主义文论的影响，比如"西马"用人道主义对资本主义社会中全面异化的现实做过尖锐而深刻的批判，也曾用异化理论来考察甚至批评社会主义国家的某些失误。而在新时期异化问题的讨论中出现的"社会主义异化论"，实际上就是对西方马克思主义的一种直接照搬，一些作家、评论家试图将异化观念用于对社会主义现实生活的描写。这些观点与做法显然是偏颇的。新时期异化问题的讨论，对于文艺学、美学产生了不可忽视的影响，如哲学人本论的艺术观、实践论美学观都受其影响。

主体论的讨论可以说是文艺的人道主义问题研究的进一步深化和拓展。20 世纪 80 年代中期，刘再复先后发表了《论文学的主体性》(《文学评论》1985 年第 6 期、1986 年第 1 期)等多篇论文。刘再复关于文学主体性问题的论述，在国内文艺理论界引起了强烈反响，一场全国性的学术争鸣迅速展开。虽然到目前为止，学术界对于主体性问题仍然不能达成一致的意见，但是主体论却不失为我们从事马克思主义文艺学研究的一个重要理论视角。因为一是文艺学中的主体性本来就是马克思主义的题中应有之义，马克思主义的自然观、社会历史观、文艺美学观中都有系统而深刻的主体论思想。马克思十分重视人类的历史主体性，他在《1844 年经济学哲学手稿》中说："整个所谓世界历史不外是人通过人的劳动而诞生的过程，是

---

① 王若水：《关于"异化"的概念》，《外国哲学史研究集刊》第 1 册，上海人民出版社，1978 年。

② 均收入王若水：《为人道主义辩护》，三联书店，1986 年。

自然界对人说来的生成过程……”[①]马克思主义创始人一再强调人是劳动的主体、社会关系的主体，侧重从人的作用的角度揭示人的本质，说明人在劳动、社会关系中的地位。他们说，“人始终是主体”[②]，“人类是主体”[③]，“人是生产的主体”[④]，“自然是生产的客体”[⑤]。二是主体论与反映论并不矛盾，但刘再复等人受机械的二元对立思维影响，对马克思主义的主体性理论作了某种误读，将主体论与反映论对立起来，以主体论代替反映论，这是他们最主要的片面性之所在，也是他们遭到许多学者批评的原因所在。

主体论之所以引起马克思主义文艺理论界的关注，还有其特定的社会背景和文化背景，主要在于特定思潮背景下复生的源于西方早期人文主义的文化态度。“80年代的中国，是中华民族潜在生命意识空前自觉且表现强烈的时代，中国文学家已经开始走出‘人’的贫困及‘文学的贫困’，在思维的精神领域，为至高无上的人的价值争得一片理性地位。正是这样一种高扬人的主体性的时代思潮，使人们进一步意识到自身的丰富性及自身力量的伟大，因此把人当作历史的主体、尊重人的价值、发挥人的自主创造精神成为这一时代的吁求和需要。而这一时代的心理特征与西方文艺复兴时期的人文主义精神不期而遇了。新时期理论家面对的是与早期人文主义相似的时代主题，于是萌发了与之相似的人文情怀：对人性的纯情讴歌，对人的力量的无限自信与弘扬……此时的中国知识分子最急迫的任务是唤起广大民众的主体意识，以‘以人为本’去反对‘以神为本’、‘以物为本’的人道主义启蒙。”[⑥]在众多有关主体论的研究成果中，由九歌著、畅广元审订的《主体论文艺学》（中国社会科学出版社1989年）可以说是一部带有总结性质的著作。作者尝试着从主体论维度初步建构起了一个新的文艺学理论框架，显示出了生机和活力。

### （三）关于反映论问题

新时期以来，随着现实主义文艺的复苏和文艺理论上“为文艺正名”、恢复文艺的审美本质的努力，反映论文艺观也逐步走出“极左”路线和政治化的阴影，出现了新的转机。许多学者力图避免过去研究工作中所出现的种种弊病，借鉴“西马”文论家的有关论述，努力将文艺的审美性质注入反映论，提倡审美反映论。事实上，新时期关于反映论的研究和探索大体经历了最初的对反映论的质疑与维护，从机

---

① 《马克思恩格斯全集》第42卷，人民出版社，1979年9月版，第131页。

② 同上书，第130页。

③⑤ 《马克思恩格斯全集》第12卷，人民出版社，1962年，第735页。

④ 《马克思恩格斯全集》第26卷Ⅰ，人民出版社，1972年，第300页。

⑥ 张婷婷、杜书瀛：《新时期文艺学反思录》，山东文艺出版社，2001年，第145页。

械反映论向能动反映论过渡，最后向审美反映论转换等几个过程。

反映论一直是马克思主义文艺学的重要内容之一。但是到了20世纪80年代初，反映论文艺观开始遇到挑战，有些学者对将其直接运用于文艺学表示怀疑，他们提出了“感兴论”、“情感论”、“审美论”等文艺观来替代反映论文艺观。尤其突出的是“审美论”文艺观，有论者直接明了地指出：不应把文学看作社会生活的反映，而应看作是一种物质世界和作家的艺术心灵的有机结合体。文学属于“美的领域”。[①] 当然，这些怀疑反映论文艺观的观点也遭到了众多学者的反对，其中最具代表性的是涂途、马奇和林志沿等学者。涂途认为：马克思主义的美学和文艺理论的一条基本原理，就是把文艺这种复杂的社会精神现象，看作是整个上层建筑中特殊的社会意识形态，文学艺术是社会生活的形象的反映，是对现实生活审美地掌握的最高形式，它最终由社会存在和经济基础所决定，这是无法否定的，也是否定不了的。[②] 马奇更加旗帜鲜明地强调说：艺术是社会生活的反映，或者说社会生活是艺术反映的对象，这是艺术的本质所在。艺术要反映社会生活，就必然是一种认识活动，因此就具有一定的认识意义。[③] 林志浩则指出：文艺作为人们认识世界的一种方式，必然会受到马克思所揭示的认识论的一般规律的制约。因此，在艺术特性的理解上，第一要坚持反映论，承认客观对主观的第一性，坚持再现生活的真相。[④] 可以看出，这部分学者基本上都坚持“生活第一性”、“文艺第二性”，坚持文艺与生活是一种反映与被反映关系。

1985年至1986年前后，随着方法热的到来，学术界又一次掀起了反映论讨论的高潮。人们从不同的角度进行研究和思考，得出了不同的回答，但概括起来，仍然主要表现为坚持和否定两种观点。一种观点对“文艺是现实生活的反映”持否定态度，认为“文艺是现实生活的反映”这个命题是不正确的，因为“它忽视乃至抹杀了文艺活动的自身存在”。[⑤] “说文艺作品反映了社会生活的某些方面，这是可能的；而说文艺是现实生活的反映，则是完全不得要领的。”1985年7月8日，上海《文汇报》刊登了刘再复的《文学研究以人为思维中心》一文，后来他又在《文学评论》上连续发表了《论文学的主体性》一文，对反映论文艺观提出质疑；另一种观点则对“文艺是生活的反映”这一命题持坚定维护的态度。有论者坚定地指出：“生活是文学艺术的唯一源泉，这个观点是颠扑不破的。”[⑥]如果否定了反映论，“马克思主义

---

① 鲁枢元：《文学，美的领域——兼论文学艺术家的“情感积累”》，《上海文学》1981年第6期。

② 涂途：《艺术的审美作用及其他》，《学习与探索》1981年第4期。

③ 马奇：《略论什么是艺术》，《郑州大学学报》1981年第3期。

④ 林志浩：《坚持能动的革命的反映论——重温〈在延安文艺座谈会上的讲话〉》，《新文学论丛》1982年第4期。

⑤ 孙津：《松动一下现实主义》，《青年评论家》1985年4月10日。

⑥ 陈涌：《文艺学方法论问题》，《红旗》1986年第8期。

文艺学也就不存在了”[①]。

我国新时期文艺学发展史说明，考察反映论文艺观，应该坚持马克思主义唯物辩证法。一方面，既要看到以往一些人将反映论文艺观直观化、机械化的错误倾向，清醒地意识到一些不科学的理解和认识的危害；另一方面，又要看到反映论文艺观作为人类历史上的一种极为重要的文艺观念，是有极大现实意义和理论价值的。其一，“反映”这一概念所包含的范围十分广泛，并非像某些人所认为的那样狭隘，它可以是对客体的反映，也可以是对客体和主体的反映，还可以是对主体自身的反映。其二，“文艺是现实生活的反映”这一理论命题是建立在马克思主义能动反映论的哲学基础上的，它不仅肯定了文艺作品来源于社会生活，反映社会生活，坚持了唯物论，同时又强调了文艺作品对社会生活的反作用，灌注了辩证法，因而是十分正确的。其三，中国当代文学艺术和文艺理论所取得的辉煌成就同反映论是密不可分的。其四，人类艺术的发展，形成了多种审美方式，不同的审美方式之间不存在先进与落后之分。从这个意义上讲，只要文学艺术存在，反映论文艺观自会有它存在和发展的道理。所以对待反映论文艺观，我们的任务不是全盘否定和彻底摈弃，而是如何结合具体的文艺实践不断地对其进行丰富、发展和完善。可喜的是，新时期开始不久，一些有远见卓识的学人已经尝试着作了这方面的努力。这主要表现在反映论文艺观向能动的形态转变，进而又向审美的形态转变。

在 20 世纪 70 年代末 80 年代初对马克思主义文论的恢复性研究中，陈涌、鲁枢元等学者倡导“能动反映说”，开始尝试着对反映论文艺观做出更为科学合理的解读，为其注入新的发展活力。[②] 王元骧、劳承万、孙绍振等学者则引入瑞士学者皮亚杰的发生认识论，对艺术反映和文艺创造的过程进行了重新解说，[③]从而实现了向能动反映论的跨越。

较早涉及“审美反映”这一概念的是蒋孔阳。他虽然没有明确提出“审美反映”这个范畴，但他早在 20 世纪 70 年代末 80 年代初就多次提出文艺反映社会生活应该采取审美的独特方式。真正把主体的能动反映纳入到审美认识论轨道加以阐释的是钱中文。在 20 世纪 80 年代中后期，他一再强调“不能把反映论直接移植于文学创作”，应该把文学的反映看作是审美的反映，应该以审美反映论取代传统的简单反映论。对于文学反映的审美本质的强调，标志着反映论由能动反映论向审美反映论跨越的先兆。20 世纪 80 年代以来，全国先后出版了几十种文学或艺术概

---

① 栾昌大：《文艺学体系变革论纲》，《文艺理论与批评》1987 年第 1 期。

② 陈涌：《艺术方法论》，《红旗》杂志，1986 年第 1 期；鲁枢元：《用心理学眼光看文学》，《文学评论》1985 年第 4 期。

③ 孙绍振：《文学创作论》，春风文艺出版社，1987 年；劳承万：《审美中介论》，上海文艺出版社，1988 年；王元骧：《审美反映与艺术创造》，杭州大学出版社，1992 年。

论教材，其中绝大多数都持审美反映论的文艺观。“可见，审美反映论在新时期以来被较普遍地认同。”[①]20世纪90年代以后，由于种种原因，许多人对反映论文艺观采取了相对冷淡的态度。但是仍有部分坚韧不拔并自觉承担本学科进步之责、以发展和建设当代有中国特色的马克思主义文论为己任的学者甘于寂寞，继续关注反映论文艺观。钱中文出版了《审美反映论》(韩国新星出版社，2005年)一书，王元骧、朱立元等学者从新的视角对反映论文艺观进行更深入的探索[②]，取得了新的进展。

与反映论问题密切相连的是现实主义问题。现实主义理论一直是马克思主义文艺学的重要内容，因此新时期我国马克思主义文艺理论工作者对此也做了深入的探讨。众所周知，西方马克思主义文论在形成过程中，曾经有一场关于现实主义与现代主义的论争。而在20世纪80年代初开始，在中国新时期马克思主义文艺理论舞台上，同样复演了一场现实主义与现代主义的论争，并且就现实主义中的许多问题进行了广泛的研究。这场争论持续到80年代中期，虽然只有短短几年时间，而且主要围绕着朦胧诗、意识流小说等新潮文艺展开，但争论的尖锐和影响的巨大，则是前所未有的。在新时期关于现实主义与现代主义的讨论中，虽然有少数人坚持把现实主义或现代主义定于一尊的极端化观点，但从整体上讲，讨论并不仅仅局限于两种创作方法、风格、流派的讨论，人们谈论得更多的话题是，在当代跨文化的交流中，中国文艺如何应对西方现代主义、后现代主义等新兴艺术潮流的影响。讨论的焦点问题是，中国新时期文艺的发展需要不需要吸收西方现代主义、后现代主义，中国有没有现代主义、后现代主义艺术，最终产生的是一种什么形态的现代主义、后现代主义？

在“文革”时期，“写真实”论是被“四人帮”作为文艺黑线的“黑八论”之一来加以批判的。在20世纪80年代伤痕文学与反思文学蓬勃发展的时候，马克思主义文论界也开始探讨什么是真正的现实主义这一问题。许多学者都认为，伤痕文学、反思文学都是具有“写真实”特征的作品。1980年，李玉铭、韩志君发表了《对“写真实”说的质疑》一文，认为现实主义不能归结为“写真实”。[③] 于是引发了马克思主义文论界关于现实主义与“写真实”的关系的讨论。周忠厚等人坚持认为：“写真实”是马克思主义经典作家对文学艺术提出的一个基本要求。[④] 当然也有把“写真

---

① 朱立元：《对反映论艺术观的历史反思》，《马克思主义美学研究》第2辑，广西师范大学出版社，1999年4月版，第41页。

② 朱立元：《对反映论艺术观的历史反思》，《马克思主义美学研究》第2辑，广西师范大学出版社，1999年4月版；王元骧：《我所理解的反映论文艺观》，《马克思主义美学研究》第3辑，广西师范大学出版社，2000年4月版。

③ 李玉铭、韩志君：《对“写真实”说的质疑》，《红旗》1980年第4期。

④ 周忠厚：《马克思主义经典作家是主张“写真实”的》，《红旗》1980年第12期。

实”排除出恩格斯关于现实主义的经典论述的观点。还有认为恩格斯关于现实主义论述已经是不合时宜的观点，在这方面，徐俊西率先对恩格斯的论述提出异议。他认为，恩格斯在《致玛·哈克奈斯的信》中所提出的看法有正确的方面，但对《城市姑娘》的批评“是欠准确和公正的”。[①] 而程代熙、陈涌等人则对徐俊西的观点提出了批评。[②] 新时期“写真实”问题的讨论，显示了中国马克思主义文艺理论工作者们在新的历史条件下深化和发展马克思主义的现实主义理论的努力。围绕现实主义问题的讨论，1978 年至 1979 年间，我国各地报刊对“现实主义深化”、“写中间人物”、“干预生活”和“现实主义的广阔道路”等文艺主张组织开展了深入的讨论，作了重新评价。新时期以来尤其是 20 世纪 80 年代，中国马克思主义文艺理论工作者还比较集中地讨论了典型性、典型环境、典型人物以及恩格斯的“真实地再现典型环境中的典型人物”的命题，深化了人们对现实主义理论的认识，极大地促进了马克思主义文艺学的发展。

### (四) 关于文艺意识形态理论

意识形态是马克思主义文艺思想的一个基本范畴。对于任何一位马克思主义文艺理论研究者来说，意识形态问题都是不容回避的关键性课题。文艺与上层建筑及意识形态的关系一直是新时期以来文艺理论界讨论的热点问题。早在 1979 年，朱光潜先生发表了《上层建筑与意识形态之间关系的质疑》(《华中师院学报》1979 年第 1 期)一文，指明了上层建筑与意识形态的区别，阐述了文艺的意识形态性和非意识形态性。该文发表后，立即引起反响，在学术界展开了一场关于文艺与意识形态关系的热烈讨论。至 20 世纪 80 年代中后期，文艺与意识形态的关系问题再度成为马克思主义文艺理论研究的热点。鲁枢元于 1987 年 7 月 11 日在《文艺报》上发表了题为《大地与云霓》的文章，认为文学艺术与哲学、宗教一样，是高高地漂浮在人类社会历史活动空间之上的东西，是人类精神上空漂浮着的云，它和人类社会经济政治生活的关系，就像是天上的云霞虹霓与大地的关系。这篇文章发

---

① 徐俊西：《一种必须破除的公式——再谈典型环境和典型人物》，《上海文学》1981 年第 8 期。

② 程代熙：《一篇迟发的稿件》，《上海文学》1984 年第 4 期；陈涌：《现实主义问题》，《文艺报》1982 年第 12 期。

表后，理论工作者们纷纷撰文阐述自己不同的意见，展开了热烈的讨论。① 客观地讲，这一阶段有关文艺的意识形态性的讨论在一定程度上是 20 世纪 80 年代初第一阶段论争的延续和深化，二者之间存在着很多的相似性。20 世纪 90 年代以后，一些学者努力从意识形态论角度展开建构当代有中国特色的马克思主义文艺学的工作。但是对于这种尝试和努力，有论者持不同意见，理论界又一次展开了争论。②

值得肯定的是，肯定意识形态论的学者诚恳地接受了批评者观点的合理之处，并对文艺意识形态论加以完善和发展，在关注文艺的意识形态本性时，也没有忽视艺术的审美特质，而是将二者相融合，提出了"审美意识形态论"。③ 意识形态是"马克思主义文艺理论体系的基本范畴"，所以应"从艺术审美本质深入探索艺术审美和艺术生产的各种规律"，并以它作为关节点贯穿整个马克思主义文艺学体系。④ 尽管在西方马克思主义文艺学中，英国著名文艺理论家伊格尔顿就已经提出过这一概念范畴，但是中国文艺理论家能够将"审美意识形态"概念作为建设和发展当代有中国特色的、科学的马克思主义文艺学的重要范畴，仍然具有重大的现实意义。

在意识形态论的众多研究成果中，谭好哲的《文艺与意识形态》(山东大学出版社，1997 年 8 月版)可以说是新时期以来学术界所取得的一项较为沉实的研究成果。作者通过"回到马克思"，有力地回击了那种指责马克思主义的意识形态论文

---

① 这场论争的主要观点可以概括为三种：一种是"文艺非意识形态化"主张，认为意识形态不是文艺的本性，意识形态只是文艺的属性之一，如栾昌大的《文艺意识形态本性说辨析》(《文艺研究》1988 年第 1 期)、曾凡的《理性的迷误》(《文艺争鸣》1988 年第 3 期)等；一种观点认为意识形态性是文艺的本质属性，这是不容否定的，承认不承认文艺是一种意识形态这个基本原理，是马克思主义文艺学和其他一切文艺学的分水岭。如吴元迈的《关于文艺的非意识形态化》(《文艺争鸣》1987 年第 4 期)，牟豪戎的《不能否定文艺的意识形态理论——对〈文艺意识形态本性说辨析〉的质疑》(《文艺理论研究》1989 年第 5 期)，曾镇南的《文学，作为上层建筑的悬浮物——与鲁枢元同志商榷》(《文艺争鸣》1988 年第 1 期)等；一种观点主张文艺半意识形态化或准意识形态化，认为文艺既有意识形态性，也有超意识形态性或非意识形态性，文学艺术是意识形态和非意识形态的集合体(董学文：《马克思主义文艺学当代形态论纲》《文艺研究》1988 年第 2 期)，强调建构马克思主义文艺学的理论体系应"将科学的意识形态理论与某些可取的非意识形态观点进行有机的结合"(董学文：《建设马克思主义文艺学的当代形态》，《文艺报》1987 年 4 月 4 日第 3 版)。

② 这次论争发表的文章主要有陆梅林的《何谓意识形态》(《文艺研究》1990 年第 2 期)和《观念形态的艺术》(《文艺研究》1990 年第 5 期)、李思孝的《文艺和意识形态》(《文学评论》1991 年第 5 期)和《文艺和意识形态续谈——答陆梅林先生》(《文艺争鸣》1992 年第 3 期)、潘必新的《意识形态与艺术的特征》(《文学评论》1990 年第 6 期)、栾昌大的《正确对待关于意识形态的传统解说——与潘必新同志陆梅林先生商榷》(《文艺争鸣》1992 年第 2 期)、陆一帆的《文艺意识形态论》(《文艺研究》1992 年第 2 期)、张首映的《意识形态与文学艺术——评三种意识形态与文艺关系的观点》(《文艺争鸣》1992 年第 3 期)等。

③ 如钱中文《论文学观念的系统性特征》(《文艺研究》1987 年第 6 期)，王元骧《反映论与文学的本质问题》(《文艺理论与批评》1988 年第 1 期)、《文学的意识形态性与非意识形态性》(《高校社会科学》1989 年第 1 期)，童庆炳《审美意识形态的再认识》(《文艺研究》2000 年第 2 期)等。

④ 熊大材、陈鼎如：《马克思主义文艺理论历史发展的透视与思考》，《争鸣》1989 年第 3 期。

艺观是庸俗社会学的观点，批驳了认为“审美不包含什么内容”的形式主义的“纯美学”学派对意识形态文艺观的消解和颠覆。

## （五）关于马克思主义艺术生产论

艺术生产概念是马克思主义创始人所提出的独特的文艺学概念，他们从政治经济学的角度把文艺看作是一种生产，一种特殊的生产。他们从人的本质和人的劳动实践出发，比较系统地研究了物质生产和非物质生产的关系，把艺术活动作为人类特有的一种精神生产来剖析，这是文艺理论史上的革命。艺术生产论不仅强调了艺术的认识性和社会性，更重要的是指出了艺术的实践性、生产性。尽管艺术生产论是一种操作性很强的应用性理论，但它又不仅仅是解决文艺自身的那种形式和技巧的问题。随着市场经济的发展，艺术生产论思路更加开阔，涉及问题更加丰富，层次更加复杂，范围更加广泛。例如当代科技对艺术的影响，艺术市场的管理，出版政策，高雅文艺与大众文艺，艺术的商品化，艺术消费等都是艺术生产论需要综合考虑的。艺术生产论无疑是在全球化、市场经济语境下建设和发展马克思主义文艺学的重要一维，也是马克思主义文艺学区别于其他文艺理论的一个重要标志。

在艺术生产论问题上，西方马克思主义学者曾作过独到的开掘。早在20世纪30年代，他们就在马克思“艺术生产”概念的启迪下，根据马克思关于生产力与生产关系以及现代技术对艺术生产和消费的影响等问题的论述，创立了从生产论视角研究文艺活动的新思路，建立和形成了初具规模的艺术生产理论。这是西方马克思主义文论家对马克思主义文艺学的又一重大贡献。大多数西方马克思主义文艺理论家如马舍雷、阿尔都塞、本杰明、伊格尔顿等都十分重视“艺术生产”这一概念。他们对资本主义社会文化生产方式的所有权或控制权等问题做了深入细致的研究，显示了他们对现代社会中人的现实生存境况的极大关注。西方马克思主义者提出的艺术生产理论在中国学者看来，是对艺术的一种全新的理解，而且这种理解也许更符合马克思文艺思想的原则，是对马克思主义文论的极大丰富和发展。

进入新时期以来，随着中国社会的转型、社会主义市场经济的逐步建立和发展，艺术产品的商品属性问题立即摆在人们面前，马克思的“艺术生产”理论就在相当范围内激起了国内文艺理论研究者的兴趣和热情。可以说，新时期以来的30年，艺术生产理论一直是马克思主义文艺理论界研究的热点问题。新时期，较早研究马克思的艺术生产理论的是董学文等人，1983年董学文发表了《关于马克思的“艺术生产”理论》（《马克思恩格斯美学思想论集》，人民文学出版社，1983年）、《马克思的“艺术生产”概念及其理论》（《文艺论丛》第18辑，1983年），这些文章的重要内容又被作者纳入了《马克思与美学问题》(北京大学出版社，1983 年)一书中。接着他又发表了《艺术生产和物质生产的关系》(《文学知识》1984 年第 3 期)、《马克思论艺术生产和物质生产》(《马克思主义文艺理论研究》第 2 卷，文化艺术出版社，1984 年)等文章。在这些论文中，董学文强调要重视马克思主义创始人艺术生产论的科学性与方法论意义。他指出马克思的“艺术生产”的概念，不是一个多义性、含混性的日常用语，而是严格规定的科学语言。这个文艺学和美学的新名词，今天看来似乎有些司空见惯，但它的产生和发展，它的真实含义和基本内容，以及在文艺理论上的变革意义，在当时并没有得到应有的重视。在新时期，我国较早提出以马克思主义“艺术生产”理论指导我们社会主义文艺实践、文艺研究和文艺理论建设的还有程代熙、肖君和等一批学者。1985 年程代熙在为董学文《马克思与美学问题》一书所写的书评中认为，艺术生产力主要指从事艺术生产的艺术家，发展艺术生产力也就是调动艺术家的创作积极性和创造性。发展生产力——调动艺术家的积极性、创造性是建设社会主义精神文明，繁荣社会主义文艺创作，解决我国当前艺术发展中新问题、新要求的需要。而艺术生产力是否得到发展，最终要体现在文艺是否繁荣上。而怎样发展艺术生产力，他认为最核心的问题是“改革文艺领域的生产关系”。[①] 从 20 世纪 80 年代后期开始，学术界掀起了一个马克思主义艺术生产论讨论的高潮，这以何国瑞的《艺术生产原理》(人民文学出版社 1989 年 8 月版)一书的出版为重要标志。该书认为，马克思主义艺术观的理论基础就是艺术生产理论。这是因为现实的人是艺术的基点，而人是生产的动物，在人类所进行的生产中有三大生产，除了人口生产、物质生产外，还有精神生产，艺术则是发明性的精神生产。从艺术生产论出发去构建和发展马克思主义文艺学，不仅是发展马克思主义文艺理论的需要，更是艺术实践的迫切要求。20 世纪 80 年代末，社会主义商品经济迅速发展，文艺产品的商品属性、商品化问题被提了出来。实践的发展要求理论研究的进一步加强。于是，马克思主义的“艺术生产”理论也越来越显示出强大的生命力。而且由于西方马克思主义文论的广泛传入，霍克海默、本杰明、阿尔都塞等人对艺术生产的许多独到、充分的论述，不可能不影响到我国马克思主义文艺理论界。因此艺术生产理论被提到中国马克思主义文艺理论研究的前沿是必然的。《文艺报》等多家报刊纷纷开辟艺术生产问题专栏，在理论界掀起了一场有关艺术生产理论讨论的热潮。代表性的文章有何国瑞的《论马克思的艺术生产理论体系》(《武汉大学学报》1988 年第 4 期)、《艺术生产论纲》(《理论与创作》1989 年第 4 期)、徐岱的《艺术生产发生论》(《浙江学刊》1989 年第 3 期)、朱辉军的《艺术生

---

① 程代熙：《一本值得一读的美学论著——董学文〈马克思与美学问题〉述评》，《贵州大学学报》1985 年第 1 期。

产论的独创与缺陷》(《理论与创作》1990 年第 1 期)、朱立元的《略谈艺术生产与艺术消费的辩证关系》(《文艺报》1990 年 7 月 21 日第 3 版)、王德颖的《艺术生产论和意识形态论》(《文艺研究》1991 年第 4 期)、张来民的《走向艺术生产论》(《文艺报》1993 年 9 月 4 日第 3 版)、木弓的《文艺的"意识形态论"与"生产论"》(《文艺报》1993 年 10 月 23 日第 3 版)、刘启宇的《艺术生产论与马克思主义文艺理论体系》(《文艺报》1993 年 10 月 30 日)等。众多学者从不同的角度提出了自己的观点,尽管有矛盾,有论争,但却从不同程度上丰富和发展了这一理论,对于更好地从艺术生产论出发去发展和完善马克思主义文艺学,无疑是有益的。比如,对于艺术生产论的意义及其与反映论、意识形态论的关系,艺术生产与消费的关系等,理论界都作了深入的讨论。有论者认为,马克思的认识理论是一种政治经济学的艺术理论,"艺术生产"则是这个理论的总概括。但艺术生产论作为马克思主义理论的一个组成部分天生就具有阶级的意识形态性。在我国从计划经济进入社会主义市场经济的新形势下,艺术作为一种特殊商品进入市场,不可避免地带来一系列前所未有的问题,原有的意识形态论显然需要深化和发展。而艺术生产论恰恰从特定的角度深化了意识形态论。[①] 因此,我们说,艺术生产论受到重视,并不是对反映论、意识形态论等其他理论学说的否定,而是开辟了一个新的领域,从一个新的视野来认识文艺,来发展和完善马克思主义文艺学。艺术生产论的勃兴为马克思主义文艺学和艺术实践找到了一个崭新的切合点。由艺术生产论切入研究,我们将更容易以动态的思维把握艺术循环往复的运动过程,更有利于发现艺术创造的实践性。围绕艺术生产问题,新时期我国马克思主义文艺理论工作者还研究了物质生产与艺术生产的不平衡关系、按照美的规律创造等问题,进一步丰富和完善了中国马克思主义文艺学。

我国正在建立和发展的社会主义市场经济,在资源配置和经济管理上与资本主义的市场经济有某些相同或相似之处,但在根本性质上仍然有重要区别。所以,中国学者不仅要研究马克思主义艺术生产理论的一般原理,而且还要深入研究在中国的社会主义市场经济条件下的艺术生产理论,从而真正建立有中国特色的艺术生产理论和马克思主义文艺学。在我国的艺术生产论研究中,有一个重要的问题,即艺术产品的价值取向问题在 20 世纪 90 年代曾经引起了马克思主义文艺理论界的高度关注。我国的社会主义制度决定了一切艺术生产及其产品都应当重视社会效益,努力实现经济效益和社会效益的统一。在我国,艺术生产最大的社会效益是最大限度地满足人民群众日益增长的对文艺的审美需求,为人民服务,为社会主义服务。艺术市场对艺术生产的调节在相当大的程度上代表着大众的审美选

---

① 张来民:《走向艺术生产论》,《文艺报》1993 年 9 月 4 日第 3 版。

择。我们既要努力在文学艺术领域引入市场机制，按照市场经济规律进行运作和从事艺术生产，同时又要促使艺术界通过讨论、评论、评奖等措施，鼓励严肃高雅、审美价值较高的作品，批评粗制滥造、艺术思想性差、趣味低劣的作品，引导人民群众不断提高欣赏情趣，影响市场的调节功能。今天，我们研究马克思主义艺术生产问题时，应更加努力地揭示作为精神生产的艺术在我国社会生产中的矛盾及其特殊性，需要清醒地认识到实践中出现的精神与物质的失衡现象，及时采取科学有效的措施，协调好精神生产与物质生产发展之间的关系，保证社会主义文艺健康地发展并在现实生活中发挥积极的作用。总之，我国新时期为了向着构建艺术生产理论的方向前进，已经作出了许多努力，取得了很大成绩，既对“西马”有所借鉴，又有所超越，体现了中国马克思主义文艺理论工作者的理论创造性，也体现了中国马克思主义文艺理论研究逐渐突破二元对立思维走向多样发展、多极互补思维的趋势。

此外，新时期我国马克思主义文艺理论工作者还对西方马克思主义文论、马克思主义与大众文化的关系、社会主义市场经济条件下的大众文化等问题做了深入的研究和探讨，后文对此将做详细论述，在此不再赘述。

## 第三节
## 建设当代有中国特色的马克思主义文艺学

### （一）走向建构论

对于传统的马克思主义文艺学，明确提出坚持与发展问题，是20世纪80年代初的事情。这个问题被提出来的时候，人们的耳目为之一新。到了20世纪80年代中后期，究竟坚持什么、发展什么、怎么坚持、怎么发展、主要是坚持还是发展等等一系列问题，才真正逐渐引起学术界的关注。在这一问题上，有两种错误观点需要引起我们的注意，即“突破论”和“重构论”。“突破论”认为，原有的传统马克思主义文艺学体系已经僵化，许多论断已经不适合于当今文艺的实际情况了，已经“过时”了，应该突破原有的理论框架，对之进行全面革新。“突破论”整体上说是错误的，马克思主义文艺理论体系不能全盘否定，不能全面“突破”，只能在坚持中不断发展和完善。“重构论”认为，马克思主义文艺学已经不能很好地适应新的历史条件的需要，必须打破过去那种将文艺局限于意识形态领域的理论框架，以新的理论概念、新的范畴、新的方法来重新构建马克思主义文艺学体系。这当然也是一种偏颇的理论观念。

卢卡契曾经对“对于一个圆满的理论体系，没有用通俗的方式给以补充”这种做法进行过批评。[①] 也就是说，他主张根据时代要求，对马克思主义美学、文艺学用新的方式给以补充、完善。因此，在对待传统马克思主义文艺学体系问题上，我们主张“建构论”。我们所说的“建构论”，既不是消极地“坚持”、片面地“发展”，也不等同于错误的“突破论”、激进的“重构论”。“建构”既不是推倒重来，也不是理论的简单重复。“建构论”的实质是坚持、发展与完善的综合，就是要求我们与时俱进，努力把握时代发展特色和时代精神，站在历史发展的前沿，在坚持马克思主义创始人最基本的立场、观点、方法及其文艺思想和理论原则及其唯物实践存在论基础上，以现实的人作为从事理论研究工作的出发点，剔除现有体系中不适合时代发展要求的因素，适当调整现有体系的结构框架，广泛吸收各种理论学说的精华，用人类文明的最新成果不断充实和完善这个框架，从而最终建构起比以往体系更为先进、合理、科学的新体系。正如狄其骢先生所言："我们说的建设体系，就是指的这种体系发展的内在需要，就是马克思主义文艺理论体系自身的调整、更新、自我完善。建设马克思主义文艺理论体系的任务，是经常性的，永无止境的……马克思主义文艺理论体系的建设不能停顿，不会止步……"[②]所以，从某种程度上说，我们所主张的“建构论”就是渐进的重构论。我们之所以不将其等同于“重构论”，是因为我们反对那种全盘否定以往理论家在完善马克思主义文艺学体系上所做的努力的做法，反对一概否定前人成果的做法。我们说它是一定程度上的“重构论”，是相对于以往的教条式的、僵化的马克思主义文艺学体系（比如，“文革”期间在“三突出”、“高大全”等思想或原则指导下建立的所谓“马克思主义文艺学体系”）而言的，而非针对马克思主义创始人的理论框架而言的。

随着非此即彼、二元对立思维模式的逐渐被突破和多极互补、多样发展思维模式的确立，从 20 世纪 80 年代末开始，尤其是进入 20 世纪 90 年代以来，在经过了对以往一些过时的观念的反思、清理和冲击，经过了西方各种文艺思潮和批评方法的引进，以及新名词与新概念的移植，学者们开始由新时期早期的经典“重读”走向了脚步更加沉实的新体系的“建构”。这主要表现在以下两个方面：一是从 20 世纪 80 年代中后期开始，国内许多刊物都纷纷开辟了有关发展和建设马克思主义文艺理论的专栏，如“发展马克思主义文艺理论笔谈”（《文学评论》）、“建设有中国特色的马克思主义文艺理论”（《文艺理论与批评》）、“革新与发展马克思主义文艺学美学笔谈”（《天津社会科学》）、“关于马克思主义文艺理论的建设问题”（《文学评论》）等栏目，发表了一系列有分量、有见地的文章。1986 年 11 月在海口召开的全国高校首届文艺学会上，争论的一个中心议题是如何判断当前文艺理论的“走向和趋

① 卢卡契：《历史和阶级意识》序言，张西平译，重庆出版社，1989 年 1 月版，第 51 页。

② 狄其骢：《马克思主义文艺理论建设的当代形态》，《高校理论战线》1992 年第 6 期。

势”，进而思考和探讨怎样建构马克思主义文艺学的新形态。这说明当代有中国特色的、科学的马克思主义文艺学的建构问题已经提到了某些高校教师的科研日程。1990年11月，《文艺研究》编辑部又召开了旨在“推进有中国特色的文艺理论建设”的座谈会，并在该刊次年第1期刊发了董学文等人的一组文章。接着，一大批相关的文章也纷纷出现于其他刊物。经过了对以往一些过时的观念的反思、清理和冲击，经过了西方各种文艺思潮和批评方法的引进、洗礼，以及新名词的轰炸和眩目，人们终于开始真正思量起中国自己的马克思主义文艺学的具体建设问题了，开始由新时期早期的经典“重读”走向脚步更加沉实的新的形态框架的“建构”，开始由过去的空洞言说和抽象研究走向自觉言说和具体践履阶段。经过多年的努力，到目前为止，我国理论界已经发表了数以千计的相关研究文章，取得了可喜的成绩。较有代表性的文章如彭立勋的《意识形态论与审美论的统一——马克思主义文艺学体系建设的思考》(《学术月刊》1992年第1期)，董学文的《关于有中国特色马克思主义文艺理论研究的几个问题》(《甘肃社会科学》1996年第1期)，萧君和的《从〈资本论〉体系到新文学理论体系的构建——关于构建文学理论体系的再思考》(《佛山科学技术学院学报》2000年第4期)，谭好哲的《从历史与现实中寻求前行的动力》(《河北学刊》2000年第3期)，周忠厚的《关于建构有中国特色的马克思主义文艺学新体系中心范畴的思考》(《马克思主义美学研究》第5辑)、《关于建构有中国特色的马克思主义文艺学新体系》(《马列文论研究》第12集，中国人民大学出版社，2001年)，劳承万的《当前文艺学理论研究中的几个问题》(《学术月刊》2002年第4期)，姚鹤鸣的《文学中的文化研究和马克思主义文论》(《吉首大学学报》2002年第2期)等，这些文章都对如何建构当代有中国特色的马克思主义文艺学新体系作了深入、有益的探讨。二是出版了一批颇有建树的文学理论教材和研究专著。这些著述或是以马克思主义基本原理为指导展开理论阐述，或是按照马克思主义方法论进行文学理论的体系建构，或是直接对马克思主义文艺理论结构框架进行发展和完善，取得了令人瞩目的成绩。教材方面，较有代表性的有王春元、钱中文、杜书瀛的三卷本《文学原理》(社会科学文献出版社，1989年)，孙子威主编的《文学原理》(华中师范大学出版社，1989年)，王元骧的《文学原理》(浙江教育出版社，1989年)，张孝评的《文学概论新编》(西北大学出版社，1989年)，安振兴主编的《文艺学引论》(华东师范大学出版社，1989年)，郭育新、侯健主编的《文艺学导论》(高等教育出版社，1989年)，畅广元等的《文艺学导论》(陕西人民教育出版社，1991年)，孙耀煜、郁沅、陆学明主编的《文学理论教程》(人民文学出版社，1991年)，狄其聪等的《文艺学新论》(山东教育出版社，1994年)，刘叔成主编的《新编文艺学概论》(中央广播电视大学出版社，1996年)，童庆炳的《文学理论教程》(高等教育出版社，1998年)，吴中杰的《文艺学导论(修订本)》(复旦大学出版社，

1998年)，陈传才、周文柏的《文学理论新编(修订本)》(中国人民大学出版社，1999年)，刘安海、孙文宪主编的《文学理论》(华中师范大学出版社，1999年)，欧阳友权、季水河、夏昭炎、余三定的《文学原理》(南方出版社，1999年)，赵炎秋、毛宣国主编的《文学理论教程》(岳麓书社，2000年)，顾祖钊的《文学原理新释》(人民文学出版社，2000年)，董学文、张永刚的《文学原理》(北京大学出版社，2001年)，袁鼎生主编的《文学理论基础》(广西师大出版社，2001年)，陈文忠主编的《文学理论》(安徽大学出版社，2002年)，南帆主编的《文学理论(新读本)》(浙江文艺出版社，2002年)，王元骧主编的《文学原理》(广西师范大学出版社，2002年)，王一川的《文学原理》(四川人民出版社，2003年)，王确主编的《文学理论教程》(人民教育出版社，2003年)，董学文的《文学理论学导论》(北京大学出版社，2004年)，鲁枢元、刘锋杰、姚鹤鸣主编的《文学理论》(华东师范大学出版社，2006年)等。其中童庆炳的《文学理论教程》和吴中杰的《文艺学导论》在1999年被列入教育部向全国高等学校重点推荐的教材。但它们并不仅仅是一般所谓的教科书性质的著作，而是颇具独创性的研究成果，具体显示了我国学者在建构当代具有中国特色的马克思主义文艺理论方面言说的自觉和践行的努力。大致说来，童庆炳的《文学理论教程》以马克思主义的文艺理论为立足点，广泛地吸纳西方各种文艺学说中的有价值的观点，对中国古代文论也有所撷取；吴中杰的《文艺学导论》则从马克思主义唯物史观的整体性出发，对马克思主义的文艺观作了较深入的探索，并较多地用中国文艺和文艺理论的实例来加以阐明。早在1994年出版的陈传才、周文柏教授的《文学理论新编》(中国人民大学出版社，1994年)就已朝着这样的方向努力并作了重要的贡献。这两部书则在已有的基础上，在建构具有中国特色的马克思主义文艺学方面又前进了一步，并为今后的工作提供了有益的、富于启发性的借鉴，所以是可喜的收获。董学文、张永刚的《文学原理》(北京大学出版社，2001年)则是一部高度注重理论建构的著作，极大地丰富了我们的理论视野。作者注重了文学理论的纯粹性，力图摆脱常见的“观点加例证”的阐述模式，将举例论证的方式减弱到最低的限度，尽量用自己的理论语言来表达见解，而不再连篇累牍的引述他人的话来进行论证或陈说。该书蕴涵着理论研究方法论上的新的推进，意味着对理论建设的科学性的追求。这部著作中的许多构想和提法，都体现出理论反思的深度，体现出在方法论和哲学基础上的新思考。而这种种新的依据和原则，能够在理论教材中得到实行和运用，则展示了作者理论建构的自觉。近年来，我国文艺理论工作者还陆续出版了一批颇具新意的马克思主义文艺理论教材，如傅腾霄主编的《马列文论引论》(社会科学文献出版社，1999年)、陆贵山和周忠厚编著的《马克思主义文艺论著选讲》(中国人民大学出版社，1999年第二版)、陆贵山和周忠厚主编的《马克思主义文艺学概论》(中国人民大学出版社，2001年)、董学文主编的《马克思主义文论教程》(广西师范大学出版社,2002 年)、周忠厚等主编的《马克思主义文艺学思想发展史教程》(中国人民大学出版社,2002 年)等。除教材以外,还出现了一批文艺学(美学)研究专著,也都对当代具有中国特色的马克思主义文艺学新体系的建构起了直接或间接的推进作用。其中既有单行的著作,也有丛书。比较有代表性的是朱立元的《思考与探索——关于当代马克思主义文艺学体系的建构》(上海社会科学院出版社,1991 年)、李衍柱主编的《文艺学范畴论》(山东文艺出版社,1996 年)、赵宪章的《西方形式美学》(上海人民出版社,1996 年)等。其中《文艺学范畴论》试图系统梳理和论述马克思主义文艺学的范畴体系,也可说是国内第一部这样的著作。《西方形式美学》则是对西方形式美学的较为客观而具体的阐述,对建构马克思主义文艺学新体系是具有积极意义的。以上这批专著和教材以崭新的面目与以往的同类著作形成了鲜明的对照,预示着马克思主义文艺学将在更高的体系层面上有所创新和发展,从而开创出中国马克思主义文艺学的新境界和新天地。

## (二)在阐释中追求当代性与民族化的统一

我们究竟应该构建什么样的马克思主义文艺学新体系呢?换言之,我们所要建构的目标是什么呢?对此新时期的文艺理论家们主要是从当代性与中国特色这两个角度展开研讨的。

所谓"当代形态"是相对于"传统形态"而言的。① 20 世纪 80 年代中期,有学者正式提出,我们的目标应该是建构当代形态的马克思主义文艺学。董学文、劳承万等人是当代形态论的积极倡导者,他们为此做了大量的理论研究工作。在马克思主义文艺学当代形态的具体建构方面,叶纪彬的《艺术创作规律论》(东北师范大学出版社,1987 年)可以说是较早的探讨性专著,而董学文的《走向当代形态的文艺学》(高等教育出版社,1989 年)和朱立元的《思考与探索——关于当代马克思主义文艺学体系的建构》(上海社会科学院出版社,1991 年)则是在探讨如何建构马克思主义文艺学当代形态方面所取得的比较厚重的研究成果。叶纪彬的《艺术创作规律论》开他人之先河,在历史唯物主义哲学基础上结合现代心理学、美学理论,从艺术创作这个关键的角度,建构了一个独具特色的马克思主义文艺学当代形态的基本骨架。该书在坚持艺术反映论的前提下,对以往文艺学中争议多、难度大而对艺术实践具有重要指导意义的基本理论,作了较为广阔的理论探讨与阐述,大胆提出了自己的学术见解,对艺术典型、情思等文艺学中的许多基本概念和范畴进行了

① 劳承万:《什么是马克思主义文艺理论研究中的范畴概念》,《文艺理论研究》1993 年第 1 期。

重新研究，为当代形态的马克思主义文艺学大厦的建立做出了有益的理论尝试。《走向当代形态的文艺学》一书从三个方面来建构马克思主义文艺学的当代形态，即“当代形态的宏观设定”、“当代形态的微观设定”和“当代形态的理论依据”，其主要成绩在于：它尝试性地探寻了马克思主义文艺学从“经典形态”、“历史形态”过渡到“当代形态”的理论起点，即“艺术生产”；探索了艺术生产理论较为完整的范畴体系，使马克思主义文艺学理论框架更接近全面，更加完善；开拓了当代形态的马克思主义文艺学建构的多维的思维空间。而《思考与探索——关于当代马克思主义文艺学体系的建构》一书将“马克思主义”和“当代形态”作为发展和建设马克思主义文艺学的两个关节点，更为重要的是为我们找到了从经典形态到当代形态的连接点和交叉点。从这部著作中，我们既可以窥见到新时期以来，学术界关于当代形态的马克思主义文艺学理论研究的基本情况，也可以获得今后如何进一步建构当代有中国特色马克思主义文艺学理论的启示。建设马克思主义文艺学的当代形态，既是完整、准确地理解马克思主义文艺思想必须进行的一项基础性的工作，同时也必然是建设有中国特色的社会主义文艺理论的组成部分。它给传统意义上的马克思主义文艺学的那种几乎是“超稳定”的架构模式带来了一定程度的冲击和变革。

有些学者曾经说过：在整个 20 世纪世界文学理论批评领域，还听不到中国独立的理论声音。[①] 而且就学界整体而论，20 世纪 80 年代的中国马克思主义文艺学建设基本上还处在急于借鉴模仿的兴奋与浮躁之中，还不能更集中更踏实地就“中国特色”问题进行多方位的研究与探讨。但是进入 20 世纪 90 年代后，在新一轮的反思中，“建设中国特色的马克思主义文艺学”的问题，被提到特别突出的位置。文艺理论工作者都致力于建设一种真正具有中国特色的马克思主义文艺学。这一时期虽然失却了 80 年代的轰轰烈烈，但学者们的精神更为集中，研究也更为扎实。在探讨马克思主义文艺学的中国特色方面，曾永成的《感应与生成——感应论审美观》（成都科技大学出版社，1991 年）和夏之放的《文学意象论》（汕头大学出版社，1993 年）等尤为引人瞩目。前者尝试用“感应”说来弥补旧的文艺观念的不足，后者则力求用“意象”说来扬弃机械的“形象认识”说的缺陷，在他们看来，“感应”、“意象”等来自中国传统文艺学的范畴较之来自西方的“反映”、“形象”等范畴要更加全面和确切，从而使文艺学更具中国特色。实现马克思主义文艺学的中国特色暗含着一个古老的课题，即如何处理中西文化之间、传统文化与马克思主义基本文艺原理之间的关系问题。马克思主义文艺学要具有中国特色，不能脱离自身所赖以生

---

① 美国著名学者亚伯拉姆斯在谈到现代文学理论与批评时，曾列出 20 种 20 世纪最有影响的文论潮流和主义，均与中国无缘。参见黄维梁《〈文心雕龙〉“六观”说和文学作品的评析》，《北京大学学报》1996 年第 3 期。

存的文化土壤而闭门造车,需要我们在继承传统文论精神,把握当代中国文化特质,汇通西方文论的理念和方法的基础上,以当代实践存在论文艺观为核心,在中西文化的交汇点上,将我们民族的艺术实践中的优秀传统和经验、美学与艺术理论中的有生命力的范畴和理念有机地融入整个马克思主义文艺学体系的建构中。需要强调的是,从世界范围的马克思主义文艺理论发展历史来看,毛泽东、邓小平等中国马克思主义理论家提出的"文艺为人民大众"、"文艺为人民服务,为社会主义服务"等都是具有中国特色的现代文艺理论命题,是他们结合中国实践对马克思主义文艺理论的进一步丰富和发展,理应受到重视,我们应自觉地将其渗透到马克思主义文艺学新体系的具体建构中,进一步提出新的具有中国特色的现代文艺理论命题,形成自己的范型和话语,从而在世界文论尤其是世界马克思主义文艺理论的未来发展中,凸显中国的形象和中国文艺学的独特思路与神韵。

马克思主义文艺学是在人们对经典文本的不断阐释中建立、发展起来的。阐释是后人对马克思主义创始人文艺思想所做的一种新的理解和有益探索,它存在于阐释者的释义过程中。这个过程具有明显的解释学特征,它包含着两个不可分割的方面:即它不仅是对马克思主义创始人原本意图的重建,同时也是对这些经典文本原有意义的扩展。从本质上讲,马克思主义是一种具有无限开放性和巨大包容性的理论学说。虽然马克思主义经典大师对文艺问题做出了许多基本的回答和探讨,但他们的论述多是原则性的,他们未给我们留下充分完善的理论体系,需要后人的进一步阐释和发挥,也正因为此,我们才有继续发展的可能和必要,我们才更不应该把自己封闭在以往的固定的主客二分、二元对立的思维模式中。也正是从这一意义上,马克思主义为我们开拓了通向真理的无限可能性。也就是说,我们建设当代有中国特色的马克思主义文艺学不能只是对经典作家的基本文艺观点简单地作注脚,而应沿波讨源地回溯历史情境和回归文本语境,以获得特定叙述文字的意义指向和精辟所在,进而根据具体实践,站在时代的高度,不断地、创造性地进行新的解读、新的阐释和新的理解。回顾新时期以来的 30 年,我国的马克思主义文艺理论研究是深入扎实、成果丰硕的,堪称是我国文论界对马克思主义创始人的文艺思想进行全面阐释的一次大丰收。新时期学术界创办了一批有影响力的马克思主义文论研究的理论专刊,为相关的研究和探讨提供了强大的学术阵地。1982 年,由全国马列文论学会主办的不定期的理论刊物《马列文论研究》、中国艺术研究院创办的大型学术性论丛《马克思主义文艺理论研究》、全国毛泽东文艺思想研究会主编的《毛泽东文艺思想研究》等相继问世。这样,我们便有了专门研究马克思主义文艺思想的刊物,较之改革开放以前的几十年,这是令人振奋的巨大进步。新时期以来,国内学术界出版了一大批马克思主义文论选编、译著、工具书和研究专著,可以说是琳琅满目,丰富多彩。在选编方面,1980 年 7 月北京大学中文系文艺理论教研编注的《马克思恩格斯列宁斯大林论文艺》一书由人民文学出版社出版。1983年,在纪念马克思逝世一百周年之际,由陆梅林先生辑注的两卷本《马克思恩格斯论文学与艺术》(人民文学出版社,1983年)、中国社会科学院文学研究所编辑的一卷本《列宁论文学与艺术》(人民文学出版社,1983年)先后出版发行。此外,杨炳以年代为线索编辑的约64万字的《马克思恩格斯论文艺和美学》(文化艺术出版社,1982年)上下两卷也同时出版发行。这几部书的出版提供了关于马、恩、列的文艺思想的完整而系统的第一手文献资料,填补了半个多世纪以来我国马克思主义文艺思想研究中的重大空白,较之前苏联里夫希茨主编的那部享有世界声誉的《马克思恩格斯论艺术》,在内容辑录、分类编排上都有新的补充和发展。此外还有范大灿编选的《卢卡契文学论文选》(人民文学出版社,1986年)、《马克思主义文艺理论研究》编辑部编辑的《马克思主义与文学问题》(漓江出版社,1988年)、连铗等主编的《国外马克思主义文论家文论选评》(中国人民大学出版社,1991年)、杨炳的《马克思恩格斯列宁文艺和美学理论》(知识出版社,1997年)、傅腾宵主编的《马列文论选注》(社会科学文献出版社,1999年)等;在工具书方面,1994年陆梅林等编纂了《马克思主义文艺学大辞典》(河南人民出版社,1994年),收录马克思主义文艺学以及有关的名词、概念、术语、观点、学说、人物、思潮、名言等辞条共约1400余目。还有冯贵民、高金华主编的《毛泽东文艺思想大辞典》(武汉出版社,1993年),郑乃臧主编的《文学理论词典》(光明日报出版社,1989年),李衍柱、朱恩彬主编的《文学理论简明辞典》(山东教育出版社,1987年);译著方面,主要有高尔基的《论文学》(孟昌等译,人民文学出版社,1978版)、卢那察尔斯基的《论文学》(蒋路译,人民文学出版社,1978年)、《高尔基论文集》(林焕平译,广西人民出版社,1980年)、特里·伊格尔顿的《马克思主义与文学批评》(文宝译,人民文学出版社,1980年)、英国柏拉威尔的《马克思和世界文学》(梅绍武等译,三联书店,1980版)、《卢卡奇文学论文集》(中国社会科学院外国文学研究所编译,中国社会科学出版社,1980版、1981年)、苏联里夫希茨的《马克思论艺术和社会理想》(吴元迈等译,人民文学出版社,1983年)、英国戴维·莱恩的《马克思主义的艺术理论》(艾晓明等译,湖南人民出版社,1987版)、美国梅·所罗门编的《马克思主义与艺术》(杜章智、王以铸等译,文化艺术出版社,1989年)、美国弗洛姆的《马克思论人》(陈世夫等译,陕西人民出版社,1991年)、詹姆逊的《马克思主义与形式》(李自修译,百花洲文艺出版社,1997年)、德国埃哈德·约翰的《马克思列宁主义美学诸问题》(朱章才译,云南教育出版社,1999年)、英国弗朗西斯·马尔赫恩编的《当代马克思主义文学批评》(刘象愚等译,北京大学出版社,2002年)等。这些译著的出版,给中国马克思主义工作者以极大的启示,开阔了他们的研究视野,为深入解读马克思主义文艺思想提供了新的思路;在专著方面,也可以说是琳琅满目,丰富多彩。除前文提到的一些著述外，还有专题研究和探索性质的《马列文论百题》（全国马列文论学会主编，陕西人民出版社，1982 年）、《马克思与美学问题》（董学文著，北京大学出版社，1983 年）、《马克思主义文艺思想史稿》（陈辽著，四川文艺出版社，1986 年）、《马克思主义与人道主义》（陆梅林著，文化艺术出版社，1987 年）、《列宁的文艺思想和实践》（连铗、周忠厚著，文化艺术出版社，1988 年）、《马克思主义与当代文艺思潮》（陆贵山主编，高等教育出版社，1992 年）、《马克思主义文艺理论在中国》（李衍柱主编，山东文艺出版，1990 年）、《毛泽东文艺思想的贡献》（李希凡著，文化艺术出版社，1993 年）、《马克思主义文艺思想的发展与传播》（李衍柱等主编，广西师范大学出版社，1995 年）、《文艺学当代形态论："有中国特色马克思主义文艺学"研究》（董学文主编，北京大学出版社，1998 年）等；也有通论性质的旨在进行体系性把握和阐释的《马克思恩格斯文艺思想初探》（陈辽著，四川人民出版社，1983 年）、《马列文论导读》（陆贵山、周忠厚主编，作家出版社，1991 年）、《马克思恩格斯文艺思想论稿》（李益荪著，四川大学出版社，1991 年）、《马克思恩格斯艺术哲学》（狄其骢主编，山东文艺出版社，1991 年）、《马克思主义文艺美学基础》（赵宪章等，南京大学出版社，1992 年）、《马克思主义文艺理论导论》（赵利民著，石油大学出版社，1996 年）等；还有进行分支学科的专门研究的，如《马克思主义文艺社会学原理》（李益荪著，四川文艺出版社，1992 年）、《社会主义文学艺术论》（张炯著，花山文艺出版社，1996 年）、《马克思主义文艺批评学》（唐正序等著，四川人民出版社，1999 年）等。近年来又有一大批高质量的论著问世，如刘崇义的《文艺科学的一次辉煌的日出》（学林出版社，2000 年）、刘世南的《马克思恩格斯论文学与艺术》（上下）（人民文学出版社，2002 年）、曾永成的《回归实践论人类学：马克思主义文艺学新解读》（人民出版社，2005 年）、冯宪光的《马克思主义文艺学的当代问题》（中国社会科学出版社，2005 年）等。上述论著，总的看来，都运用了新的研究方法，采取了新的阐释视角，提出了许多新观点、新见解，达到了前所未有的理论广度和深度。当然，在对马克思主义文艺思想体系的整体把握上以及个别、局部问题的认识和阐释上，上述编著并不完全一致，甚至有很大的差异和分歧。但这多样发展、百家争鸣的新格局的出现意味着一个新的时代的开始，意味着我们已经打开了一个无限广阔的马克思主义文艺理论的阐释空间。

我们主张在阐释中寻求当代性与民族性的深度融合与统一，把马克思主义文艺学当代形态问题提到马克思主义人学的高度加以思考，从中国社会、文化的现代转型的实际出发，以民族性求得世界意义，以科学性求得当代意义，当代有中国特色的、科学的、具有世界意义的马克思主义文艺学理应是我们研究工作所追求的最终目标。

## (三)全球化语境中的马克思主义文艺理论建设

经过长期激烈的学术论争,过去那种二元对立、非此即彼的思维模式逐渐被突破,而代之以一种马克思主义指导下的多样发展的思维模式。人们对待不同的学术观点已不像过去那样采取尖锐对抗、无情批判的态度,而代之以一种比较理性、比较宽容的态度,能够看到不同观点的优点和可取之处,能够"容忍"和"接受"多种观点并存的事实并且努力从对方吸取有益的成分。这种倾向在近年来的建构当代有中国特色的马克思主义文艺学的具体实践中表现得尤为明显。尽管学术界对于马克思主义文艺学的一些具体问题仍然有不同的看法,但是经过深入的论争和研讨后,大部分学者都逐渐认同了可以而且应该从不同角度开展马克思主义文艺理论建构工作的观点。人们逐渐摆脱了以经典作家言论排列、语录汇编和板块组装的格局,尝试着从审美反映论、意识形态论、主体论、艺术生产论、价值论、情感论、审美论等多个维度着手当代有中国特色的马克思主义文艺学新体系的构建工作。在体系精神、构架形态和概念范围的描述上,都展示了多视角、多层次、多维度、"百花齐放"的局面。

建构当代有中国特色的马克思主义文艺学是一项极为复杂艰巨的系统工程,我们任重而道远。虽然新时期以来,我国文艺理论工作者对建构当代有中国特色的科学的马克思主义文艺学的逻辑起点、方法途径、视角维度等问题做了大量研究工作,但是在全球化语境中,中国传统马克思主义文艺学现代化、西方马克思主义文论中国化、当下实践的理论化、抽象理论的现实化则是更深层次的、必须予以重点关注和解决的问题,而这些问题的解决则需要我们在多方面做出切实的努力。

新时期以来,有人将"艺术掌握"作为建构当代有中国特色的马克思主义文艺学的逻辑起点,也有人主张以"审美反映"或以"艺术生产"概念或以"实践"范畴等作为逻辑起点。这些观点都各有其价值,对于发展和完善马克思主义文艺学都是十分有益的。我们认为,也可以以"审美活动"作为在全球化语境中建构当代有中国特色的马克思主义文艺理论的逻辑起点。马克思的《资本论》体系或马克思通过《资本论》所展示的"一般劳动过程范畴体系"是以包含着资本主义社会一切矛盾的萌芽的商品作为逻辑起点的。这启示我们,以包含一切矛盾之萌芽的因素作为起点的研究,才是科学的、唯物主义的理论研究。同样道理,建构当代有中国特色的、科学的马克思主义文艺学,也应该以文艺领域中包含一切矛盾之萌芽的因素作为逻辑起点。马克思反对从某种固定不变的实体和属性中去寻求人的抽象本质的思维方式,而主张从人的活动及其方式的动态变化中去探讨人的现实本质。例如他指出:"吃、喝、性行为等等,固然也是真正的人的机能。但是如果使这些机能脱离人的其他活动,并使它们成为最后的和唯一的终极目的,那么,在这种抽象中,它们就是动物的机能。”[①]恩格斯曾说过:“历史从哪里开始,思想进程也应当从哪里开始,而思想进程的进一步发展不过是历史过程在抽象的、理论上前后一贯的形式上的反映。”[②]历史起点处的事物往往是事物逻辑序列中深刻蕴含着以后事物发展的一切基本矛盾在内的最基本的因素。文学艺术领域中处于历史起点处、蕴含着以后事物发展的一切基本矛盾之萌芽的因素是什么呢?是审美活动。审美活动是艺术领域内最基本的实践活动之一。一切文学艺术实践都离不开审美活动,都是从审美活动开始的。马克思把包括文学艺术在内的人的实践称之为“自由的自觉的活动”[③]。在这个自由自觉的生命活动中,人能够超越“直接的肉体需要的支配”[④],“懂得怎样处处都把内在的尺度运用到对象上去”[⑤],即按照美的规律来生产;还能够“自由地对待自己的产品”[⑥],即在生产过程中对自己的创造对象进行审美观照并获得美感。从这个意义上讲,作为文学艺术领域内最主要的实践形式——审美活动,是人的一种真正合乎人性的存在方式。审美活动与人的存在密切相关,人的存在只有通过审美活动才能够更好地、更完整地得到显现,审美活动也只有从人的现实存在这一角度来理解才有意义。所以,我们认为也可以将“审美活动”作为建构马克思主义文艺学新体系的逻辑起点。以“审美活动”作为建构当代有中国特色的马克思主义文艺学的逻辑起点,考察的重点是在审美活动中如何显现了存在,在审美活动中人的存在如何可能。从而超越了从主客二元对立的关系中理解艺术和审美,在实践基础上把认识论与存在论较好地融合在了一起,吻合了文学艺术活动是人的一种特殊生命存在方式的观点,符合唯物实践存在论的精神内核。

马克思主义哲学是以具有社会属性的“人”为研究中心的,人的问题是马克思主义最基本、最本质、最深层的内容。马克思的全部思想都是以“人”为出发点和归宿的。因此,在这个意义上,我们完全有理由相信,今天我们建构当代有中国特色的科学的马克思主义文艺学,同样也应以具有社会属性的“人”作为具体研究工作的出发点和落脚点。通过分析,可以看出,新时期我国马克思主义文艺理论研究有这样一个显著特点,即它日益显现出一种普遍的人文精神和情怀,文艺理论工作者不约而同地将关注点集中于人的现实生存状况,追求生活的审美化和完美的人生境界。因此,我们主张把文艺看作人的不可或缺的生命存在方式。在新的世纪里,发展中国文艺学包括建构当代有中国特色的科学的马克思主义文艺学,必须以关注人的现实生存为宗旨,必须以现实的人作为一切理论和学术工作的出发点和归

---

① 《马克思恩格斯全集》第42卷,人民出版社,1979年,第94页。

② 《马克思恩格斯选集》第二卷,人民出版社,1972年5月版,第122页。

③ 《马克思恩格斯全集》第42卷,人民出版社,1979年9月版,第96页。

④⑤⑥ 同上书,第97页。

宿点。我们所要建构的应该是以马克思主义唯物实践观为指导、以马克思的实践存在论为基础、以当代实践存在论文艺观作为核心的马克思主义文艺学。在这里，我们所提倡的当代实践存在论文艺观，是指以马克思主义为指导，以马克思、恩格斯的实践存在论文艺观为主体，结合时代特色和中国文艺实践，充分吸收借鉴其他各种文艺理论资源的一种崭新的文艺观。

马克思主义是我们一切工作的指导思想，也是理论界开展研究的指导思想，因此发展和建设中国文艺学学科（包括建设当代有中国特色的马克思主义文艺理论）必须坚持以马克思主义（即马克思主义哲学）为指导思想，坚持马克思主义"一元"论，这应该是毫不动摇的。但同时我们必须清楚地意识到：马克思主义文艺理论不同于马克思主义，我们不能将二者混同。在文艺学领域内，必须坚持马克思主义指导下的多样性，坚持百花齐放、百家争鸣。马克思主义文艺学是中国文艺学学科总体格局中的一部分，而且始终是占据重要地位乃至主流地位的部分。发展和建设当代有中国特色的马克思主义文艺理论体系，必须重点处理好两方面的关系：一是处理好马克思主义文艺理论与其他各种非马克思主义文艺理论之间的关系。二是处理好马克思主义文艺学学科内部、各种具体的理论框架或阐释模式之间的关系。坚持马克思主义文艺理论的主导地位，坚持马克思主义指导下的多样性发展格局，是由马克思主义学说的本性所决定的，也是由文艺乃至文化现实的多样化发展的态势所决定的，还是文艺学学科发展的要求，更是新时期文艺理论界经过长期的激烈论争后所得出的一种总结性的认识。

在当今社会，探索和竞争是任何一门学科发展的必要前提条件。我们所要建构的当代有中国特色的马克思主义文艺理论必须在与其他各种文艺理论的比较中显示出自己的优势。自20世纪80年代以来，经过众多文艺理论工作者的努力，中国的马克思主义文艺理论逐渐突破二元对立的思维模式和单线发展的理论格局，形成了多样化发展、多层次渗透的理论态势。多种多样的线索在无序中运动碰撞，不断地剥落和分化，又在自觉和不自觉中不断地归纳、调整、综合、创新。多样化不是目的，发展创新才是我们的目标和追求。因此，我们当前的任务，就是通过比较与综合，从学术上的多样化发展、互补逐渐走向理论上的更新与超越。这是在新的世纪里，马克思主义文艺理论不断发展、完善的必由之路。

市场经济以及经济全球化趋势使文艺创作和批评及理论体系建设具有了全球背景。在全球化语境中，马克思主义文艺学面临着更大的机遇与挑战，而挑战和机遇给马克思主义文艺理论带来的发展策略最重要的是"对话"。首先，"对话"得到了现代自然科学与人文社会科学的支持。其次，"对话"是突破传统的主客二分、二元对立，向马克思主义指导下的多样发展、互补的思维模式转化的必然要求。再次，"对话"是马克思主义文艺学进一步丰富发展的要求。而且在各种文论的冲突与交融的研究中，对话意识正在获得越来越普遍的重视，逐渐深入人心。通过“对话”，有中国特色的马克思主义文艺学将逐步走向综合、丰富和强大。这就是我们的目标。

**参考文献：**

《马克思恩格斯选集》，人民出版社，1972 年。

《毛泽东选集》，人民出版社，1991 年 6 月版。

〔德〕海德格尔：《林中路》，孙周兴译，台北时报文化出版企业有限公司，1994 年 7 月版。

〔俄〕巴赫金：《巴赫金文论选》，佟景韩译，中国社会科学出版社，1996 年 4 月版。

〔美〕托马斯·门罗：《走向科学的美学》，石天曙、藤守尧译，中国文联出版公司，1984 年。

〔德〕埃德蒙德·胡塞尔：《纯粹现象学通论》，〔荷〕舒曼编，李幼蒸译，商务印书馆，1992 年。

刘梦溪：《文艺学：历史与方法》，上海文艺出版社，1986 年 11 月版。

何火任编：《当前文学主体性问题论争》，海峡文艺出版社，1986 年 1 月版。

何国瑞主编：《艺术生产原理》，人民文学出版社，1989 年 8 月版。

董学文：《走向当代形态的文艺学》，高等教育出版社，1989 年 10 版。

狄其骢主编：《马克思恩格斯艺术哲学》，山东文艺出版社，1991 年 9 月版。

陆梅林、盛同主编：《新时期文艺论争辑要》（上、下卷），重庆出版社，1991 年 10 月版。

杨治经、曲若镁、张松泉主编：《马克思主义与当代文艺理论建设》，中国文联出版公司，1992 年 7 月版。

袁贵仁：《马克思的人学思想》，北京师范大学出版社，1996 年 6 月版。

钱中文：《文学理论：走向交往对话的时代》，北京大学出版社，1999 年。

曾繁仁：《生态存在论美学论稿》，吉林人民出版社，2003 年 10 月版。

冯宪光：《马克思美学的现代阐释》，四川教育出版社，2002 年。

Eagleton, Terry. *Marxism and Literary Criticism*. Berkeley: Univ. of California Press, 1976.

Jameson, Fredric. *Marxism and Form*. Princeton: Princeton Univ. Press, 1971.

Craig, David, ed. Marxists on Literature. Harmondsworth: Penguin, 1975.

Williams, Raymond. *Marxism and Literature*. Oxford: Oxford University Press, 1977.

Frow, John. *Marxism and Literary History*. Cambridge, Mass.: Harvard University Press, 1986.

# 第二章

# 新时期中国古代文论研究的整体进程

20 世纪的古代文论研究是一个既取得辉煌成就，又是在困境中艰难跋涉的复杂历程。大体来说，这一研究经历了三个阶段：20 世纪初至建国前的开创期、建国后至十年“文革”结束的波折期和新时期以来的复兴拓展期。当然，这一分期是相当粗略的，如建国后至新时期就可进一步区分为前“十七年”的马克思主义研究理念的确立期和“文革”停滞期两个阶段。但就整体进程来看，三阶段的划分应该还是恰当的。我们思考的重点是新时期，就新时期古代文论研究来说，前两个阶段可以说为这一时期的复兴拓展奠定了基础，大体确定了研究框架，也积累了相当丰富的正反两方面经验，从而使新时期古代文论研究的进展具有了理论上的积淀和学科上的准备。经历了十年“文革”的低潮期，在新的历史条件下，古代文论自 80 年代初以学术反思、定向为起点，在不断袭来的挑战中取得了新的突破与进展。

## 第一节
## 学科理念的重新定位

新时期古代文论的学科建设有了长足发展，这主要表现在以下几个方面：

首先，研究对象的扩展。十年“文革”结束至 20 世纪 80 年代初的一段时间，与整个思想界情况相近，古代文论研究的主要任务是批判“文革”、纠正被“左”的思想路线扭曲了的研究思路，肃清思想流毒。正本清源，成为当时文论界的重要任务，因而这一时期古代文论的研究对象与此前相比并没有太大的变化，当时文论界思考比较多的仍然是如《文心雕龙》的思想体系是唯心还是唯物、孔子的文学理论究竟是进步还是反动等等问题。相应的，对尚被认为是唯心主义的道家思想、佛教理论等与古代文论的关系的研究尚远未展开。可以说，这一时期属于研究的“恢复期”。1983 年以后，随着思想的逐步解放以及“方法论热”的兴起，古代文论的研究在研究视野上有了很大的拓展。20 世纪 90 年代以后，随着西方现当代文艺美学思潮的大量涌入，古代文论的研究对象进一步拓展。一方面，范畴研究、文艺心理学研究、古典风格学研究等等纷纷兴起，另一方面，对词话、小说理论、戏曲理论、道家、佛学的文艺观等的研究也开展兴盛，并不断取得了丰硕的成果。

其次,研究目的的演变。20世纪古代文论研究发轫之际,研究者们大体都有较为自觉的目的,但却是多元并存的,尚未形成比较一致的指向。早期研究者往往将古代文论的研究目的看成是对文学史的印证,企图用文学批评史来印证文学的发展历程。例如郭绍虞在他1934年出版的《中国文学批评史》的"自序"中就表示,他编写批评史的原因在于编写文学史的需要,他说:"我只想从文学批评史来印证文学史,以解决文学史上的许多问题。因为这——文学批评是与文学之演变有最密切关系的。"①王瑶在20世纪50年代初提出相近的看法:"我们现在研究文学批评史,不但不能把它和文学史的发展脱离来看,而且文学批评史正是一种类别的文学史,像小说史、戏曲史一样,因此不能只从形式上找相当于文学批评的概念的材料,而须考察在历史发展中文学所受的相当于批评的影响。"②除此之外,中国文学批评史研究的另一目的则是试图通过古代文论研究来探讨具有普遍性的文学原理。杨鸿烈1928年出版《中国诗学大纲》时,就表示他本想著一部文学概论,但苦于研究范围过大,因而将视野缩小在中国诗学的范围中③。罗根泽著《中国文学批评史》则试图达到上述两个目的,"我们研究文学批评的目的,就批评而言,固在了解批评者的批评,尤在获得批评的原理,以指导未来的文学。所以我们不能只着眼于狭义的文学批评的文学裁判,而必须着眼于广义的文学批评的文学裁判及批评理论和文学理论。因为'欲彻底的了解文学创作,必须借助于文学批评;欲彻底的了解文学史,必须借助于文学批评史'"。④ 20世纪50年代以后,古代文论研究目的发生了重要变化,对理论建设重要性的认识超越了对文学史的"消极"印证,相应地民族特色问题也逐渐引起关注。1957年,郐酆发表了《打开我国古代文学理论的宝库》一文,批评当时大学文艺理论教学过分注重国外文艺理论而忽视了中国传统的文学理论遗产,指出,"今天,文学研究工作者的重大任务就在于:打开我国古代文学理论的宝库,从中吸取营养,用以丰富我们新文学的创作","在蕴藏丰富的文学理论宝库面前,我们的文学研究工作者,还有什么理由妄自菲薄,言不称中国古代,对之报以轻视与回避的眼光?"⑤这一观点反映了文艺理论界相当强烈的民族自豪感和学术责任心。正是在这样一种自觉意识驱动下,文艺理论界逐渐突出了对中国传统文论遗产的关注,从而也逐渐促使古代文论研究逐渐从为印证其他学科价值的从属地位中摆脱出来,发展成为一门独立学科。十年"文革"期间,古代文论研究受到"左"的思潮的严重影响,政治目的成为最终目的,庸俗唯物论成为唯一

① 郭绍虞:《中国文学批评史》,上海商务印书馆,1934年,第1页。

② 王瑶:《中国文学批评与总集》,《光明日报》,1950年5月10日。

③ 杨鸿烈:《中国诗学大纲》,商务印书馆,1928年,第3—4页。

④ 罗根泽:《中国文学批评史》,上海书店出版社,2003年,第7—11页。

⑤ 郐酆:《打开我国古代文学理论的宝库》,《光明日报》,1957年3月3日。

的研究方法，“大批判”之风甚嚣尘上，虽然也有一些文章、著作，但根本无所谓研究。新时期以来，随着改革开放的进行，思想界逐渐活跃起来，但也面临着前所未有的冲击：西方文论大量涌入，各种学说、译著流行于国内文论界，民族传统文论的声音日益微弱。于是，古代文论研究特别强调提高民族自信心，相应地，对传统文论的民族特色的探索也得到突出的重视。1982 年，《文史哲》编辑部在济南召开古代文论研究座谈会，王元化在会上提出古代文论研究的两个目的：一是对中国遗产的整理和继承，二是有助于我们考虑怎样建设具有中国民族特点的马克思主义文艺理论。这一看法对此后古代文论研究的发展产生了重要影响。郭绍虞在《关于古代文学理论研究中的几个问题》中也提到：“研究古代文论不只是建立有民族化的马克思主义文学理论的重要前提，也是提高民族自信心的重要条件。”①之后，徐中玉在《古代文论研究方法札记》中也对古代文论研究与提高民族自信心关系问题发表了自己的看法，认为证明某些西方理论在我国古代早已有之的研究也有其价值，因为它可以给那些缺少民族自信心、对自己民族文化缺少了解的人以“文化认证”，有利于自我话语的恢复②。但到了 20 世纪 80 年代末，这种以建构有中国特色马克思主义文学理论为目的的民族理论话语振兴思潮受到质疑。罗宗强、卢盛江两位先生认为，继承发扬传统文论固然是建立有中国特色马克思主义文学理论必不可少的一环，但古代文论研究的目的不能仅限于此。研究古代文论不仅仅有利于“现代”，其意义还在于“历史”。因为，“有时候，对历史的真切描述本身就是研究目的”。这一方面打破了古代文论研究目的的单一性，为以后古代文论研究的多元化开辟了道路。另一方面，它无疑开启了古代文论研究的另一思路——强调研究的历史性，从时代的纵向发展来考察传统文论的价值③。当然，这是在更高层面上对“史”的回归，是以一种冷静的态度来纠正过分强调“古为今用”的偏颇，无疑是研究态度上的一大反拨。由此可见，随着学科自身的发展，研究目的与范围也因之发生变化。研究目的的多元化，研究理念的逐层深入必然会导致学科研究的复杂化——学科内部发生裂变，更多学科分支开始细化出来，形成了批评史、理论史、思想史并立的局面，这就引起学者对批评史涵括内容与范围的思考，对学科名称的争论也随之纷繁起来。

再次，对学科自身的理论反思。新时期古代文论研究的一个重要方面是对学科自身对象、范围等问题的自觉的理论反思，其比较突出的表现就是关于中国文学批评史称谓问题的探讨。早期学者虽曾较自觉地思考过中国文学批评史自身的对象、内容等问题，但真正能明确阐释这一问题的并不多见。陈钟凡《中国文学批评

---

① 《中国古代文论研究方法论集》，华东师范大学文学研究所编，齐鲁书社，1987 年，第 9 页。

② 同上书，第 49 页。

③ 罗宗强、卢盛江：《四十年古代文学理论研究的反思》，《文学遗产》1989 年第 6 期。

史》对于“文学批评”析之较详，但其“中国文学批评史总述”一章并未对什么是“中国文学批评史”问题进行具体阐释[①]。郭绍虞的《中国文学批评史》对文学批评的产生尤其是中国文学批评的发展做了很多也许可称之为首创性的思考[②]，朱东润的《中国文学批评史大纲》曾分辨了文学批评与批评文学的差异及中国文学批评的分类等问题[③]，但都未将这一探索深入下去。新时期以来的批评史著作，开始对这一问题进行比较自觉的思考。周勋初1981年出版的《中国文学批评小史》明确提出“什么叫做‘文学批评史’”的问题，但所论颇简短，只是给出了“文学批评史就是研究历代文学思想斗争发展的历史的一门科学”[④]的定义。蔡钟翔、黄保真、成复旺1987年出版的《中国文学理论史》明确地提出“正名”问题，并做了比较认真的探讨[⑤]。王运熙、顾易生两位先生主编的《中国文学批评通史》对“文学批评史”做了详细的语义辨析，且引述韦勒克·沃伦以及刘若愚等的观点予以论证[⑥]，但全书的具体内容并未完全局限于中国文学批评史。蔡镇楚1999年出版的《中国古代文学批评史》对学科问题作了比较谨慎的探讨，提出了“文学批评史，作为一个学科门类，乃是文学批评与历史学相交叉的一门学科”[⑦]的看法。因此，新时期以来出现的文学批评史专著对“正名”问题的关注，表现出比较明显的学科自省意识，但相关的探讨还处于起步阶段，说法不一，界线混乱是其中亟待解决的问题。也正是由于这种情形，学科命名的混乱现象一时比较突出。根据教育部的学科认定，本学科的正式名称为“中国文学批评史”，但纵观新时期以来这一学科的教学和研究，用来指称本学科的，除“中国文学批评史”外，还有“中国文学理论史”、“中国文学思想史”、“中国文学理论批评史”、“中国文艺美学史”、“中国诗学”等名目。而学术界对于这种情况也往往心照不宣，或者以大而化之的态度来统一对待，以约定俗成的概念来统一各个不尽相同的科目。随着新时期中国文学批评史研究视角的多元化发展以及具体研究在广度、深度两个层面的不断拓展，一方面在具体研究中学科界线愈加模糊，出现了明显的文论研究与文学史研究、美学史研究杂糅并存的现象，一方面也进一步刺激了学科自省意识的张扬。于是，对学科名称的界定问题的探讨越来越引起学者的重视，“正名”问题因此得到更为认真的对待。张海明认为，学科名称要真实反映学科实际的研究内容，既然客观上存在文学理论、文学思想乃至文学批评的差异，那么以文学批评史来概括一切自然是不科学的。在他看来，文学批评史

① 陈钟凡：《中国文学批评史》，上海中华书局，1927年，第1—9页。
② 参见郭绍虞《中国文学批评史》，新文艺出版社，1955年。
③ 参见朱东润《中国文学批评史大纲》，上海古籍出版社，1957年。
④ 参见周勋初《中国文学批评小史》，长江文艺出版社，1981年，第3页。
⑤ 参见蔡钟翔等《中国文学理论史》，北京出版社，1987年，第36—37页。
⑥ 参见王运熙、顾易生主编《中国文学批评通史·先秦两汉卷》，上海古籍出版社，1996年。
⑦ 蔡镇楚：《中国古代文学批评史》，岳麓书社，1999年，第37页。

既是独立的，又与文学理论、文学史、文学批评不可脱离，它们之间相互渗透，因而不能简单地将文学批评史作为独立于前三者的第四者。他认为，文学批评史这种边缘地位反映出学界的一个现实，即真正从事文学批评史研究的人多为文学史学者，兼有文学理论学者，这就直接导致一些人对文学批评史地位的质疑，以至使文学批评史的定位问题悬而未决。他主张，明确批评史特殊的边缘地位并不是否认其存在的独立性，只有认识到文学批评史独特的意义和价值，才能澄清以往在此问题上的困惑，才能为该学科选择适合学科特性，包容研究内涵的适当的名称。① 彭玉平、杨金文则着眼于对这一学科进行本体意义上的系统考察，提出"中国文学批评史指称的阐释问题，不仅是制约本门学科研究效率的一个问题，而且还是关系本门学科科学定位及其是否能够获得充足的义理而自立于学界的一个问题"。他们从三个层面来阐述批评史的具体内涵，认为"中国文学批评史"作为一种语言符号、一个名称，其所指称的对象起码有三个，或者说它至少要涉及三个层面的意义。即：它既可以指一个学科，也可以指一个研究门类或方向，还可以指一种研究对象。就第一个层面来说，它应该是指学科意义上的中国文学批评史，也可以说是广义上的中国文学批评史，其研究的范围应该是涵盖整个中国古代文论。也就是说，学科意义上的中国文学批评史，它所指称的乃是中国古代文论。就第二个层面来说，它应该是指以著作形态存在的中国文学批评史的研究成果，或可称为狭义的中国文学批评史。事实上这一层面的指称，才最符合这一称谓在舶来和衍生之初的原始意义。关于第三个层面，它应该是指客观意义上的中国文学批评史，即中国文学批评的历史或称以历史形态存在的中国文学批评，也即学界通常所称的"原生形态的批评史"。在此基础上，两位学者呼吁："要加强对学科自身建设的研究，就某些问题进行必要的整合和规范，使之尽量达到科学化、系统化"，"我们在从事学科领域内的研究以及在讨论有关问题时，需要格外的审慎，以便保持思路的严谨清晰，表述的畅达无误。唯其如此，我们才会尽可能地保证我们研究结论的纯粹性和可信度，也才会尽量避免研究中无效劳动的付出和最大限度地降低论争中的摩擦系数"②。由此可见，新时期古代文论研究对学科命名问题的思考的条理化、细致化，以至后来将该问题界定为专门的研究论题，是学科自省意识的突出表现，体现了研究态度的逐步端正化、严肃化以及文学批评史研究的逐步专业化。

复次，研究方法的演变。20 世纪 80 年代中期以来，随着人文社会科学领域"方法论热"的兴起，学界也开始对古代文论的研究方法进行热烈探讨。除了传统的考据方法、马克思主义文艺社会学方法等之外，当时新兴的各种方法例如自然科

① 张海明：《关于古代文论研究学科性质的思考》，《文学遗产》1997 年第 5 期。

② 彭玉平、杨金文：《中国文学批评史称谓的多重指涉及相互关系》，《中山大学学报》2001 年第 5 期。

学方法、比较方法、文化学研究法等等在古代文论研究领域大行其道，许多研究者热衷于“新方法”的应用，一时间“新方法”似乎成为推进古代文论研究进展的关键。1985年召开的中国古代文学理论学会第四次年会以如何开创古代文学理论的新局面为主题，与会学者对方法论问题给予了充分的重视，尤其强调比较方法特别是中西比较在研究总结传统文学理论成就及其民族特色、建设有中国特色马克思主义文论方面的重要意义，并就各种新方法如控制论、信息论、系统论等在古代文论研究中的应用开展了激烈的讨论，大体形成了以下共识：新方法的运用为古代文论研究注入了新的动力，开阔了研究思路；自然科学方法不适用于以形象为主的文学活动；传统方法与新方法都适用于文学批评研究；方法只是手段不是目的等。这次会议可以说是古代文论研究史上的一个重要转折，它对比较方法的重视，对新方法运用的瞩目，都对打破研究工作长期以来的沉闷局面具有重要意义。在1987年中国古代文学理论学会第五次年会上，著名学者、《文心雕龙》研究专家杨明照先生明确提出要用比较的方法来研究古代文论，徐中玉先生则提倡实现古代文论与西方文论、当代文论相沟通。正确对待西方文论，真正实现“取长补短”，扩大中国传统文学理论在世界的地位和影响，成为与会学者的共识。此次会议还肯定了以宏观视野研究古代文论的提议，认为宏观研究可以开阔研究思路，便于从整体来把握古代文论的发展脉络。这里所谓的“宏观研究”包括以下几个层次：对研究对象本身的整体把握，对研究对象所处时代的情况和理论批评情况的把握以及对整个文化背景的把握。“宏观研究”问题成为此后古代文论研究着重思考的论题，《文学遗产》于1986年、1987年开展了“古典文学宏观研究的征文”，众多学者纷纷发表自我见解，将宏观研究推向高潮。尽管“方法论热”在古代文论研究领域的兴起明显存在着机械化和片面性问题，但应当承认关于这方面的讨论与实践也为古代文论研究带来了新鲜空气。然而，正在“方法论”的热潮方兴未艾之际，许多学者已从中看到隐患。1989年“中国古代文学理论学会第六次年会”就古代文论的研究状况做出了总结。有些学者在会上指出，尽管近些年来对古代文论的研究方法问题有所进展，但是真正具有突破意义的成果并不多，换句话说古代文论的整体状况并没有得到改变。一方面，我们急于利用“舶来品”来进行研究工作，企图一改古代文论旧有的研究模式，然而并没有注意方法论本身是否与研究对象相适应，从而造成对古代文论解释的生硬性甚至误读。另一方面，对方法论的盲目追风，往往导致研究者忽略实践应用，方法谈了一堆，问题倒没有解决。吴调公在《古代文论研究应该有一个跃进》一文中便指出：“古代文论研究中一个比较普遍的偏差是忽视扣合古代文学实际。”①针对此种情况，1991年的年会就将讨论重心放在如何应用方法尤

① 《中国古代文论研究方法论集》，华东师范大学文学研究所编，齐鲁书社，1987年，第70页。

其是中西比较的方法来指导古代文论研究。徐中玉就此指出，比较研究要尽可能认清彼此的文化背景、历史，力求有充分的可比性，不能为比较而比较，牵强附会，更不能只言片语，要体现出比较的价值来。有的学者还提出中西比较包括辨异和求同两部分，只有中西文论达到贯通，才能实现真正的发展。有的学者还从实践出发，指出传统文论的价值往往在中西文论研究比较的过程中体现出来。这次会议，纠正了研究过程中方法论应用的偏颇，有利于古代文论研究工作的规范化进程。之后，拓宽研究思路、提高古代文论研究的质量成为学人的共识。而古代文论文献的整理也提上了日程，除传统的“诗话”研究得到重视，对小说话、四六话、文话及其评点、选本的系统研究也受到突出的关注。在强调加强对古代文论资料的整理的同时，对于整理的思路，也有学者主张更新观念，改变原先的单一的思维模式，代之以多元的思维方法。学者们大都意识到，古代文论最初由史论、哲学等非文学领域演化而来，因而要透彻理解古代文论就必须将其放在具体的社会、文化背景之上，以多学科的角度对其进行审视。在哲学方面，探究其哲学根源。在文学方面，寻求其产生多种文学文体特征的作用。在心理学方面，研究作家创作的情感动机与冲动。在美学方面，重视其特有的美学特征和美感体验。将原先单一、分散的研究思路统一到完整有机的关照统一体中，从多个层面多个角度对古代文论进行新的阐述。也有学者强调，古代文论的研究不能脱离对艺术史的重视。对传统文艺理论的理解要同画论、乐论等联系在一起，只有这样才能全面理解古代文论的精神，做到对文学思想横向的、纵向的全方位考察。有的学者仍然坚持认为要以中西比较的方法作为研究的主要工具，强调做到中西融会贯通是恢复保持传统文论活力的必要条件。综上所述，新时期以来，方法论问题一直是人们注视的焦点性问题，也成为学术界寻求打破古代文论研究困境、开拓新的研究领域的重要取向。但新时期对古代文论研究方法的探讨不再拘泥于传统的考据式方法，也不再局限于以西方理论（包括前苏联文艺理论）单向地解析中国文论的做法。这一时期人们对方法论的思考更加全面和理性化，无论对中西比较方法的提倡，还是对宏观的历史的方法的强调，都没有脱离开古代文化的大背景，这无疑体现了对古代文论研究方法探讨的成熟。这种成熟不仅体现在对古代文论资料的整理和重视上，更体现在思考的历史性、全面性、灵活性上。

## 第二节
## 学术成就的整体展示

新时期古代文论研究最为突出的成就无疑表现在这一时期涌现的远远超过建国前和建国后“十七年”的丰硕的研究成果上。这些成果同样是多方面的，但最令人瞩目的当属中国文学批评史研究专著。对此，有学者曾做出如下概述："一是数量多，各种批评史著作多达二十余部；二是种类多，除了一般的全史以外，还有通史、断代史、分体史等；三是篇幅大，除少数几种为一卷本外，从二卷本、三卷本到五卷本、七卷本，篇幅越来越大；四是质量高，本期批评史著作除了材料掌握得比较全面以外，理论分析上也较前期有所深入；五是范围广，本期批评史研究还开拓了一些新领域，不仅近代批评史受到重视，还出现了现、当代的文学理论批评史研究著作。"①这一评述尽管并不全面，但应该是符合事实的。1979 年，上海古籍出版社再版了由刘大杰主编的《中国文学批评史》上册，而由王运熙、顾易生等主编的《中国文学批评史》中册也于 1981 年出版，并在体例和编写方法上与刘大杰主编的上册保持了较好的一致。就在这一年，人民文学出版社出版了敏泽独力完成的两卷本长达 70 万字的《中国文学理论批评史》，长江文艺出版社出版了周勋初的短小精悍的《中国文学批评小史》，广东人民出版社出版的黄海章的《中国文学批评简史》增订本在 1962 年旧著的基础上将论述的范围延伸到近代。这些批评史著作特点颇为鲜明：首先是内容全面，这些著作大都纵贯整个中国文学批评史，做到纵向的历时性梳理，从而呈现出"通史"、"全史"的面目。而从论述范围来看，这些著作大都不为传统的"诗文评"观念束缚，对小说、戏曲理论等给予了突出的重视。其次是阐释详明，即大都比较自觉地力求以辩证唯物主义和历史唯物主义思想为指导，运用社会分析、阶级分析的方法对古代文论的思想内涵进行理论剖析，而不以材料的铺排考订为能事。再次，带有明显的"拨乱反正"特征和反思探索性质，力图纠正"极左"思潮给古代文论研究带来的消极影响，回到"文革"前的比较严肃、规范研究路向。尽管由于长期"极左"思潮影响一时未能廓清，这些著作仍难免存在着诸多不足，但学者们扎实认真的探讨和端正的理性态度毕竟为古代文论新时代的来临奠定了坚实的基础。

经过一段时间的酝酿和蓄积，20 世纪 80 年代中后期，多卷本中国文学批评史著作纷纷出现。1985 年，上海古籍出版社出版了王运熙、顾易生主编的《中国文学批评史》下册。至此，三卷本全部出齐，并被列为普通高等院校文科教材。1987 年，北京出版社出版了由蔡钟翔等编写的五卷本《中国文学理论史》，这是新时期出现的第一部大型中国文学批评史专著。作者在首卷长篇《绪言》中阐明了研究立场，从反思建国前和建国后"十七年"文学批评史研究的成就和历史局限出发，力图以客观辩证的立场态度来评价文学批评史发展历程，提出了"历史唯物主义是我们探索古代文学理论发展规律的指南"的基本原则，并根据这一原则对一些重大的文学理论问题进行经验总结，如经济基础的决定作用问题、阶级分析方法问题、世界

① 李平：《20 世纪中国文学批评史研究综述》，《文艺理论研究》2001 年第 2 期。

观问题等，并进一步从经济、政治、哲学、文学四个方面阐述了中国文学理论的发展历程及特有规律，指出：一、中国文学理论是以“杂文学”观念为基础建立起来的范畴体系；二、中国文学理论是运用朴素辩证的思维方式及其逻辑手段建立起来的范畴体系。[①] 该书对中国文学批评史的发展阶段进行了新的划分，将魏晋南北朝列为文学批评的自觉期，将盛唐到宋元金列为文学理论分途发展、逐步深化阶段，并将明清看成传统杂文学的理论总结期，即“杂文学”理论体系向现代纯文学理论体系的过渡阶段。这无疑体现了著者对文学批评史研究的反思与重新思考，也使该书具有以往文论著作所不具有的创新性与启发性。此外，该书一改以往对道家及魏晋玄学等的忽视，也没有机械地将二者归为唯心主义思想的范畴，而是对其之于古代文论的影响给以充分的肯定。书中对政教中心说和审美中心论两大流派的产生、发展、相互作用作了比较详尽的叙述，真正做到了对文论中审美功能的重视。

20 世纪 80 年代后期不仅出现了多卷本的批评史著作，而且中国文学批评通史的编写工作也在紧锣密鼓地展开。上海古籍出版社自 1989 年起陆续推出了王运熙、顾易生主编，黄霖、蒋凡、袁震宇、杨明、刘明今、邬国平、王镇远参编的七卷本《中国文学批评通史》，至 1995 年全部出齐。这部《中国文学批评通史》材料丰富精细，论述全面透彻，将古代文论研究推向新的高峰，其研究规模和学术质量都是“这一领域中划时代的论著”。著名学者程千帆先生曾不无感叹地说：“尽管研究中国文学史的人、著述中国文学史的学者远比研究中国文学批评史的人、著述中国文学批评史的学者为多，但是这部七卷八册本的巨著安安静静地躺在我们的书桌上时，我们不得不承认在中国文学史方面还没有一部质量这么高、分量这么大的书。即此我们可以估量它对中国文学研究的贡献。”[②]在研究范围上，《通史》大大拓展了研究视野，其总体成就是超越前人的。作者本着切实反映文学批评史全貌的理念，挖掘出许多以往批评史研究中较少或根本未曾受到注意而确实有意义的材料，使此前批评史研究中的空白和盲点大体得到填补，从而更能体现出各种文学观的演变过程，使“史”的概念更为切实。如以往的批评史著作对近代阶段一向不甚重视，即使有所涉及也未显全貌。罗根泽的批评史至宋代而止，郭绍虞、方孝岳所著也限于清代中期以前。朱东润的《中国文学批评史大纲》“特别注意近代的批评家”，但因为是用于教学的讲义，限于体例，“除了最关紧要的批评家和批评著作以外，一概不轻阑入，”[③]近代部分也只有陈廷焯一人，而陈廷焯又仅限于他的一部《白雨斋词话》。新时期前期出现的诸多批评史著作也未改变比较忽视近代部分的现状。《通史》的近代卷则对近代文学批评的发展过程予以详细评述，对重要的文论家和文论

---

① 蔡钟翔、黄保真、成复旺：《中国文学理论史》(一)“绪言”，北京出版社，1987 年。

② 程千帆：《根深叶茂，体大思精》，《复旦大学学报》1996 年第 6 期。

③ 朱东润：《中国文学批评史大纲·自序》，上海古籍出版社，2001 年。

著作进行了科学的评价，填补了此前研究中的大块空白。此外，《通史》宋金元卷则对一向不受重视的金元的文学批评也予以比较详细的论述，并着力揭示其对宋、明文艺思想发展的承前启后的过渡作用，从而为通史的著述补上了重要的一笔。《通史》还发掘出大量湮没已久的批评家，据粗略统计，《通史》新增列的批评家有五六十人之多。对这些非主流的批评家的论列，对于理解当时文学批评风气的形成及其流播程度提供了许多可贵的实证，并且极为丰富了传统文艺理论的内容。《通史》对以往研究中的弱点和缺陷也多加以改进。如关于汉代文论的地位，以往将魏晋视为“文学的自觉时代”，而认为两汉时期经学的兴起与鼎盛严重地束缚了文学艺术包括文学观念的发展。尽管这一传统看法有其合理之处，但其偏颇之处也非常明显，给人以两汉四百年文学批评是从蓬勃发展的先秦文论到魏晋南北朝文学自觉发展的新曙光之间的“停滞”和“断裂”的印象，显然无法正确认识和把握批评史发展的真实进程。《通史》两汉编从思想文化运动的客观史实出发，力矫“断裂”旧说，阐述汉代文论发展的特点，将其特有的渐进形态展现出来，揭示其在由先秦向魏晋南北朝飞跃的过渡作用，指出文学自觉的种子已经埋伏于两汉，汉人实开启文学批评新高潮来临之先河。这种观点无疑具有发聋振聩的作用。后来张少康在《先秦两汉文论选》的《前言》中，再次重申了“文学的独立和自觉非自魏晋始”的观点[①]。《通史》对材料的搜集与整理极为细致，如通过对严可均《全三国六朝文》、逯钦立《先秦汉魏晋南北朝诗》的逐篇检阅，以搜集有关魏晋南北朝文论的详细材料。除了集部、史部这些已为人注意的材料外，他们还极其重视小说、杂记以至某些典籍的注释。正是本着这种严谨细致的考辨精神，才使《通史》新见迭出，体现其厚实凝重的学术分量。而对于一些虽已为人注意，但论述尚简略的材料，《通史》则别辟蹊径，加强理论审视。如中晚唐的诸多诗格著作，罗根泽先生曾予以相当的注意，但主要是搜罗、列举，对其产生原因及理论意义未及细论。《通史》隋唐五代卷则联系唐诗创作的实际，揭示了诗格著作与律诗兴盛的关系。以上所列只是荦荦大者，总之，《通史》结构宏大、构思缜密、观点新颖而深刻，在深厚的理论基础上体现出时代的脉搏。它不仅仅作为20世纪70年来古代文论研究的高峰而存在，它所体现出的种种新的学术规范，新的学术理念，势必会长久影响中国学术界。

与《中国文学批评通史》篇幅相当而又别具特色的，是罗宗强先生主编的八卷本《中国文学思想通史》。就现已出版的罗宗强先生的《隋唐五代文学思想史》(1986年)、《魏晋南北朝文学思想史》(1996年)和张毅的《宋代文学思想史》(1995年)来看，这部著作的突出特色在于充分重视具体的文学创作中所反映出的文学思想倾向，力图将文学理论、文学批评与文学创作紧密结合起来探讨古代文论发展的

---

① 张少康、卢永璘:《先秦两汉文论选·前言》，人民文学出版社，1996年，第29页。

真实面貌。罗宗强先生在最早出版的《隋唐五文学思想史》“引言”中指出:“研究中国古代文学思想史,不仅要研究文学批评和文学理论的发展史,还必须结合文学作品,研究文学创作中反映出来的文学思想的发展与演变情况。只有把文学批评,文学理论与文学创作反映的文学思想倾向放在一起研究,才有可能较好地说明文学思想的发展面貌,较好地探讨文学思想的发展规律。”①这实际上是《中国文学思想通史》撰著的指导思想。当然,真正实践这一指导思想,无疑需要相当大的学术勇气,但这却是走向真实的历史的重要选择。因此,《中国文学思想史》的成就是值得期待的。

20 世纪 90 年代中后期,为了适应高校中国文学批评史教学的需要,张少康先生在充分吸取前人著述和新时期相关研究成果、结合自己多年教学实践和研究心得的基础上,与刘三富合著了篇幅适中,学术水准较强的《中国文学理论批评发展史》(上、下),于 1995 年北京大学出版社出版。此书在古代文论研究的很多方面取得了突破。首先,著者对中国文学批评史的分期问题提出了新看法,提出“我们把文学理论批评史的发展分为两个大阶段:古代和近代;五个时期:一、先秦——萌芽产生期;二、汉魏六朝——发展成熟期;三、唐宋金元——深入扩展期;四、明清——繁荣鼎盛期;五、近代——中西结合期。前四个时期为古代,第五个时期为近代”②。这种分期方法是继郭绍虞、蔡钟翔等人以来对批评史的重新思考与定位,为此后研究提供了参考。其次,在内容方面,著者着重研究纯文学理论批评,以审美的眼光来看待文学,这是与以往批评史的最大不同之处。再次,该书还注意将古代文论的发展置整个社会文化发展的大背景下予以考察,用文史哲经纬交互的方法进行全面审视,同时,注意打通各门艺术理论,全面阐释各类文艺思想产生的思想渊源与历史背景,从而揭示出传统文艺思想的民族特点和发展规律。此外,该书在积极吸收新近理论成果方面也有值得称道之处。例如,在论述司空图诗学思想时,介绍了 20 世纪 90 年代中期以来关于《二十四诗品》作者之争的情况,并结合各种研究成果提出自己的论断。

1999 年由岳麓书社出版的蔡镇楚《中国古代文学批评史》将整个中国文学批评史的演进置于广阔的古代学术文化背景下加以考察,也颇具特色。

除了全史、通史类的批评史著作外,新时期还出现大批断代批评史研究著作。如许结的《汉代文学思想史》(1990 年)、张锋屹的《西汉文学思想史》(2001 年)。其实,上述的《中国文学批评通史》和《中国文学思想通史》的各时期分卷,本身即可视为断代批评史研究著作,罗宗强的《隋唐五代文学思想史》即属这方面的开山之作。

---

① 罗宗强:《隋唐五代文学思想史》,中华书局,1986 年,第 4 页。

② 张少康、刘三富:《中国文学理论批评发展史》,北京大学出版社,1995 年,第 3 页。

新时期的断代批评史著作，还从古代和近代延伸到现代、当代。如王永生主编的《中国现代文学理论批评史》(1986年)、温儒敏的《中国现代文学批评史教程》(1997年)、古远清的系列著作《中国大陆当代文学理论批评史》(2005年)、《台湾当代文学理论批评史》(1994年)和《香港当代文学批评史》(1997年)、古继堂的《台湾新文学理论批评史》(1993年)，黄曼君主编的《中国近百年文学理论批评史》(1995年)等。此外，分体批评史研究也取得了可观的研究成绩，诗学史方面有蔡镇楚的《中国诗话史》(1988年)、陈良运的《中国诗学批评史》(1995年)、萧华荣的《中国诗学思想史》(1996年)、方智范等的《中国词学批评史》(1994年)等，小说、戏曲理论方面有叶朗先生的《中国小说美学》(1982年)、王先霈、周伟民的《明清小说理论批评史》(1988年)、陈谦豫的《中国小说理论批评史》(1989年)、刘良明的《中国小说理论批评史》(1991年)、陈洪《中国小说理论史》(1992年)、谭帆等的《中国古典戏剧理论史》(1993年)等。

新时期古代文论论著大多材料翔实，论证有据，注重从多角度多层面全方位对批评史进行全面的论证，这无形中也扩大了理论研究的范围和广度，也填补了很多以往不受理论界重视或忽视的空白和盲点。在具体论述过程中，一般都能做到宏观与微观结合、背景与材料互证。另外，新时期中国文学批评史著作的篇幅也体现出由鸿篇巨著的宏伟叙述逐渐向体小义约的小规模叙事转变的倾向，这从另一个方面反映出学者对批评史发展规律的熟练把握。

其次，古代文论范畴的研究。与通史、全史的研究并行发展的，是古代文论本体的研究，其中范畴研究得到突出重视，也取得相当可观的成就。一般来说，“古代文论整体是由文源论、价值论、文体论、创作论、作品论、作家论、鉴赏论、批评论、通变论等若干文学分论构成的，范畴和命题是文学理论和基本表现方式。”[①]新时期古代文论范畴研究的进展主要表现在以下几个方面：一、范畴研究的范围得到扩大。由原来的“文气”、“风骨”、“意象”、“意境”、“比兴”、“性灵”等扩大到“神思”、“言意”、“虚静”、“自然”、“平淡”、“滋味”、“妙悟”、“古雅”、“飞动”、“养气”等。1986年出版的曾祖荫《中国古典美学范畴》将古典美学范畴分为情理论、形神论、虚实论、言意论、意境论、体性论几种类型。1988年，中华书局出版了胡经之先生主编的三卷本《中国古典美学范畴丛书》，所归纳的古代美学范畴的数量已增加到二十多个。而在实际研究中，所涉及的范畴的数目还相当多。由于中国古代文论与美学的极强的相通性，这里许多美学范畴大都可视为文论范畴，甚至本身就是主要作为文论范畴显现其美学风貌的。二、范畴研究的多层面发展。研究范围的扩大，往往意味着研究视野的开阔，研究角度的多样化。学者们开始重视对范畴概念进行

① 彭会资：《中国古代文学理论国际学术研讨会暨第10届年会综述》，《文艺理论研究》1998年第2期。

多层次的考察，试图建构古代文论的范畴系统，古代文论的元范畴、主要范畴、范畴群、范畴体系和相关命题，成了众多学者关注的焦点。在1997年召开的“中国古代文学理论国际学术研讨会暨第10届年会”上，这一问题曾得到较多探讨。有的学者对以往以“道”、“意境”、“味”、“和谐”等为古代文论的元范畴提出质疑，而主张以更具有历史文化积淀、更有一定理论深度并带有时代开放性的“境”的概念代之；有学者主张在文化寻根的基础上，将中国古代文论范畴大致分为本原范畴、主体范畴、对象范畴、创艺范畴、形态范畴和品格范畴六大层面。本原范畴处于体系的核心部分，主要指“人”、“气”、“道”、“心”、“物”诸范畴；对象范畴主要指“物”、“象”、“景”、“境”等客体范畴，主体范畴则指“心”、“意”、“情”、“志”、“性”、“气”等表现心理活动与创造力的范畴。二者往往体用互见，物我交融，合称主客体范畴；创艺范畴主要指“感”、“兴”、“游”、“观”、“悟”、“化”等表现艺术创造的动态性范畴；形态范畴指的是“诗”、“赋”、“文”、“小说”等表示文体式的范畴；品格范畴则指“美”、“味”、“韵”、“趣”、“品”、“和”以及“刚”、“柔”、“雅”、“俗”等有关欣赏与评论的诸多范畴。这些范畴之间互相渗透，立体交叉，组合为多元兼通的动态网络体系。上述基本范畴又可组合为“意象”、“中和”、“风骨”等复合范畴，进而形成一系列命题术语，构成完整的古代文论体系。应当承认，这一层次划分尽管尚有可商榷之处，但作为初步尝试，其探索精神是值得肯定的。也有学者注意到，中国古代文学理论中无论是本原范畴、还是体用范畴，皆存在着序列化现象，它与内蕴的多样性、构成的复合性，共同突显传统文论范畴的基本特征。对这一特征进行考察，是可以一睹古代文学理论批评的运思方式，乃至整个文学理论批评的独特品格的。[①] 这可以说涉及对范畴问题的更高层次的哲理思考。

新时期以来古代文论范畴研究最具成就的，一方面表现为对诸多重要范畴的集中探讨，如“意境”、“文气”、“气韵”、“神思”等，而关于范畴的理论性研究如范畴的发生、界定以及范畴研究的方法和途径等也得到高度重视。汪涌豪的《中国古代文学理论体系·范畴论》(1999年)、涂光社的《中国审美范畴发生论》(1999年)等是其中佼佼者。汪著就范畴的哲学定义、构成范式、主要特征、逻辑体系，及其与创作风尚、与文体的关系全面展开论述，填补了以往研究中的空白，特别是统序系列概念的提出，无疑是一种创新。此外，詹福瑞的《中古文学理论范畴》(2005年)则从较宽泛的角度研究范畴。他把范畴与文学思潮、文学现象结合起来研究，如从汉儒说诗论“诗言志”，从永明诗风讲“隐秀”。他把中古的一些主要范畴分成文德、文术、文体、文变四组分别阐释，对把握古代文论范畴的独特性质也有启发意义。

再次，古代文论专题的研究。新时期古代文论的研究进展不仅体现在对通史、

---

① 彭会资:《中国古代文学理论国际学术研讨会暨第10届年会综述》,《文艺理论研究》1998年第2期。

全史的著述与把握上，还表现在对某一研究范围的重视与专攻上。这种专题性研究集中深入地将通史所搭建的理论框架填充完整，是最基本的研究方法，也只有做到局部与整体的共同发展，才能真正促进该学科的繁荣兴盛。新时期以来，围绕一些专题热点出现不少新的优秀成果。例如关于明、清文学观念变化问题，便有陈万益的《明代性灵文学思想研究》(1977 年)，黄景进的《王渔洋诗论之研究》(1980 年)，廖可斌的《明代文学复古运动研究》(1994 年)，陈国球的《唐诗的承传——明代复古诗论研究》(1990 年)，左东岭的《李贽与晚明文学思想》(1997 年)等。罗宗强先生曾说："廖、陈、左三书，是至今为止我所见到的研究明代文学思想真下功夫而又确有所见之作。"[①]这些著作多侧面多视角地深入挖掘了明清两个时期之间文艺精神的转变，重视对某个时间段落、某个流派、某种文学现象的文学思想作深层的探讨，因而不可避免地涉及了许多背景问题，诸如政治、思潮、社会风气、生活习俗等等；同时他们的研究还涉及创作方面，甚至一些长期处于史的关注之外的作家创作。也正因为如此，他们的研究往往也就更加深入，从而常常展示出史的探讨所未曾展示的事实，极大的丰富了史的研究。新时期古代文论专题研究的另一可喜成果即对文学技法理论的研究，尽管关于这方面的著述并不多，但是其研究趋势仍值得我们注意。其代表著作有蒋寅的《起承转合：机械结构论的消长——兼论八股文法与诗学的关系》(1995 年)、王德明的《中国古代诗歌句法理论的发展》(2000 年)等。这些研究无疑极大地补充了古代文论的理论空间，为其他理论范围的研究工作打开了思路。

另外，新时期的古代文论研究还在以往所不曾涉及的领域屡有斩获。例如古代文艺心理学研究从无到有，先后出版了刘伟林《中国文艺心理学史》(1989 年)、陶东风《中国古代文艺心理学六论》(1990 年)、童庆炳《中国古代心理诗学与美学》(1992 年)、以及李建中《汉魏六朝文艺心理学》(1992 年)等。其中，刘著着重于对史的把握，梳理了从先秦到近代蔡元培之间的中国文艺心理学的发展史。而童著则侧重于对古代文艺心理学与现代文艺心理学的比较与渗透，力图开掘出传统创作心理的现代意义和美学意义。这种比较的方法将传统与现代联系起来，从现代心理观、美学观来审视古代独特的心理命题，从而赋予了该著更深刻的内涵。李著上篇为史论，下篇为范畴论，有"心物篇"、"才兴篇"、"哀乐篇"、"动静篇"、"表里篇"、"品味篇"六篇，别具风格，独树一帜。还有值得注意的即文艺风格学，它也从《文心雕龙》的风格学研究推向全面的研究。1993 年由花城出版社出版的吴承学《中国古典文学风格学》(1993 年)，全面讨论了古典文学风格学的产生、发展以及

① 罗宗强：《二十世纪古代文学理论研究之回顾》，载《因缘集：罗宗强自选集》，南开大学出版社，2004 年，第 116 页。

流变，并对其所依托的社会环境、历史背景做了详细的描述，为古典风格学的发展奠定了踏实的基础。新时期的古代文论专题研究，还逐渐深化了对一些重要问题的思考。如对儒家的文学观念、文学主张以及由之而引起的对种种文学思潮的理解与评价；关于文笔之争引起的对于文学的不同看法；道家、佛家对古代文论演化过程的影响等等。这些方面研究一方面更贴近真实的历史，另一方面无论在深度还是在广度上都有较大的拓展。

## 第三节
## 研究领域的崭新拓展

新时期的古代文论研究，不仅传统的诗文理论得到进一步发掘和深入阐发，而且开拓了很多新的研究领域，在对古代小说、戏剧理论以及词论、赋论等方面取得了可喜的进步，突破了“诗文评”一统天下的格局，成为这一时期古代文论研究的“亮点”。

首先，小说理论研究。众所周知，中国传统文学批评以“诗文评”为主体，而小说、戏曲批评虽然在明清时期有很大的发展，但一直被视为“小道”而难登大雅之堂。20世纪初以来现代意义的古代文论研究兴起之际，虽然也有不少学者表现出对传统的小说、戏曲批评的重视并做出一些梳理工作，但仍没有改变“诗文评”一统天下的格局。当然，这也与传统的小说、戏曲批评材料散乱、零碎，多见于小说、戏曲著作的序跋、评点乃至笔记与杂著之中，很少有类似《文心雕龙》、《沧浪诗话》、《原诗》这样系统的理论著作，因而无论是资料收集整理还是理论研究都有相当的难度有关。建国后尤其新时期以来，古代小说、戏曲理论批评才有较大的改观。就小说理论批评研究来说，表现之一就在于古代文论选集对小说理论的选录。郭绍虞、王文生主编的《中国历代文论选》一卷本就收入了不少小说理论方面的资料，后该书四卷本又有增补，对后来的小说理论研究产生深远影响。1982年至1985年期间还出版了曾祖荫等选注的《中国历代小说序跋选注》(1982年)、黄霖等选注的《中国历代小说论著选》(1982年)和大连图书馆参考部编的《明清小说序跋选》(1989年)等等，从一个侧面反映出新时期对小说理论的重视。表现之二在于对小说评点资料的汇编上，这也反映了这一时期研究者对该领域的重新发现和重视。例如刘操南的《桐花凤阁评〈红楼梦〉辑录》(1981年)、陈昌恒整理的《张竹坡评点〈金瓶梅〉辑录》(1986年)等。除了这些资料性的汇集整理进展之外，新时期对小说理论研究的另一重大成就在于对资料的进一步阐释，对小说理论进行更深的挖掘和探讨，并取得可喜成果。1988年，由花城出版社出版的王先霈与周伟民合著的《明清小说理论批评史》，被认为是“最早最系统的小说理论史”。[①] 该书以宏观而细致的视角对明代洪武年到晚清的小说理论发展状况作了较为客观公允的评述，不仅对该时期小说理论发展的社会背景、文化背景有了较为清晰的概括，还对这一时期小说理论的原貌进行了全面的“复原”；不仅仅着眼于明清小说评析大家，还顾及到一些不被当时人重视或被忽视的理论家，如庸愚子、甄伟等。同时，该书在把握详尽材料的基础上对小说理论进行了进一步的研究和挖掘，归纳出了古代小说理论中的器识论、传神论、环境论、批评论、真实论、性格论、文料说、技巧论、鉴赏论等理论，涵盖了中国历史演义小说、英雄传奇小说、市民小说、世情小说、文言笔记小说、侠义公案小说、狭邪小说、谴责小说、政治小说等小说文体，这在小说理论研究史上是前所未有的，无疑是小说研究领域巨大的进展与突破，为新时期小说理论研究打下了良好的基础。之后，安徽教育出版社于 1995 年出版的由宁宗一、孟昭连、罗德荣、李忠明四人合撰《中国小说学通论》(1995 年)，以通论的形式对小说理论进行了更深层次上的探讨，对“小说观念学”、“小说类型学”、“小说美学”、“小说批评学”、“小说技法学”做了较为详尽的概括，并阐释了古代小说本体论、古代小说观念论、古代小说创作主体论、古代小说民族风格论、古代小说批评论等理论概念，对先秦两汉至晚清的小说理论作了总揽式的发掘与总结，勾勒出中国小说理论的全貌，使中国小说理论第一次以完整的面貌呈现在世人面前。该著体制宏大，条理清楚，无疑是新时期小说理论研究的力作。由方正耀著、郭豫适审定的《中国小说批评史略》(1990 年)，则突破了传统批评史以时代为分期的做法，将先秦至宋元合为“小说批评的萌发时期”，明代单列为“小说批评的形成时期”，清代初叶与中叶作为“小说批评的发展时期”，晚清作为“小说批评的繁荣时期”，这一划分无疑更为清晰地凸现出小说批评发展的脉络与历程，是研究工作深化的结果。陈洪的《中国小说理论史》(1992 年)则将论述重点放在作为小说批评发展繁荣时期的明后期、清前期、清后期、清末期，突出研究重心，颇有启发意义。新时期对小说批评的研究还采纳了一些新的视角，例如从美学角度挖掘小说的特性。此类著作当首推叶朗的《中国小说美学》。该书 1982 年作为北京大学“文艺美学”丛书之一出版，以艺术赏析为切入点，以小说的美学特征为基础，阐述了李贽、叶昼、冯梦龙、金圣叹、毛宗岗、张竹坡、脂砚斋等人对中国小说美学的贡献，进而在小说的审美之中对小说理论进行分析与阐述，可谓新时期中国古代小说美学研究的开山之作。与此同时，小说批评研究的专题化倾向也有所加强。例如对作者、对作品的专题研究。其中较为显著的例子是 80 年代以来对清初著名小说评点家张竹坡的世情小说理

---

① 罗宗强:《二十世纪古代文学理论研究之回顾》，载《因缘集：罗宗强自选集》，南开大学出版社，2004 年，第 88 页。

论的发掘。1981 年王汝梅发表《评张竹坡的〈金瓶梅〉评论》，1982 年陈昌恒发表《张竹坡的文学典型理论概述》、《张竹坡的文学典型理论续述》，1983 年的《论张竹坡关于文学典型的摹神说》，以及后来的《冯梦龙·〈金瓶梅〉·张竹坡》等，较为公允地评介了张竹坡评点《金瓶梅》的小说批评理论，对其小说理论进行了一系列的整理与概说，具有很高的参考价值。此外，孙逊著《〈红楼梦〉脂评初探》（1981 年）、郭豫适著《〈红楼梦〉研究小史稿》（1980 年）、韩进廉著《红学史稿》（1982 年）等一大批红学著作的出版，大大推动了新时期关于古代有关《红楼梦》批评的研究。

其次，戏曲理论研究。建国前，戏曲理论批评曾得到不少学者的关注，但仅仅限于李渔等诸大家，且主要是以整理、注释古代戏剧理论资料为主的，例如黄裳的《远山堂明曲品剧品校录》、马廉的《录鬼簿新校注》等。建国之后，先后出版了《中国古典戏曲论著集成》等四种资料。另外，《中国近代文论选》和《晚清文学丛钞·小说戏曲研究卷》的出版，为此后戏曲理论的发展打下了基础。新时期以来，戏曲理论研究真正兴盛起来，相关论文数量大幅度上升，且出现了一系列专著，如陈多的《李笠翁曲论》（1980 年）、叶长海的《王骥德〈曲律〉研究》（1983 年）、汪效倚的《潘之恒曲话》（1988 年）、李德原的《李笠翁曲话译注》（1988 年）、李复波与熊澄宇的《南词叙录注释》（1989 年）等等，为戏剧理论研究打开了新的局面。齐鲁书社于 1989 年出版的蔡毅的《中国古典戏曲序跋汇编》一书，可谓戏曲理论研究史上的一大成就。该书收录了散见于序跋、评点、札记、凡例中的理论资料，材料全面、分析细致，堪称博而精的戏剧理论汇编。除此之外，戏曲理论研究还沿着专题化道路发展。该道路的开辟最早源于赵景深先生，他在《曲论初探》（1980 年）一书中以宋元明清时期的重要戏剧论著为论述对象，重点突出，论点鲜明。此后，夏写时所著的《中国戏剧批评的产生和发展》（1982 年），前卷总论先秦到明代中期"中国戏剧批评的产生和发展"状况，后卷以唐宋两代的戏剧批评以及李贽、王骥德等剧论家的戏剧理论为论述重点，全面而有所侧重。齐森华的《曲论探胜》（1985 年）则以史为序，重点探讨了十种理论著作，如《录鬼簿》、《南词叙录》、《曲律》等，并对各个著作做了较为公允的评价。同时，该著还对钟嗣成、徐渭、王骥德等人的戏剧理论作了简要评述，对他们为中国古代戏剧学所作的理论贡献做出评价，进而初步描述了我国古代曲论的发展概况。新时期对戏剧理论研究的进展还体现在研究角度的创新之上。例如叶长海的《中国戏剧学史稿》（1986 年）以"戏剧学"的研究为立脚点，自先秦乐论开始，直至晚清的戏剧学中的理论，对戏剧批评、戏剧技法等做了较为详尽的研究。杜书瀛的《论李渔的戏剧美学》（1982 年）则从美学的角度阐述了李渔对戏剧学的贡献，将戏剧理论与美学紧密联系在一起。高宇的《中国戏曲导演学论集》（1985 年）则对汤显祖、潘之恒等人的戏曲导演学作了新的探讨，这种尝试对新时期戏剧理论研究无疑是一极大的启发。蔡钟翔的《中国古典剧论概要》（1988 年）

则以“概要”的形式从“功能论”、“题材论”、“情节论”、“结构论”、“人物论”、“语言论”、“表演论”等方面对古代戏剧理论进行结构性、体系性论述，言简意赅，提纲絜领。赵山林的《中国戏曲观众学》(1990 年)，则运用西方接受美学尝试探讨传统戏剧理论，论述了古代戏曲理论中的“观众学”。祝肇年的《古典戏曲编剧六论》(1986 年)，根据戏曲理论批评资料具体探讨中国戏曲编剧规律，并从戏曲特征和戏曲音韵等六方面探讨了古代戏曲编剧的规律与技巧。另外还有值得一提的是谭帆、陆炜所著的《中国古典戏剧理论史》(1993 年)。该书以曲学、叙事理论、搬演理论三大理论分支为主体，以更为专业的研究视野勾勒了中国古代戏剧理论发展的宏观概貌，从而构建了中国古代戏剧的理论体系，剖析出中国古代戏剧理论的民族特点。新时期戏曲理论研究的另一重要进步即研究对象的扩大化。直至 90 年代之前，古代戏曲理论研究的对象大多限于王骥德、祁彪佳、李渔等大家上，90 年代后的研究论述的对象数目剧增。以陈竹所著的《明清言情剧作学史稿》(1991 年)为例。该书采取断代史的形式，以“言情剧作”为线索，论述了由明到清相关理论的发展状况，对以李贽为首、王国维殿后的五十几位剧学家的戏剧理论作了相应的评析，从而展现出明清言情剧作理论的全貌，具有较高的学术价值。

此外，新时期词论、赋论研究也取得了较大的进展。例如方智范、邓乔彬等人的《中国词学批评史》(1994 年)，在重点评介词论家、词学专著、词学流派的基础上勾勒了中国词发展的历程。龚兆吉的《历代词论新编》(1984 年)，从“词的起源”、“词的特点”、“词的创作”、“词的继承和发展”、“词的风格流派”、“词的鉴赏批评”等六个方面，对词的发展做出概括，而这种以现代文论分析方法为手段的论述方式，无疑也是创新的一种尝试。对于影响较小的赋而言，新时期赋论的发展也是较为可观的。80、90 年代以来，关于赋论的研究开始兴盛。复旦大学出版社 1991 年出版的潘志啸的《历代赋论辑要》为这一时期赋论研究提供了宝贵的资料。阮忠的《汉赋艺术论》(1993 年)，设专章对汉人、刘勰、祝尧、王世贞、刘熙载的汉赋批评进行概括与评价。何新文的《中国赋论史稿》(1993 年)以历史发展为线索，将赋论的发展划分为“汉代赋论”、“魏晋南北朝赋论”、“唐宋赋论”、“金元明赋论”、“清及近代赋论”五个阶段，并对赋本身做了全面而深入的探讨。同时，又从“赋的文体性质及其范围”、“赋的起源”、“赋的体制类别”、“赋的创作原则与写法技巧”、“赋的思想内容与艺术特征”、“赋作家”、“赋作品”、“赋的功用价值”、“记事与考辨”、“赋的发展流变”等方面，对赋体文学及其理论批评进行横向的系统研究，从而使全书史论结合、纵横交错，具有很强的学术价值。

除了这些新的研究领域的开辟，跨领域研究也日益兴起。这突出表现在对传统文论的研究与美学、古代乐论、画论、书法研究的相互渗透、相互补充，从而使研究趋向多元化，研究视角更为开阔。如上文所提及的叶朗的《中国小说美学》以及杜书瀛的《论李渔的戏剧美学》，都是从美学角度对小说理论、戏剧理论进行阐释的范例。跨领域研究为古代文论的发展开辟了新的道路，使传统文论研究获得新的生机。

## 第四节
## 文献资料的整理辨析

众所周知，古代文论文献资料浩如烟海，分散零碎，且界线模糊不清，很少有诸如刘勰《文心雕龙》、钟嵘《二十四诗品》、司空图《二十四诗品》、严羽《沧浪诗话》、叶燮《原诗》这样具有完整理论形态的理论专著，单篇的文论数量也不算大。"数量较大的是诗话、词话一类著作。而更为大量的文学批评和文学理论表述，是隐藏在四部文献的浩如烟海的典籍里，大多片言只语。或见之于友朋书信，随感零札；或见之于史传碑志、序跋笔记；或为茶余饭后，围炉夜话，一言半语，论文论诗；或原本在于论史论《子》，并非论文，而言论之间，偶涉修辞，可视为论文者；或为哲人睿思，意在经邦治国，而言语之间，于为文实具巨大之指导意义，可视作论文者；凡此种种，几乎可以说无代无之，无人无之。"①于是，将散落在各种典籍中的零散的文献资料发掘而出，并将零散的评注、谈论归纳为系统的有连续性的思想系列，这种看似基础性的整理工作在古代文论研究中实际起着重要的铺垫作用。20 世纪初古代文论开创期许多前辈学者都有较深厚的国学功底，因而对资料的整理也给予了高度重视。建国后这一工作也一直在继续，如郭绍虞、罗根泽两先生主编的《中国古典文学理论批评资料选辑》等。新时期以来，在前两阶段的基础上，古代文论资料的整理工作有了非常显著的进展。20 世纪 80 年代便出版了程千帆主编的《明清文学理论丛书》、唐圭璋主编的《词话丛编》（1986 年重版）、王国昭的《词话类编》（台湾）等古代文论大型丛书。诗话方面，有台湾大学中文系台静农主编的《百种诗话新编》，吴文治主编的《宋诗话全编》（1998 年）、《明诗话全编》（1997 年）则是目前所见到的规模最大的两种。此两种诗话以人立目，除了收录原已单独成书的诗话之外，还收集了散见于诗文集、随笔、史书和类书等处的诗评、诗论。尽管因材料杂散零碎，不可避免地出现一些错误，但是这种努力仍是极有裨益的。1992 年至 1999 年，由徐中玉主编的《中国古代文艺理论专题资料丛刊》由中国社会科学出版社出版，全书分"通变编"、"艺术辩证法编"、"意境·典型·比兴编"、"神思·文质编"、"本源·教化编"、"文气·风骨编"、"情志·知音编"、"才性编"等。丛刊主要围绕某些具

① 罗宗强：《二十世纪古代文学理论研究之回顾》，载《因缘集：罗宗强自选集》，南开大学出版社，2004 年，第 98 页。

体的论题、范畴展开材料的整理和归类，体现了编者独特的理论眼光和理论意识。此外，饶芃子主编的《中华文艺理论集成》目前已出版《宋代文艺理论集成》(2000年)、《隋唐五代文艺理论汇编评注》(2002年)等。这套丛书计划按照朝代分为十卷，后两卷为少数民族文论卷和资料卷，资料卷收入20世纪有关古代文论研究的专著和论文目录。其他有关断代、专题性资料与工具书也多有出版，蔡毅《中国古典戏曲序跋汇编》(1988年)、吴毓华《中国古代戏曲序跋集》(1990年)、孙逊、孙菊园《中国古典小说美学资料汇编》(1991年)、黄霖、韩同文选注的《中国历代小说论著选》(1982年)、萧华荣整理的《魏晋南北朝诗话》(1986年)等等。

在对古代文论文献资料的搜集整理的同时，对资料的辨伪与鉴别工作也有显著成绩。其中影响较大的即关于《二十四诗品》作者的争论。《二十四诗品》作为我国重要的文论著作，历来被视为晚唐司空图所作。20世纪90年代中叶，陈尚君、汪涌豪发表文章，提出《二十四诗品》非司空图所作。他们提出的理由主要有四：一是明万历以前未有人声称见过《二十四诗品》，《二十四诗品》为明末人据怀悦《诗家一指·二十四品》所伪造，以假托司空图以行世；二是《二十四诗品》之思想倾向与司空图之立身原则颇异其趣，其论诗倾向与司空图论诗杂著所体现的论诗宗旨也不尽相同；三是《二十四诗品》所写为江南景物，非司空图所处的王官谷所有。四是观唐末论诗风尚，未见有《二十四诗品》此种表述形式。该论断如属实，那么晚唐时期诗歌理论的发展走向就应重新加以考虑，中国文艺理论行进的脉络也应重新进行梳理。对于这一堪称石破天惊之论，学术界议论纷纷，莫衷一是。张健认为，对《二十四诗品》作者提出怀疑是有道理的，但认为《二十四诗品》系怀悦伪造的说法不可信。张健把探讨《二十四诗品》作者问题的焦点归到弄清《诗家一指》的产生时代与作者上。他提到明初赵撝谦早在怀悦之前引用过《一指》。因为《一指》还有另一个本子即明史潜校刊《新编名贤诗法》本，名《虞侍书诗法》。他由此认为，元人虞集作《一指》包括《二十四品》的可能性较大，但也不能完全排除他人所伪托。这样，张健就把《二十四诗品》的出现年代前推到元末明初了。与此问题相关的还有就是苏轼是否见过《二十四诗品》的问题。苏轼在《书黄子思诗集后》中提到司空图诗论时说"盖自列其诗之有得于文字之表者二十四韵，恨当时不识其妙。"此"二十四韵"即指《二十四诗品》，向无疑义。而陈、汪则认为，所谓"二十四韵"，并非指《二十四诗品》而是指《与李生论诗书》中的二十四联诗，因此苏轼并没有见到过《二十四诗品》，这是其为伪作时间上的证据。陈良运、王步高则不同意此说。陈以为"韵"是指"韵外之致"的"韵"，王以为是"风韵"之"韵"，均指《二十四诗品》。关于苏轼是否见过《二十四诗品》的问题，一时不易论定。至于司空图论文之道与其处身立世原则之间的矛盾疑问，汪涌豪认为，司空图以儒家之道修养其身，而《二十四诗品》则以道家为思想基础。司空图论诗主韵味，应另有其渊源，与道、释思想无涉。因此，《二十四诗品》论诗所表现的明显的道家倾向，与司空图思想不符。而且，司空图诗论与《二十四诗品》在理论形态上也有区别，这也从一个方面说明作者另有其人。针对这种说法，张少康先生认为，司空图思想与《二十四诗品》既有相同点也有相异点，单单从差异之处入手是有失公平的。关于《二十四诗品》描写的景色为江南风物问题，罗宗强曾列举了元代诸多游王官谷的诗文，证明其所描写景物与《二十四诗品》一致，由此认为从景物描写方面论证《二十四诗品》为伪作的论述是不能成立的。最后，关于唐末无以四言诗论诗的问题。江照斌以大量的例子说明唐人常用四言描述的形式论书论画论文论诗论人论修禅，以此说明《二十四诗品》的论诗形式，与晚唐人的习惯完全一致。否定《二十四诗品》为司空图所作者还进行了更广泛的论证，如有人认为以"雄浑"范畴论诗，乃宋以后的事；有人认为宋以前无以"品"论体者，其时之所谓"品"，乃指等级而言，这就从体裁上否定了"诗品"存在的可能性；有人论证署名南宋人王晞的《林湖遗稿序》虽提到"二十四品"，但该序显系伪作，不足为证。而肯定论者也纷纷发表自己的看法，如从"用韵"方面加以肯定的，也有从文献资料方面进行论证。关于《二十四诗品》作者问题的争论，无论是否定者还是肯定者都没有提供具有决定性的证据证明自己的论点，除非有新材料发现，这一问题可能仍将处于未定待考的状态。但是，通过这次讨论，古代文论研究达到相对活跃的状态，从而体现出近期对古代文论文献研究的深入。同时，争论风波渐平之余，梳理争论脉络也留给我们一系列的思考。就此，罗宗强提出材料辨析需要分寸感，认为"有几分证据说几分话。"针对古人处世原则与理论评价倾向差异的问题，他提出"在古人那里，人生信仰与生活情趣往往有差别。思想上信奉儒家，生活情趣无妨是道、释。司空图诗中的道、释趣味就十分明显。此种道、释情趣，正是《二十四诗品》所追求的诗趣；也是当时追求淡泊情思淡泊境界的诗歌思潮的反映。强指其不能同一，恐怕是把理论问题简单化了。"①李庆也在文章中总结到："通过讨论，我想，对于提高大家的考证思辨水平有所帮助。要求我们在论证时，更加用词准确，逻辑严密，推论正确。在科学的研究中，任何以舆论为根据喧哗，任何夸大其词的鼓吹，都无济于事，真正有力量的是科学的实事求是。"②正如罗宗强先生所说："古文论中需要加以辨析的文献还有不少，如《礼记·乐记》、《毛诗序》、钟嵘《诗品序》、王昌龄《诗格》、皎然《诗式序》等等，诗话的问题多多。认真对待文献的真伪应该是

---

① 罗宗强：《二十世纪古代文学理论研究之回顾》，载《因缘集：罗宗强自选集》，南开大学出版社，2004年，第102—103页。

② 见李庆在2000年复旦大学"二十世纪中国古代文论研究的回顾与前瞻"国际学术研讨会上提交的《也谈〈二十四诗品〉——文献学的考察》论文。

古文论研究必不可少的第一步的工作。”①因此，对古代文论资料的辨伪与鉴别工作仍然是古代文论研究的重要而艰巨的工作。

新时期古代文论研究的进展还体现在与国外汉学界的交流与对话上。20世纪80年代以来，我国古代文论学界与国外汉学界的联系逐渐加强，这不仅有利于对国外研究信息的获得和把握，还有利于及时将国内的研究成果公诸于国际汉学界，扩大中国古代文论研究界在国际学坛上的影响。如1984年11月，中日学者在上海召开了《文心雕龙》国际学术讨论会，1986年由暨南大学承办了关于《文心雕龙》的国际研讨会，1995年7月此会又在北京召开，中国古代文论学会第八次第九次年会也成功地开成了国际性的会议。这都是古代文论深化发展的表现。此外，还有学者将西方汉学界的研究成果结为综述，为国内研究者提供了资料上的便利，也有益地启发了国内学者的研究思路。

## 第五节
## 现代转换的深度思考

20世纪90年代后期古代文论研究界的一个热点即“古代文论的现代转换”问题。其实，这个问题的提出可以追溯到20世纪初。当时王国维、梁启超、陈钟凡、郭绍虞、罗根泽等人已自觉地以现代文艺学研究的眼光来考察传统文学批评的历史，开始了研究理念和方法上由传统向现代的转换。建国以后，古代文论研究突出了马克思主义的理论指导，或以建构有中国特色马克思主义文艺理论体系为目标对传统文论思想进行了整理、发掘，这些都在实际意义上实践着古代文论研究的现代化进程。尽管在这一过程中古代文论研究常受到“左”的思潮的束缚和干扰，但是应当承认，即使在如此艰难的情况下，古代文论研究也逐渐实现了由“史”到“论”的研究范式的变革，对新时期古代文论研究的现代化进程不无意义。

新时期以来，关于古代文论研究的整体意识和方法思路问题成为人们关注的焦点。王元化提出古代文论研究应采取古今结合、中外结合、文史哲结合的“综合研究法”，强调要克服以往研究中分工过细、各学科彼此隔离孤立的状态，并在此基础上发掘出“文学发展上带有规律性的东西。”②20世纪80年代中后期，关于古代文论研究自身的探讨和总结纷纷涌现，对古代文论研究的现代化反思逐步兴起。20世纪90年代下半期以来，由文论“失语症”问题的提出及其后开始的热烈论争，中国古代文论的“现代转换”、中国文论的现代性的诉求等问题逐渐成为学界关注

---

① 罗宗强：《二十世纪古代文学理论研究之回顾》，载《因缘集：罗宗强自选集》，南开大学出版社，2004年，第102页。

② 王元化：《论古代文论研究的“三个结合”》，《社会科学战线》1983年第4期。

的重点，并且由此成为一个有关本学科研究的前提性问题被提到论述焦点的位置上，从而关于古代文论价值的评判、关于古代文论研究的反思等探讨成为整个20世纪文艺理论的价值前端。

1996年10月，中国中外文艺理论学会、中国社科院文学所和陕西师范大学中文系在西安联合召开的“中国古代文论的现代转换”学术研讨会。这次会议将“现代转换”问题的讨论推到学界前沿。随后，1997年初，《文学评论》开设“古代文论的现代转化”专栏，就此问题进行集中讨论，其总体倾向是意在矫正20世纪以来的中国文艺理论建设出现的古代文论边缘化问题和忽视民族传统文论遗产的倾向。由此，如何正确对待民族传统文论资源，如何重新审视挖掘传统文论的理论财富，实现真正意义上的“古为今用”，成为学者们的共同关注的问题。然而，这种“统一”的局面于1997年广西师大召开的“中国古代文论学会第10届年会”上发生变化，其突出表现在于学界对古代文论现代转换的问题上提出了颇多质疑。这使关于“转换”问题的讨论逐渐深化，影响深远。

这一论争所关涉的问题是相当复杂而且重要的，其范围也远超出古代文论“现代转换”，我们只要其中涉及的古代文论建设与发展问题进行概要性梳理。

**首先，关于“失语”与“转换”问题**　1996年，曹顺庆在《文论失语与文化病态》一文中指出，当代文艺理论研究最严峻的问题是“文论失语症”[①]。他认为，当代中国文论在世界文论界缺少自己独特的声音，而古代文论就是中国文论最应重视的“独特的声音”。在他看来，由于中西知识谱系不同，古代文论转换过程中所凸现的异质性恰恰是古代文论的价值所在。曹先生的这一思路可概括为由“失语”到对“现代化的转型”和“重建中国文论话语”的关注。持“失语病”说的大部分学者对传统文艺思想在当代理论界缺席的状态表示遗憾，并以此为切入点指出古代文论现代转换的必要性与紧迫性。虽然他们当时可能没有意识到在当今语境(包括语体与文学创作，甚至语法)业已发生巨大变化的情况下古代文论进行转化的可能性及有效性等问题，但由此引发的诸多问题引起了学者们的讨论。

“失语症”问题的提出一开始就遭到质疑。陈洪、沈立言认为，传统文论的某些命题在现代仍被广泛认可并采用，但这并不意味着它可以在不远的将来再生、复兴。因为它自身的弱点妨碍其直接转化为现代意义的文论话语系统，通过拯救“失语”来重新树立古代文论在当代理论界的主导地位的企图是不现实的[②]。王志耕

---

① 曹顺庆:《文论失语与文化病态》,《文艺争鸣》1996年第2期。其他相关文章：曹顺庆、李思屈《重建中国文论话语的基本途径及其方法》,《文艺研究》1996年第2期；曹顺庆、吴兴明《替换中的失落——从文化转型看古代文论转换的学理背景》,《文学评论》1999年第4期；曹顺庆、吴兴明《论中国诗学的知识背景——关于传统知识谱系的研究报告(提要)》,《文学前沿》,首都师范大学出版社,第2期。

② 陈洪、沈立言:《也谈中国文论的“失语”与“话语重建”》,《文学评论》1997年第3期。

提出，中国古代文论在今天的语境已经缺失，它只能作为一种背景的理论模式或研究对象而存在，将其运用于当代文学批评正如两种编码系统无法兼容一样，不可在同一界面上操作。他认为，我们不一定再用古代文论的范畴来规范我们今天的话语，但古代文论所栖居的文化家园将永远是我们的母体。[①] 同时，对于由“失语症”问题的提出而引发的关于“现代转换”问题的思考，也受到了一些学者的批评。蒋寅认为，“失语症”这一命题难以成立，所谓古代文论的“现代转换”也让人难以理解：“然而在我看来，与‘失语’说一样，也属于对理论前提未加反思就率尔提出的一个虚假命题。……实在很难理解所谓‘转换’的实质意义究竟何在”。他认为，对古代文论进行“史”的研究，在梳理过程中把握古代文学批评的规律与发展脉络，便是实现古代文论研究的价值意义所在，而所谓“失语症”仅仅是西方理论介入下的浮躁[②]。张少康先生指出，现代转换的“着眼点似乎有点错位。理论建设的目的，应该首先想到我们今天的现实需要什么。文学理论的建立是为了解决文学创作、文学批评中的现实问题。我们现在的文学批评、文学理论探讨都有些什么问题需要解决，这才是我们的文学理论赖以建立的主要依据”[③]。朱立元先生提出更深刻的看法，认为当代文论不存在所谓“失语症”问题，其最根本的危机在于脱离文艺现实的发展，当代文论的发展只能依赖于现当代文论传统，而不能再以古代文论为母根，其实现当代文论本身就是古代文论自身进行现代化转化的动态结果。因而，他提出，进入21世纪的中国文论应该古今结合、中西融合，进行综合创造[④]。张、朱两先生的看法深刻地阐明了古代文论存在的现状，以辩证客观的眼光指出当代文论发展的真正弊端，发人深思。蒋述卓认为，持“失语症”论者强调的是中西文论的异质性，认为主要由于西方话语的介入而造成的传统文论话语失落，然而他们似乎混淆了当代理论话语与传统文论，“西方话语的介入与中国文论‘没有自己的声音’是两个不同的问题。西方话语的介入领域是现当代文论，‘没有自己的声音’的逻辑主语是中国传统文论。”在他看来，“现当代文论的历史一直是在多元综合中继承和延续着传统文论，选择和接受着西方文论。动荡的社会、交锋的文坛所赋予他们的是鲜明的时代意识。中国现当代文学理论学者在中西方思想的交汇中成就着自己的文论话语，如马克思主义思想的输入，对西方马克思主义文论的接受，已在一定程度上构成我们现在的文艺理论话语。”[⑤]因此，他认为，“不要片面地认为，我们现

---

① 王志耕：《“话语重建”与传统选择》，《文学评论》1998年第4期。

② 蒋寅：《古典文学研究三“执”》，载《学术的年轮》，中国文联出版公司2000年；《如何面对古典诗学的遗产》，《粤海风》2002年第1期。

③ 张少康：《古代文论研究杂识》，《文艺研究》1999年第3期。

④ 朱立元：《走自己的路——对于迈向21世纪的中国文论建设问题的思考》，《文学评论》2000年第3期。

⑤ 蒋述卓、闫月珍：《八十年代以来中国古代文论学术活动评述》，福州大学学报，2002年第1期。

在已经完全‘失语’，一点儿也没有自己的理论与批评方法。别的不说，仅就对马克思主义文艺理论的吸收与运用来说，在许多方面与 80 年代以来对西方马克思主义引进有一致之处，是可以会通的。”[①]南帆也持相近的看法：“人们没有理由任意将‘本土理论’偷换为‘传统理论’——本土与异域、古代与现代两对矛盾相互重叠的时候，这样的偷换尤其容易发生”，“本土理论的意义不仅在于以本土现实的演变不断地丰富既有的阐释系统——这种丰富既包含了传统理论的承传，也包含了异域理论的移植”，“异域理论的运用不能一概称之为‘失语’”[②]。当然，强调中西文论的异质性与古代文论的现代转换命题并不冲突，所谓异质性往往在研究中体现为传统文论的独特之处，这也有利于我们在研究工作中保持一定的清醒性。同时，古代文论中有些命题在转化过程中会因不适应当代需求而逐渐被消磨掉、弱化掉，从而不会变成文化交流以及现代化进程中的障碍。

针对学界诸端质疑，曹顺庆继而提出新的说法：“‘失语症’、传统诗学的‘异质化’、‘研究传统即消解传统’、古代文论现代转换的难以推进等等，都是中西诗学知识谱系全面切换的整体综合症，它的背后，是中国现代知识建构所面临的在某种意义上比西方更为深重的现代性危机，”“所谓古代文论的现代转换，并不是说定要将古汉语、古代文论中的某些概念、范畴生硬地搬到现代来使用，或将其‘翻译’成现代汉语，而是试求以传统诗学的言路言诗。所谓重建中国文论话语也不是要复古，而是在西方诗学全面取代中国传统诗学并已出现‘失语’危机的情形下，试求传统诗学与现代诗学这两种知识形态的互相校正、融合与互补。”[③]与此前的观点相比，这一看法似乎有所转移，但所提出的现代转换思路仍然是模糊的。所谓“以传统诗学的言路言诗”，是否就意味着“传统诗学”的现代转换？它是可能的吗？而“试求传统诗学与现代诗学这两种知识形态的互相校正、融合与互补”不是 20 世纪以来古代文论研究一直在做的工作吗？如此，是否不自觉取消了所谓“现代转换”问题？

**其次，古代文论研究的目的问题**　古代文论研究不可避免地涉及这一研究的目的问题，新时期以来随着古代文论研究的深入，人们对这一问题的理解不断深化和理性化。在关于“现代转换”的讨论中，研究目的问题又成为思考的重点。曹顺庆、李思屈《再论重建中国文论话语》在现代转换、重建中国文论话语背景下思考古代文论的研究意义问题，认为中国古代文学理论自身渴望转客为主，进入当代现实；中国学者特别是新一代学者深恶于速成吸收的西方理论与本土文化根基、本土创作实践间的某种隔膜，渴望在中国的现实土壤中找到扎扎实实的理论生长点；另外，从带有庸俗教条影响的学理中挣脱发育起来的中国当代文学理论，渴望与当代

---

① 蒋述卓：《解放思想，认真反思，开拓创新》，《文学评论》1998 年第 3 期，第 46 页。

② 南帆：《文学观念与文学理论资源》，《思想文综》第 5 期，中国社会科学出版社，第 256—257 页。

③ 曹顺庆：《从“失语症”、“话语重建”到“异质性”》，《文艺研究》1999 年第 4 期。

中国社会一同获得健康良性的发展与更新。这三种力量共同决定了古代文论现代转化的必然性、紧迫性，因而，“返回家园”的意识在研究工作中起着举足轻重的作用[①]。蒋述卓则着重思考古代文论研究的“今用”问题，提出只有让古代文论真正融入现实中去，才能实现古代文论价值的转换，古代文论理论观点与思维方法才能得到发扬，才可真正发挥出民族精神与特色的魅力，也才可进入到当今文艺理论的主潮之中。对于如何实现古代文论之“用”，他提出：立足于当代的人文导向与人文关怀，面向当代人文现实，开展现实与历史的对话；立足于民族精神与民族性格的继承与发扬，寻找古代文论的现实生长点，探索其在理论意义上和语言上的现代转换；从继承思维方式和批评形式入手，将古代文论特有的思维方式以及独有的批评方式与技法融入到当代文学批评与文论中去，创造具有鲜明民族特色的当代文论等[②]。蔡钟翔先生主张，古代文论的“研究”与“利用”应有不同的价值取向，“研究是利用的先决条件，我们不能离开研究来空言利用。但研究和利用又不是一回事。对于古代文论的研究来说，应该保持古人的本来面目，不能随意曲解或拔高，务必遵循历史主义的科学原则。”至于“利用”，他认为，用古代文论中的有用成分来构建当代文艺学，应容许在古人的语言外壳中加入新内涵，而对原典的误读或别解，恰恰可以成为创造性的发展。这是利用古代文论资源来搞文艺学建设，不必要求“还原”，恰恰需要“改造”，因而，“现代转换”是非常必要的[③]。阮国华对古代文论长期处于象牙塔中的寂寞和精英化倾向也进行了深刻的反思，指出古代文论精华应作为一种积极的经验和传统，渗透于人们的精神和物质生活中，影响当代人的审美实践。因此，学者们应该使古代文论精华与当代人多方面的审美活动接轨，使它们润物细无声地指导和影响审美实践。比如，应向大中学生推介古代文论的精品，并将其纳入基础或素质教育的内容中；应提高学者自身素质，为一般读者撰写一些带有普及性的古代文论读物；应该让古代文论与文学创作、鉴赏，乃至不同类型、不同侧面的审美实践等与民众生活联系起来。只有这样，几千年来的古代文论精华才能变成广大人民群众的家珍，“飞入寻常百姓家”[④]。

针对这些热衷“求用”的积极主张，不少老一辈学者则持一种相对“保守”的态度。张少康坚决捍卫古代典籍内涵的精确性，认为“把古代的范畴原意阐释清楚，就算是一种转换了，因为这种阐释就是现代的阐释”[⑤]。罗宗强也认为，学术研究

① 曹顺庆、李思屈：《再论重建中国文论话语》，《文学评论》1997年第4期。

② 蒋述卓：《论当代文论与中国古代文论的融合》，《文学评论》1997年第5期。

③ 蔡钟翔：《古代文论与当代文艺学建设》，《文艺理论》1998年第3期。

④ 阮国华：《应该让古代文论走出象牙塔》，《文艺理论研究》2001年第1期。

⑤ 见屈雅君《变则通，通则久——“中国古代文论的现代转换”研讨会综述》，《文学评论》1997年第1期。

的一个重要目的就是求真。他在1989年、1991年先后两次提到古代文论的研究不一定要急于为今所用。“古代文学理论研究的目的应该是多元的，它可以有助于当前建立有民族特色的文学理论；也可以在无形中提高民族的文化素质；可以有助于其他学科如文学史、思潮史、艺术史、社会史、士人心态史的研究。它可以有益于今天，也可以有益于将来。从文化承传的角度说，弄清古代文论的本来面目，也可以说是研究目的。我们不能把古代文论的研究目的理解得过于狭窄，就像自然科学中的基础理论研究虽不能直接为生产所用而对于未来生产的发展却至关重要一样，人文、社会科学的基础研究也往往具有更为深远的意义。”①因而，他强调，应该“以一颗平常心对待古代文论研究，求识历史之真，以祈更好地了解传统，更正确地吸收传统的精华。通过对古代文论的研究，增加我们的知识面，提高我们的传统的文化素养；而不汲汲于‘用’。具备深厚的传统文化的根基，才有条件去建立有中国特色的文学理论，这或者才是不用之用，是更为有益的”②。这一观点也有相当的代表性。童庆炳先生强调文论建设的“不用之用”与“古为今用”的结合。他认为，建设当代文学理论的资源有四个方面：当下文学创作经验的总结、“五四”以来所建立起来的现代文学理论、中华古代文学理论和西方文论中具有真理性的成分。建设当代文学理论，是一个长期的复杂的精神“工程”，既不能急功近利，也不能排斥“古为今用”。传统文论有其独特的审美意义，对它的理解与坚持不仅有利于个体的人文修养，更有利于整个民族艺术思维的开阔。同时，传统文论中的一些概念、范畴可以经过阐释转化为具有现代意义的理论，尽管经过诠释的古代文论概念、范畴，可能已不完全是古代文论的“本来面目”，它植换语境后的基本精神——可能是不完全协调的，但它毕竟提供了转化的范例。童庆炳呼吁：“在古今中西融合之路上，已经有前人为我们开辟了道路。既然大家都认为是正确的、或是有创造的，那么我们为什么不可以把它越走越宽？”③

在“现代转换”背景下展开的关于古代文论研究目的问题的讨论可以归纳为“求真”与“致用”之争。程勇认为，古代文论研究有两种基本类型，一种是解释型的，一种是创造型的。前者是将古代文论作为知识对象来看待的，因此其目的在于将古代文论解释清楚，力求回归古代文论的原始状态，即“求真”。后者是将古代文论作为智慧源泉来看待的，因此其目的在于沿着古代文论的道路将文化创造下去，这看起来类似“致用”。但近百年的古代文论研究基本上都是解释型的，或沦为注

① 罗宗强、卢盛江：《四十年来古代文学理论研究的反思》，《文学遗产》1989年第4期；罗宗强主编：《古代文学理论研究概述》，天津古籍出版社，1991年，第7—8页。

② 罗宗强：《古代文论研究杂识》，《文艺研究》1999年第3期。

③ 童庆炳、谢世涯、郭淑云：《现代学术视野中的中华古代文论》，北京出版社，2002年，第454—458页。

经式的，或是西方理论的翻版，[①]这其实是一种比附性的"用"，而"求真"的研究能给我们提供尽可能全面的东西。然而，"即使我们获得一种知识型的彻底的智慧，它仍然无助于解释我们所需要解决的问题，因为真正与我们的存在息息相关的根本问题都是关于创造的问题，而不是知识问题，""真正根本的价值和思想只能在创造者的角度中来讨论"[②]。陈伯海先生强调古代文论研究应该在"求真"的前提下向"致用"转变，"历史的研究并不能穷尽这门学科的内涵。总结古代文论的传统，不仅要弄清它的源流因果、来龙去脉，还应该致力于理论品格和理论价值的把握"，"而要解答这类问题，便不能单纯倚仗历史的考察，还须凭借理论的综合。"在他看来，"古为今用"着眼于一个"用"字，它强调传统资源的可利用性，由"体"生发出"用"，才能从根底上杜绝那种生拉硬扯、比附造作的实用主义风气。这就为"求真"向"致用"的转化提供了理由。这体现了一种对"致用"问题更为理性的思考。曹旭从"史"研究的角度对该问题发表了自己的看法，他认为随着蔡仲翔等人的《中国文学理论史》(五卷本)、王运熙、顾易生主编的《中国文学批评通史》(七卷本)和罗宗强主编的《中国文学思想通史》(八卷本)等著作的问世，无论对批评史资料的挖掘整理、对某些文论家个案的研究，还是对"史"的基本描述、对总体规律的解释上，都已做了集大成式的研究。因而，下一世纪的研究应该转向，不应再把重点放在对"史"的、"求真"式的研究上，而应该深入到古代文论的内部，从纵向的研究转向横向的研究上。[③] 罗宗强则对那种试图通过重建古代文论体系以达到"现代转换"的"致用"的做法表示怀疑，认为若以"六经注我"的精神来架构古代文论的各色各样的论点，按现代的需要加以分析综合，构拟出一个体系来，当然是可以的，也是历史上常有的。只不过这种体系，在更准确的意义上应为"我"的体系，况且同一体系中所包括的每个不同内涵的范畴，虽各道其所道，各得其所得，而杂糅之，牵合之，并不成系统。从这个意义上讲，所谓的"现代转换"并不"实用"，并不能真正实现古代文论研究的意义。他在不否定"致用"意向的前提下仍然坚持"求真"的基础和首要地位，"我们必须以一种严谨的学风，一个问题一个问题扎扎实实地研究"，"必须对古代文学、古代文论有深入的了解；对国内外文学理论的研究进展了如指掌；对我国当代文学创作实际、对当前的社会文化状况和需要有所研究"，才能真正利用古代文论建设有中国特色的理论形式。[④] 蒋寅也认为，那种古代文论史的研究已臻饱和的看法其实是不符合事实的，这是古代文论研究中一种突出的"理论阐释"迷执，必须加以破除。在他看来，从"求真"转向对古代文论今"用"的努力是不现实

① 程勇：《中国古典美学研究的几个问题》，《文艺理论研究》1999年第6期。

② 赵汀阳：《一个或所有问题》，江西教育出版社，1998年，第21页、18页、29页。

③ 陈伯海、黄霖、曹旭：《中国古代文论研究的民族性与现代转换问题》，《文学遗产》1998年第3期。

④ 罗宗强：《古代文论研究杂识》，《文艺研究》1999年第3期。

的:“古代文学理论是古代文学的理论,21 世纪的文学理论是新世纪文学的理论。没有一种文学理论能概括从古到今的文学,一个民族文学的古今差异远甚于同一时代文学的民族差异,文学理论体系总是反映一种共时性的认知结果。如果一种文学理论抱有涵盖古今文学的野心,那就必然会像抽象地谈论艺术本质一样落入荒谬的逻辑困境。”同时,他对当代中国文学理论的评价进一步佐证了他的看法:“由于没有解决哲学基础的问题,又脱离中国当下文学经验,一味稗贩西方现代文论,而缺乏对文学的基本理解和言说立场,当代中国文学理论始终没有形成自己的理论体系和知识结构,更不具有对当代文学创作的解释能力。”因此,他极力批判那些将古代文论进行“现代转换”的企图,认为历史地对待古代文论研究是唯一的途径:通过其文献的、个别的、特殊的和本土的呈示,“历史”既可以拯救当代文论缺失了的立场,恢复对一切文学的经验,并且能极好地保持住传统文化精神,树立鲜明的民族特色。古代文论研究“首先是以历史研究的型态存在的”,只有在历史过程的呈示中,理论的全部内涵及其背后的语境才能浮现出来①。

总而言之,“求真”与“致用”这两大诉求,促使古代文论研究向“实”和“虚”两个方向岔开:对文献的强调使得古代文论研究更加实证化、历史化,更注意与文学史的结合呼应;对理论的追求使得古代文论研究更为务虚,更为理论化,因此与现代文学理论结合密切,甚至成为现代文学理论的一部分。但是一些学者认为,从古代文论作为一门学科来说,这种两极发展“会逐渐消解它的学科根基:靠近古代文学的古代文论研究,若过分注重于历史文献,忽视了理论上的创新和发展,结果就会成为古代文学的附庸,失去了学科存在的意义;靠近文学理论的古代文论研究,若过分追求对传统文论材料作现代阐释,忽视传统文论在其自身的民族文化和文学氛围中的独特性,就会成为现代文学理论的注脚,也失去存在的意义”。因而,“理论性研究要实证化,文献性研究要理论化。简单地说就是,虚的理论阐发需要做实的文献的支持;实的文献考辨需要进行理论的升华,真正做到逻辑与历史相结合。对于古代文论研究来说,理论和文献只可偏重,决不可偏废”②。

**再次,关于古代文论现代转换的立足点问题**　尽管遭到诸多怀疑,仍然有不少学者由此思考古代文论如何参与当代文论建设问题,并提出一些颇具建设性的观点。这实际上是古代文论如何实现“现代转换”、如何“致用”问题的延伸。张少康先生从民族文化传统的发展角度提出,应该以古代文论为母体建设当代文艺学:“任何民族文化的发展必须以本民族的传统文化为母体和本根,否则就不可能得到真正的发展,也不可能有新的创造。”而新时期的文论研究往往以西学为体,造成古

---

① 蒋寅:《古典文学研究三“执”》,载《学术的年轮》,中国文联出版公司,2000 年;《如何面对古典诗学的遗产》,《粤海风》2002 年第 1 期。

② 周兴陆、葛传彬、史红伟:《新世纪之初古代文论研究的思考》,《复旦学报》2000 年第 6 期。

代文论与当代文论之间的隔膜，埋没了一些有创见性的发现与成果，所以他呼吁要正确对待中西文论的关系，使古代文论的研究队伍与当代文论研究队伍真正走到一起，以古代文论为母体，在中国传统文论的基础上发展，形成具有民族特点的、中国特色的当代文艺学，这是历史发展的必由之路①。这代表了相当一部分从事主要古代文论研究的前辈学者的看法。钱中文先生则以一种客观审慎的态度、多元共生的观念和全面开放的眼光理解新形势下的"转换"问题。他认为，"古代文论的现代转换"实际上就是用"当代性"来结合古代文论，这需要把握这几个层次：1. 转换就是当代目光的阐述，阐述的结果可能形成多种理论形态；2. 以古代文论为主，适当地吸取当代的文学观念，也可以衍生成多种的理论形态；3. 以当代文论为主，有机地而不是点缀式地"融化"西方文论，使之形成新的理论形态。② 对此，他提出，要"结束那种绝对化的非此即彼的思维方式，即在学术思想上，避免那种绝对对立的、独断式的思维，而应倡导一种走向宽容、对话、综合与创新的思维，即包含了一定的非此即彼、具有价值判断的亦此亦彼的思维"。③ 与前一派观点相比，钱先生所代表的是一种主张从当代文论建设实际出发实现"转换"的看法，其着眼点在于古代文论的"改造"与"创新"。陈伯海也认为，"古代文论的现代转换，不等于将古代的文本注解、翻译成现代汉语，"而是"让古代文论走出自己的小圈子，面向时代，面向世界，在古今中外的双向观照和双向阐释中建立自己通向和进入外部世界的新的生长点"。一句话，"变原有的封闭体系为开放体系，在开放中逐步实现传统的推陈出新"。陈先生进而指出，需要转化的不仅仅是古代文论，整个古代学术传统、文化传统都需要转化，它们要经过"比较、分解、综合"的转化过程实现当代意义④。张海明提出，"古代文论的现代转换包括两个基本环节：一是以现代意识为参照系对古代文论的价值重新评估，找出其中仍具理论活力的部分；二是对之作现代阐释，使之得以和现代文论沟通"⑤。刘保忠、古风提出，"转化"要做好两个方面的工作："一是要'转'，带着现代文论的问题，到古代文论的宝库中去寻找参照或答案"，"二是要'换'，即用现代文论的观念和思想，对古代文论进行新的发现、开掘和阐释"，"中国古代文论的转换，即是向中国现代文论转换，即是现代化。"⑥有些学

---

① 张少康：《走历史发展必由之路——论以古代文论为母体建设当代文艺学》，《文学评论》1997 年第 2 期。

② 参见屈雅君《"中国古代文论现代转换"的新信息》，《人文杂志》1997 年第 2 期。

③ 参见屈雅君《变则通，通则久——"中国古代文论的现代转换"研讨会综述》，《文学评论》1997 年第 1 期；钱中文：《文学理论：在新世纪的晨曦中》，《文学评论》1999 年第 6 期。

④ 陈伯海：《变则通，通则久——论中国古代文论的现代转换》，《文学遗产》2000 年第 1 期。

⑤ 张海明：《古代文论和现代文论——关于建设有中国特色的马克思主义文艺学的思考》，《文学评论》1998 年第 1 期。

⑥ 刘保忠、古风：《是谁在"转换"——再谈中国古代文论的现代转换》，《延安大学学报》1998 年第 3 期。

者从更深广的视野中思考古代文论的命运问题。程勇认为，在古代文论现代转换的争论中，并没有看到真正的哲学性的反思，真正具有创新性的研究思路并没有提供出来——“或者是将比较研究提升为基本方法，或者是将诠释学理论做充分的发挥，或者重复古为今用、洋为中用、中西互用的提法，这些方法和思路实际上一直在运用着。”他提出，要将古代文论研究推到文化创造的道路上去，将古代文论所提供的思想材料转化成当代“真理”。[①] 徐珂则从重建中国文论话语的微观及宏观环境入手，指出因为没有更为科学的理论指导古代文论研究的发展没有得到令人满意的改观，强调重建中国文论话语不能只停留在坐而论道的层面上，要从研究主体主观层面入手，培养学人的文化素养，摒弃实用主义情结，更多鼓励哲学精神的深层探索，努力造就一种重建中国文论话语的语境，形成一股创建中国文论话语的思潮。[②]

当然，仍然有相当一部分学者质疑、甚至基本反对所谓的“转换”问题。蒋寅认为，“所谓‘转换’，同样也是个彻头彻尾的含糊概念，不知道是指扬弃，指阐释，还是指改造?”他同意作为阐释的“转换”，但是对由“学术素质低下”的学者从事内涵深刻的古代文论的转换表示忧心，认为这样做不仅不能达到现代文论的高度，并且让人觉得像给古罗马斗技场“盖上屋顶，配上沙发，加装全套音响设备，让雅尼乐队演奏现代音乐”。这样一来，“实在很难理解所谓转换的实质意义何在”。[③] 胡明则认为中国古代文论与中国现代文论“其文化精神的内核时时处处冲突碰撞”，企图将“自说自话”古今文论打通的“现代转化”工作该“收工”了，“‘转换’、‘贯通’的历史要求并未落实，最多只能拿出一些用来炫耀与装饰的皮毛功绩、一堆思考与探索的半成品：模型与工事。彼此对对方的掘进方案与技术深怀疑团，结果是日长师劳，知难而退，悄然收工。——西自西，东自东，古自古，今自今。”不光如此，“文学自身的生存逻辑被偷偷置换，文学理论无法解释当代纷纭复杂、生动活泼的文艺现象，无力回答当今文学创作对理论指导的追询与质疑，显得苍白、委琐，充满着困惑与无奈，它的体系的建构伦理面临空前的危机”[④]。郭英德对“现代转化”命题也表示出反对态度，认为“就其极端的意义而言，‘传统’是拒斥现代化的，是不可能实现‘现代转换’的；如果谋求传统的‘现代转换’，只会伤筋动骨，不会脱胎换骨。”所谓的“‘现代转换’也好，‘失语’也好，都是一种漠视传统的‘无根心态’的表述，是一种崇拜西学的‘殖民心态’的显露，‘世人都晓传统好，唯有西学忘不了’，如此而已，岂

---

① 程勇：《解释型与创造型：中国古代文论研究的两种类型》，《文艺理论研究》2001 年第 1 期。

② 徐珂：《重建中国文论话语的困境和复在之路》，《学术研究》2000 年 11 期。

③ 蒋寅：《文学医院：“失语症”诊断》，《粤海风》1998 年第 9—10 期；《古典文学研究三“执”》，载《学术的年轮》，中国文联出版公司，2000 年；《如何面对古典诗学的遗产》，《粤海风》2002 年第 1 期。

④ 胡明：《新世纪中国文学理论体系的建构伦理与逻辑起点》，《中国文化研究》，2002 年春之卷。

有他哉?”①

1996年以来关于古代文论现代转换的讨论，是当代文论界一次意义重大的学术争鸣，论争加深了对古代文论现代意义的认识，并且在对古代文论的研究目的、研究方法、民族特色、古代文论与西方文论的比较等方面取得了重要成果，解决好古代文论研究与当代文艺学建设之间的关系，从来没有像现在这样成为文学理论研究普遍重视，认真对待的话题。这本身或许就是古代文论对现当代文论的参与。当然，希望古代文论马上实现“现代转换”或许是急躁和不切实际的，但当代中国文学理论建设不可能永远无视古代文论的现代性诉求。因而，20世纪90年代后期以来的关于古代文论“现代转换”问题的论争，一方面是古代文论更积极地寻求参与当代文论建设，走向与西方文论平等对话的过程，另一方面也是古代文论研究更为强烈地意识到和更为自觉地实践着对自身话语传统的充分认同与尊重的过程。无论其建设性成果如何，它都为新世纪的古代文论研究开创了新的局面，提出了更具时代性的历史任务。

**参考文献：**

罗宗强：《二十世纪古代文学理论研究之回顾》，载《因缘集：罗宗强自选集》，南开大学出版社，2004年。

汪春泓：《百年学术 肇端既邃密 后来加深沉——中国文学批评史学科70年回顾与展望》，《北京大学学报：哲社版》1996年第5期。

彭玉平、吴承学：《中国文学批评史研究的回顾与展望》，《中国社会科学》1997年第5期。

李平：《20世纪中国文学批评史研究综述》，《文艺理论研究》2001年第2期。

陈昌恒：《古代文论的百年研究与世纪前瞻》，《华中师范大学学报：人文社会科学版》1999年第7期。

罗宗强：《古代文论研究杂识》，《文艺研究》1999年第3期。

张海明：《关于古代文论学科性质的思考》，《文学遗产》1997年第5期。

王尚寿：《80年来的中国历代美学和文论研究述论》，《西北师大学报：社科版》1996年第5期。

① 郭英德：《文学传统的价值与意义》，《中国文化研究》，2002春之卷，第16—17页。

# 第三章

# 新时期的中国语境与西方文论研究

新时期以来,中国文艺学发展史,在一定程度上是中西方话语之间的交往史和对话史,其中的西方文论是一个丰富而活跃的分支。可以说,中国新时期文艺学建设发展史,在某种程度上可以看作是西方文论传播、影响与策动下的建设发展史。西方文论在中国之"旅程"及"存在",不仅为中国当代文艺学建设提供了思想资料宝库,同时也构成了中国文艺学学术史的重要研究对象。

纵观新时期近三十年西方文论在中国的旅行进程,我们发现,这也是一个话语从生、范式混杂、问题众多的领域。究竟是怎样的"中国语境"、使怎样的"西方"、以怎样的"文论话语"、成为怎样的"在"并"在"出了什么样的结果呢? 其成败得失何在? 新世纪中国文艺学建设应该从中吸取什么又扬弃什么呢? 这些问题,作为整体并未得到系统透彻的分析研究,仍然是一项刻不容缓的学术任务,亟待反思与审视。

我们试图在唯物史观指导下,采用历史的与逻辑的、历时的与共时的相结合、话语分析与意识形态批判相统一的方法,考察西方文论在中国新时期文艺学建设中所发挥的功能作用,研究西方文论"理论旅行"和"横向发展"的问题领域。具体说,研究西方文论的中国之"在"的本质、阶段特征、存在方式和学科建制及研究队伍结构等问题。

## 第一节

## 西方文论"在"中国的实质

中国新时期文艺学的建设和发展过程,与西方文论的翻译引进、介入策动和变异再造过程密切相关,在概念范畴、话语表述、思维模式、问题视野、演变进程,甚至观点结论等方面都受到西方文论有力的影响和塑造。新时期进入中国语境的西方文论话语的历史,"既是带有殖民色彩的西方话语,也是中国人用以抵抗其殖民因素的话语,它的历史乃是两者'共创'的历史"。[1] 这种跨文化"跨语际"的文化互动

① 刘禾:《语际书写——现代思想史写作批判纲要》,上海三联书店,1999年,第5页。

不能不使西方理论在一定程度上失去其原有的意义，并在新的语境中生发出新的意义。这两个过程相辅相成、水乳交融、浑然一体，共同构成了中国新时期文论与西方文论之间的“交往对话”的深层基础，制约着西方文论在中国的存在方式。

面对中国新时期西方文论近三十年的发展建设历程，任何忽视其中一个方面的论断，看来都是不切实际的情绪化的片面表达。有人认为，经过五四新文化运动和十年浩劫，中国传统的文化和文论被忽略了。今天中国文论面临着极大的挑战，整个中国文论都笼罩在西方文艺理论的强大阴影中，学术界都是以西学的话语和规则对中国的作品进行研究，把中国的文本变成了西方文论的“中国注脚本”。[①]也有人认为，“全盘接受西方文论是历史的逼迫，目标是思想的启蒙、个性的自由、民族的独创。其结果却导致了我们对民族独创性这一宏大目标的遗忘。虽然有过朱光潜先生以西方文论为纲，融入中国文论话语的努力，宗白华先生以中国文论为纲，融入西方文论话语的尝试，但是中国文论的建设，甚至其局部的话语更迭都离不开西方文论的输入，每当社会大变动的关头，中国面临创造话语的机遇的时候，总是一茬又一茬的西方文论话语成为最新的、最具前沿的文化的旗帜。”[②]从特定层面看，这些说法自有其道理，追求“民族独创性”的急切心情也是可以理解的，但它只说出了事实的一个方面：它只看到了西方文论“流入”中国，“逼迫”和“引领”中国文论的“单向影响”方面，而未看到“交流”（哪怕是不对等交流）过程中本土语境对外来话语的选择、补充和改造，这是一种“潜流”、一种“隐性存在”，但其功能作用却往往是同等重要。“一定的话语总是在一定的语境中才具有其确定的语义内涵和语义功能。随着语境的转换，西方文论必然产生‘话语变异’，它的语义内涵和话语功能有的得以保存，有的却被扩张、压缩或者替换。因而，汉语经验中的西方文论可能产生其原来根本不具备的内涵与功能。”[③]这种“变异”现象，不管是“创造性的”还是“策略性的”，无论是自觉的还是不自觉的，都是西方文论进入中国语境后必然经受的命运，是一种不可小视的学术事实。

一般情况下，讨论中西文化之融合，已经先在地把西方文化和中国文化设定为对立的双方。由于西方文化在现代所具有的某些优势，因此人们在讨论中西文化融合时较多地看到西方文化向中国扩展的一面，而忽略中国文化对西方文化的影响。而事实上，交流总是双向的，不管这种交流是何种流向。交流永远是一种往来、一种对话和一种磨合。

新时期汉语语境中的西方文论建设与发展，既涉及西方文论如何被汉语语境

---

① 卢康华、孙景尧：《比较文学导论》，黑龙江人民出版社，1984 年，第 328 页。

② 孙绍振：《从西方文论的独白到中西文论的对话》，《文学评论》2001 年第 1 期。

③ 支宇、罗淑珍：《西方文论在汉语经验中的话语变异——关于韦勒克“内部研究”的辨析》，《外国文学研究》2001 年第 4 期。

加以“转述”,也涉及西方文论怎样“影响”中国文论的问题。“无论是‘转述’的层面,还是‘影响’的层面,都本然是一个阐释学的现象和领域。”[①]在阐释学视域中,不可避免的“先入之见”发挥着重要的作用。因此,即使在最基本的对西方文论的“述”的层面,也不是简单的、机械的、纯客观的对“他者”的复述或“零度叙述”,而是复杂的、深具解释学意蕴的现象。“影响”层面同样也是一个阐释学的领域,任何有效的“影响”都是影响者与接受者之间复杂的互动过程。一方面“影响”必须建立在影响者的可取之处、有施加影响的优势的基础上,另一方面,又必须在接受者需要的、能够接受的基础上;一方面影响者以其优势对接受者施加启迪、规范、浸染甚至左右其动向的“力”,另一方面,接受者又依据其“前见”、自身固有的文化和知识背景对影响者施加选择、解释和创造性转化的“力”。显然,在这一阐释学的“域”中,并不是表面上看来的那样,影响者采取主动,被影响者全然处于被动,而是各有其主动和被动层面。东方文化在“主动西渐”的过程中又“被动地”变成西方人的“东方学”;西方文论在向东方播撒时也有可能变成东方人的“西方学”。在解释学视域中,在文化渗透日益复杂化的今天,我们很难再辨认是东方的或是西方的,中国的或非中国的,西方文论的认知和方法已经成为了中国自我形象的建构中的一部分。

鉴于此,研究中国新时期西方文论建设与发展问题,就应首先克服如上认识误区,不应将新时期中国语境中的西方文论看成西方文论的“独白”、“传声筒”或“影子”,而应该在解释学的视域中,从“文化交流”的双向动态构架中展开研究。尽管新时期以来中西文论交流存在着巨大的“贸易逆差”和交流“赤字”,存在着发人忧思的“入超”现象,但这并不能从根本上取消交流作为“解释”的内在属性,不能改变“交流”活动的双向选择本质。

西方文论的中国之“在”是一种“理论旅行”,“双向选择和相互影响”是“理论旅行”的常态。中国新时期的西方文论建设与发展是西方“理论旅行”的一部分,它不仅影响了中国文艺学的发展,而且这种旅行作为“很有用的条件”使西方文论的知识生活得以“维系”。这是理论交往中“荣枯与共”的“共成模仿”现象[②],是西方文论与中国文艺学之间的斗争性与同一性的相互作用与内在统一。

其实,文学理论旅行也就是其“横向发展”问题,即“各民族文学与其他民族文学的横向联系过程,是世界各民族文学在历史演进中由各自封闭到互相开放、由彼此隔绝到频繁交往,从而在世界范围内形成普遍联系的过程;在这种发展形态里,各民族文学相互碰撞,彼此交融,展示了世界文学从分散发展到整体联系的历史动势”。[③] 因此,中国新时期西方文论建设也是对西方文论本身的延续与发展,是建

---

① 牛宏宝、张法、吴琼、吴伟:《汉语语境中的西方美学》,安徽教育出版社,2001 年,第 6—7 页。

② 参见张进《新历史主义与历史诗学》,中国社会科学出版社,2004 年,第 4 页。

③ 钱念孙:《文学横向发展论》,上海文艺出版社,2001 年,第 2 页。

设“世界文学”的伟大工程的组成部分。说到底，理论旅行是实践对理论的完善，是现实对观念的改造，是对象对方法的充实。

澄清了如上学术事实，我们就可以正确评估中国新时期文艺学与西方文论交往对话中所已经产生的实绩。新时期以来的文学理论研究，继承和发扬前辈学者的传统，迎接西方文论的挑战，尝试中外古今文论的融会，形成了一大批优秀的论著。这里既有融会西方文论、美学要素，综合创新的理论成果，也有直接针对西方文论的具体流派、突出问题、代表人物的专题研究。就前一个方面而言，仅“中国中外文艺理论学会”组织的，由钱中文、童庆炳主编的《新时期文艺学建设丛书》，已经正式出版了 36 种，比较集中地呈现了新时期文学理论的研究成果和学术水平。其中有钱中文的“新理论性精神文学论”、童庆炳的“文学审美特征论”、胡经之的“文艺美学论”、陆贵山的“文艺人学论”、曾繁仁的“审美教育论”、畅广元的“文艺学人文视界论”、张少康的“文艺学民族传统论”、孙绍振的“审美价值结构论”、陈传才的“审美实践文学论”、赵宪章的“文艺美学方法论”、朱立元的“理解与对话”、王元骧的“探寻综合创造之路”、饶芃子的“比较诗学”、王先霈的“圆形批评与圆形思维”、李衍柱的“经典文本与文艺学范畴研究”、王岳川“本体反思与文化批评”、王一川的“汉语形象与现代性情结”，等等。这类著作在理论水平上可能参差不齐，但都明显与西方文论的策动和影响密不可分，都是中国学者自己的学术观点的表达，是中国新时期文艺学建设的实绩。这些论著和其他学者的著述一起，涉及了新时期以来我国文学理论研究的各个方面，探讨了文学理论中的各种重要命题和最新课题，可以说，这是我国新时期文学理论取得的重要实绩，是我国发展中的当代文学理论形态，也是我们可能留给 21 世纪文学理论的一部分“不必妄自菲薄的思想资料”。①这些成绩的取得，固然离不开西方文论的“逼迫”，但也绝不会产生于对“民族独创性”的“遗忘”之时。

在外国文学理论方面，有盛宁的《人文困惑与反思：西方后现代主义思潮批判》，周小仪的《唯美主义与消费文化》，王宁的《全球化：文学研究与文化研究》，王岳川、徐贲等的“后现代后殖民主义研究”，金元浦的“解释学与接受美学研究”，罗钢、陶东风的“文化研究”，赵毅衡的“新批评研究”，曾繁仁、鲁枢元等人的“生态美学研究”，郑树森的“现象学文论研究”，叶舒宪的“神话—原型批评研究”，袁可嘉、李幼蒸的“结构主义研究”，陈晓明的“解构主义研究”，冯宪光、曹卫东的“西方马克思主义文论研究”，周宪的“现代性文论研究”，张京媛、廖炳惠的“新历史主义研究”，孟悦、王逢振的“女性主义研究”，高小康、申丹的“叙事学和文体学研究”，张杰

① 钱中文：《多元对话语境中的中国文论建构国际学术研讨会暨中国中外文艺理论学会第三届代表会·开幕词》，2004 年。

等人的俄国文论研究，等等。几乎每一种西方文论流派在中国都有专人从事研究，几乎每一个重要的西方文论的代表作家在中国都有专门的译介者和研究者。已有的研究，尽管可能存在着诸多方面的不如意，但这也绝对不只是西方文论"逼迫"之下的被动"容受"，而是包含着研究者的创造性发挥。

因此，只有秉持一种"不必妄自菲薄"的平和自信心态，在双向"交往对话"的解释学动态综合视野中，理性地看取和分梳新时期中西方文论交流的历程和成果，深入研究交流复杂性，才能为这近30年的文艺学学术史立下存照，为新世纪的文艺学发展描绘更切实的蓝图。从目前情况看，交流的观念和自信的心态已经基本确立起来，这为中国西方文论建设奠定了一个更为坚实而合理的基础。

鉴于此，我们对西方文论的研究，就应该进行范围和重点上的调整。从研究范围上说，对西方文论的研究至少应包括两个方面："一是对西方文论本身的研究，即对西方文论的源头、发展、主要流派及代表人物的研究；另一方面则是对西方文论在中国的传播和发展的研究，即西方文论在中国的传播和发展线索，对中国文论产生了怎样的影响，它是如何启动我国文论的现代转型的，如何起到了示范性作用，我们是如何根据自身的文论传统，有选择地吸收和改造了西方文论，使之成为我国现代文论传统的一个有机组成部分的，中国文论怎样在改变西方文论的同时，也改变了自身的面貌，对西方文论输入中国的成败利弊做出客观和科学的评说。"①从研究重点上说，目前看来，研究后一方面的意义已日益迫切。后一方面研究的贫弱会直接影响研究成果的学术价值，甚至会影响到我们对新时期中国语境中的西方文论的性质的理解。

## 第二节
## 新时期西方文论研究的阶段特征

总的看来，20世纪以来中西方文论交流，出现了三次"大高潮"：②第一次是20年代至30年代，第二次是50年代至60年代，第三次是新时期以来。第一次高潮具有浓厚的"启蒙"色彩，其矛头所指是长期的封建思想禁锢，其结果是促进了中国

---

① 代迅：《全球视野中的本土化选择：近百年西方文论在中国》，《文艺理论研究》2000年第4期。

② 这是其中的一种"三高潮说"(代迅：《全球视野中的本土化选择：近百年西方文论在中国》，《学习与探索》2000年第5期)；另一种"三次高潮说"认为，"20世纪中国对西方(包括俄国)文论的接受，出现了三次大的浪潮：'五四'时期(包括20年代)、三四十年代、新时期。'五四'时期现代文论取代了封建伦理中心主义的文论，三四十年代确立了马克思主义文论中心一统的地位，新时期出现了文论的多元并存。"(周远斌：《世纪回眸：20世纪中国接受西方文论之述评》，《云梦学刊》2000年第3期)。也有"五阶段说"，吴学先认为可分为晚清、"五四"、30年代、50年代和80年代等五个阶段，翻译的特点是逐渐从"意译"为主转向"直译"为主。(吴学先：《西方文论在中国的引进过程》，《哈尔滨师专学报》1994年第3期)。

文论从近代形态向现代形态急速转化，逐步演变为“民族救亡”的社会政治变革运动；第二次高潮学习借鉴的主要是苏联和东欧的文论，其结果是促进了中国文论的学科化、推动了唯物史观文艺观念的传播和普及，提高了文论在文艺活动和文艺事业中的地位，但渐次演变为政治化政策化的教条主义僵化模式；第三次高潮具有“新启蒙”色彩，矛头指向“十年浩劫”所形成的思想禁锢，其结果是中国文论的科学化中国化程度的进一步加强，渐次变成了以“文化复兴”为主调的中国特色文化建设运动。①

从“20世纪中国文艺学学术史”角度看，第一次高潮导致了中国文论的“蜕变”；第二次高潮造成了中国文论的“定格”；第三次高潮造成了对“定格”的“突破”（或曰“反叛”）②和“反叛”之后的“建设”③。显然，发生于中国新时期以来的第三次高潮是本课题的研究重点，即新时期文艺学“突破”和“建设”时期西方文论在中国的各种问题。

文艺理论界有关“新时期”的起点有1976年说（“四五”运动诗歌）、1977年说（《班主任》的发表）和1978年说（十一届三中全会）三种不同认识。④ 结合中国新时期西方文论引进和建设的具体情况看，将新时期的开端定在1976年是大致可行的。我们以结构主义在中国的具体情况来分析。中国大陆最早有关结构主义的文章是1975年发表在《哲学社会科学动态》第4期上的题为《近年来欧洲结构主义思潮》的论文，该文认为“结构主义理论是资本主义思想体系衰落的又一阶段”，因而对其持全盘否定态度。《哲学译丛》1978年刊登了几篇有关结构主义的译文，但未造成多大的影响。《世界文学》1979年第2期发表了袁可嘉的《结构主义文学理论述评》，系统介绍了结构主义的历史发展、批评理论及其在散文、戏剧、诗歌中的批评实践。袁文在中国影响巨大，可以说开了结构主义在中国传播的先河。同年，伍蠡甫主编的《西方文论选》（上、下卷）得到重印，是西方文论在中国新时期以专著形式介绍和研究的开始。在港台，用结构主义方法分析中国文学的文章也于1975年出现。⑤ 港台学者张汉良、郑树森、周英雄等都对结构主义批评及其在中国的批评实践做出了重要的探索。考虑到港台1970年以来西方文论研究起步早、成果丰的特点，综合起来看，将“中国新时期西方文论建设”的开端定在1976年是比较可取的。

---

① 参见毛庆耆等《中国文艺学百年教程·附录》，广东高等教育出版社，2004年。

② 杜书瀛、钱竞主编：《中国20世纪文艺学学术史·全书序论》，上海文艺出版社，2001年。

③ 值得注意的是，从“世纪之交”开始，中国文艺学在完成突破旧有框架并完成“反叛”的历史使命后，走向了“建构”阶段。杜书瀛先生的著作成书时尚未对这个阶段给予集中关注。

④ 参见丁帆、朱丽丽《新时期文学》，洪子诚、孟繁华主编《当代文学关键词》，广西师范大学出版社，2002年。

⑤ 参见周英雄《比较文学与小说诠释》，北京大学出版社，1990年，第22页。

在“新时期”的终点问题上，有关“后新时期”[1]的概念及其所指的历史阶段问题需要略作分析。从学者们使用的情况看，“后新时期”概念仍无法包容和解释1990年代末直至今天的文艺现象，尤其是中国的西方文论建设的过程和成就。因此我们采用更加广义的“新时期”概念，既将理论界一部分学者的所谓“后新时期”所指的历史内容包括在内，也将“后新时期”之后直至今天的历史时期也包括在内。与本课题研究对象相适应，我们将广义的“新时期”划分为三个阶段。到目前为止，这段历程大约有三十年，可分为三个十年（1976—1986；1986—1996；1996—2005）。这三个十年，中国的西方文论研究在其关注焦点、在对西方文论功能的发挥以及在研究范围上，都有不同的侧重。下面分别予以阐述。

## （一）关注焦点：话语行为、施事行为和施效行为

在三个阶段中，进入中国的西方文论尽管观念各异、流派多样、范式众多，但说到底，它们都是西方文论“话语”。“话语”的本质特点是，它们在“说什么”的同时，也在“做什么”，甚至在“说什么”时“做别的什么”。那么，西方文论话语在中国新时期三十年的发展建设中，究竟是说了什么又做了什么呢？奥斯汀的“言语行为”理论给我们提供了有益的启示。他先提出了施事话语与记述话语（performative utterance/constative utterance）的区分，承认话语可分为如上两种。这是人们所熟知的。后来，他对自己的分类提出修正，认为任何话语都是“施事话语”，进而对此类话语进行了“三分”，即“话语行为”（locutionary act）、“话语施事行为”（illocutionary act）和“话语施效行为”（perlocutionary act）。大体而言，第一种相当于说出某个具有意义（包括含义和所指）的语句，即在做“说”的行为；第二种是指以一种话语施事的力量说出某个语句，如做陈述，提问，下命令，发警告，做许诺，等等；第三种则是经由说些什么而达到某种效果的行为，如使相信，使惊奇，说导、劝服、制止等。[2] 值得注意的是，新时期中国语境中的研究者对西方文论话语的选择、译介和运用，其关注重点与此颇为类似。

第一个十年，研究者重视的是西方文论话语本身的含义、思想、观念和方法，人们并不急于去追问这些话语是在怎样的语境、由谁出于怎样的动机而说的。这一时期人们沉浸在对观念方法本身的感动之中，这一研究范式在1985年的“方法论

---

① “后新时期”概念，请参阅谢冕、冯骥才、张颐武、王宁和陈晓明等人的文章。文章中的“后新时期”，大致指的是新时期以来的第二个十年，将1970年代末到80年代末和80年代末到90年代末从文艺上划分为两个不同的历史阶段，应该不无道理。但反观历史，我们发现，“后新时期”概念似乎仍无法包容和解释90年代末期以来直至今天的文艺现象，也无法说明这一阶段中国西方文论建设的新特点。

② 参见杨玉成《奥斯汀：现象学与哲学》，商务印书馆，2002年，第81—82页。

年”和1986年的“观念年”达到了高潮。研究者在特定的视野下，重视西方文论话语中包含的思想、观念和方法的“营养”对于中国文艺学的功能，尤其是对我们的文艺学摆脱“从属论”、“工具论”而“向内转”和“自足性”的功能。所以，此阶段中国西方文论研究，撷取的是其“所说”的观念方法，并不深究西方文论话语的其他层面，而主要进行所谓“话语行为”研究。这种研究因其过分强调观念方法的重要性，因而更多地倾向于“观念移植”。因为弱化了对西方文论话语的语境和背景的研究，所以对观念方法进行深入系统的“学术”考察方面做得不够充分，这种所谓“思想重于学术”①的研究，其实也是在话语分析方面未能多层面同时展开的结果。这个阶段，在中国影响最大的文论著作是韦勒克和沃伦的《文学理论》②，也是第一个十年所引进西方文论中的标志性著作。该著以其“内部研究”著称，也是“观念方法”研究的典范之作，考察文学理论问题并不深究其社会历史语境。中国当时的西方文论研究却未能从社会历史角度揭示其间的关联。然而，这也并未妨碍中国文论对其观念方法近乎曲解的运用。这是第一个十年文学研究的突出特色。其间的关联，可能要等到伊格尔顿的《文学理论导论》③一书译入中国后才在汉语语境中得以澄清。与韦著相反，该著的研究路径重在从社会、历史和政治语境考察每一种文学观念，也正是从这一层面，它深刻地揭示了强调“本体”的“新批评”与强调“主体”的浪漫主义传统之间的内在关联。

第二个十年，研究者普遍意识到西方文论中的每一种观念方法都有其特定的产生语境和环境，话语在西方语境中被说时，它究竟是在实施一种许诺还是一种命令，这要视其语境而定。因此，研究者倾向于从西方语境出发而讨论西方文论话语，重视某种文论话语是由谁在什么语境中出于什么目的而说的，它在这个语境中施行一种什么行为。研究者强调的是对西方文论话语的“学术的研究”，重心转向研究话语中所包含的观念方法的发生语境和发展流变。此期的西方文论研究，一般都被冠以“西方”某流派、某学说、某理论家研究，几乎任何一种西方文论话语都有了相应的“学术”研究专文或专著。这是一个所谓“学术重于思想”的研究阶段，

---

① 朱学勤认为，“大陆学界80年代属于第一种情况，思想重于学术，尽管有成就，但毕竟是片面的成就，并不健康；90年代按目前趋势发展，则可能出现相反的十年——学术重于思想的十年。尽管已经取得了可观的学术成就，而且还会继续取得更为可观的学术成就，但是，如果没有思想支撑，单方面的学术成就，毕竟是跛脚成就，同样是不健康的。……坦率地说，学术界目前确实有这样一种过分否定80年代的流行观点，而这种流行观点则直接助长着目前重学术轻思想的空气。”（朱学勤：《五四思潮与八十年代、九十年代》，载《现代与传统》）

② 韦勒克和沃伦：《文学理论》，刘象愚等译，三联书店，1984年。

③ 伍晓明译：《二十世纪西方文学理论》，陕西师范大学出版社，1986年；刘峰等译：《文学原理引论》，文化艺术出版社，1987年；王逢振译：《当代西方文学理论》，中国社会科学出版社，1988年；钟嘉文译：《当代文学理论》，台北南方丛书出版社，1988年；吴新发译：《文学理论导读》，台北书林出版社公司，1993年。

人们普遍反对前一阶段那种空疏学风和观念移植，更重视从实证的角度考察西方话语在西方语境中的“真正的”意义和所指，但是很少关注它在中国语境中的变异情况和适宜与否的问题。在第二个十年里，进入中国语境并产生最大影响的文论著作可能要算伊格尔顿的《文学理论导论》，这部著作在第二个十年初(1986 年、1987 年、1988 年)以不同版本译成汉语，与汉语境中的西方文论研究范式转变相互策应。它与韦勒克著作的显著不同即在于其对“外部研究”的强调和实践，在一般考察当代西方文论观念的基础上，它将文学作为一种意识形态来深究，发掘一般文学观念方法“所说”背后“之所以如此说”的社会历史语境。90 年代中期有关“人文精神”问题的讨论，既是这种研究范式的高峰，也是其式微。“人文精神”论者从西方语境中人文精神所包含的“精神性”和“超越性”角度，对当时中国文艺中的世俗性和现世性提出了尖锐批评，这也是当代人文主义与科学主义抗衡时所重点强调的立场。但是，通过对人文主义的深入讨论，人们认识到，人文主义思潮在其初起时并非强调人的精神性和超越性，恰恰相反，它在与神学斗争时强调了人的世俗性和现世性。而作为这种讨论的效果，它一方面强化了对西方文论话语进行语境研究的重要性，另一方面也提出西方文论话语在中国语境中的适应性问题。正是这后一方面，引起了西方文论研究者兴趣的转向——转向研究中国语境中的西方文论。总的看来，第二个十年人们研究的主要是西方文论在西方语境中“做什么”的问题，是一种“话语施事行为”研究。

第三个十年，人们深刻意识到，在搞清楚西方文论话语之所说的含义和它在西方语境中的“所作所为”之后，我们尚面临着更为紧迫的研究任务，即西方文论话语在中国语境中“适当与否”的问题，它在中国语境中的变异问题，中国语境对它的转化改造问题，中国语境如何对其进行本土化的问题，它如何加入中国文论建设的问题，等等。这种研究已经不是在“思想”与“学术”之间做一种非此即彼的取舍，而是“思想”与“学术”并重，“所说”与“所做”互证。此时译介到中国语境并产生重大影响的文论著作当数美国著名文学理论家乔纳森·卡勒的《文学理论》了，该著于 1998 年被译成中文。其重要性首先在于它强调指出，理论具有跨学科性、是分析和话语、是对常识的批评，而且理论具有“反射性”(反思性)；[①]其次在于它所列举的问题，比如“文学与文化研究”，“属性、认同和主体”等，这恰恰是这个十年中国的西方文论研究所集中关注的问题。理论的“反思性”恰恰要求研究者不仅要反思西方文论在西方语境中“所说”与“所做”，而且要考察它在中国语境中之“所说”与“所做”，以及它“所可能做”。与这种要求相适应，此时期中国的西方文论话语研究，大

---

① 乔纳森·卡勒：《文学理论》，辽宁教育出版社、牛津大学出版社，1998 年，第 16 页。

多冠以“在中国”的字样，重点研究其在中国的具体“理论旅行”情况。① 这种研究在后殖民主义、全球化理论以及文化研究中达到了高潮。总的看来，第三个十年人们研究的主要是西方文论话语在中国语境中“做什么”或“产生了什么效果”的问题，是一种“话语施效行为”研究。

综上所述，新时期的西方文论研究，其三个阶段正对应着奥斯汀“施事话语”的三种类型，也对应着三种递进的研究方法和研究取向：一是对西方文论话语观念方法的译介、借取和挪用；二是对西方文论本身的理论源头、主要流派及代表人物考订、分析和辩证；三是对西方文论在中国的“理论旅行”中所发生的引申、变异与再造等问题的研究。前二者基本属于文论的“纵向研究”，以西方语境为“真假与否”的标准和参照系；后者属文论“横向研究”，②重点考察西方文论话语在中国之“所做”及其“结果”，以中国语境为“适当与否”的研究标准和价值取向。前二者主要在“事实/价值”相对立的基础上考察西方文论中“谁在说”、“说什么”、“怎么说”、“何以如此说”以及“说得对不对”等问题，进而考察我们的研究是否揭示了这些“事实”；后者则在认识论与价值论相统一的基础上考察西方文论在当代汉语语境中“做什么”、“如何做”、“何以如此做”以及“做得合适不合适”等问题。前者的研究参与者众、涉及面广、成果卓著，集中了研究领域的大部分力量，是目前研究的主流和正统；后者的研究相对“滞后”，参与者少，涉及面小，已经形成的有影响的学术专著不多，但正在成为新的学术生长点，代表着该领域研究的新趋势。

当然，“所说”研究与“所做”研究是相互制约、辩证统一的；施事话语的三个层面的功能也是彼此联系的。“所说”研究是基础，是必要准备；“所做”研究是对前者的反思批判和深化改造，是研究的最终旨归，考察中国新时期西方文论建设与发展问题，就必须对后一方面问题展开系统研究。理论话语可能在“说什么”时“别有所做”，文论话语也通常“言行不一”。当代中国语境中的西方文论话语，有“多言而少行”者，如结构主义文论，其“所说”研究车载斗量，但有分量的改造运用之作不多；有“言在此而行在彼”者，如新历史主义，其所言在批评领域而其行却主要在创作领域；有“言行相悖”者，如英美新批评，其“所说”意在斩断作家、读者与文学作品之间的关联而专注于文学作品本体研究，但它在 80 年代进入中国之“所做”，反而推动

① 这方面的代表著作有汤一介主编：《20 世纪西方哲学东渐史》（首都师范大学出版社，2002 年）丛书，其中王岳川：《后现代后殖民主义在中国》和陈晓明、杨鹏：《结构主义后结构主义在中国》主要从文论角度切入论题；陈厚诚、王宁主编：《西方当代文学批评在中国》，百花文艺出版社，2000 年；牛宏宝等：《汉语语境中的西方美学》，安徽教育出版社，2001 年；曾军：《接受的复调——中国巴赫金接受史研究》，广西师范大学出版社，2004 年等等。

② 本文所谓“纵向研究”与“横向研究”，其义近乎张世英先生的“纵向超越”与“横向超越”，前者设定研究对象的“超历史的本质”，后者则认为研究对象的本质也是历史的具体的事物。参见张世英《哲学导论·第三章》，北京大学出版社，2002 年。

了“主体论”文艺学的建构;将这些现象仅归因于研究者个人的“误解误用”,就错失了更为重要的学术问题。这种“言行不一”其实是理论“语境旅行”中的功能变异,它更多地与中国语境的“需要程度”相关联,与该语境所牵涉的社会历史无意识和学术学科无意识相关联。在此无意识层面,理论话语进入新语境后既是语境的产物,也是语境的积极参与者和塑造者。正视理论之所“做”,研究理论与语境之间的相互塑造关系,对其中涉及的文论话语的历史性和文论史的文本性展开双向调查,才是切实地研究西方文论的当代化、中国化和本土化。

目前西方文论研究,至少应该同时重视西方语境和研究者置身其中的中国视域,甚至应从对西方文论逻辑序列的描述转向面对和研究中国语境中实际存在的文论问题。值得强调,我们的研究应该双管齐下,不可偏废。应该强化西方文论研究的“双重视域”,将西方语境与中国语境,所说研究与所做研究,将西方文论话语行为、话语施事行为和话语施效行为的研究统一起来。

## (二)功能层面:传播策动、碰撞解构和引申建构

在中国新时期文艺学建设和发展历程中,西方文论话语发挥了直接的策动和建构作用。具体而言,主要有三个基本方面:一是传播和策动;二是对话和碰撞;三是引申和建构。这三个方面在时间上前后赓续,在空间上交叠勾连,共同构成西方文论与中国新时期文艺学“交流”的复杂性状。从共时性方面看,有“传播策动”、“对话碰撞”和“引申建构”等三个层面,其间交叠互动,传播策动中有对话碰撞,引申建构中也有传播策动。从历时性方面看,中国新时期文艺学与西方文论的“交流”,大抵经历了“传播策动”、“对话碰撞”和“引申建构”等三个阶段过程;当然传播中有对话,碰撞亦不乏引申建构。在中国新时期西方文艺学近三十年的发展建设历程中,如上三个方面的功能交错互动、彼消此长,共同谱写出一曲多声部的文化交流的乐章。

如上所说,新时期西方文论的建设与发展过程,可约略划分为三个阶段,每一个阶段都有其主调和特色。第一阶段,其主调是“传播与策动”,即西方文论在中国的广泛传播和对中国文艺学的策动推进,此时期西方文论立体密集地涌入中国,在中国广泛传播,策动了中国文艺界的数次论争,其高潮是“方法年”(1985)和“观念年”(1986)。这个阶段的西方文论引进介绍,一改50、60年代“苏俄传统”居于绝对优势地位的局面,“德法传统”和“英美传统”的引进介绍迅速上升。在文论思想界“德法传统”广受青睐,康德、黑格尔、尼采、胡塞尔、海德格尔、马尔库塞、韦伯等人的著作被大量译介,并成为先锋学术圈内的热门读物,德国哲学因此成为80年代中国知识分子现代性想象的主要依据。尽管从美学译著的数量看,是英美(79

部)、苏俄(45 部)较德法(41 部)为多,但英美和法德的增加幅度大,而苏俄则比 50、60 年代(55 部)有所下降。[①] 这个阶段所引进的理论主要是西方现代性理论,理论界普遍的倾向是"呼唤现代性"。

第二个阶段,其主调是"对话与碰撞",是中国文艺学界与西方文论展开双向对话沟通的阶段,其高潮是"现代性反思"、"后现代思潮",以及社会转型所引起的"人文精神问题讨论"。从西方美学的引进数量看,比 80 年代有所下降,英美(35 部)与德法(34 部)基本持平,苏俄(8 部)锐减。从思想界的倾向看,由于德法的自由主义传统在前苏联与东欧的失败及中国改革开放的不断成功,中国自由主义对英美自由主义的热情激增,英美传统渐渐深入中国知识界,哈耶克、罗尔斯、诺齐克等成为人们关注的新焦点,以"渐进改革"实现现代性追求日益成为更多人的共识。这个时期是中国文艺界与西方文论展开对话、辩论与批判的过程,西方文论,特别是其现代性文论,主要是辩论的对手而非转述的摹本。西方的"后现代理论"迅速进入中国,后现代理论对现代性理论的反思性也使中国新时期的文艺学增加了反思的力度和深度。这种理论兴趣的转向可概括为"从呼唤现代性到反思现代性"[②],此期"反思"的主要特点和趣味是"解构",即"后学"影响下的"解构实施"阶段。[③] 这一时期,"后学"成为真正的显学,解构成为具体的手段,解构的对象主要是现代性理论的形而上基础:科学意识形态的神话及其历史理性信仰和语言理性信仰,[④] 一切具有现代性品格的价值观念和话语系统均成为后学解构和破坏的对象。具体而言,除了自"文革"延续下来的极"左"余绪之外,80 年代的启蒙主义、形而上学传统、文化普遍主义、人类中心观、科学主义、发展主义、男权意识、道德理想主义连同 90 年代新确立的自由主义、保守主义等均受到不同程度的清理,解构主义所勾勒的后工业文化景观一度成为部分人心目中的新理想。

第三个阶段的主调是"引申和建构",是中国文艺学整合汇通各方面的文论资源,发展建构有中国特色的西方文论的阶段。这一阶段,那种只破不立的激进"后学"受到质疑,而以格里芬和罗蒂、霍伊等人为代表的"建设性后现代主义"或"别一

① 牛宏宝、张法、吴琼、吴伟:《汉语语境中的西方美学》,安徽教育出版社,2001 年,第 20 页。

② 陶东风:《从呼唤现代性到反思现代性》,《二十一世纪》,1999 年第 6 期。

③ 杨飏:《90 年代文学理论转型研究》,中国社会科学出版社,2001 年,18—19 页。

④ 余虹认为,中国文学理论的后现代性发生于 20 世纪 80 年代末和 90 年代,它是对自身现代性的反省批判及其结果。中国文学理论的后现代性展示为"两大向度:1. 解构现代性理论的形而上基础:科学意识形态的神话及其历史理性信仰和语言理性信仰;对解构批评所导致的非历史化倾向进行批判,建构新历史主义。"见余虹:《解构批评与新历史主义——中国文学理论的后现代性》,《海南师范学院学报》2000 年第 4 期。

种后现代主义"成为人们瞩目的新对象。"建设性后现代主义"[①]目标在于超越现代性,即摆脱现代"机械的、科学化的、二元论的、家长式的、欧洲中心论的、人类中心论的、穷兵黩武的和还原的世界"。这一转向表明中国知识分子真正为人类"操心",以及建设性意识的加强。人们在后现代之后重新寻求建立新的全球化秩序和生态世界,从而使全球化理论、生态美学和审美日常生活化研究成为中国文艺学"建构"的主要理论参照,其高潮是"民族主义"与"新自由主义"及"新左派"之间的论争。[②] 这个阶段,中国文艺学的建构问题成了明确的目标和真正的焦点,是否有利于这个目标的实现,是国人对西方文论研究方面的价值判断。这是一个"建构实施"阶段,也是国内理论家"语境意识"增强而日益感受到"阐释中国的焦虑"的阶段,[③]人们全面反思西方文论在阐释中国文艺现实时的有效性。西方文论多元共生地全面深入中国,向中国文论渐进式改革建设追求汇聚。中国西方文论界与西方文论本身之间的"同步性"大大增强,中国文论界与西方文论界通过举办"国际会议"形式的交往增多,大家通过参加国内的相关会议而传播其学说的行为成为时尚。[④]

这三个阶段之间并没有明确的界限,但各个阶段的西方文论在中国所体现的主调是明确的:传播——解构——建构。

### (三)文论范围:欧美中心、文学中心、文化中心

西方文论在新时期中国文艺理论建设中的功能与影响,有研究者概括为"三次冲击波"[⑤],这与西方文论在中国的三个阶段特征大致吻合;从另一个侧面看,也是在中国的西方文论的范围不断拓展的三个阶段,即从主要局限于欧美(包括前苏

---

① 格里芬等人倡导的建设性的后现代主义只是建设性的后现代主义的一种。与罗蒂、霍伊等哲学家为代表的建设性后现代主义相比,格氏更关注人与世界、人与自然的关系问题,且很大程度上是从科学层面出发讨论问题的。而罗蒂和霍伊等则主要是从哲学的层面讨论问题,所探讨问题的领域也宽广得多,不仅包括人与自然的关系问题,而且包括人与人、人与文化、人与哲学的关系问题。尽管存在着这些差别,但双方在"富有建设性"这一点上是一致的。也正是这一点,将它们与否定的或激进的后现代主义区分开来。见格里芬主编:《后现代科学——科学魅力的再现》,中央编译出版社,1995年,第2页。

② "不同社会集团之间的利益分野不可避免地投射到形态领域,使'民生'成为各方面广泛关注的紧迫问题,终于在20世纪90年代后期引发了启蒙知识界的第三次分裂:一方面是新自由主义对知识界舆论的主导;另一方面是'新左派'的异军突起。"见公羊主编:《思潮——中国"新左派"及其影响》,中国社会科学出版社,2003年,第3页。

③ 金元浦、陶东风:《阐释中国的焦虑》,中国国际广播公司,1999年。

④ 此期德里达、哈贝马斯、利科尔、詹姆逊、米勒、米切尔等都曾来华参加会议或讲演讲学,传播其学说。

⑤ 钱中文:《多元对话语境中的中国文论建构国际学术研讨会暨中国中外文艺理论学会第三届代表会·开幕词》,2004年。

联)的“欧洲中心论”,到范围更大的“文学比较”,再到超出一般所谓文学的“文化比较”。

80年代西方文论对中国文艺理论形成了“第一次冲击波”,这次所谓冲击,即是西方整个20世纪发展起来的文论的密集立体涌入,科学主义与人文主义的两大主潮都在此期进入中国,得到传播和初步的运用,在1985年前后的“方法论热”中达到高潮。

“第二次冲击波”是与当今信息技术与图像艺术的急速发展联系在一起的。这使原有的文学艺术的存在方式发生着变化。以文字为中介的文学艺术,从理论上说,似乎在不断地缩小自己的领地,同时在实际生活里,文学书籍却以前所未有的规模印刷与出版,国内外各种文学奖项有增无减,而同时又在悄悄地产生着文学艺术的新形式。在研究方面,西方的后现代文化思潮对我国文论界发生了极大的影响,在大众文化的推进中,一些同行转向了国外盛极一时的文化研究——后现代文化理论:如解构主义、新历史主义、后殖民主义、女权主义、大众审美文化理论等。它们扩大了我国文化、文学研究的范围,形成了继80年代西方文论进入我国之后的“第二次冲击波”。

在信息技术、图像艺术的不可抗拒的威力下,在消费主义的扩展中,我们在一些外国学者的论述里看到文学正在走向终结的观点,文学研究也风光不再,而日常生活审美文化研究在一些大学里流行一时。到本世纪的最初几年,我国学者引进了这些理论,它们涉及文学与文学理论研究的方方面面。例如,今后文学这一现象的存在,是否还有可能?文学如何成为人文社会科学,或是相反?文学研究还有必要吗?文学研究如果还能存在下去,那么探讨些什么问题?审美活动、审美性、文学性如何进一步界定?文学想象的本质阐释与本质主义有什么联系?文学理论或文学需要扩容、越界,扩展什么?越向哪里?视像艺术的生产与消费,扩大了感官快感,由精神的美感转向了物质的满足的享乐,是否推翻了以往美学的精神与信仰?这些理论观点,一定会引起文学理论界进一步研讨的兴趣,对文学理论造成了“第三次冲击波”,并将会对文学理论发生重大的影响。

这三个阶段,其实也对应着比较文学的转向:欧洲中心论——文论比较——文化比较。西方文论在新时期中国文艺学建构中发挥的作用和表现出来的特色,从范围上说,也可依次分为这样三个阶段。第一个阶段主要是“欧洲中心主义”,以欧美文论的观念方法为观念方法;第二阶段主要是“以当代西方文论和文本阅读为基础的”;第三阶段则主要是“文化比较”。

综上所述,我们可以将新时期中国文艺学与西方文论之间的交流往来关系分为三个阶段,将各个阶段的主要特点归纳如下:

| 冲击波 | 时间范围 | 话语焦点 | 主调 | 被引进文论 | 范围 | 同步性 | 文化格局 |
|---|---|---|---|---|---|---|---|
| 第一次 | 1976—86 | 话语行为 | 传播 | 现代理论 | 欧美 | 错位 | 主流主导 |
| 第二次 | 1986—96 | 施事行为 | 解构 | 后现代 | 文学 | 不同步 | 多元分立 |
| 第三次 | 1996— | 施效行为 | 建构 | 建设性 | 文化 | 准同步 | 间性共生 |

## 第三节
## 中国语境的阶段类型及其对西方文论的选择

马克思主义认为，理论在一个国家的实现程度，取决于理论满足这个国家的需要的程度。新时期中国的西方文论发展和建设，固然与西方文论的强劲“冲击”和“逼迫”分不开，但是，它之所以能“实现”其“冲击”和“逼迫”，却与中国的“需要程度”联系更密切，“需要程度”则受制于中国语境。“怎样的”西方文论“如何在中国”并“在出了什么结果”，对这些问题的研究必然导向对中国语境中的各种构成要素及其间关系的分析，以及各种关系对国内西方文论研究的制约。同时，我们要强调，这里所谓西方文论与中国语境，都不是既定的实体性要素，而是处在“建构性关联”之中，在这种内在关联中，西方文论与中国语境相互构成。这里强调中国语境在对西方文论选择上的重要性，也并不脱离其间内在的构成性关系。

从目前的研究状况看，国内的西方文论研究者，着眼于西方语境中文论发展演替之逻辑序列者多，基于中国语境的系统考量而注目中国语境中西方文论之话语变异和话语功能调整者少。新时期中国语境，从大的方面说是由相互关联、彼此推动的四重背景所构成的“复合语境”：一是全球化的历史进程所牵动的世界历史语境；二是中国社会现代转型的国内历史语境；三是丰富活跃、多元共生的当代文艺现实语境；四是由中国古典文论、西方文论、马克思主义文论和五四以来中国文论交织而成的文论资源语境。前二者是中国新时期西方文论建设与发展的外因，同时也是推动这一建设与发展的深层动因；后二者是内因，同时也是西方文论建设和发展的外在形貌。各种因素复杂交融在一起，共同推动中国新时期西方文论建设与发展的历史进程，也构成了这一进程的千姿百态。这种前现代、现代和后现代，精英、主流和大众文化，古典文论、“五四”以后文论和外国文论传统等多种知识范式和文化话语杂糅并存、多元共生的社会文化生态，造成了“需要程度”的复合性、多维性和多元性。

任何西方文论话语在进入中国的复合语境后都必然会发生“变异”。因此，相应的研究必须强调“语境意识”，“语境意识”所针对的问题是“学者们依然是将生成于西方的理论言说视为放之四海皆准的东西，认为只要简单重复一下西方学者的观点就可以轻易地解决中国美学的各种问题，而忘记了任何话语行为都是生成于具体的语境之中的，语境的差异性与特殊性必然造成话语构成的差异性与特殊性”。[①] 具体到操作层面，“必须在中国本土的历史和当下环境中把西方的文化理论再语境化，防止它成为一种普遍主义的话语，从而掩盖真正的中国问题”。[②] “语境意识”包括对“大语境”和“小语境”的意识，在中国的西方文论建设中，前者指西方文论所出现的源语境和目标语境，对这两种语境的遗忘可能导致研究者忽视西方后现代性文论与中国现代性总体历史进程的“整体时空错位”；后者指理论的介绍运用者自身的具体处境和历史境遇，对这种语境的遗忘可能造成对批评者自身历史性的缺乏批判和反思。

就“大语境”而言，新时期中国正处在现代性展开阶段，“现代化”无疑是中国新时期大语境的最大特点。但 90 年代“流入”我国的西方文论大都是产生于西方后现代社会现实的后现代理论，这造成了中西方历史进程和理论进程的整体错位，也造成了引进中国的西方文论在其所指内涵上的含混和理论针对性上的模糊。这当然并不意味着不同历史阶段中产生的文艺理论就没有实际运用价值，因为“文论精神与时代精神，既有一致性，又有矛盾性。前者是指一个时代的文论精神受时代精神的制约，是时代精神的一种体现，后者是指文论精神对时代精神的有限背离和反叛。”[③]因此，必须从文论精神与时代精神的一致性与矛盾性中，发掘西方文论对于中国文艺学建设的意义和价值。就“小语境”而言，各个研究者的教育背景、社会身份、知识兴趣、价值取向都会造成研究者对具体小语境的建构，因此，处身于特定历史语境中的言说，是一种历史的具体言说，只是一个言说“事件”，而非放之四海皆准的普遍真理。对小语境的意识就是要将每一种西方文论话语“事件化”，将有关批评的所谓普遍真理“还原为一个个特殊的‘事件’，看成特定批评者在特定时期、出于特定需要与目的而从事的一个‘事件’，因此它必然与许多具体的社会历史条件存在内在关联”。[④] 揭示有关西方文论述说的“事件性”，才能达到对有关文学理论的“科学之所以成为科学的社会历史条件的反思”[⑤]。这样，才能构建当代西方文论研究话语平台，开拓话语空间，强化语境意识。

新时期以来的每一历史阶段，理论界对文论现实语境都在做多方面的探索界定。大体说来，历时地形成了三个阶段类型：一元化语境、多元化语境和全球化对话语境。

---

① 谭好哲：《语境意识与中国美学现代性问题研究》，《山东社会科学》2003 年第 6 期。

② 陶东风：《文化研究：西方话语与中国语境》，《文艺研究》1998 年第 3 期。

③ 杨从荣：《西方文论教学的当代性初探》，《重庆师院学报》1994 年第 3 期。

④ 张进：《批评工程论》，《文艺理论研究》2005 年第 1 期。

⑤ 布尔迪厄：《实践与反思——反思社会学引论》，中央编译出版社，1998 年，第 44 页。

## （一）一元化语境与西方文论

"一元化"语境，主要指新时期第一个十年的文化文论语境。在20世纪70年代末期，作为中国当代最具影响的精神潮流新启蒙主义，出现于中国的现代性追求进程中。一批以自由、民主为诉求的启蒙知识分子形成与以正统的马列主义为理论资源的所谓"老左派"知识分子相互较量并取得了话语权，进而配合党的新路线方针，为国家民族的现代化未来做出承诺，担当着实现现代性的文化目标，推动着中国社会摆脱"文革"专制主义文化结构禁锢的进程。大体说来，80年代的前期和中期的新时期文论，主要围绕着人的重新发现这一轴心，以空前的热忱，呼唤着人性、人道主义，呼唤着人的尊严和价值。这个轴心在文艺领域内转化为三种主要讨论："工具论和从属论"讨论、"人道主义与主体性"讨论和"方法论"讨论。其根本特征是"向内转"[①]，其关键是主体论、形式结构自足论、审美自主论。西方文论在此期的引进研究，其基本效果是"以现代批评方法取代了传统批评方法。现代批评方法本质上是对文学生产、作品结构、读者接受这一总体过程各环节的思维活动的评判"。[②]

在每一次讨论中，西方文论中的相应部分都被选择、引入、挪用和改写，使之满足和适应中国文论现实的需要。这些经过选择改写之后的西方文论观念方法，反过来又与中国的文论现实彼此推动，共同造就了中国文论"呼唤现代性"的总体局面。

1. 主体论与西方文论译介

主体论的理论阐发，与西方文论中相关思想的研究与阐发密切相关。其中主要的著作有李泽厚的康德美学思想研究[③]，康德学说使人们找到了阐发文学主体性的哲理基础；兰德曼的"哲学人类学"，强调人的"未完成性"和人的"自我完善"[④]，为国内的主体论学说找到了人类学的理论基础；皮亚杰的"发生认识论"[⑤]，这一学说为文学活动的主体能动性提供了心理学论证，以及文论由哲学认识论向

---

① 鲁枢元：《论新时期文学的"向内转"》，《文艺报》1986年10月18日。

② 王岳川：《文艺方法论与本体论研究在中国》，《广东社会科学》2003年第2期。

③ 李泽厚：《批判哲学的批判——康德述评》，人民出版社，1979年。

④ 兰德曼：《哲学人类学》，上海译文出版社，1988年。

⑤ 我国学术界对发生认识论的重视始于70年代末。起先关注其儿童心理学在教育学上的运用，1979年至1980年《教育研究》连续发表傅统先有关皮亚杰理论的三篇译介和评论文章，接着其《发生认识论》和《儿童心理学》等著作相继译出。该学说的基本模式对机械反映论的超越以及皮亚杰对认识活动中认知结构的动态中介性质的揭示。

审美认识论转换的理论依据；[①]马斯洛的人本主义心理学[②]；弗洛伊德的无意识理论；阿恩海姆的格式塔心理学，等等。这些学说尽管都不是纯粹的文学理论，但在西方文论中有广泛的运用，它们的译介，极大地推动了新时期文论对于主体性问题的思考。

2. 形式结构自足论与西方文论译介

在文学整体"向内转"过程中，80 年代中期理论思维的重点疏离了"外部关系"，而转向形式和结构。经济体制改革和市场化的推进所带来的知识分子社会角色的转换，是中国文论家弱化其意识形态职责而专注于纯形式探讨的社会原因。"同时对西方的某些学术思想的借鉴也为这一学术倾向的形成产生了理论催化作用"。[③] 在一段时间里，英美新批评[④]、俄国形式主义[⑤]、法国结构主义[⑥]等文艺学美学流派的理论著作，成为越来越多的中国当代文艺理论家和批评家案头的常备书。西方形式本体论的"形式即内容"、"形式自身即是目的"几乎成为中国 80 年代一种新的批评范式产生的直接诱导甚至逻辑前提。周宪将俄国形式主义的文学性、陌生化理论同新批评的本体论一并归入"文学'自足体'的封闭研究"，并对其作了公正的评价。[⑦] 这种概括道出了形式主义、新批评与结构主义的本质，也显示出这些西方理论的译介与国内文艺学语境之间的内在关联。

3. 文艺方法论与西方文论译介

中国文论界对主体的强调和对形式结构的重视，引起文论的"内转"，其矛头直指"工具论"和"从属论"，但在其深层，则对反映论文艺学提出挑战。有人认为："在 20 世纪 80 年代中期的思想解放浪潮中，学术界在思索拓展新的思维空间和学术

---

① 参见孙绍振《文学创作论》，春风文艺出版社，1987 年；劳承万：《审美中介论》，上海文艺出版社，1988 年。

② 马斯洛：《自我实现的人》，三联书店，1987 年。

③ 张婷婷：《中国 20 世纪文艺学学术史》(第四部)，上海文艺出版社，2001 年，第 233 页。

④ 艾略特：《传统与个人才能》，曹庸译，《外国文艺》1980 年第 3 期；布鲁克斯：《诡论语言》，董衡巽译，《文艺理论研究》1982 年第 1 期；韦勒克、沃伦：《文学理论》，刘象愚等译，三联书店，1984 年；《新批评文集》等都被翻译进来。杨周翰：《新批评的启示》，《国外文学》1981 年第 1 期；赵毅衡的《"新批评"——一种独特的形式主义文学理论》，《外国文学研究辑刊》第 5 辑，中国社会科学出版社，1982 年；张隆溪的《作品本体的崇拜——论英美新批评》，《读书》1983 年第 7 期等。

⑤ 方珊等译：《俄国形式论文论选》和托多罗夫编选、蔡鸿滨译《俄苏形式主义文论选》是其中的代表作品。

⑥ 布洛克曼：《结构主义》，李幼蒸译，商务印书馆，1980 年；皮亚杰：《结构主义》，倪连生译，商务印书馆，1984 年；巴尔特：《符号学美学》，董学文等译，辽宁人民出版社，1987 年；列维-斯特劳斯：《野性的思维》，李幼蒸译，商务印书馆，1987 年；特伦斯·霍克斯：《结构主义和符号学》，瞿铁鹏译，上海译文出版社，1987 年等等。另外，袁可嘉、李幼蒸、张隆溪等人的有深度的研究论文，季红真、林兴宅等人的运用文章也都涌现出来。

⑦ 周宪：《现代西方文学研究的几种倾向》，《文艺研究》1984 年第 5 期。

新维度的深层问题，但在人文科学长期僵化思想压抑中，已然无法寻绎到新的思想资源和思考角度催生新的思想，也无力从人文体系中产生新思维的平台。于是以‘科学’的名义，寻找人文科学转型的地基，成为时代的内在焦虑和要求。并进而在科学方法论中，获得人文科学学术思想转型的可能性。”[①]在讨论中，自然科学方法中的“旧三论”即信息论、系统论和控制论，以及“新三论”即协同论、耗散结构论、突变论，进一步向人文科学的方法延展。在这次讨论中，仅 80 年代形成的专著就有三十余部。虽然这些方法在运用上存在显而易见的问题，诸如忽视文学审美性，缺乏各种方法之间的互补，缺乏针对具体作品的有力分析等等，但仅就其展示的文艺研究的巨大方法空间来说，即对传统反映论的文艺学提出了严峻的挑战。从表面上看是“科学主义与人本主义的对抗”[②]，其实质是科学主义和人本主义对反映论文艺学的“合围”。文艺方法的独立品格得到了全方位的展示，客观上向人们昭示一个道理，即“反映论”不仅在人文学科中不具有唯一性，即使在自然科学中，也仅仅是方法之一。在这次合围之后，“反映论”被迫退居后台。反映论文艺学受到全面反思和审理，寻求文学的“审美特征”成为新的理论诉求。[③] 西方文论的各种理论都加入进中国文艺学建设的合唱，客观上也使得中国文论格局发生了根本变化，从而初步形成了一种“多元化”的局面，“一元化”的语境也宣告结束。

“主体”、“形式”和“审美”，这些在新时期第一个十年光华四射的字眼，从表面上看，似乎都指向文学的“自律和自主”，其真正实现的功能却有待分析。强调作家艺术的精神自主性、自律性，以及天才、灵感等个体性因素在创作中的绝对重要性（它主要来源于浪漫主义的作家论和创作论）和强调“内部研究”的俄国形式主义、新批评和结构主义，共同构成了自律论文艺学的两个分支。文学的自主性实际上就是自主的文学场域及其游戏规则的建立。文学场域的独立是一个结构性现象。因此，可以说，80 年代的自主性文艺学并未改变其总体文论语境的一元化的本质，而正是这种一元化的本质选择和挪用着当时的西方文论资源。

总之，在新时期的第一个十年，中国语境呈现出一元化的局面：在社会形态方面，现代性、前现代性和后现代性之间的分野尚不明显，“现代性追求”在批判前现代的同时吸纳和整合了后现代因素；在文化领域内主流文化、精英文化和大众文化之间并未形成分立局面，大众文化尚不发达，精英文化则更多地配合主流文化的主导取向；在文艺文论领域，马克思主义文论、“五四”以来文论、中国传统文论和西方文论之间尚未分离，后二者被整合到以马克思主义文论为主要价值取向的文论流程之中，共同构成一个相对单一完整的文论语境，主要以摆脱工具论和从属论为旨

① 王岳川：《文艺方法论与本体论研究在中国》，《广东社会科学》2003 年第 2 期。

② 张婷婷：《中国 20 世纪文艺学学术史》（第四部），上海文艺出版社，2001 年，第 71 页。

③ 童庆炳：《文学的格式塔和审美本质》，《文学审美特征论》，华中师范大学出版社，2000 年。

归。这个文论语境制约着西方文论的选择、译介和运用。此期，在众多的西方文论流派和观点中，中国的西方文论研究者重点选择、译介和挪用了与此语境相类似者、此语境所需者和为此语境服务者；同时，经过选择而进入中国的相关文论，也对中国语境进行了充分的合法化。

## （二）多样性语境与西方文论

从客观效果上说，1985 年前后的文艺方法论大讨论，是一把双刃剑：它既完成了对单一性语境的合围，也使单一性语境向多样性转变。此时，随着中国改革开放的推进和市场经济体制逐步确立，在 20 世纪 80 年代后期和 90 年代初期，知识界也在连续发生分裂。启蒙知识界也发生了分裂，先后形成了“新权威主义”和“民族主义”等。① 在文论语境中精英、主流和大众文论分化独立，大众文化日益壮大；中国传统文论、马克思主义文论、“五四”以来文论和西方文论之间的分立形势日益浮出水面。中国语境出现了多样化取向，与之联袂而行的是西方文论中各种理论，尤其是以多样性为特征的后现代文论与多样性的中国语境相适应而纷纷涌入，使在中国的西方文论也出现了多样化的倾向。

中国新时期文化语境的多样性，包括历时性和共时性两个方面。历时性的多样并存，指“各种不同历史阶段的文化要素，在当前的文化结构中集合互动。简单地说，就是中国当代文化中同时并存着传统的现代的甚至后现代的诸种要素”。共时的多样并存，“是表征当代中国文化中，共时地存在着不同亚文化”，②多样并不是简单的相加，也不是机械的整合。从总体上说，中国当前的文化结构已经具备了相当程度的现代特征。正是基于这样的估价，我们在讨论中国文化的当前变化时，既要注意到采取一种现代视野，又不能忘却对传统和后现代问题的关注；既要注意文化内部多样的各种力量之间的此消彼长，又不能忽略整体的把握和评价。值得强调的是，历时性方面的多样性与共时性方面的多样性是复合交叠在一起的。

在文学研究中，王宁较早将 90 年代的语境定义为“多元共生的时代”，并以之命名自己的著作，认为该书名“标志着我国的文学研究目的在于走向中西理论学术对话，但这种对话在目前仅仅是一个开始”③。他所指的是西方后现代文论状况，而巧合的是中国新时期第二个十年引进的主要是西方这个阶段的文论。

王一川则从“语调”这一特殊视角发现，中国 80 年代的文艺有其单纯而整一的语调——高雅而不失其大众化，悲剧主调配以正剧或喜剧伴奏，既启蒙又呼唤改

① 公羊主编：《思潮：中国“新左派”及其影响》，中国社会科学出版社，2003 年，第 3 页。

② 周宪：《中国当代审美文化研究》，北京大学出版社，1997 年，第 60 页。

③ 王宁：《多元共生的时代：二十世纪西方文学比较研究》，北京大学出版社，1993 年，第 335 页。

革。"然而从80年代后期起,尤其是进入90年代以来,这种单纯和整一语调已经变得支离破碎,取而代之,我们发现自己置身于庞杂、异质和难以归一的多种话语并存的'混杂'场面中。难道说我们已进入杂语的时代?"①他用"杂语"指如下话语格局:多种异质话语并存,相互争鸣,没有固定的中心与边缘、主调与副调之分,也缺乏普遍有效的共通游戏规则。这相当于众声喧哗或多音齐鸣。杂语就是杂乱无序的多语争鸣格局。

结合中国新时期西方文论的状况看,这一点就更为明显。中国新时期的西方文论,逐步呈现出多方面的"多样性"。伴随着文学创作的日益拓展与国外各种批评思潮的不断引入,西方文论界一个世纪以来的多重反复,都对中国新时期文论的流变形成了投射,注重文本内部结构的研究方法和一系列既近似又有别于传统社会历史分析的文化批评方法也在影响着中国文论的"现生态"。"文化分析"、"文化阐释"、"文化诗学"、"文艺文化学"、"文学人类学"等一系列概念、方法的运作,使得近年来的文化研究呈多层面展开的态势。当前人们越来越多地从多种文化语境角度对文学进行比照和阐释。② 有人认为,批评的多样性构成了新的文论观念兴起的语境,"从古希腊时代起西方文论就有很浓的文化互渗倾向,经历了'文化——文学——文化'的轮回历史过程。现代'文化诗学'是在社会科技知识理性化和批评多样化的新背景下形成的,文学批评更多地关注社会的政治意识形态、经济运行机制和民间生态文化等问题,具有更强的文化批判性和思想沉思能力。"③其实,新时期中国文艺的"杂语"格局,一定程度上对应着西方文论的"多样性"格局,甚至有人提出,多样性是"克服文学理论危机的最佳选择"。④ 20世纪西方文论发展呈循环态运动轨迹,并在世纪末呈现出从"单一"向"多样"发展的趋势。多样互补文学批评模式在中国具有可行性和必要性,这一批评范式具有重要的理论和实践意义。⑤有人认为,中国20世纪文艺学学术史,其一头一尾最繁荣的两个时段的另一个重要的特点,是多样性。这两个时段的文艺学,学说迭起,思潮并生,呈现空前的多样化景象,文艺学因此而得到比较充分的发展。⑥ 总之,人们从多方面论证了多样化语境的出现及其合法性。

1. 文论资源的多元性

尽管中国文论的建设面临着对诸多文论资源的选择和整合,其中理所当然地

---

① 王一川:《杂语的时代?》,《文学自由谈》,1994年第1期。

② 李凤亮:《多元文化境下的理论探讨与批评实践——"文学与文化"学术研讨暨〈文学评论〉组稿会综述》,《暨南学报》,1998年第3期。

③ 黎风:《批评的多元化与"文化诗学"》,《四川师范大学学报》2003年第3期。

④ 黄应全:《多元化:克服文学理论危机的最佳选择》,《浙江社会科学》2002年第1期。

⑤ 孙胜忠:《20世纪西方文论演变的循环态和文学批评多元互补论》,《外国语》2004年第3期。

⑥ 杜书瀛、钱竞:《中国20世纪文艺学学术史·全书总序》,上海文艺出版社,2001年。

包括西方文论资源，但是，中国理论界真正切实地强调西方文论资源的重要性，却主要是新时期第二个十年以来的事。随着第一个十年西方文论的密集涌入，西方文论以一种独立的样式赫然出现，作为一枝独秀的“前苏联模式”才受到真正的挑战。关于文论资源现实的多元性及这些要素之间的关系，理论界有不同的概括。最流行的说法是“三要素论”。其中又有两种，一种是“中、西、马”的概括，王一川谓之“三方会谈”，即中国传统文论、西方文论和马克思主义文论。① 与之相似的另一种表述是中国古代文论、中国20世纪文论和现代西方文论。其实，两种概括之间存在的主要差别在于：前者未单独列出“中国20世纪文论”或“‘五四’以来中国文论”；后者未单独列出“马克思主义文论”。这样的概括也都在新时期的第二个十年才出现，在此之前，尽管研究者已经大量引进并初步运用了西方文论，但都未上升到“多样性”的高度来对待它。有论者指出，重建中国文论话语面对三种传统的选择：中国古代文论、中国20世纪文论、现代西方文论。中国古代文论在魏晋时期的典型语境中生成人格与人品的贯通、求体悟少分析、规范化、繁琐化的特点。随着语境缺失、知识型转换，其价值观与当代文学格格不入。20世纪中国文论在“救亡”语境中由对俄国文学及苏联文论的两度误读而形成“政治——社会批评”范式，此语境遭到解构，范式无法固守，导致“失语”。现代西方文论大量进入中国，是基于语境的交叉，并在方法论意义上为中国的批评话语提供了“快捷方式”，但我们并未被其话语权力征服，我们应主动与其对话。② 值得注意，这种概括单列的“现代西方文论”缩小了“西方文论”的范围，也不完全符合西方现代以前文论在中国大量存在的事实。

鉴于中国当代文论资源的中国马克思主义文论和“五四”以来中国文论的各自的特殊性和复杂性，也可以将这两个分支单独列出，变成“四要素论”，从而构成一种“四方会谈”语境，③即中国传统文论、中国“五四”以来文论、马克思主义文论和西方文论之间的“四方会谈”。当然，“四要素论”也有其问题，诸如，“五四”以来文论与马克思主义文论在中国如何区分，“前苏联体系”应归属于哪个要素，等等。无论如何，新时期第二个十年，西方文论作为多样化中的一种模式被确立起来。这是中国新时期西方文论建设的重要理论成就之一。

2. 西方文论的多元性

客观地说，“西方文论”自身是一个多元性的动态存在。首先是在全球化背景下“欧洲中心论”基础上的“欧洲文论共同体”开始分崩离析；其次是在多元文化经

---

① 参见钱中文《文学理论的现代性问题》，《文学评论》1999年第2期。钱中文：《再谈文学理论现代性问题》，《文艺研究》1999年第3期。

② 王志耕：《话语重建与传统选择》，《文学评论》1998年第4期。

③ 邹强：《对建构有中国特色文学理论的几点思考》，《山东师范大学学报》2002年第6期。

济的冲击下，边缘地带和边缘国家的文论开始彰显“世界性因素”，也为世界文论贡献一份力量，并在“和实生物”的基础上呈现出“差异共存”的多元文化之美。[①] 在中国新时期的西方文论，并不是铁板一块，而是呈现出多方面的“多元性”，这一点在新时期的第二个十年才充分表现出来。这种“多元性”的西方文论立体交叠地“植入”中国语境并与中国语境中的各种要素相结合，使中国语境中的西方文论呈现出更为复杂的多元化局面。

中国新时期语境中的西方文论的多元性，主要表现为如下两个方面：一是历时多元性。在中国新时期的西方文论，有前现代的、现代的和后现代的。由于西方文论自身也是一个动态存在，各有自身的生成语境和社会历史依据，其兴趣焦点也处在不断的“转向”之中。在近代以来，它依次发生过“认识论转向”、“语言论转向”和“历史文化转向”[②]。尽管西方文论作为整体，在中国新时期文论建设中保持一种强势切入的整体态势，但其中各个分支之间是并不平衡的。在新时期第一个十年，我们主要引进了西方现代性理论，但也在同时从事着西方前现代文论的研究，也有后现代文论的引进介绍，如詹姆逊在北京大学的有关后现代主义的讲演。[③] 在第二个十年，我们引进研究的重点转向后现代文论，但同时也在继续深化现代性文论的研究。

二是共时多元性。由于中国语境中主流、精英和大众文化的多元分立，与之相适应的西方文论理论方法进入中国以后也形成了一种多元分立态势。由于解构精英立场和主流控制的后现代文论与大众文化之间的亲缘性，有关大众文化的文论资料的介绍研究成为新的焦点。进入中国的西方文论，从国别分布上看，有英美传统的、德法传统的、苏俄传统的和日本传统的，这些文论传统在强调重点和思考角度上都有差异，值得认真清理和研究。从一定程度上说，此期多元化西方文论构成中，“苏联模式”是一个被“清算”的对象，但值得注意的是，“苏联模式”的构成十分复杂。有人将 20 世纪俄罗斯文学理论与批评从宏观角度概括为：两大板块，指国内板块、国外板块。[④] 而中国新时期的所谓“前苏联体系”，其“核心问题，主要体现在文学本质的阐释上，它的出发点是哲学认识论，即把文学视为一种认识、意识形态，把文学的根本功能首先界定为认识作用，依次推下去为教育作用，再转而引申为阶级斗争教育、阶级斗争工具，为无产阶级政治服务，文学自身最具有本质性的审美特性，反而被视为从属性的东西。这一理论体系的关键词主要有：认识、形象、

① 宁嫒、方文龙：《全球化背景下观照西方文论的新视角》，《景德镇高专学报》2003 年第 3 期。

② 王一川：《走向修辞论美学——90 年代中国美学的修辞论转向》，《天津社会科学》1994 年第 3 期。

③ 杰姆逊：《后现代主义与文化理论》，唐小兵译，陕西师范大学出版社，1987 年。以后，北京大学出版社又两次重版该书。该书是杰姆逊 1985 年秋冬之季在北京大学的讲演稿。

④ 张杰、汪介之：《20 世纪俄罗斯文学批评史》，译林出版社，2000 年。

典型、意识形态、基础与上层建筑、阶级斗争与阶级性、党性、人民性、社会主义现实主义创作方法”。[①] 80年代以后，我国文学理论在各种论争中一直在批判、清算教条主义、庸俗社会学，自然也包括这种“前苏联体系”。但不少学者对马克思主义观念进行反思，摆脱了教条主义的束缚，采取较为实事求是的科学分析态度，强调文学现象的丰富性、具体性、多样性、开放性。可以说，这次清算活动进一步促进了中国的西方文论在国别分布上的多元性。

中国新时期西方文论在共时性的多元性，从“文化中国”视野看，有中国大陆的、港台的和海外华人的。[②] 这些研究都已形成自己的传统和特色，在进行中国新时期西方文论建设中具有不同的参考价值和应用价值，应该做深入的分析。就拿香港的西方文论研究来说，它表现出独特的处于中西文化之间的“中间性”特色。主要表现为：注重当代大众传媒的宏观文化和微观文化分析，强调后现代后殖民主义的不可忽略性，关注当代最新理论范畴及其阐释理论框架，对当下文化精神走向加以把握，同时注重从宗教神学角度看后现代后殖民主义问题，并从各种不同角度进行香港文化身份和个体价值选择的深层对话。[③] 而台湾的西方文论研究，“具有与大陆文论不同的呈海洋文化开放性的独异风貌”[④]。这些西方文论的研究运用，都是新时期中国文论建设的重要内容，我们要以包容的心态，将这些研究全部纳入视野。

## （三）全球对话性语境与西方文论

新时期的第二个十年，中国的文论语境以“多元性”为其主要特色，与之相适应的西方文论进入中国，形成了中国的西方文论的多元化局面。研究者对各种西方文论进行了较之第一阶段更为“学术化”的研究，结合西方语境对其进行了系统考察，几乎每一种当时已有的西方文论流派方法都在中国有了译介。但是，紧接着出现的问题是，西方文论在中国语境中与其他文论资源如何关联的问题。我们所引进的各种西方文论话语，其范式和取向各不相同，它们如何成为新的历史阶段中国文论建设的构成力量呢？

到目前为止，有关中国当前语境比较趋同的概括为：“多元对话语境。”[⑤]这一

① 钱中文：《文学理论反思与“前苏联体系”问题》，《文学评论》2005年第1期。

② “文化中国”是杜维明等提出的概念，指的不是从政治角度而是从文论角度所理解的“中国”，它包括的范围要大于政治意义上的“中国”。

③ 王岳川：《后现代后殖民主义在中国》，首都师范大学出版社，2002年，第211页。

④ 古远清：《两岸三地文论 另一道风景线》，《湖北经济学院学报》2003年第2期。

⑤ 2004年在中国人民大学召开的“中国中外文艺理论学会”第三届代表会议，会议主题为“多元对话语境中的中国文论建构”，将当时的语境描述为“多元对话语境”。

概括追求的是“多元性”与“对话性”的统一。前者指语境构成要素的多样性和复杂性;后者指语境中各因素之间关系上的互动性和共生性。在新时期的第三个十年,人们对“对话性”更为重视。金元浦指出,我国当代诗学经过二十余年对西方文学理论的引进、选择、删汰,已经形成了众声喧哗、百家争鸣的多元共生的总体格局。范式多样,话语丛集,原先西方的几十种文学理论话语经过当代中国人改造、融合和重建,已经在当代文学理论与当代中国文化的研究中发挥着重要影响。除了先前的意识形态—政治批评、社会—历史—审美理论话语外,心理—精神分析、人类学—原型—神话理论话语、审美—形式主义理论话语、结构叙事学理论话语、解释—接受反应理论话语、后现代后殖民理论话语,以及女性主义、新历史主义文化诗学与“文化研究”等众多的理论话语,在比较文学与比较文化中都已广泛运用。这些文学理论的范式和话语有各自的概念体系、核心范畴、方法论要求和逻辑运用程序,而且还在运用于中国批评实践过程中创造性地建立了经典范例,并逐渐赢得了日益广泛的批评共同体。“多元共生是文学文化发展的本然状态。它既对应于文学文化构成的多向度、多层面、交叉性和复合性,又开启了文学创造的多样性和阅读阐释的无限可能性。”①

在对“中国语境”的理解上,应该破除“非此即彼”的思维方式,提倡“亦此亦彼”的思维方式。杜维明指出:“以前有一种思考问题的方式叫作‘非此即彼’(either/or),这与西方笛卡儿以后那种排斥性的二元思维有关。按照这种思维,如果是心就不是身,如果是灵就不是肉,如果是神圣就不是凡俗,如果是创造者就不是创造物,如果是物质的就不是精神的。这种二分法的思考模式肯定过时了,现在新的思考方式是‘亦此亦彼’(both/and)。因为现在已进入网络思维,而不是线性思维;不是简单思维,而是复杂思维。”②按照这种思维方式,内与外、本与末、上与下、先与后、深与浅等这些二分不是排斥性的,而是变动不居,互动互依的。

以这种思维方式来审视,新时期中国的文论多元性资源共同构成了一个语境多元之间的关系即是“对话性”。这是新时期文学理论研究已经形成的共识。具体说来,在中国语境中,无论是现代性话语、前现代性话语,还是后现代性话语,无论是中国传统文论、“五四”以来中国文论,还是西方文论和马克思主义文论,无论英美文论话语、德法文论话语,还是苏俄文论话语,无论是中国大陆的西方文论话语、港台的西方文论话语,还是海外汉学的西方文论话语,尽管其间可能存在着巨大的差异,但其间都是一种“你中有我、我中有你”的“话语关系”,话语关系在本质上具有“对话性”。

---

① 金元浦:《“间性”的凸现》,中国大百科全书出版社,2002年,第3页。

② 杜维明:《对话与创新》,广西师范大学出版社,2005年,第36页。

新时期文学多范式、多话语共生的众声喧哗和多学科、多民族、多文化交往的时空交融现实，迫切需要相互间的交流和沟通、理解与融合。90年代中期以来，新时期文学从多范式多话语的共生共存状态进入复调式多声部全面对话的阶段，对话主义的历史性出场已经成为理论界的共识。"对话交往包含着主体间、学科间、文化间、民族间互相作用、互相否定、互相协调、互相交流的间性。"[①]建设并进入合理的对话交往语境，关注并寻找文学的"间性"——文本间性、主体间性、文学与不同学科间的学科间性、后殖民时代的文学的民族间性、各种不同文化之间的文化间性——就成为文学研究的根本指向。

## （四）语境变迁与西方文论问题

中国新时期的语境变迁，总体上是一个"多元性"和"对话性"不断加强的历程。在新时期的第一个阶段，主流文化、精英文化和大众文论之间的分野并不明显；主流文化与精英文化相互协调，共同主导着中国的文化格局；中国"五四"以来文论、马克思主义文论、西方文论和中国传统文论之间的界限并不清晰，其间的冲突性并不突出，前二者居于主导地位。在第二阶段，主流文化、精英文化和大众文化日益分离，鼎足而三，其间对立与冲突加剧；中国"五四"以来文论、马克思主义文论、西方文论和中国传统文论之间的对立、冲突和争辩明显增多，四方分立的格局全面形成。在第三阶段，主流文化、精英文化与大众文化，中国"五四"以来文论、马克思主义文论、中国传统文论和西方文论之间"多元共生"、"间性对话"，人们在接受多元共生格局基础上，寻求多元互证和对话共生，通过发掘间性而进行文化建设。特别是随着"后殖民主义"和"全球化"理论在中国的"播撒"，随着中国学术界对后现代理论的审理与反思，人们日益认识到语境中这些不同方面的不同的影响力和制约力，对语境的选择和强调具有更大的自觉性，对"本土化"的追求更加自觉。

在这种语境中，西方文论进入中国的如下几方面的"错位"和"误读"引起了特别关注，并有可能获得更加理性的解释。

一是时代错位与同步问题。西方当代文论的更迭演变，经历了"现代"、"后现代"和"后现代之后"等三个阶段。各种"鱼贯式"出现的西方文论"雁行式"涌入中国，尽管这种"雁行式"依然大致遵循着"鱼贯式"的基本顺序。这种情况导源于"全球化的世界图景"与"现代化转型的国内图景"之间的整体社会历史"错位"。这是语境制约西方文论的中国之"在"的必然结果，尽管它是以无意识的形式表现出来的。这是新时期中国文艺学发展留下的可贵资料，其中包含着中西方文论交流的

---

① 金元浦：《"间性"的凸现》，中国大百科全书出版社，2002年，第7页。

一些规律性的内容，而并不是我们藉以责怪前人的口实。很明显，“当英美新批评和结构主义等在西方已成为明日黄花时，我们却正把它们炒得火热；当西方文化和文学批评已进入后现代主义时期，我们还在争论中国有无现代主义；而当我们引进西方后现代主义思潮时，西方则又进入了‘后现代主义之后’了。这表明西方当代批评的引进在新时期的前十年还存在着滞后现象。”[①]这是一种“富有包孕性的错位”，告诉人们隔绝中西交流的历史代价。

二是文论重点的交错与误读。20 世纪以来的西方文论，其重点经历了“非理性转向”、“语言论转向”和“文化转向”等几个阶段。在 70 年代末 80 年代初，正是西方文论普遍的“文化转向”时期。但国内此期的文论引进却专注于前两个转向中的文论；而且，为了适应国内的需要，对其各种学说做了“有意”或“无意”的误读。这种现象的根源也应从语境方面去寻求。比如英美新批评在中国。有论者指出，一定的话语总是在一定的语境中才具有其确定的语义内涵和语义功能。随着语境的转换，西方文论必然产生“话语变异”，它的语义内涵和话语功能有的得以保存，有的却被扩张、压缩或者替换。因而，汉语经验中的西方文论可能产生其原来根本不具备的内涵与功能。“韦勒克文学‘内部研究’概念，在汉语语境中产生了话语变异。这提醒我们对“西方文论中国化”问题的研究不能简单化，而应该将其放在具体的汉语语境中仔细辨析其话语变异的情况。[②]

三是具体批评流派介绍上的滞后与观点转移。以“后殖民主义”在中国为例，后殖民主义正式出现在 1978 年，以《东方学》在西方的出版为起点。但在当时及随后十年，中国正在着力进行文学独立于政治的运动，强调的是文艺的“形式自足”和“审美自主”等问题，因此此说未得到引进介绍。该学说所强调的政治化、历史化的研究方法也在随后近十年之内未得其宜。进入 90 年代，理论思考的重点转向形式文本之外，此说才得以流行开来。

总之，我们所说的汉语语境中的西方文论，比较正常的语境是一种“多元对话”的解释学意义上的“域”，正是在此“域”中，西方文论与中国新时期文艺学之间的交流才得以发生。从阐释学意义上把握“语境”的复杂性，才能为西方文论在中国的状况做出更有价值的研究。

---

① 陈厚诚、王宁主编：《西方当代文学批评在中国》，百花文艺出版社，2000 年，第 9—10 页。

② 支宇、罗淑珍：《西方文论在汉语经验中的话语变异——关于韦勒克“内部研究”的辨析》，《外国文学研究》2001 年第 4 期。

## 第四节
## 新时期西方文论的存在形式及教材建设

新时期以来，随着信息技术的发展和国际文化交流方式的拓宽，中国语境中西方文论的存在方式与层次都发生了多样化和多维化的变化。到目前为止，至少有如下五种存在方式与层次：

### （一）存在方式与层次分析

一是西方文论的译著译文。以这种方式存在的西方文论新时期以前在范围、种类和数量上都相对较少，伍蠡甫先生主编的"文选"，[①]同时还有《古典文艺理论译丛》、《现代英美资产阶级文艺理论文选》、《西方现代资产阶段哲学论著选辑》和《世界文学》等刊物所涉及的西方文论，也包括柏拉图《文艺对话录》、亚里士多德《诗学》、贺拉斯《诗艺》和布瓦洛《诗的艺术》等译本。新时期以来我们在这方面的成就明显，出现了范围广大、种类繁多、数量巨大的局面；同时，在翻译引进方面的"滞后现象"一定程度上得到克服，"同步化"大大加强。比如，我们翻译引进韦勒克、沃伦《文学理论》（英文第一版 1948 年，中文译本初版 1984 年，2005 年江苏教育出版社又修订出版）相隔三十多年；翻译引进伊格尔顿《文学理论导论》（英文版 1983 年，中译本 1986 年）相隔 3 年；翻译引进卡勒《当代学术入门：文学理论》（英文版 1997 年，中译本 1998 年）相隔仅仅 1 年，基本达到了同步化。当然，汉语语境中的此类西方文论是最基本的存在方式，也是基础性的，此方面的工作将是长期而艰巨的。而且，截止目前西方文论翻译引进中存在的问题尚未得到系统清理，前文所指出的翻译错误、多种汉译本所造成的资源浪费等也都未得到深入审理。

二是西方文论原著原典的影印和翻印版。这类著作在新时期前期和之前非常少见，最近几年，由于国际出版界跨国交流合作的加强和中国人英文水平的普遍提高所造成的英文阅读需求的增加，西方文论以这种方式进入中国语境的越来越多。[②] 这类著作是西方文论"在"中国的新形式，其意义自不可小视。外语教学与研究出版社与国外出版社合作出版的"英美文学文库·总序"就很有眼光，现在已经出版了十余种重要的英文版的理论与文学研究图书。另外还有与这种形式相似

---

① 伍蠡甫主编：《西方文论选》（上、下），上海新文艺出版社，1963 年，此书后来多次再版。

② 外语教学与研究出版社和牛津大学出版社合作的"英美文学文库"（2004）包括了伊格尔顿、艾布拉姆斯、塞尔登等人的重要文论著作；高等教育出版社和培生教育出版集团合作影印出版 Charles E. Bressler 的《文学批评》（原版 2003），北京大学出版社出版的"西学影印丛书"和"培文书系"都大量涉及西方文论著作。

者，是中国学者编选的以英文为载体的西方文论著作，如朱刚《二十世纪西方文艺批评理论》，该书系用英文写作的西方文论教材，每章附有“研究问题”和“进一步阅读材料目录”；[①]张中载、王逢振、赵国新编《二十世纪西方文论选读》，该书按西方文论流派选编了其重要论文，每章附有汉语“导读”和“注释”。[②] 这些尝试，使得西方文论进入中国本土，将“本土化”的历史使命扩大到全体读者，使之本土化的方式更加多样化，本土化的主体更加多层次化，这些都是值得肯定的。但这只是本土化的开始，更多的工作还有待我们在实践中进一步探索。

三是西方文论方面的代表人物来到中国的大学和科研机构做学术讲座[③]、短期访问[④]、参加学术会议并发表论著，等等。这种方式一般是西方文论的代表人物以“文论传教士身份”将自己的或自己深入研究的相关西方文论观点“带入”中国语境，这是西方学人的“学术之旅”。由于当前传播渠道多，信息交流便捷，所以这些人与以前的“传教士”不同，可能迅速使自己时尚化、明星化，受到追捧，由于各种媒体对这些人大力报导，可能引起国内其他非专业人士对西方文论的兴趣和热情，为西方文论在中国的普及起到了推动作用，但其负面意义也在这里，即这些行为带入的西方文论缺乏系统、深度不够、流于时尚，也难免误读。以米勒为例，诚如研究者所指出的：“1988 年，J. 希利斯·米勒教授第一次来中国，出席美国科学院与中国社会科学院联合举办的学术活动，他是文学方面的唯一代表，并作了发言。1994 年米勒第二次来中国，随后是 1997 年。2000 年、2001 年、2003 年他频频来华，2004 年的来访日程在 2003 年的造访中又早已被安排停当。越来越多的人亲临米勒演讲的现场，听到米勒教授的演讲。然而，一方面米勒在中国产生了显著的影响，另一方面，米勒在中国的接受，误读与缩水也都在发生。”“中国学界在接受米勒时只强调他的理论建树，而米勒的另一半，在英美文学及欧洲文学研究方面的卓越建树，却遭到忽略。即使是理论层面的接受，也出现了偏颇。”

四是国人的西方文论史论及专题研究。这类著作在新时期之前的五六十年代

---

① 朱刚：《二十世纪西方文艺批评理论》，上海外语教育出版社，2001 年。

② 张中载、王逢振、赵国新编：《二十世纪西方文论选读》，外语教学与研究出版社，2002 年。

③ 北京大学等机构从 80 年代中期开始组织的外籍专家讲座系列，其讲稿后来由北大出版社出版，名为“北大学术讲演丛书”，其中尤以詹姆逊、浦安迪等人讲演引起的反响巨大。而且詹姆逊的讲演“后现代主义与文化理论”很快即由陕西师范大学出版社出版(1987)，这部著作 90 年代以来受到中国学界格外的青睐，拥有极高的引用率，甚至在国内出现了像王逢振这样的专门研究者，这为其进入中国本土奠定了坚实的基础。

④ 著名的解构主义大师德里达、法兰克福学派的重要代表哈贝马斯、法国解释学家保罗·利科尔等人，都通过在中国的短期访问推动了其文论观点在中国的接受和流行。由于这些人特殊而显赫的学术地位及其明星效应，引起中国多种媒体的广泛关注，有将其文论观点“时尚化”的倾向，但也不妨有“面对面”的思想交锋带给中国学者的启发。比如王岳川通过与德里达的对话发现“他的回答事实上同他原著中对‘解构’的摧毁性和批判性解释有了差距，说明德里达立场滑动的回答具有某种话语策略。他希望的是哲学在世界范围内建立新的‘人类性’观念”。(王岳川：《发现东方·序言》，北京图书馆出版社，2003 年)

数量极为有限，仅有朱光潜先生的“史论”[①]和伍蠡甫先生主编的“文选”中对所选论著及其作者的简要评论。[②] 新时期以来，不仅这些已有著述得以多次重版，新撰论著大大增加，出现了数十部西方文论史论专著，也涌现出数以百计的西方文论专题研究著作。[③] 在专题研究中，目前已有一批文艺学专业和比较文学与世界文学专业的博士生撰写的数十篇西方文论专题研究的博士学位论文。这部分博士生研究西方文论，大都中外文水平较高，知识结构比较合理，选题具体而有一定前沿性，研究比较深入而具系统性。他们中的一部分已经成为西方文论研究方面的生力军。目前的问题是这些论文大部分尚未出版，尽管其成果的电子文本已被中国国家图书馆、北京大学图书馆收藏并可以通过网络检索，但其流通和产生影响的渠道毕竟有限，其中的西方文论本土化的进程也相对较慢，论文中所可能存在的问题尚无法通过“社会化”的过程得到修正。这也是西方文论本土化和中国化过程中亟待解决的问题。

五是比较文学研究中所涉及的西方文论研究，其中尤以“比较诗学”涉及的为多。比较文学在中国的复兴和发展，亦拓宽了西方文论资源建设与出版的新视野。在新时期之前，大陆的比较文学发展缓慢，尽管有钱锺书的《谈艺录》等重要论著。新时期之初，钱锺书先生的《管锥编》出版，随后，曹顺庆《中西比较诗学》、《中外文论比较史》、黄约眠、童庆炳主编《中西比较诗学体系》、饶芃子等人的《中西比较文艺学》、陈跃红《比较诗学导论》、余虹《中国文论与西方诗学》、潘知常《中西比较美学论稿》、陈厚诚、王宁主编《西方当代文学批评在中国》、殷国明《20世纪中西文艺理论交流史》、牛宏宝等《汉语语境中的西方美学》、周发祥《西方文论与中国文学》、刘禾《语际书写》、周发祥、李岫《中外文学交流史》、李岫、秦林芳主编《二十世纪中外文学交流史》、王岳川《后现代后殖民主义在中国》、陈晓明、杨鹏《结构主义后结构主义在中国》、季进《钱锺书与现代西学》、王攸欣《选择·接受与疏离——王国维接受叔本华、朱光潜接受克罗齐美学比较研究》等一大批关涉西方文论领域的著作问世。这类著作的大量出现，强化了中西文论的交流与对话，拓宽了西方文论在中国的存在方式，加速了其中国化本土化的进程。当然其中也还存在着这样那样的问题，比如，大多采用了“援西释中”的方式，一定程度上，“我们仍处在西方文论独

① 朱光潜：《西方美学史》（上、下），人民文学出版社，1963 年。

② 伍蠡甫主编：《西方文论选》（上、下），上海新文艺出版社，1963 年。

③ 如盛宁：《20 世纪美国文论》，北京大学出版社，1994 年；《西方后现代主义思潮批判》，北京三联书店，1997 年；郭宏安、章国锋、王逢振：《20 世纪西方文论研究》，中国社会科学出版社，1997 年；王岳川主编：《20 世纪西方文论研究丛书》，山东教育出版社，1998 年；程锡麟、王小路：《当代美国小说理论》，外语教学与研究出版社，2001 年等等。

霸话语权的阴影之下”。[①]

## （二）西方文论教材现象解析

教材往往是一个时代相关知识系统的积淀，其中的知识或许赶不上学术论著的前沿性和新颖性，但往往具有更大的权威性和普及性。高校相关教材既是西方文论本土化和中国化的重要阵地与指标，也是西方文论在中国的寄身处。

有研究指出，新时期西方文论教材，“大体分为三大体系和两个系统。在体系上，包括西方文论选本、西方文论史和西方文论专题研究；就系统而言，则分为西方文论原典的汉译和面对西方文论用汉语思考与写作即研究性著述”[②]。这种总结自有其合理性，但是，有两种现象未得到重视：一是新近出现的“未经翻译的”西方文论原典原著“影印版”教材以及由它们所带动的西方文论出版方式和存在方式的变化；二是文学理论教程和“文学概论”中“隐性存在”的西方文论。总体看来，新时期中国语境中的西方文论教材呈现如下特点：

一是翻译介绍的选本和原典众多。在新时期之初，伍蠡甫先生的“文选本”于1979年再版重印发行，80年代后又多次再版。而后，以《现代西方文论选》（伍蠡甫主编，上海译文出版社，1983年）和《西方古今文论选》（伍蠡甫主编，复旦大学出版社，1984年）以及司各特编的《文艺批评的五种模式》（蓝仁哲译，重庆出版社，1983年）和韦勒克、沃伦合著的《文学理论》（刘象愚等译，三联书店，1984年）为先导，随后又有《西方文艺理论名著选编》[上、中、下卷]（伍蠡甫、胡经之主编，北京大学出版社，1986年、1987年）；20世纪文论原著的中译本的大量出现，如《西方现代文学理论概述与比较》（〔英〕杰弗森等，湖南文艺出版社，1986年），《当代西方文艺理论导引》（〔英〕赖安等编，四川文艺出版社，1986年）、《20世纪西方文学理论》（〔英〕伊格尔顿，陕西师范大学出版社，1987年）和《20世纪文学理论》（〔荷〕佛克玛等，三联书店，1988年）以及《20世纪欧美文学评论》（〔英〕洛奇编，上海译文出版社，上册1987年，下册1993年）、《西洋文学批评史》（〔美〕卫姆赛特、布鲁克斯，中国人民大学出版社，1987年）、《文学理论的未来》（〔美〕科恩主编，中国社会科学出版社，1993年）。同时还有几套大型译丛十分引人注目，如三联书店出版的由王春元、钱中文主编的《现代外国文艺理论译丛》、《现代西方学术文库》等；在“反思批判”的第二时段，在文论选及原典译介方面有《西方20世纪文论选》（胡经之、张首映主编，

---

① 曹顺庆、童真：《西方文论话语的“中国化”——“移植”切换还是“嫁接”改良？》，《河北学刊》2004年第5期。

② 侯洪：《汉语之翼的回响——从高校教材资源建设看西方文论在当代中国》，《社会科学研究》2002年第6期。

中国社会科学出版社，1989 年）、《最新西方文论选》（王逢振、盛宁等编选，漓江出版社，1991 年）、《20 世纪欧美文论名著博览》（章国锋、王逢振主编，中国社会科学出版社，1998 年），以及《西方文艺理论史精读》（章安祺编选，中国人民大学出版社，1997 年）。另外刘象愚等译的英国学者塞尔登的《文学批评理论——从柏拉图到现在》（北京大学出版社，2000 年）、李平译的美国学者卡勒的《文学理论》（辽宁教育出版社、牛津大学出版社，1998 年）。上海译文出版社推出的韦勒克的《近代文学批评史》（到 2005 年底已出版了前六卷），中国人民大学出版社的《外国文学流派研究丛书》（1989 年），等等。

西方文论教材的汉译，无论是节译、选译或是全本翻译，都是西方文论本土化的重要尝试，西方文论和中国文论在理论思维和表述方式上有很大差别，在语言上存在很大障碍，范式、目的和价值取向也不相同，中国读者往往读后难得要领，而汉译西方文论教材立足中国实际，在理论和选材上照顾到中国读者的特点，使中国读者更便于接受。汉译西方文论实际上是经过了中国人带有强烈现实功利性的选择、挪移、变形和重组，它本身是为了解决中国文学自身发展现实需要的产物，直接被整合进了中国文论自身的知识体系之中。汉译西方文论不属于西方，至少就目前而言，它只能在以中国大陆为主的汉语文论界产生强劲影响，从本质上讲是中国文论的延伸。有人指出，"由于引进过于急切、输入时间不长、过分功利化、中西文论思维方式差别等多种原因的交织，妨碍了全面和准确地理解西方文论，制约了汉译西方文论的发展水平"。[①] 尽管如此，汉译西方文论教材在新时期还是发挥了不可替代的作用。当前，教育部在大学鼓励提倡的"双语教学"，进一步扩大了西方文论教材的运用范围。[②]

二是史论和述评类教材众多。由于中国语境中的西方文论史论及述评的撰著主要集中在高校和各级社会科学院，撰著者以教师身份为主，其成果的阅读者也主要是大中专院校的学生，因此，这类史论和述评都具有教材性质。这些教材可分为三种类型：其一是西方文论史论，以《欧洲文论简史》（伍蠡甫著，人民文学出版社，1985 年）、《20 世纪西方文论述评》（张隆溪著，三联书店，1986 年）、《文学理论方法论研究》（王春元、钱中文主编，湖南文艺出版社，1987 年）、《西方二十世纪文论史》（胡经之、张首映著，中国社会科学出版社，1988 年。后来经过修订，在 1999 年北京大学出版社新版发行，署名作者为张首映）、《西方文论史》（马新国主编，高等教育出版社，1994 年）、《当代西方文艺理论》（朱立元主编，华东师范大学出版社，1997 年）、《西方文学理论史》（董学文主编，北京大学出版社，2005 年）等为代表，显

---

① 代迅：《汉译西方文论探究》，《西南师范大学学报》2004 年第 6 期。

② 大学"双语教学"一般要求外语教材、外文讲授或中外文教材、中外文讲授。不管采用何种方式，西方文论课程都是"双语教学"的前沿和重阵。

示出中国学者的西方文论史论和述评范围不断拓宽，深度逐渐加强的历程。其二是中国学者有关西方文论的专题性研究，以《二十世纪美国文论》（盛宁著，北京大学出版社，1994 年）和《西方后现代主义思潮批判》（盛宁著，三联书店，1997 年）、《20 世纪西方文论研究》（郭宏安、章国锋、王逢振著，中国社会科学出版社，1997 年）、《20 世纪西方文论研究丛书》（王岳川主编，山东教育出版社，1998 年），形成了西方文论教材资源建设的多维空间体系，它们在观念和方法论上，显现出了西方文论的汉语经验之境。其三是比较文学教材的中西文论相关研究，以曹顺庆《中西比较诗学》、《中外文论比较史》、黄药眠、童庆炳主编《中西比较诗学体系》、饶芃子等人的《中西比较文艺学》、陈跃红《比较诗学导论》、余虹《中国文论与西方诗学》、潘知常《中西比较美学论稿》、陈厚诚、王宁主编《西方当代文学批评在中国》、殷国明《20 世纪中西文艺理论交流史》、牛宏宝等《汉语语境中的西方美学》、周发祥《西方文论与中国文学》、刘禾《语际书写》、王岳川《后现代后殖民主义在中国》、陈晓明、杨鹏《结构主义后结构主义在中国》等为代表，拓宽了西方文论教材资源建设与出版的新视野。

三是西方文论的丛书系列和出版形式多样化。新时期以来，三联书店的“现代外国文艺理论译丛”和“现代西方学术文库”、北京大学出版社 80 年代推出的“比较文学研究丛书”、“北京大学学术演讲丛书”和“20 世纪法国思想家评传丛书”，中国社会科学出版社推出的“知识分子图书馆丛书”（1998 年），上海人民出版社推出的“当代思想家访谈录”丛书（1997 年），天津人民出版社推出的“先锋译丛”和社会科学文献出版社的“当代西方学术思潮丛书”，天津人民出版社的“法国大学 128 丛书”（2004 年）、百花文艺出版社的“新世纪人文译丛”（2002 年）等，另外，北京大学出版社、外语教学与研究出版社、高等教育出版社等近年来以“影印版”形式推出西方文论的原版教材，也都为西方文论教材建设做出了贡献。至于通过购买而进入中国各大图书馆的西方文论原典，以及网络上存在的西方文论原典的电子文本，它们都在西方文论中国化的过程中发挥着一定的作用，这是需要进一步探索的领域。①

四是“文学理论教程”中“隐性存在”的西方文论。中国 20 世纪文学理论建设与发展，大致经历了四个阶段：草创期（1918—1949）、移植期（1950—1961）、形成期（1961—1981）、革新期（1981—至今）。在四个阶段中，“移植期”和“革新期”西方文

① 目前，已有一部分高等院校的外文系和中文系文学专业的西方文论教学，通过复印而将西方文论原典直接作为教材或教学参考书，客观上使西方文论成为本土的文论资源。

论在其中所占比例都很高。[①] 新时期以来文学理论教材出版数量之多[②]和更替速度之快是惊人的，[③]西方文论（包括苏联文论）正是在此过程中大量进入我国的文学理论教材并成为一种隐性存在的。当前大学里的文学理论学科和教学，部分外语系文学专业采用外文原版文学理论教材，目前教育部提倡的“双语教学”过程中也有采用外文原版为教材的。除此之外，大部分文学理论教材都是国内学者编写的。在这类教程中，西方文论只是一种“隐性存在”，一般情况下，它们被改造、删削、重组后编入文学理论教程的相关部分。

一般而言，文学理论教材由于其学科性、体系性和集体编撰性等特点，在它与当下文艺学学术成果与趋向的互动关系上，既有显示后者的标记性意义与加固后者的结构性意义，同时又有时间上慢半拍的滞后性。但是，这种“滞后性”并不影响“西方文论”在其中占据的较大“份额”，也不会削弱西方文论发挥重大的现实作用，反而，由于借助于文学理论教材而加剧了其“霸权色彩”。研究发现，现代当代以来，“文学理论成为一种合法建制，不断地扩张它的势力和影响。文学理论本身已分为文学原理，文学批评，文学史，构成了一种理论霸权。由于文学理论的建制，使得对于理论生产的需求不断地推动着理论的生产，也就是说不断地推动着理论的再生产，并且理论凭借其理论的霸权对于当代的文学创作产生支配和规范作用。”[④]所以，文学理论中存在的“西方文论”，格外值得重视。

有研究认为：“如果允许以十年为一阶段对文学理论教材编撰者所处的当下语境作一番粗略划分的话，那么80年代初教材的语境是以哲学话语为中心的，以唯物主义反映论、认识论为其特点的；90年代初教材的语境是以文学审美论、审美意识形态论和西方现代性文学理论为其特点的；新世纪初的教材则处于文化研究声势崛起、后现代话语形成潮流的语境。”如果我们将1981年十四院校编写组的《文学理论基础》、1992年童庆炳主编的《文学理论教程》、2002年南帆主编的《文学理论（新读本）》这三种具有代表性和影响力的教材加以比较阅读，就会强烈感受到它们在知识体系与指导观念上的年代差异。首先，三种教材都是各自的上一个十年

---

① 索松华：《20世纪我国文学理论教材发展的四个时期》，《中国大学教学》2002年第6期。

② 有人估计，从80年代到90年代初，“近十年来出版的《文学概论》教材约有一百种左右；此外还出版了其他文艺学教材，包括中国古代文论、西方文论特别是现代西方文论、文艺心理学、文艺社会学、文艺美学等学科领域。”（钟闻：《文艺学教材及课程体系建设研讨会综述》，《文艺理论研究》1994年第6期。）

③ 有人2003年中期统计，“2000年以来的三年半的时间里，已公开出版的文学理论教材共有28种。除一部分属于再版，增补修订版之外，多数教材是新近编写的。从知识生产的角度说，新教材适应着知识积累、更新的现状与新世纪学生变动、增长的知识消费需求。就文学理论教材而言，其知识的更换速度是相当快的。大约每过十年，概念、术语就会像庄稼换了一茬，使久不接触的人变得陌生起来。”（方克强：《后现代语境中的新世纪文学理论教材》，《文艺理论研究》2004年第5期。）

④ 杜书瀛、钱竞主编，旷新年：《中国20世纪文艺学学术史》（第二部下卷），上海文艺出版社，2001年，第74页。

文学理论成果的总结，同时又已经是或者将要成为这一个十年的代表性教材与文学理论动向的路标。其次，在理论的开放度与包容性上，每隔十年文学理论教材就会有一个易于察觉的阶梯式增长。从马克思主义文论到西方现代文论再到西方后现代文论，是一个不断走向开放与多元的过程。再次，在学科性主导话语方面，我们也可以发现从哲学到美学再到文化这样的重心转移。①

值得强调的是，在这种教材的更替中，西方话语仍然起着重要的作用："十四院校"文学理论教材②大量诉诸现代性的哲学话语，童庆炳的文学理论教材大量诉诸现代性的审美话语，这两种话语都是现代性话语；南帆、王一川和陶东风等人的教材③则主要诉诸后现代主义，尤其是"建设性后现代主义"的文化话语。

因此，从"话语"角度看，"西方文论"仍然是新时期文论的"主流话语"，有研究指出："主流话语既是建构文学理论教材的轴心支点，也是一个时代文学理论研究的兴趣点。因此，把握住主流话语的历史演变特点，也就把握住了我国现代文论教学和研究的基本规律。主流话语总体上有欧美文论、日本文论和苏联文论三个来源，它们共同构成了我国现代文论的基本乐章，因而它们对我国文论话语现代化过程的影响应当充分予以肯定。"④但从目前的情况看，教材中西方文论话语占据主流的状况，使其从观念体例、方法范畴、话语概念等方面都占据着重要地位，这自然与西方文论与我国当前现实广阔的契合及巨大的解释潜力分不开，也与西方文论所采用的概念思维和逻辑方法与文学理论学科的理论性相契合分不开。但这也同时成为中国特色文学理论建设中的一个难题。

近年来，有关中国新时期文学理论的"西化"倾向的讨论日益成为关注焦点。有人认为，中国新时期的文学理论教材，总体上是"西化的"而非"本土化的"，当前"文学理论教材的本质性特征是西化的而不是本土的，中国古代文论的思想资料在其中充其量扮演一种'引文'或'佐证'的角色，所谓'本土资源'在对他者的认同中被'西化'所消解"。现有的各种版本的文学理论教材，从体系到思想，从概念到方法，基本上都是外来的：或"苏俄＋欧美"，或"马恩列＋车别杜＋韦勒克"。⑤ 而且认为，这种状况是造成中国传统文论"失语"的原因。这种看法是武断的，它首先设定了外国文论与中国古代文论之间的二元对立，认为中国古代文论的思想资料所占比重较少的原因在于西方文论的引进，这是一种归因错误；其实，"'西化'在我国

---

① 方克强：《后现代语境中的文学理论教材》，《文艺理论研究》2004年第5期。

② 童庆炳主编：《文学理论教程》，高等教育出版社，1992年，第23页。

③ 南帆主编：《文学理论（新读本）》，浙江文艺出版社，2002年。王一川：《文学理论》，四川人民出版社，2003年。陶东风主编：《文学理论基本问题》，北京大学出版社，2004年。

④ 古风：《20世纪我国文学理论教材的主流话语论析》，《学术月刊》2002年第7期。

⑤ 李建中：《文学理论教材建设的本土化思考》，《三峡大学学报》2003年第5期。

文论的现代化进程中是有杰出贡献的。这与'失语症'没有多大关系。今后应更理直气壮地去接纳世界各国文论的优秀话语。"[1]其次设定中国文论至今还潜在地受制于"前苏联体系",这其实也是不够准确的。研究发现,"上世纪50年代引进的苏联文学理论,在80年代受到了全面清算。80年代中期以后,我国学者在不断清理、继承我国现代文学理论传统的基础上,努力面向世界,探讨前沿问题,沟通中外古今,形成了有我国特色的当代文学理论形态。由于当今社会价值体系的混乱,媒体、资本共谋制造文学时尚,文学功能的粗俗化,价值失范,文学理论确实严重滞后,但并非由于什么'前苏联体系'所致。"[2]这里所讨论的焦点在于我国文学理论中的外国文论资源是否本土化和中国化了的问题。其实,所谓西方文论的本土化,不仅是一个理论问题,更是一个实践问题,即使在一个具体的观念方法上,也是一个不断探索、无限往复的过程,不可能一蹴而就。即使我们当前的文学理论里西方文论占据的比重过大,也不能将原因归结为西方文论本身,更不能因此就否定中国学者已经做出的理论贡献。而且,存在于中国文学理论教材中的西方文论,某种程度上已经是初步本土化了的西方文论。

综上所述,西方文论教材是西方文论在中国的存在方式之一,因为教材的特殊性,使其在西方文论中国化本土化的历程中发挥着特殊作用,是西方文论"在"中国的重要阵地、表征和指标。教材类的存在与其他存在方式之间相互推动,彼此成就。其间的内在关系值得结合其他相关问题深入探讨。

## 第五节<br>"西方文论"研究的学科建制和队伍建设

西方文论的学科建制和研究队伍构成等问题也都未得到系统的审理,值得在此做出说明。

### (一)"西方文论"学科建制与学术队伍

西方文论"在"中国,学科建制和人员队伍是其基本依托,而这两者又往往是结合在一起的。换言之,西方文论之所以能在中国发生如此重大的影响,不仅因为我们有一个能够容纳它的学科体制,而且因为我们形成了一支与之相适应的学术队伍;而学术队伍与学科体制之间相互依存,相互促进。

---

① 古风:《从关键词看我国现代文论的发展》,《文学评论》2001年第5期。

② 钱中文:《文学理论反思与"前苏联体系"问题》,《文学评论》2005年第1期。

西方文论的中国之“在”，有近百年的历史。从总的趋势看，它是一个从“寄生”到相对独立，其学术队伍也经历了由寡及众从小到大的过程。从其初起时“寄生”于“文艺学”或“文学理论”，到新时期以来它一步步地占据“文艺学”中的半壁江山；从初始时只有少许文学研究者偶尔涉足，到新时期形成其固定的研究队伍，甚至出现了专门追踪研究西方文论中的某一流派或某一理论家的“专门家”，如曹卫东对哈贝马斯的研究、王逢振对詹姆逊的研究，等等。

新时期以来，西方文论的引进和独立是与伍著和朱著的重版为先导的。此期西方文论建设的历程与时代的发展保持同步，逐渐走出高度意识形态化所致的单一的、片面的、主观的思维模式，转向中西经验合观的混合型经验模式，从而过渡到具有开放的、包容的、多向度的、富有批判意识和建设性的、注意在中西不同文化语境下的对话与观照的知识体系，并形成了西方文论教材体系的规模化、系统化、多样化与综合化，它已成为中国学者与西方世界文化交流和平等的学术对话的知识平台。[①] 新时期中国语境中的西方文论，从学科建制和学术队伍方面看，有如下特点以及相应的问题：

一是“西方文论”原著原典的大量“影印”、翻译、引进和国内学者的“西方文论”史著、专著、教材等的大量密集出现。其存在及其对它的研究，不同程度地满足着汉语语境的社会变革需要和知识生产需要，它在西方文论几乎成为中国的“西方学”[②]，其兴盛不仅为西方文论作为一种体制的形成提出了必要性和现实性，而且构成了西方文论体制化的学理基础，并从客观上发展形成并巩固扩大着一支跨专业、跨领域的西方文论学术队伍。在这方面当前存在的问题有如下方面：首先，大量存在于汉语语境中的西方文论，其中国化本土化的程度还不够。其次，与如上现象形成对比的是，如此庞大的研究机制和学术队伍，并未完全满足中国语境对西方文论的需要，也未涌现出像朱光潜研究克罗齐、宗白华研究康德这样的大师级人物。有研究者指出：“坦率地说，中国目前的借鉴还做得不是那么深入、那么及时，甚至有时还不是那么准确。……中国文论在积极借鉴西方文论成果的同时，也需要对西方文论有所超越。这种超越的目的不是对抗，而是具有积极意义的对话，同时也是满足中国文化氛围中陶冶的中国文化心灵的表白。”[③]我们在西方文论的研究中，还需要加强这种“超越意识”。

二是高等院校中文、外文专业大多以“必修课”或“选修课”形式开设的“西方文

---

① 侯洪：《汉语之翼的回响——从高校教材资源建设看西方文论在当代中国》，《社会科学研究》2002年第6期。

② 恒沙：《西方文论：中国的“西方学”？——读代迅〈断裂与延续——中国古代文论现代转换的历史回顾〉有感》。

③ 张荣翼、杨小凤：《面对西方文论的学科策略——在借鉴中超越》，《河北学刊》2004年第5期。

论”，从而形成了一支大规模的西方文论教学研究体制和队伍；相当多的大学中文系、外文系和社科院相关系列文艺学专业的研究生（包括博士生）招生目录里都包含“西方文论”考试课程和招生方向；同时，自学考试系列、开放教育系列、高等职业教育系列等，也都不同程度地将“西方文论”或“西方文论选”设置为考试考察课程。可以说，“西方文论”作为一门独立的、常设的课程设置已经覆盖了中国高等教育文学专业的各个层次，包括自学考试、大专、专升本、本科、硕士研究生直至博士研究生等全部层面，形成了各具针对性的教育机构和教材系列，[①]程度不同地发展着一支相应的从业人员队伍。在这方面存在的问题主要有：首先是教材类编著与学术性专著之间关系的失调，一定程度上加剧我们西方文论研究的“滞后”，西方文论领域方方面面的零星突破与创新，到学科性、学理性所要求的系统化知识，以及教材的集体编撰者要达成一定程度上的共识，需要一个积累、整合、凝聚共识、结构性改造的过程，因而学术型专著与教育型编著通常具有形态差异和时间差异；其次是各类教材之间的低水平重复，使得如上众多的西方文论从业者只作为知识消费者而非生产者出现，因而机构的扩充并未引起知识生产的扩大，这个领域出现了与文学史领域一千六百多部文学史的出现相似的情况。尽管“其价值不能完全抹杀”，但毕竟也是值得我们进行深入反思的。[②]

三是高校、社科院和出版机构等西方文论机构和学术队伍之间初步形成了互动局面。西方文论研究队伍的构成，从机构来源上看有三个：高校，特别是文学院和外国语学院师生，以西方文论学术研究和教材编著见长；各级社会科学院文学研究所和外国文学研究所，以西方文论学术问题研究见长；各类文学刊物和出版机构，以组织译介和推动出版发表西方文论著述见长。这三种学术资源之间具有互补性和互动性，在新时期以来，有相当一部分西方文论丛书和论著都是这三个机构之间合作的产物，在西方文论的建设和发展中发挥了不可估量的重大作用。当前存在的问题主要如下：首先是这三个机构以及各机构内部的信息沟通尚未达到良性互动，因而存在着研究力量的不必要的浪费，有的重要著作长期没有译本，而有的则出现同一著作多达5个译本的情况。[③] 其次是在当今市场经济条件下，出版机构借助其与市场之间的紧密联系而对高校和社科院机构的引导性加强，经济效益

---

① 孟庆枢：《西方文论》，高等教育出版社，2002年（该著是“教育部规划的专升本”西方文论专用教材）。李思孝：《简明西方文论史》，北京大学出版社，2003年（该著标明“教育部人才培养模式改革和开放教育试点教材”）。同时，针对各个层次需要的《西方文论选读》等更是不胜枚举。

② 周兴陆：《1600部中国文学史不能完全抹煞》，《社会科学报》2005年3月3日。

③ Eagleton：Literary Theory：An Introduction 有五个译本，伍晓明译：《二十世纪西方文学理论》，陕西师范大学出版社，1986年；刘峰等译：《文学原理引论》，文化艺术出版社，1987年；王逢振译：《当代西方文学理论》，中国社会科学出版社，1988年；钟嘉文译：《当代文学理论》，台北南方丛书出版社，1988年；吴新发译：《文学理论导读》，台北书林出版社公司，1993年。

与社会效益、商业品位与学术品位之间的关系应得到进一步协调。比如，当前西方文论论著出版方面，我们一方面有太多低水平重复的各类教材，另一方面有相当一部分有一定质量的西方文论方面的博士学位论文未能及时出版。①

四是学术队伍规模的扩大和水平的整体提高。学术队伍的扩大与前述学术机构的扩张紧密关联。学术水平的"普遍提高"是指新时期以来的西方文论研究的主体成员已经从原来的"文革"之前或"文革"期间完成其教育学术训练过程的一代变为"文革"后成长起来的一代，后来者在知识结构、外语水平等方面都比其前辈有一定的整体优势，有不少人还有留学国外受教育的经历。但是，西方文论研究对研究者知识结构要求很高，"理论的价值取决于它满足时代需要的程度，而满足时代的需要，必须具备两个关键性条件：一是必须准确把握时代特点及其发展趋势，二是必须具有适应新时代以进行理论创造的多方面知识。前者表现为洞察时世的见识，后者表现为造就时世的能力；二者都同参与者的知识结构有关"。② 以这两种能力的结合为标准来衡量，我们今天的研究队伍在总体上也还存在着与之不适应的情况：首先是要有较深厚的西学和国学基础，中外文水平俱佳，但我们的队伍现状是"国学、西学俱佳的人委实不多"。③ 其次，西方文论是一门具有哲学性质的学问，"文艺学离不开哲学，后者是前者的基础。就西方来说，每一文艺思潮的背后，都伴随着相应的强劲哲学思潮，就中国古代来说，文史哲不分家，文艺学思想渗透在哲学母体之中。因此，哲学就成了文艺学的背景理论。近十多年来，我国文艺学博士点培养了许多博士生，成绩斐然。从思维类型上看，大体上可分成两类：(1)构架性思维活跃，企求超越常态(常规)和传统；(2)堆积材料，卡片串连；就事论事，以古证古——眼光狭窄，视角平庸。"其实，这两类人都没有自己的"看家本领"。④ 再次，西方文论具有"跨学科性"⑤，需要研究者具有跨学科的知识，具备人文学科、社会科学和自然科学的知识。⑥ 而实际情况是，由于我国当代高校建制中过细的专业分科，造成具有综合人文社会科学知识的人尚不够多。我们在"方法论热"中暴露出了自然科学知识的不足，在"人文精神"讨论中暴露出社会科学知识的不足。这些问题是应该正视并加以克服的。

综上所述，我们发现"西方文论"概念含义的变迁与其学科的建制设立和学术

---

① 仅从国家图书馆检索到的相关论文就有近五十篇，从其电子版看，大都具有相当的学术水准，有的甚至是国内已出版的论著尚未涉及者。

② 栾勋：《学人的知识结构与中国古代文论研究》，《文学评论》1997年第1期。

③ 胡亚敏：《中西文论术语检讨》，《外国文学研究》2003年第3期。

④ 劳承万：《知识结构与哲学选择》，《湛江师范学院学报》2000年第3期。

⑤ 乔纳森·卡勒：《当代学术入门：文学理论》，辽宁教育出版社、牛津大学出版社，1998年，第16页。

⑥ 刘烜：《文艺学的革新和研究才的知识结构》，《中西交汇与文艺创造》，华中师范大学出版社，2000年，第23页。

队伍的扩大相互联系,彼此推动,联袂而行。

**参考文献:**

乔纳森·卡勒:《当代学术入门:文学理论》,辽宁教育出版社、牛津大学出版社,1998 年,第 16 页。

洪子诚、孟繁华主编:《当代文学关键词》,广西师范大学出版社,2002 年。

侯洪:《汉语之翼的回响——从高校教材资源建设看西方文论在当代中国》,《社会科学研究》2002 年第 6 期。

刘禾:《语际书写——现代思想史写作批判纲要》,上海三联书店,1999 年。

张进:《新历史主义与历史诗学》,中国社会科学出版社,2004 年。

牛宏宝等:《汉语语境中的西方美学》,安徽教育出版社,2001 年。

孙绍振:《从西方文论的独白到中西文论的对话》,《文学评论》2001 年第 1 期。

陈厚诚、王宁主编:《西方当代文学批评在中国》,百花文艺出版社,2000 年。

毛庆耆等:《中国文艺学百年教程》,广东高等教育出版社,2004 年。

杜书瀛、钱竞主编:《中国 20 世纪文艺学学术史》,上海文艺出版社,2001 年。

杨玉成:《奥斯汀:现象学与哲学》,商务印书馆,2002 年。

余虹:《解构批评与新历史主义——中国文学理论的后现代性》,《海南师范学院学报》2000 年第 4 期。

吴学先:《西方文论在中国的引进过程》,《哈尔滨师专学报》1994 年第 3 期。

张婷婷:《中国 20 世纪文艺学学术史》(第四部),上海文艺出版社,2001 年。

钱中文:《文学理论的现代性问题》,《文学评论》1999 年第 2 期。

钱中文:《再谈文学理论现代性问题》,《文艺研究》1999 年第 3 期。

陶东风:《文化研究:西方话语与中国语境》,《文艺研究》1998 年第 3 期。

伍蠡甫主编:《西方文论选》(上、下),上海新文艺出版社,1963 年。

韦勒克、沃伦:《文学理论》,刘象愚等译,三联书店,1984 年。

方克强:《后现代语境中的新世纪文学理论教材》,《文艺理论研究》2004 年第 5 期。

# 第四章
# 新时期文艺美学的产生及其理论建设

文艺美学是 20 世纪 70 年代以后在我国兴起的一个新兴学科，充分反映了新时期文艺学、美学的发展趋势，揭示了文学艺术自身的审美规律，引起了学术界的广泛重视。

## 第一节
## 文艺美学学科的产生与定位

文艺美学是 20 世纪 70 年代以来由中国学者提出的一个新兴学科。这个学科的名称首先由台湾学者王梦鸥在台湾新风出版社 1971 年 11 月出版的《文艺美学》一书中提出。但文艺美学学科的发展与产生重大影响却是在改革开放之后的中国内地。1980 年春，内地学者胡经之在昆明召开的首届中华美学学会上提出，高等学校的文学、艺术学科的美学教学，不能只停留在讲授美学原理，而应开拓与发展文艺美学。学会的简报中摘登了胡经之有关建设文艺美学学科的建议。从此，由北京大学作为学术引领，文艺美学学科在我国蓬勃发展。历经二十多年的历史，目前文艺美学已经成为被广泛认同的我国文艺学、艺术学与美学的高层次人才培养方向和科学研究方向，正式纳入教育部颁布的《授予博士硕士和培养研究生的学科专业简介》这一重要文件之中。全国重要高校大多开设文艺美学的必修和选修课程，并有研究生培养方向，专兼职从事文艺美学教学科研的人员数以千计，中华美学学会专设有文艺美学分会。文艺美学呈现繁荣发展之势。山东大学是较早发展文艺美学学科的高校之一。1984 年底，山东大学出版《文学艺术的审美特征与美学规律——文艺美学原理》一书，该书也作为本科生和研究生的文艺美学课程教材。1986 年 5 月 15 日，山东大学中文系等 6 家单位在山东泰安召开了首届全国文艺美学学术研讨会。2000 年 12 月，教育部批准在山东大学成立国家社会科学与人文学科重点研究基地——山东大学文艺美学研究中心。2005 年，山东大学文艺美学中心主编出版全国性教材《文艺美学教程》。

文艺美学学科的产生决不是偶然的，而是 20 世纪 70 年代以来，中国和世界思想文化与美学文艺学学科发展的必然结果。首先，它是我国改革开放新形势下，美学与文艺学领域“拨乱反正”的必然结果。从 20 世纪 50 年代后期以来，我国美学与文艺学领域受极“左”思潮影响日益严重，被极端化了的“文艺从属于政治”的口号占据绝对统治地位。发展到 1966 年开始的十年“文革”更是走向践踏一切优秀文化的地步，以其所谓“政治”取代一切，将一切美与艺术统统宣布为“封资修”而予以扫荡。这样的被扭曲的历史，终于在 1976 年以后，特别是 1978 年“改革开放”之后，随着政治领域的“拨乱反正”，美学与文艺学领域也相应“拨乱反正”。这就是对十年“文革”极“左”美学与文艺学思想的批判，对美与艺术应有地位的恢复。“文艺美学”正是这一“拨乱反正”的产物，是对美与文艺这一人类文明表征的应有尊重。如果说，20 世纪 50 年代后期以来，特别是十年“文革”是对美学与艺术应有地位的严重偏离，那么，新时期之初“文艺美学”的提出则是对其应有地位的回归。其次，文艺美学学科的产生也是中国学者长期思考如何总结中国古典美学经验，将其运用于现代并介绍到世界的一个重要成果。宗白华在 20 世纪 60 年代初就曾指出：“研究中国美学史的人应当打破过去的一些成见，而从中国极为丰富的艺术成就和艺人的艺术思想里，去考察中国美学思想的特点。这不仅是理解我们自己的文学艺术遗产，同时也将对世界的美学探讨做出贡献。现在，有许多人开始从多方面进行探索和整理，运用了集体和个人结合的力量，这一定会使中国的美学大放光彩”。[①] 宗白华还谈到，在西方，美学是大哲学家思想体系的一部分，属于哲学史的内容，是哲学家的美学，但中国美学思想却是对艺术实践的总结，反过来影响艺术的发展。如谢赫的《六法》、公孙尼子的《乐记》、嵇康的《声无哀乐论》等等。当然，还有他没有谈到的大量的文论、诗论、乐论、画论、园林建筑论等等。因此，可以这样说，中国古代的确极少西方那样的哲学美学，但却有着极为丰富的文艺美学遗产。对于这些遗产的发掘整理与当代运用一直是诸多美学家与文艺学家的强烈愿望。在新时期之初，在冲破各种藩篱的良好学术氛围中，文艺美学学科的提出恰恰反映了宗白华等广大中国美学家总结弘扬中国古代特有的美学传统的强烈愿望，因而得到广泛的认同。再次，文艺美学学科的产生也是我国美学与文艺学领域经历的由外到内转向的反映。20 世纪 40 年代以来，我国美学与文艺学领域在研究方法上侧重于政治的社会的分析、出现政治标准高于艺术标准这样的明显倾向，后来干脆以政治标准取代艺术标准。1978 年新时期以来，美学与文艺学领域开始纠正偏颇的美学与文艺学思想。随着不再继续提“文艺从属于政治”的口号，学术领域出现了明显地由外向内转向的趋势。这就是美学与文艺学的研究由侧重社会政治的外部研究转向侧重艺术与形式的内部研究。于是，盛行于西方 20 世纪 50 年代的新批评理论家韦勒克和沃伦的《文学理论》开始流行，学术界对文学艺术的内

---

① 宗白华：《艺境》，北京大学出版社，1987 年 6 月版，第 275 页。

在的审美特性及其规律重新重视。这也成为文艺美学得以产生的重要学术背景。最后，从更宽广的世界思想文化与哲学背景来看，文艺美学的产生则同世界范围内20世纪以来由抽象的思辨哲学——美学到具体的人生美学的转变有关。众所周知，整个西方古典美学从柏拉图开始都侧重于"美本身"(即美的本质)的探讨，发展到德国古典哲学与美学更演化成完全脱离生活实际的有关美的本质"美的理念"的抽象逻辑探讨。1830年黑格尔逝世后，宣告德国古典哲学与美学的终结，从叔本华开始，直到20世纪初期的克罗齐、尼采，乃至此后的诸多美学家开始了对抽象思辨哲学——美学及与其相关的主客二分思维模式的突破，从抽象的本质主义逐渐走向具体的艺术与人生。因此，整个20世纪的美学与文艺学主潮，抽象的美与艺术之本质主义探讨式微，而对于具体的审美与艺术的探讨成为不可阻挡的趋势。李泽厚在概括这一世界美学与艺术学趋势时指出："他们很少研究'美的本质'这种所谓'形而上学'的问题，而主要集中在对艺术和审美的研究上，而审美的研究主要通过艺术(艺术品、艺术史)来验证和进行。"[①]文艺美学恰是对我国长期以来美学领域局限于本质研究的一种反拨。从50、60年代到70、80年代我国两次大的美学讨论，都存在脱离生活与艺术的严重缺陷，无论是客观派、主观派、主客观统一派、还是社会性派，都将自己的理论支点放到抽象的美与艺术本质的探讨之上，而对鲜活生动的文艺事实与实际生活置之不顾。文艺美学恰是对这种偏向的纠正。正如文艺美学的提出者胡经之所说："从我自己的体验出发，如果美学只停留在争论美是客观的还是主观的这样抽象的水平上，这并不能解决艺术实践中的复杂问题。审美现象，乃是一种特殊的社会现象。美学，要研究审美现象，实乃审美之学，必须揭示审美活动的奥妙。人类的审美活动产生于实践活动(生产、交往、生活等实践)，这审美活动又生发为艺术活动。"[②]

关于文艺美学的学科定位，目前有文艺美学是美学的分支学科；是美学与文艺学的中介学科；是艺术哲学；是美学、文艺学与艺术学之边缘学科；是美学学科的一个理论问题等多种界定，大约有七八种之多。当然也有的学者完全否定文艺美学学科存在的合理性与必要性。但有的学者则从文艺学学科的发展趋势出发提出，文艺美学学科是20世纪70年代以来产生的一个新兴学科。它既不是美学与文艺学的分支，也不是两者之间的中介，更不同于传统的艺术哲学，而是既同文艺学、美学、艺术学密切相关，但却同其有着质的区别的新兴学科。[③] 主要表现在，文艺美学学科同以上学科相比具有一系列崭新的内涵。第一，文艺美学学科具有一种新的视角。传统的美学、文艺学与艺术学一般主要取哲学的视角，将美、文艺与艺术

---

① 李泽厚：《美学三书》，安徽文艺出版社，1999年，第547页。

② 胡经之：《胡经之文丛》，作家出版社，2001年8月版，第41—42页。

③ 曾繁仁：《文艺美学教程》，导言第3页，高等教育出版社，2005年10月版。

的哲学与社会学本质作为研究的出发点。而文艺美学学科则以马克思主义哲学与社会学作为学科发展的前提,放到学科基础的层面之上。而作为学科本身则取美学的视角,对文学艺术进行全方位的美学研究。这种视角的调整关系到文艺美学学科的发展方向,使其有别于我国传统的美学、文艺学和艺术学的纯理论研究,而主要面对鲜活生动的文学艺术现实。首先应该立足于具体文艺作品,立足于对于文艺作品的审美解读,从中提炼出极富价值的美学思想。犹如莱辛之读《拉奥孔》、王国维之读《红楼梦》。再就是以重要的审美艺术范畴为切入点,诸如西方的"艺术的审美经验",中国的"意境"之说等等。这就为文艺美学学科注入了无穷的生命力与活力。第二,文艺美学学科包含一种新的时代精神。文艺美学作为一门新兴学科,贯穿激荡着一种新的时代精神。这种时代精神就是人文主义、科学主义、实践精神和中华民族精神的高度统一。人类已经跨入新的世纪,社会取得巨大进步,但和平和发展仍是重大课题。而战争、贫穷、环境恶化、精神疾患蔓延仍对人类命运提出严重挑战。因此,对人类的人文关怀是新世纪的永恒主题,应成为文艺美学的思想基石。而信息时代的迅速到来,科技的快速发展,使得求实创新的科学精神成为人类前行的宝贵财富,理应贯穿于文艺美学学科之中。文艺美学产生于改革开放的新时期,以"实践是检验真理的标准"为其理论的动力。因此,它应该富有实践精神,摆脱传统的美学、文艺学和艺术学"经院式研究"的束缚,更多地关注现实生活,回应现实的要求,将丰富生动的文艺现实与正在勃起的影视文化、大众文化纳入自己的视野。十分重要的是,21 世纪中华民族面临伟大复兴的时代课题,这是炎黄子孙一百多年来的理想。文艺美学学科作为人文学科应该激荡着这种民族振兴的精神。在科学研究的扎实基础上,力求将更多的中国古代优秀美学与文艺学遗产经过改造,吸收到文艺美学学科之中,并介绍到全世界。第三,文艺美学学科的发展必须凭借新的资源。我国当代的美学文艺学和艺术学从研究资源上各有其特点。美学主要借助西方的理论资源与近百年我国美学研究成果。文艺学除了借助西方理论资源,主要是以文学作品为其研究对象。艺术学的理论资源来源于西方理论,同时兼及各类部门艺术。而文艺美学学科在资源的利用上应包含以上三个学科的所有范围,因而更加宽泛。也就是说,文艺美学学科所使用的资源包括西方理论成果,中国现当代理论成果、中国古代美学与文艺学优秀遗产以及各类部门艺术成果,特别是当前具有广泛影响的影视文艺与网络文艺之理论总结等。第四,文艺美学学科的建设发展必须借助新的方法。文艺美学学科的发展有保留地突破思辨研究的方法。在马克思主义辩证唯物主义与历史唯物主义哲学方法的指导下,以美学的、特别是审美经验现象学的研究方法为基点,广泛吸收各种新的研究方法的有价值成分,使之呈现新的面貌。第五,文艺美学学科必须建立不同于传统美学、文艺学与艺术学的新的体系。文艺美学在理论体系上不同于以上三个学科,它不是以上三个学科的分支学科。例如，它不是传统美学学科的艺术部分，当然也不是传统的艺术哲学。关键在于文艺美学学科有不同于以上三个学科的理论内涵。它的理论出发点不是艺术美的本质或者文艺的审美本质，而是艺术的审美经验。以此构建其特有的理论体系。

华勒斯坦认为，任何学科"必须拥有一个有机的知识主体，各种独特的研究方法，一个对本研究领域的基本思想有着共识的学者群体。"①按照这样一个标准，文艺美学学科具有了上述五个方面新的要素，基本具备华氏对一个学科所提出的要求。因此，我们完全可以将其称为一个新兴的学科。

## 第二节
## 文艺美学学科的研究对象

文艺美学学科之所以能够成立，最重要的是它具有自己特有的研究对象，由此构成自己特有的理论体系。这个理论体系之重要表征就是它具有自己特有的理论出发点。这一点是非常重要的，因为否定文艺美学学科具有独立存在价值的最重要根据就是认为它没有自己特有的研究对象，因而构不成自己的理论体系。前苏联美学家鲍列夫就明确提出不赞成"文艺美学"这一提法，其理由之一就是认为文艺美学没有自己特定的独有的对象，因为美学就是研究各种艺术领域的美学问题，如果文艺美学也研究这些问题就没有存在的必要。这种看法颇具代表性。由此可见探索文艺美学特有研究对象之必要。目前，在文艺美学学科的研究对象上可谓众说纷纭，异彩纷呈。有的将其仍然归结为文学艺术审美本质的研究；有的从分析审美活动着手剖析其艺术把握世界的方式；有的着重探索文艺主客体具体关系的存在方式，双重主客体的组合；有的从人类学这个视角考察和揭示文艺的审美性质和审美规律；有的从文艺本质入手着重论证文艺的结构之"再理解——表现——媒介场"三个层次等等。以上只是举其代表者介绍，不可能一一涉及。应该说这些探索均有其道理和价值。但我们认为最重要的是要符合文艺美学这一新兴学科提出的主旨，符合其产生的时代特征，具有鲜明的时代感。前文已说到文艺美学学科是在改革开放的新形势下，在世界和中国哲学——美学转型的背景下，突破极"左"思潮和主客二分思维模式，充分反映中国传统美学特点的产物。因此，文艺美学学科的研究对象就应放到这样的背景与前提下来思考。由此，有的学者将文艺美学学科的研究对象确定为文学艺术的审美经验。这个审美经验包含这样两个方面的内容，一个是直接经验，就是审美者对文学艺术作品直接的审美体验，也可以说就是

---

① 华勒斯坦等：《学科·知识·权力》，三联书店，1999年，第13页。

英国美学史家鲍桑葵所说的审美意识。另一方面的内容是间接经验，就是其他美学家和文艺鉴赏家对各种文学艺术作品的审美经验，这是属于他人的经验，特别是众多美学家的经验，具有很高的水平，也是非常重要的。但以往的美学、文艺学和艺术学只重视以理论形态出现的美学成果，忽视这些具有浓厚实践性的审美的与鉴赏的经验。文艺美学学科理所当然地将这些长期不受重视的重要美学资源作为其研究对象之一。当然它也同样重视历史上的美学理论成果。文艺美学学科的这种极其重视直接审美经验的特点，就使美学研究直接面对作品，从中提炼出美学思想与审美意识，而不再完全是隔靴搔痒，从而使文艺美学学科具有了强烈的时代感，当代性与个性，甚至是可读性。但这样对研究水平的要求也就提高。美学工作者应该努力提高自己的理论水平与审美素养，从而使自己的审美经验具有更多的社会历史内涵与时代意义。

这些学者之所以将文学艺术的审美经验作为文艺美学学科的研究对象十分重要的原因是同当代哲学与美学的转型密切相关。前文已说到，从 19 世纪后期开始，特别是 20 世纪以来，哲学与美学领域发生巨大的变化，即由思辨哲学到人生哲学，由对美的本质主义探讨到具体的审美经验研究的转型。诚如李斯特威尔在《近代美学史评述》中所说："整个近代思想界，不管有多少派别，多少分歧，都至少有一点是共同的。这一点也使得近代的思想界鲜明地不同于它在上一个世纪的前驱。这一点就是近代思想界所采用的方法，因为这种方法不是从关于存在的最后本性的那种模糊的臆测出发，不是从形而上学的那种脆弱而又争论不休的某些假设出发，不是从任何种类的先天信仰出发，而是从人类实际的美感经验出发的，而美感经验又是从人类对艺术和自然的普遍欣赏中，从艺术家生动的创作活动中，以及从各种美的艺术和实用艺术长期而又变化多端的历史演变中表现出来。"[①]V. C. 奥尔德里奇也认为，审美经验已成为当代"讨论艺术哲学诸基本要领的良好出发点"。[②]托马斯·门罗更明确的指出"美学作为一门经验科学"，应该打破单一的哲学美学格局，使之走向实证化、经验化。[③] 可以说，西方现当代的主要美学流派都以审美经验作为其主要研究对象，只不过各种流派所说"经验"的内涵不同而已。众所周知，审美经验论之发端是英国的经验主义美学。它们以审美经验作为其美学研究的出发点，以培根、休谟、柏克为其代表，均将审美经验归结为以主体之体验为基础。即使是柏克对审美经验客观性的探求也是立足于人的主体感官的共同性。康德《判断力批判》中的审美判断力作为"主观的合目的性"，也是一种对于具有共通感的审美快感（经验）之判断。但黑格尔的"美是理念的感性显现"的著名命题，尽管考虑

① 李斯特威尔：《近代美学史评述》，上海译文出版社，1980 年，第 1 页。

② V. C. 奥尔德里奇：《艺术哲学》，中国社会科学出版社，1987 年，第 22 页。

③ 转引自朱立元主编《现代西方美学史》，上海文艺出版社，1993 年 11 月版，第 670 页。

到审美的感性体验内容，但总体上却将审美界定在客观理念发展的一个阶段，从而由康德倒退到本质主义的美学探讨。黑格尔之后，叔本华的“生命意志说”，尼采的“酒神精神说”，尽管其审美内涵中包含着形而上之内容，但仍是以审美经验为其基础。从20世纪开始，几乎所有的西方当代美学流派都立足于审美经验。克罗齐的直觉表现说可以说是开了将经验与情感表现相联系的当代美学之先河。此后，克莱夫·贝尔的审美是“有意味的形式”更同经验密切相关。而真正打出艺术的审美经验旗帜的则是杜威。1934年，杜威出版《艺术即经验》一书，明确提出他的经验论是一场哲学的改造，其艺术哲学的任务是恢复艺术经验与日常经验的延续关系。这标志着经验派美学逐步走向成熟。但只有法国现象学美学家杜夫海纳使经验论美学真正具有浓郁的哲学色彩与深刻的内涵。他于1953年出版具有深远影响的重要论著《审美经验现象学》，将其研究的中心确定在“审美对象和审美知觉相互关联的情况”[①]。此后，经验论美学即渗透于存在论、符号论与阐释学美学等各种新兴的美学理论形态之中。我们以文艺的审美经验作为文艺美学学科的研究对象的另一个十分重要的理由是，这一点十分切合中国文艺美学遗产。中国古代有着悠久而丰厚的文艺美学遗产和传统，但中国的文艺美学传统同西方传统迥异。中国没有西方那样的有关美与艺术之本质的思辨性思考，大量的美学遗产都是体悟式的艺术审美经验的阐发。著名的“意境说”就是对作者之情景交融、物我一致的审美经验的阐发。正如王昌龄在《诗格》中所说，所谓意境“亦张之于意而思之于心，则得其真矣”。而所谓“妙悟”则是对审美经验的主体艺术想象特性所作的深刻描述。陆机在著名的《文赋》中对“妙悟”之艺术想象作了生动的描述：“其始也，皆收视反听、耽思傍讯，精骛八极，心游万仞。其致也，情曈昽而弥鲜，物昭晰而互进。倾群言之沥液，漱六艺之芳润。浮天渊以安流，濯下泉而潜浸。”这里，对于审美经验中艺术想象之描述可谓生动具体，绘声绘色。我国古代著名的“趣味”说则着重从审美欣赏的独特视角阐述审美经验。司空图在《与李生论诗书》一文中说道：“文之难，而诗之尤难。古今之喻多矣，而愚以为辨于味而后可以言诗也”，并提出“知其咸酸之外”、“近而不浮，远而不尽，然后可以言韵外之致”的基本观点，都是对审美欣赏中经验的深刻体悟。我们认为要想建设具有中国特色的文艺美学学科应该很好地总结中国传统美学这一丰厚的美学遗产。

关于文学艺术审美经验之具体内涵，可以从九个关系的角度加以具体阐述。第一，个人感悟性与社会共通性。这就是指文学艺术审美经验不是一种实体性内涵，而是一种关系性内涵，构成康德所说不凭借概念的个人感悟性与趋向于概念的社会共通性的二律背反。正如黑格尔所说这是康德讲的“关于美的第一个合理的

---

① 米·杜夫海纳：《审美经验现象学》，文化艺术出版社，1996年8月版，第22页。

字眼"[①]。正因为审美经验具有这种独特的"二律背反",才使其具有一种特殊的张力、魅力、模糊性和情感性。第二,经验与社会实践。在西方美学理论中,文艺的审美经验完全是主体的产物,因而是唯心主义的。但我们却将文艺的审美经验奠定在马克思主义唯物实践观的基础之上。我们认为从具体的审美过程来看,不一定能明确看出社会实践之基础作用,但从总体上看,从社会存在决定社会意识的角度看,审美经验的基础肯定是社会实践。当今西方哲学—美学在突破思辨哲学主客二分思维模式,突出主体作用之时,为了避免陷入唯我主义,也曾试图回归"生活世界"。但这种"回归"未免虚弱,而从哲学的彻底性来看,还是马克思主义的唯物实践论之社会实践观更能从根本上说清经验的来源内涵。但唯物实践观的理论指导与社会实践的基础地位仍是在理论前提的位置之上,而不能代替具体的审美经验。只有这样才能避免过去以哲学代美学,以普遍代特殊的弊端。第三,经验与主体。当代经验论美学之经验当然是以主体为主的,但又不是英国经验主义纯主体之经验。而是包含着消融了主客二分,包含着客体之经验。有的是通过行动(生活)来消解主客二分,如杜威实用主义的艺术经验论。有的是通过"意向性"来消融主客二分,如现象学美学。有的是通过主体的接受或阐释来消解主客二分,如阐释学美学。第四,经验与想象。文艺的审美经验之发生是必须通过艺术想象之途径的。艺术想象犹如一个大熔炉,能将感性、知性、情感等等熔于一炉,最后形成完整的审美经验,并使审美者进入一种特有的审美生存的境界。这是审美经验区别于日常经验的最重要途径。第五,经验与表现。当代经验论美学的最重要特点是经验同情感之表现密切相关。例如,克罗齐的"直觉即表现说",阿恩海姆的"同形同构说",杜威也强调审美经验之"情感特质"。杜夫海纳也将"反思和情感阶段"作为审美知觉的重要过程之一。第六,经验与快感。经验论在某种程度上是对鲍姆加敦有关美学是"感性学"(Aestheticae)的一种恢复。因而,在相当的程度上肯定感觉、快感,并以其为基础。但当代经验论美学又不仅仅局限于快感、感觉。如果仅仅局限于快感那就会脱离审美的轨道。康德曾在《判断力批判》中提出"判断先于快感"的命题,虽然已经过去了200多年,但我们认为这仍是美学的铁的定律,难以推翻和颠覆。当然许多美学家在承认快感的同时,也是强调对快感之超越的。例如,杜威提出审美经验的"完整性"与"理想性",也是试图超越其生物性。杜夫海纳运用现象学"悬搁"之方法,更是强调对"此在"的超越走向形而上的审美存在。第七,经验与接受。当代经验论美学同当代阐释学相结合,强调阐释的本体性。这样,所有的"经验"都是此时此地的,都是当下视域与历史视域、阐释者视域与文本视域的融合。这样,我们就将当代经验论美学与接受美学、新历史主义等结合了起来。第

---

① 转引自鲍桑葵《美学史》,商务印书馆,1986年,第344页。

八，经验论与心理学。经验论肯定有许多心理学内容，如感觉、想象、意向、情感等等。但审美的经验论又不等同于心理学，如果等同的话，文艺美学就将走向纯粹的科学主义，从而完全抹移了文艺美学特有的而且是十分重要的人文主义内涵。这是包括现象学美学在内的许多美学家特别忌讳的事情。所以在承认审美经验所必须包含的心理学内容时，还更应承认其具有拓展到社会的、哲学的与伦理学的深广层面。第九，经验与真理。这是当代经验论美学同存在论美学紧密相联所必具的内容。当代存在论美学将审美活动同认识活动相分离，由此审美经验并不导向理性的提升，而是通过艺术想象实现对遮蔽之解蔽，走向真理敞开的澄明之境，从而获得人的“审美地生存”、“诗意地栖居”。所以，审美经验、艺术想象、真理的敞开、诗意地栖居都是等同的。这正是当代文艺美学所追求的目标。

以文学艺术的审美经验作为文艺美学学科的出发点，实际上是对当代美学与文艺学学科的一种改造。长期以来，我国美学与文艺学学科都在一种传统认识论哲学的指导之下，将美学与文艺学的任务确定为对美与文艺本质的认识。这就在一定的程度上忽视了审美与文艺的情感与生命生存的特性，将其同科学相混淆，而且忽视其作为人的存在的重要方式，将其降低为浅层次的认识。以文学艺术的审美经验作为理论出发点就既包含了审美与文艺的情感与生命体验特点，同时又包含了它的由“此在”走向“存在”之生命与历史之深意。这是对传统的本质主义与认识论美学的一种反拨。也是对审美与文艺真正本源的一种回归，必将引起美学与文艺学学科的重要变革。而且，以文学艺术的审美经验作为文艺美学学科的出发点也是对当代社会文化转型中正在蓬勃兴起的大众文化的一种理论总结与提升。从 20 世纪中期以来，以影视文化、大众文化、文化产业为标志的大众文化方兴未艾，表明一种新的文化转型已经不可避免地来到我们面前。这是一种由纸质文化到电子文化、由精英文化到大众文化、由纯文化到文化产业的巨大转折。在这种大众文化的背景下，审美与文学艺术发生了日常生活审美化的巨大变化。唱片、光盘、广告、网络文学……等等新的文学艺术生产与存在的样式纷至沓来，目不暇接。审美与生活、艺术与商品、文化与文艺、欣赏与快感之间的界限一下子变得模糊起来。于是从新世纪之初就出现了有关文学艺术的边界、日常生活审美化的评价以及对文学的文化研究等等问题的讨论与争辩。我们认为这种讨论是非常有意义的。我们试图以文学艺术的审美经验这一文艺美学学科的基本理论问题的探讨作为以上大众文化背景下各种文化现象的一种总结与提升，也以此对这次讨论的提供一种也许是不成熟的见解。我们认为，当代文艺美学的审美经验理论包括两个相关的有机部分。一个是审美的生活化、一个是生活的审美化，这是两个紧密相联、统一一体的部分。都是对资本主义工业文明以来艺术与生活分裂，走向异化的严重问题的解决。所谓审美的生活化，是解决艺术与生活的脱离，承认并正视审美所必然包含的身体快感内容与文艺所必然包含的生活内容。使艺术走向生活与万千大众，成为人们休息娱乐的方式之一。同时也不可否认某些艺术产品具有商品的属性，并给人们带来某种经济效益。但这只是我们所说的审美经验理论所包含的一个方面的内容，也只是当前大众文化背景下文学艺术的一个方面的属性。另一方面，也是非常重要的方面，就是生活的审美化。也就是我们所说的审美经验不仅包含着原生态的生活，更要包含对这种生活的超越；不仅包含必不可少的快感，更要包含体现人类生存之精髓的意义。如果说审美的生活化是一种回归，那么生活的审美化则是一种提升。没有回归与提升结合，那么真正的审美与文学艺术都将不复存在，而只有两者的统一才是审美与文学艺术要旨之所在。因为没有前者，审美与文艺必将脱离大众与当代文化现实，而没有后者则审美与文艺又不免流于低俗与平庸。而只有两者的有机结合才是审美与文艺发展的坦途，也才能为文艺美学学科建设奠定坚实的基础。在以上理论指导下面对当前“日常生活审美化”的现实，我们认为这是一种雅与俗、美与丑、健康与落后并存的二律背反。应该运用审美的理论支持其有利于人的美好生存、符合社会发展的一面，克服和引导其低俗落后的一面，使其走向健康发展之路。以文学艺术的审美经验作为文艺美学学科的理论出发点也是为中国传统美学在当代进一步发挥作用开辟广阔的空间。中国美学发展以 20 世纪初，特别是 1919 年“五四”运动为界发生了明显的断裂。此前是传统形态的美学，此后受到“西学东渐”的深刻影响则是接受西方美学理论话语。这前后两种美学形态尽管不可避免地有所联系，但在理论内涵、话语范畴和精神实质上均有明显区别，是一种明显的理论断裂。因此，有的学者认为，这两者“不可兼容”，而是“宿命的对立”。中国传统美学的现代价值问题被严峻地提到我们面前。而以文学艺术的审美经验作为理论出发点的文艺美学学科则为中国传统美学进一步发挥当代作用开辟了广阔的天地。因为，我国传统美学的确没有西方美学那样借以反映审美与艺术本质的概念范畴，而主要以对创作与文本的体悟作为理论的基点。这恰是一种文学艺术的审美经验。从先秦时期的“兴观群怨说”，到汉魏时期的“言志说”、“意象说”，到唐宋时期的“意境说”、“妙悟说”、“心物说”，到清代的“情景说”、“性灵说”与“境界说”等等可谓一脉相承，都是对文艺审美经验的独特表现，反映出中国古代美学的特有精神，具有十分丰富的内涵与极其重要的价值。这些美学理论不仅赋予我国美学家以特有的民族精神，而且也对包括海德格尔在内的诸多西方美学家以理论的滋养。我们相信，文艺美学学科的发展，特别是以文艺的审美经验为其研究对象，并自觉地以之总结弘扬中国传统美学理论，将使中国传统的美学理论在新时期发挥更加重要的作用。

## 第三节
## 文艺美学的学术资源

“文艺美学”被正式提出之际，就借助了某种学术资源。但在相当长时间内，有关文艺美学的学术资源问题并没有得到学界应有的重视。学者们的注意力主要放在了给出一个明确定义、建立一套完整体系之上。而随着文艺美学研究的逐渐深入，特别是学科体制化之后，文艺美学的合法性急需得以确证。学术资源问题作为学科建构的理论基础，其重要性才渐渐显现出来。

文艺美学的提出，在当代中国有其特定的历史语境：在美学领域，哲学美学的思辨演变为抽象的本质之争；在文艺理论领域，机械反映论文艺观最终使文学艺术沦为了政治的附庸。而“文艺美学”的提出，一方面要求美学研究具体地关注文学艺术，另一方面又强调了文学艺术本身内在的审美特性。这与其说是一种创新，不如说是一次回归。事实上，审美/艺术的一体两面，原本是西方近代以来美学和文艺理论固有的理念，“美学意味着艺术性，解释艺术的概念，且特别关注美”，是普遍“流行的观点”。[①] 自从美学被引入中国，无论王国维、朱光潜，还是邓以蛰、宗白华，都未曾脱离具体文学艺术现象来抽象地讨论美学问题，只是他们没有在学科意义层面上展开。再往前追溯，中国古典美学大体也都建立在文学艺术的经验和体悟之上。可见，建设当代中国的文艺美学，有其充足的依据和丰富的资源。

不过，在文艺美学提出之初，谈论话题还主要集中在学科性质的规定和学科体系的描述方面。前者即所谓“学科定位”问题，关系到“文艺美学何以能够成立”。然而，一旦我们追问“文艺美学是什么”的时候，其实已不自觉地重蹈了“美学是什么”、“美是什么”的覆辙，重又回到了那条抽象演绎的老路之上。至于文艺美学的研究延伸到体系设计方面，则同样如前所述，即我们从现有各种系统阐释文艺美学的专著或教科书中可以清楚地看到，其结构、序列和内容依然是同类美学、文艺理论著作的重复。

《开放社会科学》一书的作者华勒斯坦曾提出，我们正处在现成学科结构分崩离析的时刻。现成学科结构遭到质疑，各种竞争性的学科结构亟待建立，目前最迫切的任务是“必须对一些基础性问题进行全面的讨论。鼓励这种讨论，并且阐明已经出现的种种相互关联的问题”[②]。文艺美学尽管与“现成学科结构”不完全相符合，但它却符合“竞争性的学科结构”。换句话说，文艺美学的合法性不是建立在某

---

① 沃尔夫冈·韦尔施：《重构美学》，陆扬、张岩冰译，上海译文出版社，2002 年，第 103—104 页。

② 华勒斯坦等：《开放社会科学》，刘锋译，三联书店，1997 年，第 111 页。

种自足的结构上，而是建立在它所触及的具体问题之上。既然文艺美学是开放性的，就没有必要拘泥于传统的学科结构。文艺美学的建构应在自身学术视野内基础性的及相关联的问题上展开，“以对问题的确定来奠定文艺美学研究作为一种学理方式或形态的合法性基础，以对问题的阐述来展开文艺美学研究的合法性过程”。[①]

显然，以问题为中心建构文艺美学，可以使我们摆脱以往美学和文艺理论的既定思维，不再局限于传统的本质论和封闭的体系论。与此同时，问题的确立和阐释的开放性，则将使我们面临多重的选择前景。在这一过程中，学术资源问题便显得非常突出。当然，学术资源并非简单、现成的东西，各种资源的形式又各有不同——无论它作为话语形态、研究方法或学术思维被我们利用，都有待于深刻的发现和成功的转换。

首先，文艺美学的西方资源。现代学科体制原本来自西方。美学、文艺理论作为西方知识谱系的分支，无疑受到西方学术话语的支配。文艺美学的建构一开始就处于西方话语之下，有关其学科定位的思考，体系架构的设想则无不带有西方学术思维的痕迹。当人们反思学科建构中的弊端，西方话语霸权及其导致的中国理论“失语症”，便成了首当其冲的目标。当然，不止是文艺美学，当代中国人文社会学科都存在这种情况。在此，我们所关心的是：西方学术资源并非单一、静态的，合理的发掘和准确的使用，乃是文艺美学理论建构的重要途径。对于当代中国的文艺美学建设来说，西方学术资源不是使用过度，而是缺乏有效对接。这一点，从以下几个具体问题上可以看出：

第一，西方传统学术思维以思辨为主，有别于中国传统学术思维以体验为主。但这只是一个粗略的划分。且不说在西方传统中原本就包含有深刻的体验意识，单说其逻辑思辨也是与实证精神相辅相承的。问题在于，在过往的文艺美学研究中，我们常常只取其抽象推演的方式，而不去求取实际的证明和检验，更少落实到个案的分析。由此建构起来的文艺美学，也就只能是一个自圆其说的空洞框架。事实上，要求搁置学科定位上的争执、回返文学艺术的审美事实本身、重视个案研究和实证研究，这已在目前的文艺美学研究领域形成一定呼声。

第二，本体论问题在中国语境中常常被简化成本质论，而本质论又常常沦为本质主义。20世纪五六十年代发生的美学大讨论，一个很大的弊端就是拘泥于所谓“美的本质”问题的争论。而80年代以后“文艺美学”的提出以及其研究，意在克服这一局限，却又在学科定位问题上仍然沿袭了过往的思路。实际上，本体问题可从不同角度加以理解，特别是现象学转向之后，西方哲学已开始走出本质论的误区，

① 王德胜：《文艺美学：定位的困难及其问题》，《文艺研究》2000年第2期。

完成了从本质到经验、认知到存在的转型。即如杜夫海纳便在《审美经验现象学》中特别强调了“审美经验的本体论意义”。而当前中国学者将文艺美学的研究对象界定为“艺术的审美经验”[①]，显然就是受这一学术思潮影响的结果。

第三，依照西方学理，一个理论体系是由一系列基本概念、范畴和关键词架构而成的。而当代中国的文艺美学建构却省略了这一基础环节，试图直接进行体系的设计，其成效自然会大打折扣。事实上，由于文艺美学本身所具有的科际整合性质，并且它涉及当代人类审美经验的变化和更新，因而如果像传统学科那样去确定几个基本概念和范畴，显然不切实际。保持开放的理论建设姿态，对文艺美学研究中正在使用的关键词进行梳理，恐怕是当前切实可行的工作。在这一方面，雷蒙·威廉斯的《关键词：文化与社会的词汇》一书可以给我们提供很好的借鉴。

第四，西方近年来流行的文化研究，对中国学界产生了不小的影响。就文艺美学而言，也同样存在着从文学艺术的审美研究到审美文化研究的转型问题。应该说，当代的艺术形态和审美方式都发生了十分深刻的变化。一方面，由于技术和传播媒介的高度发达，出现了影视艺术、网络艺术等等；另一方面，大众文化和文化工业的兴盛，又进一步导致了当代人类的日常生活审美化现象。文艺美学不仅要关注纯文学、纯艺术这样的传统形态，更要关注当代审美文化的经验事实，从小文本的阐释转向大文本的阐释。由此，突破传统学科的边界，引进和利用西方文化研究的学术资源，势在必行。

其次，文艺美学的中国古代资源。中国古代没有学科形态的美学和文艺理论，但传统中国文化中却又包涵着丰富的美学和文艺理论思想。当代中国的文艺美学研究在经历了相当长一段时间之后，开始自觉认识到本土学术资源的重要性，这是由特定学术背景和学术追求所决定的。

第一，随着文艺美学研究的深入，理论的本土特色问题逐渐引起学者们的关注。这其实也与全球化时代汉语学界的身份危机有关。毫无疑问，中国的现代化进程是从向西方学习开始的。不仅是科学技术，人文社会科学的学科建制也来自西方。运用西方学理方式和话语形态确实解决了许多传统中国学术无法澄清的现实乃至历史问题。但是，在国际学术交流日益广泛的今天，一味以西方为模范，其局限性势必凸现出来。如果说，全球化与本土化的关系是我们不可回避的重大问题的话，那么，对于当代中国的文艺美学建设来说，要想真正参与全球化时代的学术对话，摆脱西方话语控制、重返民族传统并且开发、利用和转换本土学术资源，就是一种必然的趋势。20世纪末中国文艺理论界围绕“失语症”和“中国古代文论现代转换”的讨论，显然就是当代中国学者的一次自觉反思。

---

① 曾繁仁主编：《文艺美学教程》，高等教育出版社，2005年，第6页。

第二，从文艺美学角度反观中国传统美学，我们可以获得一些令人兴奋的发现。首先，中国传统美学的基本文本，除了少数原创性思想家零星的美学论述，大多是文艺理论著作及文学家、艺术家的经验之谈。在中国古代举几部系统、完整的美学理论著作，只能是刘勰的《文心雕龙》、钟嵘的《二十四诗品》之类。应该说，中国传统美学关注的对象及其内容，始终不离文学艺术。其次，由于中国传统美学主要来自于对艺术经验的总结，中国人有关审美的思考便主要采用了体验的方式。与西方的思辨方式不同，中国传统美学并不注重建立逻辑体系，一些基本范畴也都是感悟性的，既不可规定，也不可描述。如"兴观群怨说"、"言志说"、"意象说"、"意境说"、"妙悟说"、"心物说"、"情景说"、"性灵说"、"境界说"等等，都是以艺术创作和文本体悟为理论基点，包含着丰富的文艺审美经验。中国传统美学的这一形态，与当代文艺美学建构的意图十分契合。克服由抽象思辨带来的弊端，以文学艺术为主要对象，关注文艺的审美经验，正是文艺美学的追求。从这个意义上说，与其说中国传统美学形态是"美学"的，还不如说它是"文艺美学"的。

第三，当代文艺美学建构的危机，正在于其尚未能完全走出西方知识体系和话语形态。而重返中国传统美学，人们则发现了绵长丰富、深厚博大的本土资源。于是，如何在开发、利用和转换本土学术资源的过程中建构原创性的中国文艺美学，便是当前文艺美学研究的重大课题。需要说明的是，将中国传统美学当作一种学术思想来对待，与将之作为一种学术资源来研究，是有区别的。前者只是学术史的清理，后者则意在实现资源向成果的形态转换。把中国传统美学作为当代文艺美学建构的本土学术资源，必须考虑的主要问题有：如何把握这一资源的历史构成及其本土特征，进而确定其现代性精神潜质？如何从学科建构的目标上，找到有效实现现代转换的机制、学理方式和结构特点？如何把握现代学科建构形态及其理论前景，并从中发现本土学术资源的转换价值？如何把开发、利用与确立世界性学术对话机制内在地统一起来？① 这种对本土学术资源的重视，不是为了狭隘地践行某种资源保护策略，而是为了充分发掘思想的历史体系与理论的现代形态之间的内在关联，积极实现由传统向现代的转换，进而形成真正的全球化学术视野。转换本土学术资源，完成文艺美学的现代建构，由此看来还任重而道远。

最后，文艺美学的中国现代资源。与西方学术资源和本土传统资源所不同的是，现代中国学术资源作为20世纪中国美学和文艺理论现代转型的产物，不可避免地带有跨文化的特征。其基本形态的复合性、内在理路的混杂性，都有待进行学术史的反思。面对这一面目不清的"新传统"，吸取、借鉴其理论成果和经验教训，显然是当代文艺美学建构的路径之一。

---

① 参见王德胜：《清理与转换：本土学术资源与中国美学的现代建构》，《北京社会科学》2001年第4期。

回顾20世纪中国美学学术历程，借助西方理论成果，改造中国传统美学，实现美学存在形态的现代转换，成为一种顺应学术现代性追求的必然过程和结果。西方话语作为先在必然性的理论形态出现在现代中国美学家的视野中。而随着美学研究在20世纪中国的推进和展开，西方话语形态逐步成为整个20世纪中国美学百年建构中的自觉。然而，当这一现代性建构之路走到今天的时候，有关"中国美学自身合法性何在?"的问题却又一次凸现了出来。对于今天的中国美学学者来说，丰富的本土资源既是一种无法也不应该割舍的传统联系，同样也是当代美学实现现代性转换过程中的矛盾集中点。而这一矛盾，自20世纪中国美学的现代建构发端以来，就没有消失过。如何把握现代性转换过程中传统承续的矛盾？这种矛盾如何能被当代中国的美学研究本身合法地解决？在此，20世纪中国美学史上一些成功的个案不容忽视。

第一，20世纪中国美学的开端以美育为契机。实施美育则必须通过艺术，因而现代中国早期美学家都十分关注艺术和艺术问题。王国维的《〈红楼梦〉评论》、《人间词话》，朱光潜的《文艺心理学》、《诗论》，邓以蛰的中国书画研究，宗白华的中西诗画比较等等，无不以艺术为对象。只是到了20世纪五六十年代的美学大讨论，中国美学界才开始离开艺术的审美经验之路，完全转向了审美的哲学思辨。

第二，20世纪早期的中国美学家并非完全受西方话语支配。王国维发表第一篇符合现代学术规范的美学论文《〈红楼梦〉评论》后不久，便采用传统话语形式写作了《人间词话》。宗白华成熟时期的美学论文如《中国艺术意境之诞生》等，也采用了传统的诗性表述方式。尽管它们背后都存在深邃而周密的逻辑推衍，但其话语形态则显然是中国而非西方的。

第三，20世纪中国美学最初也并不过分看重理论的体系化。当然，成一家之言的美学家，其思想必有连贯的内在理路。从王国维的"境界说"、朱光潜的"诗境说"到宗白华的"艺境说"，可以看出20世纪早期中国美学家的理论建构意识。但是，这些"境界美学"的建构，与后来的美学体系建设是有所不同的：它们不是从基本概念出发来架构理论体系，而是结合西方的思辨方式与本土的直觉感悟，对艺术境界作出了多角度、多层次的描述。

有学者曾经这样指出："文艺美学学科所使用的资源包括西方理论成果、中国现当代理论成果、中国古代美学与文艺学优秀遗产以及各部门艺术成果，特别是当前具有广泛影响的影视艺术与网络文艺的理论总结等。"①应该说，20世纪中国美学确有自身独特的理论建树。分析和清理这些现代的学术资源，对于当代文艺美学的建构至少有两方面的启迪：一是通过对20世纪中国美学现代转型的把握，可

---

① 曾繁仁主编：《文艺美学教程》，高等教育出版社，2005年，第4页。

以考察其跨文化的学术策略，发现现代学科建构的基本精神。二是反思 20 世纪中国美学的学科建设规律，在历史的深入过程中可以获得思想的创造性依据，重构当代文艺美学的学术前景。

第一，兼容中西传统。作为一个当代前沿领域的研究，文艺美学不仅具有跨学科性，而且具有跨文化性。从学术资源的开发和利用角度看尤其如此。在此要强调的是，面对中西不同传统的学术资源，当代文艺美学建构也应采取兼收并蓄的态度。而兼容中西传统的问题看似简单，实际却是中国学术现代性追求中最费思量的难题。在"文艺美学"提出之初，将西方现代学科体制、学科形态当作预设的理论建设目标，便不可能摆脱西方话语的制约。但在中国传统美学中发现可供借鉴的本土资源，却也不是要求回归传统的话语形式。如何把握两者之间的平衡，并没有可供操作的现成模式。我们既要防止"西方中心主义"的倾向，又不能也无法拒绝西方文明；要弘扬民族传统，又不能也不该落入"东方主义"的陷阱。所谓既是世界的又是中国的，意味着我们必须彻底消解中西二元对立的建构立场。

第二，立足当代语境。文艺美学的建构无疑应立足当代语境。这一点，从学术资源角度看，包含两层意思。其一，对各方面的学术资源作取舍、整合，必须坚持当代的建设性立场。由当代反观中国古代、现代以及西方的理论成果，才能避免从文艺美学的理论建构滑向文艺美学的思想史研究：前者意在超越历史，后者意在深入历史。其二，立足当代语境，还要求我们关注当代艺术和审美经验，将学术资源的范围延伸到当代，扩展到相关理论领域。由于当代审美经验已逐渐从纯艺术领域渗透到大众的日常生活之中，当代传播学和文化研究等新的学术资源也因此成为文艺美学建设的借鉴对象。不同学科学术资源的融入，正体现了文艺美学的跨学科特征。实际上，仅仅凭借已有的学术资源进行理论建构，即使创立了独具特色的崭新学科，如果不能解释当代审美现象、解决现实中的审美问题，文艺美学的合法性仍将是令人生疑的。只有立足当代语境，文艺美学建构过程中的资源利用才能有充分的依据。只有立足当代语境，文艺美学才可能成为一个真正开放性的研究领域。只有立足当代语境，文艺美学研究才可能提出并阐释艺术的真实问题。

## 第四节
## 文艺美学的研究方法

列宁在《黑格尔辩证法（逻辑学）的纲要》一文中认为，在马克思的《资本论》中逻辑、辩证法和唯物主义的认识论是同一个东西。[①] 由此说明方法论与理论体系及世界观是一致的，从而彰显出方法论的重要作用。文艺美学以文学艺术的审美经验作为研究对象就决定了它必然在马克思主义的指导下采取审美经验现象学的研究方法。这是一种由具体的审美经验出发的研究方法，迥异于从抽象的本质或定义出发的传统研究方法。从而使研究对象由传统的理论文本扩充到鉴赏文本，进一步扩充到理论家自身对文艺作品的审美体验。这种研究方法更加全面，更加符合文艺美学学科的实际，也会更加彰显出理论家的理论个性。它是自下而上的研究方法与自上而下的研究方法的统一。因为文学艺术的理论研究既要从具体的审美体验出发，也必须借助一定的具有共通性的理论规范，否则就会完全成为只有个人能够理解的自言自语，从而缺乏应用的理论价值。而且更为重要的是，文艺美学不只是对单个审美经验的研究，更要研究其中所包含的具有人类共通性的对在场的超越，走向人类"诗意地栖居"以及对人类前途命运的终极关怀。这就使审美经验本身包含了深刻的意义与鼓励人类前行的精神的力量。

现象学兴起于20世纪初的德国，其创始人是胡塞尔(Husserl,1859—1938).他并未建立美学体系，但他的现象学方法和理论对美学产生极大影响。他提出了一个著名的现象学口号："回到事物本身"。他所谓的"事物"并不是指客观存在的事物，而是指呈现在人的意识中的东西，他称这些东西为"现象"，所以"回到事物本身"就是回到现象，回到意识领域。他认为哲学研究以此为对象，就能避免心物分立的二元论。而要"回到事物本身"就要抛弃传统的思维方式，采取现象学的"还原法"，也就是将通常的有关客体和主体的判断"悬搁"起来，加上括号，存而不论。他认为通过这种现象学还原就能直觉到纯意识的"意向性"本质。所谓"意向性"即指意识总是指向某个对象，因此世界离不开意识，离开人和意识，就没有什么价值和意义。这是一种用"整体性意识"反对传统哲学主客二分思维模式的现代哲学方法，具有重要的影响和意义。当然，这种现象学方法的主观唯心主义色彩是非常浓厚的，所以我们要以马克思主义唯物实践观予以改造。将这种现象学方法较好地运用于美学研究的是波兰的罗曼·英加登(Roman, Ingarden, 1893—1970)和法国的杜夫海纳(Mikel Dufrenne1910—　)。特别是杜夫海纳于1953年所著《审美经验现象学》成为西方现代审美经验现象学美学理论和方法的奠基之作，具有重要的学术价值。胡塞尔早就指出，"现象学的直观与'纯粹'艺术中的美学直观是相近的"。又说，艺术家"对待世界的态度与现象学家对待世界的态度是相似的——当他观察世界时，世界对他来说成为现象，世界的存在对他来说是无关紧要的，正如

① 马克思、恩格斯、列宁、斯大林:《论辩证唯物主义与历史唯物主义》，上海人民出版社，1997年7月版，第207页。

哲学家(在理性批判中)所作的那样”。[①] 英加登和杜夫海纳将这种现象学理论和方法创造性地运用于美学领域,开创了审美经验现象学方法。这种方法直接借鉴了现象学方法之“回到事物本身”、“本质还原”、“意向性”与“悬搁”等等基本原则,但在审美的运用中又有所发挥。杜夫海纳指出:“我们敢说,审美经验在它是纯粹的一瞬间,完成了现象学的还原。对世界的信念被暂时中止了,同时任何实践的或智力的兴趣都停止了。说得更确切一些,对主体而言,唯一仍然存在的世界并不是围绕对象的或在对象后面的世界,而是——属于审美对象的世界。”[②]具体说来有如下四个方面特征。第一,审美态度的改造性。英加登在论述审美经验时专门阐述了由日常经验到审美经验的转化过程,也就是审美经验兴起的前提。他认为最重要的是凭借由日常态度到审美态度的转变。他将此称作“预备审美情绪”。他认为,人们在面对一个对象时一开始常会选取一种功利的现实态度,而一旦为对象特有的色彩、节奏、形状等美学特质所打动,从而唤起一种特有的“预备审美情绪”,就会中断对于周围物质世界的日常经验活动,进入一种精力空前集中的审美经验状态。这就是由日常态度到审美态度的转变,及其对于由日常经验过渡到审美经验的决定性改造作用。英加登指出:“预备情绪最重要的功能是改变我们的态度,亦即使我们对待日常经验的自然态度变成特殊的审美态度。”[③]我们面对巴黎卢佛尔美术馆所藏艺术精品《米罗斯岛上的维纳斯》雕像,一开始常常会以日常经验的态度对待,权衡其大理石的特性、质量和价值等等。如要转到对其作为艺术品的鉴赏,最重要的环节就是被这一艺术品的艺术特质所打动,产生激动人心的审美态度,忘掉周围世界,进入审美的境界。第二,审美知觉的构成性,这是对于审美经验兴起的阐述。现象学美学将主体的意向性作用放在非常突出的地位,认为审美对象是主体凭借审美知觉在意向性中构成的结果。杜夫海纳指出:“简言之,审美对象是作为被知觉的艺术作品。这样,我们就必须确定它的本体论地位。审美知觉是审美对象的基础,但那是在公平对待它即在服从它的时候才是这样。”[④]比如《米罗斯岛上的维纳斯》雕像作为艺术精品是一种举世公认的客观存在,但只有在鉴赏者通过审美的知觉对其进行鉴赏时维纳斯雕像才能成为审美对象。这就是审美知觉的构成性。杜夫海纳指出,一旦美术馆关门,最后一位参观者离开,那么该艺术品就不会作为审美对象而存在,只能作为作品或可能的审美对象而存在。第三,审美想象的填补性,这是对于审美经验完善性的论述。英加登在其审美经验现象学中提出了“未定域”和“具体化”两个十分重要的概念。所谓“未定域”即指没有被作

---

① 胡塞尔:《胡塞尔选集》,三联书店,1997年,第1203页。

② 蒋孔阳、朱立元主编:《西方美学通史》第六卷,上海文艺出版社,1999年11月版,第449页。

③ 转引自M.李普曼《当代美学》,光明日报出版社,1986年,第293页。

④ 米·杜夫海纳:《审美经验现象学》,文化艺术出版社,1996年8月版,第8页。

品加以确定的方面，如维纳斯的身份、动作等等，需要通过鉴赏者加以艺术的补充。而“具体化”是指鉴赏者在鉴赏过程中通过“意向性”对于作品进行再创造的过程，包括对于原作某些缺陷的弥补。这一切都需通过审美的想象进行。面对维纳斯雕像的断臂和大理石本身的污疵，鉴赏者正是通过审美的想象弥补这种断臂和自然的缺陷。英加登指出：“在审美态度中，我们不知不觉地完全忘怀了肢体的残缺，断掉的臂膀。一切都产生了奇妙的变化。在这种方式‘观看’下的整个对象完美无缺，甚至因为双臂未曾出现在人们的视野里而更富魅力。”[①]第四，审美价值的形上性，这是对于审美经验内涵提升的论述，包含着浓浓的人文精神。审美经验现象学所说的审美经验不同于英国感性派美学的纯感性的经验，而是包含着形而上的超验的内容，是一种追求人的美好生存的价值取向。英加登和杜夫海纳都不约而同地谈到这一点。杜夫海纳指出：“赋予审美经验以本体论的意义，就是承认情感先验的宇宙论方面和存在论方面都是以存在为基础的。也就是说存在具有它赋予现实的和它迫使人们说出的那种意义。审美经验之所以阐明现实是因为现实是作为存在的反面——人是这种存在的见证——而存在的。”[②]也就是说，审美经验之所以阐明现实，是为了现实之后的人的存在得以显现。这说明审美经验现象学之本体论意义是走向人的诗意地栖居，已经同当代存在论美学相融。例如，我们从维纳斯雕像中不仅能够欣赏到精细的雕刻技艺、优美的人体造型，而且更可以从中体味到一种恬静、高雅和超俗之美，成为“高贵的单纯，静穆的伟大”之西方古典美的代表。这种古典美具有一种震撼人心的巨大力量。俄罗斯作家乌斯宾斯基在小说《舒展了》之中，生动地描写了一个穷愁潦倒的乡村教师特雅普希金在巴黎参观美术时馆被维纳斯雕像深深感动的情形。主人公是一个精神委靡的小人物，但他却被维纳斯雕像的美所打动，从而使其被生活扭曲的灵魂得以舒展。小说中引用了主人公的一段独白：“我感到，在语言中找不出一个词汇，可以来说明这尊石像创造奇迹的奥妙。——打碎她，这等于使世界失去了太阳，如果在人的一生中连一次都没有感受到维纳斯的温暖，他就不值得生活在这个世界上——。”这一段描写是多么的深刻生动啊！突现了对艺术精品的审美经验对于人性所产生的巨大震撼和提升作用。英加登和杜夫海纳都认为，审美经验现象学方法只是美学研究的有效方法之一，但决不是唯一。我们认为文艺美学研究以这一方法为主，但并不排斥其他方法。诸如社会学的方法、形式研究的方法、文化研究的方法和交流对话的方法等等。

文艺美学的产生就是一种由对文艺的社会功能研究到对文艺的审美特性研究

---

① 转引自 M. 李普曼《当代美学》，光明日报出版社，1986 年，第 287 页。

② 米·杜夫海纳：《审美经验现象学》，文化艺术出版社，1996 年 8 月版，第 581 页。

的转向，因此文艺美学当然应该以审美经验为核心深入剖析其对象、生成、前见、发展、形态与比较等等，从而构成独特的理论体系。但这种审美特性研究又不完全是独立自足的，而并不排除对文艺的社会功能的研究，包括社会的、意识形态的和文化的等等视角。从社会的角度，我们向来认为文学艺术不仅是审美的现象而且是一种社会的现象，具有政治的、经济的、时代的等诸多社会属性。从意识形态的角度我们向来认为，文学艺术作为意识形态之一种，从一个特殊的侧面反映了社会政治与经济，乃至生产关系与生产力的诸多特性。而从文化的视角说，当前文化研究的方法已经成为文艺研究的最重要方法之一。诸如，种族的，女权的、后殖民的、生态的、文化身份的等等崭新角度的确能给文学艺术以崭新的阐释。但我们向来认为文化研究只不过是文艺研究的重要方法之一，而不是全部。因此，当前西方某些研究者以文化研究取代或取消文艺研究的做法并不妥当。事实上，对文艺的最基本的研究方法还应是审美的研究方法。19 世纪上半叶，黑格尔创立了逻辑与历史统一的研究方法，这是一种思辨哲学的研究方法。这种方法对于经济学、哲学等社会科学是十分适合的。但对于以情感体验为其特征的美学，是否都要运用这一思辨哲学的方法，尚有待于进一步讨论。著名的新黑格尔主义者、美学史家鲍桑葵在其《美学史》研究中就采用了历史突破逻辑的方法，使这本美学史在诸多方面颇具创意。由此说明，对于以文学艺术的审美经验为其理论出发点的文艺美学学科也不能完全采用思辨的方法，而应采用以历史为主，辅之以逻辑的研究方法。因此，文艺美学研究的基本着重点在历史的、当代的文艺的审美经验事实，包括作者自身的审美经验，主要以此为据提炼出理论的观点。当然也要借助当代流行的各种理论的概念和话语，但不为其所束缚，而以审美经验的事实为依据，对其进行必要的补充、充实、发展和突破。另外，还应将当代的对话理论作为重要的方法维度。也就是说，不应采取传统的教化与灌输的方式，而应采取作者与读者平等对话的方式。因为，文艺美学的理论出发点是审美经验，经验既具有社会共通性，同时也具有明显的个人感悟性。所以，文艺美学研究给读者提供的只是研究者的一种感悟。期望以此唤起受众的共鸣，甚至产生一种新的不同的体验和感悟。在这一点上，读者是有着充分的自由度和广阔的空间的。这就是一种新型科研态度与方式，可能激起读者更大的主动性，充分调动其探索新问题的兴趣。同时，还应采用心理学的，阐释学的以及语言学的等等方法。方法的多样性也是文艺美学研究的探索之一。

**参考文献：**

胡经之：《文艺美学的反思》，《江苏社会科学》1999 年第 6 期。

曾繁仁：《试论文艺美学学科建设》，《学习与探索》2005 年第 2 期。

王元骧:《"文化美学"随想》,《深圳大学学报》2004 年第 1 期。

童庆炳:《文艺美学——新时期创立的关怀人的心灵的学科》,《深圳大学学报》2004 年第 1 期。

张法:《中国语境中的文艺美学》,《浙江学刊》2004 年第 3 期。

李西建:《本体论创新与视界开放——对文艺美学学科问题的哲学思考》,《陕西师范大学学报》2004 年第 2 期。

杜书瀛:《文艺美学诞生在中国》,《文学评论》2003 年第 4 期。

庄锡华:《文艺美学的人学方向——论马克思主义美学的当代建构》,《深圳大学学报》2002 年第 1 期。

陈炎:《文艺美学、文艺社会学、文艺心理学的学科分野》,《文史哲》2001 年第 6 期。

曾繁仁:《中国文艺美学学科的产生及其发展》,《文学评论》2001 年第 5 期。

谭好哲:《文艺美学:美学创新的可行之路》,《北京社会科学》2001 年第 4 期。

钱中文:《文艺美学:文艺科学新的增长点》,《文史哲》2001 年第 4 期。

王德胜:《文艺美学:定位的困难及其问题》,《文艺研究》2000 年第 2 期。

姚文放:《新时期文艺美学的建设概观》,《山东社会科学》1992 年第 6 期。

王岳川:《后现代主义文艺美学》,《四川外语学院学报》1992 年第 3 期。

胡经之:《文艺美学》,北京大学出版社,1999 年。

曾繁仁:《文艺美学教程》,高等教育出版社,2005 年。

周来祥:《文艺美学》,人民文学出版社,2003 年。

张婷婷:《中国 20 世纪文艺学学术史》,上海文艺出版社,2001 年。

汝信、王德胜主编:《美学的历史—20 世纪中国美学学术进程》,安徽教育出版社,2000 年

杜书瀛主编:《文艺美学原理》,社会科学文献出版社,1998 年。

栾贻信、盖光:《文艺美学》,华龄出版社,1990 年。

王向峰主编:《文艺美学辞典》,辽宁大学出版社,1987 年。

王世德:《文艺美学论集》,重庆出版社,1985 年。

劳承万:《审美文化选择》,上海文艺出版社,1991 年。

# 第五章

# 三维视野中的新时期审美教育研究

## 第一节
## 美学维度的审美教育研究

在新时期，与审美教育理论密切相关的美学之维的学术进程，主要是在两个方面展开的，其一是审美主体论的获得与认同，在不同情况下，审美主体论作为一个问题又分解为两个层面的表述：即文学艺术或者审美的本质论与狭义的审美主体论；其二则是审美价值论的复活与重建。这两个方面之间的关系，正如韦勒克所云，"文学的本质与文学的作用在任何顺理成章的论述中，都必定是相互关联的。诗的功用由其本身的性质而定：每一件物体，或每一类物体，都只有根据它是什么或主要是什么，才能最有效和最合理地加以利用。……同样也可以这么说，物体的本质是由它的功用而定的：它作什么用，它就是什么"[①]。也就是说，这两个方面其实是一个问题的两端，一个事物丧失了自身的主体地位，也就丧失了自身的价值；一个事物无从发挥自身的价值与功能，那么这个事物也就必然丧失了存在的主体性与必要。而审美价值与功能范畴是连接审美活动与教育活动的节点，这样，审美教育、审美价值与功能、审美主体性就是内在地统一的。

### （一）新时期之前的美育理论境况

从历史的发展来看，在宏观上，我国美育理论研究的进展与社会政治环境的宽松与自由密切相关；在微观上，我国美育理论与美育实践的两次高潮则是随着美的本体论的独立而获得自己的主体性与合法性的。在中国近现代与当代的美学与文艺学学术史当中，美育学学科的理论建构与美的本体论沿革可以说荣辱与共。因为美育之"美"首先应该找到自己在人类精神文化图景里的合法地位，才有可能深入和延伸到"育"的活动。美育学学科之所以能够成立，一个必须和唯一的逻辑前

① 雷·威勒克、奥·沃伦：《文学理论》，刘象愚等译，三联书店，1984年第1版，第18页。

提就是美之为何与美之何为，也就是本体论及其价值论的完满解决。一切学科的建立莫不如此。

在中国近现代美学史与中国近现代美育思想史之中，学术的突破来自于对于康德美学思想的继承。要建立现代形态的美学与审美教育理论，必须首先在这一最为根本的命题上有所突破。当然，康德作为这一审美主体性原理的创设者，是我们无法回避的。从一个学者治学的最基本的学术道德来看，继承历史与坦诚的胸怀是必然的要求。虽然中国现代美学的开创期，由蔡元培所树立的这一优良传统以及审美主体性的命题由于历史的原因而中断，但是，在新时期的美学研究中，其必然的开端也必须由这一原理开始，当然，虽然不必直接从康德开始，但是为什么我们不能有蔡元培那样的坦荡胸怀呢？从审美主体性开始与从康德开始是一致的，前者是从美学与审美教育理论的内在逻辑要求而言的，后者则是从这一原理具体展开的学术史的角度而言的。这种不能回到学术史发展内在脉络上的狭隘态度，一方面是由于政治环境所造成的，但是在社会环境较为开明自由的今天，我们就必须把这种学术责任归之于自身的素养与素质了。

审美主体性与独立价值的缺失与弱势，会导致审美教育在发展趋势上的变态，总的来看就是审美生活的丧失；而在中国的"文化大革命"中，审美生活或是美育的状况，正是马克思在《手稿》中所迎头痛击的"粗鄙的共产主义"的"卑鄙性"[①]，即"怀有嫉妒心的和平均主义欲望，……对于整个文化和文明的世界抽象否定，……非自然的简单状态的倒退"[②]。其主要表现就是：一是走向禁欲主义与僧侣主义；二是片面强调具有审美价值物品的非主要价值的地位与作用，当然主要是指认识作用。新时期以来，审美主体性确立所面对的也就是所要克服的倾向主要有两个方面，一是完全附属于政治的美学理念，另一个就是机械认识论的美学观。

### （二）审美主体性的获得与认同

新时期伊始，周扬在1980年中华美学会成立大会上所作的《重视审美教育，加强美育研究》报告中谈到："在人民群众中，尤其是在青少年中大力提倡和实施美育，这是一件具有重大战略意义的任务，而在当前，又有很大的迫切性"的时候，对这一丧失审美主体性的审美教育的恶果的评价是中肯的："四人帮一伙疯狂破坏文化，破坏人间一切美好的东西，把历史上与现实中那些最丑恶最肮脏的东西奉为神圣，……甚至根本颠倒了美丑善恶。这给我们民族在心灵上造成的危害和创伤远

① 马克思：《1844年经济学哲学手稿》，人民出版社，2000年第1版，第81页。

② 同上书，第79—80页。

远比在经济上造成的损失要大得多,更深重得多”[①],给与审美与艺术以本来面目,使其成为其所是,使其发挥其固有的价值与功能,就需要在主体论的哲学高度取得尽早的突破。

20世纪70年代中期和80年代初期,李泽厚通过对康德哲学的研究,提出了主体性实践哲学的口号,并以此为前提对诸多问题进行了阐释。在1980年原载于《论康德黑格尔哲学》(上海人民出版社1981年)中的《关于主体性的哲学提纲》一文中,他认为康德哲学的功绩在于:“他超过了也优越于以前的一切唯物论者和唯心论者,第一次全面地提出了这个主体性问题”[②],与自己一贯坚持的实践论观念相一致,他认为:“脱离了人的主体的能动性的现实物质活动,社会存在便失去了它本有的活生生的活动内容,失去了它的实践本性,变成了某种客观式的环境存在,人成为消极的、被决定的、被支配的人,成为某种社会生产方式和社会上层建筑巨大结构中无足轻重的砂粒或齿轮。”[③]其后又发表了《主体性的哲学提纲之二》[④]、《主体性的哲学提纲之三》[⑤]、《主体性的哲学提纲之四》[⑥],进一步阐述了自己对“主体性”的理解。

总的来说,周扬等人的上述言论是对“文革”十年“四人帮”严重扭曲人性、反文化、反人类,从而导致主体性丧失的批判,主体性话语就是一个必要的启蒙,而启蒙是百业之始。

当然,在李泽厚的思想及陈述习惯中,他喜好把马克思主义、中国儒家文化、康德主义、西方马克思主义、皮亚杰等相互交汇起来,很多情况下使得自己的思想意欲包容更多的东西,却在事实上陷入了“李泽厚概念的圈套”[⑦]。但是,开风气之先,尤其是在美学上,这种意义无疑是巨大的。

我们认为,这在当代中国美学史的进程中是一个重大的历史事件,其意义就在于使得中国美学重新回到了学术史发展的本位之上;尽管这一回位已经来得太迟。如果说蔡元培作为中国现代形态美学的创始人,他的学术与思想的资源主要来源于康德的美学思想与哲学思想,从而使中国美学思想与西方现代美学思想的源头相沟通;那么,在蔡元培之后,则是李泽厚重新又把康德引入到中国当代美学之中。

如果我们不从如同黑格尔所评价的“是康德说出了在美学上的第一句真正合理的话”开始的话,如果我们的美学与文艺学连真善美、知情意之间的起码区别也

① 周扬:《重视审美教育,加强美育研究》,《美学》年刊第三期,上海文艺出版社1981年。

② 李泽厚:《李泽厚哲学文存·下编》,安徽文艺出版社,1998年第1版,第619页。

③ 同上书,第624页。

④ 《中国社会科学院研究生院学报》1985年第1期。

⑤ 《走向未来》1987年第3期。

⑥ 李泽厚:《李泽厚哲学文存·下编》,安徽文艺出版社,1998年第1版,第657页。

⑦ 中英光:《评李泽厚的主体性论纲》,《学术月刊》1998年第9期。

不能够区分清楚的话，美学研究的起步就会如痴人说梦。在文化发展的发生学意义上，原始文化所隐含的真善美的分裂及其职能分化，就如同生命有机体的生成与成熟一样，正如泰纳谢所指出的："与原始文化的这种含混不清的性质相比，区分出明确的道德的宗教的价值，是在人的努力下的一个显著的进步。这种努力旨在掌握世界和树立他自己"[①]；在这个意义上，把审美的主体性吞噬于真与善之中，不啻是一种文化的倒退。在马克思看来，人类把握世界有四种相对独立的方式，在《政治经济学批判·导言》中说："整体，当他在头脑中被作为思维的整体而出现时，是思维着的头脑的产物，这个头脑用他所专有的方式掌握世界，而这种方式是不同于对世界的艺术的、宗教的、实践——精神的掌握"[②]，即与思维、宗教、艺术相对应的认知、价值、审美的方式。在新时期的美学研究中审美主体性的觉醒，也是马克思主义美学在实践的基础上，对于审美主体性的认识的一种更加可贵的回归。

随后，有 1985 年—1986 年之间的刘再复"文学主体性"[③]理论的提出和陈涌等与他的争论，以及后继的上百篇文章对文学的主体性问题的探讨；在出版的专著上，有陆贵山的《审美主客体》[④]一书中对审美主体与审美客体关系的论述以及对现代西方艺术哲学"主体性"的综合分析；畅广元主编了《主体论文艺学》[⑤]，对于主体性的文艺学从各个方面进行了阐述，力求把自己的立场建立在马克思主义人学理论的基础之上，提出了"文学：主体的特殊活动"这一核心命题。

### （三）以生活与存在论为维度的审美价值观的确立

审美主体性的获得使审美教育有可能得到在价值与存在意义上的依据，也就是说，审美主体论之中内在地包含了审美的目的论。与我们前面所说到的，审美生活的获得与提高是审美教育活动所追求的唯一的也是最高的目标相联系，审美的价值与其他价值所不同的正在于它是以一种整体的方式以视、听及身体的感官来感受与把握世界的，从这一点来说，新时期以来我国美学研究者们在存在与生活的角度对于美学的新探索，代表了美学对于审美教育以及美育学研究所提供理论武器的新水平。从发展的角度来看，这是对于审美主体论的深化与延伸，因为落脚点是在审美生活这一包容了审美主体与客体一切复杂联系的对象上的。

新时期以来，最早对于审美存在与审美生活进行关注的，是李泽厚与张道一，

① A. 泰纳谢：《文化与宗教》，中国社会科学出版社，1984 年，第 9 页。

② 《马克思恩德斯选集》第 2 卷，人民出版社，1972 年，第 104 页。

③ 刘再复：《论文学的主体性》，《文学评论》1985 年第 6 期，1986 年第 1 期。

④ 陆贵山：《审美主客体》，中国人民大学出版社，1989 年。

⑤ 畅广元主编，九歌编写《主体论文艺学》，中国社会科学出版社，1989 年。

后来者包括叶朗与潘知常等，在最新的进展方面，则是以曾繁仁等为代表的融合实践观的生存论美学观。

李泽厚在思考主体性哲学的初期，就对审美生活给予了重要的位置，李泽厚说："在主体系统中，不是伦理，而是审美成了归宿所在"，"美的本质是人的本质最完满的展现，美的哲学是人的哲学的最高级的峰巅"，"人只有在美的王国中才真正是自由的"[①]，所以，审美境界或审美感受是人的主体性的最终目的和基本的发展趋向。还说："如果说，认识论和伦理学的主体结构还具有某种外在的、片面的、抽象的性质，那么，只有在美学的人化自然中，社会与自然，理性与感性，人类与个体，才能得到真正内在的、具体的、全面的交融合一。如果说，前两者还是感性中内化或凝聚了理性，那后者则是积淀了理性的感性；如果说，前两者还只表现在感性的能力、行为、意志中，那么后者则表现在感性的需要、享受和向往中得到人与自然的统一。这种统一当然是最高的统一。"[②]尤其是他把"时间"概念引入到审美生活的做法，就更使得他的美学思想带有极其鲜明的存在论色彩。

而张道一的视角则较为独特，他作为我国当代艺术学学科的创建者，对于审美文化尤其是工艺美术文化的体验极为独到。他首先提出了一个崭新的观点，即"本元文化"与审美活动的关系问题，他说："把文化划分为精神文化与物质文化是必要的，但不能过于机械，因为，物质和精神是不能硬性分开的。事实上，人类最早的文化是融为一体的，可以叫做本元文化。以后文化的多样分化并没有将本元文化解体，而是相并列。也就是说在物质文化与精神文化之间还有未经分解的本元文化。当然它也兼有两种文明，即物质文化与精神文化的综合。值得注意的是，随着现代科技与艺术发展，以及人们生活的提高与需要，两者正在产生新的综合，而且层次越来越高。……实用性的艺术本来就兼有文化的双重性，那么所谓纯艺术也不可能离开物质的载体。"[③]还说："所谓实用性的艺术，主要指建筑艺术、工艺美术和现代工业艺术设计等，几乎包括人们衣食住行用的各个方面。它是在生活中被实际应用的，以其特具的形色及其装饰，使人在用的过程中得到心神的愉悦，对精神起到潜移默化的作用。生活的美好是人的积极进取的一个重要方面。生活环境的美化、理想化也是文明的一个重要的标志。早期美学的研究曾忽略了这一点，只是在近半个世纪才逐渐有所认识"[④]，他强调，一个美学学者应该走出"书斋美学"，面向更为广阔的审美生活。

在新时期美学发展的过程中，张道一的见解是极为重要的，其价值在于弥补了

---

① 李泽厚：《李泽厚哲学美学文选》，湖南人民出版社，1985年，第176页、162页、222页。

② 同上书，第162页。

③ 张道一：《张道一文集》，安徽教育出版社，1999年10月第1版，第22页。

④ 同上书，第26—27页。

在美学研究中长期存在的，作为研究者自身在知识储备与视野上的缺憾与分裂。审美生活在内涵上是丰富的，但是长期以来的美学研究存在着过于玄学化与门类化的倾向。玄学化的倾向就是在美学的研究中失却对象，只是在概念、范畴中作抽象的运作，自身由于缺乏对于审美经验的积累，在缺乏审美价值观念的情况下，由此来进行的美学研究只能是千方百计的掩饰自身的缺陷，“佯不言，实不知”；而门类化的倾向是指往往以对于文学、诗歌、绘画、音乐、建筑、雕塑、舞蹈等某一艺术门类甚至是更为狭窄的区域的了解，来研讨抽象的、宏观的美学问题，尽管在个人的能力上不能过于苛求，但是这往往造成过于分化而没有融合或整合。张道一所说的“书斋美学”就是对于这样两种倾向的形象描述，尤其是对于造物美学或工艺美术理论的忽视就是新时期美学研究最为明显的缺陷之一，所以，对于审美生活的理解也往往是局部的、割裂的。在第一章中所论及的，美学研究对于造物的审美活动以及工艺设计等以实用为特征的审美现象缺乏应对，就是这种缺陷的表征。而对于审美生活理解的广度与深度，直接决定了在审美教育中如何取舍对象这一重大问题。

叶朗的主张则主要体现在他主编的《现代美学体系》一书之中。他认为，审美活动主要是让人获得一种审美态度，这也是审美生活的最主要的一个特征。对于审美生活的论述相对于其他学者，其特别之处在于，对于审美态度的界定更为明确、更为具体。

叶朗认为，在生活中的审美态度并不是让人们逃避生活；成熟的审美态度，并非一味地不顾生活的炎热而做着清凉美梦，或者根本不看生活，不体味人生的酸甜苦辣，而只是把眼睛放在额头上，生活在自己的幻想中，他说：“成熟的对待人生的审美态度，应该是现实主义、浪漫主义、幽默感之间的一个合适的比例。没有对人生的现实主义，要想挚爱人生，认真生活，养育深厚的感情，都是不可能的。现实主义使我们在对待生活的审美态度中获得深度的决定性的因素。但是现实主义如果没有理想主义的提携，那就会成为无原则、无目的的彻头彻尾的庸俗；……理想主义使我们超越现实一段距离，正是这段距离使我们有了可贵的自由，是我们有了行使自由意志的空间，我们的生活增添了一个新的时间纬度，即未来的纬度。而且，它使得我们对生活、对人生有了主动性，因为理想意味着对生活的不满足，也就是说，意味着对生活提出了更高的要求，他会督促着我们去设计生活，设计人生。理想主义给予我们的自由还在于我们对于现实的挑剔与批判的权利的获得。而且，理想主义与现实主义的反差，使我们具有了人生的悲剧意识，不再是麻木的痛苦，不再是无声的忍受，不再是一味的姑息。……可是我们还需要敏感，以便使我们对快乐、痛苦以及人生的千变万化体会得更加细腻，达到一种微妙的深情。然而假如没有幽默感的话，这一切还不能形成一种成熟的审美态度。幽默感是一种成熟的深沉的明觉的智慧，而不是轻薄。幽默感可以使现实主义与理想主义都达到明智和适宜。”①

在日常生活中，之所以要经常保持有一种审美态度，在叶朗看来，完全是出于对于人生的关切，是对于人生终极目的也就是对于幸福的追求：“一方面固然是要让生活的创造者同时也是生活的欣赏者，另一方面也是为了让活泼新鲜的感性始终保持着自己的活力。但是更主要的是，一个人在生活中有无审美的态度，反映了一个深刻的哲学问题：人生的目的是什么？人生的目的是人自身。美学的最高使命就是维护人生的这一目的。我们当然厌恶那种不劳而获的享乐主义，但是我们同样反对把人作为生活的工具，而不是作为生活的主人的观点。”②

而曾繁仁则提出以当代存在论美学为基点，对当代各种美学见解加以综合吸收，在此基础上创建以马克思主义实践观为指导的符合中国国情的当代存在论美学观，实现由认识论到存在论的过渡。他认为，当代存在论美学观最重要的理论内涵是以胡塞尔所开创的现象学方法作为其哲学与方法论指导，从而使其从传统的主客二元对立的认识论模式跨越到“主体间性”的现代哲学——美学轨道。这种跨越或转换所具有的重要的理论与实践意义愈来愈显示在人们面前，并且已经和将要产生极其重要的影响。同时，在如何衔接马克思主义实践观与生存论美学的上，他认为“社会实践是人的最重要的存在方式，但决不是说‘社会实践’本身就是美。因此，这种以唯物实践观为指导的当代存在论美学观同传统的实践美学还是有着根本区别的”③。还认为：“当代存在论美学观包含着极其丰富的内涵。它不是从认识论的角度把审美作为认识或反映现实的一种手段，而是从本体论的高度把审美作为人的最根本的生存方式。……这种根本的审美生存方式，使审美成为当代人的一种最根本的生存态度，即世界观。……这种作为最根本的生存态度的审美世界观就是当代主导性世界观。”④

从这一新时期美学研究的趋向对于美育理论或美育学研究的指导意义来看，主要有三个方面：第一，这种生存论的美学观更为关注现实人生的状况，这与审美教育活动强烈的实践性不谋而合，审美教育的目的在于我们耳熟能详的塑造人格论、素质论、感性论、审美情感论等等，但是这一切都最终指向审美生活。第二，对于美育实施过程本质的特征有着本质的革新意义。如何把审美教育落实在真正的审美生活上，而不是把审美教育植入一般教育活动的模式与评价体系，需要未来的美育学在美学与教育学的连接处，也就是在心理学的维度进行具有可操作性的深

① 叶朗主编：《现代美学体系》，北京大学出版社，1988年10月第1版，第394页。

② 同上书，第397页。

③ 曾繁仁：《试论当代存在论美学观》，《文学评论》2003年第3期。

④ 曾繁仁：《后现代语境下的当代存在论美学》，《文艺研究》2003年第3期。

入研究，从而突破我国美育学发展的唯一最大的瓶颈。第三，生存论的美学观进一步把由审美主体性所取得的审美价值论与功能沦落在了真实的大地与现实之上，这是中国当代美学发展的方向，也是美学的发展在价值上的实现。总的来说，对于审美生活与存在意义上日益深入的研究，使得审美教育作为一种实践日益具有了前时代所从未有过的迫切性，从而也为审美教育理论的发展展开了更为广阔的空间。

## 第二节
## 教育学维度的审美教育研究

从纵向来看，我国新时期教育学研究的进展，主要是在三个方面对美育学科的发展产生了较大的影响，即对于教育本质的讨论、对马克思主义关于人的全面发展理论的研究以及素质教育理念的提出。在这三个方面所包括的内在命题、范畴与概念业已进入到当代美育学的理论体系之中，对于美育学的学术进步起到了极大的作用。

就美育学与教育学的学科交叉来看，其主要表现侧重于美育活动的实行、实施方面，所以作为国家意识形态与上层建筑在文化上的有组织的体现者，教育学研究往往是在国家教育政策的直接影响下，以国家教育制度及国家在文化教育方面的领导者的倡导与思想作为敏感的风向标，由此出发来对待审美教育活动的价值、功能与操作。那么，以上三个方面也主要是体现了教育学对于美育学所产生影响的这种特点。

另外需要特别指出的是，在新时期教育学之维的学术进展中，并没有表现出如同美学进展一样的特点，也就是首先在审美价值与审美主体这一最高的哲学高度取得进展，相比之下，新时期教育学与美育学关联的这三个方面呈现出渐进式的发展状态，作为一种哲学观的教育本质的探讨并没有给美育学的进展提供强有力的支持，相反是在转向教育目的，也就是转向马克思主义关于人的全面发展的理论以及素质教育理念时，才真正对审美教育活动以及审美教育的研究起到了推动的作用。这也从一个侧面反映出教育本质的进展，更是一个务实的过程，与国家此时此地的方针与政策直接连接。

### （一）历经二十余载的教育本质讨论及困境

中国学术与思想在当代的进展在整体上有相似之处，教育学的开端正如同美学的开端一样，都要经历一个从主体的束缚到主体的解放的历程。而作为一门学科要取得自主自觉地发展，所要突破的也就是关于这一学科的基本问题的回答，也就是本质的问题。

1978年3月，于光远在《学术研究》上发表了《重视人的研究》一文，认为“就整个来说，不能说教育就是上层建筑”①。看似平淡的语言却在当时的理论界引起了强烈的反响。在新的背景下，把“教育属于生产力”和“教育具有生产力的属性”摆到了十分重要的地位，无疑是在向数年来人们认为“教育是上层建筑”的观念宣战。

由此，教育本质问题大讨论全面展开。教育本质问题大讨论一开始就是围绕教育是不是上层建筑而展开的。截止到1995年，正如瞿葆奎在《教育基本理论之研究》一书中所总结的②，在过去17年的教育本质研究中出现25种观点。着重揭示也正是围绕这一问题的论战，才产生了“上层建筑说”与“生产力说”的对立。

坚持“上层建筑说”的学者认为，教育就其主要方面来说，具有上层建筑的特点。一定社会的教育，是一定社会政治和经济的反映，又反过来为政治和经济服务。其代表人物主要有李放、陈信泰、潘懋元等。主要论点有：第一，教育是社会的意识形态，为政治经济所决定。李放认为，“教育是通过培养人为政治经济服务的，它是一种专事培养思想品德，传递知识技能的工作，在整个社会结构中，是属于意识形态范畴的一种活动”③。第二，教育与生产力没有直接联系。李放认为，“教育与生产关系的关系是直接的，无条件的，而教育同生产力的关系则是间接的，有条件的，生产力影响教育事业的发展，必须经由生产关系的中介和折光”④。第三，历史性、阶级性是教育的根本社会属性。郭笙认为，“教育总是存在于一定社会的，是随着社会历史条件的变化而变化的。教育首先是一个历史范畴，随着一种社会经济结构被另一种社会经济结构所代替，一种教育类型就会改换成另一种教育类型，教育的性质就要发生根本的变化。历史性、阶级性是教育的根本社会属性”⑤。总之，“上层建筑说”强调教育为经济基础所决定，经济基础的变革必然引起教育制度、教育内容、教育方法的变革，教育具有上层建筑的本质特点。

坚持“生产力说”的学者认为，教育是国民经济的重要组成部分，是劳动力再生产的必要条件。教育已间接或直接地参与了物质生产过程。其代表人物主要有于光远、黄凤漳、李克敬、胡德海等。主要论点有：第一，教育不是纯粹的意识形态。李克敬认为，“作为有目的、有计划培养人的教育，是一种包含意识形态现象和物质现象在内的复杂的社会现象。教育过程中不仅进行精神生产，而且进行着劳动力

---

① 于光远：《重视人的研究》，《学术研究》1978年第1期。

② 瞿葆奎主编：《教育基本理论之研究》，福建教育出版社，1996年。

③④ 李放：《教育是社会的上层建筑》，《教育研究》1979年第1期。

⑤ 郭笙：《辩证的认识教育与生产力和生产关系的联系》，《教育研究丛刊，》1979年第1期。

再生产"[1]。第二，教育就是生产力。黄凤漳认为，"教育与生产力有着直接的联系，教育变为直接生产力的过程就是教育本身"[2]。第三，教育的本质属性是生产性和永恒性。胡得海认为，"教育应被视为生产事业，是教育本质属性的表现"、"所谓教育的永恒范畴，也就是说，它永远是和生产斗争一样，是人类营谋社会生活所不可缺少的，并永远和生产劳动紧密结合在一起"[3]。总之，"生产力说"强调教育是劳动力的再生产过程，它把可能的生产力转化为现实的生产力，教育事业是生产事业，而不是消费事业，生产性是教育的本质属性。

关于教育本质的大讨论与我国当时所处的百业待举是有直接的关系的，其后的发展也是如此，比如"社会实践活动说"与"特殊范畴说"(1979)，"生产实践说"、"物质生产说"与"精神生产说"(1982)，"社会化说"与"个性化说"(1985)，"产业说"与"非产业说"(1990年前后)等等[4]，都可以看出这一过于依附的品格。在宏观的意义上，探讨上层建筑抑或生产力层面的本质属性是必要的，在很大程度上，这种讨论使得新时期以来的教育学理论在理论思辨的水准上有了提升，这是值得肯定的。但是作为一种理论来说，尤其是作为一种教育哲学的理论使命来说，它务必走在实践的前面，更应该给国家的政策制订提供理论的资源与论据。自我作缚使得教育本质论总的来说品味不高，受到很多指责也是正常的。原因在于把教育理解为某种工具性存在而不是将其视为人的内在生命潜能的显现，对教育本质的知识论理解确曾起过不可替代的作用，但在世纪之交的转折点上，人类的生存问题已经凸显在前，在思维方式、观念上进行变革是必然的要求。

教育现代性的追求在当代中国是必然的，但是这种现代性所带来的弊端业已显现，一如席勒在一百年前所诟病的。教育在今天所遇到的重大挑战是在教育理论领域已合法化了的以工具理性至上的"科学本位"与以国家集体利益至上的"社会本位"。它表现为以技术统治论的观点去理解教育，割裂理论与实践，将知识、理性、科学等同，从而教育被理解为一种崇尚效率和集团主义的科学。这便不可避免地在文化上造成了一种技术规则的"代替论"，个体的主动性受到支配，教育作为一种被技术整合的工具取代社会交往成为人们社会化的主要因素，强烈地中介于和干涉人们之间的关系，不仅人的主观性受到支配，甚至于影响到"人"的意义。尤其是随着"文革"的结束和恢复十年之久的高考制度，被长期压抑的全民族的教育热情迅速高涨，然而由于种种原因，这种热情被迅速转化为考试主义、学历主义的强大动力，使基础教育重新被纳入升学教育的狭窄轨道，而且愈演愈烈。对于美育来

---

① 李克敬：《关于教育本质讨论的情况》，《教育研究丛刊》1980年第3期。

② 黄凤漳：《教育本质新探》，《教育研究丛刊》1979年第1期。

③ 胡得海：《关于教育的本质属性问题》，《教育研究》1981年第3期。

④ 参见郑金洲《教育本质研究十七年》，《上海高教研究》1996年第3期。

说，最直接的影响就是自身的式微。罗伯特·梅逊在对美国人本主义心理学进行评述时写道：“当代社会生活许多方面的集体制度化倾向是有害的，学校必须抵制这种 20 世纪文化的特色。必须关心并尊重个人的需要以及它们之间具有个别差异的权力来抵消这种机械化和非人格的现象。”[①]我们认为，教育作为一种国家参与并组织的社会活动，有义务对社会的发展尤其是经济、科技、国防的发展作出自己的贡献，但是同时也要注重对于个体需要、个体价值实现、个体幸福的关切。所以，一种多样化的在不同需要层面上实现的本质论应该是理想的，而不能以社会本位来取消个人价值与需要，这样才会使得教育本质论既完整，又较为丰满。

1995 年以来，在教育学界已经出现了愈来愈多的关于教育本质的新探索，比如黄济教授认为：“教育培养政治人、经济人都还欠缺，教育应当培养文化人。这里所说的文化人，就是指一个人应具有的文化素养而言。它包括了德、智、体、美和知、情、意、行等多方面的要求。”[②]

尤其是在西方人本主义教育思潮、教育个性化思潮对我国的影响下，对于教育本质的社会本位与科学本位的反拨与补充已成为教育本质探讨的热点。我国后现代教育及教育中的后现代研究起步较晚，但发展速度相对较快。这说明我国教育界对前沿学术思潮的意识增强，并注意迅速地跟上哲学、文艺学、人类学等的研究步伐。《比较教育研究》、《外国教育资料》作为主要介绍现当代教育思潮的期刊，大大推进了对后现代教育的研究介绍，特别是《比较教育研究》，在 1997 年、1999 年还开设专栏介绍后现代主义教育思潮。从内容上看，后现代主义教育研究的内容纷杂，涉及各个方面，课程论、教育科研方法、学科建设的后现代研究较多，特别是课程观是研究的热点。

值得关注的是对于存在主义哲学与教育理念的借鉴与反思。李欣复、李长伟认为，在教育本质的讨论中存在着主客二分的知识论方法，再去尽力言说教育是什么时，就“必然反过来遮蔽否定真正本然的教育存在——教育活动之为教育活动的教育本身。……本真的教育在人们对所谓教育本质的追逐中，对方法的推崇中，被放逐被拒斥。同时，教育世界中活生生的、本源性的人也湮没在概念的游戏中”，他们认为转向存在论才有可能使得教育的本质得到更为完满的揭示：“要拯救沉沦于工具性语言的教育本质，使之朗显并走向澄明，就必须解构逻辑语言一统天下的教育学文本，建构本然性、人文化语言构筑的‘诗化教育学’”，使得教育本质论的视野关注“‘日常共在世界’之中的人之生命的真实存在的生命实践哲学。”[③]阎光才也

---

① 罗伯特·梅逊：《西方当代教育理论》，陆有铨译，文化教育出版社，1984 年，第 355 页。

② 黄济：《对教育本质问题的再认识》，《北京师范大学学报：社科版》1998 年第 3 期。

③ 李欣复、李长伟：《教育本质：知识论的困惑与存在论的彰显——兼论教育本质探讨思路的转向》，《枣庄师专学报》2001 年第 6 期。

认为，自从近代理性主义思潮在社会各领域广泛兴起以来，知识本位的教学模式和科学的评价范式也逐渐成为教育领域的主导价值倾向。在理性主义的客观性和价值中立的规范下，作为一种关注人的生命存在以及人的存在意义和价值的教育活动，也渐渐地被边缘化了，甚至被视为可有可无之物。这不能不再度引发人对教育本质意义的思考，他根据自然主义、存在主义和现象学等领域的哲学观点，来阐释教育中生命意识的意义，并强调只有灌注着对人的生命的关怀、对生命的尊重，我们的教育为学生敞开的才不会是一个符号化和数字化了的抽象世界，而是一个人时时刻刻与之发生交流的真实生活世界①。对于人的存在状态的关注相比于社会本位与科学本位的教育本质论，更为关注人的精神状态与人格的养成，从而为关注人的审美存在奠定了前提。

另外，在美学界与教育学界成立的诸多研究机构与学会对于在教育本质的层面上推进美育研究起到了很重要的作用。1984 年，由中华全国美学学会、全国教育学研究、《美育》杂志编辑部联合召开了第一次全国美育座谈会，这是一次具有历史性意义的会议，不仅是因为聚集了来自全国 11 个省市的七十多名美学工作者和教育工作者，更重要是因为这是一次专门研究美育而不是美学兼美育的研究会。同时在第一次全国教育座谈会召开前后还陆续成立了中国教育学会美育专业委员会、中国美学学会美育研究会、中国高校美育研究会、中国高师美育研究会、四川心理学会美育心理专业委员会、东三省美育研究会、国家教育部艺术教育委员会、全国各地区性美育研究会、沈阳教科所美育研究室、西南师范大学美育研究室和美育研究中心、浙江师范大学美育研究中心、北京师范大学哲学系美育研究中心等，这些美育与艺术教育学会、机构的成立，表明美育理论研究队伍已经壮大，非美育各历史时期所能比。美育理论研究进入了一个快速发展时期。这一时期，是美育理论史上的又一个“百家争鸣”的时期。

### （二）关于“人的全面发展”的讨论与人的审美发展

在教育本质探讨在相当长的历史时期相对沉闷的情况下，1980 年前后进行的关于人的全面发展的命题的讨论，可以说是由新时期教育学对于美育活动以及美育学提供的、最早的、也是极为坚实的指导性理论原则。从参与讨论与研究的人员构成来看，主要是来自于教育学界，同时也有许多专研马克思主义政治经济学、哲学的专家参与进来，从对于马克思主义经典作家言论的挖掘到进行深入的阐释，并

---

① 阎光才：《教育的生命意识——由荒野文化与园艺文化的悖论谈起》，《清华大学教育研究》2002 年第 2 期。

提出针对中国当代教育时机的理论策略，在当时所达到的水平在今天看来也是极高的。

孙喜亭在《教育研究》1980年第三期发表《马克思在〈资本论〉中对人的全面发展的质的规定》一文，他认为马克思关于人的全面发展的理论在《资本论》中的阐发最为详尽也最为完整①。同期还发表了李明德的《关于人的全面发展和教育同生产劳动相结合》一文。1980年，王逢贤在《马克思的异化理论与人的全面发展》一文中，首先提出了马克思主义全面发展理论与人的异化问题。他认为："马克思的异化理论对人的异化产生和最终扬弃的历史规律的揭示，表明马克思主义关于人的学说的核心就是真正的人性论和人道主义"②，更为重要的是在这篇文章中第一次把人的全面发展的理论与人的审美需要、审美情趣相联系，在新时期中这是审美需要、审美发展第一次进入到教育学的视野。他认为，在近年来的讨论之中，有人认为全面发展是指体力和智力的和谐发展，有的认为主要是指智力或才能的多方面发展。"至于是否包括道德的和审美情趣的发展，则很少论及"，除了包括人的体力与智力充分自由的发展以及才能旨趣的成分的多方面的发展以外，还包括："人的精神的和审美情趣的发展"，并认为在当时有人持有异议，因为马克思单是从劳动力的角度论人的发展，确实在许多场合讲的是体力和智力的全面发展。还认为："马克思在讲到人的异化，指人被当作工具实验时，不仅完全献出了自己的体力和一切才能，而且也包括道德以及审美关系和其他对外部世界的无限丰富的关系的异化现象。没有理由把审美活动排斥在外。"③

而厉以贤则把马克思主义经典作家关于这一思想的言论上延到《1844年经济学哲学手稿》，他认为马克思在《1844年经济学哲学手稿》里把注意力集中于资本主义下的异化劳动和非人化的现象，这样就内在地把异化与人的片面发展联系起来。一是劳动者与同他自己产品的异化；二是劳动者同他的劳动本身异化；三是劳动者同人的类生活异化；四是人和人的异化，即剥削关系。同时，他也是较早注意到异化与全面发展的研究者之一，他说："第一，马克思的异化理论与人的全面发展学说具有共同的出发点，解决人的问题是马克思主义学说的中心任务。…第二，具有共同的落脚点，最终目的都是为了实现人的彻底的解放。第三，人的异化和人的片面发展在马克思看来具有共同的基础和根源，也就是不合理的分工。"④

在当时较为全面深入的从教育学的角度对这一理论命题进行阐述的应以丁学良为代表。他在《马克思的人的全面发展观概览》⑤中认为，通过追溯马克思这一

---

① 孙喜亭：《马克思在〈资本论〉中对人的全面发展的质的规定》，《教育研究》1980年第3期。

②③ 王逢贤：《马克思的异化理论与人的全面发展》，《教育研究》1980年第4期。

④ 厉以贤：《马克思主义异化理论与人的全面发展》，《教育研究》1981年第5期。

⑤ 丁学良：《马克思的人的全面发展观概览》，《中国社会科学》1983年第3期。

观点的历史渊源，论证人的全面发展的马克思主义学说，绝不仅仅是一个教育学原理，而是一个内在地凝聚着马克思哲学思想精华、统治者社会活动各个方面的哲学原理。因为马克思曾经说过：共产主义是以“每个人的全面而自由的发展为基本原则的社会形式”[①]，全部马克思主义都是为着实现共产主义，有马克思的这一表述可以看出人的全面发展问题在马克思主义中占据的地位。马克思的人的全面发展的学说立足于哲学，与政治经济学和科学共产主义学说密切相关，同时还涉及心理学、教育学。

值得注意的是，他从分工的角度对马克思主义的这一命题进行了历史的阐释，他认为，在马克思看来，在发展的早期阶段，单个人显得比较全面，那正是因为他还没有造成自己丰富的关系，并且还没有使这种关系作为独立于他自身之外的社会权力和社会关系同他自己相对立。在这里，无论是个人还是社会，都不能想象会有自由而充分的发展。到了近代机器工业取手工业而代之的历史阶段，人的活动的肉体方面与精神风貌的分裂与对立达到顶点。从最初的社会形态的中后期开始的分离过程，至此走完全程。起先，分离只是在宏观上，由初始综合性的活动分化，独立出来的是人的知、情、意等本质力量的外化形态，社会尚给那些无缘涉足那些专门活动的人，留下使其精神方面的某些潜能有显示的一隅之地——综合性的劳动。而现在，分离则已经深化到人的活动的每一细节，连个体劳动的紧身发挥都被剥离下来。随着艺术性、意志、智慧、创造性等因素被一步步地从劳动中分离出来，劳动就最终获得了他在今天所具有的那种含义：变成了单调的、令人厌恶的、只是为了生存才不得不从事的活动。劳动在这个本原上曾造就了人、使人获得飞跃性发展的活动，现在却成了最不能展示人的多样化本质力量、把人弄成肉体和精神上的畸形物的异化活动。分工时代造成的剥削，使一部分人可以自我实现。而分工实质上是把完整的个体的生命活动分割开来，物质活动和精神活动、社会生活和私人生活、科学和艺术、劳动和享受这些本是个体整体活动和存在的各个方面，由不同的阶级分担。就总体来看，把人类分成各个阶级；就个体看，把人分成一个个碎片。分工的每一步发展，都是对人的进一步分割，使人限定在愈益狭小的领域内。

在对于分工与时间的联系上，他认为，马克思主义关于人的全面发展的理论有着革命的建树。即对于人的发展来说，分工的剧增透露出一个具有决定性意义的信息：社会现在拥有的生产能力已无须让其成员在谋取生存的活动上花费很多的时间。一旦废除了对剩余劳动的资本主义占有，巨量的剩余劳动就化为未来社会成员的发展的物质条件和充足的自由时间。在这里对于马克思学说中“时间”的解释是极为关键的，对新时期美育学发展中的许多重要学者都有着极重要的关联，如

---

① 《马克思恩格斯全集》第23卷，第649页。

李泽厚、蒋孔阳等等。对于在美学的生存论转向中如何与马克思的实践论相结合，这应该是一个最佳的契合点。

近年来，人的全面发展问题，逐渐成为美学界、哲学界的热点问题。国内许多学者出版的专著如杜卫《美育论》[①]、蒋冰海《美育学导论》[②]等都以马克思主义关于人的全面发展的理论作为基本的指导思想。特别是江泽民同志对于人的全面发展思想的阐述，更加促进了人的全面发展理论研究的深入开展。何中华认为，只有马克思才使得人的全面发展思想获得了真实的历史内涵，作为现代的性反思者和批判者，马克思深刻地揭示了现代性所塑造的生存格局和制度安排中，人类日益陷入片面化和物化的命运[③]；衣俊卿则认为，马克思学说的内容和层次十分丰富，他一生关注的焦点问题也不断变化，但在深层次上都服从于一个最根本的理论关切：推翻和扬弃"使人成为受屈辱、被奴役、被遗弃和被蔑视的东西的一切关系"，"实现人的自由、全面发展"和"自由人的联合体"[④]；这种从存在角度对于马克思主义关于人的全面发展理论的解读，使得长久以来马克思主义在人们心目中总是高高在上、肃穆紧张的形象变得更为亲切与生动。

总的来看，在教育学界、哲学界以及美学界对于马克思主义全面发展学说所做研究的共同努力下，"审美发展"已经成为教育学、心理学、美学以及美育学的核心概念之一。这一概念的产生与取得极为广泛的共识，在很大程度上有助于我们克服新时期美学思想主要来源于席勒所带来的一些不足，因为席勒对于审美发展采取了乌托邦式的态度，在对于分工与人性异化的分析上也是本末倒置的；在这一方面，马克思主义关于人的全面发展中的审美发展学说就成为新时期美育学最主要的理论源头之一。另外，对于这一学说探讨的意义还在于，对于美育学心理学方面过于依赖平面、静态分析的认知心理学的现状具有前瞻性，也就是审美发展的理论应该是作为心理学纬度上最主要的原则来存在的。

### （三）"素质教育"在美育观念上的深化

世界上许多国家通过立法形式确定了突出基本素质培养的人才培养目标[⑤]，而且很多学者对人的良好素质与社会发展之间的关系进行了研究与论证，并提出了许多很有影响力的理论，如"人力资本"理论、"终身学习"理论等，同时还出现了

① 杜卫：《美育论》，教育科学出版社，2000年第1版。

② 蒋冰海：《美育学导论》，上海人民出版社，2001年修订版。

③ 何中华：《人的全面发展和当代语境》，《学术月刊》2002年第1期。

④ 衣俊卿：《论全球化时代哲学理念的更新》，《求是学刊》2001年第5期。

⑤ 参见何浩明、钟晨《素质教育是世界各国教育发展的大趋势》，《天津教育》1995年第3期。

许多重视知识结构、促进“一般发展”及智力、能力发展的“结构主义”教育派、“新教育体系”教育派、“范例”教育派等教育理论流派。由此可见，重视人本身的发展，提高人的素质，进行有关的理论研究，已成为世界教育的大趋势。

1985年以来，《中共中央关于教育体制改革的决定》、《中华人民共和国义务教育法》、《中共中央关于社会主义精神文明建设指导方针的决议》和十三大报告，都强调提高民族素质是教育的根本任务。进入90年代，《中国教育改革和发展纲要》又一次指出，中小学要“面向全体学生，全面提高学生的思想品德、文化水平、劳动技能和身体心理素质”。这就为素质教育的基本理论探讨指明了方向，同时也激发了教育理论界进行相关研究的热情。到80年代末，“素质教育”一词已在教育理论界明确提出①，并得到人们的普遍认可，成为相关理论研究的约定俗成的用语。

对于什么是素质这一问题，人们普遍是用发展的观点来看待的，认为目前我们所说的“素质”已是一个泛指的概念，包括心理学、教育学、社会学、人类学等多方面的含义，其内涵已不是其最初的“事物的主要成分和质量”、“事物本来的性质”以及解剖生理学上所讲的脑、神经系统等方面的“遗传素质”了。对于这种发展，有人从心理生理学—教育学—社会学的角度②，以及狭义—中义—广义等角度③进行了论述。关于素质的概念，主要观点有以下几种：(1) 教育中所讲的“素质”概念源于生理、心理学所讲的素质概念，但素质一词现在已加进了社会和教育的因素，是自然性与社会性的统一，是先天与后天共同作用下人的身心发展的总体水平，是通过教育和社会实践活动发展而来的人的各种主体性品质及它们之间的系统整合。(2) 教育中所讲的素质是人区别于其他任何生命发展的潜在可能性，是教育和人发展的基础和条件，它不是先天性，也不存在后天和先天共同作用的问题，而是一种发展潜能和潜力。(3) 有的学者在素质与知识、能力、素养关系的探讨中，借鉴国外某些学者的观点(如日本学者认为素质是一种能力，包括“道德实践能力”、“终身学习能力”等在内的各种态度与能力；而德国学者则认为不存在一般的“素质”，存在的只是各种具体的能力)，认为人们所说的关于“素质”的各种含义，大都是指通过教育形成的各种能力。

对素质的划分，目前有以下几种观点：一是以传统的德、智、体、美、劳为要素形成的三分法、四分法、五分法，并在此基础上对品德素质、智慧素质进行更细的划分，如把前者划分为政治素质、思想素质、道德素质和心理素质，把后者划分为文化素质、技能素质和能力素质等。有的学者则又在上述划分中单独列出专业素质，作为对素质的相对划分(绝对划分是对于专业素质而言的人们普遍应具有的素质)。

---

① 参见康万栋《素质教育研究述评》，《天津教育学院学报(社会科学版)》1992年第4期。

② 谢维和：《关于素质教育的几个问题》，《教育科学研究》1996年第1期。

③ 杨银付：《素质教育基本理论问题的探讨》，《教育研究》1995年第12期。

二是对各种素质进行不分层的细化，涉及身体、政治、道德、文化、智能、审美、劳技、心理等等素质。三是分层的划分，将人的德、智、体、美、劳素质分成生理层次的素质（即体，有人称健康素质）、心理层次的素质（即智、美、德）、实践层次的素质（即劳），或划分为自然生理素质（包括体质、体型等方面的素质）、心理素质（包括认知、动机、情感等智力与非智力方面的素质）、社会文化素质（包括政治思想观念、道德行为规范、文化科学知识、劳动生活技能、审美等方面的素质）；其中，自然生理素质（健康素质）为本体或基础，心理素质为中介，社会文化素质为导向或主要内容。此外，还有一种更为细致的分层划分法，即将素质由低到高分为生理素质层次（此为心理素质形成的基础）、一般心理素质层次（包括认知、情感、兴趣、需要、意志等）、文化心理素质层次（包括具有社会功能的德、智、美层次与具有综合功能的劳动素质层次）和个性心理素质层次（此为主体素质的控制系统，是进行整合与反应的中枢）。

关于素质教育，教育学界的意见既众多又有很多的重复。1997 年 9 月 2 日，时任国家教委主任的朱开轩在全国中小学素质教育经验交流会上的讲话对“素质教育”下的定义是“为实现教育方针规定的目标，着眼于受教育者群体和社会发展的要求，以面向全体学生、全面提高学生的基本素质为根本目的，以注重开发受教育者的潜能、促进受教育者德智体诸方面生动活泼地发展为基本特征的教育。”①与其他论者所给的定义相比较，应当说这个定义是在集中了理论界有关各种说法的基础上对“素质教育”的本质做了全面、准确的概括。

关于素质教育与应试教育之间的关系，大多数学者认为应试教育是素质教育的死敌，也有一些学者认为应试教育在目前状况下是一种必然的选择，实施素质教育并不是完全否定应试教育。素质教育是在辩证地否定应试教育的基础上产生并发展起来的，必将在其产生和成长的过程中广泛吸收应试教育中的一切有益因素②。甚至也有人认为：“不要把素质教育与应试教育绝对对立起来。考试是当代生活中的普遍现象，考试是取消不了的，应试也是人的素质之一。”③

周冠生教授对于审美素质内涵与构成的分析，代表了新时期以来对于审美素质所作的合乎心理学实证性也合乎逻辑的发展性的阐释的较高的水平。他认为人的感性素质的构成分为三个层次，第一是直接的感性系统，即人的感受性与感受能力，包括视觉能力、听觉能力、嗅觉、味觉与触觉；第二是概括性的感性系统，包括人的表象以及运用表象进行思维的系统，也就是形象思维系统；第三是动力性的感性

① 朱开轩：《全面贯彻教育方针，积极推进素质教育》，《中国教育报》，1997 年 9 月 11 日，第 3 版。

② 李子维：《关于素质教育的几点认识》，《齐齐哈尔师范学院学报》，1997 年第 6 期。

③ 赵建中：《关于素质教育若干问题的探讨》，《中国教育报》，1999 年 3 月 20 日，第 4 版。

系统，包括人的基本的原始情绪与高级水平的情质[①]。根据这一认识，他认为审美素质的构成就表现为："作为完整的审美心理系统，它跟其他一切心理现象一样，亦是由心理动态学心理静态学两大部分所组成。在审美心理活动基础上形成较为稳定的心理素质，而审美心理素质一旦形成，它就能动地调节人类的审美心理活动。因此，存在着两类审美心理活动与两类现实的审美素质之间'两两对应'的原理。根据这'两两对应'原理，审美心理素质由美的能力与美的性格所组成。这两者相互调节，不过一般说来，美的性格较之美的能力在审美素质中更居主导地位。同样，审美心理活动亦是由两类心理活动——审美认识与审美意向所组成；并且后者在审美活动中居主导地位"[②]，还认为："感性素质系统的结构包括认识（智力）素质结构——观察能力、记忆能力（尤其是情绪记忆力、形象记忆力及动作记忆力）以及形象思维能力。形象思维能力不仅是发展学生逻辑思维的必要前提，而且存在着巨大的认识功能和创造功能。"[③]

素质概念以及素质教育概念对于美育学的影响与意义在于，第一，在以往对于审美教育本质论研究中的许多不同但是其实差异不大的说法，可以统一于审美素质这个概念中去了，比如审美能力、审美力、审美情感说、感性教育说、生命教育说等等；原因在于素质概念大于前面所提及的心理因素，还包括记忆、想象等复杂因素，而且其构成也是有律可循的。第二，审美素质概念处于教育学与心理学的中间地段，既是教育本质、教育目的的体现，也是心理学之中人格构成的核心，更体现了发展心理学的可能性与必然性，这对在美育学三维构成中所起到的是一种凝聚与加固的作用。第三，在国家意识形态与政策的角度提出素质教育的理念，由于国家宣传机器以及行政命令的作用，这一理念能够在极短的时间里普及到国民，已经深入人心，成为受大众关注的社会热点；对于美育学理论研究而言，更为重要的是素质教育的提出使得长期以来否定美育相对独立性的局面得到了根本的改变，使得在美育本质论与美育功能论上的许多争论与认识上的游移，在这一理念的推动下，已经更加稳健，并使得美育学在理论追求上向课程、教材、美育心理学等多维的、多层次的问题迈进，进一步摆脱美育学研究长期以来一直在宏观学理层面停滞的状况。

① 周冠生：《素质心理学》，上海人民出版社，2000年第1版，第319页。

② 周冠生：《审美心理学初探》，《心理科学》2000年第2期。

③ 周冠生：《艺术教育与美育的差别性及统一性》，《外国中小学教育》1996年第4期。

## 第三节
## 心理学维度的审美教育研究

### （一）西方心理学对于新时期美育学的影响

西方心理学思想对于新时期美育学学科的影响是巨大的，对此，我们还缺乏相应的总结与反思。我们之所以把西方心理学对于新时期美育学的影响置于本章之前，一个显见的用意就在于揭示：这种影响不仅成为我国新时期美育学学科在心理学纬度进展中绝大多数原则的直接的理论依据，而且这种影响还在持续之中。尽管建立中国化的以及与本土心理相适应的心理学是很多心理学学者理想的目标，但是在目前学术进展的状况下，我国新时期心理学对于美育学的理论指导还不能在审美发展、审美个体心理类型、同各审美感官相对应的艺术门类、审美个体心理体验及其实证性等很多重要的理论问题上提供有效的支持，但我们还是应对这种影响采取积极的借鉴与吸纳态度，并在此基础之上与我国本土的审美素质与心理发展的现状联系起来。这对于提升我国国民的审美素质必将作出重要的理论贡献。

我们试图从两个方面来考察西方心理学对于美育学的影响，一是较为广泛地、正在使用的方法与原则，一是已经传入我国并发挥较大理论效应的专业心理学家的心理学思想。这样，我们就可以把以康德为代表的对于审美判断力的心理学分析以及马斯洛的人本主义心理学放在最重要的位置上。其中，康德显然属于第一个方面，而马斯洛属于第二个方面。

康德美学的最重要的贡献之一就在于对于审美判断所作的侧重于心理学的分析，他在纯粹美、崇高和艺术美的分析中都归结为审美心理分析。而且注重心理因素的分析，与康德美学的核心是相一致的，也可以说这是康德美学思想的核心在美感分析上的贯彻与体现。康德美学的核心是，美是真与善的桥梁。这是康德在《判断力批判·导论》中提出的基本观念，他认为："在高级认识诸能力的家庭内，在感性与理性之间，仍有一个中间分子，这就是判断力"[①]，还说："判断力同样地在自身包含着一个先验的原理，并且又因愉快和不愉快的感情必然地和欲求功能结合着，他将做成一个从纯粹的认知机能的过渡，这就是说，从自然诸概念的领域达到自由概念的过渡，正如他在逻辑运用中它使从悟性到理性的过渡成为可能。"[②]在这里，感

---

① 康德：《判断力批判·上卷》，宗白华译，商务印书馆，1964 年第 1 版，第 14 页。

② 同上书，第 16 页。

性与真、善之间的关系是一种“桥梁式”的关系，也就是说，审美感觉作为一种价值来看是一种善，而且其中存在的大量的“依附美”更包含了善的内容；从它的存在来看，本身是一个“世界”，是另一种真的形态，而“判断先于快感”也使得其具有理性的品格；“桥梁”是一种价值，它使得人是在一种以整体的感性的方式感受世界，但是并不是一种工具。这正是康德美学思想关于审美判断力的临界点，如果把桥梁等同于工具，也就从根本上否定了康德对于美与真善之间的划时代的区分。康德认为：“美的艺术需要想象力、悟性、精神和鉴赏力……前三种机能通过第四种才获得他们的结合”[①]，也就是说，想象力、知性力和理性力的自由协调，必须以审美判断作为中介和目的。在情感判断中，判断离不开直观表象，因而想象力是核心的环节，而知性的概念则不像在知识判断中那样稳定；因而，我们在欣赏花的美丽时，并不需要对花有许多生物学知识，但也不完全排斥这些知识，而是通过想象力与花的概念相协调。叶秀山对此有深刻的阐述：“‘这花是红的’和‘这花是美的’的区别不仅仅是在宾词上，而且还在主词上，两句中的‘花’并非是同样的确定的经验概念，它们具有不同的涵义。理性并未为鉴赏判断确立与知识判断不同的概念形式。因而情感判断没有自己不同于知识判断的领域，理性在这里的立法作用只是调节性的，它只为想象力与知性的关系制定调节性的规则。”[②]曾繁仁也认为：“其中，想象力是最为活跃的审美心理因素；知性力占有重要的地位，因为判断先于快感，是审美与生理快感的根本区别；而理性力也占居突出地位，决定了创造想象力的性质”，并认为康德的审美心理分析“十分深刻，也是具有开创性的，即使在今天，我们觉得仍然没有过时，正是康德美学最重要的贡献之一”[③]。

康德对于美感是真与善桥梁的思想在新时期发生的影响，其源头在于李泽厚。在对康德关于美感构成的见解没有作出详尽的解释的情况下，直接就过渡到“感性与理性、历史与现实、社会与自我的统一”上[④]，也就是把桥梁当作工具，这使得后来他所提出的积淀说显得过于庞杂与松散，原因就在于他有意或是无意地忽略了康德对于美感心理构成的分析，他的做法是以“六经注我”式的方法直接提出审美心理结构说[⑤]。但是我们觉得从理论的深度来说，还不如直接使用康德的这一杰出思想。在正面的影响上，包括作为新时期主要美育理论家的李泽厚在内，很多研究者都使用了感性与理性相统一、情感与理性相统一等类似的美育本质与功能论话语。比如，滕守尧的《审美心理描述》对审美经验中的四种心理要素——感知、想

① 康德：《判断力批判·上卷》，宗白华译，商务印书馆，1964年第1版，第130—131页。

② 叶秀山：《叶秀山文集·美学卷》，重庆出版社，1999年，第723页。

③ 曾繁仁：《美学之思》，山东大学出版社，2003年第1版，第295页。

④ 李泽厚：《李泽厚哲学文存·下编》，安徽文艺出版社，1998年第1版，第631页。

⑤ 同上书，第617页。

象、情感、理解分别进行了具体分析，认为这四种要素以一定的比例结合起来并达到自由谐调的状态时，愉快的审美经验就产生了。同时，作者还将审美经验过程分为初始阶段、高潮阶段和效果延续阶段，并分别做了描述。

由于新时期以来的美育学研究者主要是属于美学领域的，所以，康德作为一个哲学家与美学家的声音在这个领域尤其得响亮。从新时期美育学纵向的发展来看，在人的全面发展讨论、教育方针表述为德智体美、美育学界对于审美养成完整人格功能的探讨以及对于素质教育的强调，康德的对于美感的心理学都发挥了主要的作用。当然，需要强调指出的是，席勒关于审美活动之与完整人格的培养在新时期的影响在量的表现上无疑要比康德更为广泛，但是考虑到席勒的思想源泉在于康德，而且康德对于具体审美心理因素内在结构的分析上更为出色，所以我们把康德作为主要的影响者。

另一面，由于李泽厚对于康德美学在一定程度上的误读，尤其是李泽厚在随后《主体性的哲学提纲之二》中提出的"以美启真"、"以美储善"，在对审美的这两个功能的把握上[①]，明显地超出了审美的边界，也就是说，对于美感构成诸因素及其功能的不恰当的夸大，使得他的积淀说与主体性思想在实际上形成了矛盾。实际上是把桥梁当作了工具，这与李泽厚对中国实用理性文化总有一种过誉的倾向也是不无关系的。我们在这里之所以要对李泽厚对于康德研究及自己的阐发作如此多的关注，原因就在于"以美启真"与"以美储善"这种明显的越界在审美教育中就表现为美育的神话论，在中国当代尤其是新时期以来的美育研究中的影响极大，甚至已经成为为数众多的研究者的惯用的口实与方法。这种影响如同前一方面积极的影响一样不可低估，主要是体现在美育与德育的关系以及美育学学科的逻辑构成上。在美育与德育的关系上，过于强调美育对于德育的作用仍然是一种极为主要的声音，即以美储善；在美育学学科的逻辑构成上，近年来出现了为数众多的大美育、教育美、教育美学等提法与专著，这一思潮的最早的源头在于赵宋光的《论美育的功能》一文[②]，而赵宋光在题目下就加以注明："本文是在李泽厚同志的支持、赞助下写的，有关论点请参照他写的《批判哲学的批判》、《美学三题议》。"

而马斯洛人本主义心理学对于新时期美育学的影响，远不及前面康德与李泽厚阐释下的"积淀说"，但是人本主义心理学对于完善的人性与人格构成的基本思想还是在译介与介绍、借鉴中，成为教育尤其是审美教育追求的理想目标之一。

马斯洛人本主义的心理学思想，被誉为"第三种思潮"，曾在本世纪50年代人文科学领域产生过巨大和深远的影响。它以"人"为核心，突出人的利益、价值，强

① 李泽厚：《主体性的哲学提纲之二》，《中国社会科学院研究生院学报》1985年第1期。

② 赵宋光：《论美育的功能》，载于《美学》，上海文艺出版社，1981年。

调个人的尊严与自由，并注意人的内在潜能和发展的无限性。从他治学的立足点来看，是从对于行为主义心理学以及弗洛伊德的精神分析学开始的，他认为行为主义的心理学过于关注人的心理中的与动物心理相同的“刺激反应”方面，而弗洛伊德的心理学却让我们无法看到人性的完善与美好①。

在对于新时期美育学的影响上，主要是来自于他的“自我实现的人”的核心思想以及与之相关的关键概念，比如“需要的层次论”、“成长性动机”、“高峰体验”、“娱乐性的漫无目的之行为”、“高级需要”等，而他对于美国现代文化中存在的过度的功利主义与理性至上主义的批判，对于目前我国教育现状中的危机也是极为相似的，具有现实的借鉴意义。他认为：“我们的教育几乎从来不努力让人学会直接观察现实，相反，却让人戴上一副预先准备好的眼镜，藉此去观察世界的每一个方面，……一个人的个性很少能得到充分的发挥。……在高等教育中，各种陈规化倾向也比比皆是，我们可以在大学的课程表中找到这方面的证据。在这些课程表中，不管哪一门课涉及变化不定，难以言说和神秘莫测的现实，都被一视同仁地安排为三个学分，而且更为蹊跷的是，这些课都不多不少正好上十五周。……现在开始出现了一种所谓的平行教育制度，或者可以被称为人文教育，这种教育旨在纠正传统教育的弊端。”②

在对于审美需要与实现在人格中的地位的问题，马斯洛认为：“我们对审美需要的了解比其他需要更少”③，并且一再强调感性与感性的高级呈现者——审美在文化中的重要性：“科学家基本上是力求把经验加以分类，将某一经验与其他经验联系起来，将它置于其在关于世界的意愿哲学中应有的位置上，探寻这一经验在哪些方面与所有其他经验相同或相异。……而在一位诚实的艺术家那里，这一契机哪怕已经出现了千百次，仍然能够在她的心中产生一种不可思议的感觉。他能够更加清晰明彻地看到世界，因为对他来说，世界常新。”④他并对人类的幸福所遭遇的敌人加以描述：“在美国，特别是由清教徒和实用主义的精神所支配。这种精神强调工作、斗争、奋斗、严肃、认真，尤其是目的明确。……在教科书里，没有论及嬉戏和欢乐、闲暇和沉思、闲逛和友党、以及无目标、无用处、无目的的活动的章节。这就是说，美国心理学忙于从事仅仅是生活的一半的研究，确乎是生活的其他领域——也许是更重要的一半的领域。……从价值论观点来看，这也许是专注于手段而不顾目的。”⑤

① 弗兰克·戈布尔：《第三种思潮》，上海译文出版社，1987年，第13页，14页。

② 马斯洛：《动机与人格》，许金声等译，华夏出版社，1987年11月第1版，第265—266页。

③ 同上书，第59页。

④ 同上书，第245页。

⑤ 同上书，第273页。

除了上述我们所说的在美育学的观念与概念上的影响以外，马斯洛人本主义心理学对于美育学的影响还在于，他把审美需要以及功利需要、理性主义、科学至上主义之间的关系植入科学的心理学的实证的分析之中，尤其是对于审美发展的可操作性与所面对的心理对立因素联系起来，在马斯洛的学说上，我们看到了教育学、心理学与美学学科较为完善的统一。如何把我国的美育学推向理想的形态，马斯洛对于我们来说应该是一个最好的榜样，因为新时期美育学在美学层面地推进主要是在较高的哲学层面进行的，总是停留在这个纬度，心理学知识的欠缺是最主要的原因。

在审美教育理论方面为我国学者借鉴较多还有近年来传入我国的美国心理学家加登纳的多元智能理论，值得关注。早在 1988 年，加登纳的《艺术与人的发展》一书就在我国翻译出版[①]，但在当时应者极少。最早加以借鉴的是叶朗教授在他所主编的《现代美学体系》中，在谈及"个体审美发展"时较多地引用了加登纳教授的理论。[②]

曾繁仁在《加德纳的"多元智能"理论与美育》一文中对于此理论进行了深入阐发[③]，他认为，加德纳在教育理论的创新上的确具有相当的前沿性，对我国的教育事业将有重要借鉴作用，对正在成为学术研究热点的美育学科也有重要的借鉴作用。加德纳认为人类的智能可以划分为语言智能、数学逻辑智能、音乐智能、身体运动智能、定向智能、人际关系智能和自我认识智能，还认为，每种智能最初以生理潜能为基础，是遗传基因和环境因素相互作用的结果，应将其看作生理心理产物，是认知的来源。每种智能都必须具有可辨别的基本能力的特征或一组特征。例如音乐智能的基本能力特征就是对于音高的敏感性，语言智能的基本能力特征则是对于发音和声韵的敏感性。他认为，多元智能理论之所以引起如此强烈的反响，重要的原因是它适应时代的要求，摒弃单一的应试教育，倡导多元的素质教育。正因此，它同美育也就有了密切的关系。加德纳的"多元智能"理论尽管没有把审美力作为其七种智能之一，但因其对传统的"一元化"教育观点和"智商式思维"方式的批判，就必然将传统教育中长期被忽视的艺术教育放到突出位置。

以上，我们对于新时期美育学影响较大的两种西方心理学学说作了概述，除此之外，还有很多其他的审美心理学或者是人格心理学也有很大的影响，比如阿恩海姆的格式塔审美心理学、贡布里希对于视觉感受的心理学、里德关于美术教育的心理学、在音乐教育研究中汲取的大量西方心理学，等等。

---

① 加德纳:《艺术与人的发展》，译者光明日报出版社，1988 年第 1 版。

② 叶朗主编:《现代美学体系》，北京大学出版社，1988 年第 1 版，第 354 页。

③ 曾繁仁:《加德纳的"多元智能"理论与美育》，《山东大学学报(哲学社会科学版)》2001 年第 4 期。

## (二)“美育心理学”的提出

在新时期美育学的发展中，刘兆吉提出的“美育心理学”及其所领先的美育心理学的研究是一个极为重要的事件；之所以如此评价，是因为在新时期以来心理学以及教育学的范围之内，这是一个产生在中国的声音。美育的具体实施提供了心理学依据，教育的具体施行必须以受教育者的身心发展规律为依据，否则就带有无目的性和盲目性，美育在具体实施过程中同样和受教育者的身心特点息息相关，教育者和受教育者在美的教与学的过程中除了遵循一般心理活动规律外，还应当具体遵循美育心理规律。

“美育心理”①这一科学概念是著名的老一辈教育心理学家刘兆吉教授经过多年的思考、研究提出来的。1979 年秋，在潘菽教授主编的《教育心理学》编写大纲讨论会上，曾建议增列“美育心理”内容，未能达成一致。后经刘兆吉教授两年多的研究，“美育心理”终于在 1981 年秋北京香山召开的《中国大百科全书•教育卷》扩大会议上正式被通过，标志着刘兆吉教授的“美育心理”概念的确立。1983 年 4 月，刘兆吉教授发表了《试论美育心理学中的几个问题》②，第一次提出了“美育心理学”概念，1986 年和 1987 年分别发表了《创建美育心理学刍议”》③，提出了美育心理学的学科建构问题。1991 年 9 月，刘兆吉教授主编的《美育心理学》④一书问世，标志着这一学科的初步建成。当时曾因为这一学说在国外属于空白而被忽视，因为刘兆吉教授多方论证和说明，才逐渐被学术界所接受。美育心理和美育心理学从孕育到诞生，应该说是刘兆吉教授学术生涯的一个里程碑。

刘兆吉在《七十年来文艺心理学与美育心理学创建与发展概况》一文中认为创建美育心理学是必要的：“从美育的概念分析，美育培养学生认识美、爱好美、评价美丑，创造美的能力和美的品德教育。如果不研究美育过程中的心理活动，便不能理解美育的实质，发现美育规律。同时在美育实践活动中，既难以深入，也难收到因材施教的效果。研究教育，需要研究教育心理；研究美育，也需要研究美育心理，是一个道理。……美的理论和效应，离开美育心理学是难以阐述清楚的。也难追根穷源以认识美育的本质，遵循美育规律，制定美育的措施也没有心理依据，进行美育的结果，成功或失败都难以心理科学的尺度来评估，所以要重视美育，加强美育，必须进行美育心理学的研究。……长期以来，中外关于美育心理的研究，基本

---

① 参见《中国大百科全书•教育》，中国大百科全书出版社，1985 年第 251 页。

② 刘兆吉：《试论美育心理学中的几个问题》，《西南师范学院学报(自然科学版)》1983 年第 2 期。

③ 刘兆吉：《创建美育心理学刍议》，《西南教育论丛》1986 年(3、4)；《心理学探新》1987 年第 2 期。

④⑤ 刘兆吉主编：《美育心理学》，西南师范大学出版社，1990 年。

上是个空白,虽然已有审美心理和美感心理的论述,只能说这些论著的内容中有些美育心理学的因素,但还不能概括美育心理学的完整概念。”[③]

后来刘兆吉把这一条写入到《中国大百科全书·教育卷》:“美育心理是教育心理的一部分,研究美育过程中学生的心理活动和心理品质的形成。美育心理的主要内容是探讨如何以音乐、美术、文学的艺术美和自然、社会生活中的现实美为教育手段,感染学生,发展他们的美感和鉴赏美、创造美与识别美与丑的能力,培养他们高尚的道德情操和文明习惯,促进他们的智力和身体的健康发展。”[④]在“七五”期间,国家教委、全国教育科学规划领导小组和国家社会科学基金委员会,对美育心理研究非常重视,把《美育心理学》[⑤]列入高等学校教育类教材编选计划。这对于将“美育心理研究”列入全国教育科学“七五”规划项目起了推动作用。

“美育心理”提出后,便迅速地被吸收到了教育心理学体系之中,如《教育心理学纲要》[⑥]、《实用教育心理学》[⑦]、《教学心理学》[⑧]、《教育心理学》[⑨]等有相当影响的著作都有美育心理内容。在肯定美育心理学研究取得一系列重大成绩的同时,我们必须清楚地认识到美育心理学乃“始生之物”,认识到学科理论建设中很多值得我们进一步探讨和完善的地方。美育心理学创建伊始,对这一概念的认识有一个过程。在逐渐使这一概念科学化的过程中,产生了概念界定模糊和许多相关概念混淆不清的情况。如:美育心理学和美育心理的关系,美育等同于艺术教育,美育心理学等同于审美心理等等。对和“美育心理学”有关的各级概念的正确认识,有利于本门学科的进一步准确化。

在刘兆吉之后,对于美育心理作出较为深刻分析的是杜卫教授。杜卫认为,美育的心理学是“研究以个体审美心理结果的一般性与差异性以及随着年龄增长的发展为主要对象”,“研究的内容可具体分为审美能力、审美意识、审美个性差异和审美发展四个范畴”[⑩]。在对于美育心理学研究所提出的原则上,较为完整和具体,在新时期的美育学之中是很有新意的。他认为,心理学与教育学、美学在结合上,应该抓住美育的基本任务和实践环节来确立研究课题,切忌用心理学的一般原理和概念来套美育问题,应该进行必要的调整;而且应该注意把重点放在对个体审

---

③ 刘兆吉:《七十年来文艺心理学与美育心理学创建与发展概况》,《西南师范大学学报·人文社科版》2000年第6期。

④ 《中国大百科全书·教育卷》,中国大百科全书出版社,1985年,第251—252页。

⑥ 韩进云:《教育心理学纲要》,人民教育出版社,1989年;张大均:《教育心理学》,人民教育出版社,1997年。

⑦ 《实用教育心理学》,黑龙江教育出版社,1995年。

⑧ 张大均:《教学心理学》,西南师范出版社,1997年。

⑨ 张大均:《教育心理学》,人民教育出版社,1997年。

⑩ 杜卫:《论现代美育学的理论构架》,《文艺研究》1993年第5期。

美发展诸关键要素和个体审美心理中诸可教育性的研究;既要分析个体审美心理的某些结构特征和发展规律,又要揭示出个体审美心理要素的培养对于体现美育本质、实现美育功能的意义。既要解释个体审美心理要素的客观性状,又要阐发个体审美心理要素及其发展的人生价值。

值得注意的是他对于审美能力的整体性研究。他说:"在审美过程中,审美能力的整体性功能体现为以下四个方面:一是审美意指功能,……即审美态度或审美期待以无利害考虑为根本特征,在审美意指的功能支配下,主体做出心理调整,从而与对象结成个体性的和意识性的审美关系。这是个体审美经验发生的第一个契机。第二是审美构造功能,……正是这种构造功能使潜在的审美对象转化为真正存在着的审美对象。第三,审美动力功能,它是一种特殊的心理能量,受审美需要的规定,体现为审美冲动,推动着整个审美过程。……第四,审美体悟功能,这是一种直观、体验和评价审美对象和审美经验本身的能力,……审美体悟功能具有领悟生命和实现生命价值的双重品格。"①

可见他在美育心理上的分析,着重于整个美育学学科体系构成的高度,这是与刘兆吉的不同之处。他还认为,对于审美发展研究的危机,在现阶段,"从整体上说,国内外发展心理学是认知发展心理学,偏重于直立或思维发展的方面;而审美发展必须保持着感性经验的特征"②。

由刘兆吉首先提出的美育心理研究之后,也有学者以此为题出版了专著,如蔡正非的《美育心理学》③,但是在整个理论的框架上基本是审美心理学的套用,而且是偏重于认知性的机械分析。"美育心理"与"美育心理学"作为我国学者的创见,在刘兆吉之后在整体上显得后继乏人,还有待于进一步的发展与探索。

### (三)与美育相关的审美心理研究

80年代以来,随着美学热的出现,对于审美心理学与文艺心理学的研究也呈现出蓬勃发展的态势,对于西方审美心理学的译介以及我国学者出版的专著为数众多,本文将只论及与美育活动相关的成果,因为新时期审美心理学的发展在美育学的事业中,有两种倾向是不利的:

其一,新时期审美心理学与文艺心理学所呈现出较浓郁的美学化倾向。也就是说从这些学者的知识背景来看,几乎绝大多数是属于专治美学与文学理论出身,这种知识背景无疑给研究的视野与学术兴趣的选择带上了一些局限。在心理学视

---

① 杜卫:《美育论》,教育科学出版社,2000年第1版,第241页。

② 杜卫:《论现代美育学的理论构架》,《文艺研究》1993年第5期。

③ 蔡正非:《美育心理学》,中国社会科学出版社,1999年第1版。

角的审美心理，与其是有相当的不同的，从心理科学立场分析，科学的审美心理学的研究对象只能是审美心理现象。也就是说，审美心理学研究审美心理的系统结构、审美心理活动的层次与历程、审美素质与审美心理的关联以及审美素质的形成和对人类生活实践的价值。正像人的心理是一个完整的系统结构那样，人的审美心理亦是一个复杂的系统。比如：审美心理活动层次规律、审美心理结构规律、审美心理素质结构规律、审美心理活动组成规律、审美认识活动规律、审美意向活动规律、审美能力形成规律、审美性格形成规律、审美情感与审美思维相关规律、审美思维尤其是形象思维活动规律、审美素质发展、审美类型差异等。

其二，有浓厚的认知化倾向，比如广为流行的"审美经验三阶段"就是如此。在认知化倾向之中，还有一种表现就是知识对审美经验或者心理进行平面的静态的分析，而不是对于教育活动中的审美个体的发展进行关注。

在与美育有着密切关系的对于审美心理及其构成、发展的研究上，新时期美育学的进展是在三个方面：第一是对于审美需要的研究，第二是对于审美个体心理类型的研究，第三是关于右脑与左脑关系的研究。

第一，在对于审美需要的研究上。

王岳川、王一川的论文《论审美教育学》是较早对于这一问题进行关注的，他们认为，审美心理结构中的能动部分是人的审美需要，它产生、决定于社会实践的发展，是人类全面伸张自己本质力量的要求和心理积淀物。与以往审美经验、观念相结合形成审美理想，在审美过程中由潜意识转化为自觉意识，在这个意义上，人类美化创造自身的目的就是被意识到了的人的需要。这是主体对全面伸张自己的本质力量——形成人的审美价值定向，发展人的审美创造能力的自觉追求。同时还提到审美需要与审美消费的关系"人类创造了美，创造了艺术，同时又以消费的形式占有人类物质和精神文化的全部成果和全部的对象化世界。审美欣赏是一种消费，但同时又是一种具有很高价值的生产，生产直接就是消费、消费直接就是生产——生产了具有升华了的审美意识的人！这种消费是一个复杂能动的审美内化过程，它包含了文艺作品的美学特性心灵化和欣赏者审美能力外化的两个过程，是从主体到客体和从客体到主体的双向运动。审美教育价值表现为对人的审美趣味、审美需要的培养，可以在人身上唤起需要的满足和培植上。高尚的审美趣味和审美需要的培养，可以在人身上唤起和形成那些具有人的价值的属性和性质。人的审美需要是由社会审美需要所决定，但个体审美需要和满足的过程是个人社会化的手段，有助于人的审美价值定向"①。

周冠生则认为："审美心理活动是一个圆周式运动，而审美需要则是审美心理

---

①　王岳川、王一川：《论审美教育学》，《江西社会科学》1985年第5期。

活动的起点与归宿。"[①]顾荣佳、马国柱则把审美需要与审美价值的实现以及审美教育的操作过程结合起来:"审美需要在审美活动中,作为审美欲求和审美动力,表现为对对象的结构形式、秩序和规律的感性把握的情感欲求。……审美需要和实现这种需要的审美评价活动,必须落实在审美主体的审美能力上,缺乏审美能力的主体是不会懂得审美需要和审美评价的。……主体的审美能力是实现审美需要、判断审美价值的关键。"[②]

从哲学的高度对于审美需要进行的研究则以王杰为代表。他认为,在现代美学的理论发展中,"审美需要"问题一直被排斥在研究视野之外。在古希腊哲学中,审美需要是一种世俗性的需要,从属于生理性的需求,与精神的超越性和纯粹性相对立。从卢梭开始,审美需要开始被作为一种自然的需要而与现实功利以及世俗性文化对立,审美需要成为反对拜物教,反对将人性神圣化的一种激进的文化要求。浪漫主义美学理论通过对"想象"的深入研究,确立了个体内在世界的自由性与至上性。自弗洛伊德以来,审美需要等于自然性,等于自由的理论公式,以及审美需要与文化压抑的二元对立关系,都得到了科学的证明。但是,欲望的自然功利性与审美需要的自由内涵在理论上的矛盾,却是浪漫主义美学的思路所无法解决的[③]。

在对于美学史上关于审美需要研究历史的回顾时,王杰认为,在《判断力批判》中,康德从主体方面对审美判断的前提和实质作了系统的清理和理论定位,但是对审美需要的二重性及理论实质却表示沉默。在康德之后,叔本华把审美需要看作是人的内在的意志要求,即摆脱痛苦、恐惧的要求。让叔本华感到绝望的是,这种需求与人的自然欲望不可避免的联系在一起。欲望既是产生意志的根据,又是意志的最大的敌人,由此而形成的内在的紧张,使人类的彻底的拯救几乎不可能。马克思必然不同于康德的理论的观点与视角:把现实的审美需要而不是理想化的想象作为审美心理学研究的中心。并认为马克思在审美需要的理论上具有指导性的意义:"关于审美需要的理论研究,马克思较之一般的美学家和心理学家深刻的地方就在于,马克思注意到,即使是在前阶级的社会中,个体欲望的对象化也是一种异化。这种异化既是个体欲望的某种过渡,也是个体欲望的对匮乏性的日常生活的某种超越。"[④]又说:"马克思主义关于审美需要的理论从主体与对象、需要与满足的互动性关系入手,通过深入研究主体与对象之间的复杂关系来深化对主体的

---

① 周冠生:《审美心理学初探》,《心理科学》2000 年第 2 期。

② 顾荣佳、马国柱:《审美价值与审美操作——审美教育对审美价值的实践证实》,《吉林大学学报》1993 年第 3 期。

③ 王杰:《审美幻象研究——现代美学导论》,广西师范大学出版社,1995 年 10 月第 1 版,第 15 页。

④ 同上书,第 22 页。

研究和思考。……美学与经济学以及伦理学之间存在着一种深刻的内在联系，这种联系是浪漫主义美学所极力隐蔽和否定的。在马克思看来，审美活动通过幻想创造出来的对象物，不仅是欲望的对象化和现实化。而且也是个体社会关系的表征和物化。"[①]对于审美需要与社会关系的研究必将把美育学的研究推进到更为深入的境界，也反映出美学作为一门交叉学科的复杂性。

第二，在对于审美个体心理类型的研究上，叶朗与杜卫教授的研究具有极强的代表性。

在《现代美学体系》中，叶朗在新时期是第一位对审美个体心理类型进行研究的，他说："从定性分析的角度看，个体审美发展这一概念包含了非常丰富的内容，甚至可以说，我们在审美心理学中所谈到的主体的审美需要、审美态度、审美期待、审美知觉、审美想象、审美领悟、审美心境、审美回味、审美超越等多种心理因素和心理能力都囊括在内。……个体的审美发展主要包括三个方面的内容，即审美态度、审美知觉感受力和审美趣味。审美态度是主体对待客体的一种特殊方式，它明显地不同于科学认识的态度、实用伦理的态度。现代审美心理学已经证明，审美态度并非先天具有，而是审美教育的结果。审美发展心理学揭示了某些带有普遍性的现象：4—7岁的儿童，一般都尚未形成审美态度，他们往往是以实用而不是审美的态度来对待客体，在审美与非审美之间不能做出正确的区分。"[②]

杜卫还认为较为重要的应该是对于审美发展的研究，相对于审美心理因素的研究来说，审美发展及其相关概念具有更为强烈的美育的活动性特点。杜卫认为，"审美发展是指个体的审美心理结构从既有形态向新形态转化，这种转化主要是由于个体某些审美心理要素发生了变化，从而改变了审美心理诸要素的结构关系造成的，从美育的角度看，审美能力和审美趣味的发展是导致审美心理结构发展的最活跃的因素。审美发展的研究主要是从发展心理学的角度，对个体随年龄增长而发生的审美心理结构变化进行研究"[③]。他还对以青少年为主的审美个体的心理特点进行了研究[④]。在《美育论》一书中，杜卫对审美发展论采取高度的重视，在全书三编之中，把审美发展论作为第二编，划分为个体审美能力的发展、个体审美意识的发展、个体审美发展的差异性和阶段性，尤其对于审美个体差异的心理类型学方法作了着重地阐释，这在我国目前所出版的美育学专著之中，是第一部如此关注这一问题的。

---

① 王杰：《审美幻象研究——现代美学导论》，广西师范大学出版社，1995年10月第1版，第24页。

② 叶朗主编：《现代美学体系》，北京大学出版社，1988年第1版，第354页。

③ 杜卫：《论现代美育学的理论构架》，《文艺研究》1988年第3期。

④ 杜卫：《当代青少年审美发展的基本动力和途径》，《浙江师大学报》1993年第3期。

第三，关于右脑与左脑关系的研究。其实这一问题既关系到心理学的研究，又关系到生理学尤其是神经生理学的研究。

从历史的发展来看，最早提出左右半脑功能分工的是德国神经科学家里普门和马斯。通过数十年的科学研究，这已经成为一个常识，即人的左半脑负责语言、逻辑的思考功能，分析是循序渐进的，抓住的是事物的细枝末节；人的右脑则相反，掌握的是空间视觉、音乐、舞蹈、情感方面的信息，抓住的是事物的整体轮廓。在80年代中期以来就是关注的与审美教育有关的一个热点，原因在于如果能够证明以右脑为主的艺术脑或者是音乐脑的发达程度能为左脑的潜力开发提供依据，那么，美育活动的困境就会立刻迎刃而解。尤其是在近年来，对于右脑的关注已经成为审美教育研究的一个热门话题。

曾繁仁在《脑科学与美育的关系》[①]一文中认为，脑科学的研究的进展为美育学学科提供了重要的理论支撑。一是大脑的两侧功能研究与“开发右脑”的作用。曾繁仁认为，开发右半脑是20世纪后半期取得不断进展的重要成果，从而使以美育开发右脑的特殊功能，愈来愈被人们所认识，并日益呈现出重要性。二是大脑皮质调节包括杏仁核在内的边缘机制对美育的启示，即大脑皮质对边缘系统杏仁核的调节机制也可以作为美育的脑科学机制之一。美育活动具有将这种情绪升华与压制的作用，与大脑皮质对杏仁核的调节机制是一致的，他认为：“这就为美育理论与美学中的著名的‘升华’与‘净化’的命题找到了自然科学的依据。”三是借鉴日本医学家春山茂雄对脑内吗啡肽的研究，从大脑生理学的角度为美育的作用提供了论据，即美育活动可以通过美的对象，使主体在欣赏过程中，在大脑内产生吗啡肽，并在心理上产生愉快轻松的正效应与肯定性的情感。

在这里，我们要提及刘沛对于这一问题的态度与研究，因为，能够提出相反意见的在近年来是极少的。

他认为，这关系到一个研究方法的问题，即“原因比较法和相关研究不证实因果关系”，刘沛认为，最近在音乐教育界广为流行的“爱因斯坦音乐脑”的故事，即写入教科书，以阐发音乐教育的功能。此例所采用的是原因—比较法。他认为，必须注意到研究样本的限度与研究结论的解释和推广的限度。“原因比较法是在不具备人为操作实验变量的条件下，将两个在某种关键变量上表现不同但具有可比性的样本加以比较，以寻求形成那种不同表现的可能的原因。……原因比较法的客观局限性使他只能找到两种变量之间的联系，但不能证实这两种变量孰因孰果”，也就是说科学家的成就与脑细胞异常这两个变量之间何谓结果何谓原因，这一研究的方法并不能证实这一问题。其原因就在于“原因比较法是事后研究，研究者并

---

① 曾繁仁：《脑科学与美育的关系》，《文史哲》2001年第4期。

没有通过一段时间的试验来系统地操纵这一变量,以求这变量影响下所产生的成果”,这是因为,“其一,音乐影响仅仅是影响因素之一……这一解释在表述上十分肯定,不留余地,显然以偏概全;……其二,我们不能说只有爱因斯坦才有业余音乐生活,这样无异特质的比较,有何意义?再者,假设音乐能影响突触的积极成长的话,研究者又为何非要以爱因斯坦这个个案为研究对象不可呢?已故音乐家的大脑不是更恰当的研究对象吗?”

在未来美育学研究的心理学纬度上,理论界应该在对西方国家相应理论成果译介、借鉴的基础上,展开对于具有本土色彩的侧重于发展心理学的诸多命题的研究。在研究的方法上,也应该在科学性与艺术性之间找到一个适宜的立足点,因为按照侧重科学性的心理学方法的要求,无法对审美现象作出适当的解释。只有如此,才会在美学之维的研究与教育学之维的研究之间,真正起到融合的作用。因为在很大程度上,新时期以来美育学在美学纬度的研究上关注较多,成果也较为丰富,但是在教育学之维的实践层面与操作层面,比如对课程、教材、教法等方面的研究与进展却极为不足,在心理学之维的欠缺就是最为主要的原因。在这一维度,美育学的发展尤其任重而道远。

**参考文献:**

康德:《判断力批判(上卷)》,商务印书馆,1964 年。

席勒:《审美教育书简》,北京大学出版社,1985 年。

李泽厚:《李泽厚哲学美学文选》,湖南人民出版社,1985 版。

曾繁仁:《走向二十一世纪的审美教育》,陕西师范大学出版社,2001 版。

曾繁仁:《美学之思》,山东大学出版社,2003 年。

曾繁仁、高旭东:《审美教育新论》,北京大学出版社,1997 年。

埃米尔·涂尔干:《道德教育》,上海人民出版社,2003 年。

蒋冰海:《美育学导论》,上海人民出版社,2001 年。

瞿宝奎:《教育学文集·美育卷》,上海教育出版社,1989 年。

刘兆吉:《美育心理学》,西南师范大学出版社,1990 年。

刘兆吉:《文艺心理与美育心理》,西南师范大学出版社,1987 年。

加德纳:《艺术与人的发展》,光明日报出版社,1988 年。

周冠生:《素质心理学》,上海人民出版社,2000 年。

杜卫:《美育论》,教育科学出版社,2000 年。

郭声健:《艺术教育论》,上海教育出版社,1999 年。

# 第二编

# 文艺学新领域研究史论

# 第六章

# 西方文化理论资源与新时期文化研究

新时期以来，当代中国的文化研究（cultural studies）不同程度地受到了西方文化理论资源的影响。目前在我国学界出现的文化研究是在当代中国语境下建构起来的与西方文化研究有联系，但也有所不同的文化研究的话语。“文化研究”和“文化的研究”（the study of culture）不同，后者是把文学放到文化视野中来进行的研究，只是把文化学作为一种方法、一种视野来进行的研究，仍然属于文学领域内的研究。文化研究的研究对象不仅包括文学，也包括大众文化、消费文化、以及传媒文化等等。文化研究从范围上看比对文学的文化的研究要广泛，其中电影、传媒、婚姻、时尚、玩具、身体、身份认同、消费、广告、追星族、肥皂剧、性别歧视、同性恋、全球化、文化帝国主义、后殖民主义、互联网等等都纳入到文化研究当中；文化研究从学科上看不仅仅是对上述文化现象的文化学研究，还包括有社会学、传播学、语言学和历史学等等的跨学科研究等，都可以纳入文化研究的范畴。

## 第一节

## 文化研究的兴起

在探讨新时期以来当代中国文化研究之前，有必要回顾上个世纪前半叶文化学在中国传播与发展的状况。在上个世纪前半叶文化学在中国的传播与发展大致经历了兴起与论争、译介与研究两个阶段：

第一个阶段是兴起与论争时期。这时期经历了“五四”新文化运动前后长达十余年的东西方文化论战。“五四”运动是中国历史的转折点，也是中国文化的转折点。“五四”运动之前的中学与西学、新学与旧学、文言与白话之争等为“五四”新文化运动奠定了理论基础。1915 年《新青年》和《东方杂志》关于东西方文化问题展开了大讨论，从而拉开了东西方文化论战的序幕。这场论争一直到 1927 年，中国社会问题争论的焦点转移到了中国社会性质问题上之后才告一段落。这种讨论规模之大，时间之长，在中国近代文化史上是罕见的。参加人数数百余人，发表论文近千篇，出版著作数十种。当时很多文化名人都参与了这场论争，包括陈独秀、李大钊、张东荪、杜亚泉、梁启超、梁漱溟等人纷纷发表文章，蔚为大观。这次长达十余年的文化论战可以分为三个时期：

（一）从 1915 年《新青年》创刊开始，到 1919 年“五四”运动爆发为新文化运动兴起时期。这时期的文章大多从表面上罗列东西方文化的异同，比较东西方文化的优劣，但是基本表明了两大阵营的观点。陈独秀当时还不是一个马克思主义者，他以激进的民主主义者投身于反对封建文化战场。他在上海创办的《新青年》的创刊号就对中国传统文化代表的孔孟学说加以讨伐，力主学习西方文化，在当时产生巨大反响。他在《新青年》第一卷第四号上发表《东西方民族根本思想之差异》一文中区分了东西方的不同的文化特征：1. 东方文化“以安息为本位”，“恶斗死，宁忍辱”，“雍容文雅之劣等”；西方文化“以战争为本位”，“恶侮辱，宁斗死”，“以鲜血取得世界霸权”。2. 东方文化“以家族为本位”，个人无权利；西方文化“以个人为本位”，“个人之自由的权利，载诸宪章，国法不得而剥夺之，所谓人权是也”。3. 东方文化“以情感为本位”，“以虚文为本位”；西方文化“以法制为本位，以实利为本位”。他认为中国宗法制度有四大危害：即损害个人独立人格的尊严，阻碍个人意志的自由，剥夺个人法律上的平等的权利，造成个人依赖性的懒惰。《新青年》对中国传统文化的批判，引起了轩然大波，反新文化运动的人物纷纷登场，其中最有代表性的是《东方杂志》的主编杜亚泉。他从 1916 年开始以“伧父”的笔名发表了一系列的论述中西文化差异的文章，与陈独秀等人论战。他认为中国是“静的文明”，西方是“动的文明”，两种文明可以取长补短，但是不能互为基础，认为西方文化的侵入，造成了“人心之迷乱”，“国是之丧失”，“精神之破产”，主张要用儒学作为“国基”，来结束这种混乱的局面。对杜亚泉的观点，陈独秀和李大钊给予了有力的反驳。

（二）“五四”运动爆发后，文化论战进入了调和期。“五四”运动犹如汹涌波涛席卷中国大地，代表新的时代精神的新文化的产生，让所有人不得不接受，断然拒绝新文化在当时已经没有可能。于是，文化论争让那些守旧的人士转入到如何处理新文化和旧文化的关系上来。从 1919 年秋天开始，章士钊在广州、上海等地鼓吹新旧文化调和的论调，伧父、陈嘉异等人发表文章纷纷唱和，一致认为西方的物质文明和科学技术我们可以吸收，但是我们老祖宗的精神文明和道德文明不可丢弃，而且要发扬光大。这种“中体西用”的观点，受到了陈独秀和李大钊的批驳。陈独秀把近代中国的落后的原因归结为中国传统“恶德”所致，反对新旧文化和新旧道德的调和。陈独秀只是对调和论加以反对，没有提出科学的论证。李大钊从唯物主义的立场出发，对调和论的思潮加以批判。他指出，经济基础决定上层建筑，中国经济的变革是大势所趋，中国传统文化和道德不可避免地要崩颓粉碎，新思想是应经济的新状态社会的新要求发生的，不是几个青年凭空造出来的。①

---

① 《新青年》，7 卷 2 号，1920 年 1 月。

（三）梁启超的《游欧心影录》和梁漱溟的《东西文化及其哲学》所引起的争论。这场争论是在第一次世界大战爆发和苏联取得了十月革命的胜利，在世界范围内封建文化、资本主义文化和社会主义文化的关系基本确立的背景下展开的。梁启超在1920年游历欧洲后，写下了《游欧心影录》一书，这本书用他游历观感的形式表达了他对西方文化的反思。他在书中认为西方文化已经走到了尽头，唯物和唯心两极分化，各走极端，物质文明的繁荣解决不了精神的危机，中国的文化是拯救未来的世界良药。他的这些观点在当时的文化界引起了很大的轰动。梁漱溟在《东西文化及其哲学》中把中国文化、印度文化和欧洲文化看作三种不同的文化形态。欧洲文化崇尚理智、重视功利，忽视人生的意义和价值；印度文化只讲出世，靠宗教对情感加以安慰，是“意欲向后”的文化；中国文化强调中庸，重视人生的价值，所以，“中国文化之复兴”是世界未来之路。他的观点从根本上否定了“新文化运动”，得到了那些否定“新文化运动”人的欢迎，当然也受到了那些主张“新文化运动”主将的反对。在反对者中有主张中国全盘西化的走资本主义道路的胡适等人，也有主张中国走社会主义道路的李大钊、瞿秋白等人。胡适等人认为世界文化是一体化的，那就是西方文化，走西方文化的道路是世界唯一的道路。中国文化和经济已经落伍了，只有全面赶上，没有别的道路可走。针对复古和西化的文化主张，瞿秋白发表了《东方文化与世界革命》和《现代文明的问题与社会主义》等文章，认为无论是中国封建文化还是西方资本主义文化都已经成为需要被淘汰的文化，社会主义文化是拯救中国的唯一的选择。

“五四”时期的东西方文化之争，开启了中国文化学研究的先河，尽管当时没有明确的文化学的建构，但是为后来一系列文化思潮的兴起和传播奠定了理论的基础。

第二个阶段是译介与研究时期。这时期由对中西文化的论争转到了对文化学翻译、介绍与研究、探讨上，并取得显著的成绩。

对于文化的论争，引起了学界对文化学本身的兴趣，于是对西方文化学著作的大量的译介成为当时文化学界的特点。翻译出版的著作有：〔美〕爱尔马德：《文化进化论》，上海，1930年；〔英〕韦尔斯：《世界文化史》，上海大江书铺，1932年；〔美〕洛博特·路威：《文明与野蛮》，上海生活书店，1935年；〔德〕福利德尔：《现代文化史》，上海商务印书馆，1936年；〔美〕桑载克：《世界文化史》，中华书局，1940年；〔英〕马林诺夫斯基：《文化论》，上海商务印书馆，1941年；〔美〕史密斯：《文化起源论》，商务印书馆，1949年等等。外国文化学著作的译介促进了中国文化学研究的深入，出版了许多文化学专著，其中比较有影响的有：陈序经：《东西方文化观》，广州岭南大学，1933年；《中国文化史略》，商务印书馆，1935年；富示显：《现代文化概论》，商务印书馆，1935年；林语堂：《中国文化精神》，上海国风书社，1941年；吴文藻:《文化学》,商务印书馆,1944 年;梁漱溟:《中国文化要义》,上海路明书店,1949 年等等。

建国以后,文化学和许多学科一样,由于一些特殊原因曾经一度中断了研究和探讨。新时期以来,特别是上世纪 80 年代中期以后,曾经受到冷落的文化学再度进入人们的视野,得到了接续和特别的关注,形成了所谓的"文化热"。

新时期以来,我们看到的较早的关于文化学研究的文章是钱学森的《研究社会主义精神文明财富创造事业的学问——文化学》一文。钱先生认为文化学是关于社会主义精神财富创造事业的基础理论,在我们建设社会主义的今天,建立文化学学科是十分必要的。①

同年 12 月 16 日到 19 日,由中国社会科学院近代史研究所近代文化史研究室和复旦大学历史系中国思想文化史研究室共同主办的《中国文化研究集刊》编辑部和联合国教科文组织《人类科学文化史》中国编委会邀集国内学术界著名学者在复旦大学召开了"中国文化史研究学者座谈会"。出席会议的有中国社会科学院历史研究所李学勤、北京大学历史系周一良、复旦大学历史系周谷城、大百科全书出版社王元化、联合国科教文组织《人类科学文化史》中国编委会负责人庞朴等人。会上对文化与文明及其关系、文化史的研究对象和范围、文化的性质、形态、结构、演化和分类及中外文化交流等问题都进行了深入的研讨。1984 年 3 月《中国文化研究集刊》(第一辑)由复旦大学出版社出版。

1984 年 11 月 3 日到 9 日,由《中国近代文化史丛书》编委会、河南省社会科学联合会、河南省社会科学院历史研究所、河南省历史学会共同主办的"中国近代史学术讨论会"在郑州举行。会议讨论了"中国近代文化史的研究对象、范围和方法","中国近代文化史的特点、作用和历史地位"等问题。同年 12 月 20 日到 27 日,上海中青年理论工作者召开了"全国首届东西方文化比较研讨会"。与会者就"文化及东西方文化的概念"、"东西方文化比较的意义"等展开了热烈的讨论,并成立上海东西方文化比较研究中心。此后,北京成立了"中国文化书院"、武汉成立了"文化研究沙龙"等。

1985 年上半年,北京的中国文化书院和九州知识信息中心在北京举办了第一期"中国文化讲习班",很多著名学者诸如梁漱溟、冯友兰、张岱年、任继愈、李泽厚等主持讲演,产生了很大的影响。同年在深圳召开了"全国东西方文化比较研究协调会议"。1986 年在上海举行了"国际中国文化学术讨论会"。

与此同时,《文汇报》、《光明日报》相继开辟的《中国传统文化和现代化》、《关于

---

① 钱学森:《研究社会主义精神文明财富创造事业的学问——文化学》,《中国社会科学》1982 年第 6 期。

中国传统文化》的专栏和出版界一批文化系列丛书的出版，对“文化热”起到了推波助澜的作用。这些系列丛书包括山东文艺出版社的《文化哲学丛书》，1986 年；上海人民出版社的《文化新视野丛书》，1987 年；浙江人民出版社的《比较文化丛书》，1987 年；光明日报出版社的《现代文化丛书》，1988 年；浙江人民出版社《世界文化丛书》，1988 年等等。从 1985 年开始，上海、北京、广州、厦门等相继开展了文化战略研讨活动，使得文化学研究由书斋走向了现实生活，产生了广泛的影响，形成了文化的热潮。80 年代形成的“文化热”是新时期人们文化思想争论的交锋，是一种寻找对中国社会问题的文化阐释的公共热情的释放。

到了 90 年代，随着市场经济发展，关于文化的讨论有所沉寂，在进入新世纪后又大有再度兴起之势。和上世纪文化讨论不同的是这时期的“文化热”呈现了诸多新的特点：人们突破了狭隘的学术探讨，文化热潮开始波及文化的各个领域，文化学学科向各个学科渗透，出现了文化研究的深化发展时期。

在上个世纪 90 年代到本世纪初有一个文化学和艺术学相结合，向文学过渡的阶段。从目前的材料看，较早把文化学和艺术学结合起来进行研究的是张伟在 1990 年第 3 期发表在《广东社会科学》上的《艺术文化学论纲》。在这篇文章中作者指出艺术文化学(Culturology of the Art)是从文化学的视野研究艺术现象的介于文化学和艺术学之间的边缘学科。他在 1994 年第 2 期的《美学与文艺学研究》上发表了《艺术文化：生命象征符号》一文，进一步阐发了艺术文化学的构想。1992 年潘泽宏出版了《艺术文化学》，湖南文艺出版社。王岳川主编的译文集《后现代主义文化与美学》由北京大学出版社 1992 年 2 月出版。这些研究为人们提供了新的理论视野，但还不是真正意义上的文化研究。

到了 90 年代中后期，文化学开始向文学理论界扩展，引起了文学理论界的关注。金元浦与陶东风在《文论报》发表长篇对话《在悖论中开辟道路：中国文化发展战略管见》，提出必须面对中国当下的文化变革的现实语境，这就是中国古代传统、马列(苏联模式)、西方文化的三重交错，形成前现代、现代与后现代三元共存的交叉运作形态。[①] 陶东风发表于《文艺争鸣》1993 年第 6 期的《欲望与沉沦：大众文化批判》，开始关注文化和审美文化问题。1994 年初，金元浦与陶东风在《文艺研究》著文《从碎片走向建设：当代审美文化二人谈》认为 90 年代中国市场经济的转型带来了中国当代文化的根本性的变化，相当多的人以亲身感受表明了对“斗争模式”的厌倦和心理拒斥，进而发展为理想主义“乌托邦”的破灭，启蒙主义热情的消退和利他主义崇高感的消解。人们物质消费的欲望日益高涨，享乐型的生活期望日益膨胀。这一转变带来了中国百年来审美风尚的一次根本性的变化。由以崇高为形

① 金元浦、陶东风：《在悖论中开辟道路：中国文化发展战略管见》，《文论报》1993 年 9 月 16 日。

态的审美道德教化文化向准审丑的、享乐的消费文化转化。长期以来居于文化正堂的史诗、颂歌、悲剧、交响诗悄然遁形，通俗歌曲、小品、流行音像制品、通俗小说赫然居于文化正堂，形成审美文化的主形态或主范畴。

1995年北京大学比较文学与比较文化研究所文化研究室成立，戴锦华任主任。

1996年，王德胜出版《扩张与危机——当代审美文化理论及其批评话题》(中国社会科学出版社)。在这部著作中，他认为当代审美文化研究归根到底是在从事一项文化批评的工作，而当代审美文化理论的基本精神就在于强调具有建设性的文化批评意识："批评的观念"之确立，为当代审美文化理论及其批评实践奠定了把握当代审美文化、特别是当代中国审美文化现象的主导性理论意识，因而当代审美文化理论之区别于一般经典美学的最明显之处，就是它从根本上指向了一种新的文化批评活动的诞生——当代艺术活动，当代人日常生活形式在这里不是被当作一般经验的美学事实，而就是当代文化本身的一些充分直观的审美实践。

1998年王德胜《文化的嬉戏与承诺》出版(河南人民出版社)。1998年张伟的《艺术文化学导论》在人民教育出版社出版。

1999年5月，中外文学理论学会和南京师范大学在南京共同举办了"1999世纪之交：全国文论、文化与社会学术研讨会"，1999年12月，首都师范大学中文系、美学所和《文学前沿》编辑部共同举办了"文学理论与文化研究学术研讨会"，王宁在《外国文学》1999年第4期发表了《文化研究中的文化身份问题》，童庆炳在《江海学刊》1999年第5期发表了《文化诗学是可能的》，金元浦、陶东风的《阐释中国的焦虑——转型时代的文化解读》(中国广播电视出版社，1999年)。

2000年罗钢和刘象愚主编了国内第一本《文化研究读本》(中国社会科学出版社，2000年)，涉及"什么是文化研究"、"文化研究的起源"、"差异政治与文化身份"、"传媒研究"等内容。陶东风的《文化研究：西方与中国》(北京师范大学出版社，2000年)是全面研究文化研究的理论著作。该书系统讨论了文化研究与大众文化批评、后殖民批评、知识分子的关系，勾勒了文化研究的发生发展史，它的理论资源及其传播，理清了中国文学理论界的学者阐释"文化研究"的内在脉络。

2000年4月，北京师范大学中文系和北京师范大学文艺学研究中心举办了"文艺学与文化研究学术讨论会"。与此同时，文化研究和文化批评著作纷纷问世，比如金元浦主编的"六洲歌头当代文化批评丛书"、李陀主编的"大众文化研究译丛"等。

相对这些较为专门的研究成果而言，对文化研究这个新的知识生产领域的综合性研究出现是以陶东风、金元浦等主编的《文化研究》(此刊创刊于2000年，是大陆唯一专门的文化研究丛刊，第1—3辑由天津社会科学院出版社出版，第4辑由中央编译出版社出版）为标志。2002 年 5 月，国内第一家文化研究（cultural studies）学术网站正式成立。这家网站以中国文化研究的推广与传播，介绍国外前沿理论及重要理论家，力倡文化研究理论的本土化及中国学派的建立为宗旨。

2003 年孟繁华出版了《众神狂欢——世纪之交的中国文化现象》（中央编译出版社）。他认为当代中国文化主要有主流意识形态文化、知识分子文化和大众文化是三种主要话语构成，但三者内部绝非铁板一块，其内部又生成了一些各具特点的部落。这是一部对中国文化各阶层分析的文化地形图。

2004 年，金元浦主编的《文化研究：理论与实践》一书由河南大学出版社出版，收集了国内专家近三十篇文章。

2005 年，陶东风、金元浦主编的我国第一本文化研究的英文著作 Cultural Studies in China（Marshall Cavendish Academic Singapore 2005）在新加坡出版，介绍了我国文化研究的历史与现状，收集了国内专家的研究论文。

通过上面的分析，我们可以这样认为：中国当代的文化研究以同名的学术刊物《文化研究》的创立和同名的网站《文化研究》的成立为标志得以确立。

## 第二节
## 文化研究兴起的原因

文化研究的兴起除了和西方文化理论资源的影响有着重要的关系外，探究其深刻的本土原因还是多方面的：一、文化研究是对当代中国的文学研究过于关注文艺的审美特性而忽略文艺的社会功能的反动。自上世纪 80 年代中期以来，特别是结构主义和“新批评”引进到文学批评以后，我们的文学研究开始从社会政治批评转向艺术形式、艺术技巧的研究，这时研究者把“审美性”和“文学性”作为文学的本质特征。这种研究是对过去长期以来形成的庸俗社会学批评的反抗，这是值得肯定的，但是这种研究由于忽略了对文艺的社会功能的关注，以致走向了另一种极端。很长一段时间以来，文学研究远离了现实生活和当下的文学创作，形成了文学研究的边缘化的倾向。这种现象引起了学者们的注意，他们开始关注现实的文化现象。如金元浦在《别了，蛋糕上的酥皮——寻找当下审美性、文学性变革问题的答案》一文中认为的那样：“进入新世纪，世界文学艺术与美学理论发生了重大的变化。一时间，文化的转向、视觉图像的转向、美学的转向、后现代转向以至身体的转向纷至沓来，不绝于耳。处在这种全球化背景下的我国文艺学也发生了巨大的变化。其中一个突出的变化就是审美的日常生活化与日常生活的审美化。在今天，美不再是艺术‘蛋糕上的酥皮’，文学也不再是艺术‘皇冠上的明珠’。审美似乎已不再专属于文学和艺术，审美性、文学性也不再是区别文学与非文学、艺术与非艺术的根本的或唯一的特征。社会生活出现了审美的日常生活化与文学性向非文学领域全面扩张的普遍现象。"①二、大众文化的流行是文化研究兴起的现实基础。文化研究的兴起不仅有西方文化研究的影响,而且中国社会文化自身转型也是文化研究兴起的重要原因。上个世纪 80 年代后期,特别是 90 年代以来,由于中国市场经济的迅猛发展,社会文化格局发生了很大变化。中国的经济转型导致了社会文化的转型。在这种背景下,纯文学不断走向大众化。大众文化以消遣娱乐性为目的,以商业时尚性为表征,以当下现实性为旨归。面对这样的大众文化,西方正在红火的文化研究似乎对这种文化现象更具有解释的有效性。面对大众文化和日常生活审美化等泛文化现象的冲击,文学理论原来固有的范畴和范式对于纷繁复杂的大众文化现象就显得很不适应,于是,文化研究在中国迅速蔓延开来。三、中国知识分子对现实的关注程度和热情也是文化研究在中国兴起的原因之一。80 年代末以来,知识分子表现出一种对于社会批判的冷漠,他们中有的人或者投身商海去赚钱,或者躲进小楼搞起所谓的纯学术研究。包括文学理论在内,人们研究的重点是关于文学的形式批评、内在批评所谓的"内部规律"研究。随着 20 世纪末的来临和新世纪的开始,中国社会文化也出现了需要知识分子去分析和参与的问题,而这时的文化研究恰恰迎合了关注中国社会未来的有良知的知识分子参与的热情。于是文化批评成为这些知识分子的共同的话语。这种批评类似于伊格尔顿的"政治批评"。正如有的学者所说,文化研究在 90 年代中国出现并迅速发展的根本动力还是来自中国现实社会文化的要求,而不是西方文化研究的理论旅行。文化研究是一种高度实践性、参与性的知识活动,这决定了它必须扎根于自己的社会文化土壤,决定了它的研究对象、研究方法的灵活性。虽然在今天这个中国与世界的界限已经缩得最小的所谓"全球化"时代,学术活动的国界也已经极大地模糊;文化研究的活力在于及时地回应急剧变化中的中国社会文化现实所提出的种种问题。转型中的中国向我们提出了急待回答的政治与文化问题,这是学术创新的最重要资源。四、文化研究的兴起和中国知识分子欲将崛起于世界思想舞台有一定的关联。20 世纪许多思想家家都纷纷从不同视角将注意力按后现代主义代表人物利奥塔的说法从"宏大叙事"转向"微小叙事",倡导回归,如现象学所说的"日常生活世界",把目光聚焦到生活领域。这种学术研究的哲学基础向日常生活的回归,对普遍关注大众文化和日常生活的"文化研究"的兴起不能不产生影响。这种研究也影响了中国学者,他们试图建立起文化研究的平台,与国际学术界平等对话。因为从中国国门大开以后,我们的学术一直跟在西方人的学说后面亦步亦趋。在这次

---

① 金元浦:《别了,蛋糕上的酥皮——寻找当下审美性、文学性变革问题的答案》,《文艺争鸣》2003 年第 6 期。

"文化研究"的思潮中,中国的学者终于改变失语状态,可以和世界级的思想家对话,可以在国际学术界发出自己的声音。这不能不说是文化研究兴起的一个重要的原因。

## 第三节
## 影响当代中国文化研究的四种西方理论资源

现在学界通行的看法,对当代中国文化研究有直接影响的是德国的法兰克福学派和英国的伯明翰大学"当代文化研究中心"为代表的英国学派,其实人们还忽视了另外的两种理论资源,那就是消费文化理论的理论资源和前苏联的文化研究。

### (一)早期的站在精英立场上对大众文化的理论和实践进行批评的法兰克福学派的理论资源

随着西方马克思主义理论的不断介绍,特别是霍克海默和阿多诺的《启蒙辩证法》1990年在大陆的出版,其中对于文化工业的批判,引起大陆学者的关注。霍克海默通过批判性的理论研究认为现代人的生活虽然物质条件得到了极大的改善,但人们的精神生活却越来越匮乏,人的本性遭受到了严重的摧残和压抑,所以才需要对资本主义进行势不两立的批判。真正的理论都应该是批判的,没有批判就没有理论的生命力,也将失去现实的对理论的关注,因此,批判现存的东西是理论的真正的社会功能。法兰克福学派的批判理论恢复了马克思学说的批判本性,其代表人物都共同关心文化问题,把马克思主义的"阶级批判"变为"文化批判",成为"西方马克思主义"文化哲学主要代表力量。法兰克福学派把弗洛伊德主义与马克思早期著作结合起来,作为"文化批判"理论的基础。他们把弗洛伊德主义引入马克思主义之中,以此来补充马克思主义。他们认为马克思后期的阶级斗争理论和生产力、生产关系理论已经过时,应重新回到"异化"的观点和"交往实践"的观点上来,才能对资本主义以有力的批判。同时他们认为马克思过分看重了人的政治和经济因素,而忽略了人的"爱欲冲动"的心理因素,忽略了人的"异化"的心理根源。正是在这一点上他们认为弗洛伊德的"无意识"理论是对人的科学的有力贡献,可以对马克思主义进行有益的"补充"。阿多诺在人类生命本体之上建构起精神乌托邦,试图通过艺术来实行对世界的救赎。艺术对现实的批判是通过创造与现实相对立的"异在性"来完成的。艺术通过否定现实的经验世界而实现一个尚未存在的世界,在这个世界里超越了当下的现实并体现出对其否定的精神力量就是这种"异在性"的真实涵义。阿多诺认为艺术以与社会相对抗的立场进行抗争,具有令人解放的性质。马尔库塞对“大众文化”进行了深刻的剖析，认为这是统治者的“操纵意识”在市民社会的日常生活中的集中体现。与“大众文化”相对应的是“高级文化”，这是一种与“大众文化”相对抗的文化形态。“高级文化一直是同社会现实相矛盾的，而且只有少数特权者享受了这种文化的幸福并代表着它的理想。社会的这两个对抗领域一直是共存的”。现在的情形是“不是高级文化退化为大众文化，而是用现实来驳倒高级文化。现实压倒了它的文化。人们今天所能做的超过了文化英雄和半神似的人物所能做到的；人们已解决了许多难以解决的问题。但人们也背叛并破坏了那些在高级文化的升华中得以保存的希望和真理。”[①]马尔库塞认为艺术是对抗现实社会的重要的形式，造反或者说革命已成为艺术的重要的功能。艺术创造出的世界虽然与现实的世界相分离，但它存在于人们的理想之中，代表着未来的发展方向，昭示未来的理想而成为与现实相对的力量。

法兰克福学派的理论资源最早被介绍到中国的学界，引起很多学者的关注。后来中国学者对自己的观点都有所反省，逐渐放弃了站在精英立场上对大众文化的理论和实践进行批评的态度，开始从肯定的视角关注中国本土大众文化。

### （二）英国伯明翰大学“当代文化研究中心”的理论资源

英国伯明翰大学的“当代文化研究中心”的建立，使艺术的文化学研究成为自觉，标志着文化研究作为一种理论话语的正式确立。狭义的“文化研究”(cultural studies)是指在60年代以后以伯明翰大学“当代文化研究中心”为代表的英国学者的研究取向与研究成果。该中心学者理查德·霍加特提出了“文学——文化分析”的研究模式，认为艺术是一种文化中的意义载体。艺术的文化学研究所要考察的不是作家在其作品中用以探索社会的方式，而是直接地对当时的各种问题、对其文化的“生活特质”所作分析的参与。他是从艺术的接受（解读）的视角探讨艺术的文化特质的。他将阅读分为两种方式：A品质阅读（审美批评）；B价值阅读（文化批评）。价值秩序有两种，一种是艺术价值秩序，另一种是文化价值秩序，但这两种价值秩序不具有同一性。艺术的价值秩序对于文化的价值秩序来说是一种破坏力量，试图打破文化的价值秩序，从而建构新的价值观念。这样，艺术便与文化发生了密切的关联，如果离开了文化的分析，艺术的深层价值便无法得到揭示。理查德·霍加特对社会中下层生活非常熟悉，因为他出生工人阶级社区。“当代文化研究中心”的另一员主将威廉斯将文化理解为整个生活方式，电视、报刊、体育、娱乐等等与日常生活密切相关的活动成为文化重要的组成部分，为大众文化的崛起开

① 马尔库塞：《单向度的人》，重庆出版社，1988年，第54页。

辟了理论空间。这个学派站在左派立场，积极肯定了大众文化历史价值，这个学派注重以影视为主要媒介的当代大众文化研究，注重边缘文化、亚文化研究，如女性文化、后殖民主义文化研究，强调文化研究与社会现实紧密联系，关注文化中的权力关系和机制运作研究，以及注重提倡跨学科、超学科的研究等。这个学派站在左派立场，积极肯定大众文化历史价值，受到中国学者的重视。

## （三）消费文化理论的理论资源。

中国当代文化研究和西方的消费文化理论有更加直接的关系，从某种意义上说"日常生活审美化"和"文学边界"的争论就是从后现代主义的消费文化理论发端的。消费文化理论的代表人物主要有居伊·德波、让·波德里亚和迈克·费瑟斯通。

1. 居伊·恩斯特·德波(Guy Ernest Dobord，1931—1994)是当代西方激进文化思潮与组织——情境主义国际的创始人、法国著名思想家，于 1931 年 12 月 28 日出生在巴黎一个商人家庭。由于父亲早逝，他中学毕业就走向了社会。1957 年建立了情境主义国际，德波自任该组织的领袖，主编《情境主义国际》等杂志。1967 年德波出版了重要著作《景观社会》，还于 1973 年制作了《景观社会》的电影版本。1994 年 11 月 30 日居伊·德波自杀身亡。《景观社会》是居伊·德波的成名之作，被西方学者誉为"当代资本论"。《景观社会》篇幅不长，总共二百多自然段。他认为"世界已经被拍摄"，发达资本主义社会已进人影像物品生产与物品影像消费为主的景观社会。"景观社会"是继马克思所说的商品社会之后出现的一种新的社会形态即消费社会，其主要特征是通过制造幻象和娱乐形式所组成的景观世界来麻木"大多数"大众，使其失去批判性和创造性。在《景观社会》一开头，德波就写道："在现代生产条件无所不在的社会，生活本身展现为景观(spectacles)的庞大堆聚。"景观社会说明世界进入了一个新的时代。在这一时代中，物质生产过程的统治地位已经让位于消费为中心的景观社会。在德波看来，景观不能被看作是对世界观的误用，是一种客观化的、具体化的关于世界的总的看法。所以，景观已成为一种物化了的世界观，景观本质上不过是以影像为中介的人们之间的社会关系的真实写照，或者说，景观的在场是对社会本真存在的遮蔽。"景观社会"理论和马克思的学说形成了巨大的分歧。传统的马克思的学说关注社会生产，"景观社会"理论重视社会消费；马克思的学说认为我们消费是为了消费有用性，因此消费本身是受到抑制的；在"景观社会"理论中，由于商品的丰裕和意象的中介作用，消费本身不再是基本需要的满足，而是被意象激发的需要的满足，德波称之为伪需要的满足，这就使真实的消费变成了消费的幻觉。在马克思的时代，如何使工人生产是资本主义所要解决的主要问题，1929 年西方经济危机后使统治者认识到，如何使工人有效地消费成为资本主义社会继续发展的重要前提。因为资本主义已经超越了它的生产阶段，早期资本主义利用盘剥和饥饿来剥削工人获得利润的生产方式已经过时。在消费的过程中，广播和电视等现代媒介的发展起着重要的作用。通过广播和电视广告，物品的形象不仅得以夸张的展示，而且消费也得到了强烈的刺激和引导。在现代传媒的消费引导中，真实的物品的使用价值不再重要，而是被现代传媒符号建构出来的物的意象，因为消费的过程是对意象的消费。

以消费为特征的社会的景观化倾向在人类进入 21 世纪后不仅没有减弱的趋势，反而愈演愈烈。并且随着全球化的不断发展，社会的景观化也变得越来越直观，也就是越来越清晰可见。比如电影、电视、灯箱、招贴、橱窗、装潢、商品外观设计、商品包装、杂志插图、书籍封面等都以影像形式广泛传播。"景观社会"理论分析的框架建立在真/假两重性划分的思维基础上。虽然他意识到了意象在消费社会的主导作用，但真/假二分的理论模式，使他把意象支配功能当作是一种虚假意识，这就难以揭示意象在消费文化的真实意义。在鲍德里亚看来，随着消费社会的来临，意象不再统治一切，而是仿真的符号统治一切，所以，真/假二分的思维方式就必须加以超越。

2. 让·波德里亚(Jean Baudrillard，1929—2006)生于法国东北部的一个平民家庭。他从 1968 年出版《物体系》开始，撰写了一系列批判当代资本主义文化的著作，并最终成为享誉世界的知识分子代表之一。作为当代法国著名的思想家，他的足迹遍及哲学、政治经济学、符号学、人类学、社会学、精神分析、传媒理论、后现代主义等诸多领域，是一位关注现实的富于批判精神的当代学者。他的代表作品《消费社会》出版于 1970 年。这部著作在思想上承继了法兰克福学派对于发达资本主义的批判，尤其是对于作为当代大众文化构建基础的大众传媒的批判。波德里亚面对的是更加成熟的发达的资本主义社会，被他称之为"消费社会"。他将消费定义为一种操纵符号的系统行为。在波德里亚看来，物品并不就我们的消费对象，作为消费的对象，物品必须变成符号。他认为消费不是人对物品需要的满足，而是被刺激起来的和被制造出来的欲望的满足，体现了人和物品的象征关系。这就是说，在消费时代，人们对商品的消费不一定是对商品实用性的消费，即不是商品的使用价值的消费，而是对符号和品牌的消费，是对符号的象征意义的消费。他把马克思的社会生产理论演变为符号生产的理论。他在马克思的商品使用价值和交换价值之外，创建了商品的符号价值理论，这种价值能够给消费者带来地位感、身份感和快乐感。这种符号价值是消费社会的产物。消费社会的文化逻辑就是通过媒体的强权刺激人们对于虚假的相对需求，即商品的符号价值的需求，给人以自尊心的满足和虚假的自由感受。在当代社会，消费成为了一种文化，我们把它称为消费文化。消费文化不仅成为人们日常生活的必需，而且成为制约着人们的思想观念和行为规范。因此，在消费时代人们的消费不是对商品的消费，而是对符号的消费。在波德里亚这里，生产被扬弃了，符号统摄一切，在这个意义上，今天的世界就是一个由符号建构的世界。在符号世界中，任何本真的东西都是不存在的，一切都是符号编码的结果，这样，传统社会中的真/假二元性消失了。在后工业社会，真的原件根本就不存在，存在的只是拟象。所谓拟象不是对原件进行模仿，而是在原件不在场的情况下，自身对自身的摹像与拟态。首先，符号的消费在于建立差异性。日常生活中消费的主要用途之一是与他人形成差异。现代消费社会的本质特点就是在于差异的建构。人们所消费的，不是物品的物质性，而是差异性。因此，物品从来就不是因其物质性而被消费，而是因为其同其他物品的差异性关系而被消费的。换句话说，人们消费符号的目的是通过消费活动获得一种身份认同，通过符号的差异来建立与他人的差异。其次，符号的消费具有强制性。物质欲望的满足是没有止境的，也没有彻底满足的时候。于是注定消费的人群要无穷地追逐消费的象征符号。消费之所以不可克制，最终原因在于生命意义的匮乏，于是消费成了人们存在的唯一理由。似乎人生只剩下了这条证明自身存在的价值和获得身体拯救的途径。正因为消费是没有止境的，所以消费具有了对于人的强制性。

鲍德里亚认为审美泛化或审美价值的扩散已经成为不争的事实。他认为现代性中包含的艺术解放的观点实际上是一种悖论。那种艺术作为现实的对立面以及艺术作为比生活更高的价值体系已经丧失了它原来的意义。传统的艺术与非艺术的界限已经不再清晰，艺术与生活的不同已经不存在。鲍德里亚认为现实世界一切事物都趋于审美化。这就是说，当今艺术的价值已经广泛扩散开来，渗透到社会与个人生活的各个方面。从广告形象到服装设计，从室内装潢到城市规划，日常生活的审美化已经成为司空见惯的现实，而且其形象化、艺术化的程度远远超出人们的想象。鲍德里亚虽然不是情境主义国际的成员，但他与德波等保持着密切的联系。但是，鲍德里亚的符号分析方法与德波相比，有很大的不同。德波指出意象统治一切，但他并没有说明意象的产生机制。鲍德里亚则运用符号学的方法揭示符号统治世界的建构机制，触及到了后工业社会中的一些重要问题。鲍德里亚从马克思的生产理论，经德波的景观社会理论，进入符号消费的理论，并且指出符号在当代社会中具有统治的地位。但是，他没有认识到在当代社会虽然符号起到了重要作用，但是我们不能否定生产的基础性意义。

3. 迈克·费瑟斯通(Mike Featherstone)，英国诺丁汉特伦特大学理论、文化与社会中心主任，其代表作品为《消费文化与后现代主义》。在这部著作中，费瑟斯通从消费文化着手，全面论述了消费文化及其对后现代社会的影响，认为以符号与影像为主要特征的消费文化，导致了文化与政治、生活和艺术、神圣与世俗间区别的消解。“我最早对消费文化发生兴趣是在 70 年代后期。那时，法兰克福学派及其他批判理论的倡导者们在《泰勒斯》(Telos)与《新德意志批评》杂志上发表的许多精彩论述与评论,激发了我对这个问题的兴趣。有关文化工业、异化、商品拜物教和世界的工具理性化的种种讨论,将人们的兴趣从生产领域转向了消费和文化变迁过程。"①在费瑟斯通看来,消费社会指后工业化社会,在这样的社会里,消费成为社会生活和生产的主导动力和目标。在传统工业社会,经济价值观念总是与短缺联系在一起,随着资本主义生产的不断扩大,必然导制生产和产品的过剩。这样,消费观念就变得日益重要,甚至消费观念成为后工业资本主义生产的精神支柱,这是后工业化生产所必需的前提。在消费生产中是以商品的过度生产从而导致商品的过剩为特征。在消费过程中,商品的交换价值被消解,象征特征被突现出来,这体现了日常生活审美化的文化特征。日常生活中,我们无时无刻不在体验着一种审美化的倾向,如环境的绿化、建筑的装修、家居的布置以及城市广场、街心花园的美化,无不透露出一种审美化的特征。

费瑟斯通认为,人们生活的世界越来越像一件艺术品,因此,有人把这种现象看作"日常生活的审美呈现"。"日常生活审美化"包含三种含义。一是艺术亚文化的兴起,具体指那些消解艺术与日常生活间界限的艺术亚文化,如一战以后出现的达达主义、超现实主义等先锋派运动等;二是指将生活转化为艺术作品的谋划,具体指追求生活方式的风格化、审美化,如福柯、罗蒂等人把生活伦理看作艺术作品的思想;第三,日常生活符号和影像的泛滥,包括波德里亚、杰姆逊等人的"类象"思想所描述的现象。商品的过剩生产是日常生活审美化产生的基础。在消费社会,商品的过剩生产导致了商品本身使用价值的减少,从而使得商品仅仅成为了一种"符号"。符号的"过度生产和影像与仿真的再生产,导致了固定意义的丧失,并使实在以审美的方式呈现出来"。②

从上面的介绍中可以这样的说,后现代主义的消费文化理论不仅是对当下的资本主义社会的深刻阐释,而且在相当程度上成为我国学界文化研究的思想基础。

## (四)苏俄美学和文化学的理论资源

巴赫金的文化诗学理论给中国文学理论研究以很大的影响。程正民等北京师范大学的学者对此进行过深入的研究,为文化学转向提供了理论资源上的借鉴。其实前苏联文化理论研究从 20 世纪 50 年代起步,直到 60 年代末期才从西方引入"文化学"这一术语。但是,在短短的几十年的时间里,前苏联的文化学研究取得了

---

① 迈克·费瑟斯通:《消费文化与后现代主义》,译林出版社,刘精明译,2000 年,第 1 页。

② 同上书,第 21 页。

相当大的成就，并将文化学研究的成果广泛地运用到人文学科的各个领域。

前苏联对艺术的文化学研究首先从美学界开始的。美学家鲍列夫在他70年代出版的《美学》一书中专门探讨了“艺术文化”问题。他将文化视为人的活动的产物，是人类的社会（不是遗传意义上的）记忆。显然，他将文化纳入了人类实践的范畴。正是人的活动对无机的自然界进行了加工和改造，创造了人类所特有的文化。这种文化不仅是一种存在，而且是一个过程，从而成为维系社会存在和发展的纽带。艺术文化则是在自己的千变万化中保持稳定的那一人道主义文化领域，它不同于其他的文化形态，其根本原因在于它具有审美的功能。他认为艺术能把人从精神上陶冶成艺术家，陶冶成按照美的规律创造一切物质和精神价值的能手。由于艺术文化能使人的精神始终具有创造力，它好像成了文化进行扩大再生产的动力来源。这种文化进化论观点说明作者对艺术文化存在着过高的期望值。他将艺术文化看作了文化变迁的原动力，仿佛艺术文化可以决定世界未来的走向。

如果说鲍列夫的艺术文化观还缺乏系统的理论建构的话，那么前苏联另一位著名美学家卡冈的艺术文化理论则形成了较为严密的理论体系。他是从不同于生物生命的人的基本活动开始他的文化分析的。卡冈在《人类活动》一书中从理论上演绎出人类的五种基本的活动——改造活动、交际活动、认识活动、价值——定向活动和艺术活动。这五种活动构成人类活动的整体系统。他认为如果说文化是人类活动的方式和产品的总和，那么艺术文化就是人们艺术活动的方式和产品的总和。卡冈认为艺术文化不同于审美文化，后者消融在整个文化之中，而艺术文化仅仅是整个文化一个局部层次，即处于物质文化和精神文化的中间层次。物质文化和精神文化不是截然划分的，物质文化全部过程表现为精神的目的和模式，而精神文化的内容要完全地物化，否则精神产品将不复存在。因此，艺术文化就不是精神因素和物质形态的简单的结合，而是有机地交融在一起，互相溶为一体，产生出某种第三者的东西，某种性质上独特的现象——被称作艺术的精神——物质价值。这样，在艺术文化的所有子系统的统一和相互作用中，在其形成和进化的历史过程中，在其于文化里发挥功用的特征中研究整个艺术文化的学科被卡冈称之为艺术文化学。苏俄美学和文化学的理论也为当代中国的文化研究提供了理论资源。

## 第四节
## 文化研究的问题与论争

### （一）大众文化的论争

大众文化（popular culture）研究从20世纪末期到本世纪初在中国学界成为学

术热点问题。从事大众文化研究的人基本都是搞文学理论出身的，这些人不再把文学理论当作传统意义上的以语言为研究对象的学科，而是把研究对象进一步扩展到流行歌曲、广告、时装、卡拉OK、体育比赛、网络媒体、城市空间等等，引起了广泛的争论。新时期的大众文化有个形成和变迁的过程。上个世纪的70年代末到80年代中期，艺术上基本是以现实主义原则为主流，文学的"伤痕文学"、"寻根文学"，电影《天云山传奇》、《芙蓉镇》，绘画中罗中立的《父亲》等都显示出强烈的现实主义立场。80年代中期开始了艺术的探索阶段，北岛的朦胧诗、陈凯歌等人的"第五代电影"、谭盾的前卫音乐等等，这些艺术更加风格化和形而上学化。80年代末期，中国社会发生了巨大的变迁，民众的政治热情为消费观念所取代。在艺术上英雄主义开始消退，武侠小说和言情小说在社会上广泛流行，在小说、美术等艺术形式当中出现以性为特征的作品展示。这时期无论是"五四"以来的知识分子的启蒙文化，还是主流意识形态文化都被金钱、资本和流行所取代。90年代进入了大众文化盛行的时代，卡拉OK和流行歌曲取代了古典音乐，迪斯科取代了古典舞，通俗文学取代了严肃文学，在现实生活中歌星、球星取代了现实社会的英雄。受到"韩流"影响的黄头发，美国的可口可乐、麦当劳，各种流行歌曲、广告、时装、卡拉OK、网络媒体等出现在中国社会的各个角落。

较早探讨大众文化的是陶东风、张汝伦、金元浦、尹鸿等。[①] 他们的文章基本站在法兰克福学派的精英知识分子的立场上对待大众文化的。他们认为由于大众文化巨大的社会影响力，一开始就形成了对传统美学的挑战。美学的审美主义者把审美经验作为审美和艺术的尺度，将"艺术"和"非艺术"截然分开，并且把文化分为"精英文化"和"大众文化"、"高级文化"和"低级文化"、"俗文化"和"雅文化"等。他们把"非功利"作为审美的唯一标准，认为大众文化在对象中看到的只是欲望和消费，没有与现实拉开距离，没有距离就没有审美的产生。他们否定大众文化的理由：是大众文化产品作为文化工业产品其属性是商品性而不具有艺术性，大众文化仅仅是满足欲望和提供消遣的手段也不能成为审美现象；大众文化是统治者的"操纵意识"在市民社会的日常生活中的集中体现，是主流意识形态控制自由意识的工具，人民大众接触大众文化的过程就是被主流意识形态控制的过程；大众文化是文化工业通过传播技术和复制的手段生产出来的商品文化，是无深度的平面文化。然而，应该注意到是尹鸿的文章开始了对中国本土大众文化的分析和批判。

陶东风和金元浦后来对自己的观点都有所反省，逐渐放弃了机械搬用批判理

① 陶东风：《欲望与沉沦——大众文化批判》，《文艺争鸣》1993年第6期；张汝伦：《论大众文化》，《复旦大学学报》1994年第3期；金元浦：《试论当代的文化工业》，《文学理论研究》1994年第2期；尹鸿：《大众文化时代的批判意识》，《文学理论研究》1996年第3期、《为人文精神守望：当代中国大众文化批评导论》，《天津社会科学》1996年第2期。

论的做法，开始从肯定的视角关注中国本土大众文化。陶东风认为，从道德主义的立场、审美主义或宗教性价值的尺度完全否定世俗化与大众文化是不可取的，理解与评价世俗化与大众文化首先必须有一种历史主义的视角——此处的“历史主义”指的是立足于中国社会的历史转型来分析与审视当今社会文化问题的角度与方法，强调联系中国的历史，尤其是解放后 30 年的历史教训来确定中国文化的发展方向，即把大众消费文化放在中国社会转型的历史进程中来把握。世俗化——现代性的核心是祛魅与解神圣，在中国新时期的语境中，世俗化所要祛的是“极左”的魅。由于世俗化削弱、解构了人的此世存在、日常生活与“神圣”之间的关系，人们不再需要寻求一种超越的精神资源为其日常生活诉求进行“辩护”，所以它为大众文化的兴起提供了合法化的依据。金元浦在《中国社会科学》2000 年第 6 期发表的《重新审视大众文化》的文章也从肯定的角度反思大众文化。他认为中国当代大众文化的合法性在于：1. 计划经济向市场经济的历史性转型；2. 大众文化体现的是现代科技与现代生活；3. 大众文化改变着中国当代的意识形态，在建立公共文化空间上发挥了积极的作用，表明了市民社会对自身文化利益的普遍肯定以及小康时代大众文化生活需求的合理性。①

由戴锦华撰写的《隐形书写：90 年代中国文化研究》是中国大众文化研究比较早的学术专著。探讨大众文化的专著还有陈刚的《大众文化的乌托邦》，作家出版社，1996 年；肖鹰的《形象与生存——审美时代的文化理论》，作家出版社，1996 年；黄会林（主编）的《当代中国大众文化研究》，北京师范大学出版社，1998 年；王德胜的《扩张与危机——当代审美文化研究》，中国社会科学出版社，1996 年；姚文放的《当代审美文化批判》，山东文艺出版社，1999 年；邹广文主编的《当代中国大众文化研究》，辽宁大学出版社，2000 年；陆扬、王毅合著的《大众文化与传媒》，上海三联，2000 年；王一川主编的《大众文化导论》，高等教育出版社，2004 年；此外，还有大量翻译的作品出现，比如李陀主编的“大众文化研究译丛”、周宪、许钧主编的“文化和传播译丛”等。

《文艺报》专门开设了《“大众文化”论坛》，发表了许多讨论大众文化的专题文章，使得对大众文化的讨论更加深入和热烈。关于大众文化有着不同的看法，存在着论争。大众文化接近于群众文化和通俗文化，但也和这两个概念有所不同，大众文化是以生产方式和接受方式来界定的，而群众文化和通俗文化是以阶级、阶层来划分的。发表在 1997 年第 2 期《读书》上的代表新“左”派理论的《大众、文化、大众文化》专题文章中就把大众文化看作是中产阶级的文化，体现了资本主义和资产阶级意识形态等就是明证。在当代的文化研究中，所谓的“大众文化”和“消费文化”

① 金元浦：《重新审视大众文化》，《中国社会科学》2000 年第 6 期。

等也有一定程度的重叠。所谓的“大众文化”可以被看作是一种经由商业和媒体机制所创造出来的消费或行为趋势的文化。学者们普遍认为大众文化作为全民参与接受的形式，通过对无意识欲望的调节达到制造快乐的目的，所以它也是一种娱乐文化。它能够在市场经济发展生存境遇中，舒缓精神压力，充实闲暇时间。大众文化因其特有的娱乐性、消遣性满足着大众这方面的种种需求。有的学者认为大众文化是在社会主义市场经济条件下发展起来的，它与主流文化、高雅文化一起构成现实期文化的三足鼎立的局面，大众文化不仅有它的合理性，而且要给大众文化减负。有的学者认为大众文化的兴起体现了话语霸权的解体和文化平等的意识，是当代社会民主化的历史进步。有的学者认为当代大众文化的主体是大众，它本能地具有一种依托大众的、趋向民主的品格，指向开放的双向交往的多样化的意识形式。大众文化改变了原有的文化资源分配方式，进行了文化资源的再分配，建立了大量新的文化资本及其积累与运作方式，大大改变了原有的单一政治文化资本的拥有方式或独享方式，创建了适应各种不同层次和等级的文化消费空间和消费方式，使大多数人可以更自由方便快捷地获得自己喜爱的文化资源。①

在承认其正面功能的同时，当代大众文化在其发生发展的过程中的强大的负面影响也不容忽视。学者们认为大众文化以中性的面目出现，没有自己坚持的固定立场，它只有在市场规律支配下的利益原则。大众文化既然是市场经济的产物，占有市场并获取利润就是它最大和最后的目的。在利益的驱使下，所有的文化资源都有可能被这一文化形态纳入市场，经过新的发掘和包装后，使其变成文化消费品。

大众文化以自身的巨大的解构力，向社会文化进行全方位渗透。在当下中国，我们已经可以随处看到“肯德基”、“麦当劳”、NBA 篮球赛、麦当娜的 CD 光碟和好莱坞大片，可以随时喝到“可口可乐”等，其背后隐含着的霸权的文化支配和无处不在的价值观，这是值得我们关注的重大问题。正如有的学者认为，大众文化与主导文化、民间民俗文化、精英文化一起共同构成了当代中国的文化类型系统，其强大的功能和价值将日益彰显。冷战后，文化主权成为重要的问题，西方文化霸权策略在很大程度上是通过大众文化来实现的，我国大众文化独立自主的发展可以有效抵消西方文化的侵蚀，对维护我国的文化主权具有重要作用。

## （二）文化的概念问题

人类在创造自身的同时，也创造了文化。然而，人类对自身文化的认识和反思

---

① 金元浦：《重新审视大众文化》，《中国社会科学》2000 年第 6 期。

都是当代的事——这就是以文化学的建立为标志。这刚刚发现了的新大陆成了当代人文科学不同学科的汇合地，哲学、心理学、人类学、社会学、语言学以及艺术学等诸多学科都将视角转向了文化学，它们都试图与文化学联姻开辟自己的新天地。路易·多洛认为："如果要用电子计算机对这些当今处于首要显著地位的词语或概念进行统计，同时定出其中最优先者，那么，'文化'一词将占着头等的位置。"[①]这说明人们使用"文化"频率有多么高了。人类的经验、价值观念是文化；人类的生产方式、劳动产品是文化；人类的衣食住行也都是文化。人们困惑了，不解了，究竟什么是文化？或者反言之，文化是什么？于是，众多的专家学者为此大伤脑筋，开创出一个个的定义、概念、界定等等，不一而足。自从英国人类学家泰勒为文化做出界定以后，为文化所下定义不下数百种之多。

当代中国文化研究中对文化概念的阐释以陈炎先生的最为全面。他认为文明与文化是两个既相联系又相区别的概念。文明的内在价值通过文化的外在形式得以实现，文化的外在形式凭借文明的内在价值而有意义。人类文明发展的历史，是不同文化系统间相互影响、彼此渗透的过程。而文化系统间要素与功能、结构与建构的复杂关系，又使得这种影响和渗透变得更为复杂。只有将共时的结构主义与历时的建构主义统一起来，才有可能既看到文化系统的自洽性和稳定性，又发现文化变革的必然性和规律性。

我们认为任何科学概念的形成和确立，其始总是不确定的，随着研究的深入和对象的确定，才能得到基本的认同，从"文化"这一概念的衍化过程，可以清楚地看到这一点。在人类思想史的发展链条中，古希腊时期是极为重要的一环，人们追溯历史，特别是思想史，往往将古希腊时期作为温柔之乡而流连忘返，因为这里是世界上古老的文化发源地之一。欧里庇得斯曾将在特定的环境中所形成的东西称之为"trops"；赫拉克利特把有知识和经验的头脑比作"nomos"；品达罗斯认为"习俗是万物之主"；希波克拉底则认为不仅习俗，而且气候与生态也可以作为解释民族性格的原因。尽管柏拉图没有为文化下定义，但他毕竟涉及了文化中的核心——人的问题。他认为只有在城市里生活的人才能达到完善，田园草木不能让我们学到什么，能让我们学到东西的是居住在这个城市里的人民。倒是他的学生亚里士多德正式地为人定义为"政治的动物"。从此，开始了人类的"认识你自己"的反思。不难看出，上述古希腊思想家们的理论沉思基本上接近了文化的内涵，为探讨文化问题奠定了理论上的基础。如前面指出的那样，我们今天所运用的概念都是一个不断建构的过程，比如"内容"、"形式"、"结构"等都是人类付了艰辛的努力，甚至花费了若干个世纪才得以廓清。文化这一概念也不例外。文化一词是从拉丁文衍化

---

① 路易·多洛：《个体文化与大众文化》，上海人民出版社，1987年，第23页。

而来的。直到今天，在农业、园艺等词汇中仍保存着文化的原始含义。首先使文化具备转义的是古罗马时期的西塞罗。在《塔斯库伦论辩集》中，他第一次提出了“性灵培养”的说法。中世纪基督教对社会生活的全面渗透，使“文化”一词与宗教发生了密切的关联。文艺复兴运动的兴起使得“文化”概念的内涵得到了丰富。这时的“文化”除种植、培养以外，个人修养的含义已经得到认同。正是在18世纪的启蒙运动中，“文化”得到了现代用法的表述，但这时的文化还不能作为名词单独使用。今天，人们谈到文化的定义往往和英国人泰勒联系在一起。早在泰勒之前，德国人克莱姆在《普通人类文化史》中就曾这样来描述文化：习俗、工艺和技术、和平战争时期的家庭生活、公共生活、宗教、科学、艺术等。泰勒为文化所下的定义与克莱姆的文化说当然不尽相同，但是我们可以这样说，如果没有克莱姆对文化的描述，我们今天很难想象泰勒对文化会下什么样的定义。泰勒认为文化是包括知识、信仰、艺术、道德、法律和作为社会任何成员的人而获得的能力和习性在内的复合体。从这时起，也正是从泰勒时代起，文化学这门学科可以说初步得以形成。

在对文化的研究中，人们大致从以下几个方面去揭示文化的内涵及外延。

首先，人们将文化看作某一地域内部所存在的共同的信仰、道德、风俗以及心理素质的复合体。这种直接来源于泰勒的观念集中体现在《法国大百科全书》(1981)中，认为文化是一个社会所特有的文明现象的总和。“文化是一个复合体，它包括知识、信仰、艺术、道德、习俗，以及作为社会成员的人所具有的一切其他规范和习惯。”英国的《大英百科全书》(1974)将文化的概念分为两类：第一类是一般性的，认为文化是“总体的人类社会遗产”；第二类是多样的相对的，认为“文化是一种渊源于历史的生活结构体系。这种体系为集团的成员所共有”。其中包括这一集团的“语言、传统、习惯和制度，包括有激励作用的思想、信仰和价值，以及它们在物质工具和制造物中的体现”。这种对文化的界定其实来自于民族学的文化研究。他们将自己投身于某一特定的民族之中(往往是经济上比较落后的有封闭的文化圈的民族)，进行文化的田野工作，研究该民族的宗教与其他民族的异同之所在。对所研究的民族文化，他们往往采取两种价值取向：或者从民族中心主义出发，站在本民族的文化立场上，对观察到的文化现象做出是非判断；或者对所研究民族的文化现象充满崇拜之情，比如对西方工业文明的向往以及对未开化的民族淳朴民风的留恋等，从而导致客观态度的丧失。

美国人类学协会前主席、著名文化人类学教授克鲁克洪认为“文化”不同于“一种文化”的概念。这种从民族学的视角去界定的文化，就属于“一种文化”。他认为一种文化指的是某个人类群体独特的生活方式，他们整套的生存式样。日本人组成了一个民族或社会，该实体可以直接观察，然而日本文化都是通过观察该民族的应对方式，由其中的规律或规律倾向抽象出来的。因为文化学的研究常常把视角转向具有封闭的文化圈上，而正是在这种文化圈中可以发现该共同体的文化类型。一种文化是文化规则的聚合。然而这共同群体的大小以及我们选择纳入哪些共同体，应该决定于它们所共享的，并不为相邻共同体所拥有的文化性质。由民族的视角研究文化，确实使文化学的研究得以深入，而且从某种意义上说，文化学是在民族学的土壤上成长起来的。然而，一旦文化学得以形成，它就超越了民族学，已经扩大了研究范围与对象，仅仅从民族学的视角去看显然是不够的。

其次，文化和文明具有同一性。文化是与自然相对应的存在物，自然界为人类提供了赖以生存的条件，但自然界的一切存在都不属于文化，也即是说，文化与自然形成对立的两极，只有经过人类创造的产物，亦即精神产品和物质产品的总和才能构成文化。《辞海》就是这种观点的代表："文化，从广义上来说，指人类社会历史过程中所创造的物质财富和精神财富的总和，"而且进一步将文化和文明等同起来："文明，犹言文化，如物质文明、精神文明。"文化和文明之间存在着区别，这是显而易见的，但直到今天人们对这两个不同的概念还有时不加区分地运用着。精神分析的代表人物弗洛伊德就将"文化"与"文明"当作同一术语加以运用。英国著名的历史学家汤因比在其不朽的名著《历史研究》中试图对人类文明历史作总体概括。因此，他将一切时代的国家、民族、文化等都囊括在他的"文明"的系统中，他将人类六千余年的历史分为 26 种文明，而每个文明都有它的起源、生长、衰落、解体和消亡五个阶段。显然，他的这种历史文明划分的理论来自于德国的历史学家斯本格勒。但是，斯本格勒在《西方的没落》一书中认为，文明指伟大的文化发展到最高阶段后开始衰落的阶段，"西方的没落"即是指西方文化发展到了文明阶段，即消亡阶段。对文明和文化做出科学的划分是美国人类学家克鲁伯和克鲁克洪，他们在《文化》一书中为文明定义为"一个实践的和理论的知识实体管制自然和技术手段的总和"，而认为文化则是人类的"价值、规范的原则以及观念结构"。对于文化和文明我们试图作如下的说明：首先，文化是人类的伴生物，人类与自然界分别后就进入了文化的世界，而文明则是人类发展到一定阶段的产物。文明以城市出现为标志，回顾历史的开端，我们会看到人类把自己转变为文明生命的那个转折点；他们开始生活在城市之中并开始以迅速的步伐扩大他们的成就的范围。所以，我们常说"原始文化"而很少说"原始文明"，而且，待人类发展到高级阶段时，将不存在文明与不文明之分，那就意味着文明将要消亡。其次，文化的外延要大于文明的外延，也就是文化中包括文明。文化是人类生命符号的显现，一切与人的生命有关的东西都可以称之为文化，而文明则是文化的成果和表征。最后，文化是充满生命活力的有机体，它要不断地发展自我、突破文明的束缚，一旦一种文明消亡，代表这种文明的文化便要与另一种文化相结合而形成新的文明。文明则是文化的僵硬的形式，一旦获得确立，它便开始走下坡路。因此，将文化分为精神文化和物质文化是不确切的，而称之为精神文明和物质文明才更科学。

第三种观点是从人的社会属性上看待文化，认为文化是在社会中的人特定的生活方式和行为。有的人认为任何文化都是社会的文化，它随着社会的产生而产生，随着社会的发展而发展，这样一来，文化和社会就难以区别，因而形成文化学家将社会作为文化现象加以研究，而社会学家又把文化现象作为社会学研究的一部分加以关注的局面。首先，社会是社会群体的联系系统，中国古代把土神称之为社，社会便指人们为祭土神而举行的集会，现在指共同的物质条件而相应联系起来的群体。它由部落、民族、阶层、阶级、社团、家庭等构成，而文化则主要体现为人类生命的内在的精神价值体系。其次，社会不仅仅属于人所独有的特质，人以外的动物世界也存在着群体的联系性，而有的动物集团的这种联系性比人类社会更为密切。但是只有人类才有文化，正是人类文化的创造，才形成了人与其他动物的根本区别。

### （三）文化产业的兴起

随着文化研究的兴起，文化产业问题越来越被当代中国学界所重视。人们把文化产业看作“21世纪的朝阳产业”或者也被称为“黄金产业”。1995年，金元浦发表《文化市场与文化产业的当代发展》、《在悖论中开辟文化产业的发展之路》[①]等文章，开始探讨文化与经济和市场的关系以及我国文化产业的发展道路问题。《文艺报》在1997年到1998年开展了文化产业的讨论。1998年文化部成立了文化产业司。1999年1月召开了“全国文化产业发展工作会议”。2000年10月，在《中共中央关于制定国民经济和社会发展第十个五年计划的建议》中，第一次明确了文化产业的概念，提出了推动文化产业发展的任务和要求。近年来文化产业已经成为包括北京、上海、广州、长沙等许多城市的发展战略。北京市准备在未来的5年时间里让文化产业的产值超过工业生产的产值。上海市组建了多家文化产业集团，准备在21世纪20年代把上海建设成为全国区域性文化中心和国际文化交流中心之一，在未来的10年里把文化产业作为上海新一轮经济的增长点。2005年由金元浦主编的《当代文化产业论丛》在广东人民出版社出版，第一批推出的书目有《创意时代的中国文化产业》、《文化巨无霸——当代美国文化产业研究》、《当代国际文化贸易与文化竞争》、《文化产业发展与国家文化安全》、《国家利益与文化政策》、《文化产业竞争力》等。“丛书”总序指出：“发展可以最终以文化概念来定义，文化

---

① 金元浦：《文化市场与文化产业的当代发展》，《社会科学战线》1995年第6期；《在悖论中开辟文化产业的发展之路》，《中国文化报》1995年9月5日。

的繁荣是发展的最高目标”，“未来世界的竞争，是文化和文化力的竞争”，“未来世纪的文化政策必须面向和更加适应新的飞速发展的需要”，认为对文化的这种认识将全面改变我们对待当代文化产业发展的态度，当前我国文化产业发展面临着前所未有的历史性的机遇与挑战，文化产业的未来发展有着巨大的潜力和商机。我们要运用经济改革的成功经验，开展文化体制创新，认为目前我国经济体制改革与文化体制改革出现不对称或不平衡，经济发展进入新阶段，文化体制改革滞后或严重滞后，经济结构的战略性调整与文化产业之间不平衡，要求对文化产业结构进行战略性调整，而文化产业结构的战略性调整必然要求文化体制改革。这套丛书的选题和立论就是在建立在上述对文化和文化产业的高标准的认识基础之上的。进入新世纪以来，国内文化产业研究迅速发展。2002 年 6 月，国家文化部与北京大学文化产业研究所共建国家文化产业创新与发展研究基地。2006 年 10 月，北京大学在研究所的基础上成立了研究院，由著名美学家叶朗担任院长，为推动文化产业研究、项目开发和人才培养提供了新的空间。2004 年 7 月 3 日，清华大学文化产业研究中心正式揭牌成立，承担国家社会科学基金重大项目“发展我国文化产业的理论与实践研究”。2006 年，该中心熊澄宇教授主编的《文化产业：战略与对策》出版，对我国文化产业各个层面的现状、特点及发展趋势从战略和对策的角度作了多方位的阐释及解答，为我国文化产业发展的理论与实践提供了许多新的思路和建议。2006 年，中国海洋大学在全国率先设立了“文化产业管理”本科专业，面向全国招生。国内许多省份如山东、云南、河南、江苏等也都相继成立了文化产业研究中心之类的学术机构或组织。同时，也出现了一批有质量的研究著作，如欧阳友权的《文化产业通论》（湖南人民出版，2006 年）、花建等的《文化金矿：全球文化产业投资成功之谜》（海天出版社，2003 年）、张晓明、胡惠林等编著的《2004 年：中国文化产业发展报告——文化蓝皮书》、《2005 年：中国文化产业发展报告——文化蓝皮书》（社会科学文献出版社，2004、2005 年）、孙安民的《文化产业理论与实践》（北京出版社，2005 年）等。

在文化产业研究中学者们指出加快文化产业的发展是社会发展到一定阶段的必然结果。首先，加快文化产业发展的必然性。当一个国家的改变经济上的贫穷状态以后，社会对文化产品和服务的需求会急速增加。以德国经济学家恩格尔命名的“恩格尔系数”，即居民基本生活费支出占全部收入的比重来反映居民生活状况的指数，这种方法认为当居民的生活达到温饱以后，他们的收入除了基本的生活开资以外，开始有了剩余，这就为精神消费奠定了基础。按恩格尔系数人们的消费结构中食品消费占 40—50％为小康，30—40％为富裕。跨入新的世纪，我国的恩格尔系数农村占 47.8％，城市占 37.9％，基本达到小康水平。随着生活水平的提高，人们在文化方面的支出比例会越来越大。其次，加快文化产业发展的必要性。

为了适应中国加入 WTO 的挑战,也要求我们加快文化产业的发展。我国加入 WTO 签署的一系列文件都对文化产业做出了明确的规定。外资可以在中国设立控股的合资旅游公司,不迟于 2005 年 1 月 1 日,可设立独资的旅游经营企业。2003 年 1 月 1 日以后,外国图书批发商可以在中国批发图书、杂志。外资可以参加影剧院的改造。每年进口 20 部电影大片。在中美谈判中,我方承诺开放不包括广播、电视、电影在内的一切文化、新闻、娱乐、体育等领域。第三,加快文化产业发展的可行性。进入 21 世纪以来,人类的文化领域正进行着巨大的产业革命,因为人们看到了文化产业对社会发展的深刻影响和对经济增长的直接拉动作用。那种"文化搭台,经济唱戏"的说法不确切。这种说法没有看到文化的产业因素,文化活动也好,经济活动也好,目的都是为了人的全面发展,社会的全面进步,把文化当作经济附庸的做法是没有看到文化在推动社会发展的巨大的潜力。因为精神文化在其他产品的附加值也越来越高。文化产业具有少污染或无污染、技术含量和附加值高、知识密集、可以多次开发、重复利用、对经济增长有直接的拉动作用的特征。一位英国女作家写的书《哈利·波特》,出版商用了 1.25 亿美元买下版权,净赚了 10 亿美元。所以,发展文化产业不仅是满足人们日益增长的精神消费的需要,而且是保持经济持续发展,增强城市综合能力的战略举措。

文化产业的界定与范围。目前关于文化产业的界定在国际范围内还没有一致的看法。联合国科教文组织对文化产业的定义是:按照工业标准,生产、再生产、储存以及分配文化产品和服务的一系列活动。代表文化部观点的《2003 年中国文化产业发展报告蓝皮书》中将文化产业定义为:从事文化产品的生产、流通和提供服务的经营性活动的行业总称。其特征是以产业作为手段来发展文化事业,以文化资源来进行生产向社会提供文化产品和服务,目的是为了满足人民群众日益增长的精神文化生活需要。长沙市认为文化产业是以文化资源作为生产要素,以市场需求为导向,以满足人们的文化和精神需要为特征,以提供文化产品来获取经济效益、社会效益和环境效益的产业。长沙的定义的问题是文化资源以外还有物资资源也可以成为文化产业的组成部分,文化需要语义不详,因为文化需要就是精神需要,另外除了产品以外还有服务,环境效益可以不提。南京市认为文化产业是文化建设和服务业的重要组成部分,是文化中可以采用市场方式运作的一部分,它是从事文化产品生产和提供文化服务的经营性行业。南京的定义第一句是空话,可说可不说。第二句说行业和产业的区别,逻辑关系不是很清晰,但是他们用"行业"比长沙市的"产业"界定文化产业要科学。杭州市认为文化产业是指文化中可以用产业方式运作的那一部分,一般指经营性的文化。它以物质生产为基础,以文化产品、文化服务来满足人们日益增长的精神文化需求。杭州市的定义太狭窄,他们把文化产业仅仅局限在文化范围内。

文化产业问题已经引起全国范围的关注，对文化产业的界定学者们普遍认为只有从理论上明确文化产业的性质，才能对文化产业有基本的理解。首先，文化产业的消费性（服务）。人类社会生活有两种基本需求，一个是物质需求，一个是精神需求。在满足精神需求的文化产品中还可以进一步来划分，一种是无偿的提供的精神产品，一种是有偿提供的精神产品。无偿提供的文化产品是文化事业的范畴，因为文化事业主要靠政府的投入和社会各界的赞助而进行的文化活动；有偿提供的文化产品是文化产业范畴，因为文化产业是以市场需求为导向靠企业自身而寻求发展的经营性活动。因此，文化产业就是用有偿的方式提供文化服务满足于人们精神需要的经营性行业。其次、文化产业的商品性（生产）。文化产业由英文的CULTURE INDUSTRY 转译过来的。这个概念最早是德国的法兰克福学派提出来的。他们把马克思的"阶级批判""变为"文化批判"。在文化批判的过程中他们提出了"文化工业"的概念。霍克海默和阿尔多诺在《启蒙的辩证法》中认为文化工业主要指以生产标准化和商品化的文化产品为特征的工业产业，特别是文化传播业。这个产业关心的只是商业利益，而不顾文化产品的批判功能和审美价值，成为统治者进行意识形态控制的机器。从这个意义上说文化产业按照工业的标准进行生产与再生产、流通及分配的产业。第三、文化产业的增值性（效益）。文化产业要获得经济效益，所以是以文化产品获取经济效益的产业。法兰克福学派的代表人物马尔库塞认为"文化工业"以追求最大的商业利益为目标，这种文化宣扬流行的观念特别是性观念，使人对现实不满的情绪得到补偿，从而接受现实的生活秩序。文化产业在开发传统的文化资源的同时，创造新的文化资源。

文化产业的概念分为狭义、中义和广义三种。狭义的文化产业是把文化产业看作传统文化局管辖的事业单位转轨所形成的产业，即以传统的艺术文化为生产资料，以精神产品的生产和服务进入市场流通的行业系统。中义的文化产业是把文化产业看作进行文化生产和服务的行业，即文化的生产经营、流通消费、有偿服务的行业系统。广义的是把文化产业看作和物质消费相对立的行业，即满足精神消费的一切产品和服务的行业系统。广义地来看，文化产业范围包括文艺演出业、广播电视业、报刊出版业、音像制造业、文化娱乐业、文化旅游业、艺术培训业、会展博览业、信息网络业、艺术品创造传播业、体育竞技业、非义务教育业、广告业等。

总体来说，由于受经济条件的限制，和经济发达的国家相比我国的文化产业还处在起始阶段。我国文化产业结构和布局不尽合理，文化体制有待改善，多数文化事业单位和基层团体长期亏损，政府投入不足，城市文化设施不能满足人民群众日益增长的精神需求，文化产业不能断奶，要重点扶持。在文化市场方面，文化产业规模小，文化中介组织和经纪人不发达，市场化程度以及外资和民营比重低，城市居民消费吃喝的多、文化消费少、缺乏商业和人文气息，这一切都制约了文化产业的发展。发展文化产业是当代中国发展的重要契机。国家的竞争是文化的竞争。对此,国家应该形成自己的文化产业对策。制定文化产业发展规划,确定文化产业发展目标和重点,明确文化发展战略;调整文化产业结构、建立文化产业集团,把经济指标作为衡量文化产业集团干部的重要内容;改革文化体制,形成文化产业主体,活跃文化市场,拓展消费空间;培育发展文化产业的中介服务机构,扩大市场准入;实现文化产业多元投资,社会各界办文化产业,改变投资渠道单一和资金匮乏的状况,促进文化产业大规模扩张等。

## (四)文学理论的边界的扩张

在当下文学理论研究的领域中正进行着一场文化研究和文学研究的争论。一批年轻学者针对文学理论的研究现状表现了强烈的反思精神,认为改革开放以来的文学理论界在拨乱反正中起到了思想解放的先锋的作用,但是历史发展到今天,面对全球化的浪潮,再固守原来的理论模式,已经不适应新的时代的要求,需要对文学理论再反思。他们主张在以消费为特征的"图像"时代,要对传统的本质主义的研究加以超越,适应文化转向的需要,要打破传统研究的疆界,扩展研究的对象和领域。这些主张被另一些学者称为是文学理论研究的"越界"。他们认为文艺学就是以文学活动和文学问题为研究对象,否则文艺学学科就不能成立。这场争论表面看来是文学理论边界之争,其实这其中涉及了对于文学理论自身的反思问题。

面对这些争论存在着不同的观点:一种观点提出要扩展文艺学,在文艺学教学中引入文化研究,主张文学理论应该积极回应当下现实,拓展边界,向具有"文学性"因素或以文字符号为载体的文化现象和作品开放,尤其是应将大众文化纳入文学研究的范畴。这种边界的扩张和研究对象的增容,是文学理论重新迸发活力、向前发展的一次契机。金元浦在《河北学刊》2004 年第 4 期撰文认为,新世纪的文化学的学术转型是在社会转型、范式转换与学科重组中重新确定边界的过程,是文学研究发掘新的学科增长点。面对文学和文学研究的边缘化现实,我们理应给文艺学的变革以更大的耐心、更宽容的机制和激发创新的良好环境。另一种观点认为文学理论应当是以文学艺术现象为研究对象的特殊学科,时时应以自己的研究对象为出发点。童庆炳在《河北学刊》2004 年第 4 期撰文认为文艺学的边界是要移动的,但是,文艺学作为一个学科的研究对象和研究方法应该是统一的。文艺学以文学活动和文学问题为主要研究对象大致上是确定的,否则文艺学作为一个学科就不能成立。文艺学在其学科建设中曾走过许多弯路,长期在哲学、政治经济学、心理学、文化学、社会学的阴影里徘徊,现在又遭受到大众传媒、图像化趋势和生活的泛审美化的冲击。文艺学的当务之急是必须解决好自己的学科定位问题,回到自身，进行学科内部的建设。有的学者认为借鉴西方理论和学说是必要的，但是，更应该从中国的实际出发，解决现实存在的基本问题，提出有价值的真命题，比如“文学主体性”、“性格组合论”、“新理性精神”等。文学理论和文学研究依然有自己存在的理由，只要有文学的存在就有文学理论的存在的合法性。文化研究作为新的研究范式不具有取代文学理论的必然性。还有的学者认为从文学研究到文化研究显示着文学理论从“立法者”到“阐释者”范式的转换。而发生这种范式转换的深层原因，是人文知识分子两种不同的身份认同问题。文学曾经是确认知识分子的身份性标志，文学理论曾经是知识分子掌控文学的有效话语方式。但今天，知识分子已经失去了文学的立法权，取而代之的是市场、消费和文化批评。因而，知识分子在现实语境中只能适应一个新的身份——阐释者。然而，这种新的身份认同，并不意味着知识分子已经对文学无能为力和无所作为，相反，知识分子仍然能够在阐释中介入价值，灌注人文关怀，并努力将阐释和立法协调起来，通过阐释去立法，去寻求新的引导、提升文学与文化之途。

文学理论边界之争源自于文学理论自身的危机。文学理论在文化研究的大潮中的冲击下，出现了自身的危机。钱中文在《暨南学报》2004 年第 2 期撰文指出，随着社会生活的急剧变化，整个文化领域的生产、传播媒介、消费方式的急剧变化，图像艺术的迅速普及，极大地冲击了文学这一艺术的形式。文艺学学科的合法性出现了危机。文艺学必须积极寻求回应现实的方式，否则就将日益失去生命活力。目前的文学理论教科书存在很多问题，如对现实较少回应，对大众文化现象熟视无睹，关注的内容比较单一，主要是自律性的文学观念等。钱中文指出：面对这些现实问题，文艺学应该敢于面对，有必要拓展文艺学学科的一些概念，对之重新界定、规划、调节。

文学理论边界之争源于审美的泛化和生活的审美化已经成为一个不争的现实，这对中国人的审美方式和文学艺术形成了较大的冲击。应该认识到我们今天所说的文学理论不是传统意义上的文学理论，而是在文化研究语境中的文学理论。文学定义的变化和文艺学学科边界的变化是社会文化语境变迁的必然结果。

## （五）日常生活审美化

当代许多学者认为当代社会与文化的一个突出变化是日常社会生活的审美化。陶东风在 2002 年《浙江社会科学》第 1 期上发表的《日常生活审美化与文化研究的兴起——兼论文艺学学科的反思》一文指出：“今天的审美活动已经超出所谓纯艺术——文学的范围、渗透到大众的日常生活中，艺术活动的场所也已经远远逸出与大众的日常生活严重隔离的高雅艺术场馆，深入到大众的日常生活空间，如城市广场、购物中心、超级市场、街心花园等与其他社会活动没有严格界限的社会空间与生活场所。在这些场所中，文化活动、审美活动、商业活动、社交活动之间不存在严格的界限。"[①]2003年11月首都师范大学中文系和《文艺研究》杂志社共同举办了"日常生活审美化与文艺学反思"的学术讨论会。同年，《文艺争鸣》杂志第6期发表了王德胜、陶东风、金元浦等人探讨日常生活审美化的系列文章。他们认为"日常生活审美化"中心是生活和审美与艺术的关系的问题，审美和艺术不断地向生活领域扩展和渗透，两者之间的界限不断地消失。

关于日常生活审美化的这些观点受到一些学者的质疑。童庆炳在《"日常生活审美化"与文艺学》一文中指出："有的青年学者要把文艺学的研究领域扩大到'日常生活的审美化'，如去研究广告、美容、美发、模特走步、街心花园、高尔夫球场、城市规划、网吧、迪厅、房屋装修、美女图画……，甚至有以'日常生活的审美化'的研究置换原来的文艺学研究对象的倾向。有的人走得更远，认为日常生活的审美化是新的美学原则的崛起，什么审美无功利，这种带有精神超越的美学，统统过了时；审美就是欲望的满足，就是感官的享乐，就是高潮的激动，就是眼球的美学，等等。"他还在《中华读书报》上撰文指出，"日常生活审美化"和"审美的日常生活化"中"审美"是欲望和消费的符号，审美景观是资本主义文化工业为操纵消费所设置的假象。[②] 鲁枢元认为"审美日常生活化论者"谈论的现象"基本上仍然属于审美活动的实用化、市场化问题……这些行业的存在，在某个层面、某种程度上满足了这个社会广大民众的审美需要与日常生活的需要"，"'审美日常生活化'论者撰文的目的，显然并不在于争取审美日常生活化的合理性，而是希望确立这种技术化的、功利化的、实用化、市场化的美学理论的绝对话语权力，并把它看作是'全球化时代'的到来，以往美学历史的终结，甚至是对以往的人文历史的终结。"[③]

面对这些质疑，王德胜、陶东风等人也纷纷发表文章表明自己的学术立场。王德胜发表了《为"新的美学原则"辩护——答鲁枢元教授》的文章，认为鲁枢元教授对"日常生活审美化"存在着误解。他说："枢元教授首先悄悄置换了'日常生活审美化'这一概念本身，把我们文章中所关注、探讨的当下文化语境中的'日常生活审美化'现象及其问题，换用'审美的日常生活化'这个概念来界定，然后又把这个已经被置换了的概念当作批评的对象，通过一种在逻辑上相当简单却又显得粗率的比较，指责我们把'日常生活审美化'完全等同于'审美的日常生活化'。这也正是

① 陶东风：《日常生活审美化与文化研究的兴起——兼论文艺学学科的反思》，《浙江社会科学》2002年第1期。

② 童庆炳：《"日常生活审美化"与文艺学》，《中华读书报》2005年1月26日。

③ 鲁枢元：《评所谓"新的美学原则"的崛起》，《文艺争鸣》2004年第3期。

我所说的最具理论上误读、误解之典型性的地方。”[①]陶东风认为，重视日常社会生活的审美化和消费主义的研究，不等于倡导日常社会生活的审美化和消费主义。他在《大众消费文化研究的三种范式及其西方资源——兼答鲁枢元先生》一文中认为：“人文学者应该重视对于日常生活的审美化、大众塑身热情、消费主义等的研究。但是一个不应该忘记的常识是：在学术的意义上呼吁重视一种对象，不等于在价值上倡导它（否则我们怎么理解马克思对于资本主义的研究？难道他在倡导资本主义？）这是一个非常重要的前提。”关于“日常生活审美化”与文艺学关系问题，陶东风认为：“包括日常生活审美化在内的新近发生的文化与艺术思潮，为文艺学工作者提出了新的研究课题。比如，一方面是纯艺术和纯文学的所谓‘萎缩’，而另外一方面则是审美和艺术泛化、‘文学性’的扩散。艺术的商品化和商品的艺术化同时进行，艺术品和非艺术品之间、艺术—审美经验与非艺术—审美经验的界限越来越模糊。经典美学与文艺学所描绘的审美经验是远距离的、非感官化（非身体化）的‘静观’，而现在的审美经验常常是混合的：身体的高度投入正是大众文化迷的审美经验的典型特征。商品交易会综合了购物、观光与娱乐的多重功能，在这里，购物与审美、理性与激情、生活与艺术之间的边界也是模糊的。”面对这样的现象，他认为：“文艺学、美学应该正视而不应回避。美学文艺学研究只有不断关注、切近当代文化现实和大众日常生活，才能找到新的理论生长点。超越学科边界、扩展研究对象已经成为迫切的议题。”[②]

日常生活审美化问题提出的现实意义和理论意义在于对现实当下生活的关注和对美学感性的回归。首先，关注现实一直是人文知识分子的愿望。西方美学家艾迪拉多.德.弗恩特在题为《社会学与美学》的一文中指出，当代社会正在经历一场深刻的审美化(aestheticization)过程，以至于当代社会的形式越来越像一件艺术品，审美化正在成为当代社会的重要组织原则。国际美学学会前主席阿莱斯艾尔雅维茨指出，审美泛化正日益出现在我们的现实生活中。所谓审美泛化是指对日常环境、器物也包括人对自己的装饰和美化。现实生活发生的变化需要美学文艺学去关注，美学文艺学研究只有不断关注当代文化现实和大众日常生活，才能找到新的理论生长点。同时，美学自身作为“感性学”的原有内涵也需在新时期加以必要的恢复。但作为人文知识分子在看到当前“日常生活审美化”过程中某些合理因素的同时也应看到其完全功利性和低俗化的一面，而需通过美学与文艺学的研究加以必要的批评与引导。

---

① 王德胜：《为“新的美学原则”辩护》，《文艺争鸣》2004年第5期。

② 陶东风：《大众消费文化研究的三种范式及其西方资源——兼答鲁枢元先生》，《河北学刊》2004年第5期。

**参考文献：**

王德胜:《扩张与危机——当代审美文化理论及其批评话题》,中国社会科学出版社,1996年。

陈刚:《大众文化的乌托邦》,作家出版社,1996年。

肖鹰:《形象与生存——审美时代的文化理论》,作家出版社,1996年。

王德胜:《文化的嬉戏与承诺》,河南人民出版社,1998年。

张伟:《艺术文化学导论》,人民教育出版社出版,1998年。

黄会林主编:《当代中国大众文化研究》,北京师范大学出版社,1998年。

姚文放:《当代审美文化批判》,山东文艺出版社,1999年。

戴锦华:《隐形书写:90年代中国文化研究》,江苏人民出版社,1999年。

罗钢和刘象愚主编:《文化研究读本》,中国社会科学出版社,2000年。

陶东风:《文化研究:西方与中国》,北京师范大学出版社,2000年。

陶东风、金元浦等主编:《文化研究》,第1—3辑由天津社会科学院出版社出版,第4辑由中央编译出版社出版。

邹广文主编:《当代中国大众文化研究》,辽宁大学出版社,2000年。

陆扬、王毅:《大众文化与传媒》,上海三联,2000年。

孟繁华:《传媒与文化领导权》,山东教育出版社,2003年。

孟繁华:《众神狂欢——世纪之交的中国文化现象》(修订版),中央编译出版社2003年。

王一川主编:《大众文化导论》,高等教育出版社,2004年。

金元浦主编:《文化研究:理论与实践》,河南大学出版社出版,2004年。

刘士林:《中国诗性文化》,江苏人民出版社,1999年。

# 第七章

# 新时期网络文艺学研究的兴起及其发展

据中国互联网络信息中心(CNNIC)于2005年7月21日公布的“第十六次中国互联网络发展状况统计报告”显示,截止2005年6月30日,中国网民总数已达1.03亿人,仅次于美国,居世界第二位。并且根据美国eTForcasts公司研究报告的预测,2005年全球互联网用户总数将达到10亿。作为当今重要的传媒形态,互联网已成为人类生活不可或缺的一部分。与此同时,随着互联网的迅猛发展和普及,文学艺术活动也日渐参与其中并与之联姻,由此诞生了一种新的文艺形式——网络文艺。网络文艺的出现,不仅使文学艺术被置换了生存背景,而且也悄然改变了其生存方式——由语言单媒介变成了超文本的复合多媒介,由作家“爬格子码字儿”变成网民以机代笔乃至程序写作,由追求艺术真实转换为把玩虚拟现实,文学艺术的功能也从有补于世、为民代言变成了自娱以娱人的轻松游戏……一句话,新生的网络文艺在拓宽文艺活动空间的同时,也极大地冲击了传统的文艺理念,给我们的文艺学事业带来了挑战和冲击。这说明,当历史把文艺学研究带入网络时代的时候,面对传统文艺游戏规则或者失效,或者遭遇挑战的境况,迫使我们对建设什么样的文艺理论范式以及如何建设这种范式作出自己的抉择。由此便要求我们不能拘泥于传统的文艺观念,而必须将文艺创作观、接受观乃至文艺批评观、发展观等理论重新加以审视、调整,提出与网络文艺发展相同步的思路和看法。于是,顺应网络与文艺互联这一历史潮流,一个旨在廓清网络文艺形态所蕴含的理论谱系,以便为其提供观念支撑和学理阐释的研究领域——网络文艺学开始在我国蓬勃兴起。当然,由于作为研究对象的网络文艺目前尚处于起步阶段,其形态、特征尚未完全定性,其内涵仍将随着网络技术的进步而不断丰富与完善,因此,对网络文艺学做出严格定义的时机尚未成熟,但对这个业已存在的学术新事物、新动态做个大致的界说,还是有必要的。我们认为,从学科归属上说,网络文艺学属于文艺学的一个分支,是文艺学在网络技术高度发展的时代背景下所产生的一种新形态、新走向。网络文艺学的出现既是网络时代文学艺术发展的必然要求,也体现了文艺学学科应有的创新性品格。它从更全面的高度去把握网络文艺与文艺学研究之间的关系,某种意义上将大大推进和丰富现有的文艺学理论体系。

正如历史上从来没有边界固定的文学艺术一样,文艺学的学科构成也不是一成不变的,它的生命价值就在于实践性和开放性,并以此为立足点,随着社会、历史与文化的发展而不断地变迁。网络文艺学的出现揭示出我们的文艺学事业更加关注社会热点问题,表明其研究功能又有了新的拓展,正在进一步“走出书斋”,沿着生活化的轨道快速前进。经世致用是三千年来中华文学艺术的一个优秀传统,而文艺学走向网络文艺研究,必将推动这种“无用之用”在一个更为广阔的文化领域中推陈出新并发扬光大。这无论对我们正确认识网络文艺,还是对网络文艺自身的健康发展,抑或是对网络时代文艺学学科体系的创造性建构,无疑都将是一件意义深远的事情。

## 第一节 网络文艺学的兴起

随着各国向网络社会的飞速跃进,当更多的人参与其中时,互联网对全球经济、政治、军事和文化的影响力势必将会更大限度地发挥出来。同时,互联网的诞生,也为文艺事业的发展开辟了一个前所未有的历史阶段。它导致文学艺术的存在方式和功能模式,使用媒介和操作工具,以及价值取向和社会影响力等均产生了诸多变迁,使得文学艺术这面时代的镜子在信息时代又呈现出新的审美特征。

网络在拓宽文艺空间的同时,也给我们的文艺学研究带来了挑战和冲击。在文艺界,谁能审时度势、率先实现文艺技能的跨媒体迁移,谁就有可能在文艺史上留芳;在理论界,谁能透过纷繁复杂的网络现象把握网络技术与文学艺术结合的奥妙,谁就能在网络时代推进和丰富现有的文艺理论体系,为文艺学的学科建设做出独特的贡献。这样一来,对网络文艺的研究,不仅具有实践意义,而且富有理论价值。为此,国内越来越多的有识之士出于人文学者的自觉,正通过总结新鲜的文艺经验,从思维方式、概念范畴和思想体系上对网络文艺进行不断地分析、研究,力图由理论创新最终达成学理体系建构,以便既有助于在实践中增强文艺创新的自觉性,又有助于在理论上增进对网络条件下文艺规律的把握,从而担当起对当前网络文艺发展规范与引导的责任。于是,在网络与文艺互联这一时代潮流的推动下,一个极具潜力的学术领域——网络文艺学正在我国蓬勃兴起。

我国网络文艺学的产生与发展,受益于三个方面的前提条件:信息技术的推动作用、网络文艺实践的繁荣、国外相关理论的影响。接下来将分别予以阐述。

### (一)信息技术的大力推动

文艺创新与技术进步总是形影相随的。新技术可能根据其内在属性不同而扮演着新的创作手段、表现形式或传播途径的角色。在此基础上,或导致新的文艺形式的产生与发展,或导致已有文艺形式的深刻变革。比如,平板印刷术这一廉价技术曾经大大加速了当时的平面文艺作品(文学、绘画、书法等)的传播;光学成像技术带给人们的不仅是照相机这样的实用技术产品,而且孕育了新的平面文艺形式——摄影艺术;数字压缩与存储技术使高品质的音乐、视频(影视作品)得以更高质量地保存和更为便捷地传播。如今,网络文艺的发展同样高度依赖于复杂的信息技术平台,这主要包括超链接技术、网页制作和维护技术、信息的浏览、检索及存储技术等。

粗略算来,信息科技与文学艺术联姻已经有半个世纪的历史。在 20 世纪 60 年代中期,它还只是美国学者纳尔逊(Ted Nelson)脑中的灵想独辟。纳尔逊认为,人的思想是非相续的,传统纸质作品却具有相续的形式,这样一来,文学创作与欣赏就成了强迫思想由非相续形式变为相续形式的过程。如果能够通过电脑屏幕以更为灵活的方式对文学活动加以操纵,便有可能产生一种新型的非相续性文学形式(Non-sequential Writing),即创制一种非线性文本,令文本片段以不同结点串连的方式提供给读者不同的阅读路径。纳尔逊出版的《计算机实验室与梦幻机》(1974)、《文学机器》(1982)等著作也都体现了非相续性文学文本的构想,这便是超链接技术的理论雏形。

20 世纪 80 年代,微处理芯片的开发促成了 IBM 个人计算机的问世。个人计算机以其体积小、速度快、价格低廉等特性而迅速成为真正大众化的工具,信息科技由此进入了个人计算机主导期。其间开始有文艺工作者从事数码音乐、电脑美术、多媒体游戏的职业性研制。1989 年,欧洲高能物理实验室的蒂姆·伯纳斯·李开发出了以链接为基点的超文本标识语言(HTML),并将其应用于 Internet 中,最终促成了万维网(WWW)的诞生,由此导致文艺的组织形式发生了根本的变化。所谓"超文本"(Hypertext)本质上是互相链接的数据。而"链接"则指既有差别又包含结合点的接口。"超文本"与"链接"融铸而成的超链接技术包含了两种方式:一种是文本中的某些字、词、符号、短语或图像起着"热链路"(Hotlink)的作用,显示在屏幕上,其字体或颜色发生变化,或带有下划线,以区别于一般正文。当用鼠标器的光标移至该字词或图像时,光标的形状由箭头变成手的形状,点击鼠标,屏幕显示主页会跳到链接的新内容上,亦即链接到另一个文本;另一种方式是将信息按类别链接到 Map 图上,Map 图实际上就是万维网导航地图,使用者可根据图示的引导来查找信息。网络搜索引擎就是按信息分类的形式提供信息查询的便利的。超文本链接技术旨在使呈现于不同文本的文艺作品通过"链接"而彼此关联,以此可以将多种文艺形式融合在一起,使诗歌、小说、广告、戏曲、散文、绘画、动画、流行音乐、电影(画面)、电视等或相互交融、拼凑、剪切、粘贴在同一主页上,或建立起从一种文艺样式到另一种文艺样式的超文体链接。可见，超链接技术是网络文艺之所以成为多媒体艺术的关键。

如今，不论在个人创作或者群体共同创作方面，超链接技术的应用均已取得了显著成果。其中，最值得一提的是深受超文本作家青睐的软件"故事空间"(Storyspace)。该软件适宜创作巨大、复杂(曲径通幽式)、富于挑战性的超文本，其开发至少可以追溯到1984年M.乔伊斯与博尔特聚首耶鲁人工智能实验室时的合作。之后，虽有不少超文本系统陆续上市(例如，布朗大学于1986—1990年开发的Intermedia)，尽管如此，还是"故事空间"在文艺领域的影响更大。美国作家狄孟(Charles Deemer)曾谈到用传统方法写作超戏剧时编页码的困难，并对"故事空间"软件赞誉有加。此外，麻省理工学院的专家默里(Janet Horowitz Murray)出于帮助非程序员从事数码叙事的考虑开设了交互式写作课程，由莫罗(Jeffrey Morrow)、格雷(Matthew Gray)用苹果电脑公司的"超卡"(HyperCard)、C语言等进行编程，设计出名为"性格制造者与谈话"(Character Maker/Conversation)的写作系统，教授学生如何利用简单的写作系统来创造人物。上述软件的开发都可视为文艺创作与信息技术成功结合的范例。

除超链接技术外，其他如网页制作和维护技术、信息浏览、检索与存储技术等也对网络文艺的发展产生了直接乃至深远的影响。网页作为网络文艺作品赖以栖身的基本载体，已由最早的稳态网页发展到现在充满互动性的网页，这主要归功于两大类技术——网页动态表现技术和网页动态内容技术。网页动态表现技术的应用可以追溯至Sun公司在网页上所呈现的装有热气腾腾的咖啡的杯子的动画(Gif格式)，目前更高级的技术有Flash、DHTML(动态超文本标记语言)和VRML(虚拟现实造型语言)等。网页动态内容技术主要有通用网关接口(CGI，Common Gateway Interface)和动态服务器网页(ASP，Active Server Pages)。这种技术的实质，是通过一定的计算机语言编程，使计算机按照我们所希望的网页格式产生出包含用户所需要内容的网页，传送给用户浏览。有了上述两类技术的支持，网页显示出迥异于书页的动态特性，并由此可能形成新的审美特性。对网络文艺信息的浏览、检索与存储而言，最重要的软件分别有以下三种：一是浏览器。某些浏览器只能读取文字(如Lynx等)，但目前常见的浏览器都已经摆脱了上述局限。1992年，伊利诺大学(Urbana-Champaign)分校的安德里森(M. Andreessen)等人开发了Mosaic浏览器，它可以让用户通过点击鼠标遨游网络文艺世界。二是搜索引擎。它保证用户得以利用关键字(或根据一定的概念)在网上查找相关的文艺信息，并可在网络上不断地自动检索并分类建立文艺作品的目录索引。目前，知名的搜索引擎有AltaVista，AOL. COM Search，Direct Hit，Euroseek，Excite，Fast Search，Google，Goto. com，Hotbot，Look Smart，Lycos，MSN Web Search，

My CompuServe, NBCI, Netscape Netcenter, Open Directory Project, Web Crawler, Yahoo!,以及中文雅虎、搜狐、番薯藤等等。三是数据库,即储存在电脑里可供查询的资料。在网络上建立与运行的数据库,称为网络数据库。它通过在数据之间建立多种关系,为文艺作品的数据存储与提取提供了多种路径。其中,各种数据组件分布于网络不同主机的“分布式数据库”(Distributed Database)最为典型地体现了网络数据库的特征。

总之,正是超链接等信息技术的开发及在万维网中的应用使得纳尔逊早年有关非相续性交互式文艺的梦想正变为现实。网络也因此成为一种富有生命力的媒体,成为文学艺术的新家园。

## (二) 网络文艺实践的繁荣

文艺学研究的前提之一是从实践层面充分获取信息,有了实证基础,方有可能对研究对象作出可信的分析与阐释。如今,网络文艺活动正以前所未有的势头迅猛发展着。在面向文学艺术的网络站点上,均可查询到涵盖流行音乐、传统戏曲、电子游戏、影视作品、书法绘画等形式在内的大量资料。大体言之,目前活跃于网络的文艺作品主要有以下三种类型:

第一类是经过电子扫描技术或其他方式数字化后进入网络空间的传统文艺作品。可以说,几乎所有的传统文艺作品都可以找到与网络的结合点。1971 年,哈特利用美国伊利诺斯大学材料研究实验室 Xerox Sigma V 主机开始实施古腾堡项目,这是传统文艺作品上网的标志性事件。1991 年,在网络华文艺术发展史上曾扮演了拓荒者角色的北美留学生创办了海外中文诗歌通讯网(chpoem-1@listserv.acsu.buffalo.edu),该网实际上是一个邮件订阅系统,以张贴古典诗词为主。1997 年,经作家出版社和瀛海威信息通信公司合作,青年作家王庆辉的长篇小说《钥匙》成为中国第一本登录国际互联网的当代长篇小说(http://www.ihw.com.cn)。如今,互联网络上世界各地的虚拟图书馆、博物馆数不胜数,用户能够从许多站点免费下载各类古典及现当代文学名著。如在“中国经济信息网”(CENET)开设的“文学鉴赏”栏目中,仅古代诗歌就收录有白居易、曹操、杜甫等 17 位中国古代诗人名作四十余首。这些文艺作品除了网站主办者扫描输入外,有不少是各地网民将自己所欣赏的作品输入电脑,通过电子邮件等方式传送到网站,或者在其他网站浏览时发现有精彩作品随之“粘贴”过来的。

随着网络技术的迅速发展,众多文学艺术经典作品有了网络版。人类五千多年的文明发展曾流传下来无数的文艺遗产,网络则为人们更广泛地接触和分享这些文艺瑰宝创造了契机。

第二类是在网络上“发表”的文艺作品，主要指经过编辑后登载在各类网络文艺刊物(电子报刊)上的作品。1991年4月5日，全球首家华文网络期刊《华夏文摘》在北美留学生团体中创立，自此开辟了互联网上最早的华文网络艺术空间。第一篇华文网络小说《奋斗与平等》(少君著)就是1991年4月在《华夏文摘》上发表的。1993年10月，方舟子开始在海外中文诗歌通讯网上张贴其诗集《最后的预言》，并与古平等人于1994年2月创办了第一份网络中文纯文学刊物《新语丝》(http://www.xys.org)。该刊目前位于美国加州，是第一份不隶属于任何机构、以远离时事政治为特色、自始至终刊登原创稿件的华文网络艺术刊物。国内第一家网上诗刊《界限》于1999年1月在“重庆文学”站正式与网民见面，力推重庆及海外汉语诗歌精品。在国内诗歌界享有盛誉的《星星》诗刊也从1999年办起了网络版。当前国内影响比较大的文学网站如榕树下(http://www.rongshuxia.com)、网易(http://www.163.com)和橄榄树(http://wenxue.lycos.com.cn)都举办了网络文学原创作品的评奖活动。榕树下网络文学原创作品评奖由作家陈村发起，于2002年1月20日在上海举行，至今已连续举办了三届。参赛对象主要集中于在榕树下文学网站首发的原创作品。从三届评奖情况来看，无论在作品收录数量、题材和体裁，还是奖项划分方面都日趋丰富。

在众多的网络原创文艺作品中，值得一提的是台湾成功大学水利研究所博士研究生蔡智恒的华文网络小说《第一次亲密接触》。这篇网络言情小说描绘“网络爱情”的笔法细腻，情感真挚，被台湾媒体誉为“网络上的《泰坦尼克号》”。大陆众多媒体如中央人民广播电台、《北京青年报》、《南方周末》等都有报道，一些中文网站如“嘉星文学网”(http://book.kstar.com/ net/wlmq.txt)、“文学城”(http://www.wenxuecity.org)等也频繁加以转载。

第三类是通过计算机创作或通过有关计算机软件生成并进入互联网络的文艺作品。此类作品与网络技术结合最为紧密，离开网络便无法生存。多媒体的意境、多链接的表达、多分支的发展为其独有的表现特征。

*多媒体的意境。*这类作品主要通过媒体间性来表情达意，文字、声音、画面、色彩等艺术符号之间构成蒙太奇效果，新的意义从它们边缘生成。这颇类似于中国古代题画诗所追求的“诗中有画、画中有诗”的审美境界。于是，随着人类社会的发展而逐渐分化的艺术，通过网络又重新汇集到一起。各类艺术在网络上不再有门户之分，而是为了同一个主题，将优势相互融合，在网络的多媒体属性下成为网络文艺作品的某个部分。1978年麻省理工学院推出的“白杨电影图”软件类系统成为多媒体艺术的先导。从那时起，多媒体艺术的实验一直持续不断。执教于澳大利亚的泽沃斯在1995—1997年间创作了所谓“赛伯诗”(Cyber-poetry)并于1996年在万维网建立自己的站点。它们是由苹果公司的麦金托什机生成的、不断运动、

二维或三维、结合了语音与音响的诗歌，基本构想是利用程序控制词语的组合，使作品富有流动性。目前国内此类尝试尚处于起步阶段，比如1996年完成的《若玫文集》便是这样的一个实验。作为诗、画、音的多媒体艺术展示，其内容是古色古香的全图片诗文，配以缠绵温柔的MIDI作为背景音乐。但无论是从技术层面，还是从艺术效果本身来看，这种图像、声音、文字的组合尚颇显粗糙。

多链接的表达。在利用超链接技术而创作的超文本作品中，作者在情节发展的每一个转折点都为读者提供了多种阅读选择。因读者选择的不同，使一篇作品衍生为多篇作品。早期的超文本作品是在每一段情节之后，列出几种选择让读者挑，后来则发展为在作品中设置多处链接，这些链接处就像论文注释的标志一般。不过，这种标志既可以是文字本身，也可以是图画，还可以是某些特殊符号。最早的超文本作品是颇具后现代风格的美国作家米歇尔·乔伊斯(Michael Jovce)创作于1990年的《发生在下午的故事》("After, A Story")(http://www.eastgate.com)。该作品采用多向链接的方式展开叙事，被认为是超文本文学的开山鼻祖。继之，查尔斯·狄墨(Charles Deemer)也开始了超文本戏剧(Hypertext Drama)的实验。1996年，雷比德(Bobby Rabyd)推出了万维网上第一部完全交互式的小说《阳光69》(Sunshine'69)。它包含了文本、图像、声音，让每个读者都有机会探索这一开放结尾的故事，并为之撰稿尽力(http://www.sonicnet.com/sunshine69)。著名的超文本倡导者、布朗大学教授库弗(Robert Coover)担任这部作品的编辑。

多分支的发展。风靡一时的网络接龙小说鲜明地体现出这一特征。在接龙小说的欣赏过程中，读者不仅拥有阅读和批评的自主权，而且还拥有再创作的权力。往往一篇作品在网上发表了一部分后，读者在阅读过程中心有感触，便给接续一段。此外，先由某人写出，后由许多人加以修改的情况也较为常见。作品在欣赏过程中不断得到修改和补充，成为众多网民共同参与的创作活动。接龙小说在国内网站还是比较常见的。小说《网络上跑过斑点狗》、《风中玫瑰》、《寻找宝马》等都属于这种情况，榕树下网站也曾经组织过接龙小说的活动。接龙小说充分体现了网络互动性和参与性的特点，艺术作品不再以成品面貌出现，而变成了一种接龙游戏，且很难谈论个人风格，因为它已作为一种集体创作而存在，在流通的过程中不断地发生变化，永无定型。

网络文艺作品的大量涌现为我国网络文艺学研究提供了实践保证。研究并分析其特点和规律，成为研究者面临的重要任务。

### （三）国外相关理论的影响

网络文艺学研究之所以能在我国迅速开展，除了技术、实践条件的不断成熟外，国外丰富的理论资源也为研究提供了重要的指引和参照。通过学习这些先进、成熟的理论，网络文艺学研究者得以了解国外的学术状况和动态，从而有助于拓宽研究的思路、方法和途径。

1. 网络文艺学的专门研究成果

国外网络文艺学研究始于20世纪60年代。时值计算机技术被引入文艺领域的初期，众多先驱者从理论上热情宣扬电子媒体相对于传统媒体的优越性，同时描述自己所构想的电子文艺系统。1965年，被誉为“超文本之父”的纳尔逊率先提出“超文本”概念，借以表达“非线性叙事”的思想，并在美国计算机学会第20次会议上对“超文本”进行介绍，“超文本”、“超媒体”由此成为网络文艺学研究使用频率极高的词汇。互联网兴起以来，有关网络文艺与文艺理论关系的著述接连问世。其中，兰道(G. P. Landow)、波尔特(D. Bolter)、和阿瑟斯(E. J. Aaresth)等人的影响较大。兰道在《超文本：当代批评理论与技术的荟萃》(修订本)中从文本的开放性、互文性、多声部、非中心化等角度分析了网络文艺与当代文艺理论的联系。波尔特在《书写空间》中将电脑媒介理解为新型的“书写空间”之一，揭示了历史上写作技术的变迁对个体心灵与社会文化的巨大影响。阿瑟斯于1995年在《电子文本：遍历文学透视》中引入了动力学上的“遍历”(Ergodic)，将网络文艺的解读机制从“互动”推进到更富主动意味的“遍历”层面。此外，具有折衷倾向的学者李嘉益(音译)等人努力寻求信息科技与传统文艺兼容的途径，而斯塔墨等人则致力于探索网络文艺与浪漫主义、后现代主义等思潮的关系。

20世纪90年代以来，西方网络文艺学研究的一个重要转向，便是开始由分门别类的专题研究向综合研究过渡，并且研究的整体规模仍在不断扩大。总体而言，有三方面的经验值得我们吸取和借鉴：其一，打通自然科学与社会科学的界限，追求文理结合。以创建超文本系统“故事空间”而名噪一声的博尔特在《借鉴：理解新媒体》中，以前言的形式专门论述了打通文理界限的必要性。其二，注重理论与实践的结合。在时下流行的著述中，有许多是关于如何掌握上网技能、寻找网上文艺资源的，代表作有贝里《网上音乐巡礼》(1994)、戴韦特编著《Internet上的影视：顶级500站点》(1996)等。其三，关注“媒体现实”。媒体的意义，在于创造了有别于传统意义上“客观现实”和“主观现实”之外的“媒体现实”。文艺创造也越来越依赖于对媒体现实的再加工。网络文艺学研究者便常以媒体现实为研究对象，从文艺学、美学的角度阐发其对文艺活动的影响。在这方面，代表性论著有莫尔斯洛普的《您说您想要一场革命：超文本与媒体法则》(1993)，盖吉的《从文本到超文本：小说、电影、视觉艺术与电子媒体中主体的非中心化》(1997)，博尔特与格鲁辛所著《取鉴：理解新媒体》(1998)等。

2. 其他理论的吸纳

网络文艺学发展到今天，自然有其内在的历史性和逻辑性。同时，作为一个开放的学术领域，网络文艺学的理论来源极具多元性。囿于篇幅，下面仅对一些富有代表性的理论作简要介绍。

(1) 后现代主义理论

后现代主义是20世纪60、70年代以来，伴随着西方国家在经济、科技、政治、文化诸方面的变化而形成的新的社会文化思潮和理论，旨在对一切宏大叙事或元话语表示怀疑，其矛头所向，便是要否定作为西方现代性传统的思想文化及其话语和理论体系。就像波斯特所认为的，后现代理论的价值在于，它非常适合于分析被电子媒介的独特语言特质所浸透的文化。① 就历史的发展来看，网络是伴随后现代主义思潮出现的，诸如"开放"、"去中心"、"互动"等后现代主义的特性，同样也是网络技术的特性，并因之成为以网络为依托的网络文艺的特性。故网络文艺不免凝聚了浓重的后现代情结，甚至"网络文艺"这个词本身就带有后现代的"拼接"(collage)味道，是将网络技术和文学艺术进行嫁接的结果。后现代主义的许多范畴在精神层面上与网络文艺相通，完全可以顺理成章地成为网络文艺学研究常遇的高频词。例如，作为网络文艺标志性特征之一的超文本便使后现代理论有关互文性、异延、本文、播撒等范畴由观念形态转化为物理存在。在超文本网络中，每次点击都开启了一个新的文本空间。这些空间可以层叠，可以跳转。我们在网上以冲浪的方式进行浏览，事实上也就是追踪文本意义的播撒，就是证明延异的存在与互文性的重要地位。后现代主义的相关理论同样可以用来分析整合了多媒体信息的网络文艺，以此说明其去除艺术内部分化，代之以艺术门类相互混杂和拼贴的特征。

(2) 文化研究

通常所说的文化研究是指第二次世界大战以后在英国逐步兴起，尔后扩展到美国及其他西方国家的一种学术思潮。从20世纪80年代中期开始，文化研究确立了在当代学术界的重要地位，其有关大众文化和受众研究方面的成果成为网络文艺学研究不可或缺的理论资源。

第一，倡导大众文化

文化研究之所以成为当今西方学术界的主流，关键在于对"文化"本体论地位的高度重视。文化研究者将文化界定为活着的传统与实践，这意味着除了以往的精英文化外，曾被排斥在外的大众文化也被纳入了文化的范畴。于是，大众文化不再被视为对现代文明与道德标准的一种威胁，而是同精英文化一样，都是人类的表

① 马克·波斯特:《信息方式:后结构主义与社会语境》，商务印书馆，2000年9月第1版，第113页。

义实践,理应得到充分的关注。正是对文化这一关键定义的拓展,文化研究以一种全新的视角打破了精英文化与大众文化的界限,为将大众文化确定为研究对象树立了合理性。同时,文化研究高度关注网络之类的传播媒介,将其视作诸多大众文化的载体,是证明大众对文化实践潜在影响力的有力武器。这一理论要求我们应当持一种与时俱进的研究态度,根据文艺发展的实际状况去确定文艺学的学科构成。当前,网络文艺的涌现要求文艺学研究必须进一步扩大研究范围,将其纳入研究视野。同时,还应注意打破以精英主义为本位的理论偏见,以价值中立的态度对待一切网络文艺形式。

第二,关注受众研究

文化研究的早期代表人物有些出自文学研究阵营,因而承袭了文本解读的传统。不过,在他们那里,文本扩展到了各种文化现象与实践。由于文化是表义的实践过程,文化文本的意义也就具有了创造性、多样性,期待着受众通过多种方式来激活。于是,文本的作用被淡化了,受众的创造性却得到高度的肯定。这直接导致了20世纪70年代末80年代初新的受众研究浪潮的兴起。如今,网络文艺正将受众的能动性进一步放大,尤其是网络接龙小说更令读者由"被动的目击者"摇身一变成为作品"合作的创造者",以至于受众完全可以自行从文本中构造意义,以此获取审美的愉悦。而对受众能动性和创造性的关注无疑会使网络文艺学研究的人文色彩大大增强。

(3) 传媒批判理论

成立于1923年的法兰克福学派率先将传媒与批判学说紧密结合,由此标志着"传媒批判理论"的开端。从那时起,该理论始终与当代西方各派学说交相呼应,并从中汲取了丰富的批判性学术资源。其核心在于突破了以往将传媒当作外在的中立性工具的做法,从"价值判断"的立场出发,把传媒看作蕴含着丰富的价值意义和文化内蕴的"世界"。研究传媒的目的在于对其在当代社会中的角色、作用、意义作出反思性的分析和阐释。为此,传媒批判的研究方法侧重于深度思辨而非表层量化,研究者则恪守价值介入观,自觉反省如何启发批判意识,以帮助人们建构自身的日常生活,理解世界的价值和意义。将价值介入的思想引入研究领域,并以一种深沉的人本主义取向和犀利的价值批判态度关注传媒,无疑是传媒批判所给予的最深刻的启迪。

此外,一些学者通过思考和实践,发展出了一套近似于批判学派的思想,也因此成为传媒批判理论的有机组成部分。如麦克卢汉曾认为,媒介本质是信息本身而不是信息的载体,以此表明媒介本身具有本体性的力量,既能使人类新的生存方式成为可能,同时又制约着这种生存方式。麦氏的言论以批判主义的性质彰显出媒介技术的本体内涵。

20 世纪 90 年代以来，在传媒与当代社会文化的关系日益凸显的背景下，传媒批判理论正越来越受到我国文艺学界的重视。在对网络文艺特性有了一定认识和理解的基础上，研究者开始努力克服仅将网络视为文艺载体的工具性思维模式，转而运用传媒批判理论的立场和方法，立足批判视域审视网络文艺在人的解放及价值观念变迁中的作用，以表达对人性的反思和对人生状态的终极关怀。

综观上述理论，来源不同，侧重点也不同，但却均以其独特的价值、多样化的视角帮助我们挖掘网络文艺的奥妙。也正是由于采取了兼收并蓄的学术立场，使我们的网络文艺学研究焕发出勃勃生机。

## 第二节
## 网络文艺学研究的热点透视

1994 年 4 月 20 日，中国正式加入国际互联网络。从那时至今，互联网在中国已经走过了 13 个年头。在这 13 年里，我们的文学艺术通过与网络联盟得到了巨大的发展。同时，一系列由网络文艺作品引发的学理探讨也随之产生。通过对近些年国内相关期刊、专著以及学术会议资料的整理与分析，可以发现，围绕着网络文艺如何定位、网络变革与文艺创新、网络文艺的审美导向等论题先后出现了较为热烈的争论。回顾这些研究热点，分析得失，指出优劣，不论是对把握我国网络文艺学研究发展的大致脉络，还是对其当前及今后的发展，无疑都具有十分重要的理论与现实意义。

### （一）网络文艺的本体定位

前文提到，当前活跃于网络的文艺作品包括：经网络化处理后进入网络空间的传统文艺作品、在网络上“发表”的文艺作品以及通过计算机软件创作后进入网络的文艺作品。它们为网络文艺学研究提供了重要的信息资源。然而，这些文艺作品本身是否等同于网络文艺的存在形式？进一步思考“网络文艺”作为研究对象是否成立？如果答案是肯定的，那么真正意义上的“网络文艺”该包括哪些内容？这说明，网络文艺一旦被纳入学术视野，便不能止于现象层面的描述与堆砌，而必须面对学理上的梳理与规范。在西方学者看来，超文本艺术（Hypertext Art）往往就是网络文艺的同义词。理由是，网络和超文本的意义是可以互通的。比如，超文本的先驱者纳尔逊就认为，超文本是通过不同的节点与路径（Nodes and Paths）将书写片段串连而成的多向文本。该文本呈现的是一个网络结构。波尔特（Jay David Bolter）则多次用超文本指代网络，一个颇具代表性的观点就是，超文本是文本成分链结而成的网络。莱恩(Marie-Laure Ryan)也有类似的言论，认为超文本通过电子链结将不同片段串连起来，以便为欣赏活动提供多种选择。[1] 不难发现，所有这些超文本定义都多少带有某种网络结构的意味。总之，西方学界较少使用“网络文艺”的称谓，而更倾向于用“超文本艺术”替代前者。

我国对该问题的研究始于1999年。对我国来说，1999年可谓网络文艺成长的关键年份。在这一年，风靡一时的网络言情小说《第一次亲密接触》在内地出版，邢育森、李寻欢、安妮宝贝、宁财神等大批网络原创作家浮出网面，优秀的网络文艺站点不断脱颖而出，如榕树下(http://www.rongshuxia.com.cn)、新语丝文库(http://www.xys.org)、橄榄树(http://www.wenxue.com/gd/index.htm)等。在媒体的竞相报道下，“网络文艺”一词开始频繁出现。也正是从那时起，研究者们注意到，“网络文艺”在很多人的意识里其实是个相当模糊的概念，对其使用有着某种程度的混乱和不确定性。因此，有必要对“网络文艺”的概念内涵进行明辨，由此便引发了关于“网络文艺”本体定位问题的探讨。

在“网络文艺”作为研究对象是否成立这一问题上，有人认为，时下的所谓“网络文艺”只能算作在网络上传播的文学艺术。它与以其他媒介方式传播的文学艺术除了媒介载体的差异外，并无本质的不同，故无法单独构成文艺门类。该观点以网络作为一种数字化艺术载体，无从改变文学艺术原有的文化身份和审美本性为理由，断定网络文艺还不具备独立存在的可能。甚至有人认为，许多关于网络文艺的讨论根本就是假问题。网络文艺尽管在某些方面表现出与传统文艺的差异，但也只是一种浅层次的形式变化。从本质上说，网络文艺只是网络时代的一个虚拟名词，对它的争论没有任何实际意义。[2] 然而，更多的研究者对网络文艺的存在持肯定的立场。认为这是一种通过网络技术语言，将多媒介因素互渗而成的新型艺术门类，具有自由传播、创作方式多样、多态参与等传统文艺所无法比拟的特征。不过，在网络文艺内涵的具体规定方面，研究者存有分歧。一种观点持宏观的立场，认为所有在网络上传播的文学艺术都是网络文艺；一种观点则取道西方学者，对其给予微观的把握。比如，著名的网络媒介研究者、厦门大学的黄鸣奋教授便认为，网络文艺必须依据网络而存在，不能脱离多媒体、网络交互以及超文本链接的技术根基；还有观点认为，只有呈现于网络的原创文艺作品，即首先发表在网上的文艺作品堪称网络文艺。[3]

我们认为，文学艺术作为时代的产物，总是会受到不同媒介技术的影响。正如

---

① 中兴外文：《观望存疑或一“网”打尽——网络文学的定义问题》，文章来源：http://www.okuc.net。

② 南琛：《网络文化与网络文学》，文章来源：http://www.okuc.net。

③ 阎真：《首届“网络文学与数字文化”全国研讨会综述》，《人大复印报刊资料·文艺理论版》，2005年1月，第126—128页。

海德格尔所说:“技术不仅仅是手段,而是一种展现的方式。”[①]就是说,对技术手段的使用总是参与到对世界的独特构造之中,参与了对事物存在的规定。回顾人类艺术的发展史,可以看到,每种媒介技术的出现往往会导致一种新的艺术范式的诞生。从媒介创新的角度看,网络中的文艺作品,尤其是那些超文本、多媒体、交互技术条件下的网络原创作品,其作者多具有不确定性,其文本是“软载体”的网络链接,其传播方式则蛛网覆盖、多样纷呈又可以无限复制。作为多种媒介手段的组合,它们传达着不同的感官经验,强化着审美的共通感。即便是传统文艺作品,在经过 HTML、ASP、GIF、JAVA 或 FLASH 等技术语言的处理后,界面被多体化,加上了二维或三维、静止或运动的画面,有的还配上了声音,需要注解的地方变成了超链接,以此建立与相关资料、环境、历史等的广泛联系,从而发生了巨大的意义增值与转换。此时的文艺作品尽管源于传统文学艺术,但又与它们的母体有着诸多的不同,已经在网络技术语境下经历了一个质变的过程。可见,那种把网络文艺视作假命题,或认为网络文艺不过是传统文艺文本的网络化,其本质并未发生改变的观点,实在尚欠考虑。毋庸置疑,网络文艺别具风景已是不争的事实。

当然,不论就广度或深度而言,网络文艺目前的发展程度还很有限。如果真按某些学者所说,只有真正具有网络特性的文艺作品才算作网络文艺,那么,恐怕全球只有少数特例堪称此类,如日本的 www. sensorium. org 等尖端网站。尤其是在中国大陆,只有极少数完全依靠网络技术生成的文艺作品。多媒体技术的运用已经在尝试,超文本艺术实验却难觅踪影。因此,那种仅仅把网络的特质抽离出来当作衡量网络文艺唯一标准的定位方式虽然精确但却有脱离实际、将其窄化的倾向。应当看到,如今,大多数被称为“网络文艺”的事物,仍旧是原有文艺作品的网络化存在,或是直接在网络上“贴”出的所谓“原创”作品,而此类作品在现今的文艺站点中却占据了最大比重。

因此,要将网络文艺纳入学术研究的视野,势必要对其概念内涵作出界定。可由于网络文艺尚处于起步阶段,其形态、特征还没有完全定性。因此,理论界的观点难以统一也在情理之中。对此,我们应立足于现实的基点,结合当前网络文艺发展的实际,在定位问题上不妨采取较为宽松的立场:广义上讲,凡是借助网络传播的文学艺术,都叫网络文艺;狭义上说,网络文艺是指离开网络便无法存在的文学艺术,其代表形态就是借助网络超链接和多媒体技术创作的文艺作品。前者顾及了网络文艺发展的现状,避免了将网络文艺窄化的误区。后者则保留了网络文艺的核心特征,预示着该艺术门类的发展前景。这样的定位不仅体现出开放、平和的学术心态,而且也符合网络兼容并蓄的文化品位。

---

① 绍伊博尔德:《海德格尔分析新时代的技术》,中国社会科学出版社,1993 年,第 24 页。

从发展的角度来看，必须承认：网络文艺的内涵将随着网络科技的进步而愈加丰富。或许，我们今天看到的"网络文艺"，只不过是真正"网络文艺"的前奏和预演？"网络文艺"的审美特性究竟还会发生何种程度的"位移"和"断裂"？这一切，只有等网络文艺进一步发展之后方可得到适宜的答案。

## （二）网络变革与文艺创新

在研究者为完善"网络文艺"的定位而继续深思的同时，不少学者的目光开始越过此论题向前瞻望：网络变革为文艺发展带来了哪些强有力的冲击？换言之，网络文艺的出现会在哪些方面修改文艺之为文艺的成规？

在网络变革与艺术创新问题上，存在着两种截然对立的观点：一种观点对此持完全认同的态度，认为文学艺术经由网络技术已在短时间内发生了诸多变迁，既有关于文学艺术的本质、功能、标准以及边界等等的理论，将会得到重新的检省。如宋炳辉、葛红兵认为，网络文艺具有新的艺术精神，不仅为人生体验提供了新的可能性，同时在写作、传播的自由度以及丰富的表现形式方面也将成为文学艺术新的增长点。① 南帆立足文艺社会学，指出网络介入文艺生产和消费的全过程，将会对传统体制下的文艺社会学产生巨大的冲击。② 有人甚至乐观地估计，由于书面文艺已经过了它的巅峰期，其极端的形式主义已不能在自身内部解决，只能期待某种文艺形式上的本体性新生，而网络文艺为这种新生提供了可能。因此，网络文艺将继口头文艺、书面文艺之后开创第三个文艺时代。③ 另一种观点则对网络文艺的技术化倾向表示了忧虑和不安。复旦大学的王宏图认为，网络文艺处于一个几乎全封闭的系统。它不以展现、描绘比特空间之外的大千世界为己任，相反，它的所指总是回归到自身。表象的丰富与内蕴的狭隘极大地束缚了它进一步发展的潜力。④ 董学文指出，网络文艺带有"奴化"的色彩，其言说的领域由于对象的"虚拟"性而被束缚在了狭小的范围。比起那些真正自由的、充满审美意识的文艺创作，网络文艺创作的精神自由是大打折扣的。⑤

应该承认，网络文艺的兴起在某种程度上预示了一种新的文艺精神，在创作、传播、接受等层面都显露出相当大的异质性，使得传统的文艺标准难以对其规约。

---

① 朱小如、聂伟：《上海召开九十年代文学研讨会，总结剖析世纪之交的文学现象》，《文学报》2000年11月第2期。

② 南帆：《游荡网络的文学》，《福建论坛：文史哲版》2000年第4期。

③④ 《网络文学与当代文学发展笔谈》，《社会科学》2001年第8期。

⑤ 董学文：《面向高新科技时代，促进文学艺术发展——科技进步与艺术发展矛盾关系断想》，《文艺研究》2002年第1期。

总体而言,网络文艺对传统文艺的超越主要体现在三个方面:其一,创作和欣赏的全新互动性。传统媒介的单向传递特征导致了传统文艺创作与欣赏活动存在严重的脱节,并且接受活动主要由创作者对欣赏者施以单向的"灌输",后者对此只能采取屈从的态度。交互技术使网络文艺打破了创作与欣赏的不平衡状态。欣赏活动有了更多的自主权。欣赏者可以根据自己的需要读到不同的文本,甚至可以采用剪接和拼贴等手段,在第一文本的基础上无限制地加工和再创作。在此,文艺活动真正实现了双向性沟通。其二,"活性"的艺术存在。传统文艺作品多是个人构思的产物,一旦创作完成,任何欣赏和解读都无法对文本结构进行更改。相比之下,网络文艺作品,尤其是超文本作品因创作的群体性而更具"活性"特征。超文本以其可任意链接的非线性结构召唤参与者对文本意义进行不同的阐释,最终导致文本无限地延展。可以说,传统文艺是"死"的,不可更改,而网络文艺则是"活"的,可以不断地续写。网络文艺的活性特征使我们得以更充分地参与艺术形成过程,而不只是欣赏最后的成品。其三,艺术的融合性。多媒体技术使越来越多的网络文艺作品呈现出综合艺术的特性。通过多媒体手段,把光色声像融为一体,网络文艺作品成为视、听、读等多种艺术因素的组合,这对于创作者的充分表达和接受者的全方位观赏无不充满了极大的诱惑力。网络文艺的综合性特征开始模糊诸多艺术门类的界限,多样化的表现手段蕴含了对形态单一的传统文艺的颠覆力量。可见,在技术的推动下,网络文艺的确孕育着无限的发展生机,具有不可限量的辉煌前景,而这正是那些对网络文艺持乐观态度者所一再强调的。

然而,高科技的迅猛发展并非都是文学艺术的福祉。应当看到,技术化的包装和运作也在将网络文艺推向两难的境地。其一,网络文艺作品的基本要素是由0和1二进制编码而成的影像符号。通过编码,一切必然性与或然性因素均可得到表征。这就使文艺创作大大超越了传统模仿论有关必须"外师造化"(直面自然),方可"中得心源"的局限,有助于提升人的审美想象力和艺术潜能。但同时,正因为作品不再仅是现实世界的再现和表征,其指涉物可以与现实世界无关或相距甚远,从而容易导致文艺实践离我们生存的现实世界越来越远,而技术操作下的形象符号成为我们接触世界的主要方式,以至于表征比现实本身更为重要,令我们再也无法品味文学艺术的原初意义。这使得网络文艺面临着成为纯然自足的符号世界的危机。其二,情景的想象和意义的后延本是优秀传统艺术的普遍特征。然而这一切正在网络文艺中发生改变。网络文艺采取多媒并用的叙事手段,以更加可感的特性创造出奇妙多变的艺术描绘。然而,一旦图文并陈、语像兼容的文本将深度体验转换为感性直观,以"立体叙事"的方式全方位刺激人的感官,不再追求意义的拓展和延宕,其代价便是能指和所指之间的张力大大缩小,作品不再是值得品味、感悟和省思的审美对象,对艺术韵味与意境的深层体验变得荡然无存。其三,作为

“活性”艺术的标志，超文本以前所未有的开放性将意义链无限地扩展。但创造的本意在于从混沌中提炼出有意味的形式。如果单纯为了在文本间隙寻求颠覆的喜悦而将意义链刻意延伸，那么，这种企图摆脱一切传统约束的超文本则会因为泯灭了一切界限而使其面目更为模糊和暧昧，最终不可避免地导致艺术自身的瓦解。[①]

值得欣慰的是，在网络变革与艺术创新的关系问题上，越来越多的学者开始采取反思和批判的立场。其中，中南大学欧阳友权教授的观点颇具代表意义。作为我国较早介入网络文艺学研究的学者，欧阳教授首先肯定了作为高科技时代文学艺术的一种新变，网络文艺为传统文艺在存在方式、创作模式和价值理念等方面带来了巨大的挑战，这无疑对传统文学艺术的窘境有救助作用，同时他又对网络文艺的技术本体化趋势消解文学艺术审美本性的负面作用作了深刻的分析和批判，呼吁文学艺术不能止于媒体突围，面对“读屏乌托邦”应有省思与自救的意识。[②] 文学艺术作为饱含人文精神的价值存在，浸润的应该是创作者的审美情怀，释放的应该是审美化的诗性魅力，营造的应该是人性化的心灵家园。然而，一旦技术比重大于审美意蕴、传播形式压倒传播内容，文学艺术的审美本性无疑会处于悬置状态。为此，一方面，我们应弘扬通变意识，重塑网络时代的文艺观。从辩证的角度分析，任何新生事物最初都会存在一定的局限和缺陷，而这局限和缺陷的反面正是它的生命和活力所在。网络文艺的诞生和发展，是高科技时代的必然产物。作为一种新生的文艺形式，迫切需要我们通过积极的理论参与和宽容、审慎的批评为其营造开放、健康的成长环境。另一方面，必须注重文艺与科技因素的互动协调。网络文艺不能离开文艺的基本规范而自行其事。文艺进入网络仍须服从文艺规律的支配，否则，文艺就会被科技异化，从而有可能在无形中消解真正的文艺创作。因此，既要充分利用网络技术的优势，从网络叙事、电子语言、链接修辞等方面尽可能丰富艺术的表现技巧，推动文艺创新；又应努力避免技术话语对文艺审美本性的侵蚀。只有真正把握网络条件下的文艺发展规律，并与技术革新有机地融合在一起，这样，网络文艺才会真正在艺术之林中奇葩绽放。

### （三）网络文艺的审美导向

2003 年以来，围绕着网络文艺的审美建构与价值导向问题，学术界出现了一次较大的论争。2003 年 2 月 19 日，欧阳友权在《中华读书报》撰文指出，由于在观念上叛逃了应有的审美设定，当前网络文艺存在着以游戏冲动替代审美动机的现

---

① 蔡春华、聂伟、王宏图：《网络时代的比较文学·世界文学的理念（笔谈二）》，《中国比较文学》2002 年第 1 期。

② 欧阳友权：《网络文学的媒体突围与表征悖论》，《社会科学战线》2002 年第 4 期。

象，这导致了网络文艺的“非艺术化”和“非审美性”，文学艺术的本性面临着迷失的危机。[①] 此文发表后，同年4月23日，《中华读书报》发表了张晖的《网络文学不是游戏文学》，对欧阳友权的观点提出反驳，认为近些年网络文艺之所以出现了火爆景象，关键在于，其一，网络文艺具有互动性，创作者可以方便地与网友交流；其二，网络文艺是“我手写我口”的真情实意、自由发挥，不是无病呻吟。或许网络文艺尚显粗糙，不够完美，但这也正是它的生命力所在。[②] 张文发表之后，何志钧与朱朝晖也分别著文加入讨论。何志钧在题为《网络文学：无法忽略的“物质基因”》的文章中，以对张晖观点的批评来声援欧阳友权的看法。认为网络文艺所反映的生存状态、文化心理、审美时尚不可避免地带有当今消费文化的深刻烙印。其中不乏包装了的欲望、畅销着的自私、批量化的虚荣、自觉或不自觉的作秀。网络文艺中泛滥的只是无根的瞬间碎片，历史人生遭到了空前的放逐。[③] 朱朝晖在《游戏冲动与文学的技术依赖》一文中，则表示了与张晖相似的看法。他认为，涉足网络文艺的人，应该说多是抱着圆梦的理想。虽然确实也有个别人纯粹为了宣泄情绪进行“游戏”，但不能就此一概而论。网络文艺的“游戏冲动”现象并非一成不变，更不会泛滥成灾，只是改变它的时机尚不成熟。[④]

此次论争的意义可谓深远。它表明，我国网络文艺学研究正日趋理性化与成熟化，开始突破“何为网络文艺”的形态论考辨，进一步延伸到“网络文艺何为”的价值论探析。学者们已经在思考：当网络文艺颠覆了既有文艺范式和权力话语之后，它的审美取向将会发生怎样的变化？它的审美品位究竟是保持了传统意义上的“进步性”还是出现了“下滑”？

从现阶段的发展状况来看，网络文艺正孕育着走向大众化的趋势。在传统文艺领域，作为权力话语的垄断者和制造者，艺术家的创作总是直接或间接地体现出较为浓厚的意识形态特征。在此背景下，关于大众文艺的提及和倡导，多是由那些掌握权力话语的艺术家们以自上而下的启蒙姿态使文学艺术“走向民众”。如今，借助网络传播媒介，文学艺术为真正大众文艺的诞生开辟了一个生长点，主要体现在三方面：第一，作者的“平民化”。网络以去中心性为技术理念，凭着对“中心化”的技术解构，赋予人们以话语权的自由。在这里，人人都是平等的，人人都有发言权。据此，网络文艺消解了精英话语霸权，创作者的权力被众多匿名的网民所分享，大众与艺术文本间真正的话语交流得以实现。第二，创作立场的“民间化”。传统大众文艺的实质在于，利用通俗的文艺形式灌输意识形态的内容，其目的更多地

---

① 欧阳友权：《网络文学：技术乎？艺术乎?》，《中华读书报》2003年2月19日。

② 张晖：《网络文学不是游戏文学》，《中华读书报》2003年4月23日。

③ 何志钧：《网络文学：无法忽略的“物质基因”》，《中华读书报》2003年5月21日。

④ 朱朝晖：《游戏冲动与文学的技术依赖》，《中华读书报》2003年5月27日。

指向文学艺术的外部功用。网络文艺作为一种零散化、非中心化的审美活动，大多没有什么文以载道的宏大动机，创作目的已由载道经国、为社会代言转向自娱、娱人，这有可能使文学艺术摆脱功利主义的重负，回归到袒露心性、悦情快意的自由状态。由于网络文艺作品来自生活的各个层面，直抒胸臆，质朴清新，因而具有了民间性的审美品格。第三，审美趣味的多元化。网络结构的非顺序、非等级和无疆界的特征激发人们以非线性的视角观察事物，更加符合人的创造性思维，从而能够汇集更多的艺术创意。在这样的前提下，网民们得以率性率真地挥洒个性、宣泄情感、表达意愿。作为一个开放的领域，网络文艺为多元化审美趣味的展示提供了舞台。

从深层意义上讲，网络文艺的大众性趋向促使我们对既有的文艺观念进行重新地审视和反省。文艺观念是变动不居的，它随着时代环境、文艺思潮等因素的发展而不断变化。网络把文学艺术拉向了平民和世俗，使真正属于民众和底层的声音得以被传达出来。从这方面看，网络文艺的出现反映了文艺观念开始由单一化向多元化转变，并且更加贴近现实生活与当下大众的审美心理。与之相应，对网络文艺作品审美价值的评判也开始逐渐淡化社会认同而趋向个体的审美差异，即审美判断更加重视个体的自娱自足，无需社会权力话语的首肯。网络文艺作为个体宣泄情感、表达自我的方式，在一定程度上昭示着原始文艺游戏精神的回归。

然而，这种回归并非想象的那样轻松与超然。作为文艺作品对欣赏者审美需求的满足，文艺作品的审美价值有其普适性的一面，表现为：其内容蕴涵着一定的社会意识和文化旨归；其传播则借助于个体性的鉴赏活动而最终走向社会，潜移默化地作用于群体精神领域。在审美价值普适性特征的作用下，优秀的文艺作品往往以隽永的意象形式积淀着对时代社会和人类命运的思考，这有助于引导欣赏者充分调动心灵内省和思想反刍，最终升至与“道”合一的审美超越状态。从此立场分析，网络文艺以游戏性的姿态多方面地开掘话题、嘲讽神圣、戏弄经典，这固然是审美取向多元化的大众文艺的必然体现。但在改变传统文艺单一审美规范的同时，也容易加剧由诗性的超越之美向世俗性欲望之美的转变，将人类精神的永恒魅力从作品中分离出来，导致普适性审美价值的无所皈依。于是，网络文艺虽然从昔日的精英手中夺回了话语权，却没有从精英的笔下接过对社会、人生进行整体性思考和描述的义务与责任；网络文艺以类似巴赫金“狂欢化”的方式，立足于非正统、前卫的立场对传统文艺观念进行了无情的解构和彻底的颠覆，但更多是出于一种即兴式宣泄的欲望，以心理甚至生理快感的满足为目的。由于过于关注私己性的审美感受，抹煞了审美价值的普适意义，比起那些具有文化和社会内涵的传统文艺创作，网络文艺的思想深邃性可以说是大打折扣的。知人论世本是中华传统文学艺术的第一要求，可网络文艺在这些重大话题面前却失语了。这说明，仅凭自适而快心的游戏冲动创造文学艺术，造成的不良后果便是，对文艺价值的衡量往往仅以个人的趣味和当下的感受为基本尺度，以感觉主义、表层主义架空深切的思想与关怀，这难免会使文艺活动放弃责任和道义，造成对凝聚沉重历史记忆的宏大诗学的消解。始于游戏而止于游戏，对号称兼容并包的网络文艺而言，这未尝不是个莫大的讽刺！

由上述分析不难见出，在新近有关网络文艺审美导向的论争中，那些或认为网络文艺仅为游戏功能的实现，或认为网络文艺为多元化大众审美意识的传达之类的观点，虽不乏切中肯綮的行家之见，但多少带有些片面的合理性。为此，我们的观点是，从辩证的角度分析，网络文艺在审美导向的提升与降位方面存在着双重的可能：它既有助于涤除文艺的贵族气，培育平民的文艺观，也能以宣泄式的“游戏”冲动将人导向价值虚无的境地。要解决这一问题，需要把握的便是，作为人类本质力量对象化的产物，网络文艺即便有着构成人性异己力量的缺陷，终究会随着人类审美能力的完善而遭到扬弃。一旦具备了这种能力，参与者便能以一种体察生活的热心、追问价值的执著、直面人生困境的勇气追求品位，追求境界，追求新美，在游戏中延伸着人类精神的地平线，而不仅仅为了单纯满足一己的表现欲置身文艺创作。那么，网络文艺的参与者何以获得这种完善的审美能力？这主要取决于两个条件：一是参与者是否具备拥有此种能力的潜质。二是参与者是否愿意应用这种能力。前者需要克服掌握操作技术，却不懂文艺规律，或懂得文艺规律，却在高科技面前无所适从的两种极端倾向。后者则不单涉及网络文艺，而与整个文艺大环境密切相关。当前，浮躁、肤浅、急功近利的行为充斥文艺领域，这势必会影响到刚刚起步的网络文艺。不少参与者由于过分融入当下的文艺现实而丧失了保持距离的审视精神。因而出现“孤独化狂欢”的游戏景象也就不足为奇了。

## 第三节
## 网络文艺学研究现状的反思

通过对近些年我国网络文艺学研究热点的粗略回顾可以看出，对于网络文艺这一信息时代的新事物、新现象，学界经历了一个从质疑、认同到批判性思考的转变过程，这令我们切实感受到我国网络文艺学日趋理性化、成熟化的前进步伐。如今，网络文艺学研究正呈现出多元化的发展态势：一方面，学者们继续对网络文艺的本体定位、网络文艺与传统文艺的比较、网络文艺的原点赓续等经典课题进行认真总结，并辅以多角度的实证研究，力求得出资料更为详实、见解更为深刻的论断；另一方面，借助叙事学、修辞学、符号学、传媒批判等多种理论工具，网络文艺学研究的文化语境正在不断地扩大，有关网络文本的艺术创新、人与虚拟现实的审美关系变迁等论题逐渐成为新的理论焦点。可以预见，在今后一段时期内，随着网络文艺审美特性的充分发展及其审美价值的不断提升，网络文艺学研究的经典课题会历久弥新，持续深入，同时，新的研究思路和领域也会层出不穷。网络文艺学将以其更富针对性、更加规范的体系化特征不断开拓自身生存与发展的新空间。

当然，在这个欣欣向荣的景观背后，仍然存在一些亟待解决的问题需要反思，主要体现为加强与完善两个方面的结合，包括理论借鉴与本土创新的结合，跨学科视野与文艺学自律性立场的结合。

## （一）理论借鉴与本土创新的结合

当前，我国网络文艺学研究的理论资源大多取鉴西方发达国家。通过译述西方的相关理论专著，我们得以较为全面地了解西方网络文艺学的基本理论、主要模式及研究方法，从而使自身获得了更广阔的理论视野、更丰赡的学术资源和更具价值的理论参照。但同时，一个不容忽视的现象是，迄今为止，几乎国内所有网络文艺学研究的著作或文章都普遍援用了西方的研究范式：不仅从西方寻求流行的研究课题，而且几近照搬西方的理论概念及研究方法，甚至在阐释立场、视点等方面都只作简单地移植。之所以造成这种对西方研究盲目跟进的现象，主要有两方面的原因：首先，世界经济一体化和信息化革命所带来的全球化浪潮虽为网络文艺学的学术交流创造了良好的契机，但网络文艺学源自西方发达国家这一事实注定了在跨文化交际中，西方网络文艺学将作为一种强势文化而拥有话语的优先权，对于像我国一样研究工作起步较晚的发展中国家而言，其学术研究的合法性常常受到质疑。在这种强势文化背景下，我国的网络文艺学研究只能算作对西方理论潮流的被动响应与追踪，不得不将西方世界的研究标准或理论模式作为自己的发展方向。结果便是，网络文艺学的理论建设变成了西方学术成果的“原件组装”，对网络文艺的思考被淹没在各种西方理论的引用与阐释中，从而陷入一种学术后殖民的尴尬境遇；其次是来自文艺学界长期存在的本质主义思维方式的干扰。本质主义是一种形而上学的思维方法，在本体论上，它不是认为事物具有特定的、可以变化的“本质”，而是假定事物具有超历史的、永恒不变的普遍/绝对本质。在本质主义思维方式的支配下，不少学者看不到文艺活动的特性因时代、地域的不同而不同，却是认为无论中外古今，文艺活动都具有亘古不变的本质，并且该本质在分析具体的文艺现象之前就已先验地设定。表现在网络文艺学研究中，便是向网络文艺学研究的发源地——西方学界习惯性地盲目认同，将自己的理论支点依托于西方的研究范式之上，以读解、引征或推崇、效仿来代替自身的理论创新和学术超越。这种将西方理论视为研究的出发点和归结点，甚至是学术的精神原乡的做法，使我们的研究往往没能充分考虑中西方在网络文艺生产、传播与接受机制方面的社会文化背景的殊异性，所热衷的只是西方学界根据它们的网络文艺现状提出的问题，因而也就极大地忽视了在当代西方语境中产生的网络文艺理论在学理范型、问题意识和价值取向等方面与我国网络文艺发展现状存在的错位与脱节。于是，我们学会了移植和引进理论，却没有学会或没有完全学会如何向自己的现实提问。不少观点陈陈相因，不是“接着说”，而是“照着说”，不是“说自己”而是“说别人”，以至于在很大程度上疏离了网络文艺发展的现实，无法对变化着的网络文艺现象作出及时、有力的回应。由于本土化研究的薄弱，导致我国当前的网络文艺学研究基本上不具备原创性，或者说这种原创性受到了较大的制约，这不能不引起我们对该领域今后发展方向的严重关切。

判断一种理论（话语）是否有效，首先应从现实的需要和语境出发加以衡量。应该承认，网络文艺学研究植根于我国网络文艺生存的现实土壤，与我国的社会发展状况有着不可分割的联系。因此，在有所借鉴的同时不能全然照搬别人的经验，而是应该尝试形成自己的问题意识。比如，我国传统文论历来重视文学艺术的社会沟通功能。《毛诗序》将“风”列为诗六义之首，并做了如下解释：“上以风化下，下以风刺上，主文而谲谏，言之者无罪，闻之者足以戒，故曰风。”汉代乐府的建立便出于为专制统治者提供与民众沟通途径的目的。相比之下，网络文艺活动作为网民们表情达意的方式，同样也可视作群体间沟通的虹桥。这种沟通既包括网民之间的平行沟通，也包括政府与民众之间的垂直沟通。由于网民作为信息社会中势力日增的特殊群体，通常拥有较高的文化程度，服膺信息共享的观念，蔑视权威与经典，原生态的网络文艺作品成为其心声的自由抒发（“言志”），因此，周英雄在其博士论文《木铎：中国汉代的用途与诗歌收集》（1997）中曾指出：如果政府部门有意收集网络文艺作品（当代“采诗”）的话，无疑会对加强社会沟通具有重要的意义。这里，网络文艺学研究显然与本土文艺理论（如“诗言志”）有了接轨。可见，在我国特殊的文化背景中，网络文艺学不仅可以像西方一样着眼于后现代理论背景，移用后现代主义的种种理念来阐释网络文艺现象，还可返回前现代社会挖掘理论根源，找到沟通传统文论与现代文论的契合点。再如，从大众性的角度考量网络文艺活动，可将其视为民间大众表明自己存在的一种话语形式。然而，我国的“大众性”一词包含了远比西方概念更为复杂的内涵。由于北方与南方、内地与沿海、都市与乡村、汉族与各少数民族的文化诉求与文化意识处于一种相当不平衡的状态，大众性也由此呈现出不同的文化意蕴。在这样的情况下，便不能一味照搬西方理论对我国网络文艺的大众特质作简单、抽象地阐释，而应结合我国各地域、各民族在文化生活方面存在巨大差异的实际状况，对网络文艺的“大众性”概念重新加以具体、审慎地考辨与界定。

我国网络文艺学如要健康地发展，在中西方对话问题上，必须明确自律与他律的价值坐标，在西方的研究范式与中国的本土经验之间建立良性的互动关系，以面向现实的关怀之情，铸就一种进步、开放、有原创力和历史解释力的网络文艺学理论体系。对此，研究者应注重视野的全球化，把外来的理论资源视为对网络文艺学学科建设有益的生态滋养。同时，更重要的是，网络文艺学研究应坚守理论的民族本根，走"本土化"研究的道路，做到"洋为中用"，以理论的民族性来赢得理论价值的世界性。在这方面，黄鸣奋的工作可谓独树一帜。2004 年 1 月，黄鸣奋出版了《网络媒体与艺术发展》一书，其宗旨之一，便是与港澳台同仁合作，积极推进"传播研究中国化"的工作。尽管该书有不少事例和论述引自西方，但在最后一章《余论：南华精神与网络风范（新"逍遥游"）》中，他借用庄子《逍遥游》追求自由与达观的精髓思想，对当今网络文艺传播的自由性作出了精辟的诠释。黄鸣奋的这一努力可谓积极推进网络文艺学研究"本土化"的一个重要体现。

总之，在网络文艺学研究的理论借鉴与本土创新问题上，有两点需要我们特别予以关注：其一，积极拓展对网络文艺的实证研究，重视理论的可操作性和实用性，而不再只是关注宏观的理论。网络文艺学的实证研究虽然取得了一定成绩，但从整体看仍然比较薄弱。从这两年网络文艺学研究主题的分布来看，定量研究成果甚少，基础理论型的论述要远胜于结合具体个案的实证型分析。要建构本土化的网络文艺学体系，就不能避难就易地从已有的理论进行归纳，而必须面对当下现实，通过实证提炼出富有"中国特色"的理论课题，并以一种"中国化"的理论视角拷问研究的合法性和合理性。力戒空泛与玄虚，多一点实证、多一点现实的关怀。其二，倡导理论的反思与批判精神，将其视为网络文艺学学理创新的重要前提。网络文艺学建设应是在对理论自身的反思与批判中向前发展的。在同国外学界交流的过程中，如果缺乏这种理论自觉意识，只是盲目地一味顺应，自然就难以改变被奴役或同化的命运。网络文艺理论的当下有效性，并不体现在迎合或趋同，而在于异性评说，即所谓尊重历史，警示当下，负责于未来，以守护好网络文艺这一人类的新的精神家园。因此，必须运用辩证的研究方法，对引进的理论学说进行批判地分析和综合，让它们与自身的现实需要融合为一。

### （二）跨学科视野与文艺学自律性基点的结合

网络文艺学是在"后现代主义"文化背景下形成的。"后现代主义"的典型特征之一便是打破封闭式的话语体系，消解学科界限，主张任何学科都是具有历史性的，其边界处于不断地移动之中。所以，在学科建设方面，不必固守学科间的界域，而应当以开放的视角倡导各学科之间的渗透融合。在后现代理念的冲击下，众多学科开始生发出打破旧有体制的藩篱，彼此交融、相互联合的现实需求，开始不断地追求越界、扩容、交错与重组。于是，跨学科的综合交叉研究成为了不可抗拒的学术潮流。受这一潮流的推动，自20世纪60年代以来，网络文艺学积极引入多门学科的研究范式与理论资源，在广泛吸收形式主义、结构主义、后结构主义、接受主义、新批评、符号学、叙事学等理论成果的基础上，立足不同的视角对网络文艺活动进行研究。比如，文化研究理论从"大众性"的角度、结构主义符号学、叙事学理论从文本分析的角度、传媒理论从技术本体论的角度分别带领我们解读网络文艺世界的奥妙。正是不同学说的流传转接，汇聚成理论的浩浩川流，为网络文艺学的发展铸就了一页又一页的辉煌篇章。应该说，网络文艺学在解构传统单一的研究方法的同时，采用多元化的跨学科研究方式开始了"走出自身"的探索，建构起包罗万象的、具有"后现代"底色的话语体系，其独特之处，在于理论元素构成的复杂性、非同质性，每种理论都有其内在的历史和逻辑性，都可独立成章，行使着不同的功能。根据上述网络文艺学理论产生的文化背景及其基本特点，可以推知，跨学科乃一种必需且极为重要的研究方式，其所张扬的多层次、多维度思维表现出一种"外突"的趋势，这对促使文艺学研究走出"作茧自缚"的误区，拓展理论批评的思维空间，改写僵化的文艺观念，无疑具有积极的意义。

跨学科研究对网络文艺与不同文化领域联系的描述和批判功能，是文艺学所无法取代的。但同时，不能就此武断地用跨学科研究彻底取代文艺学自身的研究立场。原因在于，受后现代语境的影响，跨学科研究拒绝学科归属，所关注的永远是不确定、边缘化、零散化的领域。由于不同理论有其相对独立的概念体系、核心范畴、方法论要求和逻辑运演程序，一旦这些构成元素过于斑驳复杂，文艺学自身的特征不免会变得模糊不清。在这样的情况下，跨学科将很可能成为文艺学的消解力量和破坏因素。应当看到，文艺学产生至今，仍然保留着某些相对恒定的思想元素和学理框架，仍然有着不同于其他学科的研究视野和切入角度，它对网络文艺内在机能与审美意义的阐释功能是其他任何学科所无法取代的。因此，网络文艺学研究的跨学科视野的倡导，必须以文艺学自律性的弘扬为基点。

在文艺学研究视阈中，审美对象应当意味着比它自身的实在性更多的东西。这便是一种以自由与独立为基本内涵的人文精神。文艺学自律性的核心，就在于通过批判性介入，对这种人文价值作出揭示和判断。体现在网络文艺学研究中，就需要研究者在肯定审美对象感性存在丰富性的基础上，追求审美对象精神意义的丰富性。既承认审美对象个体的特殊性，不可为整体归并或整合的个性，同时也承认审美对象实现审美超越的潜能。当前，网络空间的消费主义和工具主义盛行，它们通过过剩形象的生产、倾销，以单向度的、他律的感觉活动对人文精神构成极大地破坏与物化。为此，重申文艺学的自律性，通过弘扬网络文艺创作中生存意义的象征因素，进行人文价值观的积极构建，无疑能够以独特的抗拒方式消解消费主义和工具主义彻底整合艺术的企图。在此，个体与整体、感性与理性、自由与统一、有限与无限、形式与内容，这些网络中人所面临的主要困惑，通过文艺学自律性的弘扬无疑会得到较为妥善的解决。

同时，必须澄清的一个基本事实是：这里所说的网络文艺学自律性，迥异于我们确立于20世纪80年代的自律论文艺学范式。后者通常把文艺理论视作当然的、自明的、先验的本质加以设定，把一套主要适用于精英艺术或纯艺术的文艺标准简单套用到一切文艺研究之中，而无视这套评价标准在阐释文艺现象方面的时效性、局限性。这往往导致研究者忽视文艺学自律性具有的社会历史语境，而将其绝对化，由此产生的一个后果就是使文艺学研究丧失了对于自律性的历史反思能力，以为自律性文艺学所确立的分析方法与评价标准，真的是一种本质化、普遍化、无条件的"真理"，可以适用于一切文艺现象，由此形成了相当僵化机械的评估——筛选——排除机制，将任何不同于现有样态的文艺作品剔除，归入非文艺性的范畴，从而丧失了与现实生活中的文艺活动进行积极对话的能力。对此，我们的观点是，不能把文艺学的自律性原则非历史化，无论是在西方还是中国，文艺学自律性应始终与社会历史语境紧密相连，着眼于具体社会历史条件下的文学艺术场域对其自身游戏规则的建立。比如，网络文艺作为一种与精英艺术或纯艺术有着很大区别的文艺类型，本身就是大众日常生活的一个部分，是大众的审美趣味与网络技术结合的产物。它与大众的生存状态紧密相连，同当下的社会生活息息相关。由于大众常常"为我所用"地对待文本，同时把大量的日常经验与生理经验带入接受过程中。在这种情况下，原先精英化研究所遵循的纯精神的、不计利害的、与日常经验隔绝的自律性文艺学原则对其并不适用。为此，网络文艺学应在一定程度上超越精英化的自律论话语，在强调文艺形式的独创性、陌生性、实验性、先锋性的同时，肯定网络文艺与日常生活经验尤其是生理经验的互渗性，将网络文艺作品的规范标准与大众的日常生活、社会经验联系在一起，以便实现与具有新的人文精神的网络文艺进行真正有效的对话，并在此基础上逐步提升网络文艺的审美价值水准。再如，网络文本理论是以超文本理念为基础构建的，那种以线性文本为基础，体现出单向性、径直性与稳态性的传统文本理论对其并不完全适合。为此，必须运用超文本理念研究超文本命题，在指导思想和研究目标两方面都亮出自己的特色，方能体现网络文本的独特价值。

可见，当网络文艺学研究向跨学科方向迈进时，不应该废弃文艺学学科自身的理论建设。那么，网络文艺学研究该如何给自己定位？关键一点，就是在开放中坚守，或谓在多元中自律，力图在各种理论间建立对话交往的语境，关注和寻找"间性"。文艺学自律性原则本身包含着深刻的矛盾，它在象征性地肯定主体自由的同时，自身的封闭性又多少构成了对自由精神的内在性和现实性否定。这说明，网络文艺学研究要争取自律，也要警惕那种单纯局限于文艺内部的"内在研究"可能导致的与当代文艺发展现状的隔阂。在这里，跨学科方法的介入恰好会促成对这种研究封闭性的否定性克服。因此，网络文艺学研究不应一概排斥其他学科的研究方式，而应积极寻找其间的通约性。在坚守人文本位和审美立场，承继学科历史给出的相对稳定的、具有永恒价值的学理因素的前提下，勇于面对自身的局限性，清理无效的言说和过时的思想，积极吸取多学科话语，并以历史的眼光进行选择和删汰：既要拒斥一切有害于网络文艺学自律性发展的异质性学说的侵蚀，捍卫文艺学领域的纯洁性与经典性，又要将一切对自身建设有益的学说作为思想资源，有选择地吸纳一切合理内核。通过大量引入生命、精神、自然和社会历史等内容，使网络文艺学最终成为充盈着高度的审美意识和浓厚的人文情怀的自律性空间。

**参考文献：**

严峰、卜卫：《生活在网络中》，中国人民大学出版社，1997 年。

钱中文：《文学发展论》，经济科学出版社，1998 年。

董学文：《文艺学当代形态论》，北京大学出版社，1998 年。

戴元光、金冠军：《传播学通论》，上海交通大学出版社，2000 年。

黄鸣奋：《比特挑战缪斯——网络与艺术》，厦门大学出版社，2000 年。

〔美〕尼葛洛·庞蒂：《数字化生存》，海南出版社，1997 年。

〔美〕弗·杰姆逊：《后现代主义与文化理论》，北京大学出版社，1997 年。

〔美〕J. 希利斯·米勒：《重申解构主义》，中国社会科学出版社，1998 年。

〔美〕马克·波斯特：《信息方式——后结构主义与社会语境》，商务印书馆，2000 年。

〔法〕让·博德里亚尔：《完美的罪行》，商务印书馆，2000 年。

〔加〕麦克卢汉：《理解媒介》，商务印书馆，2000 年。

〔美〕齐格蒙特·鲍曼：《后现代性及其缺憾》，学林出版社，2002 年。

〔美〕斯蒂芬·贝斯特、道格拉斯·凯尔纳：《后现代转向》，南京大学出版社，2002 年。

〔德〕瓦尔特·本雅明：《机械复制时代的艺术作品》，中国城市出版社，2002 年。

Paul C. Vitz and Arnold B. Glimcher, Modern Art and Modern Science. New York: Praeger. 1984.

M. J. T. Mitchell. Iconology, Image, Text, Ideology. Chicago: The University of Chicago Press, 1986.

Fredric Jameson, Postmodernism. London: Verso, 1991.

Moshe Barasch. Icon, Studies in the History of an Idea. New York: New York University Press, 1992.

# 第八章

# 新时期生态美学和生态文艺学研究

新时期以来，中国的美学和文艺学研究进入了全面发展的新阶段。西方各种思想源源不断的引入及中国传统精神的复归为美学和文艺学的生长提供了丰腴的土壤。在这一时期，如何积极地利用西方的理论资源和合理地开发中国的传统精神，以及如何在中西平等对话的基础上生成美学与文艺学的原创性理论，是中国学界一直关注的重要课题。生态美学和生态文艺学就是以中国的学术环境为依托，在中西思想交流的基础上形成的具有原创性话语特征的理论。综观二十多年的发展历程，生态美学和生态文艺学不仅成功打造了具有后现代色彩的西方"生态"哲学与中国传统智慧平等交流的平台，而且在对话中以生态观念为生长点积极推进美学和文艺学的理论构建以及批评和创作实践，从而逐渐成为新的时代语境下美学和文艺学发展的新方向、新维度和新思路。从新时期肇始到今天，生态美学和生态文艺学经历了从无到有，从观念的提出到理论形态逐步完善的发展过程。中国学者就生态美学和生态文艺学的哲学文化背景、中国传统思想中生态美学与生态文艺学的资源利用、中西思想在生态维度上的交流、生态美学和生态文艺学的基本内涵和基本范畴以及生态观念对于马克思主义美学和文艺学在新的时代语境下的积极意义等一系列重要的问题展开了卓有建树的思考与研究。

## 第一节

## 新时期生态美学和生态文艺学产生的背景

生态美学和生态文艺学作为系统的理论形态，是在生态环境恶化的现实、特定的历史文化背景、生态学与美学和文艺学的学科发展要求以及新时期我国的学术环境等多维合力的作用下形成的。

首先，现代社会中愈演愈烈的生态危机成为制约人类生存与社会发展的关键因素，也成为人们重新思考人与自然关系的根本动因。无论在东方还是西方，传统的人与自然之间都保持着在共生共在的基础上建立起来的和谐的、亲和的关系。然而在近三百年的时间内，在人类进行大规模工业化的过程中，由于资本主义的极度发展以及物质利益的过度追求，以往的和谐、亲和的关系逐渐地不复存在，取而代之的是人类为了自身的利益而对自然环境的疯狂掠夺。在短短几十年的时间里，人对于自然环境的破坏是触目惊心的：臭氧层的空洞、森林覆盖面积的骤减、生物种类的单一化趋势、水资源的枯竭、干旱与洪水对人类的威胁、核污染对自然环境的破坏等等无不反映出人类生存的自然环境恶化程度之严重。面对如此严重的生态问题，人类开始反思现代社会的发展模式，并将生态因素作为人类生存的根本要素和社会发展的重要维度。1972 年联合国通过了《人类环境宣言》，1992 年联合国环境与发展会议通过了《关于环境与发展的里约宣言》，而我国也于 20 世纪 90 年代中期将“可持续发展”作为基本国策。这一系列事件都展示出人类已经开始积极应对生态危机所造成的危害，并以人与自然的和谐共存为出发点从各个方面推动生态环境的良性发展。文学与美学是对人的生存意义的特殊把握。人与自然关系的重新定位，以及由此而产生的人的生存状态的改变，必然会从根本上影响美学与文艺学的存在与发展，从而产生以新的生态观念为根基的理论形态。

其次，一切理论论题的产生发展都有一定的历史文化背景，而生态美学与生态文艺学是在后现代语境下生成的生态存在论美学观与文艺观。曾繁仁指出：“后现代社会作为对科技理性主义的现代工业时代的超越，实际上形成了一种新的经济与文化形态。在经济上以信息产业作为其标志，以知识集成作为其特色，实际上是一种后工业经济，而在文化精神上则是对科技理性主导的一种超越、走向综合平衡和谐协调的生态精神时代。这就说明，后现代在精神与文化上的特色就是对生态精神的倡导，这就为生态美学的产生与发展提供了土壤。”①当然，后现代作为一个时代语境的总体概括其内涵是复杂的，其中既有对现代性的批判、否定与解构，同时又有在否定与批判的基础上形成的超越性与建设性因素。以美国大卫·格里芬为代表的“建设性后现代主义”从文化与宗教的角度将后现代文化看作一种“生态时代的精神”，从而以一种全新的后现代世界观作为现代性观念的终结，并将建设性的后现代作为当代包括生态美学在内的生态哲学产生的经济与文化背景，是非常恰当的。

第三，生态美学与生态文艺学是生态学与美学和文艺学有机结合的产物，这种有机的结合从根本上源于现实因素对于不同学科之间相向发展的内在动因，而异质学科的相互结合必然会产生新的理论话语。因此，生态美学与生态文艺学的产生与发展是生态学与美学和文艺学学科发展的内在要求。“生态学”是由德国生物学家海克尔于 1866 年最早提出的，它特指研究生物有机体与无机环境之间相互关系的科学。时至 20 世纪六七十年代，由于环境恶化而导致的各种生态问题逐渐成

---

① 曾繁仁：《生态美学：后现代语境下崭新的生态存在论美学观》，《陕西师范大学学报（哲学社会科学版）》2002 年第 5 期。

为人们关注的焦点，生态学也相应的根据现实的问题而产生了一定的拓展，对于环境的关注不仅仅是单纯的科学研究而且还注入了价值评判的哲学思考。“深层生态学”就是在生态观念拓展的基础上产生的一门崭新的环境哲学，它是由挪威哲学家阿伦·奈斯在1973年最早提出的，其宗旨是通过对于生态问题的深层追问，批判和反思现代工业社会在人与自然关系上出现的失误及其深层根源。① 与深层生态学的发展相应，以新的生态观念为基础的生态批评逐步兴起。1978年，鲁克尔特在《衣阿华评论》冬季号上发表题为《文学与生态学：一项生态批评实验》的文章，首次使用了“生态批评”一词，明确提倡“将文学与生态学结合起来”，认为文艺理论家应该“建构出一个生态诗学体系”。生态批评是生态观念向文学与美学拓展的批评实践，它直接为生态美学与生态文艺学的产生与发展提供了理论准备与话语资源。同时，20世纪70年代末，美学与文艺学的文化转向使学科的发展呈现出包容、开放的姿态，美学与文艺学开始从历史、文化等外部视角探索学科的建构问题。在生态观念不断向人文领域扩展的今天，生态早已成为一个重要的文化论题，而美学与文艺学在文化转向的过程中与生态的遇合是其发展过程中必须思考的问题。生态美学和生态文艺学正是在生态学的人文拓展、生态批评的批评实践以及文学与美学的文化转向等相关学科发展的推动下产生的必然结果。

第四，生态美学和生态文艺学是非常典型的中国原创性的话语资源，它们的生长发育受益于新时期以来良好的学术氛围。新时期以来，对于文艺学和美学的反思与突破开始对传统的理论观念进行质疑并有所创新，文艺心理学、文艺美学等一系列具有我国自主话语权的理论脱颖而出。同时，新时期以来的文艺学美学的发展打破了旧的学科分立的局面，疆界的破除为新学科的建立提供了生长点。此外，新时期以来涌现出了大量的以生态环境为主题的文学艺术创作，为生态文艺学和生态美学提供了理论实践的空间。② 生态美学与生态文艺学是以现实的需要和学科的发展为内在动力，在我国新时期的学术语境下生成的原创性理论，同时也是多学科、多种观念共生互动的结果，新时期学术环境为它们的出现创造了历史的条件，而西方生态思想资源的引入以及中国传统精神中生态思想的挖掘也为生态美学与生态文艺学的成长提供了丰富的资源。就西方的思想资源而言，作为生态美学与生态文艺学基础理论的生态存在论哲学观借鉴了海德格尔的基本观点。海德

---

① 参见雷毅：《深层生态学思想研究》，清华大学出版社，2001年7月版。

② 1991年，冯牧、王蒙等一批知名作家，参与发起和组织了以弘扬环境保护为宗旨的环境文学研究会，并于1992年出版了国内唯一的环境文学刊物《绿叶》。1994年，中国环境文学研究会主编的《碧蓝绿》文丛(共三辑)由中国环境科学出版社开始出版。近年来关于生态环境主题的图书也越来越多，如吉林人民出版社1997年出版的“绿色经典文库”、光明日报出版社2003年出版的“人与自然”丛书、中国社科出版社的“绿岛译丛”等。

格尔对人的本性的认识与把握具有明显的现世性，为当代生态存在论哲学与美学观提供了丰富的思想资源。而作为影响我国生态文艺学建设的西方生态批评，其本身也是多种西方现代思想融合的结晶。反对西方中心主义的后殖民批评、反对男权中心主义的女性批评与反对逻各斯中心主义的解构批评都是生态批评的同盟军。这些思想在进入中国后在新的语境下继续影响生态文艺学的发展，成为不可忽视的力量。在中国的传统智慧中具有现代社会中所缺失的对于自然环境的独特体认，如中国古代儒家思想中的"天人合一"、"和而不同"，道家思想中的"道法自然"、"万物齐一"和"心斋"、"坐忘"等。这些古典生态智慧达到了很高的水平，并给予西方当代生态理论的产生发展以重要的影响。中国传统的生态观念不仅是中国生态美学与生态文艺学建设的基石，而且也在很大程度上确保了理论的原创性与独立的话语权。

第五、生态文艺学与生态美学的出现是新时期文艺学与美学突破自身困境的内在要求。生态文艺学与生态美学是在我国文艺学与美学研究由"重视文艺的审美特性研究"转向"重视文艺的社会功能研究"的过程中，以及在实践美学与后实践美学的争论中产生的。所谓"重视文艺的审美特性"主要是指西方文学与美学研究以分析美学与新批评理论实践为其代表，对艺术问题进行内在的美学与形式的剖析，探索作品中构成艺术的各种要素。这种研究方式正逐渐被文化的转向所取代，而从关乎人类生存的整体的视角考察文学与美学问题。我国的实践美学与后实践美学的争论也凸现出美学与文艺学研究的困境，前者过分强调了人的社会性与实践的理性、客观性等品格，并把外在事物作为征服对象加以理性把握与思考；而后者则过分强调个体的生命或存在对于美学的本体论地位，没有真正跨越主体与客体二分的局限。无论是西方的文化转向还是我国的实践美学与后实践美学的争论，其最终的目的都是要超越传统的主客二分的思维模式，使美学和文艺学真正能够为人类生命存在提供诗意的家园。生态文艺学与生态美学从根本上讲就是在批判"人类中心主义"的基础上对人与自然的整体性的回归，"生态美学克服了主客二分的思维模式，明确规定了主体与环境不可分割的联系，从而建立了人与环境的整体观。它反映在人的精神生活和审美活动中，便是人的心态与生态的直接关联性。"[①]无论是精神生态、绿色人生还是自然的"复魅"，都从不同的层面、从生态整体论的角度探讨主体间的思维，从而推动文艺学和美学向更加切近人的生命存在的方向发展。

---

① 徐恒醇：《生态美放谈——生态美学论纲》，《理论与现代化》2000年第10期。

## 第二节
## 新时期生态美学与生态文艺学的发展历程与成果

新时期伊始，西方的许多先进的思想与技术逐步进入我国，生态学作为探讨人与环境关系的自然科学也随之得到更大发展。在70年代末到80年代初，国内出现了更多的介绍生态学的专著与译著。国内这些出现较早的对生态问题的关注大都倾向于把生态学作为一种纯粹的科学技术，而很少在生态学的基础上做出关于人与自然关系的价值评判。80年代中期，随着国内生态环境的恶化以及西方生态哲学、生态批评和生态伦理学等相关著述的引入，我国的生态学研究出现了由生态学的科学形态向人文领域的拓展，并与相关领域的思想生长在一起。在此期间，生态问题作为影响人类生存的根本问题开始作为重要的研究课题从不同的角度进行探讨。90年代初，生态哲学、生态伦理学以及生态文化学等学科的建设及相关问题的讨论在我国逐渐成为理论研究的热点话题，学者们相继探讨了人类中心主义、环境与文化的关系、自然的价值以及中国传统生态观念等诸多问题。在这一阶段，我国学者对于生态观念的建设性工作为生态美学和生态文艺学的诞生起到了思想资源启蒙的作用，其中生态哲学与生态伦理学的许多话题，如对人类中心主义的反思、对于"天人合一"观念的重新评价以及对马克思主义经典作家的生态哲学思想的研究等，在生态美学与生态文艺学中也是非常重要的理论组成部分。

就目前掌握的资料来看，国外将环境问题与美学相结合的观念要早于中国。但是，将生态学与美学、文艺学结合起来而提出"生态美学"和"生态文艺学"研究，中国学者却领先于西方学者。[①] 文艺学与生态观的结合早在1987年就出现于鲍昌所编写的《文学艺术新术语词典》一书的辞条中，当时的命名为"文艺生态学"。[②] 而民间文艺与生态观念的有机结合在80年代末到90年代初开始成为文艺学研究

---

① 西方学术界于2000年出版的《劳特利奇美学指南》"美学论题"中就只有"环境美学"而没有"生态美学"。

② 在书中有对文艺生态学的界定："文艺生态学是研究人类生存的自然环境、社会环境及其他各种因素同文学艺术进行交互作用的科学。它把人类看成是世界总生命网的一部分，人类同生存的自然环境、社会环境，在生物层上建立起来的文化层之间，有着互相影响、互相作用的互生关系……。文艺生态学的基本目的，是对于自然、社会、人类、文化等各种变量同艺术生产的关系进行分析研究，找出艺术发展、艺术分布、艺术消亡的各种规律，并找出文艺生态平衡的可行办法。"（鲍昌主编：《文学艺术新术语词典》，百花文艺出版社，1987年，第14页）

的新领域，而且在民间文艺生态的学科建构上进行了一定的探讨[①]。而国内学者一般以2000年出版的《文艺生态学引论》（曾永成著，人民文学出版社，2000年）和《生态文艺学》（鲁枢元著，陕西人民教育出版社，2000年）两部著作作为生态文艺学整体理论体系研究的开端。"生态美学"最早出现于台北学者杨英风于1991年初在《建筑学报》上发表的《从中国生态美学瞻望中国的未来》一文中，但是他主要是从中国古代传统智慧中的生活美学谈及中国建筑未来发展的风格和方向，并没有对生态美学的内涵和特征做出科学的阐释。真正意义上的生态美学专题研究，是以李欣复在《南京社会科学》1994年第12期上发表的《论生态美学》为开端。文中系统地论述了生态美学的学科定位，研究任务和对象，及其学科构造内容方面的特性等问题。该文指出，"生态美学同生态环境学、生态哲学、生态意识学等生态科学群落一样，是伴随着生态危机所激发起的全球环保与绿色运动而发展起来的一门新兴学科。它以研究地球生态环境美为主要任务，是环境美学的核心构成部分，其构成内容包括自然生态、社会物质生产生态和精神文化生产生态三大层次系统"。"生态美学以研究地球生态环境平衡和发展所具有的审美价值为主要内容和任务"。此外，作者还对生态美学的基本构成，包括基本理论、方法技术以及形式理论等进行了论述。同年，陈清硕的《生态美学的意义和作用》（载《潜科学》1994年第6期）、佘正荣的《关于生态美的哲学思考》（载《自然辩证法研究》1994年第8期）先后发表。佘正荣通过对自然美的论述过渡到了生态美，指出生态美不仅包括自然生态美而且还包括人所创造的第二自然的美，同时对生态美的特征、内涵及意义等问题进行了深入的思考。这些著述拉开了我国生态美学研究的序幕，其中生态美学的学科定位、生态美作为生态美学的研究对象以及生态美与自然美的关系等问题成为此后生态美学研究的热点话题。

截至2000年上半年，国内又不断有论文发表探讨生态美学与生态文艺学的建设问题。鲁枢元在《文学艺术与生态学时代》（载《学术月刊》1996年第6期）和《从艺术心理到精神生态》（载《文艺理论研究》1996年第5期）中提出了"精神生态"的概念，并且指出了文学艺术中的精神价值和文学艺术在疗救精神生态危机中的特殊意义；曾永成发表了《社会主义文艺生态建设论纲》（载《理论与现代化》1997年第1期）讨论如何以生态系统论的眼光看文艺，从而建立社会主义文艺的良性生态

---

① 在这一时期出现了一系列关于民间文艺生态的论文，其中比较有代表性的是潘定智的《民间文学生态学》（《思想战线》1989年第1期）和《论民间文艺生态系统》（《民间文学论坛》1990年第3期），杨正伟的《论民间文艺生态学》（《贵州民族研究》1996年第2期），沈廷志的《试论民间文学生态学的理论构建》（《苗侗文学》1990年第2期），以及贵州民族学院民族文化研究所编《苗岭风谣》总第七期系"民间文艺生态学专号"，刊登10余篇论文，讨论了贵州民间文艺生态。

系统。此外，对于国外生态文学的研究也有部分介绍[①]。而在生态美学的探讨方面，相关的论文主要有曾永成的《人本生态观与美学问题》(载《西南民族学院学报(哲学社会科学版)》1999 年第 1 期)，以及苏怡的《裁成天地之道辅天地之宜——中国传统生态智慧及其现实意义》(载《天津大学学报》社会科学版，2000 年第 1 期)等。余谋昌在《生态伦理学》(首都师范大学出版社，1999 年 3 月出版)一书中，也从自然的角度谈及生态美及生态美学的问题。这一时期的理论成果主要是对生态美学和生态文艺学的基本问题展开讨论，虽然在研究规模和研究的深度与广度上尚处于起步阶段，但却为以后的发展奠定了良好的基础。

从 2000 年开始，生态文艺学与生态美学开始向更加深入、系统的方向发展，关于生态文艺学与生态美学的第一部专著分别在这一年出版。2000 年 6 月，曾永成撰写的我国第一部文艺生态学专著《文艺的绿色之思——文艺生态学引论》由人民文学出版社出版。该书不仅在生态意义上深入探讨了文艺审美活动与人的生命本性的同源性，而且围绕着文艺生态的概念建构了文艺生态学的理论框架，并提出了一系列文艺生态学的范畴。2000 年 10 月，徐恒醇在《理论与现代化》上发表了《生态美放谈——生态美学论纲》，对生态美的内涵及生态美学的意义等问题进行了研究。2000 年 12 月，陕西人民教育出版社出版了一组丛书探讨生态问题，其中徐恒醇的《生态美学》是我国第一部生态美学著作。作者在人的生命意识与生态观念的基础上系统地探讨了生态审美观，并且进一步界定了生态美的特征及意义。而且在生态美学的方法及界定、生态美学的现实意义以及生态美学对传统思想的运用等方面进行了深入的挖掘。《生态美学》一书的出版，在我国生态美学的研究史上具有重要的意义，"标志着生态美学在我国进入更加系统和深入的探讨"[②]。这套丛书中另一部由鲁枢元撰写的《生态文艺学》是生态文艺学研究的一部力作。该书以"精神生态"作为生态文艺学建构的基础，提出了生态文艺学的理论主体框架，确立了生态文艺学在跨学科的理论空间中所具有的资源优势和崭新的理论视野。虽然，在对生态学与文艺学的结合上出现了两种命名方式，即"文艺生态学"和"生态文艺学"，但这两种命名都最终指向从生态学的视角研究文艺与自然生态之间的关系，而目前"生态文艺学"是被学者普遍接受的名称。

进入新世纪以来，生态文艺学和生态美学正在逐渐成为学术研究的热点问题，吸引着越来越多的中国学者投入到这一研究领域中来。在新的发展阶段，生态文艺学和生态美学研究在论文发表、专著的出版以及专题研讨会的召开等方面取得了突出的成就，而且在这一领域出现了一批较有影响的研究专家，如徐恒醇、曾繁

① 吴萍:《大自然的呼唤——前苏联生态文学管窥》,《国外社会科学》1998 年第 5 期。

② 曾繁仁:《生态美学的产生及意义》,《中华读书报》2002 年 4 月 24 日。

仁、鲁枢元等。

在这一阶段发表或出版的研究论文和专著不仅继续对生态美学和生态文艺学的基本问题进行深入的剖析与构建，还着力于拓展生态文艺学与生态美学的研究视域。其中已故学者刘恒健的《论生态美学的本源性——生态美学：一种新视域》（载《陕西师范大学学报》2001 年第 2 期）、刘成纪的《从实践、生命走向生态——新时期中国美学的理论进程》（载《陕西师范大学学报》2001 年第 2 期）、陈望衡的《生态美学及其哲学基础》（载《陕西师范大学学报》2001 年第 2 期）、鲁枢元的《文学艺术在地球生态系统中的序位》（载《琼州大学学报》2001 年第 1 期）、彭立勋的《生态美学：人与环境关系的审美视角》（载《光明日报》2002 年 2 月 19 日）、李西建的《美学的生态学时代：问题与意义》（载《陕西师范大学学报》2002 年第 3 期）、曾繁仁的《生态美学：后现代语境下崭新的生态存在论美学观》（载《陕西师范大学学报》2002 年第 3 期）和《试论生态美学》（载《文艺研究》2002 年第 5 期）、刘锋杰的《生态文艺学的理论之路》（载《安徽师范大学学报（人文社会科学版）》2003 年第 6 期）以及曾永成的《生态论文艺学：本体基础、核心内涵和学科性质》（载《当代文坛》2004 年第 5 期）等论文从不同的角度对生态美学和生态文艺学的理论内涵、研究意义、研究范式等问题进行了深入的探讨。鲁枢元的《文学艺术与社会生态》（载《东方文化》2001 年第 1 期）、吴绍全的《生态美学——自然生态与文化生态的平衡》（载《山东师范大学学报（人文社会科学版）》2002 年第 4 期）、陈剑澜的《生态主义及其政治倾向》（载《江苏社会科学》2004 年第 2 期）、刘蓓的《简论生态批评文本视域的扩展》（载《文艺研究》2004 年第 1 期）、张皓的《生态批评的时代责任与话语资源》（载《三峡大学学报（人文社会科学版）》2004 年第 4 期）以及王晓华的《全球化与中国文艺学的生态主义走向》（载《深圳大学学报（人文社会科学版）》2005 年第 1 期）等论文从文艺学与美学的社会功能的角度关注生态文艺学与生态美学的建构问题。仪平策的《从现代人类学范式看生态美学研究》（载《学术月刊》2003 年第 2 期）、祁海文的《走向生态美育》（载《陕西师范大学学报》2004 年第 5 期）、罗婷和谢鹏的《生态女性主义与文学批评》（载《求索》2004 年第 4 期）以及曾永成的《建设人本生态观的新文艺学》（载《深圳大学学报（人文社会科学版）》2005 年第 1 期）等论文则从人类学、美育、人本主义以及女性主义等视角积极拓展生态文艺学与生态美学的研究领域，显示出理论研究良好的发展空间和蓬勃的生机。此外，曾繁仁的《当前生态美学研究中的几个重要问题》（载《江苏社会科学》2004 年第 2 期）和《生态美学研究的难点和当下的探索》（载《深圳大学学报（人文社会科学版）》2005 年第 1 期）、刘蓓的《生态批评研究考评》（载《文艺理论研究》2004 年第 2 期）、罗卫平的《国内生态美学研究中存在的几个问题》（载《湘潭大学学报（哲学社会科学版）》2005 年第 2 期）以及银建军的《中国生态美学研究述论》（载《社会科学辑刊》2005

年第4期)等论文则对我国生态文艺学与生态美学研究过程中的基本情况、存在的问题与发展方向等方面进行了深入的分析与把握,在研究过程中起到了路标的作用。

在专著出版方面,江汉大学于2002年出版了我国第一套"文艺生态探索丛书",包括张皓的《中国文艺生态思想研究》、程习勤等的《老庄生态智慧与诗艺》、吕幼安的《小说因素与文艺生态》、以及皇甫积庆主编的《20世纪中国文学生态意识透视》。这是"国内有关生态文艺学、生态美学的第一套丛书。它涉及生态美学理论和文学文本中的生态意识,涉及古代的生态思想和当今的生态理论,内容颇为丰富,具有很强的学术开创精神和鲜明的时代感"。[①] 中国文史出版社在2002年出版了袁鼎生主编的《生态审美学》,在生态美学中提出了生态审美场的新概念,并且对生态审美的产生、发展、变化及生态审美能力、生态审美感受、生态审美效应、主体生态美的创造等问题进行了考察。曾繁仁的《生态存在论美学论稿》(吉林人民出版社,2003年10月版)以生态存在论审美观作为生态美学研究的理论基础,深入阐发了作为美学发展新方向的生态美学,系统论述了生态美学的文化语境、生态美学的产生、内涵及定位,并且将中国传统的生态思想同西方的深层生态观念、存在论观念有机的结合起来,为生态美学的发展提供了重要的理论资源。延边人民出版社在2003年出版了邓绍秋的《道禅生态美学智慧》,该书分析了现代生态美学与道禅文化之间的关系,深入挖掘中国传统文化中尤其是道家禅宗里面的生态美学思想,并在生命与自然的和弦这一基本主题上构建道禅思想与生态美学的契合点,对于合理挖掘和利用传统文化中的生态思想具有借鉴意义。

专题会议也是生态文艺学与生态美学发展中的重要事件。围绕着生态文艺学和生态美学的建设问题,国内召开了一系列专门的研讨会进行讨论。对于生态文艺学,1999年10月,海南召开了"生态与文学"国际研讨会;2001年1月武汉召开"21世纪生态与文艺学"研讨会;同年3月,继武汉华中师范大学"建构生态文艺学"学术座谈会之后,北京召开了"全球化与生态批评专题研讨会";3月28日于华中师范大学召开了名为"建构生态文艺学"的学术座谈会;2002年6月21日在苏州大学召开了"中国首届生态文艺学学科建设研讨会";同年12月,江汉大学文学院与武汉大学中文系联合主办的"全国文化生态变迁与文学艺术发展"学术研讨会在江汉大学召开等等。这些会议,讨论了生态文艺学学科建设的许多重大问题,总结了当前中国生态文艺学研究的成果和不足,为今后生态文艺学研究的开展明确了方向,对生态文艺学的发展具有建设性的意义。而关于生态美学,仅中华美学学会青年美学会就召开了四次全国性的专题学术研讨会。2001年11月由全国青年美

---

① 王先霈:《推动精神生态与自然生态的良性互动》,《中华读书报》2003年3月5日。

学研究会、陕西师范大学环境发展研究中心、陕西师范大学文学院和人文研究所共同主办的"首届全国生态美学学术研讨会"在西安召开，探讨的议题为"美学视野中的人与环境"；此后全国青年美学研究会继2003年在贵州师范大学召集召开第二届全国生态美学会议之后，又于2004年11月在南宁广西民族学院举办了第三届全国生态美学会；2005年8月19日，由山东大学文艺美学中心等单位主办的"当代生态文明视野中的美学与文学国际学术研讨会"在青岛召开，在这几次会议中，民族传统文化中的生态智慧和生态美学、马克思主义实践美学与生态美学、古代生态思想与现代生态理论、"人类中心"与"生态整体"、生态美学的学科建设等议题得到了广泛的探讨。

经过新时期以来的发展历程，生态文艺学和生态美学取得了丰硕的成果，而且具有良好的发展势头。随着研究工作的不断深入，生态文艺学与生态美学的研究范围、对象、基本范畴以及哲学基础等基本理论在探讨中逐渐明晰，而研究视角的拓展、中西思想资源的利用以及对于文学艺术的实际应用等相关话题也逐渐成为关注的重点。从目前的发展趋势来看，生态文艺学和生态美学具有非常大的发展潜力，在我国学者的不懈努力下，它们必将成为我国文艺学和美学发展的新动力。

## 第三节
## 生态文艺学和生态美学的界定

生态观念向人文领域的拓展是一个以人与自然和谐共生观念为基本思路的总体化进程，这种总体化进程体现在生态观念对于整个人文学科领域总体的影响与渗透，以及各个人文学科以生态观念为发展的新维度和新方向，产生了新的研究思路和理论论题。新时期以来，在文学艺术的领域涌现出一大批以生态为主题的文学艺术作品，出现了以生态观念为旨趣的文本批评，以及形成了在文本创作和文本批评基础上的理论阐发。其中作为新兴的理论课题，生态文艺学和生态美学的研究是相辅相成的。对于生态文艺学而言，它需要通过生态美学汲取生态时代的哲学精神和审美追求，通过生态文学的批评把生态观念从作品中以审美体验、伦理评判和哲学思考的形式抽取出来，并且为生态文学的创作提供思路和创作方向。而生态美学需要生态文艺学作为通达创作实践的桥梁，一方面从作品中获取生动的生态审美体验，另一方面则将生态的哲学精神与审美追求灌输到实际的创作中去。因此，生态美学的研究为生态文艺学提供了最直接的理论基础和理论指导，而生态文艺学及其生态批评则在文本批评和艺术体验等方面给生态美学以实践支持。

在理论形态的界定上，生态文艺学和生态美学都必须对基本的理论问题进行回答，而生态文艺学和生态美学"为什么"和"是什么"是理论论题得以成立的前提条件。前面在谈及产生背景时，已经提到生态文艺学和生态美学的产生受到生态环境、文化环境、学科发展以及我国新时期的学术语境等多方面的影响。生态文艺学与生态美学的产生从根本上讲就是在各种背景因素的综合作用下，从文艺学与美学的角度解决由于生态环境的恶化而导致的人的非本真化的生存状态，并且以人与自然的和谐共生的生态观念为理论生长点对传统的文艺学和美学观念进行反思和更新，从而从根本上推动学科的发展。从生态文艺学和生态美学产生以来，国内的学者以新的生态观念为根本出发点，提倡人关注生态环境自由的美感形式，并指出人的生命存在同生态自然的生生不息的生命活力的同源性，而且从人与自然的共在性角度重新审视文学与审美的价值，最终为人类营造和谐、平衡和诗意的生活环境。佘正荣对生态美进行评析时提出："生态美是以生命过程的持续流动来维系的。因此，当我们赞美满载丰收之实的农田，'风吹草低见牛羊'的辽阔牧场，树木参天的莽莽森林等生态景观时，引起我们强烈印象的首先是这些景观充溢着生命活力的美。"①生态观念与文学艺术与审美观的有机结合在理论体系的建构上得到了体现，我国学者从生态整体观中提取了主体间性的思维以及生态存在论的观念，并且在此基础上推动生态学与文艺学和美学的结合。目前对于生态文艺学和生态美学的界定，由于视角的不同和关注重心的差异，在界定上存在着不同的意见。对于生态美学，学界基本上认同如下的观点，即：生态美学是生态学与美学有机结合的新的理论课题。曾繁仁在《生态美学的产生及其意义》一文中就指出："生态美学是生态学与美学的有机结合，实际上是从生态学的方向研究美学问题，将生态学的重要观点吸收到美学之中，从而形成一种崭新的美学理论形态。"②当然，在这里应该特别强调生态美学不是从美学的视角审视生态学，也不是从生态学的角度审视美学，生态学与美学的有机结合应该是在两者交叉、碰撞的基础上对原有理论视域的超越。对于生态美学的具体把握应该提升到存在观的高度形成生态审美存在观，这种界定决定了生态美学存在的合理性与根本属性。

生态文艺学同样面对着生态学与文艺学结合的问题。鲁枢元提出，"生态文艺学将试图探讨文学艺术与地球生态系统的关系，进而运用现代生态学的观点来审视文学艺术。"③这里的现代生态学最基本的原则就是系统整体论的观点。而曾永成则认为"文艺的绿色之思，从人类生命的生态对文艺的审视，深入到文艺的人性生命内涵的本原，这无疑是一种终极性的追问。把文艺学与生态学结合起来，既在两门学科边缘上对文艺的人学内涵进行探究，又在人与文艺的生态关联这个边缘地带对文艺的生态本性和功能进行思考，其学理思维的边缘性也十分明显。借助

① 佘正荣：《关于生态美的哲学思考》，《自然研究辩证法》1994年第8期。

② 曾繁仁：《生态美学的产生及其意义》，《中华读书报》2002年4月24日。

③ 鲁枢元：《生态文艺学》，陕西人民教育出版社，2000年，第2页。

生态学所揭示的边缘优势效应，应当能对认识文艺的人学意蕴有所帮助”。① 从这两位学者对生态文艺学的界定来分析，生态文艺学强调生态的整体观念和生态的生命本原性，并且从文艺学和生态学有机结合的角度探索文艺学的人学内涵。在对于生态批评观的探讨中，鲁枢元提出了生物学的整体观是 20 世纪生态批评得以发生发展的哲学基础，而且阐释了生态批评的内涵：“面对地球生态系统中已经出现的严重危机，生态批评应当是一种拥有明确目的和意义的批评，一种拥有责任和道义的批评，一种饱含历史文化内涵的批评，一种富有现实批判精神的批评。”②韦清琦认为正是在生态整体的高度上，生态批评才能真正承担探索艺术天性的使命。他认为：“生态批评正是以对人与自然的联系的关注使批评家进一步突破文本的社会历史语境，站在地球生物圈的高度上考察传统文学经典的构成、现存文学理论的得失，从而能够再现缺席已久的自然在文本乃至文化中的地位。”③相对于生态美学而言，生态文艺学的研究没有在哲学思考上对生态学和文艺学的结合进行理论提升，但是它在生态的意义上提出了人——自然——文学艺术三者的同源性，而且指出生命存在在生态环境与文学艺术中的本体地位。这种对生态文艺学的界定与生态美学所提倡的人与自然、社会以及人自身处于生态平衡的审美状态的理论旨向是相同的，因而体现出生态文艺学与生态美学的同源性。

基本范畴是理论体系得以成立的核心要件。对于基本范畴的探讨，是新时期以来生态文艺学和生态美学研究的重要环节，而这项工作目前尚处于尝试和探索阶段。生态美作为生态美学基本范畴的问题，是我国学者热议的话题。1994 年，在生态美学提出的同一年，佘正荣提出了生态美的概念。在 2000 年，徐恒醇在《生态美放谈——生态美学论纲》中明确提出，“生态美这一范畴成为生态美学研究的核心概念。”④在此后较长的一段时间内，我国大多数学者都是在生态美学的研究对象的意义上阐发和运用生态美这一概念。但随着对生态美学研究的深入，生态美概念自身的界定以及生态美与生态美学的关系等问题被重新审视。生态美概念的出现同生态美学一样，是人类生存环境遭到严重破坏、生态问题日渐突出，人们渴求人与自然的和谐共生，寻求美学价值关怀的一种必然体现。生态美的界定从人与自然的互惠共生出发，强调生态的生命活力之美，并且通过生态景观以和谐的形式表现出来。如果将生态从生态美学的角度来解释，那么它不仅涉及人与自然的层面，而且涵盖了包括人在内的生命生存的各个层面，自然的、社会的、人文的都在其中。因此，在生态美中不仅有自然美，还有人创造的各种美，如艺术美、技术美

① 曾永成：《文艺的绿色之思：文艺生态学引论》，人民文学出版社，2000 年，第 1—2 页。

② 鲁枢元：《生态批评的知识空间》，《文艺研究》2002 年第 5 期。

③ 韦清琦：《生态批评：完成对罗格斯中心主义的最后合围》，《外国文学研究》2003 年第 4 期。

④ 徐恒醇：《生态美放谈——生态美学论纲》，《理论与现代化》2000 年第 10 期。

和社会美等。虽然在哲学层面上，生态美概念生成的方式同自然美、社会美、技术美一样，都是从审美的对象的角度提出，与审美对象具有同名的特征，但是在具体界定上生态美却不同于自然美和社会美等概念。因为自然、技术和科技等所指涉的范围相对明晰和固定，审美实践活动具有明确的对象和范围。但是从对生态的界定可以看出，生态美从强调生态整体性出发，所涵盖的范围是非常之广的，整个生态环境都可以作为其审美对象。而在整体性之外，与其他的审美概念相区分的就是生态美的生命性特点，而生命本身是在感知和体悟的意义上把握的，它可以作为概念所指对象的根本内涵，却无法作为区分概念的理论标准。而且，从存在论美学的角度来看，存在的本真显现即为美，而本真显现是在此在的生命存在中实现的，生命在审美中具有本体地位，以生命性作为生态美的根本属性实际上确立了生态美超越其他审美范畴的"大美"的地位。陈望衡就认为，"严格说，生态美并不是美的一种形态，它很难独立存在，犹如自然美、艺术美、技术美，但各种独立存在的美的形态，都存在生态美这一要素。可以说，生态美是美的本质属性。"①虽然生态美与生态美学在基本精神上是相同的，但是将生态美作为生态美学的基本范畴是值得商榷的。随着研究工作的进一步进展，又有不少学者提出了生态美学的重要概念，如王德胜提出的"亲和"的观念，李天道提出的"和"的观念等，这些观念能否从重要的范畴发展为理论研究的对象，还要结合理论自身的特点作进一步的具体的界定。

生态文艺学基本范畴的提出，着眼于人与自然的整体关系，在强调人、自然与文学艺术的生命共通性的基础上探索文学作品中的生态精神与精神生态。在生态文艺学中，精神的概念具有重要的地位。鲁枢元在研究人的心理、意识、观念即人的精神活动、精神状况与地球生态系统间的关系时，探讨了"精神"这一变量对于维护地球生态平衡可能发挥的潜在作用，提出了"精神生态学"的命题。② 曾永成提出，"生成本体论对精神的本体性的肯定，把精神纳入人的生命本体的整体之中，从根本上揭示了精神在人性生态中的地位对于人性生成的生态意义，而这也正是文艺生态性的基础所在。主要以精神为内容并作用于人的精神的文艺活动，无论其自身的生态本性还是其对人的生态功能，都无例外地依存于生成本体论所肯定的精神的本体性。"③文艺审美活动从根本上讲，就是呵护和滋养人的精神，是世界与灵魂之间的通道，从精神方面调节和优化人性生成的生态环境。因此，艺术的价值也是精神的价值，真正的艺术精神等于生态精神。而从宇宙生态的角度来看，整个

① 陈望衡：《生态美学及其哲学基础》，《陕西师范大学学报（哲学社会科学版）》2001年第2期。

② 鲁枢元：《文学艺术与生态学时代——兼谈"地球生态圈"》，《学术月刊》1996年第5期。

③ 曾永成：《精神的本体性及其在人性生态中的意义——对文艺生态研究的一个必要理论前提的阐释》，《西南民族学院学报（哲学社会科学版）》2000年第2期。

生态环境的和谐共生是孕育和优化精神生态的决定性因素，而体现在作品中的精神生态也可以体现人、自然以及文学艺术的生态存在状况。王先霈在《推动精神生态与自然生态的良性互动》一文中明确表示，"在我看来，生态学还是要以人为出发点"，"建设生态文艺学，生态美学，思考的重点要放在推动精神生态与自然生态的良性互动，要放在推动国民健康的生态观和有利于生态环境改善的消费观、人生观的建设上面"。[①] 对于生态整体性和文学艺术的精神生态的倡导，在生态批评与生态文学的实践中体现出来。在新时期以来出现的各种生态文学，如生态报告文学、生态小说以及生态散文等，都从不同的侧面描写现在的生态现状，并透露出对当代人的精神生态的忧思。

在生态文艺学与生态美学的研究方法上，国内学者普遍认为，就目前的研究状况而言还不能形成独立的研究方法。生态文艺学和生态美学是应现实环境的需要而从生态整体的角度进行思考，因此生态文艺学和生态美学应定位为新兴的跨学科的应用性极强的研究领域。针对这一特点，在研究方法上应该强调多样化的研究方式。首先是研究视角的多样化。新时期以来我国的学者在这一方面已经做了大量的工作，在中国传统智慧的现代阐释的角度、中西生态观念比较的角度、文化的角度、美育的角度以及文艺学、美学原理的角度等多维视角下对生态文艺学和生态美学进行全方位的审视。此外，生态文艺学和生态美学还需要将文学、美学与其他学科相结合，从生态学、生物学、地理学、心理学、人类学、文化学、伦理学、史学、宗教学等多种学科中吸取阐释模型，形成诸多崭新视野的融会。这种多维视角的研究方式既是对跨学科的理论形态的对应，也是对独立的研究方法的积极探索。其次是理论方法的多样性。对于生态美学而言，既需要以哲学思辨的方式对生态文艺学和生态美学进行理论建构，也要以自下而上的个案研究对人的生活方式和生存环境的生态审美创造开展实用性探讨。而对于生态批评而言，在关注于文学的社会功能的研究方式的同时，也不排斥形式的文艺批评以及其他"审美特性"的文艺批评。当然，如何在保持生态文艺学和生态美学独立性的基础上实现多样化和实用性的研究，以及如何在目前研究方式的基础上推动理论形态的更加成熟和完善，是生态文艺学和生态美学理论方法研究要进一步探讨的问题。

## 第四节
## 生态文艺学和生态美学的哲学基础及思想内涵

生态文艺学和生态美学作为新的理论课题，需要新的哲学观念作为理论发展

---

① 王先霈：《推动精神生态与自然生态的良性互动》，《江汉大学学报（人文社会科学版）》2002年第5期。

的基石。新时期以来，我国学者围绕着生态文艺学和生态美学的哲学基础的问题进行了多方面的讨论，其中生态观念与哲学理论的有机结合和对生态观念进行哲学的阐发是哲学基础构建的基本思路。生态问题是全人类共同面对的问题，因此对于生态观念的哲学把握在中西哲学关于生态的智慧方面全面展开。目前对于哲学基础的把握比较有代表性的有以下几种：刘恒健吸收了中国传统智慧中的道家思想，将生态美学的哲学基础定位为大道形而上学。“生态美学的这种形上奠基，如果从中国形上学的观点来看，生态美学实际上就是一种以大道形而上学为基础的美学，或者说是一种向着本源性的大道回归的美学”。“大道乃真实的存在，或现实世界的本来面目。”[①]这种大道形而上学的哲学基础就是要使美学超越现象与本质的二分对立，而回归天人一体、一气贯通的本源性上来。刘锋杰提出，中国古代文论中的感物说更能切合生态文艺学的内在精神，他将感物说改造成交感说，作为生态文艺学的理论基础。“感物一说，颇能反映人与自然之间那种既有区别，又有依附的关系状态。用感物说来作为生态文艺学的理论基础，是恰当的。不过为了更能确切反映当代的生态意识和生态原则，我认为可以将感物说改造成交感说，来作为文艺生态学的理论基础。交感说，更能突出人与自然之间那种密切的联系。”[②]曾永成则认为，所谓的“交感”实际上就是节律感应。“我所说的‘节律’是对中国古代的‘气’和‘气韵’概念的现代转换（李约瑟就把‘气’解释为‘节律’），它们乃是世界万物之间、生命体与非生命体之间、物质世界与精神世界之间以及人的身与心（生理、心理和意识）之间相互感应的普遍中介。”[③]西方的存在主义、现象学和人类学等哲学理论中存在着与生态观念同源的思想，并且可以提炼为生态文艺学和生态美学的哲学基础。曾繁仁提出了以生态存在论为哲学基础的基本理论。“我认为生态美学应该提到存在观的高度认识，实际上是一种人与自然社会达到动态平衡、和谐一致的处于生态审美状态的存在观。”[④]它以人与自然的生态审美关系为出发点，包含人与自然、社会以及人自身的生态审美关系，是一种包含着生态纬度的当代存在论审美观。聂振斌认为“生态美学的哲学出发点应是本体存在论，而不是主客二分的认识论。”[⑤]他从中西哲学观念的对比中提出，中国古代哲学与现代的本体存在论是一脉相承的。因此在构建生态美哲学基础的过程中，不仅要从西方当代哲学家那里汲取思想营养，更要继承和发扬中国古代哲学美学的优良传统——中国古代“天人合一”、“物我为一”的思想传统，是构建现代生态哲学美学

---

① 刘恒健：《论生态美学的本源性——生态美学一种新视域》《陕西师范大学学报》2001年第2期。

② 刘锋杰：《生态文艺学的理论标识是什么》，《精神生态通讯》，总第34期第6版。

③ 曾永成：《生态论文艺学：本题基础、核心内涵和学科性质》，《当代文坛》2004年第5期。

④ 曾繁仁：《试论生态美学》，《文艺研究》2002年第5期。

⑤ 聂振斌：《关于生态美学的思考》，《贵州师范大学学报（社会科学版）》2004年第1期。

的丰富思想资源。陈望衡认为“生态美学的基础是生态哲学”。生态哲学在整体与部分、主体与客体以及人化自然与人的自然化等方面都体现出生态观念对传统哲学思想的超越。[1] 仪平策提出人类学构成了生态美学研究的一个逻辑前提,同时也是衡量这门学科在理论上是否具有合法性和现代性的标准之一。站在现代人类学的立场,能够实现生态美学建构的个性化、具体化、民族化理念,从而“可以克服生态理论的抽象性和绝对性,把生态美学的普遍性与民族文化的特殊性结合起来,使生态之美真正走向感性具体的人类生活,真正履行它在学理上所给予人类在世生存的诗意化承诺”。[2]

就以上所列出的观点来看,无论是对中国传统智慧的创造性发挥,还是对西方哲学思想的援用和阐释,对于哲学基础论述的思路都是在批判人类中心主义的基础上提出生态整体的观念,从而实现对主客二分的传统思维方式的超越。而构建生态文艺学和生态美学的哲学基础就是在生态整体观念的视域下为超越主客二分的思维找寻合理的哲学表述方式。生态文艺学和生态美学是在宇宙观的高度从跨学科的角度对文艺学和美学问题进行研究的,因此可以有多种形式的表述方式切近其哲学根基。生态文艺学和生态美学是在时代语境下产生的新的理论形态,对于其哲学根基的把握需要考虑生态观念在哲学思潮发展中的位置。就哲学发展的大环境而言,生态观念是在哲学领域进一步由机械论向存在论演进发展的过程中出现的。人的存在在这一哲学转向中具有了本体的地位,而人的生存境遇成为触发哲学思考的重要因素。20 世纪 70 年代以来,生态学从科学理论向人文领域拓展,生态观念成为反思人与自然关系以及人自身的生存处境的重要哲学观念。1973 年,挪威哲学家阿伦·奈斯提出了“深层生态学”,从“为什么”、“怎么样”等角度对生态问题进行“深层追问”。这种追问的方式触及了深层的哲学智慧,是生态整体观的最主要的表现形态。在“深层生态学”中,这种对于生态问题的深层叩问,撼动了传统的“人类中心主义”的观点,人与自然之间不单是一种认识被认识,改造被改造的关系,而是一种以自然为中介的人与自然,人与人之间的共在关系,是本真的、存在的实现。因此,这种新的生态观念更新了主客体之间的关系,在“生命平等对话”这一基本观念的基础上实现了对主客二分思维的超越,而与“主体间性”的思维具有内在的契合性。杨春时在《论生态美学的主题间性》一文中就指出了主体间性是生态美学的基本属性。他认为:“主体性建立在主客对立和主体对客体的征服的基础上,因此,主体性哲学是反生态主义的,主体性美学包括实践美学不能成为一种生态美学。现代美学已经完成了由主体性到主体间性的转型,只有主体间

---

① 陈望衡:《生态美学及其哲学基础》,《陕西师范大学学报(哲学社会科学版)》2001 年第 2 期。

② 仪平策:《从现代人类学范式看生态美学研究》,《学术月刊》2003 年第 2 期。

性才能成为生态美学的哲学基础。主体间性哲学把人与世界的关系包括人与自然的关系规定为主体与主体的关系，通过二者的交往、对话、沟通、融合而达到审美的境界。不仅现代西方美学包括生态美学是主体间性的，而且中国古代美学也是主体间性的，因而也具有生态美学的性质。”[①]在哲学发展的语境下，生态观念超越了主客二分的认识论，必然走向主客体同一的存在论，随着生态观念的哲学探求的不断深入，对于生态问题的探讨开始从存在论的角度进行。美国哲学家大卫·格里芬提出了“生态论的存在观”这一哲学思想[②]，其中人的生存环境不是外在于人的客观对象，而是从根本上内在于人的生存本身。这可以看作是存在论哲学在生态领域的新发展，也是生态观念哲学思考的合理表述。我国的生态文艺学和生态美学是在批判的吸收西方生态观念和哲学思想的基础上，对我国的传统生态智慧进行现代转换而形成的文艺学和美学的原创性理论。在思想资源的发掘与利用上，我国学者普遍认为中国古代哲学与现代的本体存在论是一脉相承的，中国传统哲学中的生态智慧与西方存在主义、现象学等具有某种学理的相通性。但是应该看到，传统的生态智慧由于时代的隔阂与理论意向的差异，需要现代思维的转换，它们可以作为哲学建构的理论资源，却无法直接思考时代语境中的生态问题。而建立在存在论基础上的生态存在论观念由于产生于时代语境之下，是对人类当前生存处境的直接的哲学反思，因此可以作为对生态问题哲学反思的得力的理论表述。经过新时期以来的研究探索，我国学者基本上确立了以生态存在论为生态文艺学和生态美学的哲学基础，将文艺学和美学研究转向了人的生命存在境界的思考。当然，生态存在论的哲学理论并不是直接照搬西方“生态论的存在观”，也不是对生态观念与存在论思想进行简单的拼合，而是在我国特定的学术语境下对于人与自然的关系、人自身的生态状况以及文学艺术的精神、生命内涵等问题从生态整体的角度进行存在论的解读。针对目前在我国特定的学术语境下对生态存在论的理论建设的问题，曾繁仁认为：“我们所建立的生态存在论美学观当然要吸收西方当代生态存在论的许多重要理论、概念，但又要对其批判的继承。那就是一方面要使其适合中国国情，同时又要以马克思主义的实践唯物主义为基本指导。为此，我们提出建立以社会实践为基础的生态存在论美学。”[③]

生态整体观念的提出超越了“人类中心主义”的传统思维模式，必然从根本上刷新了人文精神的内涵，而在生态意义上提出新的人文精神。这里的新的人文精神是对以“人类中心主义”为基本思路的旧的人文精神的扬弃，但并不会动摇人文精神的根基。生态整体观拓展了人文精神的视野，人文关怀从人类自身延展到人

---

① 杨春时：《论生态美学的主体间性》，《贵州师范大学学报（社会科学版）》2004 年第 1 期。

② 参见《后现代精神》，中央编译出版社，1998 年 1 月版，第 224 页。

③ 曾繁仁：《生态美学：后现代语境下崭新的生态存在论美学观》，《陕西师范大学学报》2002 年第 3 期。

类所生存的生物圈整体。在新的生态人文精神中，生态整体的利益包含着人类的生存利益，并且高于人类的利益。人存在于自然之内，人和生物圈有着共同的命运。从人文精神的历史进程来看，人文关怀所涵纳的范围标志着人类的文明程度。美国学者纳什在《大自然的权利》一书中曾明确提出了这一点。他认为权利的概念在天赋权利的前提下不断扩展，从美国殖民主义者提出的《独立宣言》，到宣告奴隶解放的宣言，再到解放黑人的民权法案，公共权利的受益范围在不断扩大。而人的伦理观念也是从自我到家庭、到国家、再到人类不断地进化[①]。莱奥波尔也在《大地伦理学》一书中将人类伦理观念的发展历程勾勒出来。他认为伦理学的发展迄今为止已经走了三步：最初，伦理学研究人与人之间的关系；后来，伦理学发展到人与社会之间的关系；现在，伦理学的研究要扩展到人与自然环境之间的关系。因而，历史的发展向我们证明，伴随人类文明程度的不断加深，人文关怀的视野必然会超越人类自身的局限而将我们所身处的生态环境包含其中[②]。在我国学术界，佘正荣较早的从生态哲学的角度谈到了生态人文主义。"生态人文主义是建立在生态哲学基础上的新的价值观。而生态哲学虽然有其生态学的科学基础，但它还包含着当代人类保护自然、拯救地球的社会文化运动因素，吸收了东方古代文化传统中的合理成分，超越了现代科学的范围，也超越了西方文化的范围，它是以生态问题的形式表现出来的人和自然普遍关系的哲学，是一种新的自然哲学和世界观。生态人文主义根据这种自然观和世界观来审视人和自然的关系，确立了人在自然中的地位和作用的新观点。"[③]曾繁仁将当代生态存在论哲学观所特有的新人文主义内涵进行了具体的概括："生态美学所包含的生态整体主义是生态文明时代的新人文精神。其具体内含为：1. 突破'人类中心主义'，从可持续发展的崭新角度对人类的前途命运进行终极关怀；2. 从非本质主义的'现世性'和人与自然的联系性的新角度界定'人是生态的人'的本性，是人的现实生态本性的一种回归；3. 是对人人有权在良好的环境中过一种愉快而有尊严生活的'环境权'这一基本人权的尊重；4. 倡导一种人类对其他物种关爱与保护的仁爱精神；5. 力主人与万物在'生物环链'之中的一种相对平等，包含着科学的精神；6. 作为当代生态存在论美学，追寻一种人的'诗意的栖居'，是人学、美学和哲学的高度统一。"[④]

鲁枢元则将生态观念的人文转向看作是现代社会中遗失已久的人文精神的复归，"这是一个'天翻地覆'的时代，这个时代取得了史无前例的成就，也酿造下生死

---

① 纳什：《大自然的权利》，青岛出版社，1999 年。

② Aldo Leopold, "The Land Ethic", in Michael E. Zimmermanetal. (ed.), *Environmental Philosophy: From Animal Rights to Radical Ecology*, 2nd., Prentice Hall, Inc. 1998.

③ 佘正荣：《走向"生态人文主义"》，《自然辩证法研究》1997 年第 8 期。

④ 曾繁仁：《生态美学的难点和当下的探索》，《深圳大学学报(人文社会科学版)》2005 年第 1 期。

攸关的灾难。主要问题是人类文明出现了偏颇,同时引起了生态失衡。重整破碎的自然与重建衰败的人文精神是一致的。"[1]在这里,鲁枢元从重建人文精神的角度审视生态观念的当代意义,揭开了生态文艺学和生态美学的重要话题,即诗学的"回归"与自然的"复魅"。虽然诗学的"回归"与自然的"复魅"在具体的内容所指上是有差异的,其中"回归"是指回到人类存在的根源,即包含了人与自然和谐共处的有机的生存状态,也包括从与自然的亲和中生发出来的诗性智慧;而"复魅"则是对现代化进程中一直所倡导的对自然"祛魅"观念的纠偏,自然的"复魅"针对于工具理性主义对大自然伟大魅力的完全抹煞,主张恢复自然的神奇性、神圣性和潜在的审美性。但是"回归"与"复魅"都同时指向在科技时代工具理性主义之前的"天、地、神、人"混然和谐的诗意境界,都试图恢复被科学技术所掩盖了的自然自身的存在价值和人与自然和谐共存的存在状态。这种"回归"与"复魅"从根本上讲,是对自然界生命创生的赞美,是对生态整体所孕育的诗性智慧的重新发现。这种对于回归的论述,在近代社会的哲学、伦理学、文学艺术等各个领域都屡有论述,在卢梭、华兹华斯、泰戈尔、勃兰兑斯等人的作品中,自然都在人类发展的来路上向人们昭示长久以来被遗忘的存在。这些作品之中透露出来的自然观和朴素的生态意识,为生态文艺学和生态美学提供了丰富的思想资源。当然,这种"回归"和"复魅"并不是让人们重走历史的回头路,放弃近代历史中人们所取得的一切科技成就。海德格尔曾明确指出:当代人"不能退回到那个时期的未受伤害的乡村风貌,也不能退回到那个时期的有限的自然知识"[2],所谓的"回归"是从"人类的根源处萌发出新的世界"[3]。而这里的"根源"即是人与自然和谐共处的圆融境界。J. 华勒斯坦对"复魅"的观念进行了进一步的界定:"世界的复魅是一个完全不同的要求。它并不是在号召把世界重新神秘化。事实上,它要求打破人与自然之间的人为界限,使人们认识到,两者都是通过时间之箭而构筑起来的单一宇宙的一部分。'世界的复魅'意在更进一步的解放人的思想。"[4]我国学者在面对回归情结和复魅意识的时候,往往采取了辩证的态度,努力使回归成为当前生态意识中可资借鉴的思想资源,使之能够包容生态整体中的诸多因素从而适应生态意识多样化和跨学科的特点。

对于科学技术的反思也是当今生态观念中的重要因素。早在20世纪初,美国的资源保护运动和自然保护运动就在争论中形成了两种截然对立的立场,即技术中心论与生态中心论。如何解决自然资源与科学技术之间长期形成的对立态势,

---

① 鲁枢元:《走进生态学领域的文学艺术》,《文艺研究》2000年第5期。

② 冈特·绍伊博尔德:《海德格尔分析新时代的科技》,中国社会科学出版社,1993年,第240页。

③ 转引自宋祖良《拯救地球和人类未来》,中国社会科学出版社,1993年,第158页。

④ 鲁枢元:《生态文艺学》,陕西人民教育出版社,2000年,第82页。

是生态理论所要面对的重要课题。科学技术对自然的伤害已是不争的事实,生态观念的出发点就是反思科技时代的工具理性主义。《技术之网的反生态倾向与文艺的生态危机》一文指出,"文艺的生态危机其实就是人类的生态危机,也是人类所发明的技术与网络的危机。"[①]在技术笼罩的时代下,高新技术的反生态倾向也导致艺术面临生态危机并陷入困境,甚至人自身也发生危机。但科学技术本身却是没有价值取向的,它既可以破坏生态环境,也可以维护岌岌可危的生态平衡。生态观念所倡导的是人类应该从生态整体的角度看待人与自然的关系,自然从被征服、被破坏的位置转换为与人类共命运、和谐相处的亲和关系。因此,人的观念是决定科技是破坏自然还是保护自然的最终原因。目前人类所面对的种种生态问题最终还是要借力于科学技术的发展来解决,只有更为先进的科技支持才能改变长时间以来人类对自然的破坏,否则任由生物圈的自生自灭只会导致更大的生态危机。从根本上讲,科学技术是人类文明发展的结晶,是推动人文精神不断拓展的内在动力,生态人文精神能够将自然纳入人文关怀的视域在很大程度上得力于科技的推动。而且,生态文艺学和生态美学对于我国的生态文明建设具有义不容辞的责任,具有很强的应用性,在现实的理论发展中还需要科技美学等相关学科的支持。徐恒醇从技术美学与生态美学的关系的角度指出了技术与生态是可以相互促进的:"从技术美学迈向生态美学体现了深化美学研究过程的一种逻辑发展。没有技术美学研究的基础是很难从事生态美学研究的,因为技术是人与自然之间的中介,只有把握了技术与自然的关系以及技术与人的关系,才能促进人与自然的和谐共生。但是,两者的研究领域又不尽相同。我们所说关于生态美学研究的理论准备,便包括对于技术美学的一些研究。"[②]目前,生态文艺学与生态美学对于科学理性主义的批判正在向深入发展,而从美学的角度利用科学技术对城市景观、人居环境以及人的生存方式等现实问题的思考也逐渐成为理论研究的热点,进一步丰富了生态美学的研究内涵,拓展了生态美学的研究领域。

此外,生态文艺学和生态美学应该放到文化研究的视域中,从文化与生态之间的关系,以及文化内部的生态状况等方面全面推进生态观念的进步。站在生态整体的角度上,人类文化是生态圈孕育出的一个重要环节,人类文化发展的命运同整个生态系统的和谐发展息息相关。许多学者对文化与生态提出了建设性的观点。吴绍全认为:"生态美学包括自然生态与文化生态两大系统,而各自又有其分支系统,保持各系统的生态平衡以及两大系统之间的平衡对于审美与艺术的发生、价值构成有重大意义。在人与自然逐渐隔离的今天,生态美学的使命就是追求更深刻

① 张皓:《技术之网的反生态倾向与文艺的生态危机》,《文艺研究》2002年第1期。

② 徐恒醇:《关于生态美学的几点思考——〈生态美学〉作者徐恒醇访谈录》,《理论与现代》2003年第1期。

意义上的天人合一，人与自然的和谐，自然生态与文化生态的平衡与统一。”[①]由于文化与生态之间的同源性，生态美学发展也为当前的文化的健全与发展提供了可资借鉴的思路。赵伯飞、刘水芬分析了文化、审美文化与生态环境的内在一致性，并倡导人文关怀和生态关怀，从而建设生态之美的当代中国审美文化[②]。文化研究同生态文艺学和生态美学的研究产生于同一个历史阶段，虽然研究的重心有所不同，但相同的理论生长语境却使两种研究可以相互借鉴、相互推动。当前的生态文艺学和生态美学作为文艺学和美学发展的新方向、新维度，需要更为宽泛和开放的研究模式，在这一点上文化研究是一个重要的研究向度。

## 第五节
## 西方生态批评的引入和中国生态批评的实践

新时期以来生态文艺学和生态美学的蓬勃发展，得力于西方生态批评理论的引入、中国生态文学的创作和中国生态批评的实践。西方的生态批评从20世纪70年代末开始萌生，发展到今天已经具有相当的规模。其发展可以以一系列重大的事件来标记。在20世纪70年代末，“环境文学”作为人文学科“绿色化”的先锋开始被引入美国的大学课堂，而不少著名的刊物也开始以“环境”为主题发行专刊。1985年，弗雷德里克·瓦格编辑出版《环境文学教学：材料，方法与文献资源》一书，内容包括十几位学者的有关环境文学的授课内容，其目的是要培养“一种存在于文学学科中的环境关切与意识”。1989年，《美国自然文学通讯》创刊，其内容包括与自然或环境文学有关的论文与书评等内容。1990年，内华达大学设立了美国第一个“文学与环境”的学术位置。90年代初，美国国内召开了几次有关生态文学与环境文学的专题会议，其中，1991年，哈罗德·弗罗姆在“现代语言学会”的会议上组织了题为“生态批评：文学研究的绿色化”的讨论；1992年，格林·洛夫在美国文学学会的会议上主持了名为“美国自然文学：新语境，新方法”的讨论。通过这几次会议，生态批评逐渐引起了西方学界的关注，开始在学术讨论中频频出现，但讨论的内容还未超越为自然环境写作的思路。而生态批评在西方的真正确立是以专业组织的建立为标志的。1992年，一个国际性的生态批评学术组织“文学与环境研究学会”（ASLE：Association for the Study of Literature and Environment）在内华达大学成立，其宗旨是“促进有关人类和自然世界关系的文学思想与文学信息的交

① 吴绍全：《生态美学——自然生态与文化生态的平衡》，《山东师范大学学报（人文社会科学版）》2002年第4期。

② 赵伯飞、刘水芬：《试论生态美学视野中的当代审美文化建设》，《西北大学学报（哲学社会科学版）》2004年第5期。

流”,“鼓励新的自然文学创作,推动传统的和创新的研究环境文学的学术方法以及跨学科的生态环境研究。”人们一般把“文学与环境研究学会(ASLE)”的这次会议看作生态文学研究潮流形成的标志。1995 年,ASLE 首次召开大规模的研讨会,1996 年,第一部生态批评论文集《生态批评读本——文学生态学中的里程碑》[①]出版,这是“生态批评”在学术上的正式命名。而此后,关于生态批评的研究著作和专题会议不断涌现,生态批评成为西方学界的亮点。1996 年,切瑞尔·格罗菲尔蒂与哈罗德·弗罗姆共同编辑的生态文学批评论文集《生态批评读本》出版,1999 年夏季号的《新文学史》是生态批评专号。2001 年,麦泽尔编辑出版《早期生态批评一百年》,对近百年来的生态文学研究进行了全面的回顾与总结。2002 年弗吉尼亚大学出版社出版“生态批评探索丛书”;2003 年,“文学与环境研究学会”在美国波士顿召开第五次学会会议;2000 年,在爱尔兰召开了议题为“环境的价值”的多学科国际学术研讨会;同年,在中国台湾举行了为期两周的国际生态文学研讨会,议题是“生态话语”。2002 年,“文学与环境研究学会”在英国召开,讨论生态批评的最新发展。此外,仅美英两国,近年来出版的关于生态批评的专著就有百种之多。目前,“环境文学和生态批评逐渐成为一种全球性的文学现象”[②],成为具有相当规模的文学研究方向。

我国学者在近年来开始自觉的关注西方生态批评的研究成果和发展状况。在这一领域中,王宁、王诺、韦清琦等学者通过介绍西方生态批评的发展概况、翻译西方著名的生态批评著作以及对西方生态文学作品分析批评等多种方式,全面的向国人展示西方生态批评的理论和成果。

王宁主编的《新文学史》[③]一书中开辟了“生态批评”的新专栏,在生态批评与修正主义研究、理论探险、诗歌与诗学以及文化研究等专题中探讨了国际理论前沿的最新趋向。在该专栏中,翻译介绍了英美两篇重要的生态批评著作:《文化与环境:从奥斯汀到哈代》、《生态批评,文学理论与生态学的真实性》。这种以专栏的形式将西方生态批评的引入,确立了生态批评作为当代文学研究的一个重要的方向,对于我国生态批评的理论探讨和批评实践具有积极的引导和推动的作用。

在介绍西方生态批评的理论动向及研究成果方面,许多学者都以对历史的发展概况作为研究的切入点。王诺在《生态批评:发展与渊源》[④]一文中,概述了生态批评在西方的发展脉络,将西方生态批评自 20 世纪 70 年代以来的重要著述、学术

---

① Cheryll Glotfelty, Harold Fromm ed. *The Ecocriticism Reader: Landmark in Literary Ecology* [C]. Athens: The University of Georgia Press, 1996.

② William Slaymaker, "On Ecocriticism (a letter)", PMLA 114. 5 (Oct. 1999), p. 1100.

③ 王宁:《新文学史》,清华大学出版社,2001 年。

④ 王诺:《生态批评:发展与渊源》,《文艺研究》2002 年第 3 期。

会议以及学术组织等重大事件在历史的论述中呈现出来。王诺的《欧美生态文学》是国内第一部欧美生态文学研究专著。书中比较全面的介绍了西方生态批评的发展历史和研究现状，并总结了其主要的成就。他通过对欧美著名生态文学家卢梭、华兹华斯、梭罗、卡森、艾特玛托夫等作家及作品的研究，指出生态文学具有四个鲜明特征：以生态系统的整体利益为最高价值，体现了生态的整体性；考察和表现自然与人的关系，体现文学的生态责任性；探寻生态危机的社会根源，体现文学的文明批判性；表达人类与自然万物和谐相处的理想，具有生态理想的预警性。他在书中还介绍了一些西方新的生态概念，其中“绿色 GDP”将生态因素作为经济发展的重要组成部分，是对建立在生态破坏基础上的 GDP 增长模式的反思与纠偏[①]。陈茂林则将生态批评置于西方文论发展的大格局中，将文化研究和生态批评作为新世纪西方文论发展的主要方向。他在《新世纪西方文论展望：文化研究与生态批评》中提出，“20 世纪西方文论的两大主潮是人本主义和科学主义。到了 20 世纪末，人本主义和科学主义都意识到了各自的盲点，二者试图走向融合。生态批评的出现，为两者的融合找到了一个恰当的结合点”。[②] 朱新福的《美国生态文学批评述略》专门考察了美国生态批评的历史源流，并详细介绍了 20 世纪 90 年代至今，美国生态文学批评发展的概貌。他指出美国生态文学批评自 20 世纪 90 年代以来的发展可以分为三个阶段：“第一个阶段主要研究自然与环境是怎样在文学作品中被表达的”，“第二阶段把重点放在努力弘扬长期被忽视的描写自然的文学作品上，对美国描写自然的文学作品的历史、发展、成就，及其风格体裁等作了深入的探讨和研究”，而“第三阶段试图创建一种生态诗学，通过强调生态系统的概念，加强生态文学批评的理论建设”。[③]

在生态批评的界定上，我国学者对西方生态批评研究进行了多方面的分析评述。“生态批评”最初的界定是“探讨全球文学与自然环境之间关系的批评”，但是在全球生态危机日益严峻和各民族积极参与的背景下，其内涵已经超出了一般意义上的文学批评领域，因此生态批评的界定成为新的学术问题。曾繁仁在《当代生态美学的发展与美学的改造》一文中介绍了生态批评在西方、特别是英美的发展历程，着重分析了生态批评产生的现实背景与哲学基础。他提出生态批评是在深层生态学的影响下发展兴起的，“生态批评实质上是一种文化批评，即以深层生态学的理论为指导，通过文学艺术这种形式对社会与生态有关的问题进行评价或是通过理论批评的形式对文学艺术中涉及生态的问题进行评价”。[④] 韦清琦将西方学

① 参见王诺《欧美生态文学》，北京大学出版社，2003 年。

② 陈茂林：《新世纪西方文论展望：文化研究与生态批评》，《学术交流》2003 年第 4 期。

③ 朱福新：《美国生态文学批评略述》，《当代外国文学》2003 年第 1 期。

④ 曾繁仁：《当代生态美学的发展与美学的改造》，《中国美学》第 1 辑，商务印书馆，2004 年。

术界对于生态批评界定的争论展示出来，他指出生态批评曾有过“绿色文化研究”（green cultural studies）、“环境文学批评”（environmental literary criticism）、“阅读博物学”（natural history of reading）等名称，“不过，生态批评并非是可以无限扩张、包容一切、不存在争鸣的共生体系，不同国家、不同流派的批评研究活动都各有自己的特色，且不乏激烈的论争。”在生态批评的方法论上，“它有没有自己的理论工具？后结构主义理论在此还有无用武之地？其他学科的理论，比如进化论等还有无价值，其价值何在？”①这些问题对于生态批评能够的发展是有益的，而且有助于思考我国生态批评研究所面临的问题。刘蓓在《生态批评研究考评》一文中对西方生态批评的兴起、发展、原则、策略、理论建设及其价值意义等方面进行了比较全面的把握。她认为：“多学科的涵盖和包容、多种事物的关联、对思想变革的提倡、对人与环境关系现实的关注、对伦理立场的坚持，正是生态批评理论与实践的共有特征。”而在研究方法上，生态批评既不是一种纯文学批评，又无法成为一种单一的方法论。“目前生态批评的整体，还不能由单一的方法论或理论维系，而是由‘环境问题’这个共同的‘焦点’所联结。”②在《生态批评：寻求人类“内部自然”的“回归”》中，刘蓓分析了生态批评的批评方式，她提出：“生态批评的文本分析采取的仍然是解构的方式，而它占领的是‘终极关怀’的制高点，因此比女性主义批评、后殖民批评具有更加强大的生命力”，而“人与自然关系问题的解决应始于人类‘内部自然’问题的解决。”③陈晓兰在《为人类“他者”的自然》一文中，论述了当代西方生态批评的学科化问题和精神实质。她认为：“当代西方生态批评从宏观角度对文学作品中自然传统的追溯，到对自然环境意象的微观分析和解读，到建立一种‘生态诗学’的实践，正在逐步走向理论化和学科化”。而对于生态批评的精神实质而言，“就文学领域而言，生态批评旨在为自然本身恢复其独立存在的价值和意义，并通过理论的探讨，促进‘自然写作’，进而起到对读者进行保护生态和自然意识的启蒙作用”，“就文学批评自身发展而言，生态批评是对 20 世纪现代主义到后现代主义批评中‘语言中心’和‘文本中心’的一种反动。”④江宁康分析了美国生态批评的基本思想，他提出：“美国生态批评的社会针对性和方法创新性十分突出，其基本思想中既有美国西部传统中对自然的忧患意识和开拓精神，也体现了学术上的一种‘开疆拓土’精神。”⑤以美国的生态批评作为案例，对于全球意识下的生态文化批评的认识和建构是非常有益的。

---

① 韦清琦：《方兴未艾的绿色文学研究——生态批评》，《外国文学》2002 年第 3 期。
② 刘蓓：《生态批评研究考评》，《文艺理论研究》2004 年第 2 期。
③ 刘蓓：《生态批评：寻求人类“内部自然”的“回归”》，《成都大学学报（社会科学版）》2003 年第 2 期。
④ 陈晓兰：《为人类“他者”的自然》，《文艺理论与批评》2002 年第 6 期。
⑤ 江宁康：《生态文化批评：西部精神和全球意识》，《西北大学学报（哲学社会科学版）》2004 年第 2 期。

对西方生态批评渊源的剖析和发展动向的把握也是西方生态批评研究的重要组成部分。王诺认为，尽管从整体上来讲，西方的主流文化信奉的是人类中心主义，但在西方哲学史上仍然能够找到丰富的生态哲学思想。他认为，从古希腊的芝诺到叔本华，都有生态思想的论述。“20世纪上半叶的生态伦理思想，可谓是生态批评最直接的精神资源，其中最主要的是史怀泽的‘敬畏生命’伦理和利奥波德的‘大地伦理’。”而生态批评在未来的发展中需要解决几个方面的问题，“首先是有人在自然中的地位的哲学原则和人对待自然的基本伦理准则”，“其次是发展主义”，“再次是科学主义和技术乐观主义”，“最后是发掘引入古代东方文明的精神资源。”[①]韦清琦则对生态批评的发展态势持乐观的态度。他认为，“从内部看，它为文学研究找到了新的突破口，有广泛的应用领域……生态批评比起新批评、结构主义、解构主义等批评理论，其特征更像女性主义研究和怪异理论，它的活力来源于批评视野的广泛性和开拓性。”而“从外部看，所有的学科都无法回避日益严重的环境问题。”此外“生态批评的活力还在于它虽然立足于文学但决不拘泥于文学，而是把批评的触角伸向社会活动的各个领域，比如环境伦理问题的提出。”[②]因此，生态批评具有良好的发展态势。

我国的生态批评实践在新时期以来得到了一定的发展。20世纪80年代开始，我国的生态文学在世界生态文学和中国生态状况的影响下逐渐兴盛，出现了大量的环境文学和绿色文学，在文体上形成了生态报告文学、生态小说、生态散文、生态诗歌等创作形式。这些作品以最直接的生态体验揭示了当代严重的环境污染和生态危机，以及当代社会中人的精神危机。生态文学创作的繁荣为我国生态批评的发展提供了良好的平台。

对近年来生态文学创作状况的总体把握是生态批评的重要内容。王晓华对近年来我国生态批评的研究成果进行了比较全面的梳理。他在《另一种全球化与中国文艺学的生态主义走向》一文中“从否定性和建构性两个维度来界定生态文艺学，探讨它与全球化运动的关系”，“中国生态文艺学在诞生之初就表现出鲜明的建构品格”，“它自在的是一种整体主义的文艺学”。他同时认为“刚刚起步的中国生态文艺学具有巨大的可能性空间，在21世纪的中国文艺学系列中将占有重要的位置。”[③]环境文学的创作和发展是我国学者关注的话题。彭松乔在《中国环境文学生态意蕴解读》一文中分析了环境文学的目的、内涵和意义。他认为环境文学呼吁我们增强环境保护意识，而这种环保意识“一方面是要求全面认识自然的价值；另一方面则是对狭隘的人类中心主义观念的猛烈批判。”环境文学是应时代的需要而

① 王诺：《生态批评：发展与渊源》，《文艺研究》2002年第3期。

② 韦清琦：《方兴未艾的绿色文学研究——生态批评》，《外国文学》2002年第3期。

③ 鲁枢元：《精神生态与生态精神》，南方出版社，2002年，第254—259页，49—58页。

产生的，因此在内涵上，环境文学“对我们当前所面临的生态困境表现出深重的忧患意识，具有强烈的悲剧色彩”，“呼吁我们增强环境保护意识，维护地球家园的生态平衡”，而且“呼吁我们合理利用环境，走可持续发展之路”。环境文学对于人类的生存和发展的探讨具有社科的社会意义，它“向我们阐明了人类的生存和发展有赖于人与自然关系的和谐这一生态理念”，而且“普遍具有崇高的历史使命感，是推动人类生态文明进程的一支特殊力量”，此外“环境文学反映了进入全球化时代人们普遍的思想要求。”[①]任秀芹则对环境文学在今天的发展现状表示了担忧，她在《生态环境文学的忧思》中论述了环境文学面临的困境，并为环境文学的发展提出了建设性的意见。文章提出，环境文学承受着自然生态与人文生态的双重压力，而需要从两个方面来建构：“建立人与自然的生态关联，解决人与自然的矛盾，恢复自然生态的平衡；建立人与人的生态关联，解决人与人的矛盾，恢复社会生态平衡。”[②]除了环境文学，罗宗宇在《对生态危机的艺术报告》中对新时期以来的生态报告文学从产生的背景、涉及的内容以及艺术特色等方面进行了述评。他提出：“生态报告文学聚焦生态环境问题，以此为轴心展开报告，在内容上是极为丰富的。直面人与自然的关系危机，揭露人对自然的多种破坏，展现人类诗意栖居地的沦丧，表达一种生态忧患是此类文本的首要内容。”[③]这是对生态报告文学比较中肯的界定。

在生态批评的个案研究上，新时期以来出现了一批具有特色的生态文学批评作品。其中《棕榈之死：于坚创作的生态意识》、《〈城市白皮书〉当代城市精神生态的忧思和拷问》、《内蕴丰富的生态文学：读胡发云〈老海失踪〉》等文章揭示了当前的生态现象，主要反映了当代社会中人的精神生态的状况。西敏从于坚的诗作中读出了生态自然的危机、人类中心主义的弊病，并且通过诗作的评析揭示出由于人类的贪婪而造成的自然生态危机与精神生态危机。[④] 陈继会认为《城市白皮书》“不仅仅从一般的意义上的剖析、攻击城市，而是在经济转轨、文化转型，整个社会日益被‘物化’，精神日益被‘边缘化’的背景下，去关照城市、剖析城市，进而表达作者的一种文化批判态度”[⑤]。而孙希娟认为，《老海失踪》透露出生态危机的深层根源在于人的精神发生了变异。[⑥]

《作家呼吁：做地球的朋友》、《生态视野中的沈从文与福克纳》、《海明威的自然

① 彭松乔：《中国环境文学生态意蕴解读》，《思想战线》2003年第3期。

② 任秀芹：《生态环境文学的绿色忧思》，《云南师范大学学报（哲学社会科学版）》2003年第3期。

③ 罗宗宇：《对生态危机的艺术报告——新时期以来的生态报告文学简论》，《文艺理论与批评》2002年第6期。

④ 西敏：《棕榈之死：于坚创作的生态意识》，《作家》2000年第5期。

⑤ 陈继会：《〈城市白皮书〉当代城市精神生态的忧思和拷问》，《小说评论》1997年第2期。

⑥ 孙希娟：《内蕴丰富的生态文学：读胡发云〈老海失踪〉》，《小说评论》1999年第5期。

观初探——〈老人与海〉的生态批评》、《"老水手"的漫长旅程——从文学视窗中看人类生态意识的衍变》等文章则着重介绍作家和作品的生态思想。其中王诺分析了西方的生态预警小说，指出这种小说"通过预测和想象未来的生态灾难向人类发出预警：人类正在向他的大限步步逼近"[①]。李萌羽以生态为平台对比沈从文和福克纳，这对于了解这两位作家和深入认识生态批评都是有益的尝试。[②] 陈茂林分析了《老人与海》中的生态观念，他指出："在《老人与海》中，海明威对美丽的大自然进行了赞美，对人与自然的关系进行了思考，形成了回归自然、返璞归真的思想。他从关注自然的价值到关注自然本体，实现了从自然价值论到自然本体论的飞跃"[③]。胡泓则以柯勒律治的《古舟子咏》、麦尔维尔的《白鲸》、以及海明威的《老人与海》为例分析了"老水手"意象中的生态内涵，指出了其中的三种内涵："物我相亲、物我相征、以及相亲与相征并存。"[④]这种以生态的视角重读经典文学文本，有利于挖掘传统生态资源和认识不同时代的生态观念，在当前生态批评实践中占有重要的位置。

此外，《陶渊明的人文生态观》和《中国诗人杜甫的生态观》对古代的作家作品进行了生态解读。王先霈在分析陶渊明的生态思想时提出："谈论生态文艺学的构建，中国古代文学家留下的许多关于人与自然关系的思想，值得我们重温。建设生态文艺学，思考的重点要放在推动精神生态与自然生态的良性互动，要放在推动国民健康的生态观和有利于生态环境改善的消费观、人生观的建设上面。"[⑤]张皓认为杜甫是一位关心生态、关注自然的诗人。"杜诗空前地展现了活泼多姿的生态世界，其中的花鸟虫鱼各自成为独立的审美对象，蕴涵着诗人对动植物生命的深切同情和对'暴殄天物'危及生态的忧虑。杜甫这种主张物情自适的生态观有其深厚的文化渊源和诗学价值，代表了中华民族有识之士的忧生之痛、乐土之思和物与之怀；从现代人文生态学的角度看，具有走向世界的意义。"[⑥]

从总体上来看，我国的生态批评尚处于起步阶段，对生态文学的批评关注点比较分散。在内容上，生态批评所涉猎的范围还没有触及人文生态领域的各个层面，主要是从对现实生态环境恶化的深层反思入手对生态问题进行评论，因此批评的辐射面有待于拓展。而且由于基础理论创建的薄弱，在实际的批评中往往侧重于文本的评析，而缺少生态视角的深层次探索和理论的拔高。此外，在方法论上的欠

① 王诺：《作家呼吁：做地球的朋友——最新生态预警小说》，《文艺报》2003年7月8日。

② 李萌羽：《生态视野中的沈从文与福克纳》，《东岳论丛》2003年第4期。

③ 陈茂林，《海明威的自然观初探——〈老人与海〉的生态批评》，《江汉论坛》2003年第7期。

④ 胡泓：《"老水手"的漫长旅程——从文学视窗中看人类生态意识的衍变》，《安徽师范大学学报（人文社会科学版）》2002年第5期。

⑤ 王先霈：《陶渊明的人文生态观》，《文艺研究》2002年第5期。

⑥ 张皓：《中国诗人杜甫的生态观》，《江汉大学学报》2002年第1期。

缺是我国与西方生态批评共同面对的问题。面对这些问题，生态批评在未来的发展中应积极吸收生态文艺学和生态美学在理论探索中的成果，加强对生态文本的实证性研究，把握最直接、最新的生态体验。

## 第六节
## 中国古典生态理论资源的挖掘

对于中国传统生态理论的挖掘与阐释是新时期以来生态文艺学和生态美学的重要研究向度。中国的传统生态智慧对于当代的生态观念具有借鉴意义，其中在处理人与自然的关系以及超越主客二分等方面蕴涵了当代生态建设所倾力追寻的解决思路。中国古人对于生态的体悟并不是由于自然的恶化而产生的对应性的策略。在对于生态的认识成为"生态学"以前，与自然亲和的观念就已浸入了中国古人的骨髓之中，这与西方的生态观念有很大的不同。中国具有生态文明的悠久传统，有着丰富的本土资源。儒家思想是重要的生态文化资源。我国古代儒家有着"天人合一"、"和而不同"等重要生态思想。道家生态思想更是生态话语的资源宝库。道家崇尚自然，超越世俗功利，主张返璞归真，浑沌无为，向往人与动物、植物和谐共处的生态境界。此外，玄学论辩中的"自然之性"、"怡志养神"和"玄对山水"，禅宗话语中的"安身立命"、"万象森罗"和"禅中境"，理学家的"民胞物与"和"安所遂生"，心学与自然人性论的"造化良知"和"百姓日用"等等，都具有一定的生态价值。除了已经成熟或成体系的生态观念之外，在我国古代的宗教仪式、民间传说和艺术作品中也包含了丰富的生态思想，而这些思想观念更为深入的影响着中国古人对于天人和谐的体悟。应该说，中国对于生态观念的认同要远远的早于西方，中国古典生态智慧达到了很高的水平，得到国际学术界的高度肯定，并给予西方当代生态理论的产生发展以重要影响。正是这一点成为中国文艺学、美学发展的契机，推动了文艺学、美学研究由西方话语中心到东西方平等对话的转变。

新时期以来面对传统的生态智慧，我国的研究从中国古典生态智慧中发掘生态文艺学、生态美学思想，而且从生态文艺学和生态美学的新视角和新方法解读古典生态思想，努力推动中国的古典理论在现实语境下的现代化进程。

在挖掘古典生态思想方面，我国学者对生态文艺学和生态美学的研究既有对中国传统文化中的生态智慧的总体把握，也有对先秦道家的生态智慧、禅宗的生态思想等方面的专门论述。樊美筠对中国传统哲学中的生态智慧在美学中的具体体现进行了总体的把握。她认为："中国古人的生态智慧在很大程度上并非仅仅保存在抽象的哲学中，而且保存在具象的美学中；并非仅仅保存在道家美学中，而且在儒家和佛家美学中也多有表现。从某种意义上可以说，中国古典美学领域是中国古人生态智慧最理想的栖身之地。”[1]她从“对大自然的敬畏与爱戴之心”、“对大自然的欣赏之情”、“万物一体的平等意识”以及“‘生而不有’的崇高情怀”等方面分析了中国传统文学艺术中所体现的生态智慧，并且分析了中国的生态智慧与西方“生态意识”的异同，对中国传统的生态智慧进行了比较全面的定位。张皓将生态文明的本土资源作为中国生态批评发展的重要基础。在《生态批评的时代责任与话语资源》[2]一文中，他简要列举了“天人合一”的生态思想、儒家生态观念、道家生态观念、以及玄学、禅宗、理学的生态思想，并且列举出中国生态话语资源具有的几个特点，即“自然感性”，“具有旺盛的生命力”，“隽永深刻”以及“融合兼通、包容各家”等特色。另外在《中国文艺生态思想研究》[3]一书中，张皓把古代文艺生态思想概括为“天地悠悠”、“生肖友于”、“网罟人间”三方面，由此对儒、道、禅、玄及心学诸派的文艺生态思想进行深入发掘，并对“生生谓之易”、“安身立命”、“民胞物与”等生态话语及对十二生肖的文化内涵提出了新颖独到的见解。在《从现代人类学范式看生态美学研究》[4]中，仪平策认为中国传统审美文化至少在两个方面对生态美学的建构具有资源的意义。一是“天人合一”的思维，“这一思维范式的本质涵义在于，它没有西方哲学——美学那种强烈的主体中心主义以及由此形成的主客之间难以调和的对峙和冲突。”另一个是对待自然、对待世界的审美化态度，中国审美文化“不把外部自然仅仅看作为物质欲望的对象，而是尤以审美观照的态度，将天地自然视为美的对象。”因此，中国独特的审美文化对中国特色的生态美学的建构也是极有价值，弥足珍视的。

在中国古典理论学派中，先秦道家的思想包含了丰富的生态智慧，也是生态观念研究中关注目光最多的中国古典理论。道家理论在基本精神上是同当代的生态观念非常契合的。道家崇尚自然，超越世俗功利，主张返璞归真、清静无为，向往人与自然环境和谐共处的生态境界。在对道家生态思想资源的挖掘上，我国学者对先秦道家思想中重要的理论命题进行了生态意义上的阐释。曾繁仁撰文《试论老庄道家生态存在论审美观》[5]对老庄哲学——美学中的生态内涵进行了全面的勾勒，他在谈及“道”的概念时指出，“道”的概念不仅包含了生态观念中的生态整体论的思想，而且从根本上不同于西方主客二分认识论的哲学思想。“它不是物质或精神的实体，因而它不属于认识论范围，没有主体与客体之分，它属于存在论范围，是宇宙万物孕育生成乃至于‘存在’的总根源，也是一种万物生成过程和人的生存的

---

① 樊美筠：《中国传统哲学中的生态智慧——以美学为例》，《中国哲学史》1998年第3期。

② 张皓：《生态批评的时代责任与话语资源》，《三峡大学学报（人文社会科学版）》2004年第4期。

③ 参见张皓《中国文艺生态思想研究》，武汉出版社，2002年。

④ 仪平策：《从现代人类学范式看生态美学研究》，《学术月刊》2003年第2期。

⑤ 曾繁仁：《生态存在论美学论稿》，吉林人民出版社，2003年10月版，第115页。

方式”，而且在“道”的概念中“提出了一个人与万物同源的思想，从而使老庄的哲学——美学思想是‘非人类中心主义’的。”此外，他分析了道家思想中的“万物齐一”、“心斋”、“坐忘”、“逍遥游”、“物故自生”、“万物不同相禅若环”以及“至德之世”等重要命题中的生态内涵，指出了这些理论中所特有的东方式的智慧。王凯在《论先秦道家的生态美学智慧》[①]一文中对道家的理论概念与现代的生态命题进行了对比分析，指出“道通为一”与生态整体之美，“万物齐一”与生态和谐之美，“物故自生”与生态自然之美等对应性命题中的相通性内涵，并且分析了“与物为春”命题中的生态审美情趣。

儒家思想中包含了丰富的生态文化资源。与先秦道家不同，儒家积极入世、以人为本，试图在社会范围内建立一种和谐、和睦的人伦生态环境。因此，在追求“天人合一”的人与自然和谐共生的生态境界之外，儒家更强调人自身的生态美的境界。从孔子的“仁者乐山、智者乐水”，到孟子的“我善养吾浩然之气”都在强调自然生态与人的精神生态的内在联系。儒家思想中的自然生态观与人文生态观以及两者之间的相通性，在生态文艺学和生态美学的研究中成为重要的理论切入点。李天道在《和：中国传统生态美学之境域构成论》[②]中对“中和”的概念从生态美学的角度进行了阐释，他提出：“作为一种美学追求，‘和’应该是最根本的境域构成。它既不在此，也不在彼。可以说，‘中和’原则就体现着中国生态美学所推崇的尚‘和’精神。以‘和谐’为核心的尚‘和’精神，注重人与自然环境、社会环境的紧密相连，认为人的生存与其他存在的关系是相亲相和、互济互生、平正调和的。显然，这实质上也就是以天人合一的和谐为基本内容的深沉生态美学意趣和审美理想。”

在禅宗思想中也包含了丰富的生态思想，引起了中国学者的关注。邓绍秋在《道禅生态美学智慧》[③]一书中探讨了现代生态美学与道禅生态智慧之间的关系，从“道家和禅宗思想中所蕴涵的生态美学智慧”、“道家生态美学与禅宗生态美学的共通性与差异性”、“道禅美学与生态美学的共通性与差异性”以及“现代西方思想与道禅生态美学之间的关系”等角度对道家与禅宗的生态美学思想进行了多纬度的研究，指出道家禅宗思想中蕴藏着丰富的生态美学智慧，是当代美学新的生长点，也是我们拯救地球母亲的一剂良药。在《论禅宗的生态美学智慧》[④]中，邓绍秋阐述了禅宗生态美学智慧的哲学基础和主要内容，他认为缘起论与无我论是禅宗的哲学基础。禅宗生态美学智慧的内容主要包括五个方面：禅宗自然观的生态美学智慧；禅宗生命观的生态美学智慧；禅宗心性论的生态美学智慧；禅宗认识论的

---

① 王凯：《论先秦道家的生态美学智慧》，《江汉论坛》2004年第3期。

② 李天道：《和：中国传统生态美学之境域构成论》，《贵州师范大学学报(社会科学版)》2004年第1期。

③ 邓绍秋：《道禅生态美学智慧》，延边人民出版社，2003年。

④ 邓绍秋：《论禅宗的生态美学智慧》，《南华大学学报(社会科学版)》2002年第3期。

生态美学智慧;禅宗解脱论的生态美学智慧。研究禅宗生态美学智慧,对于当前的环境保护与美学建设都有十分重要的启发意义。此外,《周易》作为中国传统文化的代表性经典著作,蕴含了中国古人的生态智慧。张宜在《〈周易〉的生态美学思想解读》①中以《周易》中的生态智慧为理论资源,对生态美学的发展进行了尝试性的探索。文章通过对《周易》中"生"、"变通"、"合"等关键概念的阐述,探讨了《周易》生态美学思想中以"生生"为代表的本体论,以"变通"为途径的可持续发展特性以及以"和合"为目的的美学境界。

生态问题是全人类共同面对的问题,中国传统理论资源的发掘利用必须要放到世界范围的语境中去,在不同的视角下透视其中的生态智慧。由于中国的审美文化在存在方式上同生态具有天然的亲和性,因此中国古代的生态智慧成为全人类共同的财富,在挖掘生态智慧的基础上,中西学者找到了新的对话点。中国的学者在人文生态研究中结合西方的学术话语,对中国传统的生态智慧展开了全面的研究。曾繁仁比较了中国古代道家与西方古代基督教的生态存在论审美观,指出了各自的特点及相通之处。在《中国古代道家与西方古代基督教生态存在论审美观之比较》②一文中,曾繁仁指出,中国古代道家与西方古代基督教"均处于人类早期的农业文明",而且从其文化总体上来说,都是"一种古典形态的存在论生态审美观",但"基督教文化是一种'上帝中心'的'万物同造同在论',而道家是一种更为彻底的'生态中心论'"。此外,二者都是"以超越物欲与人的内在精神提升为前提的超越美、内在美",而且"都贯穿着一种对人类前途命运终极关怀的精神,对生态灾难的前瞻性,以及对人类未来的美好憧憬"。他同时强调"要根据当前的现实情况对于这些历史遗产进行必要的改造,实行当代转换",这也是在当前对古典生态资源发掘时所要关注的重点。鲁枢元在《鲁本斯之争与南宗、北宗——一个生态文艺学的案例》中选取了中国明代的"南宗、北宗"的争议与几乎同时代的鲁本斯之争,作为生态文艺学的案例进行比较研究,指出两者都透递出艺术的地域色彩,论证了丹纳曾经为生态文艺学确立的基本原则的合理价值。他认为:"从生态环境来解释艺术的奥秘是一条有效的途径。"③邓绍秋在《道家生态美学的现象学透视》④中,从现象学的角度对道家的生态美学智慧进行了新的解读。他认为现象学与道家的生态美学都重视直觉的作用,而且"道家的道与现象学的意向性都具有自我揭示性、绝对明证性等特征"。此外,在反对经验事实的基础上对本质的还原也是现象学与

① 张宜:《〈周易〉的生态美学思想解读》,《辽宁大学学报(哲学社会科学版)》2003年第3期。

② 曾繁仁:《中国古代道家与西方古代基督教生态存在论审美观之比较》,《湖南师范大学社会科学学报》2004年第6期。

③ 鲁枢元:《鲁本斯之争与南宗、北宗——一个生态文艺学的案例》,《中州大学学报》2001年第1期。

④ 邓绍秋:《道家生态美学的现象学透视》,《船山学刊》2004年第3期。

道家的契合之处。因此，“现象学与道家生态美学存在异质同构的关系”。

新时期以来，中国的学者在对中国古典生态智慧的发掘中取得了丰硕的成果，为生态文艺学和生态美学的发展提供了丰富的思想资源。古典生态智慧的挖掘与现代阐释是同步的，在推动古典生态智慧在现实语境下的现代化进程中，我国学者也在积极寻找现代转换的有效途径。但就目前的研究情况而言，还有许多应改进之处。首先，在古典生态资源的阐释上有简单比附的倾向，而且出现了以现代的生态观念生硬改造古典理论的现象。生态文艺学和生态美学的产生首先是一种现实的需要，受到现实环境、文化语境、哲学思潮以及学科发展的内在动因等多方面因素的影响。而中国古典的生态智慧也是在特定的时代语境中形成的，是针对于特定的对象而产生的理论形态。因此，厘清不同的时代背景和真实的理论意向，并在此基础上将古典理论进行合理的现代转换，是将古典生态智慧作为当代生态观念的思想资源的首要前提，但这一点却往往被忽视的了。其次，对于古典生态智慧仅限于“发掘”的层面，而缺少在“发展”的意义上对其进行理论的突破与创新。中国古典生态智慧是生态文艺学和生态美学原创性的重要前提，也是中西对话的重要基础。但是如果仅仅将古典生态智慧昭示于人而使其处于静止的状态，那么在中西思想的交流中我国的生态文艺学和生态美学研究就会失去对话的原动力，而中国古典生态智慧也将成为僵化的理论“化石”，或成为西方理论的点缀。因此，如何在当代语境下对古代的理论进行深度的阐释，在古典生态智慧中注入创新的因素，是当前研究所要解决的重要课题。而所谓的创新就是将古典的生态智慧进行时代的移植，使古人对于天地自然的感性玄想转换为针对当今生态问题的理性的生态观念。第三，“去粗取精、去伪存真”一直是对古典理论批判的继承的理论指导，但在目前的研究工作中，存在着全盘吸收的问题。在“天人合一”、“物故自生”等古代的理论命题中存在着已被现代科学证伪的因素或消极的思想观念，这些不利因素对于建设生态文艺学和生态美学有可能起到误导的作用。因此，明辨其中的是非曲直是在发掘古典生态智慧的工作中一项不容忽视的任务。从以上存在的问题可以看出，在古典生态智慧的发掘和现代转换中不仅需要仔细剖析古典理论，而且要密切关注当下的思想文化动向，将古今生态思想融会贯通，这需要在生态文艺学和生态美学研究中不断地进行理论方法的创新，并且从古代理论的现代转换的学术环境中汲取研究的思路和方法。

## 第七节
## 生态文艺学和生态美学研究中存在的问题

生态文艺学和生态美学是新时期以来的新生的理论课题，它们需要对现实环境的危机、当代人的精神生态以及文艺学和美学的发展等多方面问题作出回答;并且需要以自身的学理规则将各方面的因素合理的纳入其理论体系之中。作为极具前沿性的新型理论课题,生态文艺学和生态美学在发展中会不可避免地在一些关键问题上产生争论,而这种争论正是推动理论不断发展的有利动因,争论不仅为一些理论建设中的难点找寻合理的解决方法,而且吸引了更多的学者参与到生态发展的研究中来。

生态文艺学和生态美学能否作为独立的学科,一直是学术界争论的焦点问题。在将生态文艺学和生态美学正式提出的时候,许多学者都有非常强烈的学科化愿望。但是,随着生态文艺学和生态美学的深入发展,学科化的建构思维与实际的理论发展状况之间产生了较大的分歧,一些理论问题无法在学科的框架内得到解决。许多学者开始反思生态文艺学和生态美学的定位,并对学科化路线提出了质疑。在2001年武汉召开的"建构生态文艺学"学术座谈会上,就出现了对于生态文艺学界定的不同观点。一种观点赞同生态文艺学作为学科提出,并且以对生态文艺学的界定为契机提出了新的学科观念。而另一种观点则针对生态美学发展中的实际问题反对学科化的定位,学者们分别从学科命名、基本框架和可操作性等方面质疑生态文艺学的学科属性①。在2002年"中国首届生态文艺学学科建设"研讨会上,生态文艺学和生态美学的学科问题仍然是一个焦点问题,学者们对学科定位及其发展方向提出了不同的观点。总的来说,生态文艺学和生态美学就目前的发展状况而言,还无法从严格的意义上界定为独立的学科。曾繁仁专门就此问题展开了论述:"构成一个学科要有独立的对象、研究内容、研究方法、研究目的及学科发展的趋势这样五个基本要素。目前生态美学在这些方面尚不具备条件。"②生态文艺学和生态美学是否能够在学科化建设的道路上取得更为深入的发展,取决于构成学科的各种要素的总体发展状况,需要我国学者进一步的研究探讨。

生态文艺学和生态美学批判人类中心主义倾向,并且积极提倡生态整体主义原则。不少学者质疑对于人类中心主义的批判,并且对生态整体主义的观点提出了不同的看法。在对人类中心主义的问题上,有不少批评者提出,人在整个生态圈中只是其中的一个物种,人类是否能够超越"人"的最终限度而站在整体的角度对生态问题作出评判呢?人类为生态整体代言的合法性是什么?而且由于人类只能站在自己的角度上对整个生态系统发言,这种发言是否具有客观公正性?其标准何在?在这里,从生态整体出发思考人与自然的关系,并不意味着人自命为整个生态圈的代言人,而是指人应该改变仅从自身利益考虑的视角,还应考虑人的活动对

① 参见《建构生态文艺学"学术座谈述要"》,《华中师范大学学报(哲学社会科学版)》2001年第4期。

② 曾繁仁:《生态存在论美学论稿》,吉林人民出版社,2003年,第62页。

于整个生态环境的影响。需要强调的是在生态整体的观念下，不应否定人的主观能动性，人类行为的出发点是对破坏自然活动的纠偏，而不是任自然自生自灭。生态整体观在生态文艺学和生态美学的研究中是基础性理论，也有学者从哲学的层面对其提出了疑问。程海东、赵玲在《论生态中心主义的理论困境》中提出，生态整体理论把人和物等量齐观，将会产生两种情况：一是人和物均是目的，二是人和物均为手段。“如果把人与物的目的都界定为内在的，就只能把人降低到了物的层次，这是不能为人类接受的”。而人和物均为手段将会最终消解了人的主体性，“放弃生态系统给予的这个权利，就等于放弃人类生存的权利”。[①] 其实生态整体论所倡导的是一种观念的创新，是以生态整体为基础构建人与自然之间的间性思维，从而超越主客二分的传统思维。而在生态整体论中所提倡的“生态平等”并非人与万物的绝对平等，更不会产生“反人类”的后果。这里“平等”的实际内涵是指自然万物在生物圈中平等的拥有生存的权利，是一种相对的平等。

人文精神在生态时代的存在成为争论的热点问题。国内外不少学者在探讨生态问题时提出了“弃绝人文主义”的观点，将当前的生态危机归咎于人文主义的发展误区。其中，赵白生的《生态主义：人文主义的终结？》是比较具有代表性的论文。他提出，人文主义在发展过程中始终无法同人类中心主义分割开来，人类中心主义的衰亡必然会导致人文主义在今天的终结。因此，需要有一种新的“思想范式”代替人文主义，而“生态主义(ecoism)是继人文主义之后一种新的‘思想范式’”[②]。在这里涉及一个关键的问题，即：人文主义是否能够突破人类中心主义的藩篱？对于人文主义应该采取客观的、发展的态度。人文主义的内涵是在不断的发展的，其内涵也在不断的拓展之中。人类中心主义只是一个特定的历史概念，它是在17世纪启蒙主义时代以来的特定的历史环境中才开始作为人文主义的主要内涵的。而且在20世纪中后期，人类中心主义在生态文明的语境下受到了否定和批判，而人文主义也逐渐以生态观念改造传统的人文内涵。此外，福柯提出的“人的终结”的观念，以及德里达的“去中心”的理论，从根本上是对人类中心主义的消解，而不是否定人的存在的价值和人文观念的意义。其实，人文主义同生态主义并不是相背离的，人文主义强调对人类自身的关爱与尊重，而生态主义则要求人类在生态整体的视域下将人和自然万物都纳入关怀和眷顾之中。人与自然不是对立的，而是亲和的，这在中国的传统精神中就曾经存在着。人文主义在生态时代的重新定位是一个值得深入探讨的课题，从生态整体观拓展人文视野需要人文工作者的共同推动。

在对马克思主义生态理论的理解上，生态文艺学和生态美学研究中出现了不

---

① 程海东、赵玲：《论生态中心主义的理论困境》，《吉林师范大学学报》2004年第2期。

② 赵白生：《生态主义：人文主义的终结？》，《文艺研究》2002年第5期。

同的声音。对于马克思主义特别是马克思唯物实践论的解读上，许多学者认为马克思主义中包含着丰富的生态观念，应该在深挖马克思主义生态观念的基础上推动生态文艺学和生态美学的发展。王向峰在《论马克思主义"自然人化"论中的生态美学思想》一文中指出："马克思的生态美学的中心思想就是人怎样自由自觉地对待自然。既能自由自觉地对待人自身，也能自由自觉地对待人的外部生存环境。"①张玉能在《实践美学与生态美学》一文中提出："从马克思主义创始人的构想来看，生态问题、生态美学都是实践唯物主义的重要的不可或缺的方面或维度。实践美学的最终目标——全面自由发展的个体，就蕴涵着生态美学的对象、方法和目的。"②也有学者对马克思的实践论观点同生态美学的相通性提出了质疑。刘成纪在《生态学视野中的当代美学》中就指出："当实践美学以实践作为世界的本体时，它是试图以人的实践活动达到对世界整体的充分定义，但人的实践能力所无法达到的区域——比如原生态的、没有经过人的实践改造过的自然到底美不美的问题——却成为这种美的形而上学的一个重负。"③此外，如何批判地继承马克思主义，使之在新的学术语境下进入生态文艺学和生态美学也是目前研究中一个重要的维度。在这方面，曾繁仁在《马克思、恩格斯与生态审美观》中提出，马克思的唯物实践论强调"生活决定意识"和人的主观能动作用，不仅有力地批判了唯心主义而且有力地突破了"主客二分"的传统思维模式。马克思的理论毕竟诞生在19世纪中期前后，因而不可避免地有着某种时代的局限。例如，他的哲学观中还没有将生态纬度放到应有的高度，价值观中对生态价值的相对忽视等。如果对其持与时俱进的态度吸收当代生态理论成果，将会更加彰显其现代价值。④

对于生态美与自然美关系的界定，我国学界也存在较多的分歧。就目前掌握的资料来看，主要有如下几种界定方式：一、生态美不是独立存在的美的形态，它是美的本质属性，在自然美、艺术美、技术美等美的形态中都包含有生态美的要素。⑤二、自然美是比生态美更具包容性和超越性的范畴，生态美是当代美学领域研究自然美的维度之一。⑥ 三、自然审美偏于人对自然美的感悟、体验而生成的生命精神；生态审美则是自然的生命和人的生命体验的依存、渗透和参与。自然审美是一种契机，是通向生态审美的重要一隅。⑦ 四、自然在其本真存在的意义上就是原始

---

① 王向峰：《论马克思"自然人化"论中的生态美学思想》，《社会科学辑刊》2001年第5期。

② 张玉能：《实践美学与生态美学》，《江汉大学学报（人文科学版）》2004年第3期。

③ 刘成纪：《生态学视野中的当代美学》，《郑州大学学报（哲学社会科学版）》2001年第4期。

④ 曾繁仁：《马克思、恩格斯与生态审美观》，《陕西师范大学学报（哲学社会科学版）》2004年第5期。

⑤ 陈望衡：《生态美学及其哲学基础》，《陕西师范大学学报（哲学社会科学版）》2001年第2期。

⑥ 刘成纪：《自然美：一个经典范畴的当代价值》，《郑州大学学报（哲学社会科学版）》2004年第4期。

⑦ 盖光：《从自然审美到生态审美关系的确证》，《山东理工大学学报（社会科学版）》2004年第4期。

本真的自然生态美。[①] 五、自然美的特征基本上代表了生态美的特征。[②] 从以上对自然美和生态美关系的界定中可以看出，生态美作为生态美学的重要概念在理论内涵的界定上还存在争议，而自然与生态观念需要在生态文艺学和生态美学的发展中得到进一步的厘清。自然美在实践美学中是唯物实践论在面对自然时难以解决的问题，在由实践美学向生态美学发展的过渡阶段，合理的解决自然美以及自然美同生态美的关系将成为在生态视域下推动文艺学和美学发展的重要理论契机。

**参考文献：**

曾繁仁：《生态存在论美学论稿》，吉林人民出版社，2003 年 10 月版。

徐恒醇：《生态美学》，陕西人民教育出版社，2000 年。

鲁枢元：《生态文艺学》，陕西人民教育出版社，2000 年

王诺：《欧美生态文学》，北京大学出版社，2003 年。

曾永成：《文艺的绿色之思：文艺生态学引论》，人民文学出版社，2000 年。

李欣复：《论生态美学》，《南京社会科学》1994 年第 12 期。

佘正荣：《关于生态美的哲学思考》，《自然辩证法研究》1994 年第 8 期。

曾繁仁：《马克思、恩格斯与生态审美观》，《陕西师范大学学报》2004 年第 9 期。

曾繁仁：《中国古代道家与西方古代基督教生态存在论审美观之比较》，《湖南师大学报》2004 年第 11 期。

李天道：《和：中国传统生态美学之境域构成论》，《贵州师范大学学报》2004 年第 1 期。

杨春时：《论生态美学的主体间性》，《贵州师范大学学报》2004 第 1 期。

王德胜：《美学视野中的生态问题》，《江苏社会科学》2004 第 2 期。

陈望衡：《生态美学及其哲学基础》，《陕西师范大学学报》2001 年第 2 期。

吴绍全：《生态美学——自然生态与文化生态的平衡》，《山东师范大学学报》2002 年第 4 期。

韦清琦：《方兴未艾的绿色文学研究——生态批评》，《外国文学》2003 年第 3 期。

陈剑澜：《生态主义及其政治倾向》，《江苏社会科学》2004 年第 2 期。

鲁枢元：《走进生态学领域的文学艺术》，《文艺研究》2000 年第 5 期。

曾永成：《生态论文艺学：本体基础、核心内涵和学科性质》，《当代文坛》2004 年第 5 期。

刘锋杰：《“生态文艺学”的理论之路》，《安徽师范大学学报》2003 年第 11 期。

张皓：《生态批评的时代责任与话语资源》，《三峡大学学报》2004 年第 7 期。

---

① 刘恒健：《生态自然美及其有无之境——兼论生态美学视野中的自然美》，《陕西师范大学学报（哲学社会科学版）》2003 年第 3 期。

② 刘玉清：《论生态美学与生态建设的关系》，《思想战线》2003 年第 2 期。

# 第九章

# 新时期西方马克思主义文论在中国的传播与影响

西方马克思主义产生于20世纪20年代中期，是指由西方共产党和西方进步的知识分子考察西方资本主义发展史，总结俄国革命成功的经验，运用马克思主义理论分析社会，寻找一条适合西方革命和人的解放道路的哲学和社会政治理论思潮。这股哲学和社会政治理论思潮又逐渐影响到文艺理论、美学乃至于人文、社会科学的众多领域，并且至今还在产生着影响。

我国理论界对西方马克思主义的早期人物和早期著作并不陌生。早在1940年12月，胡风就在他主编的《七月》杂志上发表了吕荧所译的卢卡奇的长文《叙述与描写》。在此之前，他已经根据熊泽复六的日译本翻译了卢卡奇的《小说的本质》(现通译为《小说理论》)的一部分，并有机会接触《左拉与现实主义》等卢卡奇的为数不多的作品，他以自己敏锐的理论视角注意到了卢卡奇等人的思想火花。但由于众所周知的原因，西方马克思主义长期以来在我国是作为修正主义思潮加以批判的，即便是经过了思想解放运动的新时期，当我们可以重新理性地探寻西方马克思主义的理论贡献时，我们还是在一个相当长的历史时期无谓地讨论着"西马非马"等一类似是而非的问题，对西方马克思主义"难以定性"。我们究竟应当怎样看待这一社会思潮呢？

从西方马克思主义的产生看，它反映了在不同于东方社会条件下，西方共产党、党内外一批激进的左翼知识分子对西方社会主义革命道路的探索。"一战"后，共产国际在西欧推行布尔什维克化运动，西欧各国按俄国革命模式进行的革命相继失败。对此，西方共产党和党内外先进的知识分子进行了反思。葛兰西指出：同俄国相比，西方国家资本主义较发达，其统治不仅仅依靠暴力，而且还通过市民社会，用意识形态来削弱工人阶级的政治意识。在俄国，国家就是一切，市民社会处于初生而未成熟的状态；在西方，国家与市民社会存在相适应的关系，国家一旦动摇，市民社会强大的堡垒立刻显现。国家只是前沿堑壕，它的后面有强大的堡垒和工事的体系，在西方其统治是总体统治。与此相应，西方革命模式也应是总体革命，而文化心理革命是经济革命的前提和基础，西方由此而建立另一种类型的社会主义，可见，工人阶级的精神发展对西方革命显得尤其重要。对此，恩格斯晚年曾经指出："实行突然袭击的时代，由自觉的少数人带领着不自觉的群众实现革命的时代，已经过去了，凡是问题在于要把社会制度完全改造的地方，群众自己就应该参加进去，自己就应该明白为什么进行斗争，他们为什么流血牺牲。最近五十年的历史，已经使我们领会了这一点。”[①]西方马克思主义者由此在哲学理论上强调主体性和辩证法，把理论的主题转向了意识形态和文化批判。不能因为他们思考、研究的问题不同于我们，不追寻其产生的时代背景，就断言他们在重新设计和反对马克思主义。其次，从西方马克思主义发展的实际看，“二战”后，由于科技革命对生产力的巨大推动作用，极大地改变了西方社会结构和危机的表现形式，体现出和古典资本主义不同的特征，这主要表现在：(1) 国家垄断资本和私人垄断资本“融合”更加紧密，它们共同参与社会生产和再生产过程，减少经济危机的损失，共同获取超额剩余价值；(2) 资本主义的产业结构和社会结构发生了变化，工人阶级和劳动者分成日益复杂的阶层和利益集团。白领工人比起蓝领工人，有较高的收入、社会地位和教育水平，其生活方式与传统产业工人也有明显的差别，再加上西方国家战后的社会再分配和福利、职能的发展，西方社会普遍贫困化的趋势得到一定程度的遏制。由白领阶级组成的中产阶级，他们一方面求稳怕变，另一方面由于生产科技化水平的不断提高，西方社会出现了“白领失业浪潮”，这对他们产生了较大的精神压力。中产阶级的价值观念的取舍对西方社会主义革命运动产生了较大影响；(3) 由于社会财富迅速增加，工人和整个社会在资本主义高生产、高工资、高消费的引导下，社会向消费主义方向发展，产生了非政治化倾向，再加上西方意识形态作用的加强，工人阶级的政治意识淡化、弱化；(4) 由于消费主义的生活方式和对自然的过度开采，造成了全球性的生态问题；享乐主义的指导思想和生活方式，也给人才带来了严重的精神问题，生态问题和精神问题成了资本主义社会两大突出难题。而社会生产一体化、整体化趋势和个人个性化自由发展要求之间的矛盾冲突在当代西方表现得尤其突出。以上这些不可能不影响西方马克思主义者的思考、探索，其理论形态和理论主题势必会与同处在东方的我们，也同马克思、列宁的时代有所差别。由于西方社会的上述变化，西方马克思主义把他们理论关注的焦点转到文化哲学和意识形态批判上。正如英国学者佩里·安德森指出：“西方马克思主义整个说来，似乎令人困惑地倒转了马克思本身的发展轨道。马克思这位历史唯物主义的创始人，不断从哲学转向政治学和经济学，以此作为他理想的中心部分；而 1920 年以后涌现的这个传统的继承者们，却不断的从经济学和政治学转回到哲学。”[②]对于西方马克思主义理论主题的这种转换，我们应结合西方社会面临的问题予以科学的分析。特别不能因为他们的理论主题不同于我们过去理解的马

---

① 《马克思恩格斯全集》第 22 卷，人民出版社，1965 年，第 607 页。

② 佩里·安德森：《西方马克思主义探讨》，高銛、文贯中、魏章玲译，人民出版社，1981 年，第 68—69 页。

克思主义，甚至不同于马克思主义的经典作家，就认为他们提出了不同于恩格斯、列宁的辩证唯物主义和历史唯物主义的见解，更新了马克思原来的设计，因而是一股反马克思主义或非马克思主义思潮。事实上，西方马克思主义理论主题的转化具有历史的必然性，也是完全合理的。这是因为：在马克思、恩格斯所处的时代，由于资本主义正处于它的早年时代，其统治主要是依靠暴力，且处理政治、经济危机的能力相当有限。经济危机的频繁发生导致工人运动的蓬勃兴起。马、恩的任务就是要通过分析资本主义经济运行的内在矛盾，揭示历史发展的规律性，给日益高涨的工人运动提供理论指导。因此，马、恩把他们的理论重心从哲学转向经济和政治学上。而"二战"后，资本主义发展相对稳定，科学技术的发展增加了资本主义发展的活力，资本主义应付事变的能力和技巧日益成熟。资本主义通过科学技术的进步，提供一套消费主义的生活方式，并从中输出其意识形态。使人们盲目追求物质生活消费，在全社会造就了一种和人类自身真正存在无关，让人放弃自由渴望的"虚假需求"。可以说，西方社会对人的统治是全面、总体的统治，其中意识形态的作用越来越强。它使得资产阶级的道德价值观念对工人阶级有较大的影响，而社会主义公有制作为对资本主义私有制的否定，它不是从资本主义社会中孕育产生出来的。也就是说，工人阶级不可能自发地产生社会主义价值观念。工人阶级只有把在经济生产、生活中和资产阶级产生的矛盾冲突，通过政治批判上升到世界观的高度，才能最终摆脱资产阶级意识形态的束缚，形成自觉的阶级意识，为社会主义革命奠定前提条件。再加上当代西方社会阶级结构的分化和重组，使西方革命呈现出更复杂的面貌。这一切说明西方革命要取得成功，，工人阶级的精神发展至关重要。可以看出，西方马克思主义理论主题的转换正反映了他们力图把马克思主义同西方社会现实结合起来，寻求人的解放之道的探索和努力，是完全合理的，也是坚持辩证法的必然结果。只有坚持历史主义的研究方法，具体考察西方马克思主义所处的历史条件，才能对他们的理论做出科学的评判。由此我们可看出，那种脱离西方历史文化特点和西方马克思主义政治实践来研究和评价西方马克思主义的做法，实质上是一种非历史主义的研究方法，得不出科学和客观的结论。

## 第一节
## 西方马克思主义文论的发展历程及其在中国的传播轨迹

西方马克思主义是一个在不断发展和变革中的社会思潮。它从来就不是铁板一块，其内部有着众多的分支和流派。从西方马克思主义发展的实际看，其产生和发展经历了以下几个阶段：

### (一) 20 世纪 20 年代—40 年代

这是西方马克思主义的初创时期，他们的研究主要探寻了西欧革命没有取得成功的原因，他们把西欧革命失败的原因归结为无产阶级缺乏足够的主观精神准备，从而产生了阶级意识的危机，危机产生的根源是由于第二国际右翼理论家对马克思主义庸俗的机械决定论的片面理解，也有资产阶级意识形态和商品经济产生的物化意识的影响。于是，他们把理论批判的锋芒指向第二国际，哲学理论的重点是注重对马克思主义辩证法的研究，强调主、客体相互作用的总体辩证法，强调对资产阶级意识形态的分析与批判。其主要代表人物是卢卡奇、葛兰西、科尔施等人。他们或是党内资深的理论家，或是党的主要领导人，这一时期的西方共产党除意共外，由于马克思主义阵营中教条主义和政治实用主义指导思想的束缚，他们的革命理论、革命策略、哲学理论基本上照抄照搬苏联，还没有形成自己的特色。

### (二) 20 世纪 40 年代—60 年代

这一时期影响西方马克思主义发展变化的主要因素有：(1) 30 年代初《1844 年经济学哲学手稿》的发表，进一步推动了西方马克思主义从人本主义角度理解马克思主义；(2) 法西斯主义的兴起，西方工人阶级不仅没有起来革命走向共产党和社会民主党，反倒赞成法西斯的极权统治，西方马克思主义侧重于从文化心理的角度揭示其根源；(3)“二战”后，新技术革命给资本主义带来了活力，极大地提高了劳动生产率，工人阶级的生活水平和工作条件有较大的提高，出现了蓝领和白领工人之分，工人阶级和西方社会的结构发生了分化。资本主义统治方式进一步发生了变化，体现在资本主义国家职能从暴力统治向意识形态统治转换，他们除了在政治上和经济上剥削、压迫工人阶级外，更多地是通过控制工人阶级的意识，使工人阶级认同资本主义统治的文化秩序，使工人阶级的政治意识和革命意识不断弱化、淡化。此外，由于科学技术对人的总体控制不断加强，当代西方社会出现了社会发展的整体化、一体化趋势和个人个性化自由发展要求之间的矛盾，因此工人阶级的革命意识的培养、革命力量的分化组合成为西方马克思主义关注的焦点，他们批判资产阶级意识形态，进而扩展到对当代西方社会文化和科学技术的批判。这在法兰克福学派那里体现得最为明显。现实社会主义发展进程中出现的各种问题：个人崇拜、高度集权、马克思主义理论教条化，引起了西方马克思主义者的反思。苏共“二十”大后西方共产党开始逐渐摆脱教条主义的束缚，他们把马克思主义基本原理运用于西方，探索西方革命的道路。他们相当重视葛兰西的“领导权”思想，结合西方的文化传统和现实，提出了“走向社会主义的民主道路”。他们不同于社会民主主义主要在于，他们仅把议会民主作为走向社会主义的手段，要求把政治革命纲领和经济革命纲领二者有机地结合起来，他们在西方马克思主义发展过程中占有重要地位，其特点是提出了一系列的革命纲领和策略，扩大了马克思主义、社会主义在当代西方的影响。社会主义改革和发展也使马克思主义阵营开始重新思考马克思主义哲学基础，出现了南斯拉夫“实践派”、东欧新人道主义思潮、法国“新马克思主义”思潮，其理论关注点是“人和实践”的问题；与此相反，阿尔都塞既批判马克思主义阵营中长期存在的以政治实用主义来对待马克思主义，贬损马克思主义科学性的做法，又反对那种把马克思主义人道主义化的做法，要求正确地处理马克思主义科学性和意识形态性的关系，保证马克思主义理论的严密性和独立自主性。上述西方马克思主义的理论思考从不同侧面促进了马克思主义在当代西方的发展。

## （三）20 世纪 70 年代至今

影响西方马克思主义理论思考的主要因素有：科学技术的发展和运用，既给人类带来了巨大的物质财富，促进了社会发展，但也给人类带来了生态危机、能源危机等全球性问题。现实社会主义国家市场取向的改革，苏东剧变，给予西方马克思主义新的理论视点。前者产生了以本·阿格尔、威廉·莱易斯、高兹“生态学的马克思主义”思潮和生态社会主义思潮，他们把生态问题的解决同人们生活方式的改变、同资本主义制度的解决联系起来，把矛盾直指资本主义生产方式，部分西方学者，如柯亨、威廉姆·肖等用当代分析哲学的方法和范畴来分析、规范马克思的历史唯物主义，在学理上有利于马克思主义的发展，形成了“分析学的马克思主义”，后者如约翰·罗默则在反思了现实社会主义模式的基础上，用市场与公有制的有机结合，在实现生产的效率和分配公平的基础上，为生产资料公有制作辩护。还要特别指出的是，目前全球化趋势也进一步影响了西方马克思主义的理论思考，他们的理论体系还会随之进一步发生转换。1994 年美国学者奥尔曼访华，介绍了十种国外马克思主义流派；1998 年巴黎第二届“国际马克思大会”以“资本主义：批判、斗争、抉择”为题，对全球化时代当代资本主义的走向和社会主义的未来作了进一步探讨，它们反映了西方马克思主义者的最新思考。可见，西方马克思主义仍在发展过程中。从西方马克思主义发展的实际看，西方马克思主义实际上既反映了西方共产党、工人党及其党内理论家逐渐摆脱教条主义的束缚，根据西方的具体历史条件，结合西方文化传统，探索适合西方社会主义道路的历程；也反映了西方进步学者明确地反对资本主义的消极方面，力图用马克思主义的某些原理、概念、方法来分析这些问题，寻求西方人自由、解放之道。前者力图把理论和实践联系起来，是当代西方马克思主义研究的主要内容；后者则根据自己的兴趣侧重于理论研究，其弱点是受西方个人主义传统的影响，理论中的浪漫主义和乌托邦色彩较严重，但他们思想活跃，对马克思主义大多抱着严肃的态度，他们的理论有助于我们正确地认识西方社会，他们对马克思主义理论的讨论有助于我们发展马克思主义。因此，决不能简单地把西方马克思主义看作是资产阶级哲学的一部分，先入为主地将西方马克思主义置于马克思主义的对立面加以论述和研究。

20 世纪 80 年代初，随着我国社会变革的大潮，学术界重新把关注的目光投向西方马克思主义，但面对这一复杂的社会思潮，学术界对其评价却十分复杂，激烈的讨论从未间断过，讨论中的分歧和争议主要集中在：

1. 对卢卡奇及其《历史与阶级意识》的基本评价问题。作为“西方马克思主义”思潮的开创者，卢卡奇究竟是不是一个马克思主义者？有人认为他是 20 世纪的一位卓越的马克思主义者，有人则认为他不过是一个“新马克思主义”者，而并不是一个真正的马克思主义者。这一分歧显然与对他的关键性著作《历史与阶级意识》的基本评价密切相关，这种评价并且直接关系到对整个“西方马克思主义”的分析和认识，甚至成为当代马克思主义哲学一系列重大争议之源。自从《历史与阶级意识》于 1923 年发表以来，对其理论性质和主导倾向的评价，国际上一直存在截然不同的观点。持基本肯定和赞扬态度者认为它是“20 世纪马克思主义最重要的理论著作”，“恢复”了马克思主义的精华；而持基本否定和批判态度者，则把书中的基本观点确定为“理论修正主义”或“黑格尔主义思想之大杂烩”。国内有的学者把书中的某些“偏颇”和“失误”看作“瑕不掩瑜”，“根本无法遮掩其思想的马克思主义的光辉”；有的学者则认为书中的思想“构成了对马克思列宁主义哲学基础的挑战”，“其基本倾向是错误的，影响是不好的”等等。造成这种分歧的重要原因在于凭借的理论尺度不同，从传统的辩证唯物主义的观点出发，认为卢卡奇的否认自然辩证法、批评反映论的观点，是与马克思主义哲学相对立的；而从实践唯物主义观点出发，则认为卢卡奇强调主客体关系和改变现实的思想是对马克思本来思想的恢复和发扬。但是，即使都声称凭借实践唯物主义的尺度，由于理解的不同，也产生了根本不同的评价，比如，一派认为，卢卡奇要求对人类社会生活作整体、全面的理解，即不以自然本体论为基础，而是将主体与客体相互作用的全部社会运动作为历史的基础，突出了人类活动的实践性、社会性和高于自然历程的特点，因而贴近了马克思的实践概念；另一派则认为卢卡奇提出“自然是一个社会范畴”，忽视了“第一自然”的前提，否定自然辩证法，把马克思主义哲学变成了一种单纯的社会哲学；而且卢卡奇的实践概念不以劳动为基础，还把实验和工业排除在外，并在最后归结于意识，因而不能说成是实践唯物主义，而只能是一种唯心主义的观点。

总的说来，与国际上的“卢卡奇热”相似，国内对卢卡奇的研究和评价，也有一种从贬到褒、从否定到较多地肯定的趋势。然而，《历史与阶级意识》究竟树立了一面什么旗帜？它的理论思维的主旋律究竟是什么？是一个并未明确解决的问题。

2. 怎样认识和估价西方马克思主义思潮。这是多次争议的焦点。大致有三派观点：(1) 认为它基本上是一种“反马克思主义”或“非马克思主义”思潮；(2) 认为它基本上是一种马克思主义思潮，甚至就称为“发达资本主义社会的马克思主义”；(3) 认为不能先入为主或一概而论地笼统定性，应当就不同派别、不同代表人物和不同历史时期的观点，分别进行实事求是的具体分析和评价。第一派观点的主要论据是：西方马克思主义不是实行马克思主义普遍真理与本国革命具体实践相结合，而是实行与西方哲学中某个唯心主义流派的结合，主张一种折衷混合的世界观；认为西方马克思主义否认自然辩证法，批评反映论，提出了一条与辩证唯物主义相对立的哲学路线；认为西方马克思主义，特别是其中的人本主义学派，把马克思主义人道化了，否定经济因素的决定作用，因而与历史唯物主义无缘。后两派观点反驳前者的理由主要是：(1) 西方马克思主义出现时，正值西欧工人运动处于低潮，一些代表人物和理论观点又在共产国际和所属各国政党内受到排斥和批判，经常处于受压抑的地位，很难与本国革命的具体实践相结合，由于所受传统教育和专门从事学术研究方式的局限，不少著述的内容和语言表达也确有晦涩难懂的一面，但这种思潮没有失去对当代社会现实的敏感，而能对重大历史事变作出积极反响，一次又一次地进行探讨，一批又一批地出版专著。其中不论是对资本主义社会弊端的揭露，对社会主义僵化模式的批评，还是对科学技术发展、现代生活中种种问题的分析，以及新的战略、策略主张的提出，都正是试图实现马克思主义理论与具体历史实践的某种结合。至于西方马克思主义者注意研究和吸取当代西方哲学中的某些部分或因素，并不等于主张折衷混合的世界观，而正说明他们没有使马克思主义与整个人类文明的发展相脱离，这种工作和成果即使发生偏差和错误，也值得我们认真分析和借鉴。(2) 西方马克思主义思潮中否认自然辩证法、批评反映论的倾向，突出地表现了当代马克思主义思潮的不同路径和自身分化。这种倾向在理论上不免有所偏颇和失误，但也提出了某些值得深入探讨的问题和可资借鉴的因素，如体系结构、本体论与认识论的关系、辩证法的分类、实践观与反映论的关系，以及马克思、恩格斯和列宁的各自的思想特色和差别问题，等等。(3) 这种思潮中的人本主义学派力图建立一种以人为中心的社会历史哲学，突出人在社会历史中的主体性活动，从各个角度发挥了人学，可能在不同程度上有偏离唯物史观的倾向，但每个派别对科学技术发展负效应的揭露，对全球性生态危机的考察，对人的心理因素和微观领域的探索，对个人问题、人的价值和个性的研究，可能正是传统马克思主义研究中比较忽视和薄弱的方面，因而也值得认真考察和借鉴。

3. 怎样看待西方马克思主义在马克思主义哲学史上的地位？西方马克思主义是不是马哲史的研究对象，应不应当纳入马哲史的研究范围？主要也有三种观点：

(1) 根本对立、应予排斥论。认为这种思潮对马克思主义，特别是对列宁主义提出了多方面的挑战，虽然自称为马克思主义，实质上在理论与实践上都是与马克思主义根本对立的，虽有某些可以借鉴、吸取的合理因素，但首先应当正视它与马克思主义、列宁主义的对立。长期以来，国内的多种马哲史教材或专著中不提这一思潮和派别，或只作为批判材料涉及，也正是这种观点的表现。

(2) 区分主流、支流论。认为马克思主义哲学的发展，必然呈现一源多流的状况。这是马克思主义传播、演变过程中的客观事实。马克思主义创始人的思想是理论的源头，在马克思主义发展的历史长河中，各种思想流派，必然有主流、支流、逆流之分。西方马克思主义既未形成主流，也不可简单地归之于逆流。这一思潮的不少代表人物是潜心研究和有所作为的理论家，从当代西方的社会现实出发，以新的视角和方法，突破了第二国际和苏联的理论模式，对马克思主义的发展作出了某些有价值的探索和贡献，因而是马克思主义发展过程中的一个支流，是马哲史的一部分。列宁主义仍是当代马克思主义发展中的主流，西方马克思主义与列宁主义的关系是支流与主流的关系，既有分歧和对立的一面，也有相互促进和借鉴的一面。

(3) 当代哲学分化论。认为20世纪的马克思主义呈现出不同脉络的分化和多样化的格局。一般说来，第二次世界大战前主要有三种：第二国际的马克思主义；列宁主义及其第三国际的马克思主义；以卢卡奇、葛兰西等人为代表的非正统的马克思主义。第二次世界大战后则更有：各社会主义国家的"正统马克思主义"；西方人本主义和科学主义的马克思主义；东欧新马克思主义；"欧洲共产主义"；北欧的"民主社会主义"等等。这种分化和多样化的根据是：马克思主义创始人思想的内在差别，人类历史实践(社会历史条件)的重大变化。多样化在理论上体现了人类思维的创造本性和马克思学说的内在生命力，在实践上为在新的历史形势下重建和发展创造性的马克思主义开创了局面。因此，马哲史的研究应当破除唯一"正统"的固定观念，突破直线和单线发展的思维模式，正视马克思主义分化和多样化的历史事实，从而以更加开放的心态对待不同形式的马克思主义，积极促进马克思主义的创新发展。

如果从20世纪80年代初我国学术界真正开始有系统地研究西方马克思主义算起，二十多年的研究历程大致又可以分为三个阶段：

1. 80年代初至80年代中，初步进行介绍和评述。西方马克思主义思潮之所以引起重视，并且比较全面地被介绍到国内来，显然与真理的实践标准的讨论，党的十一届三中全会后实行改革开放方针相联系。不过,应当看到,这时候国际上西方马克思主义在60年代掀起的高潮已基本回落,而且在我国舆论界的主导方面,由于从马克思主义的某种传统观念出发,最初一般是把它看作"资产阶级、修正主义"的思潮,或称为"小资产阶级激进主义"思潮,总之,多半是指责它歪曲马克思主义,特别是对马克思主义的辩证唯物主义哲学提出了种种挑战,当然,这种状况随后不久就发生了某些变化。这个阶段影响比较大的著作,徐崇温、杜章智等的著作以外,英国新左派佩里·安德森(Perry Anderson)的《西方马克思主义探讨》的中译本已于1981年出版。《探讨》把结构主义的马克思主义、新实证主义的马克思主义囊括进西方马克思主义,扩展了最初由柯尔施(Karl Korsch)提出后来由梅劳—庞蒂(Merleau—Ponty)进一步阐发的西方马克思主义的概念范畴。近二十年来国内基本上是沿照这个扩展了的范围来讨论的。在80年代初,对"西方马克思主义"中影响最大的法兰克福学派,就有评介性的著作出现。杜章智所编的《卢卡奇自传》于1986年出版,由于比较广泛地收集、翻译了卢卡奇的一些自我批评和自述的材料,也增强了读者和研究者的兴趣。

2. 80年代后期至末期,热烈展开讨论和争议。随着改革开放大潮的兴起和学术文化领域"双百"方针的提倡,当人们较多地接触到西方马克思主义的原著和实际内容后,就对原有的某些比较简单地定性和批驳提出了质疑。1986年8月在长春召开了"国外马克思主义研究现状"的学术讨论会,会上发生不同观点的交锋。随后在1987和1988年,国内理论界就如何评价西方马克思主义发表文章数十篇,争论焦点在于如何看待西方马克思主义的性质和它与传统马克思主义的关系,如何评价西方马克思主义的开创者卢卡奇、葛兰西的思想,特别是如何分析、评价卢卡奇的奠基性著作《历史与阶级意识》等等。1988年12月在成都召开了国内第一次"西方马克思主义美学理论研讨会",一批译介、评价西方马克思主义美学、文论的著作相继出版,其中最重要的有陆梅林主编的《西方马克思主义美学文选》、冯宪光所著《西方马克思主义文艺美学思想》等。虽然,由于国际国内的种种原因,自80年代末往后,这场讨论和争议的热潮已发生回落。但它积极促进了以后对西方马克思主义各个派别的代表性著作的翻译、出版和研究,并且波及到海峡对岸,发文章,兴讨论,出丛书,重交流。在一段时间内,掀起了研究西方马克思主义或新马克思主义的热潮。90年代以来,高潮虽已过去,但讨论和研究仍在断断续续地进行。

3. 90年代至今,持续开展翻译和研究。接着讨论和争议热潮而兴起的,是一个翻译和出版原著的热潮。因为争议的问题和不同的观点,都要求直接阅读和研究原著。近二十年来,西方马克思主义各个主要派别和代表人物的主要著作,基本上都已陆续翻译、出版。海峡两岸曾分别出现合作出版的丛书系列。最突出的是,由徐崇温主编，重庆出版社出版的“国外马克思主义和社会主义研究丛书”，已出版译著和著述三十余部，对西方马克思主义的研究起了重要的推动作用。国内已经出版、发表的著作和论文，比较多地集中在以下几个方面：有关西方马克思主义开创者卢卡奇、葛兰西思想的评论；有关法兰克福学派及其重要代表人物哈贝马斯、马尔库塞、弗洛姆等人的评论；有关存在主义的马克思主义及其代表人物萨特的评论；有关结构主义的马克思主义及其代表人物阿尔都塞的评论；有关西方马克思主义某一专题或某一新派别的评论；有关西方马克思主义文化转型的研究等等，研究的重心是在人本主义的派别方面。此外，翻译、出版了当代西方学者有关“西方马克思主义”的研究性著作，如《西方马克思主义概论》(〔加〕本·加格尔著)、《马克思以后的马克思主义》(〔英〕戴维·麦克莱伦著)、《辩证法的内部对话》(〔美〕诺曼·莱文著)等。还翻译、出版了某些工具书，如《新马克思主义研究辞典》、《新马克思主义传记辞典》等。1994 年、1996 年、1998 年都曾召开国外马克思主义学术研讨会，1996 年正式成立了“当代国外马克思主义研究会”。全国马列文论研究会也就西方马克思主义文论与美学的有关问题召开了几次全国年会。总之，各种翻译、出版和研究活动还正在持续而逐步深入地开展。

## 第二节
## 西方马克思主义文论对我国文论的主要影响

西方马克思主义对我国当代文论所产生的影响是十分深刻的，这种影响主要表现为新时期我国文论在发展过程中所关注的一些重大理论问题都与西方马克思主义的关注点有某些契合，或者说中国新时期发展马克思主义文论的路径与一些西方马克思主义理论家在某些思路上有相当的一致性。

西方马克思主义复兴马克思主义的路径之一，是发掘马克思思想中长期被遮蔽、未能注意和吸收的部分，就是所谓“回到马克思”。新时期文论开始于批判“四人帮”曲解马克思主义的恶劣行径，提倡正确地、全面地理解马克思主义文艺学，也是要“回到马克思”。其中一个重要举措就是研究和探讨马克思《1844 年经济学哲学手稿》，把这部长期被忽略的重要著作作为马克思主义美学、文学批评理论思想的重要来源之一。

西方马克思主义复兴马克思主义的路径之二，是提出要向马克思当年吸收黑格尔辩证法一样，接受当代资产阶级的文化成果。于是他们把 20 世纪当代西方哲学文化思潮中的某些可取之处，作为改造和补充马克思主义的思想资料。在西方马克思主义中就有弗洛伊德主义的马克思主义、存在主义的马克思主义，结构主义的马克思主义等等。这一点在我国新时期文论发展中也有突出反映。80 年代中期，兴起了一场文艺学方法论研究、讨论的热潮。一些论者热衷于在文学研究中引进20世纪自然科学中的系统论、控制论、信息论等方法，用以补充和发展中国当代的文学批评理论。同时，较为全面地吸取西方当代批评理论，使之与中国传统文论和现代中国马克思主义文艺学相结合，是新时期相当多的理论家所做过并且还正在继续做的工作。

西方马克思主义复兴马克思主义的路径之三，是把目光投注到现实社会，试图用马克思的原理和当代伟大的思想成果，去解决当代资本主义社会的社会问题和艺术、审美问题。在他们的理论结构中，既有马克思的原理部分，又有当代思想文化的最新成果，又有面向现实的维度。这种理论结构应当说也是与我国新时期文论的理论结构一致的。新时期文学理论是在马克思主义基本原理的正确指导，西方当代思想的合理吸收，中国传统文论精华的再度发掘等等综合因素的整合之中，面对新情况、新问题的探索和解答。正是由于有上述相同或相似的境遇、动力因素和理论结构因素，中国新时期文论的发展在热点问题的提出，争论的发生，以及某些有代表性的理论形态等方面，都与西方马克思主义文论有似曾相识之处。其主要问题有：

## （一）艺术与美学中的人道主义问题

西方马克思主义起源于20年代柯尔施、卢卡奇等人用黑格尔的主观辩证法来改造马克思主义的努力，它既否定第二国际把历史规律绝对化的倾向，又反对第三国际在实现历史规律时对人的自由意志的忽视，强调在推动历史进步时人的自由选择，形成了一种推崇主体性的文化哲学。卢卡奇在《历史与阶级意识》等著作中，反复强调人是马克思主义的出发点，也是归宿点。“这种人道主义是马克思主义美学最重要的基本原则之一。”[①]列斐弗尔提出只有在艺术和审美中，人才有可能成为总体的人、完善的人。把艺术作为人性在当代资本主义社会异化状况下复归的主要甚至是唯一的途径，就是西方马克思主义文论的基本主张。西方马克思主义对苏联社会主义文论模式的批判，其中就包含了对其忽视艺术与美学的人道主义核心的批判。卢卡奇等人的主张长期以来受到了国际共产主义运动的批判，直到70年代以后才得到一定的肯定性评价。

西方马克思主义的美学人道主义的思想，提出以马克思主义如何对待19世纪德国古典美学的主体性思想的问题。这一问题长期以来确实是马克思主义文论与美学的一个空白。因为马克思主义经典作家基本上把毕生精力用于对社会政治、

① 《卢卡奇文学论文集》(一)，中国社会科学出版社，1980年，第300页。

经济、革命问题的研究,他们往往从政治革命的角度去对人道主义发表意见,而少有从艺术与审美的角度去论述人道主义问题。他们对人道主义思潮的论述,大多是批判性的,这是不容否认的客观事实。西方马克思主义的人道主义思想的复杂性就在于,他们并不限于在艺术和美学的范围来论述人道主义;美学人道主义的批评理论来源于他们的人本主义的世界观、历史观。事实上,西方马克思主义是书斋里的理论,它的人道主义思想在政治上并没有获得什么实际成果,似乎只有在美学上才结出了硕果。这从另一方面说明西方马克思主义的人道主义思想作为一种政治观、社会观、历史观,离开了马克思主义的基本立场,但在美学观、艺术观上对于马克思主义文论的发展却有一定促进作用。我们认为,这样的认识比较符合西方马克思主义的实际,也符合马克思主义的基本原理,澄清了长期以来在西方马克思主义研究中的困惑。

这一认识的获得,应当归功于中国新时期对人道主义、人性论问题的讨论。中国的学术思想界长期以来受前苏联模式的社会主义思想的影响,对人道主义一律采取批判、排斥的态度。新时期开始于对"文革"极"左"路线的批判和长期"左"的失误的反思,特别是从事艺术活动的作家、艺术家,在"文革"中陷入非人的遭遇,产生了对极"左"思潮一概排斥人道主义的行径的怀疑和批判,于是在"文革"结束以后,最早在文艺创作和评论中发出了对人道主义、人性论的呼唤。由此进一步引起了文艺学、美学和哲学界关于人性、人道主义的规模大、持续时间长的论争。论争中提出和涉及的问题和达到的深度,与西方马克思主义几十年对人道主义的探索是不相上下的。这里既有一些人用传统思维对人道主义、人性的一概否定,也有一些人完全照搬西方马克思主义的理论,存在把马克思主义在世界观上人本主义化的倾向。胡乔木《关于人道主义与异化问题》一文,把作为世界观、历史观的人道主义与作为伦理道德原则的人道主义作了根本性的划分,指出作为世界观和历史观的人道主义同马克思主义的历史唯物主义是根本对立的,但要宣扬和实行作为伦理道德原则的社会主义人道主义。胡乔木的这些观点也引起了讨论。从马克思主义的整个思想体系来看,从马克思主义经典作家在政治上对人道主义的无情批判来看,胡乔木的这些观点是恰当的。用这个观点来分析西方马克思主义的人本主义思想,是有说服力的,可以清楚地看到西方马克思主义在高举人道主义旗帜时,作为世界观、历史观的失误和作为文论、美学的成就同时并存的复杂性。既然作为伦理原则的人道主义对于社会主义和人类有不可低估的价值,那么艺术和美作为伦理、道德自由的象征,就理应把人道主义作为美学思想的重要核心。这一点对于马克思主义文艺学、美学也不能例外。卢卡奇及其许多西方马克思主义理论家在当代批评理论上所达到的高度成就,就与他们在艺术与审美上所贯注的人道主义精神直接有关。遗憾的是,我国新时期的文论还没有对美学的人道主义问题作非常深入的讨论和研究。这里的原因，主要是论争双方，都并没有在实际上像胡乔木那样把人道主义的两个层次的含义划分清楚。提出主体性文学理论的人，往往越出了审美的边界，把人道主义引申为一种世界观和历史观；而批判主体性文学理论的人，有时又忽视了主体性文学理论中，除了世界观和历史观的失误外，还包含了作为伦理观、美学观的人道主义的合理之处。由于论争主要在政治和社会历史层面进行，这对于澄清一些思想和理论的是非有好处，但又疏于对艺术和审美的人道主义问题的深入研究，这就在一定程度上影响了新时期文论对美学人道主义问题的深度发掘。目前我国对这一问题的研究与西方马克思主义美学相比，还有很大的差距，但这并不等于说，新时期文论在这一问题的研究上没有任何进展。许多学者在论述艺术本体时，都采用了人学的角度。大家认识到人性是现实的存在，文学艺术不应当回避而应当正确描写人性。在文学评论中，也重视研究作品对历史和人性的关系的把握。一些作家、评论家提出，在历史和人性的经纬交织的坐标上塑造人物形象的创作主张，加大作品对人性深度和历史深度的描写。这些论述显示了中国新时期文论发展的特色。

文学可以而且应当描写人物身上拥有的共同人性，这就使我国理论界在过去长期争论不休的文学典型的共同性与人性的关系上，得到了共识。肯定人性是典型形象的共同性的一个基本的方面，这是新时期文论的一个重大进步。何其芳在"文革"以前由于提倡典型的"共名说"，竭力发掘典型形象身上超越阶级性的因素，而被视为宣扬抽象的人性论，遭到不应有的批判。承认人性是现实的存在，承认文学对于人性的描写的意义，并用来讨论典型形象的复杂性问题，与"十七年"和"文革"时期相比，显然有了很大的进步和突破。

典型是成功的作品的标志，把人性纳入典型共同性的重要内容，表明人道主义的伦理和审美的目的，使人成为人，成为完美的人的伦理和审美的目的，可以而且应当成为文学创作与批评的价值尺度。人性是一种现实的人的实际存在的品格，是一种现实的客观存在，人性的善良与丑恶都是实际的存在，这是中国新时期文论较为普遍的观点。这使一些作品敢于正视社会中的某些丑陋、低级的东西，直面人生的阴暗，但同时又使这些作品往往缺少催人奋进向上的情怀。而西方马克思主义文论则更注重人道主义对人性复归的历史指向的关怀。人性与其说是现实的人的品格，不如说是现实的人所追求的理想。人性是人类文化对人的设定，是人之为人的设定。人道主义的光华和人性的魅力构造了一个审美的乌托邦，成为艺术价值的一个来源。人道主义作为审美理想对于艺术价值的意义，是人类文化的一种恒久的命题。它在中国文论建设中应当占据什么位置，如何把文学的理想追求同文学对现实的透视结合起来，在追求人道主义的审美理想时如何避免走向另一种假、大、空，也许是我们应当深入研究的问题。

## (二) 现实主义与现代主义之争

西方马克思主义对现实主义的理解是随着现实主义的理论能否与现代主义的艺术相融合这一问题的争论而逐步明晰和完善的。20 世纪 30 年代末期,卢卡奇与布洛赫、布莱希特之间关于表现主义的论战,不仅把争论推向高潮,而且事实上也成为西方马克思主义文论形成的契机之一。

卢卡奇根据他的理性主义、人道主义和总体性观点提出了"伟大的现实主义"的主张,他认为"现实主义是一切伟大文学的共同基础"。[①] 真正的、伟大的现实主义就是把人和社会当作完整的整体来加以描写,充分表现人的完整的个性,而不是仅仅表现他们的某一个方面;现代作家应努力仿效古典现实主义的传统,以总体性的视角揭示现代社会尤其是资本主义社会的物化现实。在他看来,现实主义因其把现实当做一个活生生的有意义的整体加以表现而达到了深刻。由于现代主义的哲学基础是非理性主义的,因此他对现代主义的评价始终不高。他甚至认为乔伊斯和其他先锋派文学的代表们的只有一道非常窄小的柴门。卢卡奇对"现实主义的伟大胜利"尤有自己独到的理解。我们知道,文学创作与世界观的关系问题是一个复杂的问题,恩格斯讲"违反"、"隐蔽",列宁也提到这一点,他们都看到并指出了这种矛盾现象的存在。但更深一层,是卢卡奇将之置于现实发展之中,探讨世界观的深浅两层含义。恩格斯《致玛·哈克奈斯》的信,看到了现实主义创作与世界观之间的不统一,但是他无意去解释这样一些问题,卢卡奇自觉地挑起了这副担子。他以巴尔扎克、托尔斯泰等作家为例,仔细剖析他们世界观与作品的矛盾的缘由。卢卡奇的理论既有他自己一贯坚持的总体性和人道主义观点,又有为迎合苏联的社会主义的现实主义美学的政治学立场而做的妥协,而后者在当时并不能获得西方马克思主义者的一致认同。归纳起来,他们的反驳主要集中在这样几个方面:

(1) 反对对现实主义作狭隘的理解。

(2) 承认艺术与政治有着密切的关系,但反对简单地把表现主义与纳粹法西斯的反动政治倾向联系起来。

(3) 强调形式创新的重要性。

布莱希特与布洛赫一方和卢卡奇对待现代主义的态度看上去似乎迥然不同,但他们都着力强调了文学的政治意义和社会功能,特别是布莱希特还强调"干预现实的文学才是现实主义文学"。[②] 因而我们可以说,他们的美学原则也是现实主义

---

① 卢卡奇:《艺术与客观真理》,载《马克思主义文艺理论研究》第 4 卷,文化艺术出版社,1985 年,第 429 页。

② 余匡复:《布莱希特论》,上海外语教育出版社,2002 年,第 29 页。

的，只是这一原则在他们那里并没有得到明确而系统地表述罢了。

与布莱希特和布洛赫不同，在西方马克思主义的现实主义美学中，另有一些人则力图通过把现代主义纳入现实主义的范围来为现代主义辩护，奥地利的恩斯特•费歇尔和法国的罗杰•加洛蒂就是这一倾向的代表。面对20世纪现代艺术日益发展的客观事实，他们执意要破除卢卡奇对现实主义的狭隘理解，赋予现实主义以新的尺度。在他们看来，凡是努力表现和把握现实的艺术都可视为现实主义。由于现实从来不是现成的东西，而是未完成的东西，是不断在打开的东西，或者说现实的发展是无边的，因而现实主义也是无边的。每个时代的艺术作品都是以其自身特有的方式或模式表现人与世界的关系，随着人与世界的关系的改变，艺术本身的语言或形式也会发生变化，19世纪的浪漫主义、现实主义以及20世纪的现代主义，都不过是无边的现实主义的不同模式体现，也就是说，现代主义乃是"无边的"的现实主义，即开放的现实主义，拓展其包容性，于是将卡夫卡、圣琼•佩斯和毕加索等都纳入现实主义的疆域。他还以马雅科夫斯基为例指出：马雅科夫斯基是未来主义代表之一，苏联一直把他当作最伟大的社会主义现实主义诗人，可见社会主义现实主义所要求的主要是政治倾向，而不是创作方法。加洛蒂极力分析卡夫卡等人的作品与现实生活的密切联系，从而证实它们也是现实主义的，或者说希望现实主义也能把这些作家、艺术家的创作包括起来，从而使他们的作品也得到肯定。这当然要遭到恪守社会主义现实主义的理论家们的反对，因为卡夫卡等人根本没有表达社会主义政治思想。但是我们也必须看到，尽管加洛蒂强调人在现实中的存在，人是创造者，他的现实主义观有其合理之处，但是，也有过分夸大之处。我们知道，我们不能把一切艺术都归入现实主义，即使强调人，也不能把现实主义扩大到无边的地步。现实主义是有边的，因为现实主义是一种理性主义，尽管现代主义是一种非理性主义，它也是有边的。加洛蒂只用艺术标准来确定现实主义，而忘记了用"美学观点和历史观点，以非常高的、即最高的标准来衡量"现实主义，因而扩大现实主义的边界，容纳"现代派"，这又是其局限之处。

但是，我们不难看到，从卢卡奇中经布莱希特到加洛蒂和费歇尔，针对现代主义这一新的文艺或文化现象，西方马克思主义确立了一种不同于苏联模式的现实主义美学形态。这一形态最典型的方面就在于，它在强调文艺对现实的再现或认知本质的基础上，尤其重视文艺随着现实或者说所要表现的内容的变化而在形式上进行创新和变革。西方马克思主义文论正是在对所谓的教条主义、苏联模式马克思主义文论的批判中，既寻找他们所理解的马克思主义文论的真正传统，又用自己对马克思主义的理解，去吸收现代文论思潮中的非马克思主义思想，以期解答时代的文论问题。虽说在探索的过程中出现这样那样的偏差在所难免，但其一以贯之的研究思路，其对马克思主义的"修正"和"补充"，我们认为正是对马克思主义继承和发展的一种有益的尝试。

当马克思、恩格斯在世时，现代主义艺术刚刚兴起，还没有形成强劲的艺术潮流。他们的艺术评论主要是针对现实主义、浪漫主义艺术，特别是现实主义艺术而言的。关于现实主义的美学论述，在他们整个的艺术思想中占有突出地位。20世纪的正统马克思主义文艺学，根据列宁的反映论原理，认为既然文艺从根本上是对客观现实的反映，那么以真实地反映社会生活为己任的现实主义理应成为马克思主义文学批评的基本原则。前苏联于30年代提出社会主义现实主义的创作方法和美学原则，当时得到了世界范围的马克思主义者的响应。20世纪马克思主义文学批评的主潮可以说仍然是现实主义的。但是，现代主义的兴起，却成了20世纪的一个不可忽视的艺术事实，并在艺术领域获得了迅猛发展，影响不小。这是当代社会的重要文化现象。对这一现象，正统马克思主义研究得并不充分，一度还采取比较简单的全盘否定的态度。以研究西方资本主义社会为己任的西方马克思主义，没有回避这一美学事实，于是从30年代开始就表现主义等艺术现象发表了意见，并展开争论。卢卡奇在高度评价现实主义时，对包括表现主义在内的现代主义艺术潮流持全盘否定的态度，并在政治思想上予以批判。而布洛赫、布莱希特等人则认为，现代主义不能划归任何单一的政治立场，不能认为表现主义艺术家都是法西斯主义的维护者。而且，单纯用19世纪的艺术标准来评价20世纪的艺术事实，是批评的错位。这场论争涉及了如何运用马克思主义文艺学的基本观点分析马克思以后的文化现象的问题，是在经典文本上恪守马克思的字句所表述的观点，还是在历史发展中不断面对新情况、研究新问题。具体而言，又涉及艺术与政治的关系和如何对待艺术遗产的问题等。

西方马克思主义文论关于现代主义有各种见解，有卢卡奇对现代主义的批判，有费歇尔、加洛蒂以现实主义框架来接纳现代主义的宽容，有布洛赫、列斐伏尔、马尔库塞虽然理解现代主义但却以浪漫主义为审美规范的抉择。自觉维护现代主义，其美学思想具有明显现代主义色彩的是布莱希特、阿多诺和本雅明。他们都赞同和采纳了现代主义的一些基本美学原则，比如自我表现、多元叙述、不确定性、非人格化等，形成了具有现代主义特色的批评思想。在西方马克思主义存在着现实主义与现代主义之争，在正统马克思主义与西方马克思主义之间也有现实主义与现代主义之争。这场争论从30年代一直贯穿到80年代的中国的新时期，直到今天还没有结束。可以说，现实主义与现代主义之争是20世纪马克思主义文论的世纪之争。

中国新时期从80年代初开始，几乎重演了西方马克思主义30年代关于表现主义的争论。但是中国新时期文论关于现实主义与现代主义的争论与西方马克思主义中的类似争论又有明显的不同之处，这就是西方马克思主义文论所面对的无论是现实主义或是现代主义的文学现象，都是西方本土的文化现象；而中国无论是五四以来被视为现实主义的文学，或是80年代被视为现代主义的新潮文学，都是在受到西方文化的强势影响之后发生和发展的，是一种跨文化影响的产物。这样，中国新时期文论中关于现实主义与现代主义的争论，就并不局限于这两种创作方法、风格、流派的得失之争，而把现实主义或现代主义定于一尊的极端化观点，也少有坚决的支持者。人们谈论得更多的话题是，在当代跨文化的交流中，中国文学如何面对西方现代主义、后现代主义等等新兴艺术潮流不可回避的影响。讨论的焦点似乎是中国新时期文学的发展，需要不需要吸收西方现代主义、后现代主义，需要不需要中国的现代主义、后现代主义艺术，可以不可以产生中国的现代主义、后现代主义艺术，最终能够产生的是一种什么形态的现代主义、后现代主义。

西方马克思主义与中国新时期关于现实主义与现代主义的争论，促使人们进一步认识到艺术向前发展的轨迹，在现代艺术创作中也逐渐出现一种现实主义与现代主义艺术观念、技巧融合的趋势。在中国的新潮文学中有并不浅淡的现实主义背景，在近年"现实主义回归"浪潮中，作品(无论内容还是形式)回荡着现代主义所坚守的现代性的幽灵。有时很难说一个作品是现实主义的，还是现代主义的。21世纪的艺术有可能走向多种创作方法的综合，这也许就是世纪之争的结果。今天，现实已经从传统的观念合理性的中心意识走向了社会运作的各个领域，从社会瞩目的重大事件走向了人们具体生存的日常生活；个体感性生命存活的实在性、世俗性，具有比以往更多的人生内涵和意义。这种新的重视日常生活与个体世俗生活的现实观，就是现实主义与现代主义在当代文学中相互渗透、融合的客观基础。由于我国文学有现实主义的深远传统，在创作方法上可能会出现在现实主义基础上的多样化深度融合，形成一种开放的现实主义。近年"现实主义回归"的现象已经在预示着这一点。

### (三) 艺术的人文精神的失落与拯救

人们的价值意识，即什么是好的艺术品的意识，对于艺术价值的实现至关重要。传统艺术价值意识的核心是以人的理性目的为最高追求的人文精神，这是在传统理性主义价值体系中的对人类精神追求的文化设定。20世纪当代学术思潮兴起了对传统理性主义观念的反思与反叛，对传统人文主义价值体系进行了重估。阿多诺是当代非理性主义向理性主义挑战的首要人物。他认为，人类社会发展的历史就是启蒙压倒自然，清醒战胜蒙昧，知识代替想象的历史。它给人类带来了进步和希望，但同时又在制造着新的倒退和绝望。在他看来，启蒙的历史就是人类的发展史，就是理性文明于社会既进步又倒退、于人类既谋利又加害的辩证的历史。

现代社会的最大威胁就是技术理性的高度发展，以其一体化的格局，对人类创造活力、个性追求、生存样态的压制和扼杀。阿多诺形成了这种思路：人类文明的历史是启蒙走向反面的历史，也是艺术走向由盛而衰的历史。艺术衰亡的根本原因在于它是启蒙的产物，在它出世的那一天，就注定要走向衰亡。艺术沦亡以后，如果还有艺术的话，就只能是反艺术，即现代主义或后现代主义的艺术。这种思想在西方马克思主义文论中颇有代表性。它指出了人文精神的沦落在现代社会中不可避免的趋势，同时对这一趋势进行无情的批判，希望在批判中获得新生之路。詹姆逊试图重建一种适应后期资本主义社会、后现代主义文化艺术的革命政治文化理论："认知绘图美学"。所谓认知绘图就是重新绘制一幅当代社会、文化的地图，对整个社会及其文化进行重新认识和分析。认知绘图美学将赋予个人主体增强在全球经济、政治、文化格局中对自身的位置意识，用一种新颖的方式，公平、正确地评价这个世界。詹姆逊认为这种新的政治艺术——如果确实可能的话——将不得不坚持后现代主义的真理，也就是说，坚持其基本的客体——多国资本主义的世界空间——与此同时，这种政治艺术试图在获得一种再现这个空间的至今尚不能想象的新的模式方面取得突破。在这一空间里，我们或许可以重新把握我们作为个体和集体主体的定位，重新获得行动和斗争的能力。目前，这种能力被我们的空间和社会的混乱状态抵消了。后现代主义的政治形式，如果确有的话，将把在社会和空间规模上对全球认知绘图的发明和投影，作为它的使命。目前，詹姆逊正在思考建立一种适应后现代主义文化艺术语境的马克思主义美学模式，他所提出的认知绘图美学只是一个初步的设想，还缺乏具体内容。

西方马克思主义批评理论所指出的传统人文主义在当代艺术和社会中的衰落的现象，在我国新时期艺术发展过程中也同样出现。许多理论家一直在关注艺术的人文精神是否失落以及失落之后如何对待的问题。1990 年前后，以王朔小说为代表的被称为"痞子文学"的作品一度走红。这些小说的人物用若无其事来冲淡和掩饰内心的痛苦，以愤世嫉俗的态度来对待人生，以玩世不恭的调侃方式来对抗现实世界。他们调侃一切，调侃了虚假和伪善，也调侃了神圣和崇高。这样就出现了对传统价值体系，包括传统人文精神的全面抨击。而这类后现代主义特征较为明显的作品的问世，又适逢社会市场化的转轨，在文化市场的炒作中，王朔小说成了文化市场运作的一种样板，在市场这只看不见的手的左右之下，一批重视感性、情欲、肉体，漠视甚至摧折理想、精神家园的作品，成了陈列在读者面前的文学堆积物。

到 1993 年，对这个问题的讨论进入高潮。一些学者提出，在当代文学中严重存在着事业商业化、精神痞子化的危机，文学的危机暴露了当代中国人文精神的危机。有人倡导"抗战文学"，以抵抗精神堕落。有人认为，中国从来没有拥有过人文精神,所以现在也不存在失落的问题,现在大谈人文精神的危机,实际上是当代知识分子边缘化之后,对自身价值失落的哀叹。这种观点与西方马克思主义对传统理性价值观的否定有一定联系和相似之处,但还略有不同。西方马克思主义理论着眼于对建立传统人文精神的技术理性根基进行批判,在后现代主义文化背景下对传统人文精神作了整体扬弃;而中国理论界对传统人文精神是否存在、是否应当捍卫都有诸多看法,较多的人更为关注历史上的政治专制主义和时下金钱至上的商业化对人文精神的践踏和摧残,对传统人文精神有更多的肯定和依恋。许多人指出,当前社会对表现人文精神的高雅艺术的冷淡,对于发展自己精神生活丧失兴趣,人文科学的悬置和失灵,对于人之为人的理性追求的弃置,不能不说存在着人文精神的危机。于是艺术的文化价值的重建是否可能与如何重建的问题,又成为进一步讨论的热点。从讨论中的各种意见来看,与西方马克思主义在寻觅人文精神失落原因时对当代资本主义跨国市场经济的批判不同,中国处于社会主义市场经济建创时期,理论探讨注意的是把人文精神回归、文化价值重建与社会主义市场经济的建立协调一致起来,而不是用回避、冷淡甚至批判、抵制社会主义市场经济的建立。与西方马克思主义理论单纯注重吸收当代最新文化意识、对于马克思主义某些基本原理与传统文化弃置的态度不同,中国当代文化价值的重建,仍然要坚持以马克思主义为指导思想,广泛吸收中华民族和世界的优秀文化遗产,不是对马克思主义基本原理和几千年文化价值的简单否定。在这种背景下,钱中文提出,重新理解与阐释人的生存与文学艺术意义、价值的立足点,新的人文精神的立足点,建立新理性精神。新理性精神将从大视野的历史唯物主义出发,首先来审视人的生存意义。这种分析切中了当代中国人文精神失落的要害。在这种情况下,当今的文学艺术要高扬人文精神,要使人之所以为人的羞耻感,同情与怜悯,血性与良知,诚实与公正,不仅成为伦理学讨论的课题,同时也应成为文学艺术严重关注的方面。艺术应当从审美方式关心人的生存状态、人的发展,拯救人的灵魂。这种“大视野的历史唯物主义”可以说吸取了西方马克思主义理论中对现代资本主义社会物质、技术至上的批判精神,提出了及时地矫正中国在现代化过程中出现的人文精神失落的弊端的问题。当然,这种“新理性精神”与詹姆逊的“认知绘图美学”一样,还是初步的设想,还需要进一步探索。我们希望这两种理论在共同探讨中为发展当代历史唯物主义作出贡献。

### (四)后现代语境及其现代性问题

后现代语境及对现代性的分析,是哈贝马斯和詹姆逊理论的核心内容。对这个论题的研究,国内学者大致是从三个方面着手的,即对哈贝马斯和詹姆逊理论的介绍和解读、后现代在当前中国存在的可能性和现实性及其与现代性的关系、哈贝马斯与詹姆逊理论对当代中国的借鉴意义。后现代和现代性一直是西方学者争论的热点。以鲍德里亚为代表的一部分人极力推奉后现代主义，而拒斥现代理论和现代政治。哈贝马斯和詹姆逊虽承认现代社会处于后现代的境遇，即晚期资本主义，但哈贝马斯又强调对现代理论和现代政治进行创造性重建，探寻“进一步合理化的生活世界”，①詹姆逊则强调后现代与现代性的连续性。哈贝马斯认为，现代性所以出现合法性危机，是因为“生活世界”受到了来自于“系统”(所谓“系统”即以金钱和权力为主宰的复合体，它在合理性类别上属于工具合理性)的“殖民”和侵蚀，其表现就是人与人之间交往的不合理。所以，要重建现代性，必须使交往合理性与目的合理性重新平衡，使“生活世界”得以复兴。由此，哈贝马斯强调，当代哲学必须实现根本的范式转换，即摆脱独白性的“主体哲学”而建立“主体间性哲学”，并把真实性、公正性、真诚性视作交往行为的三大有效性前提，以建立普遍、有效、理想的语言使用规范和新的“文化解释体系”。詹姆逊借鉴曼德尔的理论，将资本主义的发展历程分为早期资本主义、自由资本主义和晚期资本主义三个阶段。他认为，现实主义是早期资本主义的，现代主义是自由资本主义的，后现代则是晚期资本主义的。但在后现代的根源上，他认为后现代主义与“晚期的、消费的或跨国的资本主义的新时期息息相关”，因此后现代主义与现代主义不可能有一个截然的分界，它必然会留存一些现代的成分。当然相对于现代主义，后现代有自己的特征，即“平面感”、“断裂感”、“零散化”和“复制”等。同其他西方马克思主义学者相同，詹姆逊也是从文化角度对后现代进行评判的。詹姆逊认为，前资本主义和垄断资本主义主要通过政治殖民主义与经济殖民主义来统治非西方国家；晚期资本主义时期则主要以文化殖民主义统治非西方国家。因为后现代性是与晚期资本主义经济制度相联系的文化逻辑，是晚期资本主义社会的文化主宰，所以他反对对后现代主义文化进行溢美或谴责，并固执地对马克思主义进行后现代主义的文化分析。

随着我国改革开放和现代化建设的深化、发展，现代性和后现代语境也逐渐成为国内学者关注较多的话题，诸如后现代在当前中国存在的可能性和现实性及其与现代性的关系、哈贝马斯与詹姆逊理论对当代中国的借鉴意义等论题都得到了认真的探讨。有人从社会学角度认为，目前中国正处于以市场经济建构为目的社会转型时期。一方面，现代化的进程呼吁我们必须倡导一种以科学理性和人的主体性为内涵的现代性文化精神；另一方面，西方高度工业化过程所带来的人文精神失落、生活世界萎缩的消极后果和负面效应也清晰地展示在我们面前，要求我们对

① 哈贝马斯:《交往行动理论·第二卷——论功能主义理性批判》，洪佩郁、蔺青译，重庆出版社，1994年，第491页。

之进行审视和反思,以实现现代性的重构,从而超越工具理性的过度膨胀,实现科学价值与人文价值相统一的发展,实现人的自由全面的发展。哈贝马斯的"生活世界"学说对于启发我们如何兼顾这两方面因素,从社会一体化整合的角度来考察当代社会,建构合理和健全的社会关系,寻找符合中国国情的现代化发展路径具有借鉴意义。有不少学者认为,哈贝马斯的现代性社会交往合理化理论对于中国文论的建构具有重要的启示意义。首先,"主体间性"理论突破了文学认识论的二元对立思维方式,将文学看成是主体间的存在方式,是人这一自我主体与对象主体的自由交往、和谐共存。因而,对文艺的认识不但得到突围,而且使对话和交往成为文艺理论批评的中心课题。其次,哈贝马斯的交往行为理论对不同理论传统的扬弃、沟通和综合,体现了宏大的包容性,这对处于多样化格局的中国文论各文艺观念之间的沟通、融合很有启示意义。这样,中国文论通过跨域对话,通过与各学科的打通、融合,就能实现在操作层面上的建构。还有一些学者认为,后现代与中国存在着较强的亲和力,这不但表现在后现代使中国学者重新获得了关注社会的独特角度和知识话语权,而且还表现在中国文艺创作上也获得了较热烈的反应。不少人在他们的小说、诗歌、绘画中表现出他们所理解的后现代。但中国有自己独特的语境,中国的后现代与西方存在着相当大的文化差异。这种差异首先就是中国没有西方后现代反抗的哲学背景,其次就是当今的中国仍是一个农业大国,经济领域实际上是自然经济、计划经济、商品经济乃至"金融——证券经济"的并存,而且中国人均购买力还很有限,中国的广大地区离产生后现代的那个消费社会还有相当大的距离。这就表明,现代性建构仍是中国当前最紧迫的任务。这在文学艺术上的表现就是,中国后现代主义仅仅是一个空间概念,它并不是在现代主义的基础上产生的。所以中国知识分子所认同的只是西方后现代主义的姿态,或者说形式框架,而并非其具体内涵和体验。除上述这些理论问题外,全球化问题也是中国学者近来关注的热点之一。有学者指出,全球化是马克思主义发展的必然,对此应从历史二重性角度辩证看待:一方面,全球化带来文化的融合;另一方面,它本身成为生产发展的阻碍。有学者认为应将全球化放在特定的时代来谈,文化全球化是文化工业出现后的特有现象。更有学者认为,面对全球化语境,现实、人、文化、艺术受到冲击而发生巨变,后现代文化同样在悄然影响着国内文化发展,文化危机的因素出现在我们的生活里。全球化正负面兼备,负面效应表现在人的价值观念的失衡和人的异化危机。为此,有学者强调文论与美学更应关怀现今的人,尤其是在全球化语境中人的精神的生存状态,使人得以诗意地栖居。

### (五)从美学的革命、从审美乌托邦向更广阔的文化领域的转向

刚刚过去的20世纪是一个充满悖论的时代:一方面,人类的精神力、物质生产

力和探索研发能力都在前所未有的程度上得到了发展；另一方面，人类又遇到了与人类生存自我相关的、深层的生存困境。历史哲学家雅斯贝尔斯曾经在人类历史中确定了一个“轴心时期”，并断言迄今为止的人类历史一直没有超越轴心时期所奠定的人类精神根基和框架。如果雅斯贝尔斯的设想成立，那么现在的问题就是：我们应当怎样把握和准确界定“轴心期”的历史精神在20世纪科技发展的时代所展示的极限或局限性？20世纪的思想家和理论家们对此做了许多深刻的探索。这些探索概括起来可以归结为一点：20世纪历史精神对原有内涵的批判，对原有限度的突破，都同文化在人类历史演进中的自觉直接相关。人就是文化的存在，无论是脱离人的文化或没有文化规定性的人的存在都是不可设想的。但作为文化存在的人并不是在任何时候都意识到存在的文化内涵和文化规定性的，因为，当人类自觉从文化的角度来审视自己的生存时，意味着人对自我的认识开始从外在的、人之外的眼界向人内在的、自我生成的眼界的回归，这是历史精神的了不起的飞跃。如此，文化的自觉就成了我们理解20世纪人类精神状况和历史的深层内涵的核心问题。在20世纪西方的各种思潮中，西方马克思主义无疑对上述问题具有敏锐的洞察力，并对这些问题作出了自己独特的回应。

尽管西方马克思主义理论内部存在着诸多差异，各个流派本身也存在着特定的缺陷，但都展现出对资本主义，包括对后工业社会和现存文化的批判而形成的共同的理论定位。从卢卡奇和葛兰西为代表的早期西方马克思主义对第一次世界大战后欧洲无产阶级革命失败教训的总结，到以法兰克福学派为代表的西方马克思主义流派对第二次世界大战后发达工业社会普遍的异化结构和现代人的文化困境的剖析；从早期西方马克思主义提出的总体性的文化革命观，到当今正在活跃着的西方马克思主义者们针对现代社会的全方位的文化批判，西方马克思主义一直与20世纪整个社会历史进程同呼吸、共命运，关注着人类的精神状况和文化境遇，关注着发达社会条件下人的解放和自由。而这些正是20世纪人类社会演进的核心问题。如果说前期的西方马克思主义者们更多的是关心“文化革命”，那么后期的西方马克思主义者们更多的是关心“文化批判”，包括：意识形态批判、技术理性批判、大众文化批判、性格结构与心理机制批判、现代国家批判、现代性批判等等。由于西方马克思主义学者们的研究都紧贴社会实际，因此新一代的学者们的研究领域已不仅仅局限在哲学、社会学、美学或文学艺术、电影、电视、新闻、广告、互联网、流行音乐乃至语言、时尚、习俗、信仰……文化生活的各个领域都留下了他们的声音。总之，从美学的革命，从审美乌托邦向更广阔的文化领域的转向，确实是20世纪后期西方马克思主义理论研究者们的一个共同点。20世纪90年代以来，一些主要资本主义国家的马克思主义研究者，更加潜心于研究现实生活问题。比如关于十月革命的合理性问题，苏联东欧剧变的原因问题，中国特色社会主义的性质、意义问题，市场与社会主义的关系问题，当代资本主义的命运问题，马克思主义的现实性问题，社会主义和共产主义的新模式问题等，这些在国际上富于敏感性的重大理论问题都在西方马克思主义研究的视野之中，为此，他们的研究动向值得我们密切关注。他们抓住了20世纪人类精神生活的各个领域的核心范畴。审视一下他们的论著，不难看出，在迄今为止的各种文化批判理论中，西方马克思主义所涉及的文化批判主题最为广泛深入，因此了解、研究他们的理论不仅可以为深入理解20世纪马克思主义在世界范围内的发展提供一个特殊的视角和窗口，而且也可以为我们全面理解20世纪全球性的文化危机和文化批判理论提供一个有价值的范例。

如今，在全球范围内活跃的西方马克思主义理论家中已经产生了一大批国际著名学者，他们的研究成果几乎涵盖了文化领域的各种问题，对我国知识界产生了广泛的影响。近年来我国文论界也出现了一种从传统的文论研究向文化研究的转向，这不能不说是受了西方马克思主义思潮的影响。

### （六）大众文化问题

大众文化是在资本主义市场经济和当代科学技术发展过程中出现的，这种文化样态利用科技媒介手段作为艺术载体，通俗化，大众化，是有相当商业利润的艺术文化品种。阿多诺把大众文化称为“文化工业”，并且进行了猛烈的批判。在阿多诺看来，表达启蒙精神的正面效应的艺术在当代资本主义社会已经面临绝境，甚至可以说已经死亡。今天，以艺术之名出现的东西不过是文化工业。这是当代资本主义社会的所谓艺术的一般形态，它集中地表现了垄断资本主义对大众的意识形态的操纵，因而是一种欺骗群众的启蒙精神。文化工业用文化产品生产的方式，体现了启蒙走向反面以后的否定个体独特性的同一性思维模式。同时它又是垄断资本主义社会的产物，体现了垄断资产阶级既以文化产品牟取高额利润，又以其同一性的方式使大众在思想上认同于现代资本主义社会，受到资产阶级意识形态的操纵，把文化工业作为巩固资本主义制度的“社会水泥”。

文化工业的产品随处可见，充斥着人们的生活。人们的思想，人们对整个世界的认识，都得通过文化工业这个过滤器。文化工业的欺骗性表现在，它给人们提供纯粹的娱乐和消遣，而并不提供思想和对现实的真实性认识。虽然娱乐和消遣也是人的正常需要，但是“娱乐消遣在晚期资本主义社会中是劳动的延续”。享乐免去了劳动的紧张，观众没有自己的思想，在松弛的心境中，第二天又心安理得地去从事日常的劳动。它是垄断资产阶级对劳动力进行再生产的手段。而且文化工业虽然不断地刺激着人们的愿望，但是这实际上是些不能兑现的奢望，是可望而不可及的痛苦。文化工业只能有利于资产阶级，而对广大饱受压迫的劳工群众则是进一步的统治和压迫。文化工业有巨大的商业利润，资本家一只手付给工人工资，另一只手则用大众娱乐制品把工人手中的钱放回自己的口袋。阿多诺以及法兰克福学派对以大众文化为代表的文化工业给予全盘否定和猛烈抨击，确实是对资本主义的罪恶的有力批判。对于我们正确认识西方资本主义国家的大众文化产品的性质，也有一定的启迪。詹姆逊的后现代主义文化批判理论中也有对于大众文化的批判。批判当代资本主义社会中流行的大众文化，是西方马克思主义理论的共同指向。

众所周知，我国经济体制改革的目标是建立社会主义市场经济体制。这是一个带有全局性的重大突破。我国目前已经确立了社会主义市场经济体制的基本框架，制定了深化改革的总体蓝图，我国的改革发展从此进入了理论上和实践上全面性总体推进的新阶段。由社会主义计划经济体制向社会主义市场经济体制的转变，这一历史性突破给中国人民的社会生活带来了巨大的变化，人们对生产和消费的观念的变化尤为明显。此时，人们已经不是将文学简单地看作是一种意识形态，也不是将文学简单地看作是安邦治国的利器。给中国的文学剥去昔日伪神圣外衣的同时，人们将注意力集中到了文学的生产过程、接受过程等以往不甚关注的领域，人们开始更多地关注起文学性的诸多问题。由此，文学创作、研究和整个接受过程都悄悄发生着变化。

随着改革开放逐渐深入的步伐，整个中国社会，尤其是沿海开放城市的面貌发生了深刻的变化。市场经济和城市化进程加快了多元文化的形成；市民社会的逐渐形成更使文学逐渐进入个人私秘空间，喜欢或不喜欢什么作品，完全成了个人的事情，与公众的关系越来越疏离。而商品化、城市文明又带来了劳动时间和休闲时间分离的直接后果。人们开始把文学视之为一种生活中的休闲，甚至需要在阅读文学作品中寻求一种快感。这种休闲和娱乐型的文学，并不旨在解释生活的底蕴，只求满足由文本激起的情感本身。各种各样的“戏说”大行其道，也许最能说明问题。在众多的“戏说”中不能说没有情感，这种情感甚至在某种意义上也折射出社会内涵，但它们不是为了揭示真实的历史感，而是折射出欣赏者所理解的历史和审美趣味。市民社会对文学的多样化要求还表现在自身极大的宽容性上，古典的与现代的、中国的与外国的统统来者不拒，并在此基础上形成以满足快感经验为精神内涵的“兼容并蓄”的混合型文学，这种文学多样化的样态是中国近半个世纪以来所未曾出现过的。

在改革开放以后的新时期，由于市场经济对文化事业的冲击和影响，一些海外的大众文化制品闯入中国，以其制作的华丽、眩人耳目的感官刺激，吸引了大量受众，获取了丰厚的商业利润。由于利益的驱使，中国的大众文化随之得到迅猛发展，制作形式与西方文化工业是一致的，就是按照统一的模式，成批地进行文化传播物的生产，用大众最能接受的传播媒介生产最流行的电影、电视剧、卡拉OK、广播、书报出版物等。这一方面确实丰富了社会文化生活，但同时又造成了抬高官能享受，淡化和压抑高尚情操的文化倾向。大众文化的风行，是当前艺术的人文精神失落的一种重要现象。面对大众文化对于严肃文化的冲击，理论界开展了关于大众文化的长期讨论。我国学术界认为，大众文化是当前一个突出的带有世界性和时代性的文化现象，它所表现的规律，也有属于文化发展的一般规律和时代内容的东西，特别是与高科技结合的大众文化产品的大批量、模式化的制作与传播，既有促进文化发展的正面影响，又对文化发展提出了新的问题和挑战。

在有关大众文化的讨论中，不少学者对大众文化的概念作了分析和界定。有人提出，Mass Culture这个概念是西方马克思主义理论家霍克海默与洛文塔尔在1942年的通信中首先使用的，他们使用这个概念的意义是指“文化工业”(Culture Industry)的产品。这个概念的正确译法应当是“大量艺术”，即“大量生产的艺术，不是大众艺术”，不是中国革命文化长期提倡的为大众服务的文化。有人则认为，当前的大众文化是通俗文化，与精英文化相并列。有的学者提醒人们注意大众文化的负面效应，认为大众文化是现代社会发展不可避免的现象，它给人类带来许多新的东西，也毁灭了不少有价值的东西。在一个真正多样化的社会里，大众文化应有它的地位，但它对人类文化生态的破坏必须警惕，它的霸权更应加以抵制。要做到警惕和抵制，就必须坚持对大众文化的持续的批判。这些看法与西方马克思主义理论家的观点有相似之处。法兰克福学派对大众文化的批判，隐含着对现代主义的精英文化的提倡。与西方马克思主义理论家单纯批判大众文化不同，新时期中国理论家对大众文化采取肯定和支持态度的大有人在。有人提出，大众文化的发展体现了人民的文化需求和文化权利，在文化领域形成多样化和多层次的局面，从而给人民提供了选择的条件。当代大众文化的出现，提出了“审美与生活的同一”的新的命题，弥补了传统美学的缺陷。大众文化与高层文化互相影响，形成互补格局。

大众文化在走向现代化的过程中崛起和发展，有其社会生活的必然性。现在的问题是如何将大众文化的发展纳入建设中国特色社会主义文化的统一格局之中，促进其健康发展。比较西方马克思主义文论与新时期文论，应当对中国当前的大众文化作更加细致的分析，看到中国的大众文化有顺应市场经济和现代科技发展的积极的一面，有走向现代化社会生活的积极的一面，体现了民众自发的审美需求。这里有与西方国家大众文化相同的东西，更有不同的因素。这个不同根本上是我国文化的整体性质不同，人民大众的文化地位不同。比较西方马克思主义文论与新时期文论对大众文化的论述异同，把握这些区别，使我们在引进海外大众文化制品时更多考虑西方马克思主义理论家对资本主义社会中大众文化的性质的分析，以防止负面效应。

## （七）生态文艺学和生态美学问题

西方马克思主义生态伦理，是建立在对作为西方现代化价值体系的近代技术理性进行批判的基础上。卢卡奇的《历史和阶级意识》为西方马克思主义理论家所继承，并发扬光大。卢卡奇指出，脱离“人类实践”和“社会历史”研究自然物质世界，这实际上是一种旧唯物主义哲学，并没有把握马克思实践唯物主义哲学的真谛。他认为，在实践唯物主义哲学那里，“自然是一个历史的范畴。这就是说，在社会发展的一定阶段上什么被看作是自然，这种自然同人的关系是怎样的，而且人对自然的阐明又是以何种形式进行的，因此，自然按照形式和内容、范围和对象性应意味着什么，这一切始终都是受到社会制约的。”[①]因此，自然的发展状况实际上是由社会发展的状况所决定的，而把社会和自然联系起来的中介就是人类实践。卢卡奇认为，在资本主义制度下，社会和自然关系的异化，生态问题的产生具有必然性。首先，从资本主义制度的本质看，其生产的目的并不是为了实现人的自由和全面发展，而是服从和服务于资本追求利润的需要，因此在资本主义制度下人的发展方向取决于资本追求利润的需要，人就陷入被物所支配和奴役的异化状态。其次，正是资本主义制度的本质决定了工具理性和价值理性的分离，从而导致理性变成技术理性，反过来成为统治人、奴役人的工具，进而也必然导致纳入人类实践活动中的自然的异化。问题在于，“理性”在资本主义制度下是如何演变为“技术理性”的呢？后来的西方马克思主义理论家认为，其根源就在于西方传统的哲学世界观中，特别是西方近代的启蒙理性中。霍克海默尔、阿多诺在《启蒙的辩证法》一书对这一问题进行了系统的分析。他们指出，近代启蒙运动的主旨在于把理性从神话的压迫下解放出来，其目的在于“使人们摆脱恐惧，成为主人”。[②] 近代启蒙理性认为，人之所以能够成为主人，就在于人具有理性和知识，这里他们所讲的知识并不是揭示事物本质的概念和观念，而是指作为人类征服自然和改造自然的方法和技术。由此一切有关实体、存在、生存、实质、因果性这样一些概念都因其超验的性质而被视为形而上学，从而被逐出科学的领域。凡是不可预料和利用的东西，启蒙理性都认为是可疑的。由此世界仅仅被归结为量的形式方面，启蒙理性以形式的抽象统一原则来把握世界，数学化、标准化、实用化成为了启蒙理性的标志。其结果

---

① 卢卡奇：《历史与阶级意识》，杜章智、任立、燕宏远译，商务印书馆，1992年，第318—319页。

② 霍克海默尔、阿多诺：《启蒙的辩证法》，洪佩郁、蔺月峰译，重庆出版社，1990年，第1页。

是启蒙理性不仅没有使人们从神话中解放出来，而且还走向它的反面，带来了新的神话。因为启蒙运动自培根提出“知识就是力量”，并将知识归结为技术以来，人们便相信只要凭借着科学技术理性，不仅可以从宗教神学和自然崇拜中解放出来，而且还可以依靠科学技术，通过征服自然，而成为自然和宇宙的主宰，这实际上是一种新的神话。这种以工具性为特征的启蒙理性既造就了理性的异化，也导致了人和自然关系的异化。

西方的生态伦理学包括“非人类中心论”和“现代人类中心论”两种类型。“非人类中心论”的生态伦理认为，当代世界生态危机产生的根源在于西方文化的哲学传统——人类中心论。因为在“人类中心论”看来，人是宇宙中唯一具有内在价值的存在物，其他一切事物的价值取决于人的需要，因此只具有相对于人类的工具价值。只有人与人之间构成道德权利义务关系，人类之外的自然界及其存在物则被排除在道德考虑之外，其结果导致科学技术的滥用。“非人类中心论”的生态伦理以功利主义伦理学、康德道义论伦理学以及现代生态学的系统理论为基础，相继提出动物解放论、动物权利论、生物中心主义和生态中心主义理论，其核心思想就是论证人之外的生物及自然存在物也具有内在价值和权利，解决生态危机的关键就在于走出人类中心主义。与此对应，“现代人类中心论”的生态伦理既反思了传统人类中心主义的狭隘的自我观念和需要观念，但同时也指出如果生态运动的根本目的就在于捍卫人类的根本利益和长远利益，否则生态运动将丧失其内在的动力和基础。因此，解决当代生态危机的根本出路不仅不在于是否承认人之外的生物及自然是否具有内在价值，而在于立足人类的长远利益和根本利益，彻底贯彻人类中心主义，实现人类经济的可持续发展。人类中心论和非人类中心论虽然都从哲学世界观的角度，揭示了传统人类中心论以及建立在这一基础上的科技理性是生态问题产生的根源，但是他们都脱离一定的社会制度和社会历史条件，抽象地考察科学技术的作用，并把人类摆脱生态危机的出路归结为“是走出人类中心论还是走入人类中心论”的抽象价值争论上。这种争论虽然有利于人类认识人类行为的后果，在一定程度上缓解生态问题，但是却无法真正解决生态问题。

值得注意的是，西方马克思主义的生态伦理不是站在资产阶级的立场上，不是在资本主义框架范围内寻找摆脱生态危机的出路，而是力图运用马克思主义哲学理论分析西方社会的现实，始终坚持把技术理性批判和资本主义制度批判有机地结合起来，同时他们也并不否定技术发展的必要性和满足人的需要的必要性，只是认为在资本主义条件下，科学技术必然会异化为统治和奴役大众的工具，西方传统的人类中心主义必然会演变为“阶级中心主义”，人的需要必然不是自主的、合理的需要，而只能是被资本所控制、所支配的需要。因此生态问题、人和自然关系的紧张是资本主义制度的必然产物。要从根本上解决生态问题，只有通过制度变革，摆脱消费主义文化和生存方式的支配，正确处理劳动、消费、需要与幸福之间关系。应该说，这种理论更具有历史感和现实感，更深刻地揭示了生态问题的本质，因此也受到了我国学者的关注。还应该看到，西方马克思主义生态伦理有利于我们建立非西方中心论的发展观、科技观和生态观。从发展观的角度看，西方马克思主义生态伦理的消费主义文化批判说明：发展虽然是以生产力水平的提高、物质财富的增加为基础的，但是真正意义的发展实际上包括物质文明发展和精神文明发展这两个向度，如果人们沉醉于商品消费中，并以此作为自由和幸福的体验的话，那么这种发展实际上是一种异化的发展。当代中国社会生活中所出现的粗俗化、感性化、商品化的现象和这种异化的发展观有着密切的联系。因此，我们所追求的发展必须是以人的自由和全面发展为目的的物质和精神的均衡发展，也就是科学的发展观。从科技观的角度看，由于全球性生态问题越来越严重，西方出现了以反思和批判理性与科学技术的所谓后现代哲学文化思潮，在这股思潮的影响下，国内学术界也出现了一股敌视科学技术、夸大科学技术负效应的反科技思潮。西方马克思主义生态伦理的技术理性批判和资本主义制度批判表明，科学技术本身并无什么价值属性，其作用方向实际上是由社会制度所决定的。反科技思潮不仅在理论上是错误的，而且也对当代中国社会出现的若干非理性现象起了推波助澜的作用，不利于我国的现代化建设。

当代西方马克思主义学者更是把注意力集中在对消费主义文化和生存方式批判。通过这种批判，揭示出当代西方社会盛行的消费主义文化和生存方式，实际上是资产阶级意识形态故意制造出来的，其根本目的在于维系其统治的合法性，使广大群众沉醉于服务于资本追求利润的异化消费中，弱化其政治意识和革命意识。消费主义文化和生存方式必然会进一步强化当代生态危机，他们通过树立新的需要和幸福观念，使人们从受支配、被牵引的需要中解放出来，把对幸福的追求和确立，建立在创造性的劳动过程中，而不是异化消费中。西方马克思主义理论家认为，在当代西方社会消费主义文化的牵引下，人的需要并非是出于人的真实意愿自主选择的结果，而是完全由消费主义文化所制造出来强加于人，人的心灵世界实际上已经处于被支配和被控制的状态。在这种状态下，人们逃避到商品消费中去寻找心灵的慰藉，去体验为逃避异化劳动的所谓幸福。而实际上这种被支配的需要和幸福既无法使人们实现自己的自由和价值，也必然会加剧生态危机。西方马克思主义学者的上述分析确实是抓到了资本主义的要害。

应该说，西方马克思主义的这些论述对于学科建设和学科发展是必要和有意义的。但是，我们应该清醒地看到，当代资本主义国家正是借全球性生态危机的出现，在捍卫“人类整体利益”口号下，不仅不承担其保护生态环境应有的责任，而且对广大发展中国家实行“生态殖民主义”，并在保护生态环境的“生态帝国主义”的口号下，对广大发展中国家实行所谓“绿色贸易壁垒”，其根本目的在于维护本国资本追求利润的需要。正如西方马克思主义生态伦理所揭示的，在目前资本主义生产体系不断扩张的条件下，在生态问题上，放弃民族利益而实施“全球伦理”实际上是不可能的，那只会导致本国更大的生态灾难。中国作为一个发展中国家，我们不应忽视本国的历史条件，超越社会发展阶段，对西方国家的生态哲学、生态伦理学和生态经济学全盘接受，而应该在马克思主义基本理论的指导下，结合本国的实际情况和人类历史的发展现状，创立超越西方中心论基础上的生态伦理，以指导制定本国的生态发展战略。“西马”的上述理论对于我国正在建构的“生态文艺学”与“生态美学”应该是有一定启示作用的。

## （八）后马克思主义话语及其对中国文论的启迪

后马克思主义思潮是在70年代之后逐步兴起的一种激进思潮，这种思潮的独特性与整个西方马克思主义发展特征直接相关。从逻辑上看，经典的“西方马克思主义”只是以人本主义——新人本主义为理论前提的对发达资本主义批判的文化思潮。但是在60年代中期，阿尔都塞提出“马克思主义是理论上的反人道主义”口号以及阿多诺以“否定的辩证法”证明了它的批判逻辑的脆弱性之后，这种思潮内部就发生了深刻的分裂而产生一种总体上的不可能性。在实践上，1968年的“5月风暴”也没有带来预期的结果。因此经典“西方马克思主义”的逻辑就此终结了。在这之后，结构主义转向、哈贝马斯的晚期资本主义分析等都是其演化出来的不同方向。值得注意的是，后现代对宏大叙事和普世理论的怀疑直接鼓舞和推动了后马克思主义思潮的兴起，这种思潮一方面继承了马克思主义对资本主义的某些批判，另一方面又将自己的理论建立在对马克思主义的公开批评上。如福柯谱系学政治、德勒兹与加塔利对资本主义后现代式诊断、鲍德里亚试图将马克思主义政治经济学与符号学结合起来举证的反政治、欧内斯特·拉克劳和尚塔尔·墨菲等人多样的激进民主政治理论以及德里达的幽灵政治学等等。与传统的马克思主义相比，后马克思主义的概念框架只是保留和继承了马克思主义中某种直觉和散漫的形式，更多的则是压抑其经济和历史的分析部分。因此有学者用“非还原主义”来描述其特征。客观上看，后马克思主义思潮用更为灵活和自由的方式使“马克思主义”成为激进、自由和多样化民主斗争的有用工具时，它们也使马克思主义进一步失去其总体革命理论的特征，成为个别理论家文化造反的借口。在这一意义上，它是继“西方马克思主义”之后又一次深刻的逻辑转向和形式转移。虽然后马克思主义思潮的边界仍然是一个有争议的问题，但以下基本特征却是非常确定的。

(1) 对马克思主义理论目标的改造。在这种改造中,社会主义或共产主义作为乌托邦被从批判理论中抹去了,或者被改写为一种各个阶级都能接受的伦理价值,例如拉克劳和墨菲拒斥了工人阶级的社会主义观而与自由主义重修旧好,提出激进多样化民主政治方案。

(2) 告别无产阶级革命。在这一点上,虽然福柯、德勒兹、墨菲等人无不提出比传统的马克思主义更为激进的革命立场,但毫无疑问也都告别了无产阶级政治。例如拉克劳和墨菲从"阶级主义"的政治走向多样化民主政治,而高兹则公开大唱"告别无产阶级"的文化革命的赞歌。

(3) 刷新了马克思主义的历史观,反对元叙事。这是后马克思主义最为深层的东西,在这里它彰显了后现代理论的基本特征,如反本质主义、反主体性、反对权力中心主义、主张异质性、差异性和多样性等。所以我们看到贝斯特和凯尔纳等人在讨论后现代理论时主要面对的就是后马克思主义思潮。

从总体上说,后马克思主义思潮以新奇性宣告了"作为现代性宏伟规划的马克思主义"已经结束,代之以"小写的马克思主义"。在内容与形式上都明确地在自己与传统的马克思主义之间划出了一条清晰的界限,改写了"马克思主义"这个术语的能指,使之成为漂浮不定的符号。

就后马克思主义思潮而言,虽然它所依赖的基础和批判的对象在80年代之前的中国绝对都不存在,然而它却能够随着改革开放的进程寄生在后现代思潮中一步一步成为中国学术的时髦话语。如有学者所批判的那样,在话语移植过程中,由于我们自身缺乏独立话语和自觉的边界意识,可能存在着种种的误读与滥用。但随着市场的深入以及国际化程度的加强,后马克思主义思潮也绝非与我们无甚干系。从目前的状况看,它至少可能在以下四个方面对中国思想界、包括文论、美学界产生影响:

(1) 随着对后马克思主义思潮译介、研究的深入,它们所提供的理论视野对我们警觉全球资本主义具有直接的现实意义。在目前国内学术界,对资本主义元生产的研究、对全球化过程的文化霸权的质疑、对信息媒体和大众文化的研究等虽然在总体上还处于稚嫩的阶段,但它们所引发的思考却不能忽视,而在其中后马克思主义思潮起了相当关键的作用。也可以预见,随着媒体、网络、大众文化的进一步发展,类似于西方社会批判理论(如波斯特基于后结构主义理论所进行的媒体研究)的本土话语也将逐步浮出水面。

(2) 在现代化转型中,后马克思主义思潮对中国现代化道路选择具有重大的参照价值。后马克思主义思潮作为一种批判思潮,它不仅仅在直接批判资本主义方面为我们道路选择提供有效的借鉴,更为重要的是,后马克思主义思潮的全部理论基础都是在对西方理性反思基础上确证的,因此也可以为处于复杂境遇中的中国现代化提供某种思想基础。

（3）对中国整体文化反思和知识分子使命探索具有积极的推动作用。当后马克思主义思潮把自己的视角转向全部历史关系的批判，它所要求的就不仅仅是自身能够在现实的社会权力关系中占有一个有利的位置，而是对全部文化的重构。这就必然要求对知识和知识分子的社会功能和历史使命的再认识。这一点毫无疑问地也是中国学术的核心课题。

（4）虽然后马克思主义已经极大地溢出了马克思主义的边界，甚至在不同程度地抛弃了马克思主义传统，但是它所提出的问题却是今天马克思主义所必须面对的。因此，尽管后马克思主义与中国的马克思主义哲学、文论建构有着巨大的语境鸿沟，但在现代性、全球化和自由自觉的未来三个向度上，后马克思主义能够为中国特色的马克思主义文论话语的建构提供有意义的借鉴。

总之，虽然后马克思主义对于大多数中国人来说还是一种别样的经验，当然我们也确信它并不能直接提供一种自由解放的现实选择，但是我们并不能因此就将它忽略不计。相反，它对现实的永不妥协的批判精神、对真正的平等自由的义无反顾的追逐，这些也正是我们时代、我们民族所需要的东西。在此意义上，批判和借鉴仍然是我们面对它的态度。

**参考文献：**

John Fiske: *Understanding Popular Culture*, London and New York, Routledge, 1989.

Richard Wolin: *The Terms of Cultural Criticism*, New York, Columbia University Press, 1992.

Ben Agger: *Cultural Studies as Critical Theory*, London, Falmer Press, 1992.

Stuart Hall and Paul du Gay: *Questions of Cultural Identity*, London, SAGE Publications, 1996.

Angela McRobbie: *Feminism and youth Culture*, London, Macmillan Press Ltd, 1991.

Mark Poster: *What's the Matter with the Internet*, Minneapolis the University of Minnesota, 2001.

哈瑞森、杭廷顿编:《为什么文化很重要》，李振昌、林慈淑译，台北联经出版事业股份有限公司，2003年。

《新左派杂志》编:《西方马克思主义批判文选》，徐平译，台北源流出版事业股份有限公司，1994年。

马驰:《马克思主义美学传播史》，漓江出版社，2001年。

冯宪光:《西方马克思主义美学研究》，重庆出版社，1997年。

# 第三编

# 新时期文艺论争研究

# 第十章
# 新时期文艺论争研究

勇于探索，善于探索，在探索中创造，在探索中前进，这就是新时期近三十年来文艺理论发展的总体面貌。新时期文艺理论的整个探索进程可大致划分为五个阶段：1979 年至 1981 年是“拨乱反正”阶段，1982 至 1989 年是改革突进阶段，1990 年至 1994 年是深化调整阶段，1995 年至 1999 年是转型提高阶段，2000 年至今是综合创新阶段。要探索就会有各种思想和观念的碰撞和激荡，就会有讨论乃至争论，因而每个阶段都是围绕着几个核心问题的讨论展开的。

## 第一节
## 拨乱反正阶段（1979—1981）

打倒“四人帮”以后，中国社会的各个方面，包括文艺理论领域在内，都面临着拨乱反正的历史任务。“四人帮”靠文艺起家，文艺是“重灾区”，积重难返，拨乱反正的任务尤其艰巨。就文艺理论方面看，一开始主要是批《纪要》，批“文艺黑线专政论”，为所谓“黑八论”翻案。随着批判的深入发展，“四人帮”反革命文艺纲领的要害也就暴露出来了，这就是“四人帮”在“文革”期间竭力鼓吹的要求文艺为他们篡党夺权的反革命政治服务的理论。正是借助这一理论，“四人帮”才得以在文艺界兴风作浪，大举讨伐，把社会主义文艺完全变为实现他们反革命政治阴谋的工具。因此，要想从根本上摧毁“四人帮”的文艺思想体系，彻底肃清其流毒，使新时期文艺理论走上正常发展的轨道，就必须狠批“四人帮”的“阴谋文艺论”，重新反思文艺与政治的关系，力求在这个问题上有所突破，有所新见。于是，从 1979 年开始，文艺理论界展开了“文艺与政治的关系”问题的大讨论。

这次讨论最初由 1979 年第 4 期《上海文学》发表的评论员文章《为文艺正名——驳“文艺是阶级斗争的工具”论》引发，文章指出，“工具论”的观点是“将文艺与政治的关系说成唯一的、全部的关系”，“把文艺与阶级的欲望、意志的关系作为首先的和基本的关系来考察”，因而“是一种取消文艺的文艺观”，是“唯心主义的文艺观”。该文在推动“解放思想”上显然有其重要价值。但是其观点并不全面，甚至是有从一个极端走向了另一个极端的倾向，即否认了文艺与政治之间的必然联系。

因此，该文发表后，立即引起强烈反响和争论，短短一年多的时间，就有数十家报刊发表了百余篇论文，各抒已见，争论迭起，形成了“文艺与政治的关系”的讨论热潮。

分歧主要涉及对上层建筑的理论上的理解。有的意见认为，文艺与政治同属于上层建筑，是并列的关系，文艺不应该为政治服务①；又有意见认为，政治是上层建筑的核心部分，是经济的集中表现，文艺应当为政治服务②；还有的意见认为，文艺与政治的关系虽然密切，但又不应该是服务和被服务的关系③。经过不同意见的商榷和争辩，问题也就越来越清楚了。

1980年，邓小平同志在《目前的形势和任务》一文中明确表示：“不再继续提文艺从属于政治这样的口号，因为这个口号容易成为对文艺横加干涉的理论根据，长期的实践证明它对文艺的发展利少害多。但是，这当然不是说文艺可以脱离政治。文艺是不可能脱离政治的。”小平同志的这一意见代表着党内最高决策层对“文艺与政治关系”的一种新见解。

1980年7月26日《人民日报》发表了题为《文艺为人民服务，为社会主义服务》的社论，该社论肯定了“文艺为政治服务”在历史上曾起过的积极作用，也分析了它在理论上和实践上造成的种种混乱和弊端，认为在新的形势下不宜继续提这一口号，应该代之以“文艺为人民服务，为社会主义服务的口号”，这后一个口号“概括了文艺工作的总任务和根本目的，它包括了为政治服务，但比孤立地提为政治服务更全面、更科学。它不仅能完整地反映社会主义时代对文艺的历史要求，而且更符合文艺规律”。《人民日报》的这个社论可说是对这次讨论的一个权威性的总结。

文艺与政治关系的讨论是新时期文艺理论的第一次重大讨论，所讨论的问题并非在于文艺为不为政治服务，而在于文艺为什么政治服务。文艺要为社会主义的政治服务，而不是为“四人帮”的反革命政治服务。因此这次讨论不仅从根本上掀翻了“四人帮”的反动文艺思想体系，而且纠正了长期以来一直在文艺与政治关系问题上的理论偏差，其巨大的历史功绩不可低估。

与文艺与政治关系的讨论同时或稍后，文艺理论界又展开了关于现实主义问题的讨论。如果说前一讨论侧重在“拨乱”方面，那么后一讨论则主要是完成“反

---

①　参阅王若望《文艺与政治不是从属关系》，《文艺研究》1980年第1期；王若水《文艺·政治·人民》，《文艺理论研究》1980年第3期；曹廷华《“文艺从属于政治”是不科学的命题》，《文艺研究》1980年第3期；玫生《试评“文艺从属于政治”的理论基础》，《文艺理论研究》1980年第3期。

②　参阅敏泽《文艺要为政治服务》，《文艺研究》1980年第1期；张建业《文艺应当为政治服务》，《文学评论》1980年第2期；杜景华《政治处于支配地位》，《文艺研究》1980年第3期；古里木《文艺与政治关系小议》，《文汇报》1980年4月22日。

③　参阅徐中玉《从实际出发看问题》，《文艺理论研究》1980年第3期；陈荒煤《文艺理论应该注意的问题——在1980年摄影理论年会上学的讲话》，《中国摄影》1981年第2期；周扬《解放思想，真实地表现我们的时代——谈有关当前戏剧文学创作中的几个问题》，《文艺报》1981年第4期。

正”的任务。从“五四”到建国初期，现实主义文学一直兴旺发达，成为中国现代文学的主流。但是50年代中期以后，现实主义文学却遭到了愈演愈烈的“左”倾文艺思想的干扰和压制，尤其在“文革”中，现实主义文学更是陷入了连根拔除的厄运，被“四人帮”判为“黑八论”的文艺观念中，竟有四条是关于现实主义的。“四人帮”倒台后，四化建设的新生活以及实事求是、务实的、独立思考的、积极探索的时代精神都强烈地呼唤着现实主义创作的回归。“伤痕文学”、“反思文学”、“改革文学”等一批现实主义文学应运而生。创作实践中日益高涨的现实主义浪潮提出了从理论上重新认识现实主义和总结现实主义创作经验的历史要求。从理论本身的发展看，在彻底推翻了“四人帮”的“阴谋文艺论”之后，也面临着确立历史唯物主义反映论的创作路线，恢复和发扬现实主义优良传统的理论任务。一场有关现实主义问题的讨论势在必行。

这次讨论一开始主要围绕着“写真实”和“写本质”的争论展开。一派观点认为，“写真实”是马克思主义文艺理论的基本要求，是现实主义文学的基本特征，反映了真实也就反映出了生活的本质①。另一派观点认为“写真实”容易导向自然主义，甚至成为脱离“四项基本原则”的避风港，文艺必须努力反映生活的本质，而不只是描写生活中的真实②。还有一派观点认为，“写真实”固然重要，但也不能只是写真实，现实主义文学还要求真善美的统一③。

从理论上讲，后一种观点似乎更全面、更稳妥。但在当时的条件下，提出“写真实”是一个巨大进步。“文革”中的“假、大、空”的文学已经使人厌恶至极，人们渴望一种写真事、说真话的新文学。“写真实”反映了人们的这种普遍的要求，对于恢复和发扬现实主义传统具有积极的意义。但是，“写真实”作为一个战略性的创作口号显然又是不合适的。因为新时期文艺的发展并不限于现实主义一途，只提“写真实”就有可能造成新的创作框框。而且，“写真实”这一口号在客观上也确实容易造成不顾社会效果、忽略社会责任的流弊。从这方面看，“写本质”的提出对“写真实”不失为一种有益的理论补充。但是，在讨论中，由“写本质”论也导出了一种片面强调“写本质”，把“写本质”与“写真实”对立起来的偏向，有的论者甚至先验地把生活

---

① 参阅周忠厚《“写真实”不容否定》，《延河》1980年第1期；畅广元《否定“写真实”是错误的》，《陕西师大学报》1980年第3期；耿庸《真实散记》，《光明日报》1980年12月24日；郁沅《写真实是现实主义的基本规律》，《长江》1981年第4期；谭好哲《略论“写真实”与“写本质”》，《江汉论坛》1982年第2期。

② 参阅李玉铭、韩志君《对“写真实”论的质疑》，《红旗》1980年第4期；计永佑《对“写真实”这个口号的一点澄清》，《天津日报》1981年2月14日；赵增锴《真实与本质》，《人民日报》1981年4月15日；程继田《为“写本质”一辩》，《山西大学学报》1982年第1期。

③ 参阅程代熙《现实主义的真实和作家的同情》，《文艺报》1980年第5期；陆贵山《怎样理解“写真实”》，《红旗》1980年第9期。

本质等同于生活的主流，又把生活的主流等同于生活的光明面[①]。这种观点显然是与现实主义的观点相牴牾的。现在看来，那时提出“写真实”是必要的，但要对“写真实”做出正确的界定，关键是把现实主义真实观与自然主义真实观区分开来，这一点在当时已有论者提出并作了比较深刻的论述[②]。

在现实主义的讨论充分展开之后，争论的焦点就由“写真实”的问题逐渐转向了在新的历史条件下现实主义如何发展的问题。恢复和发扬现实主义传统并不是简单地回到和重复过去的现实主义，况且过去的现实主义也存在着种种不同的形态。新的时代生活要求新的现实主义的新气象和新动向，这就产生了在新的社会历史条件下要不要和如何发展现实主义的问题。因为这个问题涉及对以往的、尤其是50年代通行的创作方法的评价，不同观点的争论也就显得格外激烈。

“发展派”的观点认为，50年代以来实行的社会主义现实主义和“两结合”的创作方法，在当时提出的时候有一定的现实依据，但在后来的实践过程中却产生了一些不好的效果，因此新时期的现实主义文学不能再以社会主义现实主义和“两结合”为唯一的准则和标准，应当允许有各方面的实验和探求，以取得现实主义文学在新条件下的深化和新发展[③]。又认为，恢复现实主义并非回归到过去的哪一种具体的创作方法，而是恢复历史上所有的进步文学所体现出的现实主义精神，只有在这种现实主义精神的基础上，新时期的文学才可以寻求多种途径的新发展[④]。“发展派”的观点并非都是妥当的，甚至还出现了过头和过激的言论，例如有人提出了“社会主义批判现实主义”的错误命题[⑤]。但“发展论”在总体上是与当时创作界和理论界的积极探索的精神是一致的，代表着文艺理论的前进趋向，其基本论点也是站得住脚的。

与“发展派”相对立的是“坚持派”的观点，认为“两结合”是社会主义文艺创作的一个普遍适用的原则；社会主义现实主义是具有社会主义时代特征的创作方法，是现实主义发展的一个更高的形式；现在应大力提倡“两结合”和社会主义现实主义，使其在新时期文学中占据主导地位[⑥]。

---

① 参阅计永佑《要注重写我们的光明》，《人民日报》1980年10月8日；吴翊南《文艺反映生活本质问题初探》，《学习与探索》1982年第1期。

② 参阅吴富恒、狄其骢《现实主义和自然主义在真实性问题上的区别》，《文艺报》1982年第7期。

③ 参阅刘光《“两结合”创作方法与“左”倾思潮》，《社会科学研究》1980年第5期；薛瑞生《“两结合”创作方法漫议》，《人文杂志》1980年第5期；王愚《现实主义厄运及其教训》，《延河》1980年第6期。

④ 参阅张维安《现实主义——艺术反映现实的客观法则》，《十月》1980年第3期；邹平《现实主义精神和多样的创作方法》，《文学评论》1982年第5期。

⑤ 参阅黄伟宗《论社会主义的批判主义》，《湘江文艺》1980年第4期。

⑥ 参阅刘长久《要实事求是地看待“两结合”的创作方法》，《社会科学研究》1980年第5期；秦牧《发扬光大革命文学的现实主义传统》，《南方日报》1980年4月2日；谢昌余《恢复社会主义现实主义的传统》，《甘肃文艺》1980年第5期。

如何评价“两结合”和社会主义现实主义的历史功过，确是一个重要的理论问题，必须通过自由的讨论加以辨明。但是无论如何，想要在新时期完全恢复过去的创作方法的大一统局面，不仅在理论上是保守的，在实践上也绝无可能性。新时期的现实主义文学必须进行多方面的开掘和深化，“两结合”和社会主义现实主义也只能通过与其他创作方法的公平竞争来接受历史的选择。

需要说明的是，有关现实主义的讨论并非仅限于上述80年代初期，而是时起时伏地贯穿于整个新时期。每当现实主义的创作高涨时，现实主义的理论探讨也随之高涨，而且涉及的论题也越来越广泛，诸如反映论问题、典型问题、人性和人道主义的问题、新写实主义问题等等，实际上都是与现实主义有关的。可以说，在新时期文艺论争中，关于现实主义问题一直是新时期文学发展中的一个核心问题。80年代初的这次讨论是在“拨乱反正”的背景下进行的，它为当时方兴未艾的现实主义文学提供了理论支持，也为整个新时期现实主义文学的发展奠定了理论出发点。

## 第二节
## 改革突进阶段（1982—1989）

1982年，随着社会改革开放的深入，文艺领域又出现了新动向，主要是一些原来只运用现实主义方法的作家，为了适应现实生活的多种变化和满足人民群众的多种欣赏需求，开始学习和借鉴西方现代主义的创作手法和技巧，如朦胧诗、意识流小说、荒诞戏剧等。此种学习现代派的风气，由美术到文学，由电影到戏剧，由诗歌到小说，迅速吹遍了文艺的各个角落，一时间可谓蔚为大观，以至有人认为中国已产生了自己的“现代主义”文学。现代主义偏重于主观自我的表现和艺术形式的创新，具有反理性的内容和反常的形式特征，这些都同传统的现实主义迥然相异，也是原有的现实主义理论包容和规范不了的，它必将导致原有理论模式的剧烈的动荡和裂变。因而，以1982年开始的关于现代主义的讨论为标志，新时期文艺理论的探索跨入了改革突进的阶段。

现代主义之争最初由“朦胧诗”的争论引起。“朦胧诗”主要是一批“文革”后成长起来的青年诗人写的诗，这种诗专注于诗人个人的内心世界的深处，意象跳跃不定、扑朔迷离，用语上也颇为离奇古怪，由于与五六十年代诗歌创作的路子反差甚大，招致非议也是意料之中的事。有人认为，“朦胧诗”让人读不懂，表现的思想情调也是灰暗的，是新诗发展中的反常倾向，不宜在青年中推崇和倡导①。又有人针锋相对地提出朦胧诗“追求生活溶解在心灵中的秘密”，“大胆吸收西方现代诗歌的某些表现方式”，从内容到形式都突破了传统的创作模式，它的出现代表着一种“新的美学原则的崛起”，标志着我国新诗全面发展的“新开始”②。这种“崛起论”的观点一出，由于其较强的冲击力，马上招来了不少论者的批评和反对，认为把“朦胧诗”推崇为“新的崛起”是“误人子弟”，而所谓“新崛起的美学原则”，不过是“一套相当完整的、散发出非常浓烈的小资产阶级的个人主义气味的美学思想”③。这些批驳的观点措词颇为严厉，政治色彩也颇为浓厚。

然而，“朦胧诗”不过是现代主义在诗歌领域的具体表现，所以，随着争论的不断尖锐化和白热化，“朦胧诗”的讨论也就升级为现代主义的讨论。关于现代主义的讨论有两个核心议题，一是如何看待西方现代主义思潮，二是中国的现代主义有没有可能性和必要性。在这两个密切相关的问题上主要存在着三派意见：一派意见认为，西方现代主义是伴随着西方物质文明由蒸汽机时代向电子时代飞跃而产生的一种必然现象，是继文艺复兴和浪漫主义之后“在世界范围内文艺的一次重大变革”，属于文艺发展的前进运动。现在，中国正在加快四化建设的步伐，日益走向现代的生产方式和生活方式，从文艺自身的发展看，中国的文艺也急需一个较大的改革和突破，因此，现代主义在中国的兴起是非常可能，也是极有必要的④。另一派意见认为，现代主义文艺是西方资本主义世界进入垄断阶段、陷入全面危机的产物，它“决然没有跳出资产阶级意识形态的范围”，同以马克思主义为指导的社会主义文艺是根本不同的两个体系，“对我们的艺术借鉴作用很有限度”，中国的文艺不能走现代主义的道路。⑤ 第三派意见认为，欧美现代派文学经过了将近一百年的发展，是一个极其错综复杂的文艺现象，对现代派作品既不能“一棍子打死”，也不能“全盘接受”，应该从它们的成就中获得借鉴，从它们的失败中吸取教训，以发展

---

① 参阅章明《令人气闷的“朦胧”》，《诗刊》1980 年第 8 期；艾青《首先应让人看得懂》，《作品》1981 年第 3 期；峭石《从〈两代人〉谈起》，《诗刊》1981 年第 3 期。

② 参阅谢冕《在新的崛起面前》，《光明日报》1980 年 5 月 7 日；孙绍振《新的美学原则在崛起》，《诗刊》1981 年第 8 期。

③ 参阅丁力《古怪诗论质疑》，《诗刊》1980 年第 12 期；程代熙《评〈新的美学原则在崛起〉》，《诗刊》1981 年第 4 期。

④ 参阅戴厚英《〈人啊，人〉后记》、叶君健《现代小说技巧初探·序》、徐迟《现代化与现代派》，《外国文学研究》1982 年第 1 期；冯骥才《中国文学需要“现代派”》，《上海文学》1982 年第 8 期。

⑤ 参阅里迪《〈现代化与现代派〉一文质疑》，《文艺报》1982 年第 11 期；关林《文学的提高和现代主义的呼声》，《文艺报》1983 年第 1 期；陈燊《也谈现代派文学》，《文艺报》1983 年第 9 期；文玉《为什么我国的文艺不能走现代派的道路？》，《红旗》1983 年第 24 期。

我国的文学艺术[①]。

上述几派观点争论相当激烈，一时很难达成共识。这是因为：第一，现代主义问题实际上涉及传统理论的一些核心观念的变动，对此，文艺理论内部必然发生严重的分化甚至对峙，只是通过一二次讨论是不可能解决问题的。第二，赞成现代主义发展的论者虽然表现出较强的改革意识，但他们在理论上还不周全、不成熟，甚至在一些关键问题上尚存在着严重的理论偏颇。如有的论者把现代主义与现实主义、现代化与民族化完全对立起来，认为只有在彻底否定现实主义和民族传统的基础上才能发展现代主义文学[②]，这种明显错误的观点很难令人信服和接受，而且也将对现代主义在中国的发展产生有害的影响。所以当80年代后期，一些专事模仿、脱离现实的“实验小说”和“先锋文学”陷入困顿和僵局的时候，现代主义话题又被重新提起，所讨论的问题也转换为“伪现代派”、现代主义在中国发展的“土壤”、“民族化”等问题[③]。80年代后期的讨论无疑是对80年代前期的讨论的深化和补充。第三，现代主义的讨论寻求的是观念层面上的突破，而在更深的思维层面上却依然盛行着旧的思维模式，使得观念上的突破很有限度。这一点很快就被人们意识到了，因此当中国现代化进程进一步由农村改革推进到城市改革的时候，一个文学研究方法的改革热潮也就勃然兴起了。

早在80年代初，已有人提出文学研究方法的问题，而从1984年开始，大批的西方现代文学和人文科学的研究方法（从俄国形式主义到英美“新批评”，从结构主义到符号学，从现象学美学到接受美学，从弗洛伊德的精神分析到荣格的集体无意识，等等）被集约式地引介进来，现代自然科学的一些新方法（系统论、控制论、信息论乃至耗散结构、突变论、协同学等）也得到了跨学科的推行移植，越来越多的批评家和理论家争相学习和运用新方法研究文学问题，有的还取得了颇为可观的进展和成果[④]。

学习和运用新方法的热潮带来了一系列急待解决的理论问题：要不要学习和运用新方法？怎样学习和运用新方法？学习和运用新方法的意义何在？新方法与马克思主义方法和传统方法的关系如何？关于方法论的讨论正是围绕着这几个问

---

① 参阅袁可嘉《欧美现代派文学概述》，《百科知识》1980年第1期；郑伯农《心理描写和意识流的引进》，《文学评论》1981第3期。

② 参阅徐敬亚《崛起的诗群》，《当代文艺思潮》1983年第1期。

③ 参阅陈越《民族化：一个防御性的口号》，《文学评论》1987年第1期；李方平《民族化：一个战略性的口号》，1987年7月21日《文论报》；邹平《中国存在现代主义文学土壤吗？》《文汇报》1988年4月8日；陈慧《西方现代派和我国当代国情》，《光明日报》1988年9月26日；黄子平《关于“伪现代派”及其批评》，《北京文学》1988年第2期；李洁非《“伪”的含义及现实》，《百家》1988年第5期。

④ 参阅林兴宅关于“文艺系统论”的系列文章，鲁枢元关于“文艺心理学”的系列文章，黄海澄关于“文艺控制论”的系列文章，刘再复关于“人物性格二重组合原理”的系列文章。

题展开的。讨论中逐渐形成了这样几派意见：一派意见认为，世界科技革命的浪潮冲击着传统的思维方式和研究方式，文艺研究引进新方法是现代社会对文艺研究提出的新要求。我国传统的文学研究方法早已暴露出种种缺陷和弊端，新方法的探索和运用必将从根本上补救传统方法的不足，开创出文学研究的新局面[①]。另一派意见认为，马克思主义哲学既是唯一科学的世界观，也是唯一科学的方法论，许多所谓新方法其实都是马克思主义唯物辩证法中的应有之义，把马克思主义的方法看作是过时了的旧方法，或者企图用新方法取代之，都是对马克思主义的曲解和漫画化[②]。还有一派意见认为，新方法的探索表明了整个文艺理论批评的空前活跃，新方法同马克思主义的方法并不是水火不相容的，马克思主义的方法是一个开放的发展的体系，需要不断地从一切有科学价值的新方法中吸取新的营养来丰富自己。新方法探索的成功与否，归根结底要看它是否推动了文艺实践的前进[③]。

到底如何评价 1984 年至 1985 年间出现的探索和运用新方法的热潮，这不仅是一个理论问题，更是一个实践问题。新方法的不少成功的实践经验确实证明了它在开拓新的思维空间和研究领域方面，在打破传统的线性因果论和独断论的思维定势方面，在丰富和发展以马克思主义哲学为统领的方法论体系方面，都取得了不可磨灭的成就。当然新方法的探索和运用也出现了一些不可忽视的问题：第一，新方法主要是从西方和其他学科领域引入和移植过来的，在引入和移植的过程中，有的研究者急于求成，甚至追风头、赶时髦，一哄而上，对新方法并没有吃透和真正理解，因而造成了“术语大爆炸”、“概念大搬家”、囫囵吞枣、食而不化的不良现象。第二，由于刻意标新立异，为新方法而新方法，以至脱离了我国文艺实践的现实，使新方法徒有虚名，不能解决实际问题。但是，上述新方法的偏差，完全可以在继续的探索中逐步得到纠正，以此否定整个新方法探索的积极意义是不公正的。

正如人们所预料的，继 1985“方法年”之后，新时期文艺理论又迎来了一个观念大变革的年代。这次观念大变革有两个主要突破口，一个是“主体性”问题，一个是文学中的文化问题。前一个问题最初由刘再复提出。刘在《文学评论》1985 年第 6 期和 1986 年第 1 期上发表了长篇论文《论文学的主体性》。文章指出，在我国，由于长期受机械反映论的影响，人作为文学的主体性失落了，要恢复人在文学

---

① 参阅刘再复《思维方式与开放性眼光》，《文学评论》1984 年第 6 期；林兴宅《科技革命的启示》，《文学评论》1984 年第 6 期；陈伯海《马克思主义与理论创新》，《文艺理论研究》1985 年第 3 期；潘泽宏《建立文艺研究方法的开放性体系》，《求索》1985 年第 5 期。

② 参阅陆梅林《文艺和美学研究方法论访谈》，《昆仑》1986 年第 1 期；程代熙《认真开展文艺学方法论的讨论》，《光明日报》1985 年 3 月 7 日；吴元迈《关于文艺方法论的思考》，《光明日报》1985 年 6 月 20 日。

③ 参阅范伯群《新方法的介绍、移植和扎根》，《文学报》1985 年 6 月 17 日；李准、丁振海《马克思主义和文艺理论新方法的探索》，《光明日报》1985 年 10 月 31 日；钱中文《主导·多样·综合·一种趋势》，《文艺报》1986 年 3 月 8 日。

中的主体性就必须承认人作为实践主体和精神主体的双重地位。历史就是客观世界的外宇宙和人的精神主体的内宇宙相互作用的运动过程。文学的主体包括作为对象主体的人物形象，作为创造主体的作家和作为接受主体的读者和批评家。文章对这三个方面的主体性特征及表征作了系统而深入的阐述。

应该说，刘的观点颇多偏激之处，论述上也存在着一些漏洞。最突出的偏差就是把马克思主义的能动反映论也看作是机械的反映论，把主体论无限夸大，认为主观可以不受客观世界的制约，以至把主体性与马克思主义的能动反映论对立起来。但刘提出的问题却是一个带有全局性的紧要问题。因此，刘文发表后立即引起理论界的强烈反响，赞同和反对意见四起，争论相当激烈。赞同意见主要是在刘的原有思路上继续阐发和延伸①。批评的意见有两种情况，一种是指出刘文理论上的偏颇之处和不周全之处，以便使主体性理论更全面更严密②。另一种是指出了主体性理论的错误倾向，认为这一理论的基础是与马克思主义对立的，其鼓吹的“自我实现”、人的“自由本质”、人类的“大爱”等等，都是主观唯心主义和个人主义的观点，是在呼唤西方资产阶级的自由、平等、博爱③。

主体性理论尽管存在着一定的片面性，但由这一理论的提出而引发的大讨论则促成了文艺学观念上的整体性突破，这一突破也必将推动马克思主义文艺学的进一步发展。对主体性理论的片面性提出质疑和批评是完全必要的，但要彻底否定它也是不明智的和不可能的。真正需要解决的问题并不在于要不要主体论，而在于如何寻找到主体论与反映论的逻辑衔接点，把这两个理论有机地结合起来，这也是后来构建当代形态的马克思主义文艺理论的一个重要课题和难题。

关于文学中的文化问题的提出，直接与文学创作中文化寻根意识的兴起有关。大约从 1983 年开始，文学创作界出现了一种与反思文学和现代主义文学不同的“寻根”文学，这种文学专意描写远古时代的风土民情，捕捉由其历史积淀下来的传统的民族心理和民族性格，并且在形式上也尽量靠近本民族古典文学的艺术面貌。更为重要的是，“寻根派”的作家还提出了一套理论，公开亮出了自己的旗帜。他们认为，文学之根应深植于民族文化的土壤里，文学若只是从外部“移植”或肤浅地描

---

① 参阅杨春时《论文艺的充分主体性和超越性》，《文学评论》1986 年第 4 期；孙绍振《论实践主体性、精神主体性和审美主体性》，《文学评论》1987 年第 1 期；林兴宅《我们时代的文艺理论——评刘再复近著兼与陈涌商榷》，《读书》1987 年第 1 期。

② 参阅徐俊西《也谈文艺的主体性和方法论》，《文艺报》1986 年 6 月 21 日；王元骧《反映论原理与文学本质问题》，《文艺理论与批评》1988 年第 1 期；张德祥《主体性与价值取向问题——十年来文学价值观念流变的反思》，《光明日报》1989 年 4 月 4 日。

③ 参阅敏泽《论〈论文学的主体性〉——与刘再复同志商榷》，《文论报》1986 年 6 月 21 日；陈涌《文艺学方法论问题》，《红旗》1986 年第 8 期；姚雪垠《创作实践和创作理论——与刘再复同志商榷》，《红旗》1986 年第 21 期。

写社会的表层，不能从民族文化上做出广泛深厚的开掘，是终究没有出息的。而“五四”以来直到文革，由于彻底反传统，遂造成了民族传统文化的断裂。现今的文学要想步入世界先进文学之林，必须强化民族文化意识和修养，跨越“断裂带”，从传统文化之根里汲取再生的力量和希望[①]。上述观点引出了一系列重要的理论问题，如：民族传统文化是否是文学之根？如何评价“五四”文化运动的历史意义？以及传统文化与现代化的关系、民族文化与西方文化的关系、文化意识与当代意识的关系、文学研究中的文化视角与社会视角的关系，等等。这些问题有的已经超出了文学的范围，不仅引起了文艺理论界的关注，也引起了哲学界、人文学科界的广泛关注。这样，从 1985 年开始就逐渐酿成了一个热烈讨论文化问题的所谓“文化热”。

就文学领域看，“文化热”直接推动了文学观念的整体性变革。长期以来，我们习惯于单纯从社会的层面，特别是从社会的政治层面研究文学问题，此种研究倾向极易滑入庸俗社会学的泥淖，一直是文艺学研究中的一个严重偏差。有关文化的讨论显然构成了对这种理论偏差的强有力的冲击和反拨。尽管在讨论中，人们对“寻根文学”褒贬不一，对由此引出的一系列理论问题也议论纷纷。譬如：有的论者认为只有现实生活才是文学之“根”，传统文化只能是文学的流，而不是源[②]；有的论者提出“文化寻根”在文学范围内具有艺术审美的积极意义，但若作为当代文化的转向则是不对的，甚至是反动的[③]；有的论者认为寻根不是为“猎奇”，而是要找出传统文化与当代文化的“同构关系”[④]；有的论者认为社会学、文化学和文学之间存在着交叉关系，不能硬性分割开来[⑤]；有的论者提出文学的最重要的文化意义在于主动地参与对新文化的创造和传播[⑥]；如此等等。然而正是通过这些不同意见的争鸣，人们的文化意识空前地加强了，文化的观点和文化的视角也树立起来了。文学研究的文化视角的确立，对弥补单纯社会学视角的不足，对防止庸俗社会学观点的流弊，对文学观念的突破和更新，都起到了积极的建设性作用。

---

① 参阅韩少功《文学的“根”》，《作家》1985 年第 4 期；阿城《文化制约着人类》，《文艺报》1985 年 7 月 6 日；郑义：《跨越文化断裂带》，《文艺报》1985 年 7 月 13 日。

② 参阅周政保《小说创作的新趋势——民族文化意识的强化》，《文艺报》1985 年 9 月 7 日；张炯《文化寻“根”之我见》，《文学自由谈》1986 年第 1 期。

③ 参阅宋耀良《文学·文化·心态》，《福建文学》1986 年第 8 期；陈奎德《文化讨论的命运》，《复旦学报》1986 年第 3 期。

④ 参阅陈骏涛《寻“根”，一股新的文学潮头》，《青春》1985 年第 11 期；何孔周《寻根意识和文学的深化》，《文学报》1986 年 5 月 15 日。

⑤ 参阅丹晨《文化和社会》，《人民日报》1986 年 1 月 13 日。

⑥ 参阅吴亮《文学中的文化和文化中的文学》，《作家》1986 年第 4 期。

## 第三节
## 深化调整阶段(1990—1994)

1989年政治风波之后,文艺理论探索的热度减弱,文艺界开始认真反思过去走过的路程。经过反思,大家普遍认识到,十多年来文艺理论的发展,其基本精神是积极探索的,其基本倾向是马克思主义的,所取得的成就也超过了以往历史上的任何一个时期。至于在探索中出现的曲折和偏差,并没有改变全局,完全可以在以后的发展中加以克服和纠正。

但是,在反思的过程中,也有论者提出了贯穿于新时期十年来文艺论争的主要矛盾就是马克思主义与反马克思主义的斗争、和平演变和反和平演变的斗争,认为改革开放和"双百"方针有些过头,现在应该收一收了。这种看法现在看来是不客观的,也是不可行的。

毕竟历史的潮流是滚滚向前,1992年初春之际,邓小平的南巡讲话,打破了中国改革开放一度沉闷的局面,新一轮更加浩大的改革浪潮迅速涌起,文艺理论的发展也随之进入深化调整的新阶段。深化调整阶段就是对前一阶段涌现出的新方法、新思路、新观念作一番梳理、熔炼、整合,使之精确化、条理化和体系化,以利于将来的进一步发展。因此,在这个阶段开始几年里,讨论得最集中最热烈的问题就是当代形态的马克思主义文艺学的体系建构的问题。其实,早在80年代末就有论者指出,"目前文艺理论多元发展的关键,已不在量的增多和翻新,而在质的提高和落实",新时期文艺理论"正面临着一种新的综合的趋势"①。进入90年代以后,这种综合的呼声日渐高涨,许多研究者也纷纷提出了自己建构新体系的方略和设想。有的论者认为坚持马克思主义文艺学的基本观点,是建立和发展当代马克思主义文艺理论的"基本动因"和"逻辑基础"②;有的论者指出,对马克思主义文艺学一要坚持,二要发展,把二者辩证地统一起来,统一的基础就是文艺实践,要在深入研究古今中外文艺实践的基础上建构当代形态的具有中国特色的马克思主义文艺学③;有的论者提出建构新体系的"元方法"就是坚持马克思主义的一元论,综合面观,以马克思主义的"艺术生产论"作为新体系的理论基础④;又有的论者特别强调

---

① 参阅狄其骢《面向新的综合》,《文史哲》1989年第2期。

② 参阅马龙潜、栾贻信《马克思主义文艺学基本观念与建设有中国特色的社会主义文艺学》,《文艺报》1991年12月14日。

③ 参阅李衍柱《关于建构当代形态中国化的马克思主义文艺学的几点思考》,《山东师大学报》1991年第6期。

④ 参阅何国瑞《马克思主义文学理论建设的方法论问题》,《文学评论》1991年第6期。

新文艺学的中国特色，认为应该建设和发展一种既有民族特色，又有时代特点，与文艺实践息息相关的开放型的文艺学[①]；还有的论者认为，当代形态的马克思主义文艺学建设的关键在于正确认识和处理当代形态与经典形态的关系，为此提出了"出新不出格"、"以对象结构为依据"、"走向综合一体化"的建构原则[②]。与当代形态马克思主义文艺学的讨论伴随而来的是新体系建构的种种尝试和努力，1990年以来陆续出版了一批颇具新意和创意的文艺学专著和教材，这批专著和教材以崭新的面目与60年代乃至80年代的同类著作形成了鲜明的对照，预示着文艺理论将在更高的体系层面上有所突破和发生变革，从而开创出文艺理论的新境界和新天地。

进入90年代的文艺理论在反观自身的体系建设的同时，继续密切关注文艺实践的动向和问题。从1992年下半年开始，在日益汹涌的商品大潮的冲击下，原有的文艺体制运转失灵，纯文学陷入了困境、窘境，跌入了低谷。那么，在商品经济大发展的形势下，文学如何发展？其出路在哪里？就成为一个严峻的问题摆在每一个文艺工作者面前。近年来，文艺理论批评界讨论的所有现实问题，如通俗文学、文艺价值、文人"下海"、"后现代主义"等问题，几乎都与文学的出路这个总问题有关。由于事关重大，讨论是非常热烈的。如在市场经济与文学的关系问题上就有两种相反的意见：一种意见是，社会主义文艺须以市场为准则，加速市场化进程，以满足读者需求为旨归；另一种意见认为，文艺的社会效应在创作中起主导作用，市场效应只起次要作用，并只能逐步推进[③]。再如在文艺价值问题上，有的论者指出文艺作品的价值主要是指其商业价值，并认为文艺的商品化反映了历史的进程，其作用也日益明显；有的认为艺术作品的价值主要体现在它的精神属性上，过分看重文艺的商品价值是很危险的；有的论者主张艺术价值的核心是审美价值，其他种种皆从属于审美价值；还有的提出文艺作品作为劳动产品，与一般商品有相同之处，但并非商品，真正有价值的文艺作品是无法用金钱衡量的[④]。又如在"后现代主义"问题上也有不同的意见争执：有的认为中国存在着后现代主义，应该正视这个现实，使之得到合理的发展；有的提出中国没有后现代主义，后现代主义是西方特

---

① 参阅杜书瀛《九十年代：建设和发展有中国特色的文艺学》，《文艺理论研究》1992年第4期。

② 参阅狄其骢《马克思主义文艺理论的当代形态》，《高校理论战线》1992年第6期；《文艺学的追求》，《文史哲》1994年第1期。

③ 参阅程德培、谷梁《文学走向市场的讨论》，《文艺报》1993年2月21日；刘光裕《文化艺术产品需要市场交换》、贺立华《历史的进步，把文艺家推向市场》、蒋茂礼《呼吁：文艺家品格不能为金钱而失落》，《文史哲》1993年第4期。

④ 参阅张国民《论文艺价值与商品价值的质别》，《文艺报》1992年10月24日；林兴宅《艺术价值的特征》，《中文自修》1992年第11期；程代熙《文艺价值谈》，《文艺报》1992年12月5日；刘金《文学不仅仅是商品》，《文学报》1993年4月15日；李春青《价值的消解与重构》，《文论报》1993年5月1日。

定文化环境下的产物，即使从西方引进，也无法植根发展；还有的认为后现代主义对中国文学的影响无法避免，但由于其不是人类的最后归宿，它本身也正走向终结，因而不宜在中国提倡和推行①。

而从 1993 年开始的关于文学之人文精神的思想交锋更将商品经济条件下文学出路问题的讨论推向高峰，使一度沉默的知识界又活跃起来。实际早在 1992 年，上海的一批从事文学批评和文学理论研究的中青年学者就已经在私下交流，对 1989 年以后知识界一度死气沉沉的局面和当时人文学科的不景气和困境表示忧虑，有关"人文精神失落"的想法也同时开始酝酿和产生。1993 年第 6 期的《上海文学》，发表了王晓明等人《旷野上的废墟——文学和人文精神的危机》一文，提出文学和人文精神危机的问题，认为"当前文学危机是一个触目的标志，不但标志着公众文化素养的下降，更标志着整整几代人精神素质的持续恶化，文学危机实际上暴露了当代中国人文精神的危机。"而从"王朔现象"更看出了人的生存境况之不堪和生命力的孱弱，在"王朔现象"受大众欢迎的背后，正暴露出人的思想病态和人精神上的荒原，心灵上的荒芜。这更说明了"重建人文精神"价值取向的重要性。以上尽管是对现实文化状况的批评，但更重要的是对文化人自身的一个反省。此文对"王朔现象"所持的批评立场，虽得到评论界较广泛的认同，不过之前王蒙在 1993 年第 1 期《读书》上发表的《躲避崇高》一文，却持相反立场，为"王朔现象"辩护。王朔也在 1994 年在《上海文学》第 4 期发表了《自由的选择与文学态势》予以回击，认为在选择的机会和方式越来越多的社会里，需要重视的不是人文精神失落不失落的问题，而是要不要尊重别人的选择的问题。如今应当确立的一个有关人际关系的基本准则，就是谁也无权干涉他人的选择。随后，王蒙又把王朔等人的这些思想理论化了，提出了粗鄙生存观，认为寻找或建立一种中国式的人文精神的前提是对于人的承认，承认人的差别而又承认人的平等，承认人的力量也承认人的弱点，尊重少数的"巨人"，也尊重大多数人的合理的与哪怕是平庸的需求。"②而后在 1994 年 8 月 7 日的《文汇报》上，以《人文精神与文人操守》为题，发表了一大批文章，参加讨论的有作家、学者、理论家和读者，基本代表了各种声音。到了 1995 年，《作家报》从 3 月每期以专版讨论"人文精神"，持续几个月发表了更多的相关文章。《光明日报》也连续刊发了几个专版的争鸣文章。海外知识界对此也有反响。可见，"人文精神"的讨论波及面甚广，影响巨大，其论争的焦点主要在以下几个方面：

首先是"人文精神"的定位问题。第一种意见认为，人文精神是从具体文化过

---

① 参阅张颐武《后现代性和后新时期》、王岳川《后现代主义文化与价值反思》，《文艺研究》1993 年第 1 期；盛宁《后现代主义文学是不可摹仿的》，《钟山》1993 年第 1 期；朱立元《关注当代文学中的"后现代"现象》，《文艺理论研究》1993 年第 2 期；张清华《面对"后现代"守住那最后的家园》，《文艺报》1993 年 5 月 8 日。

② 参阅王蒙《人文精神问题偶感》，《东方》1994 年第 5 期。

程中体现出来的追求人生意义的理性态度，它区别于人文领域、人文学科和科学精神，具有民族性和历史性。第二种意见认为，人文精神更多是形而上的，属于人的终极关怀，显示了人的终极价值。它是道德价值的基础与出发点，而不是道德价值本身。第三种意见将人文精神理解为一种新的“道”，认为这种“道”不再期望以意识形态的方式将学术和政治“统”起来，它只是在形而上的层次上为整个社会的文化整合提供意义系统和沟通规则。这种新“道统”与学统和政统的关系是平等的、积极的、互动的。第四种意见认为，不应该人为地为人文精神奠定唯一的衡量标尺，在人文精神与非人文精神中间划出明确无疑的界限，非黑即白，非此即彼。人文精神应该承认人的差别而又承认人的平等，承认人的力量也承认人的弱点。第五种意见认为，就文化传统而言，中国无所谓人文精神，中国自古只有不同于人文精神的“文人精神”。时人追踪的人文精神的内涵，其实就是西方“人文主义”。①

其次，关于“人文精神”是否“失落”，应不应该“重建”？第一种意见认为，当前中国文学的人文精神，就总体而言是严重失落，应该“重建人文精神”。第二种意见认为，“人文精神其实就像灯塔，总是一闪一闪的”，它作为一批人，一种思想，一个理想，就像光一样总是存在，尽管它在有的时代可能被“遮蔽”，但决不会完全“失落”。第三种意见认为，中国本来就无所谓“人文精神”，那就谈不上失落，也不存在重建与否的问题。“我们可以或者也许应该寻找人文精神，探讨人文精神，努力争取源于欧洲的人文精神与中国的文化传统与实际生活相结合，结出中国式的人文精神之果，却不大可以哀叹人文精神的‘失落’。”②

另外，关于“人文精神”的“终极关怀”的问题。第一种意见强调终极关怀的个人性，认为只能从个人的现实体验出发去追寻终极价值。如果把终极关怀理解为对终极价值的内心需要，以及由此去把握终极价值的不懈的努力，那么人文精神，就正是由这关怀所体现，和实践不可分割，甚至可以说，它就是指这种实践的自觉性。第二种意见强调世俗关怀，认为近年来“终极关怀”被人云亦云地滥用，对于“想象力、文化积蓄与思想深度远远与‘终极’无缘的朋友”，最好还是从现实出发，少谈一些“终极”。第三种意见认为，如果反复强调批判、摈弃“世俗关怀”和人文精

① 参阅王一川《从启蒙到沟通——90年代审美文化与人文精神转化论纲》，《文艺争鸣》1994年第5期；袁进《人文精神寻踪——人文精神寻思录之二》，《读书》1994年4期；参阅许纪霖《道统、学统与政统——人文精神寻思录之三》，《读书》1994年第5期；王彬彬《我们需要怎样的人文精神——人文精神寻思录之四》，《读书》1994年第6期；王蒙《人文精神问题偶感》，《东方》1994年第5期；朱维铮《何谓“人文精神”》，《探索与争鸣》1994年第10期；肖同庆《寻求价值目标与历史进程的契合》，《东方》1995年第1期。

② 参阅王晓明等《旷野上的废墟——文学和人文精神的危机》，《上海文学》1993年第6期；李天纲《人文精神寻踪——人文精神寻思录之二》，《读书》1994年第4期；王蒙《人文精神问题偶感》，《东方》1994年第5期；蔡翔《道统、学统与政统——人文精神寻思录之三》，《读书》1994年第5期；费振钟《我们需要怎样的人文精神——人文精神寻思录之四》，《读书》1994年第6期。

神的“侏儒化”倾向，强调人文精神“形而上”和“非历史的”特征；就会不仅与“人文精神”论题背后的具体历史语境和其自身的“世俗关怀”自相矛盾，也会在对“精神侏儒化”的批评中，混淆了“世俗关怀”与现实之间的区别，似乎对中国现代的政治现实与“革命”的问题构成作了非历史的价值判断。这种价值判断往往依赖于某种形而上的“超越”范畴，但这种依赖却不得不面对非常尴尬的局面：在反本质论、反中心论和解构主义盛行的今天，“人文精神”为了避免陷入本质论的泥淖，对其“终极关怀”的本质和本体，只好闪烁含糊，语焉不详。①

这场“人文精神”论争是在文化商品化和大众文化兴起的背景之下开展的，论争的实质在于，如何面对和评价 90 年代随着社会转型、市场经济发展而出现的新现象，以及如何确定这新形势下知识分子自身的位置。那些痛心于人文精神“失落”而疾呼“重建”人文精神的知识分子为保持自身作为人文知识分子的独立品格，将世俗精神与人文精神对立起来，“以终极关怀、宗教精神拒斥世俗诉求，用道德理想主义与审美主义拒斥文艺的市场化、实用化与商品化，用存在主义与生命哲学所倡导的存在的痛苦，来批判大众文化的回避沉重沉溺于轻松”②。

论争的意义也在激烈的讨论过程中反映出来。首先，大家站在同一水平线上各抒己见，知识分子内部的一些分歧暴露出来。这表明知识分子的精神活力正在恢复，由一种声音向多种声音转变，学术界又活跃起来。其次，这次论争可以说是知识分子在当时“对社会变迁过程，进行超越现实的应对策略层面的思考，实际上等于同政治权利以及意识形态拉开了距离。”③在这个意义上，知识分子面对当今社会文化的转型，发出了自己的声音，也使自身独立的品格和价值立场得到彰显。然而理性地审视论争，我们却又发现，其中激情的宣泄大大多于理性的探讨，这使论争的问题在理论思维上并未得到更高的发展和展开。因此，轰轰烈烈的“人文精神”论争远远没有结束，回答与重建“人文精神”和学术梳理研究的过程将是漫长而艰巨的。对众多的参与者而言，知识分子正纷纷从不同角度、视野寻找着自己的精神家园，重建失去的“人文精神”。

综观以上关于文学出路的各个讨论，尽管对于文学出路这个总问题下的方方面面，各方学者看法不尽一致，但随着讨论的深入，大家也都逐渐认识到，加快改革开放和商品经济发展的步伐，已经成为我国现实生活发展的不可逆转的趋势。文学要寻找出路，也必须顺应这瞬息万变、万象更新的形势。既不可忽视市场经济条

① 参阅王晓明等《人文精神是否可能和如何可能——人文精神寻思录之一》，《读书》1994 年第 3 期；王蒙《人文精神问题偶感》，《东方》1994 年第 5 期；刘康《对中国当代文化思潮的几点思考》，《文艺争鸣》1994 年第 6 期；李泽厚、王德胜《关于文化现状、道德重建的对话》，《东方》1994 年第 5 期。

② 参阅陶东风《90 年代文化论争的回顾与反思》，《学术月刊》1996 年第 4 期。

③ 参阅陈阳《当下社会语境和国产电视剧》，《文艺评论》2003 年第 6 期。

件下文学的商品价值的作用，也决不可以完全以市场价值规律来要求作为特殊的精神产品的文学，而应该在发挥市场对文艺生产的调节作用的同时尊重文艺发展的自身规律，让文学始终保持自己鲜活的艺术个性。

## 第四节
## 转型提高阶段(1995—1999)

有学者指出：从 90 年代中期开始，将是我国文艺理论发生重大转折的新时期[①]。的确，这一阶段文艺理论发展的现实境遇与前一阶段相比，发生了诸多复杂的变化：第一，阶级斗争为纲早已被以经济建设为中心的基本国策取代，社会的发展进入了社会主义市场经济的稳定发展时期，经济成了社会舞台的主角。第二，相应的，在文化领域消费文化取代政治文化成为主流文化；部分与大众传媒有关联的文化卷入市场，其文化价值越来越受到其商品价值的冲击；传统的文化构成也发生重大变异，原有的精英文化越来越受到新生的大众文化的冲击。第三，全球化进程日益加剧，并以世界经济一体化的形式渗入到社会的方方面面，这反映到文化上，表现为中外文化交流更加频繁，冲突与融合并存。以上三点构成了 90 年代后期文艺理论发展的社会文化语境，推动着新时期文论的发展进入转型提高阶段。在这一阶段，文艺理论界为摆脱其“边缘”身份、融入社会现实的发展以及应对全球化的挑战，做出了种种可贵的探索和努力，并取得了显著的成果。

大众文化的崛起——这一在 20 世纪 90 年代前期就已出现的文化现象引起了知识文化界越来越广泛的关注。其实，早在 20 世纪 80 年代，大众文化就开始在中国大陆萌芽，随着 90 年代以来中国现代化和城市化进程的进一步加速，大众文化迅速崛起。在新时期文艺理论探索进程的前一阶段(深化调整阶段)中，有关人文精神的讨论便是忧心于精英文化式微的知识分子对于大众文化之崛起所带来的负面影响率先作出的一次反应。围绕对大众文化的评价问题，学界有两种不同的看法。一种看法重在贬，认为在大众文化活动中，商品意识吞并了审美意识，艺术活动完全被纳入商品交换的范围中，这使大众文化变得“媚俗”，它降低了人的生存层次，诱导大众丧失了对理性精神和崇高人格的追求；它表现方式的模式化严重影响到大众的创造性和想象力；它铺天盖地的批量生产又在一定程度上阻碍了高雅的

① 参阅屈雅君《变则通，通则久——“中国古代文论的现代转换”研讨会综述》，《文学评论》1997 年第 1 期。

严肃的文化的发展。[①] 另一种看法意在褒，认为大众文化打破了文化精英对文化的垄断，使文化走向民间，走向普通大众，并与大众的精神文化生活发生直接的关系，使文化获得了广泛的社会性；它还以其强烈的现代色彩冲击了封建文化的余韵，通过改变文化传递方式对中国人的现代品性的塑造起了巨大作用。[②]

随着社会经济文化的进一步发展，尤其是现代化的科技传播手段的推广，大众文化以其通俗性、娱乐性、时代性和大众参与性等特色，十分贴近人们的日常生活，已经为我国大众所普遍接受。在现实面前，知识界逐渐认识到，对大众文化的全盘否定和拒绝不仅是一种不切实际的做法，而且是固守知识分子立场缺乏对大众文化真正了解的一种成见。于是，对于大众文化关注的焦点也就从单纯地批判大众文化的媚俗性和商业性转移到了大众文化的走向、如何引导和提升大众文化品格的问题上来。多数学者认为，对当今中国的大众文化，既不能一概否认其积极作用，也不能因其迅猛发展而对其消极作用视而不见，而应在社会大系统中对其地位和作用做出合乎实际的评价，使其健康发展，并合理利用这一文化资源推动我国的先进文化建设和社会主义精神文明建设。但对于如何提升大众文化的品格，又出现了不同意见。有学者认为应该以精英文化来指导大众文化的发展，为大众文化提供一种具有人文精神关怀的终极价值尺度，发挥精英文化现代人文意识的启蒙与批判作用，积极促成大众文化的审美救赎。也有学者质疑这种观点，认为精英文化所隶属的精英与大众的二分法本身就存在着将大多数人排斥在文化创造之外的倾向，它使文化成为一种特权，而大众文化的普遍性就使其本身具有超越精英文化的维度，并不需要精英文化的拯救。[③]

其实，关于大众文化有许多值得深入研究探讨的问题，比如首先对于"大众文化"这一名称就有学者不太认同，提出我们今天所面对的"大众文化"就是西方学者所界定的那种以市场为依托，通过现代商品形式生产和流通的消费文化。由于这种"大众文化"的受体并不是那些在总人口中占绝大多数的低收入阶层，它和传统意义的"大众"中的原生文化没有什么关系，最多只是将民间文化的某些具有商业意义的要素加以改造利用。对于被迫接受"大众文化"的真正的大众而言，"大众文

---

① 参阅张汝伦《论大众文化》，《复旦学报(社会科学版)》1994 年第 3 期；陈立旭《新时期大众文化审视》，《中共浙江省委党校学报》1999 年第 2 期；许文郁《人文精神与大众文化批评》，《甘肃社会科学》1999 年第 4 期；高雪静《试论大众文化艺术的负效应》，《新疆公安司法管理干部学院学报》1999 年第 4 期。

② 参阅祖朝志《错位的大众文化批判》，《21 世纪》1997 年第 6 期；许长山、曾云莺《大众文化的二重性及其价值引导》，《华北水利水电学院学报(社科版)》2001 年第 2 期；朱立言等《哲学与当代文化》，中国人民大学出版社，1998 年。

③ 参阅邹广文《当代中国的主流文化、精英文化与大众文化》，《杭州师范学院学报：社科版》2002 年第 6 期；何池友《精英文化对大众文化的审美范导作用》，《安庆师范学院学报(社会科学版)》2004 年 5 月；王晓光、秦红《精英文化能够拯救大众文化吗？》，《文艺评论》1997 年第 3 期。

化”并不是他们自己的文化。而当前流行的大众文化，其中当然有确实是为人民大众服务的文化，同时又不乏低俗伪劣、只图赚钱赢利的东西。[①] 再如，对由大众文化的审美化倾向，进而所形成大众审美文化的估价，意见也分为两派：一派认为，大众审美文化的崛起，一是消解正统意识形态，二是引导大众文化走向一个健康的方向。它为高层文化以至整个民族文化的发展带来了民间气息，注入新鲜活泼的生命和活力。另一派认为，大众审美文化是欲望与科技结合的产物，其文本是高度雷同化、一体化的，其消费价值是短暂的、一次性的，是没有深度意义的空洞能指，其消费方式是速食主义的。大众审美文化的状况令人担忧，表现为感官文化的泛滥，以及与传统审美文化精神的断裂。[②] 的确，“大众文化”现象是很复杂的，对于其中出现的问题，也必须用马克思主义和建设有中国特色的精神文明的理论为指导来分析和回答，从而引导其健康发展。

从 20 世纪 80 年代前期以来，西方现代的各种文艺思潮、流派不断被介绍到我国，大大拓宽了我们的视野，更新了我们原有的知识，使我国的文艺理论研究从单一封闭的模式中解放出来，实现了与西方文论的初步交融。以至于有人曾力主用西方理论模式代替我们原有的理论，使文艺理论再来一次西化，但这并不成功。相反，越来越多的学者意识到，西化并不是中国文艺学发展的出路所在，正因为我们缺少自己的民族文化特色，过多追随别人的脚步，才使我国当代文论在国际上鲜有自己的声音，并未引起应有的注意。基于这种试图摆脱盲目西化的困境、建立有中国特色的理论话语的自觉性，在 1996 年有学者提出了“文论失语症”的问题，认为“长期以来，中国现当代文艺理论基本上是借用西方的一整套话语，长期处于文论表达、沟通和解读的‘失语’状态。”“我们根本没有一套自己的文论话语……一旦离开了西方文论话语，就几乎没办法说话，活生生一个学术‘哑巴’。”这种局面与未来世界文化交流、对话，多样化并存的格局极不相称，与一个具有悠久文化传统的民族也极不相称，因此提出重建中国文论话语系统的口号。[③] 此说一经提出，就在文艺界引起了轩然大波。“文论失语症”一度成为讨论的热门话题，由此引出的当代文论体系的建设、古代文论的现代转换问题也成为文艺学界讨论的热点。

讨论中有的学者并不同意“文论失语症”的说法，认为这种说法只是一种偏激的义愤之论，虽然这种说法对于迷乱于西方文论话语、缺乏自身独立见解的“严重

① 参阅雷池月《大众文化，非大众的文化》，《东方文化》1997 年第 4 期；冯宪光《大众文化与文化大众》，《文艺报》1995 年 4 月 1 日。

② 参阅宁逸《“大众文化”研究概述》，《文艺报》1995 年 3 月 25 日；吴琼《“大众审美文化问题与对策”研讨会综述》，《学习》1994 年第 3 期；苏林娜《审美文化和大众文化审美化》，《内蒙古社会科学(汉文版)》1994 年 11 月。

③ 参阅曹顺庆《文论失语症与文化病态》，《文艺争鸣》1996 年第 2 期；曹顺庆、李思屈《再论重建中国文论话语》，《文学评论》1997 年第 4 期。

的文化病态"现象，有一定针砭和抨击作用，当然也确有部分"文学理论"著述变成了外国学者的"留声机"。但是，若以此来描绘和概括本世纪特别是现当代中国文学理论界的总体状况，认为现当代中国文学界根本没有自己的理论和声音，主张"重建中国文论话语"，却是严重片面的、失真的。中国现当代文论有自己独立的话语，即中国化了的马克思主义文艺学，一个世纪以来，它成功地以中国现实的文艺实践为生长点，以推动中华民族现代化为基本宗旨，为繁荣民族文艺做出了巨大贡献。尽管它在发展过程中也出现过种种弊端，但它仍然是今天及未来中国文论的主流。也有学者认为之所以会做出"文论失语症"的误诊，是因为诊断者对中国文艺学在中国文艺学界的学术主位的忽略，对中国文艺学话语功能的错误排序和话语根基的疏忘。"中国文艺学始终在说着历史要求它说的话，时代要求它说的话，它说出了自己的思想理论，它并未'失语'。不能因为我们从今天的角度看到了它当年所表述思想理论的历史局限，就指认这是'失语'。"①

以"失语"问题为导线，1996 年召开的"中国古代文论的现代转换"学术研讨会拉开了古代文论现代转换讨论的帷幕。而后，不少学者基于对古代文论在当代文论建设中缺席的遗憾，纷纷对古代文论的现代转换中的一些问题，比如"转换"的必要性、有效性在哪里，如何"转换"，怎样处理"转换"中古今、中西文论的关系等，提出了不同的看法。一种认同"转换"的看法认为，古代文论的现代转换首先要对古代文论的诸范畴、概念进行"还原"，其中关键是搞清古今、中外思维方式的差异性，完成"从概念分析到转换思维方式"这一阐释学的转变。在此基础上，以当代话语对古代文论进行新的解读，再将其与西方文论在比照中寻找异同，这样才能丰富世界文论的体系，也是古代文论转换的重要意义所在。还有一种看法认为，现今文论界的失语症是西方理念知识形态在中国移植演化所必有的危机。所谓古代文论的现代转换，不过是强调以中国文论特有的知识形态和言语说话。由于移植西学的知识谱系已构成 20 世纪中国文化的新传统，有效的说话也只能是"渗入"式的，没有人能以传统文论的方式取代现代文论，但我们的确可以"镶入"传统知识的"异质方式"来谈论文学。另有些看法不同意前说，认为批评当代文论"失语"，主张"回归传统"，这种观点是与西方后现代思潮相呼应的，它本身也是一种失语。文学理论作为一种理论形态，必须具有一定的普适性、确定性和可操作性。中国古代文论绝大多数是针对源远流长的古代文学作品的，而近代以来，中国文学经历了语言、创作实践和审美观念的巨大变化，以至于文学批评中古代文论的传统语汇逐渐被西方现代文论话语所取代。虽然古代文论的现代转换是试图建立新的文艺学体系的

① 参阅董学文《中国现代文学理论进程思考》，《北京大学学报(哲社版)》1998 年第 2 期；谭好哲《论文艺学建设的远景目标及实现途径》，《高校理论战线》1997 年第 6 期；高楠《中国文艺学的转换之根及其话语现实》，《社会科学辑刊》1999 年第 1 期。

积极要素之一，但着眼点还是应该放在新的文艺本体上。还有的甚至认为，中国古代文论在今天的语境已经缺失，只能作为一种背景的理论模式或研究对象存在，而将其运用于当代文学批评，则正如两种编码系统无法兼容一样，不可在同一界面上操作。传统文论自身的弱点妨碍其直接转化为现代意义的文论话语系统。我们不一定要用古代文论的范畴来规范我们今天的话语，但古代文论所栖居的文化家园将永远是我们的母体。①

也正是基于对"文论失语症"的不同态度，对当代文论建设的方向和目标问题，学界就存在如下几种不同的意见。一种意见主张建设以古代文论的现代转换为本位的具有中国特色的当代文论体系，吸收外来文化是为了更好地发展而不是取代自己的传统文化，马克思主义的文艺观也要与各国的实际相结合，也是对本国民族的传统文艺观进行革命和改造的结果。中国当代文论只有根植于民族文论的土壤、并吸取西方文论有益的营养，才能创建具有民族特色的文论话语，在未来多样化的世界文学理论的格局中有我们民族的声音。另一种意见又重申建设有中国特色的马克思主义理论体系，因为从中国的国情政体看，在中国的今天和未来，有中国特色的马克思主义必将继续占据主导地位。这种有中国特色的马克思主义文艺学，是以马克思主义世界观和方法论为指导，以中国当代文艺实践为基础，以艺术规律为本位，对中西文论传统以及某些自然科学成果全面融汇，创造整合而成的既有民族性又有世界性，既有历史感又有创造性的一种新型文艺理论体系。还有一种意见认为建设面向新世纪的文论只能立足于现当代文论新传统，而无法以中国古代文论为母根；现当代文论传统本身就是古代文论不断进行现代转换的动态过程。对于迈向 21 世纪的中国文论，要立足当代，今古对话，中西融通，综合创造。②

从"文论失语症"到古代文论的现代转换、再到当代文论体系的建设，对这些问题的讨论表现了广大文艺学学者对当代文艺理论现状的反思、对全球化格局下中

---

① 参阅吴兆路《古代文论的现代转换》，《人民政协报》1999 年 1 月 27 日；庞子《古代文论研究应尊重民族固有的文化特色》，《人民政协报》1999 年 5 月 12 日；相福庭《文论转换：一个值得反思的话题》，《文艺评论》1998 年第 6 期；李凤亮《面向二十一世纪的比较文艺学——访博士生导师饶芃子教授》，《学术研究》1999 年第 7 期；刘保忠，古风《是谁在转换——再谈中国古代文论的现代转换》，《延安大学学报》1998 年第 3 期；劳承万等《古代文论的现代转换九人谈》，《学术研究》1999 年第 1 期；曹顺庆，吴兴明《替换中的失落——从文化转型看古代文论转换的学理背景》，《文学评论》1999 年第 4 期；赵志军《中国古代文论现代转换三题》，《湛江师范学院学报》1999 年第 1 期；陈洪、沈立言《也谈中国文论的"失语"与"话语重建"》，《文学评论》1997 年第 3 期；王志耕《"话语重建"与传统选择》，《文学评论》1998 年第 4 期。

② 参阅曹顺庆《重建中国文论话语》，《中外文化与文论》1996 年第 1 期；曹顺庆、李思屈《再论重建中国文论话语》，《文学评论》1997 年第 4 期；谭好哲《论文艺学建设的远景目标及实现途径》，《高校理论战线》1997 年第 6 期；朱立元《走自己的路——对于迈向 21 世纪的中国文论建设问题的思考》，《文学评论》2000 年第 3 期；曾繁仁《社会文化转型与文艺美学研究当代社会文化转型与文艺学学科建设》，《文学评论》2004 年第 2 期。

西文论交汇中的价值取向的思索、对面向新世纪的文论建设的探讨，也显示出20世纪中国文学理论研究中一直存在的古与今、中与西、体与用等方面的文化冲突。提出“失语”进而主张“转换”的一派和与其持不同意见一派争论的缘由在于他们的观点有着不同论域。前者强调中国文论的异质性，后者强调在当代语境中重新利用中国文论的非现实性。应该认识到，“强调古代文论的异质性与重新利用古代文论是两个并行不悖的问题。强调古代文论的异质性是为了在阐释中保持一种必要的清醒。但我们不能因为强调异质性而拒绝文化间的交流。古代文论的一些范畴或命题在当代语境中阐释、运用，其原有意义必然会有所磨损、消耗。文化的异质性不可能成为阻止文化间交流的暗礁。”[①]通过讨论，强调有选择地汲取古代文论的内容以建设当代文艺学，成为文艺学界的一个普遍共识。在此基础上，学界以对古代文论和当代文论体系建设的研究的高度热情，取得了一系列令人瞩目的学术成果。

作为文艺学转型的一种表现，文学的文化批评的兴起，则与我国当代文艺批评界寻求与社会现实联结的努力和知识分子社会批判意识的增强有关。新时期以来，作为对只重外部因素的政治/社会批评的反拨，从西方引入了形式主义、结构主义等批评方法。但这些批评方法在文学自律因素的探讨方面用功颇深，却完全把文学批评与社会、读者隔绝开来，导致了批评视域的狭窄化。批评界在寻求突破这种局限、顺应时代发展的新出路时，自然把目光投向了既能从宏观的经济、文化等角度整体性地观照文学，又能从微观上把文学批评分成单个单元作对应性透视的文化批评。同时，面对90年代后期社会巨大转型带来的各种各样的问题，比如大众文化的兴起、“中产阶级”的出现、贫富差距的拉大、全球化的呼吁等等，知识分子的社会参与热情重新被点燃，批评者们纷纷走出文学文本，开始关注文学、艺术以外的领域。如此，文化批评就成为知识分子展示自己政治、经济参与热情，积极应对现实问题的重要方式。再加上流行西方的文化研究理论的引进，文化批评迅速崛起。

尽管文化批评在当下的文学批评舞台上“独领风骚”，但并非所有文艺界学者都对它持肯定态度。在20世纪末关于文学批评和文化批评的讨论中，形成了三种不同的观点：一种观点认为，当前文学批评正变异为一种浮泛的文化批评，批评家面对一部作品，首先考虑的是其作为文本的“文化性”，而不是其作为艺术的“文学性”。批评家们热衷于用不同学科理论的逻辑分析取代对作品的经验感受和审美体认，文学本身的内容反而从批评中消失。各种非文学理论的运用，虽然有助于开

---

① 参阅蒋述卓、闫月珍《八十年代以来中国古代文论学术活动评述》，《福州大学学报（哲社版）》2002年第1期。

阔文学研究的视野、拓展作品意义的内涵，但由于其从一开始就有背离文学性的倾向，也招致不可忽视的负面影响，那就是对“文学性”的侵害。文学的独立品格正在丧失，文学批评家的审美能力正在急剧退化，从而引起大众读者对批评家以至于对文学作品的拒绝。另一种观点认为，文学批评走向文化并非憾事，只要有建设性意义，批评无论是归属文学或者归属文化，都是有价值的。与较为狭窄的文学批评相比，文化批评的视野更加广阔，给批评家自我生命的表达和印证、文化想象力和现实阐释力的释放，提供了更开阔的空间。文化批评是批评者更为宽泛、庞杂的思想和人生、文化体验的一种显示、寄寓和释放，体现了90年代文学批评的独具个性，批评的重心由“文学”至“文化”的转移，不仅不足为忧，反而值得庆幸。还有一种观点认为，建立起自觉的、更具有哲学涵摄力的文化视界，以求能从文化哲学的高度，探寻作为个体文化创造的文学如何以自己的特殊方式为理解人类文化，并由此达于理解人类自身所作的特殊贡献，将使文学批评既有一种更为深邃的历史意识，又具有一种哲学的思辨性和理性精神。文学艺术创造与人类文化创造的“同型同构”性，使文学艺术事实上成为一种文化的显现形式，也内在地规定了文学艺术是人类文化大系统中的一个环节，这就从对象上给我们提出建立文学批评文化视界的客观要求；文学批评必须以人、以体现在文学创造之中的人的本质内容及实现程度、以及批评家对于人的生活、人的本质的全面深刻的理解为出发点，这又从文学批评的内在逻辑起点上规定了建立文化视界的必要性和合理性。①

由上可见，虽然对文化批评存在着或扬或抑的不同观点，当下的文化批评也的确存在很多不足，但文化批评毕竟为传统的文学批评开拓了眼界和疆域、提供了方法论的参照，成为当代文学批评在90年代以来发展和深化的驱动因素之一。它存在的合理性和必要性是不容置疑的，我们对待文化批评大可不必过于苛求，应多看其在批评实践中取得的进展，引导它向更加健康、成熟的方向发展。

## 第五节
## 综合创新阶段（2000至今）

世纪之交，文艺学界广泛开展了对百年来中国的文艺理论发展历程的回顾与反思，以求总结经验、吸取教训、继往开来。几年间有关“20世纪”、““五四”80年”、“建国50年”、“新时期20年”等回顾总结、反思检讨类的文章、研讨会和学术专著层出不穷，对文艺思潮的梳理、理论沿革的考察、学科建设的反思等等，也都成为学

① 参阅潘雪艳《现代批评的困境及其出路》，《广西师范学院学报》1997年第4期；路文彬《救救文学批评——让文学批评回到文学》，《文艺争鸣》1998年第1期；李振声《走出“纯批评”的樊篱》，《文汇报》1998年9月11日；王耀辉《文学批评的文化视界及其方法论意义》，《华中师范大学学报（人文社科版）》1998年第3期。

界关注的话题。

纵观新时期以来的文论历程，文艺学的基本观点、哲学基础、思维方式、价值取向、学术命题、研究范式等方面，都发生了显著的变化，取得了长足的进步。尤其20世纪80年代中期以后，在理论应用方面，西方的新观念、新理论被大量引入和运用，多种批评范式并存，马克思主义文论一统天下的一元论局面被打破；在研究队伍方面，老一代理论家的权威性受到挑战，建国后成长起来的知识分子渐至成为学术主体，新的理论群体及其理论话语不断出现；在学科形态方面，由于自然科学、社会科学不同观念和方法的运用，学科形态由单一性向多样化发展，文艺学领域出现了学科分化，比如文艺心理学、文艺文化学、文艺社会学等等。可见，我国文论发展的多样化、开放性局面已经形成，这是我国广大文艺理论者在当代文论建设中长期探索创新、对话交流的结果，也成为当代文论进一步创新、丰富的前提。但是，"多样化"的众声喧哗也造成了学术界多种理论间的过度的对立和各行其是，进而造成一定程度上的理论隔阂和难于沟通，甚至"鼓励"了一种刻意求新的倾向。针对这些问题，早就有研究者认识到，文艺学研究的突破需要在多样分化的基础上进行综合研究，进而实现理论创新。近年来，这种观点被越来越多的研究者认同。世纪之交，通过对百年文论历程的回顾与反思，学界更加认识到进行综合研究、实现理论创新的必要性，并开始了这方面的实践，从而也是为有中国特色的马克思主义文艺理论体系的建构奠定了基础，文艺学进入了多样化的综合创新的发展阶段。

关于"文艺精神价值取向"的讨论，被称为"20世纪最后一次讨论，也是21世纪最先一次讨论"。讨论的缘起是有学者刊发文章指出，文学的精神价值取向主要表现为作家与作品的政治良知、文化操守与社会理性三个方面。政治良知即要反对文学非政治的观点，倡导文学为人民的政治服务，在今天就要为呼吁和促进政治体制改革和民主体制完善服务；文化操守要求文学坚持以我为主、为我所用原则，解决好世界性与民族性，传统性与当代性关系，增强作品的文化本体意义，达到建设和发展有中国特色的社会主义新文化和马克思主义新文论的目的；社会理性则要求文学清醒地表现社会进步和历史发展的客观规律。①

此文既出，就有学者表示了不同看法。有人提出，文学的精神价值取向主要表现一种与历史理性保持张力的人文关怀。作家理应对人、人性、人的生存有一种悲天悯人的情怀，但在现实中，人文关怀常与历史理性形成二律背反，历史的进步常以道德沦丧与社会问题丛生为代价。因此，文学要坚守人文立场，并与历史理性保持张力与平衡，做到历史理性要有人文的维度、人文关怀要有历史的维度，如果过分关注历史理性而明显忽视人文关怀则是不妥的。又有人认为，上述两种看法都

① 参阅陆贵山《铁肩担道义——文艺工作者的精神价值取向》，《文艺报》1999年6月24日。

存在一定的偏颇，都把历史理性与人文关怀看作是相互矛盾的二元对立，而事实上，两者是一元的。人文精神本身就是历史性的，它是在具体历史语境下不断发展的，因此片面强调历史理性，实际上是取消作家艺术家对现实的批判和历史的追求；片面强调人文关怀，则会陷入单纯的道德审美批判。①

另外，还有论者或以人学为基点、或以现代性的视角撰文谈文艺的精神价值取向，将讨论与“文学现代性”、“文学是人学”等论题联系了起来，使这场讨论在深度和广度上都有了新的突破。到了 2002 年，又有学者提出，中国当代文学的精神价值取向应该是历史理性、人文关怀与艺术文体三者的辩证统一，而不能单纯地强调某一面；并且认为这也是建设当代文学现代性的关键所在。②

其实对文学的精神价值取向的讨论，并不是对新问题的讨论。“五四”以来，关于文艺的重大理论争论，包括 20 世纪 90 年代前期的关于人文精神的论争，都涉及文学的精神价值取向这一命题。在今天重提这一命题，正如有论者在文章指出的，“对于文艺创作是有其现实意义的，它有益于对 90 年代以来思想文化界的反思作一深化与总结。”③讨论持续了三年多，尽管参与讨论者的具体意见不一，但大家的目的是一致的，那就是坚守文学为社会、为人生这一精神操守与价值立场，提醒人们在文艺活动中永远不要忽视甚至忘记历史理性和人文关怀。

对文学理论学科的合法性的讨论，生成于新世纪伊始学界对文艺理论及文艺学学科建设的反思中。从当今大学文学理论课程的种种弊端到文学理论的学科定位、学科体制等问题，学界展开了广泛而深入的探讨，在文学理论学科性质及存在的合法性论题上形成了不同的意见。一种意见认为，一门具有独立性的学科在学理上合法性依据的核心只能是学科自律原则——学科的基本问题是特定研究对象所给定的，而不是由其他因素所强行规定的。文学理论学科实际上已处于一种面临解体的尴尬状态，其核心问题、研究范围等可能根本就没有答案，它不存在普遍性规律、也不需要本质规定性。文学是一种最为变动不居的东西，根本不会有用某种“本质”、“规律”就能对其作出一劳永逸的解释的可能性，“理论的批评化”足以使那些由“本质”、“规律”、“原则”、“普遍性”等概念堆积起来的理论大厦轰然倒塌。一味探究文学理论本质则会陷入以哲学本体论的思考代替文学理论学科本身思考的误区。另一种意见认为，对象确立是学科建立的前提条件之一，但文学理论这一

---

① 参阅童庆炳《历史——人文之间的张力》，《文艺报》1999 年 6 月 24 日；朱辉军《当代人文情怀》，《文艺报》2000 年 2 月 15 日；熊元义《当前文艺的精神价值取向问题》，《文艺报》2000 年 4 月 1 日。

② 参阅陶东风《从现代性的视角谈文艺的精神价值取向》，《文艺报》1999 年 10 月 19 日；赖大仁《从人学基点看文艺精神价值取向》，《文艺报》2000 年 1 月 18 日；童庆炳《中国当代文学的精神价值取向》，《学术月刊》2002 年第 2 期。

③ 参阅陆贵山《铁肩担道义——文艺工作者的精神价值取向》，《文艺报》1999 年 6 月 24 日。

学科的基本问题还有非研究对象给定的，理论前提对文学理论的建构具有重要意义。虽然有些学科的核心问题存在争议，但这只是学科内部的矛盾斗争，而绝非学科没有核心的问题。探求被研究的事物的本质，是学科建立的基础所在，也是学科建立以后时刻都要面对的重要问题，“理论的批评化”并不意味着文学的本质、规律和原则等概念丧失了意义，它只是说明文学理论研究者在表述上更加富于灵活性，而那些名不符实者则是在玩弄文字游戏并以此来掩饰自身理论思维的贫乏。如果没有对于文学本质相当程度的认识、对于文学规律与原则的一定程度的掌握；那么，不仅“文学理论的批评化”根本无法做到，就是只对具体的文学现象作印象主义的批评也是极其困难的。避谈本质只能造成理论的随意和肤浅，根本不可能获得文学理论的进展。[①]

这次文学理论学科合法性的讨论明显表现出学术界对文艺学学科变革和建构的迫切使命感，这种情况无疑是很令人欣喜的。但其中一些研究观点似乎过于偏激，我们在对文学理论学科的反思中还是要坚持科学性的原则，而如果缺乏统一、科学的态度，理论自身就会产生矛盾。

2002 年，有学者就当代中国的社会—文化转型提出了“日常生活审美化”的观点，指出当代文学的边界已经模糊并已大大扩容，进而主张文艺学学科应该扩界，从文化研究那里寻找出路。针对这一观点，自 2003 年以来文艺学界展开了热烈的讨论。支持“日常生活审美化”的一派认为，在今天，审美已不再专属于文学和艺术，审美性也不再是区别文学与非文学、艺术与非艺术的根本要素。文学的边界移动了，文学也被边缘化了，当代文艺学研究不必固守原有的精英主义苑囿，而应当关注日常生活中新的审美现象。由于“日常生活审美化”的兴起和“文化研究”时代的来临，文艺学应该“越界”、“扩容”，正视审美泛化的事实，把对象扩大到新出现的文化现象上。文艺学的出路也正在于此，其研究的主旨已不再是简单地揭示对象的审美特征和艺术特征，而是文化生产、文化消费、政治经济之间的复杂变动。而反对此种主张的一派认为，首先“日常生活审美化”提法的证据本身就不足。很多活动比如劳动、宗教、道德、学习、经济、人际交往等活动中“审美化”微不足道，并未全部审美化，而且有的根本不可能、也不需要审美化。“日常生活审美化”只是一部分人的需要，并不是大众的需要，这种提法可能导致人们对于中国社会当代现实的

---

① 参阅陶东风《大学文艺学的学科反思》，《文学评论》2001 年第 1 期；李春青《对文学理论学科性的反思》，《文艺争鸣》2001 年第 3 期；曾庆元《也谈文学理论学科性的“合法依据”》，《文艺争鸣》2001 年第 6 期；王志耕《文学理论：走在路上》、田忠辉《文学理论反思与文化诗学走向》，《文艺争鸣》2002 年第 4 期；曾庆元《再论文学理论学科的合法性依据——兼答王志耕的〈文学理论：走在路上〉》，《文艺争鸣》2002 年第 6 期；董学文《文学理论反思研究的科学性问题》，《郑州大学学报（哲社版）》2002 年第 6 期；郑惠生《反科学倾向不利于文学理论的学科建设——就〈对文学理论学科性的反思〉一文与李春青教授商榷》，《东南大学学报（哲社版）》2004 年第 3 期。

片面的、错误的理解。其次，文艺学对象范围并非不可改变，但如果把所谓“日常生活审美化”所包含的种种文化生活现象甚至包括物质文化的设施都扩入文艺学的研究，就会威胁到建立在“文学文本”研究基础上的文学理论，使之面临失去起码的学术品格和学科独立性的危险。有学者提出了“文化诗学”的理论构想，强调立足于文学艺术的现实，又超越现实，反思现实。另外，还有一派认为，文艺学作为一门比较年轻的学科，还存在学科定位不甚清晰、研究领域比较模糊的问题，而文艺学领域的“追新逐后”和“赶潮综合疲劳症”现象严重阻碍了文艺学的学科建设。针对这一情况，有学者提出“重建文艺社会学”的主张，打破文化与社会存在的一元论与依附论，把文化理解为一个不仅反映现实而且重建现实的基本社会实践。①

这次讨论其实是继对文学理论学科的合法性讨论之后文艺学学科的新反思，学界在讨论过程中还牵出了诸如对百年中国文论和当今文艺学体系的评价、知识分子的社会责任等问题。在对百年中国文论的评价上，有论者认为中国文论的基本要素与理论范畴均来源于西方文学理论，不过是欧美文论的附庸，完全没有自己时代的和民族的根性。反对者则认为这不符合中国现代文论发展的实际，中国百年文论的主流是随中国时代的变迁而变迁的，它是归于中国的，而并非西方文论的延伸。中国现代文论的“根”在中国的现实及其发展中，在中国文学的实际及其发展中。在对当今文艺学体系的评价上，有论者认为今天的文艺学在文学创作实践面前，在五花八门的新理论新术语和各色媒体面前，已是“六神无主，无所适从”，几乎无人理睬。而究其原因，是上世纪 50 年代以来引进的前苏联文学理论形成的“前苏联体系”所致。要改变现状，只能依靠从文化研究那里取得的“后现代真经”。反对者则认为当前文学理论确实严重滞后，但这是由当今社会价值体系的崩溃，媒体、资本共谋制造文学时尚，文学功能的粗俗化，价值失范所致，并不是什么“前苏联体系”所致。文化研究为文学理论提供了新视角，但难以替代文学理论。关于知识分子的社会责任问题，反对“日常生活审美化”的一派，其基本言说立场是上个世纪 80 年代人文知识分子的人道主义精神与精英意识，在价值取向上表现出强烈的社会责任感与道德理想主义。对新理性精神的倡导、对文学审美品格的维护不仅

---

① 参阅陶东风《日常生活的审美化与文化研究的兴起——兼论文艺学的学科反思》，《浙江社会科学》2002 年第 1 期；朱立元，张诚《文学的边界就是文艺学的边界》，《学术月刊》2005 年第 2 期；鲁枢元《评所谓“新的美学原则”的崛起》，《文艺争鸣》2004 年第 4 期；汤拥华《告别与执守：有关文学理论的论争——由一篇商榷文章引发的商榷及感想》，《浙江社会科学》2004 年第 1 期；周平远《重建文艺社会学是必要的——文艺学学科发展的一种构想》，《文艺理论》2004 年第 7 期；陶东风《日常生活的审美化与文艺社会学的重建》，《文艺理论》2004 年第 4 期；金元浦《别了，蛋糕上的酥皮——寻找当下审美性、文学性变革问题的答案》，《文艺争鸣》2004 年第 3 期；曹卫东《认同话语与文艺学学科反思》，《文艺研究》2004 年第 1 期；曹顺庆，支宇《重释文学性——论文学性与文学理论的悖谬处境》，《湖南社会科学》2004 年第 1 期；杨扬《城市化进程与文学审美方式的变化》，《文艺争鸣》2004 年第 1 期。

是学术问题，更是人文知识分子社会责任感和历史使命感的体现。而支持“日常生活审美化”的一派，虽然放弃了文学理论的主流研究模式，但并不等于放弃了知识分子的社会责任感。他们更切实地关注现实，介入现实的文化现象以寻求新的身份认同，参与社会发展。[①]

对文艺学扩界及“日常生活审美化”的讨论与上个世纪90年代以来文化批评、文化研究的迅速发展有着密切的关系，争论也大大超出了文学理论本身的范围。目前，讨论仍在深入进行之中，显示出当代文论工作者贴近现实社会对文艺本质规律的执著求索。

## 余 论

新时期文艺理论发展到今天，已经清楚地显露出，它的总的走势是在实现了从传统形态的文艺学到现代形态的文艺学的飞跃后，再向有中国特色的当代文艺学的过渡。这个总的走势又具体表现为五个走向：

第一，从对研究对象的不断开掘走向对研究对象的总体把握。“文革”以前，我国文艺理论研究的主要对象就是文学与社会的关系，而文学与社会的关系只是文学总体关系的一个方面，仅仅研究这一个方面是不可能全面把握文学本体的。从这个意义上看，新时期文艺理论的探索一开始表现为对研究对象的不断开掘。由反映论到主体论、由主体论到本体论、由本体论到文化论，看似是研究对象的转换，实则反映了研究文学观念的转换。当这种转换达到一定的程度，即对对象的方方面面都有所认识的时候，对对象的不断开掘也就上升为对对象的总体把握。近年来的文艺理论的主要动向已经不是新观念的层出不穷、新视角的纷纷确立，而是已经提出的各种新观点的有机交融，已经确立的各种新视角的相互结合，也就是趋向于一种视野拓宽放开之后的视界融合的新创化。这样一个走向，实际上也反映了整个新时期文艺理论的探索既艰难曲折而又螺旋式上升的发展历程，这一发展历程的最高目标就是指向于建构有中国特色的当代形态的文艺学。

第二，从理论的单纯引进走向理论的自我创新和生成。维新变法以来，中国文学理论就开始了以学习和借鉴世界先进文化思想为依托的现代性进程，在这一历史进程中，“真正左右中国文学理论现代化步伐，真正构成学说内部结构性张力的

① 参阅童庆炳《在“五四”文艺理论新传统基础上“接着说”》，《文艺研究》2003年第2期；陈晓明：《历史断裂与接轨之后：对当代文艺学的反思》，《文艺研究》2004年第1期；钱中文：《文学理论反思与“前苏联体系”问题》，《文学评论》2005年底1期；李春青：《关于“文学理论边界”之争的多维解读》，《文学评论》2005年第1期。

是西方近现代文论和马克思主义文学观念”[①]。直到新时期，尤其20世纪90年代后，中国的文论工作者逐渐认识到，在全球化的今天，要使中国的文艺理论在当今世界文论中占有一席之地，就必须发出自己的声音，实现理论的自我创新。以这一认识为基础，中国的文艺理论开始从整体上反省其知识形态并寻找出路，文艺学研究也开始从马克思主义文艺理论的既有成果出发，在广泛吸取古今中外文论优秀成果的基础上进行适合新时代要求的理论构建。

第三，从多样分化走向在马克思主义指导下的综合创新。新时期文艺理论的发展是从打破“四人帮”推行的绝对一元化理论起步的，由于挣脱了“四人帮”一元理论的束缚，长期被压抑的创造力爆发出来，其结果就是理论本身的急剧分化和裂变，也就是各种新说蜂拥而起、各种学派相互竞争的多样并存的过程。从一元独断到多样共存是一个巨大的进步，而多样共存虽是推动理论发展不可或缺的必由途径，但恰恰又是理论不成熟的标志。因此，新时期文艺理论的进一步发展必然是从多样分化走向多样化综合。综合表现为一种体系化和整一化的努力，但它本身又是多样性的。综合决不是人为地硬性规定一元，而是在多样竞争的基础上趋向于多样性的一元，至于最终将达到怎样的多样性的一元，这取决于历史的筛选和抉择。当然，在多样综合中仍旧要始终如一地坚持马克思主义基本原理的指导。

第四，从自发走向自觉。新时期文艺理论在开始的阶段，不得不致力于批判和推翻“四人帮”的一套反革命文艺纲领，不得不紧紧尾随在现实的文艺实践之后，解答现实中出现的大量的、非常迫切的理论问题，力图在批判中有所建树，在实践中有所发现。因此，在开始的几年里，文艺理论的发展基本上处于经验描述的水平上，被动性较强，盲目性也较大。1985年以后情况出现了改观，文艺理论终于摆脱了尾随文艺创作实践之后的被动局面，具有了“反观自身”的精力和能力，这就是从方法上、观念上乃至体系建构上审视自身、设计自身，为自身探求发展的方向和目标。经过这样一个反观自身的过程，新时期文艺理论就开始从经验描述走向理论规定，从盲目走向预见，从自发走向自觉。而自觉的理论才是一种真正能够对文艺实践起到导引规范作用的科学的理论。

第五，从相互拒斥走向对话交流。回顾近三十年新时期文艺论争的历史过程，可以明显地看到，前期的论争主要表现为各种不同观点的激烈的论战和对抗，在这种对抗中，不同的观点互不相让、互不相容，采取了一种相互排拒的态度。造成这种情况既有历史上形成的独断论的根源，也有现实中急于变革求成的心理原因。虽说理论的发展离不开不同观点之间的论争，但论争只是手段，只有在论争中各种不同观点达成了相互包容、相互吸取、相互补充乃至相互交融之后，才能取得理论

---

① 参阅董学文《中国现代文学理论进程思考》,《北京大学学报(哲社版)》1998年第2期。

的真正进展。随着新时期理论论争的深入和发展，论者们逐渐认同和接受了多样互补、多样共生这一学术新理念，新时期后半期的文艺论争就从主要是相互排拒转向了对话交流。这个变化意义重大，表征着学术心态的正常化和学术生态的重要改观，也预示着新时期文艺理论发展在多样竞争中共生共荣的良好前景。当然，在对话交流中，马克思主义的指导地位仍然是不可动摇的。

总之，新时期文艺理论的探索历程，其道路是曲折的，其成就也是巨大的，从中可以总结出多方面的经验，其中重要的一条就是开展平等的、自由的论争和对话。平等的、自由的论争和对话，一是靠“双百”方针的贯彻实行，二是靠讨论者的正确的态度。所谓正确的态度，最关键的一点就是坚守学术的立场和保持“和而不同”的学术理念，即无论是阐述自己的观点，还是反驳别人的观点，都不能离开学术上的探讨，都不能自设中心、自命唯一的真理。当前，新时期文艺理论正处于建设有中国特色的当代文艺理论的重要时刻，让我们创造出更加民主、更加自由、更加活跃、更加融洽的讨论气氛，把新时期文艺理论的探索推向一个更高的发展阶段。

**参考文献：**

朱寨、张炯主编：《当代文学新潮》，人民文学出版社，1997 年。

包忠文主编：《当代中国文艺理论史》，江苏教育出版社，1998 年。

吴秀明：《转型时期的中国当代文学思潮》，浙江大学出版社，2001 年。

杨俊蕾：《中国当代文论话语转型研究》，中国人民大学出版社，2003 年。

赖干坚：《中国现当代文论与外国诗学》，厦门大学出版社，2003 年。

方兢：《中国当代文学理论体系研究》，中国文联出版社，2005 年。

张德祥：《主体性与价值取向问题——十年来文学价值观念流变的反思》，《光明日报》1989 年 4 月 4 日。

王一川：《从启蒙到沟通——90 年代审美文化与人文精神转化论纲》，《文艺争鸣》1994 年第 5 期。

陶东风：《90 年代文化论争的回顾与反思》，《学术月刊》1996 年第 4 期。

曹顺庆：《文论失语症与文化病态》，《文艺争鸣》1996 年第 2 期。

董学文：《中国现代文学理论进程思考》，《北京大学学报(哲社版)》1998 年第 2 期。

陆贵山：《铁肩担道义——文艺工作者的精神价值取向》，《文艺报》1999 年 6 月 24 日。

曾繁仁：《当代社会文化转型与文艺学学科建设》，《文学评论》2004 年第 2 期。

钱中文：《文学理论反思与“前苏联体系”问题》，《文学评论》2005 年底 1 期。

# 结　语

新时期近三十年来我国文艺学的发展是在中西文化交流碰撞的历史语境之中，同时也是在我国综合国力不断增强的社会背景之下，经历了坎坷曲折但却不断发展的历程。回顾总结我们的经验是为了未来更好的发展，是为了在科学发展观的指导下建设面向21世纪的有中国特色的马克思主义文艺学。

## 一、坚持马克思主义指导，科学处理古今与中外各种关系

马克思主义始终认为，包括文艺学在内的一切思想文化形式都具有一定经济政治基础之上的意识形态性质。同样，西方文艺学思想也必定具有其意识形态性质。当然其情形是比较复杂的，不能简单地采取贴标签的方法，而要具体问题具体分析，但却不能忘记其客观存在的意识形态属性。我们应该坚持以马克思主义基本原理，特别是具有中国特色的马克思主义文艺思想为指导对其进行必要的分析批判，吸收其精华剔除其糟粕。例如，总的来说西方文艺学思想，包括西方现代文艺学思想都是唯心主义特别是主观唯心主义的，是与马克思主义的辨证唯物主义与历史唯物主义相背的，在基本哲学立场的区别上我们应明确划清界线。同样，西方现代文艺学思想还常常带有浓厚的非理性主义与相对主义色彩，尽管不乏一定的合理性与其历史的缘由，但极端的非理性主义与相对主义肯定是错误的。再如，西方现代文艺学思想常常反映了某些知识分子的没落与灰暗的情绪及其极端的个人主义色彩，尽管有其批判资本主义的作用，但其基本情感则与劳动大众的进步的思想相距甚远。

在我国长期的文化建设之中，对于古代与西方文化形成了一系列行之有效的马克思主义方针，其突出代表就是毛泽东提出的著名的“古为今用，洋为中用”方针，再就是鲁迅提出的著名的“拿来主义”原则。这些方针与原则的中心出发点就是在文化建设中，包括在文艺学思想建设中一定要坚持从我国当代的实际与需要出发的原则，符合我国当代实际，有利于我国当代建设有中国特色的马克思主义文艺学需要的古代与外国资源我们就大胆吸收，实行“拿来主义”，否则就应该大胆抛弃。这就是我们作为马克思主义者对于中西文化“体用之争”的回答。也就是说，我们明确认为，应该以建设有中国特色的当代马克思主义文艺学为体而以古代与

西方的资源为用。这就能够避免盲目崇洋与无序引用,从而导致西学词汇狂轰滥炸的弊端。

早在1938年,毛泽东在著名的《中国共产党在民族战争中的地位》一文中论述马克思主义中国化时就提出了著名的建设"新鲜活泼的,为中国老百姓所喜闻乐见的中国作风和中国气派"的理论形态的重要问题。当前,党中央又在新时期提出了同样的问题,在目前经济全球化与客观存在的文化渗透的背景之下显得尤其重要。当前在当代文艺学思想建设中除了强调马克思主义理论指导之外,另一重要指导原则就是对其本土性与民族性的强调。当代马克思主义文艺学建设一定要强调中国特色。由此,必须强调当代马克思主义文艺学建设与我国国情的紧密结合,从中国当代的社会与文艺现实出发,以解决中国的问题为出发点,而不是照搬西方。同时,要大力强调当代文艺学建设的民族化之路,将我国五千年优秀民族文化包括优秀文艺思想的精华吸收到当代文艺学之中,逐步形成为中国老百姓喜闻乐见的、具有明显中国作风与中国气派的当代文艺思想体系。

## 二、以科学发展观为指导,建设面向21世纪的有中国特色的马克思主义文艺学

面向未来,最重要的是自觉地以党的科学发展观为指导,建设具有中国特色的马克思主义文艺学。科学发展观与构建和谐社会的理论是当代发展了的具有中国特色的马克思主义,是我国社会发展与学科建设的指导方针,也为包括文艺学在内的人文社会科学发展提供了极好的机遇。科学发展观在"以人为本"、"协调发展"、"社会全面进步"、"建设环境友好型社会"等方面都为我们提出了新的理论视角,必将推动我国包括文艺学在内的人文社会科学发展。

马克思曾经指出:"任何真正的哲学都是自己时代精神的精华。"以科学发展观为指导所提出的建设和谐社会的理论,特别是与之有关的社会主义核心价值体系就是我国改革开放新时期时代精神的集中体现,是包括文艺学在内的各种文化形式建设的指南。它是在毛泽东思想、邓小平理论与"三个代表"思想基础上,结合新时代特点的一种新的理论发展。它的提出不是偶然的,而是顺应时代要求的一种高度的哲学理论的概括。首先是建设社会主义和谐社会的需要,是社会和谐的重要价值导向与理论支撑,是当代人民追求的精神目标和行为规范准则。它的提出也是对于新时期近三十年来我国思想文化工作经验的总结,是广大文化理论工作者理论文化与文艺创新工作的高度概括。当然,它的提出也是对于当前理论文化工作中一些负面情况的积极回应,是对当前理论与文化文艺活动中价值缺失的有益补正。它必将成为中华民族伟大复兴所必须的文化复兴的重要精神武器。

学习关于社会主义核心价值体系的论述对于我国当代有中国特色的马克思主义文艺学建设具有极为重要的意义。如前所说，新时期以来，我国有中国特色的马克思主义文艺学建设在“解放思想，实事求是”思想路线的指引下取得令人瞩目的成就，探索出一条紧密结合中国实际的以有中国特色马克思主义理论为指导的综合比较创新之路，从而呈现出繁荣发展的局面。但我国当代文艺学的发展距离社会文化的现实需要仍有较大差距，在国际学术论坛上我国文艺学界的声音仍然较为微弱，对于古今中西资源之间的关系的处理融合仍缺乏更为成熟的经验，西方资源的本土化与当代理论的民族化仍是需要进一步解决的课题。

学习社会主义核心价值体系，最重要的是要充分发挥它的建设功能，通过认真学习领会社会主义核心价值体系的重要理论内涵，在我国当代有中国特色的马克思主义文艺学建设中进行必要的吸收借鉴。可以说，社会主义核心价值体系作为“时代精神的精华”对于我国具有中国特色的马克思主义文艺学建设具有重要的理论指南与启示作用，也为我们拨开了一系列迷雾，只要我们认真遵循社会主义核心价值体系的指导建设，我国当代文艺学必将取得更加健康快速的发展。

社会主义核心价值体系为我国当代有中国特色的马克思主义文艺学的建设进一步指明了发展的方向。它首先提出了“马克思主义指导，中国特色社会主义理想”。这就进一步明确地确立了我国当代文艺学建设的方向。“马克思主义的指导”，是指作为社会主义意识形态组成部分的文艺学必须坚持马克思主义基本的立场、观点与方法。这就告诉我们我国文艺学建设只能是马克思主义一元指导下的多样性，而不能是多元化。当然，我们认为，这种马克思主义一元指导下的多样性还是非常重要的，因为只有多样性才有可能允许理论的创新与探索的存在，我国当代文艺学建设才能在现有基础上进一步走向繁荣发展，这应该是完全符合我国长期以来所认真执行的“双百方针”的。

从我国当代有中国特色的马克思主义文艺学建设的内容来说，社会主义核心价值体系也具有重要的指南作用。它明确地提出了“以爱国主义为核心的民族精神和以改革开放为核心的时代精神，社会主义荣辱观”这样三个紧密相联的重要内容。“以爱国主义为核心的民族精神”指明了我国当代文艺学建设中对待民族文艺学遗产的基本立场与态度，解决了长期争论的我国古代文艺学遗产要不要与能不能“转换”的问题。事实证明，在当前经济“全球化”日益发展的形势下，中华民族要走向新的崛起与复兴就必须重振民族文化，使我们民族以独具特色的姿态自立于世界民族之林，这恰是一种爱国主义的立场。当然，在民族文化遗产的使用上我们也不能全盘吸收，而是应该有明确的取舍，那就是必须是包含爱国主义内容的文化，对这样的文化进行改造吸收使之焕发新的活力。这样的工作对于我国当代文艺学建设来说尽管非常艰难，但出于爱国主义的立场与中华民族伟大复兴的需要，我们也应义不容辞地担当起来。“以改革开放为核心的时代精神”指明了我国当代包括文艺学在内的文化建设所特具的与时俱进的品格。“改革开放”是我国新时期文艺学拨乱反正并走向繁荣发展的根本动力，它使我国当代文艺学具有了“与时俱进”的基本特征，而我国当代文艺学的新的发展也应继续更好地坚持这样的思想路线，才能走向进一步的繁荣。“社会主义荣辱观”是我国当代一切社会文化工作价值评判的基本要求，不仅反映了社会主义社会的基本价值取向，而且包含着普世性的内容，是我国当代文艺学所必然包含的内容。同时，这也有利于清除马克斯·韦伯所提出的社会科学的“价值中立”观点对于我国当代文艺学建设的不良影响。事实证明，文艺学作为人文学科是以其明确的价值判断功能为其特性的，就连特别强调形式特征的康德在其《判断力批判》的最后也指出了审美是“道德的象征”，更不用说当代著名美学家对于文艺的道德功能的强调。诸如叔本华提出“艺术是人生的花朵”、尼采提出“艺术是生命的伟大兴奋剂”，海德格尔提出“人的诗意地栖居”等等，真是不胜枚举。当前，我国文艺活动中的价值缺失，乃至价值颠倒，更加呼唤我国当代文艺学要在社会主义核心价值体系指导下发挥自己的价值评判功能。

从我国当代有中国特色的马克思主义文艺学建设目标来说，社会主义核心价值体系为我们进行了明确的界定，那就是“社会主义核心价值体系是建设和谐文化的根本”。因为，在和谐文化与和谐社会的建设中，“和谐”成为社会建设、文化观念与哲学思想的“关键词”，而“和谐”的理念也必然引起我国当代文艺学在理论观念上的重大调整。“和谐”包含人与人、人与自然以及人与自身的和谐协调，必然超越原有的人与人的“斗争”观念、人与自然的“对立”观念、人与自身的“漠视”态度，走向人与人的矛盾化解、人与环境的友好相处、人对自身生存状态的重视等等。这就必然对原有的以“人化自然”为其特征的“实践美学”以及以单纯认识为其旨归的文艺思想有所补正，从而呼唤新的立足于和谐的关系性美学与生态美学的发展。

早在 1942 年，毛泽东的《在延安文艺座谈会上的讲话》中就指出了马克思主义与文艺学建设的关系。他说：“学习马克思主义，是要我们用辨证唯物论和历史唯物论的观点去观察世界、观察社会、观察文学艺术，并不是要我们在文学艺术作品中写哲学讲义”。文艺学是以研究文艺的审美特性为其内容的，而文艺的审美特性按照康德的说法就是一种审美的个人性与共同性的二律背反，黑格尔认为康德在此说出了关于美的第一句合理的话。那就是说，审美过程中一切的价值判断都只能融汇在审美的个人性之中，而不能直接的表现出来。这也就是恩格斯所说的“倾向应当从场面和情节中自然而然地流露出来，而不应当特别把它指点出来”。将社会主义核心价值体系与文艺的审美特性有机地融合就是我们文艺学建设的目标。当然，我们广大文艺学理论工作者还有一个重要任务，就是按照社会主义核心价值体系来规范我们自己的思想行为,“做好文先要做好人”,这是一个规律。我们长期以来都将作家与文艺理论家称为“人类灵魂的工程师”。我们认为,这样的称谓在建设社会主义精神文明和构建和谐社会的伟大事业中仍然是应该大力倡导的。我们每一个作家与文艺理论家都应自觉地朝着这个方向努力。我们坚信社会主义核心价值体系的提出必将开创我国马克思主义文艺学建设的新局面。

# 后　记

本书是国家社会科学基金重点项目“西方文论影响下的我国新时期文论的发展与有中国特色文学理论体系建构研究”的结项成果。尽管经过了所有撰写者的努力与评议专家的帮助，但课题自身的难度决定了本书一定还会存在许多错讹和不全面之处。但作为一种探索，我们愿意通过本书的写作为新世纪文艺学的建设尽一点绵薄之力。

2008年是党的十一届三中全会召开以及“解放思想，实事求是”思想路线提出30周年。正是在党的三中全会和“解放思想，实事求是”思想路线的指引下，包括文艺学在内的我国思想文化战线才有了今天的繁荣发展。因此，本书的完成也可以说是我们献给党的三中全会召开和“解放思想，实事求是”思想路线提出30周年的一份小小的礼物。在本书中，我们着力勾画出党的三中全会及其“解放思想，实事求是”思想路线对于我国新时期文艺学发展所发挥的巨大作用，并力图论证我国文艺学今后的健康发展必须继续坚持这最基本的一点。

本书是集体合作的成果，各章撰稿人如下：

导　言：曾繁仁

第一章：卢政

第二章：祁海文、王小范

第三章：张进

第四章：曾繁仁、王德胜

第五章：刘彦顺

第六章：张伟

第七章：仪平策、王卓菲

第八章：吴承笃、李晓明

第九章：马驰

第十章：王汶成、刘冠君

结　语：曾繁仁

大事记：夏冬红

本书的最后整体通稿修改工作是我负责完成的，王汶成、祁海文、张进、卢政参加了通稿过程的讨论，提出了不少宝贵意见。我的博士生付小青负责全面校对与有关引文的核实。

在本书即将付梓之际，我谨代表全部撰稿人对国家和山东省规划办的有关同志对本书写作及修改所给予的帮助和北京大学出版社为本书出版所给予的支持表示深深的谢意。我与多数撰稿人都是教育部人文社科重点研究基地山东大学文艺美学研究中心的专兼职人员或博士生、博士后。本书的完成得到了“中心”的大力的支持，因此本书实际上也是山东大学文艺美学研究中心的重要学术成果之一。

曾繁仁

2007 年 5 月 31 日

# 附 录

# 新时期文艺学研究大事记
# （1976—2006）

## 1976 年

### 1 月

8 日　周恩来总理逝世。

31 日　诗人、文艺理论家冯雪峰受迫害去世。

本月　《诗刊》、《人民文学》复刊，复刊后的第 1 期发表毛泽东同志 1965 年的两首词《水调歌头·重上井冈山》和《念奴娇·鸟儿问答》

### 3 月

16 日　在张春桥的授意下，于会泳等人召开文化部创作座谈会。京、津、沪、黑、鲁、皖六省市和清华、北大两校（"梁效"）写作组 18 名作者参加。于会泳在会上号召写"与走资派斗争的作品"。

20 日《人民日报》、《人民电影》、《人民音乐》、《舞蹈》、《美术》等刊物复刊。

### 4 月

3 日　为悼念周恩来总理，从 4 月 3 日至 5 日，首都百万人民汇集天安门广场，用诗歌形式表达对周总理的怀念，谴责江青一伙。他们的活动遭到镇压，被打成"反革命"事件。1978 年党的十一届三中全会为天安门事件平反，人民文学出版社于 1978 年出版了童怀周编辑的《天安门诗抄》，该书收录了天安门事件中张贴、朗诵或散发过的诗 600 余首。

### 18 日

《人民日报》发表社论《天安门广场事件说明了什么》，号召把批判邓小平、反击右倾翻案风的斗争推向新高潮。

### 7 月

30 日　一批新影片包括彩色故事片、戏曲片、美术片在国庆期间上映。为纪念鲁迅先生诞生 95 周年、逝世 40 周年而拍摄的彩色文献记录片《鲁迅战斗的一生》也同时上映。

### 9月

9日　中共中央主席毛泽东同志在京逝世，享年83岁。

18日　诗人郭小川逝世。

### 10月

6日　粉碎“四人帮”。王洪文、江青、张春桥、姚文元“四人帮”被捕。

## 1977年

### 1月

11日　一批长期被“四人帮”禁演的优秀戏剧重新与观众见面，如歌剧《洪湖赤卫队》、革命现代京剧《八一风暴》、革命现代剧《朝阳沟》、舞剧《小刀会》等。

### 4月

5日　《毛泽东选集》第五卷出版。

### 5月

18日　《人民日报》发表文化部政策研究室批判组撰写的《评“三突出”》。

23日　为纪念毛泽东同志《在延安文艺座谈会上的讲话》发表35周年，首都和部队文艺工作者联合举行演出大会，党和国家领导人出席大会。

### 7月

24日　诗人、文艺评论家、中国社会科学院文学研究所所长何其芳逝世，终年65岁。

### 8月

4—8日　中共中央副主席邓小平召开科学和教育工作座谈会，30多位著名科学家和教育工作者应邀参会。邓小平作《关于科学和教育工作的几点意见》的报告。

12日　中共中央主席华国锋在党的第11次全国代表大会上宣布，历时十年的“文化大革命”以粉碎“四人帮”为标志宣告结束。

### 10月

本月　《世界文学》杂志复刊。

### 11月

18日　《人民日报》头版发表教育部大批判组的文章《教育战线的一场大论战——批判“四人帮”炮制的两个估计》，文章指出，教育战线17年红线是主导，而不是“黑线专政”，知识分子是革命力量,而不是革命对象。

19日　为繁荣和促进短篇小说创作,《人民文学》编辑部在北京召开短篇小说创作座谈会,参加座谈会的有张光年、刘白羽、周立波等20多位老、中、青专业作家、业余作家和文学评论工作者。与会代表认为,繁荣社会主义文艺必须认真贯彻"百花齐放、百家争鸣"的方针,必须砸碎"四人帮"的精神枷锁。茅盾与会讲话。

### 12月

28日　《人民文学》编辑部邀请在京作家、诗人、文学评论家、翻译家和文学编辑100多人举行座谈会,批判"四人帮"炮制的"文艺黑线专政论"。张光年主持会议。

本年　中国社会科学院在北京成立,该院前身是中国科学院哲学社会科学部。中国社会科学院院长胡乔木,副院长邓力群、于光远。

## 1978年

### 1月

本月　《诗刊》发表《毛主席给陈毅同志谈诗的一封信》。文艺界热烈展开形象思维问题的讨论。

### 2月

20日　《人民文学》第2期刊登"马克思、恩格斯、列宁、斯大林、毛泽东论题材"、"高尔基、鲁迅论题材"。同期还发表批判"四人帮"有关题材问题谬论的文章。

### 3月

本月　邓小平在全国科学大会开幕式上发表讲话。他指出,四个现代化,关键是科学技术的现代化。我国知识分子,"总的来说,他们的绝大多数已经是工人阶级和劳动人民自己的知识分子,因此,也可以说是工人阶级的一部分。"

### 4月

本月　文化部举行揭批"四人帮"的万人大会,为大批受迫害的文艺工作者平反。

### 5月

11日　《光明日报》发表特约评论员文章《实践是检验真理的唯一标准》。当天新华社转发,次日《人民日报》、《解放军报》和许多省市报纸同时全文转载。从此全国展开了真理标准问题的大讨论。

20日　《人民文学》发表林默涵的文章《解放后十七年文艺战线上的思想斗争》。

27日—6月5日　中国文学艺术界联合会第三届委员第三次(扩大)会议在北京召开,这是文艺界拨乱反正的一次盛会。会议宣布中国文学艺术界联合会、中国作家协会、中国戏剧家协会、中国音乐家协会、中国电影工作者协会和中国舞蹈工作者协会正式恢复工作。《文艺报》立即复刊。中国美术家协会、中国曲艺工作者协会和中国摄影家协会也将陆续恢复工作。乌兰夫代表中央讲话。全国文联主席郭沫若以《文艺的春天》为题发言。

## 6 月

12 日　郭沫若在京逝世，终年 86 岁。

本月　中国社会科学出版社成立。

## 7 月

15 日　停刊达 12 年之久的《文艺报》复刊。

## 9 月

20 日　马克思主义经典著作翻译家、中国社会科学院外国文学研究所研究员曹葆华逝世，终年 72 岁。

本月　《文艺报》编辑部召开短篇小说讨论会，会上对《人民文学》、《文汇报》等报刊发表的《班主任》、《伤痕》等作品进行讨论。

## 10 月

11 日　中国社会科学院研究生院在京成立，并举行开学典礼。中国社会科学院副院长兼研究生院院长周扬到会讲话。

## 11 月

15 日　中共北京市委作出决定，为 1976 年 4 月 5 日“天安门事件”平反。

17 日　《人民日报》发表社论《一项重大的无产阶级政策》。社论说，党中央决定，自今年四月起全部摘掉右派分子的帽子，目前摘帽工作已经全部完成。

## 12 月

4—26 日　中国社会科学院外国文学研究所和华中师范学院在武汉联合举办马列文艺论著学术研讨会。

5 日　《文艺报》、《文学评论》编辑部在京举行座谈会，讨论落实党的文艺政策，给在“文革”中受到错误批判的作品和受迫害的作者平反。其中有杜鹏程的《保卫延安》、周立波的《山乡巨变》、电影《红河激浪》、《革命家庭》等 26 部。

18—22 日　中国共产党十一届三中全会在京召开。三中全会重新确立了党的马克思主义思想路线、政治路线和组织路线，批判了“两个凡是”的错误方针，高度评价了真理标准问题的讨论。

本月　由上海师范大学中文系主办的“典型问题学术研讨会”在上海举行，53 所高校的 120 多位学者出席会议。

# 1979 年

## 1 月

20 日　《学术月刊》在上海复刊。

## 2 月

10 日　中国社会科学院文学研究所在昆明召开全国文学学科规划会议。这是建国以来的第一次。

22 日　中共北京市委作出决定,推倒林彪、"四人帮"一伙强加在"三家村"头上的一切诬蔑和不实之词,恢复邓拓、吴晗、廖沫沙三位同志的政治名誉。当天,《人民日报》发表文章,为《三家村札记》、《燕山夜话》恢复名誉。

23 日　周扬在广东省文学创作座谈会上的讲话以《关于社会主义时期的文学艺术问题》为题,在《人民日报》上发表。

## 3 月

16—23 日　《文艺报》编辑部召开文学理论批评工作座谈会,这是粉碎"四人帮"之后,第一次全国性的文艺理论工作问题讨论会,一百多人出席会议。会议由《文艺报》主编冯牧、孔萝荪主持。周扬、林默涵、陈荒煤到会并讲话。

本月　李泽厚著《批判哲学的批判——康德述评》由人民出版社出版。

## 4 月

4 日　中央组织部、宣传部、文化部、全国文联在北京召开全国落实知识分子政策座谈会。这是粉碎"四人帮"以来专门研究落实文艺界知识分子政策的一次重要会议。会议结束时,胡耀邦发表讲话。

## 5 月

2 日　中国社会科学院召开纪念"五四"运动 60 周年学术讨论会。周扬在会上作《三次伟大的思想解放运动》的报告。会议围绕解放思想、民主和科学等问题进行讨论。

3 日　中共中央批转总政治部关于撤消 1966 年 2 月《部队文艺工作座谈会纪要》的指示,对受《纪要》影响被错误批判、处理的人员和文艺作品,要实事求是地予以平反。

15 日　《文艺研究》(双月刊)在京创刊,由文化部文学艺术研究院主办。

29 日　"社会主义文学创作方法学术讨论会"在西安举行,会上决定成立"高等学校文艺理论研究会",推选陈荒煤为会长。

## 6 月

本月　被"四人帮"迫害致死的理论家、作家王任叔(巴人)追悼会在北京八宝山革命公墓举行。

### 8月

3日　经中央批准，中共北京市委正式决定为林彪、“四人帮”和康生制造的所谓“三家村反党集团”冤案正式彻底平反。

本月　钱锺书著《管锥编》(第1至4册)由中华书局出版。

### 9月

14日　原北京市副市长、《海瑞罢官》作者吴晗同志追悼会在京举行。

20日　受“四人帮”迫害致死的文学理论家邵荃麟同志追悼会在京举行。

### 10月

30日—11月6日　中国文学艺术工作者第四次代表大会在北京举行。邓小平代表中共中央、国务院向大会致辞。茅盾致开幕词，周扬作报告。会议选举茅盾为文联名誉主席，周扬当选为文联主席，巴金、夏衍等为副主席。

### 11月

4—11日　中国作家协会第三次代表大会在京举行。中国作协及各地方协会也同时选举了新的负责人。

17日　受“四人帮”迫害致死的文艺理论家、作家和诗人冯雪峰同志追悼会在北京举行。

本月　大型理论刊物《美学》创刊。由中国社会科学院哲学研究所美学研究室与上海文艺出版社合编。

## 1980年

### 1月

3日　周扬在上海市理论界、文艺界茶话会上讲话，谈了精神生产的目的、贯彻执行“双百”方针、艺术民主、文艺体制改革等问题。

8日　中国作协举行主席团会议，强调1980年要以繁荣文学创作、活跃理论批评为中心，扎实地开展工作。下设作家权益保障委员会、理论批评委员会、外国文学委员会等。

10日　中国社会科学院主办的理论刊物《中国社会科学》(双月刊)创刊。该刊由中国社会科学院主办，是综合性学术刊物，总编黎澍。

15日　《文学评论》第1期开辟“文艺和政治关系问题的讨论”专栏，发表罗荪的《文艺·生活·政治》、梅林的《文艺和政治是上层建筑范畴内的问题》等文章。同期还刊登刘梦溪的《关于发展马克思主义文艺学的几点意见》、夏衍的《一些早该忘却却未而能忘却的事》。

29日　《光明日报》发表该报评论员文章《安定团结与“双百”方针》。

## 2 月

1 日 《红旗》杂志第 3 期发表该刊评论员文章《谈谈文艺界的思想解放问题》

16 日 《红旗》杂志第 4 期开辟“文艺思想争鸣”专栏，刊登李玉铭、韩志君的文章《对“写真实”说的怀疑》。

24 日—3 月 14 日 文化部主持召开全国省、市、自治区文化局长会议。会议总结了粉碎“四人帮”三年来的文艺工作。讨论了新时期文艺工作的方针、任务和政策。胡耀邦、王任重到会讲话。

## 4 月

7 日 由中国社会科学院文学研究所、中国当代文学研究会等六单位联合举办的“全国当代诗歌讨论会”在广西南宁举行。会议讨论了诗歌的形式和发展道路、新时期诗人的职责与诗歌职能，粉碎“四人帮”以来诗歌战线所取得的成就和不足，以及“新诗危机说”等问题。

19—21 日 《文艺报》、《文学评论》、《文艺研究》编辑部在北京联合举行“关于马克思主义文艺理论继承和发展问题座谈会”。会议就如何估价马克思主义文艺理论遗产、如何理解马克思主义文艺理论的基本内容、如何继承和发展马克思主义文艺理论体系等问题，联系当前文艺创作中迫切需要解决的理论问题进行了讨论。

## 5 月

7 日 《光明日报》发表谢冕的文章《在新的崛起面前》，文中认为，对创作中出现的一批所谓“新奇”、“古怪”的诗应当宽容与支持。蓝翎在 7 月 21 日《人民日报》上发表《“看不懂”的推想》，发表不同意见。此后，各地报刊也就所谓“朦胧诗”问题展开了讨论。

## 6 月

4—11 日 第一次全国美学会议在昆明举行。会议就美的本质、中国美学历史方法论以及艺术门类的美学、审美本质、形象思维等专题举行报告会。同时成立“中华全国美学学会”，朱光潜当选会长。

25—7 月 3 日 “毛泽东文艺思想学术讨论会”在长春举行。会议围绕如何正确评价毛泽东文艺思想、如何准确理解毛泽东文艺思想体系等问题进行了讨论。

本月 由全国高等学校文艺理论研究会主办的《文艺理论研究》(季刊)在上海创刊。主编陈荒煤，副主编黄药眠、陈白尘、徐中玉。

本月 《文学遗产》复刊，改为季刊。

## 7 月

26 日 《人民日报》发表社论《文艺为人民服务、为社会主义服务》

31 日—8 月 15 日 由全国文联、全国高等学校文艺理论研究会委托江西省文联等六单位联合举办的“全国高等学校文艺理论学术讨论会”，在江西庐山举行。《人民日报》副总编辑王若水向大会作报告。丁玲、陈荒煤、徐中玉、吴介民等三百余人出席会议。

本月　中国文联编辑的《中国文学艺术工作者第四次代表大会文集》由四川人民出版社出版。

本月　李泽厚《美学论集》由上海文艺出版社出版。

### 8月

10日　《诗刊》第8期开辟专栏，讨论"朦胧诗"问题。

20—21日　中国当代文学研究会和北京师范学院学报编辑部在北京举行"王蒙创作讨论会"，讨论王蒙小说《蝴蝶》、《夜的眼》、《春之声》等产生的原因、艺术成就、效果和由此引发出来的对文艺理论问题的冲击。

27日　《人民日报》本日起开辟"关于文艺真实性问题的讨论"的专栏，本期刊登了王蒙、李准与丹晨的三篇文章。

本月　中国民间文学出版社在京成立。

本月　文化部所属的文化艺术出版社在京成立。

### 9月

12日　《文艺报》第9期以"文学表现手法探索"为题，刊登王蒙、李陀等人的发言。

29日　中共中央转批公安部、最高人民法院、最高人民检查院党组的报告，决定对"胡风反革命集团"平反。

本月　《文学评论》第五期刊登魏里的文章《马克思主义经典作家的文艺理论体系和文艺科学的发展》，该文对刘梦溪的文章《关于发展马克思主义文艺学的几点意见》提出异议。

### 10月

15—23日　全国马列文艺理论学术讨论会第二次会议在天津南开大学举行，集中讨论了人性、人道主义问题。中宣部副部长贺敬之到会讲话。

### 11月

6—13日　中国古代文学理论学术讨论会在武汉举行，探讨建立具有我国民族特色的马克思主义文艺理论等问题。

11日　胡风担任文化部文学艺术研究院顾问。

20日　钱锺书先生参加以梅益为团长的中日友好学者第二次访日代表团出访日本。当日，在早稻田大学教授座谈会上，钱锺书作了题为《诗可以怨》的学术报告。

25日—12月2日　中国外国文学学会第一届年会在成都举行，会长冯至作报告。

## 1981年

### 1月

9日　《文艺研究》编辑部邀请全国高等院校美学进修班的同志，讨论从美学角度加强文艺批评的问题。

14日　《人民日报》发表评论员文章《坚持马克思主义的文艺批评》,强调对目前创作中的一些不健康倾向与情绪进行必要的批评与引导。

23日　我国第一个以研究比较文学为宗旨的群众性学术组织——北京大学比较文学研究会成立。季羡林任会长,李赋宁任副会长,乐黛云任秘书长。该会决定出版会刊《比较文学研究会通讯》,并编选《比较文学丛书》。

本月　《上海文学》第1期发表徐俊西的《一个值得重新探讨的定义——关于典型环境和典型人物关系的疑义》,第4期发表程代熙的《不能如此轻率地批评恩格斯》,该刊发表徐俊西的答辩文章,从第8期起陆续发表文章,就此问题进一步展开讨论。

本月　由十四个高等院校《文学理论基础》编写组著《文学理论基础》,由上海文艺出版社出版。

## 2月

25日　中国作家协会"中国现代文学馆"筹备委员会召开第一次会议。筹委会由巴金、谢冰心、曹禺等九人组成。

## 3月

27日　中国文联名誉主席,中国作协主席、文学家沈雁冰(茅盾)在北京逝世,享年85岁。

本月　《诗刊》第3期发表孙绍振的《新的美学原则在崛起》。第4期发表程代熙的《评〈新的美学原则在崛起〉——与孙绍振同志商榷》。4月29日,《人民日报》选载了程代熙一文。《文艺报》、《文汇报》和《诗探索》等刊物对此现象进行讨论。

本月　李泽厚著作《美的历程》由文物出版社出版。

## 4月

20日　中国作家协会召开主席团扩大会议,推选巴金为中国作家协会主席团代理主席。会议同意成立茅盾文学奖委员会,巴金任委员会主任。会上还讨论了筹建中国现代文学馆等问题。

20日　《解放军报》发表特约评论员文章《四项基本原则不容违反——评电影文学剧本〈苦恋〉》,《苦恋》是军队作家白桦的电影剧本,1981年由彭宁摄制成电影《太阳和人》。《解放军报》文章指责《苦恋》违反了党的四项基本原则,反映了无政府主义、极端个人主义和资产阶级自由化思潮。

25日　《文艺研究》第2期发表贺敬之的《对当前文艺工作的几点看法》。

25日—29日　中国社会科学院文学研究所现代文学研究室主办的"中国现代文学思潮、流派问题学术交流会"举行。马良春主持会议。

## 5月

本月　敏泽著作《中国文学理论批评史》由人民文学出版社出版。

本月　宗白华著作《美学散步》由上海人民出版社出版。

本月　蒋孔阳著作《美和美的创造》由江苏人民出版社出版。

## 6 月

11 日　全国高尔基学术讨论会在大连举行，对高尔基的创作方法和人道主义、人性问题进行探讨。

13—22 日　毛泽东文艺思想研究会 1981 年年会在延安举行，会议就如何认识运用和发展毛泽东文艺思想问题进行讨论。计划出版《毛泽东文艺思想研究》论丛。

27 日　中共十一届六中全会通过《中国共产党中央委员会关于建国以来党的若干历史问题的决议》。

## 7 月

17 日　邓小平在《关于思想路线上的问题的谈话》中指出，党对思想战线和文艺战线的领导是有显著成绩的。但工作中存在着涣散软弱的状态，对错误倾向不敢批评，而一批评有人说是打棍子。他还批评了根据《苦恋》拍摄的电影《太阳和人》。

22 日　《文艺报》第 14 期发表王春元的《关于马克思主义的"新人"说》，从第 15 期起陆续发表文章，就什么是社会主义新人形象、塑造社会主义新人形象在文艺创作中的地位等问题展开讨论。

本月　中华全国美学学会创办的《美学通讯》在京出版。

## 8 月

3—8 日　中宣部根据党中央决定在京召开"全国思想战线问题座谈会"。会议的议题是加强党对思想战线的领导，改善涣散软弱的状态等问题。座谈会讨论邓小平同志 7 月 17 日同中央宣传部门有关同志的谈话。胡耀邦同志在会上讲话，胡乔木在会上作长篇报告《当前思想战线的若干问题》。

## 9 月

25 日　鲁迅诞辰 100 周年纪念大会北京举行。

## 10 月

13 日　中国作家协会第三届主席团举行第五次会议，议题包括，开始茅盾文学奖评奖工作；讨论由巴金先生提出的筹建"中国现代文学馆"的事项；恢复胡风同志的中国作家协会会籍。

28—11 月 7 日　全国高等院校马克思主义文艺理论研究会在黄山举行学术讨论会，讨论典型环境中的典型性格、文艺的真实性与倾向性、艺术生产和物质生产发展不平衡关系、文艺批评标准等问题。

## 11 月

13—19 日　中国社会科学院文学研究所文艺理论研究室《美学论丛》编辑部与华中师范学

院中文系在武汉联合召开“《美学原理》提纲”讨论会。围绕“提纲”总的印象、美与美感、艺术美与美感教育作用等问题展开讨论。

本月 周振甫的《文心雕龙注释》由人民文学出版社出版。

### 12月

18—23日 中国作家协会第三届理事会第二次会议在京举行,胡乔木同部分作家座谈。中宣部副部长、中国文联主席周扬在闭幕式上讲话。选举巴金为新一届中国作家协会主席。

23日 《解放军报》刊登白桦的《关于〈苦恋〉的通信——致〈解放军报〉、〈文艺报〉编辑部》。信中检查了自己创作《苦恋》的错误思想。《人民日报》和《文艺报》将此文全文转载。

## 1982年

### 2月

本月 《朱光潜美学文集》(共五卷)第一卷由上海文艺出版社出版。1982年11月出版第二卷。

### 3月

18日 中国作协召开建设精神文明座谈会。

29日—4月7日 全国高等学校文艺理论研究会第三次年会在广州举行。会议主要讨论了高等学校文艺理论教材体系和建立中国的马克思主义文艺理论等问题。

本月 词学研究专业刊物《词学》(第一辑)由华东师范大学出版社出版。

### 4月

25日 甘肃省文联主办的《当代文艺思潮》(季刊)在兰州创刊。

### 5月

5—12日 中国文联、中国社会科学院文学研究所在北京联合召开“毛泽东文艺思想讨论会”,就如何科学评价、正确对待毛泽东文艺思想进行了讨论。中国文联主席周扬到会讲话。指出对毛泽东文艺思想,一要坚持,二要发展。中宣部副部长贺敬之、文化部副部长周巍峙、文化部顾问林默涵出席会议。陈荒煤、冯牧、许觉民主持了讨论会。

7日 胡乔木同志1981年8月8日在中央宣传部召集的思想问题座谈会上的讲话《当前思想战线的若干问题》,作者再次作了重要修改与补充,并为此写了前记,在《文艺报》第5期重新发表。

23—29日 全国毛泽东思想研究会在长沙举行。

24日—6月1日 中国现代文学研究会第二届学术讨论会在海南岛举行,讨论了毛泽东《在延安文艺座谈会上的讲话》在我国现代文学史上的意义、中国现代文学发展中的思潮、流派等问题。会上选举王瑶会长,田仲济、樊骏为副会长。

本月　为纪念毛泽东同志《在延安文艺座谈会上的讲话》发表40周年，由全国毛泽东文艺思想研究会主编的《毛泽东文艺思想研究》(第一集)在湖南出版。陕西九十多位作家、艺术家在《讲话》旧址杨家岭举行毛泽东文艺思想讨论会；《延安文艺丛书》编委会于本月17日召开了第一次编委会，纪念《讲话》，讨论并制订了《延安文艺丛书》的编辑计划。

## 6月

本月　《读书》杂志编辑部和北京大学比较文学研究会邀请在京部分教授召开比较文学研究座谈会，《读书》第9期刊登了座谈会纪要。

## 7月

7日　《文艺报》从第7期起开辟“关于现实主义问题的讨论”专栏，刊登《现实主义和自然主义在真实性问题上的区别》等文章。

17—24日　中宣部召开文艺评论工作座谈会，七十余人参加会议。这次会议主要是贯彻中共中央关于加强理论队伍建设的基本精神，使文艺评论工作在党的四项基本原则和文艺方针指导下，更加健康发展。

## 8月

2—8日　全国马列文艺论著研究会1982年年会在哈尔滨举行，会议着重讨论了马克思《1844年经济学—哲学手稿》的美学思想问题，还就“美的规律”、“美感”、“形式美”等问题交换了意见。

22—29日　国际比较文学会第十届大会在美国纽约大学举行，我国派代表参加了大会。

本月　《上海文学》第8期刊登冯骥才、李陀等人对高行健的《现代小说技巧初探》一书的评价意见，由此引发有关“现代派”问题的争鸣。《文艺报》第9期发表文章对冯骥才的观点发表异议，《文艺报》从第10期起开辟关于“现代派文学”问题的讨论专栏。《读书》、《人民日报》等报刊杂志也跟进讨论。

## 9月

13—19日　中华全国美学学会、天津美学学会等联合主办的“《1844年经济学—哲学手稿》美学问题学术讨论会”在天津举行，会议围绕马克思早期美学思想的特点和历史地位、实践美学思想的内容及其意义、美的规律等问题展开了讨论。

本月　北京师范大学中文系文艺理论教研室编的《文学理论学习参考资料》(上下册)由春风文艺出版社出版。

## 10月

15—19日　《文艺报》举行第一次关于现实主义和现代主义问题座谈会。与会代表着重就现实主义的发展，如何研究、借鉴西方现代派等问题交换了意见。

16日　中国现代文学馆筹建处正式成立。中央政治局委员胡乔木前往祝贺，并亲自为它挂牌。周扬、贺敬之、刘白羽、艾青、曹禺前往祝贺。

25日　中国比较文学学会筹备组在西安举行比较文学研究问题座谈会。

27—31日　山东省文化局、山东省文联联合主办的“刘勰《文心雕龙》学术讨论会”在山东济南举行，一百二十余名学者与会。会议就刘勰的思想、《文心雕龙》的总论和理论体系、风格、风骨论等问题进行讨论。

### 11月

7—13日　中国社会科学院文学研究所、南宁师范学院等单位在南宁联合召开马克思美学思想讨论会。七十余名专家学者与会，会议主要讨论的问题有，《手稿》的评价问题；关于人的本质力量对象化、人化自然、实践与审美的关系、美的规律；马克思美学思想的哲学基础等问题。

8—9日　《文艺报》举行第二次关于现实主义和现代主义问题座谈会。

### 12月

4—8日　全国美学学会湖北省美学分会、湖北省美学学会在武昌召开了第二届年会，重点讨论艺术的内容与形式的关系等问题。

10日　哥伦比亚作家加西亚·马尔克斯获得诺贝尔文学奖，这位作家的“奇异的现实主义”创作风格及其代表作《百年孤独》，在中国当代作家中影响很大。

本月　蔡仪的《美学论著初编》(共两册)由上海文艺出版社出版。

## 1983年

### 1月

7日　《文艺报》第1期继续开辟关于“现代化与现代派问题的讨论会”专栏。联系徐敬亚的《崛起的诗群》所持的文艺观点，就我国文艺创作的方向、道路、传统与革新等问题，展开了争鸣探讨。

10日　《当代文艺思潮》编辑部和中国文联理论研究室在京联合召开座谈会，讨论该刊第1期上徐敬亚《崛起的诗群》及该文所代表的一股否定革命文艺传统、否定文学是社会生活的反映的文艺思潮。

17—22日　中国社会科学院文学研究所现代文学研究会主办的“中国现代文学思潮流派第二次学术讨论会”在北京举行，围绕对现代文学思潮探讨的对象、思潮形成的原因、划分的标准等问题展开了讨论。马良春主持会议。

18—25日　中国文联在京召开文艺理论批评工作会。中国文联党组成员冯牧、中宣部副部长贺敬之到会讲话。

24—29日　《文艺报》、《文艺研究》、《文学评论》三家编辑部联合召开我国新时期文学与人性、人道主义问题的学术讨论会。冯牧、陈荒煤等人讲话。

### 3月

1—7日　中国社会科学院主持的“全国文学艺术、外国文学学科规划会议”在广西桂林召开，这是建国以来第一次将哲学、社会科学科研规划项目列入国家的五年计划。会议在文学方面落实了《美学原理》(蔡仪主编)、《中国当代文学思潮》(朱寨主编)等 12 个国家重点科研项目。

16 日 《人民日报》刊登周扬在纪念马克思逝世 100 周年学术报告会上的宣读的论文《关于马克思主义几个理论问题的探讨》。同时刊载黄楠森等在该会上的对周扬论文观点表示异议的发言摘要。《红旗》杂志第 21 期发表熊复的文章《对马克思使用的"异化"要领要有正确的认识》，对周扬的观点提出异议。

19—27 日 全国马列文论研究会纪念马克思逝世 100 周年学术讨论会在昆明召开，从马恩美学文艺学体系、美和艺术的本质等方面，讨论马恩对文艺学科的贡献及其现实意义。全国各地从事马列文论教学与研究的 140 多名代表参加会议，提交论文 120 余篇。《云南社会科学》第 4 期刊登了讨论会的纪要。

31 日 朱光潜应香港中文大学新亚书院之邀，来港主持该校"第五届钱宾四先生学术文化讲座"并作有关维柯《新科学》著译方面的学术报告。

本月 为纪念马克思逝世 100 周年，人民文学出版社出版了《马克思恩格斯论文学与艺术》、《列宁论文学与艺术》、《马克思论艺术和社会理想》、《马克思恩格斯美学思想论集》、《马克思恩格斯斯大林论文艺》等书籍。

## 4 月

5 日 《文汇报》从即日起连续发表何满子《论浪漫主义》和郑伯农的《关于创作方法的几个问题》(5 月 24 日)等文章，就浪漫主义和现实主义问题展开争鸣。

5 日—9 日 北京大学哲学系为纪念马克思逝世 100 周年，举行"马克思主义与人"学术讨论会。传达了中宣部部长邓力群就人道主义等问题发表的讲话。

## 5 月

14 日 文艺理论家、北京大学杨晦教授逝世，终年 84 岁。

26 日—6 月 1 日 由四川省社会科学院文学研究所、四川省作协等单位联合筹办的全国毛泽东文艺思想研究会 1983 年年会在成都举行，讨论的问题包括如何运用艺术辩证法思想，研究文艺创作中存在的问题；探索民族化、大众化、与现代化的关系等。

## 6 月

4—10 日 中山大学、华南师范大学等单位联合主办的古代文学理论学会第三次年会在广州举行，围绕如何以马克思主义为指导搞好文艺理论的民族化议题，就古代文论的民族特点和意象、意境、境界与艺术形象等问题进行了讨论。

21—28 日 我国首次规模盛大的比较文学讨论会在天津举行。杨周翰、陈圣生、朱维之等学者出席。

本月 中国社会科学院外国文学研究所主办的《文艺理论译丛》复刊。

## 7 月

1 日 《邓小平文选》由人民出版社出版。

本月　齐鲁书社的《〈文心雕龙〉学刊》(第一辑)在济南创刊。

## 8 月

10—13 日　全国《文心雕龙》学会成立大会在青岛举行,张光年当选会长。王元化、杨明照为副会长。

29—31 日　由中国社会科学院和美中学术交流委员会联合主办的"第一届中美双边比较文学讨论会"在北京举行。美方代表有厄尔·迈纳,刘若愚、白之等十人代表团,中国代表团由王佐良、钱锺书、杨宪益、杨周翰等人。中国社会科学院副院长钱锺书致开幕词。《世界文学》第 5 期发表会议简报。《文艺理论研究》第 4 期和《文艺研究》第 4 期刊登钱锺书、杨周翰、杨宪益、周珏良、许国璋、张隆溪等学者的研究论文。

## 9 月

5 日　《文学评论》编辑部召开座谈会,就徐敬亚的《崛起的诗群》一文中提出的问题,讨论有关诗歌发展方向和"现代派"的问题。《文学评论》第 6 期以"关于当前文艺思潮的笔谈"为题,刊登了部分发言。

13 日　《人民日报》刊登综述文章《〈文艺报〉等报刊关于西方现代派文学与我国文学发展方向问题的讨论》。

17 日　《当代文艺思潮》编辑部在兰州召开美学研究与当前文艺思潮座谈会,就美学为繁荣社会主义文艺服务等问题进行了讨论。与会者批评了当前文艺思潮中出现的"表现自我"等错误观点。

## 10 月

5—11 日　为纪念毛泽东同志诞辰 90 周年,中国文联在山东烟台召开"毛泽东文艺思想学术讨论会",就在新的历史条件下如何进一步学习和运用毛泽东文艺思想,如何更高地举起社会主义文艺旗帜等问题交换了看法。会议强调了对待毛泽东文艺思想的科学体系:"一要坚持、二要发展"的原理是正确的。与会代表就近一个时期以来,有人把文艺创作当作"自我表现",提倡实行"反理性主义理论"进行了剖析。冯牧作《毛泽东文艺思想是发展社会主义文艺的指针》的发言,该文后发表在《文艺报》第 12 期。

7—13 日　全国美学学会第二届年会在厦门举行,讨论美学在两个文明建设中的地位与作用等问题。

30 日　新华社发表题为《向精神污染作斗争》的评论员文章。

## 11 月

1 日　《光明日报·文学遗产》从本日起开辟关于中国古代文论研究讨论专栏,就古代文论的特点、作用等问题展开争鸣与探讨。

5 日　中国文联主席周扬对新华社记者表示,拥护整党的决定和清除精神污染的决策,并就发表论述"异化"和"人道主义"文章的错误作了自我批评。

5—12 日　福建省文联召开抵制和清除精神污染问题座谈会，《新的美学原则在崛起》的作者孙绍振在会上作自我批评。

12 日　《作品与争鸣》编辑部在北京召开"坚持社会主义方向，清除精神污染座谈会"。与会者就人性、人道主义、西方"现代主义"、"异化"等问题进行了讨论。

## 12 月

2 日　《人民日报》发表题为《清除精神污染，划清政策界限》的短评。

7 日　《文艺报》第 12 期发表《鲜明的旗帜，广阔的道路》。文章认为，要更高地举起社会主义文艺旗帜，应当注意："坚持马克思列宁主义、毛泽东文艺思想对文艺实践的指导"，"坚持反映社会主义的新时代"；"坚持走群众化、民族化的道路。"

12—14 日　为纪念毛泽东诞辰九十周年，毛泽东文艺思想研究会主办学术讨论会，在河北石家庄和平山县西柏坡村举行。全国 70 多位研究人员与会。

# 1984 年

## 1 月

3 日　胡乔木在中央党校作题为《关于人道主义和异化问题》的讲话。《理论月刊》第 2 期发表了这个讲话的修订稿。《人民日报》(1 月 27 日)、《红旗》杂志(第 2 期)等报刊转载了讲话全文。

## 3 月

11—13 日　中国文联、中国作协召开座谈会，讨论胡乔木同志的文章《关于人道主义和异化问题》。丁玲、陈涌、陈荒煤、冯牧、王蒙等出席。4 月 17 日，新华社播发了座谈会上的专题报导。全国各地先后召开座谈会学习胡乔木同志的讲话。

## 4 月

11—17 日　为纪念列宁逝世 60 周年，全国马列文艺论著研究会在厦门召开第六届年会，讨论列宁的唯物主义反映论对文艺的指导作用，"两种民族文化"的学说等文艺思想。

19 日　《当代文艺思潮》编辑部在厦门大学召开座谈会，着重就新技术革命形势下文艺学的现代化问题等进行讨论。该刊从第 1 期开始陆续发表多篇运用"三论"方法(信息论、控制论、系统论)研究文艺学的文章。

## 5 月

9 日　中宣部副部长贺敬之与《文艺研究》编辑部工作人员举行座谈会，提出新形势下的文艺要处理好三个关系，即破与立、理论与实际、坚持方向的一致性与百家争鸣的关系。

15 日　《文学评论》第 3 期发表刘再复的论文《论人物性格的二重组合原理》，这是作者《性格组合论》系列论文的首篇。论文引起很大反响与争议。第 6 期刊登有关刘文引起争议的综合报道。《文艺报》从第9期起在该刊开辟“复杂性格”问题的讨论专栏。刘再复《性格组合论》一书的片段还在《文艺报》、《中国社会科学》、《读书》等多种刊物上发表。其他论文还有:《灵魂的深邃和性格丰富的内在源泉》(《文艺报》1984年第8期),《论人物性格的模糊性与明确性》(《中国社会科学》1984年第6期),《论悲喜剧的二重组合》(《文艺研究》1984年第6期),《性格对照的三种方式和它们在我国文学中的命运》(《学习与思考》1984年第6期)。

17—30日　中国比较文学研究会主办的“比较文学讲习班和讨论会”在广西大学举行。

19日　邓颖超在政协文艺界联组上讨论时,就如何发展和繁荣文化艺术发表意见。她说,近几年文艺界是有成绩的,前一段在反对和抑制精神污染时出现的某些不恰当的做法,党中央得知后,立即及时进行了纠正。“现在的中央下了决心,不能让过去的、深刻的、带血的教训重犯”。

22—27日　毛泽东思想研究会在杭州举办学术讨论会,讨论毛泽东文艺思想的有关问题。

## 6月

22日　文学批评史家,复旦大学郭绍虞教授在沪逝世,享年91岁。

## 10月

24日　由中华全国美学学会、湖北省美学学会、武汉大学、华中师范学院联合举办的“中西美学与艺术比较讨论会”在武汉召开。会议的中心议题是,进行中西美学与艺术的比较研究,以探讨建立具有中国作风、中国气派的马克思主义美学体系。

本月　大型文学季刊《延安文艺研究》出版。

## 11月

19—24日　中日学者《文心雕龙》学术讨论会在上海复旦大学举行,两国学者就《文心雕龙》研究目前已取得的成果,广泛交换看法,并进行学术交流。中国学者周谷城、王元化、伍蠡甫、杨明照、王季思、饶宗颐、周振甫、徐中玉、王运熙等参加会议。

20日　北京大学师生集会,庆祝87岁的宗白华从事哲学教学工作60年。

本月　文学研究的方法论问题已成为文艺理论界普遍关注的问题。《文艺报》第11期、《文学评论》第6期就此展开讨论。《文艺研究》、《当代文艺思潮》也发表文章,强调文艺理论与研究方法需要更新和发展。

## 12月

12月29日—1985年1月5日　中国作家协会召开第四次代表大会。胡耀邦等中央领导出席,巴金致开幕词,胡启立致贺词,张光年作报告,王蒙致闭幕词。巴金当选作协主席。

本月　国内研究比较文学的学术性刊物《中国比较文学》正式创刊,季羡林任主编。

## 1985 年

### 1 月

10 日 《文学评论》编辑部在京举行该刊优秀理论文章(中青年作者)授奖会。钱中文的《论当前文艺理论中的现代主义思潮》获一等奖。

29—31 日 《马克思文艺理论研究》编委会在京举行扩大会议,讨论文艺理论批评方法问题。会上就系统论、信息论、控制论、符号论、结构主义、审美经验现象和接受美学等七种方法论和传统方法的联系问题展开了讨论。

### 2 月

本月上旬 中国现代文学馆建成。

本月 《读书》第 2 期至第 3 期,发表了刘再复的《文学研究思维空间的拓展》,文章概述了近年来文学研究领域中新方法论的介绍与运用情况。

### 3 月

11 日 王元化在《人民日报》上撰文《思想政治工作也要改革》。

17 日 《上海文学》编辑部、《文学评论》编辑部与厦门大学等单位在厦门召开全国文学评论方法论讨论会。与会代表七十多人。

20 日 全国高等学校文艺理论研究会第四届年会暨学术讨论会在桂林举行。各地代表二百余人就如何建设具有中国民族特色的马克思主义文艺理论,如何开创文艺理论研究的新局面,文艺理论研究的方法论问题进行了讨论。会议决定将该会更名为“中国文艺理论研究会”。

### 4 月

14—22 日 中国社会科学院文学研究所、江苏省作协等十二个单位联合举办的“文艺学与方法论问题学术讨论会”在扬州召开,代表们就如何看待文学研究引进并移植系统论、控制论、信息论等科学方法问题、新方法与传统方法、马克思主义哲学的关系问题进行了探讨。

23—28 日 全国马列文艺论著研究会第七届年会在洛阳召开,与会代表 150 余人就恩格斯以及俄国早期马克思主义传播者普列汉诺夫的美学思想进行了讨论。

### 5 月

21—26 日 全国毛泽东文艺思想研究会在厦门举行年会,会议着重对社会主义文艺的本质、审美观念、文学观念的变革等问题进行了讨论。

本月 中国社会科学院文学研究所组建了文艺新学科研究室,重点进行横行研究。

### 6 月

7 日 《文艺报》第 6 期刊登关于“复杂性格”问题讨论来稿综述《从生活出发,塑造多样化的人物形象》。该文介绍了《文艺报》从1984年第7期开始历时半年多的关于“复杂性格”讨论的基本情况。

8日　文艺理论家、诗人胡风在京逝世,终年83岁。1954年7月,胡风向党中央、毛泽东写了《关于几年来文艺实践情况的报告》(即“三十万言书”)受到全国性批判,被错定为“胡风反革命集团之首”。1965年被判刑。1969年加为无期徒刑,收监关押。1979年撤刑释放。1980年党中央为胡风平反。1984年《胡风评论集》三卷本由人民文学出版社出版。

## 7月

8日　《文汇报》发表刘再复的文章《文学研究应以人为思维中心》,文章发表后引起讨论与反响。同年,他在《文学评论》第6期发表《论文学的主体性》,其观点引起理论界、文艺界的重视,并由此展开了长时间的讨论。

29日　中国社会科学院文学研究所和《文学评论》编辑部邀请在京的部分文艺评论工作者召开预备会议,就1986年召开新时期文学十年讨论会,编撰出版文艺理论批评论文集等问题进行座谈。

31日—8月5日　中国古代文学理论学会在长春市召开第四次年会。与会的180多位专家、学者、教学和出版工作者探讨了我国古代文学理论的民族特点和如何运用新的方法研究古代文学理论等问题。

## 8月

15—23日　中国社会科学院文学研究所邀请在京部分文艺理论、美学研究者召开讨论会,征求对蔡仪主编的《美学原理》一书的意见。

## 9月

2—7日　香港中文大学在港举办“中西叙述文体的探讨、比较学术讨论会”。内地及香港地区大专院校的学者、专家40余人参加会议,就叙述文体等问题交换了意见。

4—17日　中国人民大学在北戴河举办文艺学方法研讨班,全国有80多人参加学习。

## 10月

13—20日　中国艺术研究院外国文艺研究所、华中师范大学等单位在武汉召开全国文艺学研究方法论学术讨论会。来自全国15省市自治区的140多名专家学者与会。与会人员就以马列主义为指导来正确解决马克思主义方法论与其他方法论的关系问题等进行了研究。贺敬之、陈涌等出席会议。

29日—11月2日　由中国社会科学院文学研究所和外国文学研究所、北京大学、深圳大学等30多个单位发起,在深圳召开中国比较文学学会成立大会暨首届学术讨论会。与会代表120多人。会议选举季羡林、杨周翰为正副会长。

# 1986 年

## 1 月

1 日　我国民间创办的一所高等学府，中国文化书院举办的“中外文化比较研究讲习班”在京开学。任继愈任中国文化书院院务委员会主席，汤一介任院长，冯友兰任荣誉院长。周谷城、梁漱溟、季羡林、周一良及海外学者担任授课教师。

6—10 日　由复旦大学主办的首届国际中国文化学术讨论会在上海召开，来自国内外的 80 多位学者就“中国传统文化的再估价”、“中国文化与世界文化的关系”等问题进行了探讨。

## 2 月

20 日　中共上海市委宣传部召开“加强对西方现代文化思潮的研究”座谈会。3 月 17 日，《文汇报》刊登伍蠡甫、钱谷融、蒋孔阳等人在座谈会上的发言摘要。

## 3 月

6 日　美学家、北京大学教授朱光潜在京逝世，终年 88 岁。

12—17 日　中国作家协会和人民文学出版社等单位在京联合召开了“冯雪峰学术讨论会”，与会学者实事求是地评价了冯雪峰的贡献与成就。对若干有争议的问题也进行了讨论，这将有助于澄清历史的本来面目。

## 4 月

3 日　《文学报》》报道，上海青年文艺理论家聚会探讨文艺批评观念更新问题。与会者围绕李劼、王晓明、许子东《批评观念与思维逻辑论纲》一文提出的批评家主体与作品客体“双向同构关系”的论点进行讨论。

## 5 月

10—17 日　山东大学等单位联合主办的全国文艺美学会议在山东泰安召开，会议就美学的对象范畴和特征等问题进行了探讨。

19—29 日　全国毛泽东文艺思想学术讨论会在贵阳举行，60 多名代表出席会议，提交论文 30 余篇。会议就社会主义文艺性质等问题进行了讨论。

## 6 月

2 日　中国社会科学院文学研究所在北京举办“庆贺蔡仪同志从事学术活动 60 周年学术讨论会”，中国社会科学院副院长汝信到会讲话，肯定了蔡仪对美学研究的贡献。

## 7 月

22 日　《文艺报》编辑部邀请部分文艺理论批评界人士召开座谈会，就文学与现代意识问题进行讨论。与会者分析了我国文艺创作和理论批评的现状,要求创作以现代意识反映现代生活。

## 8 月

3—10 日　全国民族高校文艺理论研究会第七届学术讨论会在贵州省镇宁布依苗族自治县召开。会议就民族风土人情及审美特征问题进行了讨论。

本月　北京大学东语系和比较文学研究所联合举办东方比较文学研讨会,会议就对中国文学在亚洲、亚洲各国文学之间关系及其相互影响等问题展开了讨论。

## 9 月

1 日　由中国艺术研究院马克思主义文艺理论研究所主办的《文艺理论与批评》(双月刊)在北京创刊。

14—22 日　全国马列文论研究会在甘肃敦煌召开,会议就如何坚持和发展马克思主义文艺思想进行了讨论。

## 10 月

14—21 日　《文艺研究》编辑部在长沙召开美学学术讨论会。会议围绕社会主义文艺审美理想等问题进行了学术讨论。

本月　吉林省文联文艺理论研究室和《文艺争鸣》编辑部在长春市联合召开反映时代与现代意识专题讨论会。与会者就"什么是现代意识、如何以现代意识反映时代生活"等问题展开讨论。

## 11 月

1—8 日　全国第二次美育讨论会在扬州市召开。会议就美育的目的、任务及实施方法展开讨论。《光明日报》28 日发表了曹禺、李泽厚等人的"按照美的观点塑造一代新人"的文章。

6—10 日　中国社会科学院文学研究所、江苏省社会科学院、北京大学等单位在苏州市联合召开"文学观念学术讨论会"。100 多位与会者围绕着文学观念变革更新的主题对文学本质特征、研究现状和走向等问题展开了讨论。

## 12 月

2—9 日　国家教育委员会社会科学发展研究中心、北京大学、中国人民大学、复旦大学等 15 个单位发起的"全国高校第一届文艺学研讨会"在海口市举行。会议就我国现代文学理论的走向和趋势,我国现代文学理论的体系和形态两大议题展开探讨。

12 日　上海社会科学院文学研究所新学科研究中心召开"文艺学新学科"大型研讨会。会议就我国文艺学新学科研究对象、方法、近年来所取得的成绩及其地位和作用等问题进行了讨论。王元化等在会上作中心发言。

20 日　北京大学教授宗白华在京逝世,终年 89 岁。

## 1987年

### 1月

13日　中共上海市纪律检查委员会作出关于开除中国作协理事、上海市作协理事王若望党籍的决定。

23日　中共人民日报社机关纪律检查委员会作出决定，开除《人民日报》记者、中国作家协会副主席刘宾雁党籍。

### 2月

20日　唐达成代表中国作协书记处宣布《人民文学》主编刘心武停职检查、《人民文学》编辑部作出公开检查等项决定。21日，《人民日报》刊登评论员文章《接受严重教训，端正文艺方向》。

### 3月

24日　《光明日报》副刊《文学遗产》即日宣布停刊。

### 4月

4—8日　郑州大学、黄河文艺出版社等单位联合召开文艺心理学研讨会，探讨文艺心理学的学科性质、对象与方法问题。

14日　《人民日报》从本日起刊登林默涵和姚雪垠在全国政协六届五次会议大会上的发言《坚持而持久地反对资产阶级自由化》(14日)、《关于我国社会主义文学的发展方向刍议》(30日)。

16日　《红旗》杂志第8—9期刊登姚雪垠文章《继承和发扬祖国文学史的光辉传统——再与刘再复同志商榷》

16—20日　四川师范大学等单位在成都举行"中国古代美学研讨会"，来自全国10个省市的80多名代表就中国古代美学研究现状、古代美学理论体系等问题进行讨论。

### 5月

10—12日　中国延安文艺学会、中国艺术研究院等单位主办的纪念《在延安文艺座谈会上的讲话》发表45周年学术讨论会在北京举行，余秋里、胡启立、邓力群等中央领导同志出席开幕式。王震在会上发言《满腔热忱地对待人民事业》。19日，中国作协和解放军艺术学院分别召开纪念会议；22日，中国文联和中国作协联合召开座谈会；23日，中国社会科学院文学研究所《文学评论》举办《讲话》研讨会。

### 6月

8—11日　华东师范大学和浙江海宁市人民政府联合主办的首次国际王国维学术研讨会在上海举行，来自国内外的研究者80余人，对王国维的生平、学术思想等问题进行讨论。

20 日　《文艺报》发表周崇坡文章《新时期文学要警惕进一步"向内转"》,并设专栏展开关于新时期文学是否"向内转"问题的讨论。

## 7 月

23 日—26 日　由中山大学中文系举办的文艺心理学学术讨论会在广州召开,40 多位学者与会。代表们围绕"中国文艺心理学的现状及展望"这一议题展开讨论。

## 8 月

10—16 日　全国毛泽东文艺思想研究会在甘肃省敦煌召开 1987 年年会,就在新的历史条件下如何坚持和发展马克思主义文艺理论、毛泽东文艺思想体系展开讨论。

17—21 日　香港中文大学在港主办第 4 届香港国际比较文学会议,围绕着"中西比较戏剧之探讨"议题展开讨论。

25—29 日　中国比较文学学会在西安举行第 2 届年会,就中西比较文学的发展、接受理论与中外文学关系、比较文学与比较理论三个议题展开讨论。

本月　《中国比较文学年鉴》(1986)由北京大学出版社出版。

## 9 月

3 日　美学家、北京师范大学教授黄药眠逝世,终年 84 岁。

8 日　北京大学教授曹靖华逝世,终年 90 岁。

14—19 日　中山大学在广州举办"中国现代文学与中外文化"学术讨论会,就中国现代文学与外国文化横向联结关系问题进行研讨。

19 日　作协书记处决定恢复刘心武《人民文学》月刊主编职务,并派他前往美国作为期 6 周的访问活动。

21—22 日　中国人民大学在京主持北京地区文艺学研究生首次学术讨论会,中国社会科学院研究生院、北京大学、北京师范大学的博士、硕士研究生就文艺学研究中马克思主义文艺理论建设等争议较大的问题展开讨论。

## 10 月

7—12 日　"中国古代文学理论学会"在成都召开第 5 次年会,就如何将中国古代文论研究引向深入等问题展开讨论。

17—23 日　全国高等院校美学研究会与美育研究会联合在江苏南通召开全国高等学校美学教育与审美教育研讨会,探讨美育的性质、意义以及美学原理体系等问题。

25 日—30 日　全国马列文论研究会在浙江省舟山市举行第 4 届学术讨论会,就马克思艺术生产理论等问题研讨。

25 日—11 月 11 日　第 2 届中美比较文学双边讨论会在美国洛杉矶等地举行。美国学者麦尔康与中国学者杨周翰共同主持。会议集中讨论"文学与文学史"、"对仗与比较"、"神话与想象"等六个专题。

### 11 月

9—15 日　北京大学、重庆师范学院、西南师范大学等单位在重庆联合举办全国高校第 2 届文艺学研讨会，就文艺学教学改革，建立我国新文艺学体系等问题进行讨论。40 多所高校的近百名代表参加本次会议。

### 12 月

10—16 日　香港大学、香港比较文学学会等 4 个单位在港联合举办中国当代文学与现实主义研讨会，大陆、香港、台湾、及美、英等国作家学者就中国当代文学发展中现实主义、现代主义等问题展开探讨。

## 1988 年

### 3 月

本月下旬　由中国作协鲁迅文学院、武汉大学、华中师范大学、中国社会科学出版社联合举办的全国第一次文学批评研讨会在武汉举行。与会 40 余位代表围绕建设文学批评的必要性和可能性，文学批评学学科的性质、任务与前途进行探讨。

### 4 月

7—8 日　“二十世纪世界文学与中国当代文学”学术研讨会在京举行。与会作家、评论家和外国文学研究专家就 20 世纪世界文学与中国当代文学、特别是新时期文学之间的联系等问题进行讨论。会议由《外国文学评论》编辑部和《文艺报》共同主办。

### 5 月

5—10 日　全国第五届文艺理论年会在安徽芜湖召开，百余位专家学者与会。会议的中心议题是“新时期文学的现实主义问题”。代表们就以下三个方面进行研讨。关于现实主义基本含义与概念的界定；关于新时期文学中现实主义的问题；关于现实主义与现代主义的关系。

本月　北京大学举行“比较文学发展现状及前景”讨论会，与会者就比较文学与文学理论、中国比较文学发展现状及前景等问题进行了讨论。

### 6 月

25 日　一项专题讨论海峡两岸文学的大规模国际学术会议“当代中国文学国际学术会议”在台湾召开。大陆学者刘再复、谢冕提交了论文。此次汇集世界各地区重要的中国文学作家及学者参加的学术会议在台湾举行，打破 40 年来的政治禁忌，势将对民族文化的交流和中国文学的发展产生重大影响。

### 7 月

16 日　中国社会科学院《文学评论》编辑部在京举行“胡风文艺思想反思座谈会”。许多专家对最近中共中央为胡风进一步全面平反表示欢迎,对胡风文艺思想进行了实事求是地评价。

### 8 月

27 日　《上海文论》开辟“重写文学史”专栏,旨在重新研究并评价中国新文学史上的重要作家、作品和文学思潮与文学现象。此举后来引发广泛的讨论。

### 9 月

10 日　《文汇月刊》第 2 期发表刘再复的《谈文学研究与文学论争》一文对姚雪垠及《李自成》重新评价。随后该刊第 6 期发表了姚雪垠的《〈刘再复谈文学研究与文学论争〉一文读后》,进行反批评。刘、姚之争引发广泛关注。

本月中旬　由中国作协创联部组织的“商品经济与文学”专题座谈会第二次会议在京举行。与会者就商品经济的冲击给文学带来的困惑这一问题发表了各自的看法。

### 10 月

11—16 日　《文学评论》编辑部和《钟山》编辑部在江苏无锡联合召开“现实主义与先锋文学”学术讨论会。来自全国各地近 40 多名中青年评论家就新时期文学创作的总体发展和近期文学创作的疲软现象展开热烈的讨论。

本月　由中国社会科学院文学研究所、外国文学研究所、研究生院、北京大学、福建师范大学等 16 个单位发起举办的“文学理论建设与中外文化交流学术讨论会”在福州举行,70 余人出席讨论会。会议代表意识到对文学理论的哲学基础存在着困惑,认为文学理论建设的时机已经出现。钱中文、杜书瀛、畅广元、钱念孙、童庆炳等专家出席会议。

### 11 月

8—12 日　中国文联第五次代表大会在京举行,邓小平等中央领导人出现开幕式。大会由中国文联党组书记吴祖强主持,夏衍致开幕词,胡启立代表中共中央和国务院向大会致祝词。曹禺当选为全国文联执行主席,林默涵致闭幕词。

9 日　文学评论家李何林逝世。终年 85 岁。

### 12 月

3—8 日　“西方马克思主义理论与美学理论学术讨论会”在成都举行。与会学者就西方马克思主义的概念、范畴、西方马克思主义文论美学的起源、发展、基本特征等问题进行了热烈的讨论。

## 1989 年

### 2 月

20 日　中国作家协会党组成员,书记处常务书记鲍昌在京逝世,终年 59 岁。

## 4 月

1—4 日　第四届港台暨海外华文文学讨论会在沪召开。与会者就港台与海外华文文学的现状进行研讨。讨论会由复旦大学港台文化研究所主办。

22 日　《文艺报》报道，近日来，在京文艺界人士以各种方式表达对胡耀邦同志的哀悼。

29 日　《文学评论》编辑部和《文艺报》在京联合召开"文学理论研究反思与建设"座谈会。与会者就文学理论研究的走向等问题交换了意见。

本月　《文学评论》第 2 期发表夏中义的文章《新潮的螺旋——新时期文艺心理学批判》，此文后来引起较大的争议。

## 5 月

15—19 日　全国首次胡风文艺思想学术讨论会在武汉举行，会议由中国作协等单位举办。

16 日　由《上海文学》杂志社举办的中国四十年文学道路研讨会在沪召开。来自全国各地作家、评论家及日本、新加坡的学者 60 余人参加了会议。与会者就毛泽东思想问题、毛泽东话语体系、社会主义制度与中国当代文学的关系、知识分子与民众、革命的经典与再浪漫化等专题作了发言。

## 6 月

17 日　《文艺报》报道，中国文联、中国作协党组致函党中央、国务院，坚决拥护平息首都反革命暴乱。

28 日　中国文联召开学习中共中央十三届四中全会公报及有关文件的座谈会，与会者一致拥护四中全会决议，拥护经过四中全会调整后的以江泽民同志为总书记的党中央新的领导核心。

## 7 月

24—29 日　"全国文艺心理学研讨会"在长沙召开。与会代表就文艺心理学的任务、性质、方法以及中国古代文艺心理学思想的发掘等问题展开讨论。会议由北京师范大学、郑州大学、华中师范大学、陕西师范大学及长沙水电师院等单位联合举办。

## 9 月

8 日　"女权主义文学及电影"研讨会在京召开。与会者就女权主义批评对象的再界定，文学与电影中女权主义研究的比较、女权主义批评在中国等问题展开讨论。会议由中国电影文化发展中心、北京大学比较文学所和天津《文学自由谈》编辑部共同主办。

## 10 月

12 日　在京一些文艺家举行座谈会，讨论应该如何正确对待毛泽东文艺思想以及在它指导下的革命文艺实践。会议由中国延安文艺学会、马克思主义文艺理论研究所、《文艺理论与批评》编辑部、《作品与争鸣》编辑部、毛泽东文艺思想研究会联合召开。

### 12 月

18 日　中宣部文艺局与人民文学出版社在京联合召开《邓小平论文艺》研讨会。代表们联系实际就《邓小平论文艺》的基本思想理论,其核心和精髓,对马列文论和毛泽东思想的继承和发展以及对社会主义文艺的指导作用和重要意义等问题进行广泛而深入的探讨。

## 1990 年

### 2 月

15 日　中国艺术研究院马克思主义文艺理论研究所与《文学理论与批评》编辑部在京召开"关于文艺的党性原则问题"讨论会。与会者就文艺党性原则的重大意义、基本内容、党性与人民性的关系、党性与创作自由、创作个性的关系等问题进行了讨论。

### 3 月

17 日　《文艺报》头版刊登茅盾 1978 年 6 月 11 日致林默涵的信,信中阐明:不同意十七年工作执行"左"倾路线的提法。

### 4 月

13—16 日　"当代中国美学研究"学术研讨会在浙江金华市举行。与会者就当代中国美学的现状等问题进行了讨论。

15—19 日　中国文联、中国作协在河北保定联合召开文艺思想座谈会,来自全国各地的百位理论家、作家、艺术家就如何进一步肃清资产阶级自由化的影响、繁荣文艺创作、建设文艺队伍等问题展开讨论。座谈会由中国文联、中国作协负责人马烽等主持。

### 5 月

2 日　四川省委宣传部等单位在成都共同举办《王朝闻集》出版及王朝闻同志创作 61 周年座谈会。与会者就王朝闻文艺理论研究和创作进行了座谈。

21—22 日　纪念《在延安文艺座谈会上的讲话》发表 48 年座谈会在北京举行。

本月　全国毛泽东思想研究会成立 10 周年纪念会暨学术讨论会在延安召开,会议围绕如何坚持和发展毛泽东文艺思想,进一步发展和繁荣社会主义文艺等问题进行了讨论。

### 6 月

14 日　《文艺理论与批评》编辑部在京召开"关于文艺的意识形态性问题"座谈会。会议围绕文艺的意识形态性问题进行了讨论。

### 7 月

25—29 日　中国比较文学学会第三届年会暨国际学术讨论会在贵阳召开。与会代表就世界文学格局中的中国文学、民间文学比较，文学与接受、文学与翻译等问题进行了讨论。

本月 北京大学比较文学研究所在京召开讨论会，就“后现代主义与中国当代先锋文学”问题进行探讨。

### 8 月

1—3 日 由“20 世纪中国小说史”科研组举办的 20 世纪中国小说史国际研讨会在北京举行。与会者就 20 世纪中国小说的特征、中国小说史的阶段性特征、文体流派、中国文学史分期和小说史研究原则及方法等问题进行了讨论。

### 10 月

15—24 日 《文学遗产》编辑部等 8 单位在桂林联合召开全国“文学史观和文学史”学术讨论会。与会 120 多位代表对传统文学史观和现当代文学史观进行了回顾与总结，探讨了中国文学史的总体特征、发展演变的形势和内在规律。

### 11 月

2—5 日 国家教委社会科学发展研究中心、山东大学等单位，在济南联合举办“文学主体性问题”讨论会。60 位学者、理论工作者就文学的主体性问题进行了研讨。

10—13 日 中国《文心雕龙》学会第三次年会在广东汕头举行，主要议题是《文心雕龙》的理论体系和现实意义。

10—14 日 全国马列文论研究会第 11 届年会学术讨论会在广西柳州召开。讨论会的中心议题是坚持和捍卫马克思主义文艺理论，反对文艺领域内的资产阶级自由化思潮，澄清理论是非，并对西方马克思主义文学、美学思想进行了分析和评价。

## 1991 年

### 1 月

8 日 受中国作家协会委托，《文艺报》在京举办马克思主义文艺理论研讨会。会议的主要内容是，认真地、科学地总结文艺思潮，进一步思考一些深层次的理论问题，进一步澄清被资产阶级自由化搞乱的思想理论是非和历史是非。

### 3 月

3 日 党中央邀请文艺界知名人士到中南海座谈，共商繁荣我国文艺事业，建设社会主义精神文明大计。江泽民作了题为《团结奋斗，繁荣社会主义文艺》的讲话。

中旬 全国文学翻译研讨会在重庆召开。与会者就文学翻译的理论与实际、文学翻译如何为社会主义精神文明建设服务等问题进行了讨论。

### 4 月

15 日 中宣部文艺局等九家单位在京联合举行纪念毛泽东同志“百花齐放，推陈出新”题词

40 周年大会。会后主办单位在京举行了学术研讨会。

22—28 日　中华全国美学学会等单位,在厦门举办"当代中国美学研究前景展望"学术讨论会。200 余名与会代表分别就中西文化碰撞中的当代中国美学、传统中国美学的现代意义、美学如何面对变化中的文学艺术、美学的现实功用、美育与现代人的全面塑造、门类美学的当代发展等问题展开了讨论。

## 5 月

4—8 日　全国毛泽东文艺思想研究会 1991 年学术讨论会在杭州举行,与会代表 70 余人。会议围绕坚持、运用、发展毛泽东文艺思想这一主题进行了讨论。

21 日　中国文联在京召开座谈会,纪念毛泽东同志《在延安文艺座谈会上的讲话》发表 49 周年。

## 7 月

1—6 日　《文学遗产》编辑部等单位,在大连联合举办"全国文学史理论问题"研讨会。与会代表就文学史的理论建构与历史原貌的关系问题、文学史研究的"当代意识"问题展开争论。

26 日　山东大学等单位在烟台联合举行"全国马列文论研究会第 12 届学术讨论会"。会议围绕马克思主义意识形态理论与文学艺术这一中心议题展开讨论。

## 8 月

7—11 日　《文学评论》、国家教委社科中心、《人民日报》文艺部等单位,在江西庐山联合召开马克思主义文艺理论建设讨论会。与会 50 位专家、学者就建设马克思主义文艺理论问题进行了讨论。

本月　浙江省文联文艺理论研究是在杭州召开"文学英雄主义理论"讨论会。会议围绕文学英雄主义传统与新时期文学现象。中国传统文化背景下的文学英雄主义特征、文学英雄典型的美学价值等问题展开讨论。

## 9 月

8—11 日　北京比较文学研究会在京举办北京市比较文学研究会第二届年会暨国际研讨会。任继愈、何洛、王佐良、周珏良、李赋宁等出席。与会 200 多名代表肯定中国文学主题对世界文学的贡献。

## 10 月

23—26 日　中国当代文学研究会第七届年会暨学术讨论会在京举行。会议围绕新时期文学的价值问题进行了研讨。

29—11 月 3 日　《文学评论》、中国艺术研究院马克思主义文艺理论研究所、《光明日报》文艺部等 16 家单位,在重庆联合举办全国新时期文艺论争学术讨论会。100 余名与会者就反映论、人道主义、重写文学史、主体性、主旋律与多样化、本质论、新时期文艺论争的实质以及文艺理论队伍的建设等问题展开了讨论与争鸣。

### 12 月

2—6 日　中国古代文学理论学会在厦门召开第七届学术年会。与会 100 余位专家、学者就如何全面评价古代文论并发扬其传统、中国古代文论与外国文论比较如何才能做到深入有效等问题展开了讨论。

24—27 日　中国当代文学学会第十届学术研讨会在广州召开。与会 100 多名专家学者围绕中国当代文学与传统文化这一主题进行了探讨。

本月　中国社会科学院文学研究所在京举行“文学史学研讨会”，与会 30 多位学者对近年出版的众多中国文学史编写中带有共性的问题进行了研讨。

## 1992 年

### 1 月

本月　中宣部文艺局编选的《当代文艺思潮的若干理论问题与重大事件》一书，由中国文联出版公司出版。

### 2 月

28 日　美学家蔡仪在京逝世，终年 86 岁。

### 4 月

7 日　为纪念《在延安文艺座谈会上的讲话》发表 50 周年，《文艺报》在京举行座谈会。与会代表就如何在新的历史条件下坚持和发展《讲话》精神进行讨论。

11—13 日　由四川省社会科学联合会主持的“邓小平文艺思想讨论会”在成都召开。会议就邓小平文艺思想中关于艺术与政治的关系、文艺的人民性、文艺的党性原则、文艺在精神文明建设中的地位和作用、文艺管理思想、文艺的功利观念等观点展开讨论。

### 5 月

5—9 日　全国马列文论研究会第十三届年会在西安召开。会议由西北大学和陕西师范大学联合主持。与会者讨论了毛泽东文艺思想在马克思主义文艺理论发展上的地位和作用等问题。

7 日　中国社会科学院在京举行纪念毛泽东同志《在延安文艺座谈会上的讲话》发展 50 周年学术讨论会。

9 日　由中国比较文学学会现代研究中心和中国社会科学院文学研究所联合举办的“大陆与台湾文学发展的共同趋势讨论会”在京举行。会议就当前西方的后现代理论现状及其对大陆和台湾的影响等问题进行讨论。

18 日　新版《毛泽东论文艺》(增订本)由人民出版社出版。

22—24日　中国文联等单位在京联合举行“坚持和发展毛泽东文艺思想理论研讨会”。与会100余位代表就如何在新的历史条件下，坚持和发展毛泽东文艺思想、繁荣社会主义文艺这一中心议题展开讨论。

28日　《人民日报》文艺部、《光明日报》文艺部等13家单位，在成都共同举办全国文艺批评学术讨论会。来自全国各地的60多位代表，就如何进一步繁荣和发展马克思主义文艺批评的问题进行讨论。

### 6月

9日　中国社会科学院文学研究所在京举办蔡仪学术讨论会。与会60余位专家学者就蔡仪的美学体系以及对文艺理论的贡献等议题展开讨论。

### 9月

18日　《文艺报》编辑部在京召开“文学价值观”讨论会。与会者就“文学价值论”与“商品价值”的联系与区别、“文学价值论”与“反映论”的关系等问题进行讨论。出席本次会议的有张炯、敏泽、张国民、陆贵山、刘庆福、程代熙等。

### 10月

本月上旬　中国社会科学院文学研究所及外文所等17个单位，在开封河南大学举办1992年“全国中外文学理论学术讨论会”。与会者90余人就文学在商品经济大潮下的作用与价值、文学中的群体意识和个人意识、中西诗学的异同和比较等问题展开讨论。

本月上旬　由中华美学学会青年学术委员会等单位主办的“文化变革与90年代中国美学”学术讨论会在青岛召开。与会50余位专家学者和青年美学工作者就美学自身的变革、美学对文化变革及整个社会变革的作用等问题展开讨论。

### 11月

本月　浙江省文联在杭州举行邓小平文艺思想讨论会。会议围绕邓小平文艺思想的内涵与构成、邓小平文艺思想与邓小平改革开放的大思路等问题进行讨论。

### 12月

本月　《中流》杂志社、《文艺理论与批评》编辑部在京联合举办“文学艺术与社会主旋律”座谈会，40余位作家、理论家就突出主旋律、发展多样化等问题展开讨论。中国文联党组书记、《中流》杂志主编林默涵到会讲话。会议由程代熙、徐非光主持，马莹伯、郑伯农、丁振海、董学文等专家近40人出席。

## 1993年

### 2月

22日　中国作协副主席冯至逝世，享年87岁。

24 日 《中流》杂志社在京举行创刊 30 周年座谈会，近 200 名与会代表充分肯定了《中流》的方针。

## 3 月

12—13 日 北京大学等单位在京联合举办后现代文化与中国当代文学国际研讨会。与会者对后现代主义在中国的研究及其影响进行了交流探讨。

## 4 月

21 日 中国社会主义文艺学会在京成立，陈涌当选为会长。在随后举行的理论研讨会中，与会者就如何繁荣社会主义文艺创作和文艺评论、如何看待文化市场、如何继承革命文艺传统、如何批评地吸收世界各国文化新成果等问题进行了讨论。

## 5 月

中旬 全国《文心雕龙》学会第八届年会在山东枣庄举行。会议的中心议题是深入探讨《文心雕龙》的思想理论体系以及加强"龙学"研究的国际交流等问题。

本月 中华美学学会在京举行"美学与现代艺术"学术研讨会。与会者围绕美学与现代艺术这一中心议题展开讨论。

## 7 月

10 月 《阵地》杂志社在京举行"时代精神与民族风格"问题座谈会。与会者就社会主义文艺创作中的时代精神和民族风格问题进行了探讨。

25—30 日 由内蒙古师范大学承办的"中国古代文论国际学术会议"在呼和浩特举行。国内外 105 位学者、专家就如何扩大视野、更新观念，进一步提高中国文学理论研究的质量问题展开讨论。

## 10 月

22—24 日 中国社会主义文艺学会等单位，在京联合召开"毛泽东与中国当代文艺研究会"。与会代表热情颂扬了毛泽东为中国革命文艺事业建树的丰功伟绩，同时就当前文艺现状进行了讨论。宋平、邓力群、林默涵、贺敬之出席会议。陈涌主持会议，程代熙致开幕辞。

## 11 月

25—29 日 由中国文艺理论学会主办、上海文化发展基金会协办，《文艺理论研究》编辑部与华东师范大学中文系承办的中国文艺理论学会第六届学术研讨年会在上海召开。会议以"五四新文学以来文艺理论研究的回顾与展望"为中心议题展开讨论。

本月上旬 中国解放区文学研究会第六届学术研讨会在江西星子县举行，与会的多位专家、学者就新的条件下如何坚持和发展毛泽东文艺思想等问题进行了探讨。

本月 第三届五特区文学研讨会在珠海市召开。与会者就特区文学如何在市场经济大潮中坚持“二为”方向与“双百”方针展开讨论。

### 12 月

23 日　中国文联在京举行纪念毛泽东同志诞辰一百周年座谈会。与会者就在社会主义改革开放历史的新时期，如何深入学习马列主义、毛泽东思想和邓小平建设有中国特色社会主义的理论，做好文艺工作，如何使文艺为经济建设服务等问题展开座谈。

## 1994 年

### 1 月

1—5 日　《文学遗产》编辑部、上海社科院、《江海学刊》编辑部等单位在福建漳州市联合举办 1994 文学史观与文学史学研讨会，会议的中心议题是回顾古典文学研究界在文学史观与文学史学问题上所取得的成绩及一些文学史理论问题。

### 3 月

27 日　中国比较文学学会青年学术委员会、广东省比较文学研究会在广州暨南大学召开学术讨论会，与会者围绕着中西诗学比较方法论的议题展开讨论。

### 4 月

1—5 日　《文学遗产》编辑部、上海社会科学院文学所、漳州师范学院等单位，在福建漳州市联合举办 94 年文学史观学术研讨会。会议的中心议题是回顾古典文学研究界在文学史观与文学史问题上取得的成绩及文学史理论问题。

### 5 月

6—8 日　由中国比较文学学会后现代研究中心、北京大学英文系联合发起主办的“20 世纪中外文艺思潮国际研讨会”在江苏连云港召开。40 余名专家与会。

23—26 日　中国社会科学院文学研究所、《文学评论》编辑部、华中师范大学文学评论研究中心举办的“全国文学批评学讨论会”在湖北襄樊举行。

### 6 月

上旬　中国比较文学学会青年委员会与广东省比较文学研究会在暨南大学举行“中西比较诗学方法论问题”研讨会。与会者回顾比较诗学的发展情况，认为当前比较诗学研究面临着方法论的困惑，不仅对中国诗学中的一些基本概念作了认真的辨析，同时对当前理论界的一些不良作风也提出了中肯的批评。

中旬　《钟山》杂志社与德国歌德学院北京分院联合举办了关于城市文学的学术研讨会。来自北京、上海等地的作家探讨了中国城市文学的产生、发展、现状、前景及外国城市文学的关系问题。

22 日　《求是》杂志社召开现实主义问题座谈会。与会者就现实主义的涵义、现实主义在当代文学中的地位与作用等问题展开热烈的讨论。与会者呼唤现实主义精神，提倡塑造社会主义新人形象。

下旬　“中外传记文学研究会”成立并在北京大学举行首届学术研讨会。与会者就传记文学的基本特征、艺术性与文献性的关系，中西方传记文学的不同走向与特点等问题进行了探讨。

## 7 月

上旬　“中国中外文艺理论学会”在京成立并召开座谈会，在京 40 余名专家学者参加并畅谈面向 21 世纪的中外文艺理论的大趋势。

13—17 日　由北京大学与加拿大多伦多维多利亚大学联合主办的“诺思洛普·弗莱与中国”国际研讨会在北大举行，来自加拿大、美国与中国的近 30 名学者与会。大会由北京大学王宁教授与加拿大多伦多维多利亚大学校长伊瓦·库希纳教授共同主持。

26—30 日　由天津师范大学、南开大学等单位联合主办的环太平洋文化与文学交流国际学术研讨会在天津师范大学举行。80 多位国内外学者与会。

## 9 月

3 日　《文艺理论与批评》编辑部与人民文学出版社联合召开陈涌文集《在新时期面前》座谈会。与会者热情肯定文集是我国马克思主义文艺理论研究的重要成果。

19 日　文学理论家王春元逝世，终年 69 岁。

## 10 月

6—10 日　由中国社会科学院文学研究所当代室举办的“世纪之交：文学的处境和选择”研讨会在京召开。与会者就当代文化在世纪之交的处境和选择这个议题进行了学术交流。

21—28 日　由中国社会主义文艺学会等 22 个单位联合举办的文化市场与文化建设问题学术讨论会在云南楚雄召开。与会者就在市场经济体制下文艺体制改革、文化市场建设的得失成败在于是否有利于充分调动文艺工作者积极性、创造性；有利于出作品、出人才，繁荣事业和满足需要；有利于经济发展和社会进步等一系列问题进行讨论。

23 日　由中国比较文学学会青年学术委员会、广东省比较文学研究会联合主办的“中西文艺理论体系的特征与文化精神”研讨会在华南师范大学召开。

下旬　中国美学学会、汕头大学“当代审美文化研究”课题组等单位联合在京举行当代审美文化前瞻学术研讨会。与会者肯定审美文化的总体是积极向上的，并指出积极发挥理论在当代审美文化中的引导作用。

## 12 月

7 日　《文艺报》邀请在京部分专家、学者举行“大众文化”研讨会。与会者认为“大众文化”是当前一个突出的世界性和时代性的文化现象。为了加强社会主义精神文明建设，理论工作者应关注“大众文化”现象，并用马克思主义的立场、观点和方法进行深入的研究。

# 1995 年

## 1 月

本月　深圳市文联举办文艺发展理论研究会，与会者强调深圳的文艺应该成为中国社会主义文艺的重要窗口，同时在发展中要防止其“香港化”。

## 2 月

6 日　作家、艺术家夏衍在京逝世，享年 95 岁。

22—24 日　全国作协工作会议在京召开，在开幕式上，中宣部副部长、中国作协党组书记翟泰丰就作协工作和繁荣文学问题作了重要讲话。与会代表还就如何落实党中央和江泽民总书记对繁荣文艺创作的重要指示等问题进行了热烈的讨论。

## 3 月

25—27 日　中国作协第四届主席团第九次会议在上海举行，中国作协主席巴金主持了开幕式，并请王蒙读了讲话稿。翟泰丰在会上作了讲话。与会者学习邓小平同志的文艺理论，学习江泽民总书记关于繁荣文艺的重要讲话，并围绕“团结、鼓劲、活跃、繁荣”的主题展开热烈讨论。

## 4 月

本月　《文艺报》在京举办“新人文精神”问题研讨会，与会者就人文精神的失落或危机，建设或重建等问题展开讨论。

## 5 月

23 日　中国作协在京举行纪念《在延安文艺座谈会上的讲话》发表 53 周年座谈会，与会者从发展于 53 年前的《讲话》，到邓小平建设有中国特色社会主义理论，再到江泽民的《弘扬民族艺术、振奋民族精神》的讲话，畅谈了学习的感想，探讨了繁荣社会主义文艺的问题。

本月　中国社会科学院文学研究所文艺理论研究室召集北京大学、北京师范大学、中国人民大学等单位的专家学者 40 余人，就精神文明建设与文学艺术的角色功能展开讨论。贺兴安、童庆炳、陶东风、李春青等人参与讨论。

## 7 月

25—31 日　1995 年《文心雕龙》国际学术研讨会在京举行，会议由中国《文心雕龙》学会、北京大学等单位联合主办。与会国内外专家、学者就“龙学”研究如何进一步深入等问题展开了研讨。

## 8 月

6—10 日　由北京大学、弗吉尼亚大学和大连外国语大学联合举办的“文化研究：中国与西方”国际研讨会在大连举行,60多名学者与会。会议探讨的议题非常广泛,主要包括:文化研究在西方的历史演变和现状;中国当代文化研究的可能性探讨;后现代主义和后殖民主义及其在中国和西方的批评性回应;文化研究与文学理论的未来等。

本月　当代中国女性文学研讨会在京举行,与会者就女性文学的性质及其在当代文坛的地位、西方女性主义话语与中国当代女性文学,中国当代女性文学创作态势与评估及前景展望等话题进行讨论。研讨会由中国当代文学研究会、河北《女子文学》杂志社、首都师范大学当代中国文学研究中心等单位主办。

### 10 月

9—11 日　由北京大学比较文学与比较文化研究所和中国比较文学学会共同主办的“文化对话与文化误读”国际学术研讨会在京举行,来自 25 个国家的 120 多位代表分别就文化相对主义、东西方文化的多元性、以及文化转型期的价值重建等热点问题进行研讨。

13—15 日　马克思主义文艺学会等几家单位,在河北省西柏坡联合召开马克思主义与文化艺术与产学术讨论会。50 多位理论家、文学艺术家就当前的文化建设问题,尤其对民族文化传统的继承与发展革新问题展开了广泛讨论。

### 11 月

本月　由长江六市电影发行公司主办,南京大学中文系主持的“西方电影与当代中国电影”研讨会在南京召开,40 余名专家、学者、电影导演、编剧围绕大会主题从西方电影对于当代中国电影的影响、市场经济对于中国当代电影的影响、20 世纪人类文明对于中国当代电影的影响三个层面展开讨论。

### 12 月

7 日　由中国社会科学院文学研究所理论室发起并组织的“精神文明与文艺的消闲性”专题座谈会在中国社会科学院文学研究所举行。会议由杜书瀛主持。朱寨、钱中文、童庆炳、何西来、姜昆等来自北京和外地的文艺界、文艺理论界和批评界的 50 多人参加了座谈会。王蒙写信对会议表示支持和祝贺。

## 1996 年

### 4 月

22 日　由中国通俗文艺研究会和中国民间文艺家协会主办的“国际民间叙事文学学术研讨会”在京召开,近 30 个国家和地区的 100 多位民俗学者与教授围绕“民间叙事文学与现实关系”这一中心议题展开探讨。

本月　华中师范大学文学批评学研究中心组织的“文学史研究的方法与范式”研讨会在武汉举行。与会者就文学史与文学理论、文学批评的关系,过去文学史研究存在的问题,文学史的正名,文学史的观念、方法和范式,文学史的类型和功能等议题展开研讨。

### 6 月

17 日　“中国作协文艺理论班”在京举办开班典礼，北京部分知名文学理论家、批评家和作家代表共 20 余人应邀参加了这次为期一周的学习研讨活动。

26 日　原《文艺报》主编、理论家孙罗节荪在沪逝世，终年 84 岁。

28 日　中国社会科学院文学研究所、《文艺报》等六家单位，在京联合举办蔡仪美学思想研讨会，与会者就蔡仪的美学思想在中国美学史上的地位等问题进行了探讨。

### 10 月

上旬　《文艺理论与批评》创刊 10 周年座谈会在京召开，150 余位与会者对刊物 10 年来在推动有中国特色的社会主义文艺的繁荣和发展上所作的贡献给予肯定。

17—21 日　由中国中外文化、文艺理论学会等多家单位联合举办的“中国古代文论的现代转换”学术研讨会在西安召开。40 余位与会专家、学者围绕着中国古代文论的现代转换这一中心议题进行了广泛的学术交流。

25 日　作家、文艺理论家陈荒煤在京逝世，享年 83 岁。

### 11 月

上旬　全国马列文论研究会在湖南省张家界市举行第 15 届年会，60 余位专家围绕“学习贯彻六中全会精神，发扬马列文论研究在社会主义精神文明建设中的重要作用”这一议题展开了广泛讨论。

19 日　中国当代文学研究会等单位，在京联合举行“当前现实主义文学问题讨论会”，与会者就当前现实主义的新特点及存在的不足等问题进行了探讨。

### 12 月

13 日　中国文联执行主席、中国现代话剧奠基人曹禺在京逝世，享年 86 岁。

16 日　中国文学艺术界联合会第六次会议全国代表大会和中国作家协会第五次全国代表大会在人民大会堂隆重召开。江泽民同志发表重要讲话。

## 1997 年

### 2 月

26 日　中国社会科学院文学研究所与花山文艺出版社在京联合召开张炯的《社会主义文学艺术论》出版座谈会，与会 50 余位专家学者充分肯定该书促进我国社会主义文艺健康发展所具有的参考价值，同时也对该书中的某些观点进行商榷。

### 3 月

14 日　中国文联第六届全国委员会第二次全体会议在京举行，会议强调今后文联工作要以邓小平建设有中国特色社会主义理论为指导，认真学习贯彻党的十四届六中全会决议，认真学习贯彻江泽民同志在第六次文代会和第五次作代会上的重要讲话。

## 4月

1—3日　中宣部在京召开文艺评论工作座谈会，会议分析了当前我国文艺评论工作的现状，研究如何更好地坚持为人民服务、为社会主义服务的方向，坚持百花齐放、百家争鸣的方针，加强和改进文艺评论工作。

本月　《大家》杂志等单位，在广州联合举办跨世纪批评研讨会，与会者通过回顾与分析20世纪以来及世纪之交中国文学批评的历史与现状，探索与倡导某种适应新世纪到来的文学批评。

23—26日　由华中师范大学主办的“20世纪中国文学与理论批评国际学术研讨会”在华中师范大学召开。来自40多个国家的60余名学者出席本次研讨会。黄曼君致开幕词。与会学者围绕20世纪中国文学与理论批评的百年历史进程和未来发展格局这一主题展开交流与讨论。

## 5月

中旬　中国社会科学院文学研究所在京举办“90年代文学态势与研究策略主体研讨会”，与会者呼吁文学批评家应深入生活。

21日　中宣部文艺局等单位在京举行纪念毛泽东《在延安文艺座谈会上的讲话》发表55周年座谈会。

## 6月

24—28日　来自美、英、加与中国的45名学者在湖南师范大学参加了由中国社会科学院外国文学研究所和湖南师范大学外语学院联合举办的“批评理论：中国与西方国际研讨会”。美国杜克大学詹姆逊在开幕式的致词中指出本会的宗旨。赵一凡、周小仪、王逢振等专家在会上发言。研讨会主要围绕后现代主义和晚期资本主义的文化逻辑、“全球化”与民族性、詹姆逊专题研究三方面进行探讨。

## 8月

本月　第三届全国文艺心理学研讨会在京召开，与会专家学者40余人就文艺心理学的未来发展、90年代以来创作心理和消费心理的新特征等议题进行了深入讨论。会议由北京师范大学中文系和中外文艺理论学会举办。

## 9月

上旬　中国社会科学院文学研究所当代室等单位在京联合举办研讨会，与会者以“先锋的本土化与可能性”为题，探讨中国当代文学特别是先锋文学在经历了狂热地走向西方之后，立足于本土，回归到东方的可能性。

### 10 月

6 日　《文学评论》创刊 40 周年纪念大会在京举行。

上旬　“世界文学与发展中的中国文学研讨会”在京举行，与会者对中国文学的发展前景、中国文学在世界文学格局中的位置等问题进行探讨。研讨会由中华文学基金会和《世界文学》杂志社联合举办。

14 日　中宣部文艺局等多家单位在京联合召开文艺界学习贯彻党的十五大精神座谈会，强调一定要大力倡导和推动文艺工作者认真学习邓小平理论，深入改革开放和现代化建设的实际生活，努力创作更多思想性和艺术性统一的优秀作品。

11 月　全国第四届中外传记文学研讨会在湖南张家界举行，大会就中外传统传记文学的出版趋势、创作经验、理论建设等三个方面的问题进行了深入地探讨。大会由湖南文艺出版社、中外传记文学研究会等单位联合举办。

### 12 月

上旬　中国古代文学理论学会和广西师范大学在桂林联合举办“中国古代文论的现代转换、古今文论融洽、中国古代文论在外国传播等新情况、新问题”研讨会。

## 1998 年

### 2 月

本月下旬　“文化工业”问题研讨会在京举行，与会专家及从事文化产业的工作者对什么是“文化产业”，如何认识西方“文化工业”现象，以及“文化工业”现象在当代中国是否已经出现等问题进行讨论。研讨会由《文艺报》主办。

### 3 月

12 日　为纪念周恩来诞辰 100 周年，北京市文艺学会等单位在京联合召开周恩来文艺思想座谈会，与会者畅谈学习周恩来文艺思想的体会。

### 4 月

中旬　《中流》杂志创刊百期座谈会在京举行，与会者充分肯定《中流》杂志自创刊以来热情宣传党的基本路线，特别是旗帜鲜明地坚持四项基本原则。在反对资产阶级自由化方面做了大量的工作，深受读者欢迎。

本月　由中华美学学会、贵州师范大学等单位联合主办的“百年中国美学”学术讨论会在贵阳召开，近 80 名美学专家围绕 20 世纪中国美学历程及其学术建构这一论题进行广泛深入地研讨。

### 5 月

6—8 日　北京大学中国传统文化研究中心在京召开 1998 年汉学研究国际会议，40 多位学者就西方汉学与中国文学研究、中国文学的现代化进程、治学路径与心得、专题报告等进行交流和切磋。

7日　1998年是“真理标准讨论”20周年、是党的十一届三中全会召开20周年。5月7日，中国社会科学院文学研究所理论室邀请学术界有关学者、专家召开专题研讨会。讨论文艺学发展变化的历史进程，以及文艺学研究中的一系列重要问题。杜书瀛、董学文、钱中文、童庆炳、何西来、钱竞、高建平、陶东风、党圣元等人发言。

10—14日　中国社会科学院文学研究所、辽宁大学中文系在沈阳联合举行“面向新世纪文学思想发展”学术研讨会。

## 6月

9日　由北京语言文化大学比较文学研究所和比较文学学会后现代研究中心共同主办的“后现代主义之后的西方理论思潮”研讨会在京举行。乐黛云、王宁、王逢振、陶东风等学者先后发言。

本月上旬　“有中国特色的马克思主义文艺学”研讨会在京举行。

## 9月

本月　中国社会科学院文学研究所在京举办中国文学史学术研讨会，与会专家、学者就如何科学地评价和总结我们的文学实践，如何认识已有文学史著作的成败得失，如何进一步提高文学史研究和教学的科学水平等问题进行研讨。

## 10月

上旬　由中国中外文艺理论学会、四川联合大学主办的“西方文论与中国文论建设”学术研讨会在成都举行，会议的主要议题是世纪之交的中国文论建设问题。

9—14日　全国马列文论研究会第16届年会暨成立20周年大会在成都举行，吴介民会长主持会议。到会代表80余人。与会者围绕20世纪之交马克思主义文艺理论研究的回顾与前瞻这一议题展开研讨。吴元迈、程代熙、何国瑞、董学文、冯宪光等人发言。

29日　文化部召开的全国邓小平文艺理论研讨会在京举行。

本月　北京语言文化大学、国际比较文学协会研究委员会、南京师范大学在南京共同举办“读解民族：文学和民族身份建构”研讨会。50余名中外专家、学者就文化接受及其在东西方的变形，民族身份在文学经典形成中的作用，一种民族身份在另一种文学文本中的表现，翻译和文学作品的误读，全球化和文化身份的建构，以及全球化与本土化的辩证关系等议题进行讨论。

## 12月

16日　中国作协在京举行《邓小平论文学艺术》出版座谈会。

16—18日　全国文学理论研讨会在京举行，与会50余位文艺理论评论家就进一步加强文论建设和理论批评工作等一系列问题展开讨论。研讨会由中国作协主办。中国作协党组书记翟泰丰就《邓小平论文学艺术》的出版作了讲话。陆贵山、董学文、周政保、钱念孙、何西来、白烨、雷达、鲁枢元、王晓明等发言。

本月　广东省委宣传部、广东省文联共同主办的“面向21世纪的文艺理论与实践”学术讨论会在广州召开。会议对20世纪尤其我国新时期20年的文艺理论研究与创作的现状进行了回顾与总结,对即将到来的21世纪的文艺前景进行了展望和论证。

## 1999年

### 3月

2日　《新时期文学艺术成就总论》出版座谈会在京举行,会议由中国文联与花山文艺出版社联合举办。

### 5月

12日　文学理论家程代熙在京逝世,终年72岁。

17日　由中国中外文艺理论学会和南京师范大学文学院联合举办的“1999世纪之交:文论、文化与社会研讨会”在南京召开,来自全国各地的100余位学者与会,就文学理论、文化与社会的相互关系问题展开讨论。

28—30日　《文艺研究》为纪念创刊20周年举行的“世纪之交:中国文艺理论研讨会”在京召开,与会100余位来自全国各地的文论家和学者就中国文论的学术资源和经验进行研讨,并展望文论在21世纪的发展趋势。

### 6月

5日　纪念杨晦先生诞辰100周年纪念会暨杨晦学术思想研讨会在京举行,与会者回顾了杨晦先生文艺理论与批评思想、古代文论研究、文艺创作、翻译研究、教育思想等方面的建树,讨论了杨晦先生的探索对于当代文论建设的提示和意义。

16—19日　中国文艺理论学会第七次年会在南京举行。会义的主要议题是“20世纪中国文论的回顾与展望”。这次研讨会由中国文艺理论学会、江苏省作家协会、南京师范大学文学院、《文艺理论研究》编辑部联合主办。来自全国各地的120名专家学者出席。徐中玉、钱谷融、王臻中主持会议。

26日　美学家、复旦大学教授蒋孔阳逝世,享年77岁。

28日　《王朝闻集》出版暨王朝闻从事学术活动70周年座谈会在京召开,与会者就王朝闻同志的思想体系、理论建树,学术影响、文论风格等议题进行座谈。座谈会由文化部艺术司等单位联合举办。

本月　北京大学英语系、中外传记文学研究会等单位在京联合召开首届传记文学国际研讨会。

### 7月

本月　由山东大学美学研究所、广西师范大学等10家单位联合举办的《周来祥美学文选》

学术讨论会在京举行，与会者对周来祥教授50年美学研究成果给予充分肯定。

## 8月

8—11日　由吉林大学文学院、《中国社会科学》杂志社和延边大学共同举办的“20世纪中国文学现代性问题”中青年学者学术研讨会在长春召开。

15—18日　中国比较文学学会第六届年会暨国际学术研讨会在成都举行，二百多位中外学者就面对新世纪与人文精神、亚太文化与文学、大众传媒与比较文学、文化与翻译、异质文化中的华文文学等问题展开讨论。

## 9月

25—29日　由《文学评论》编辑部、武汉大学中文系等单位联合举办的“全球化趋势中的文学与人”学术研讨会在武汉举行，数十位专家、学者就全球化趋势的种种表现及其本质特征，全球化给我们的生存处境和精神文化所带来的影响，中国文学在全球化过程中的历史命运和现实境遇，以及从事文学创作和研究的知识分子如何应对这一世界趋势等问题进行研讨。

## 10月

28—31日　由中国中外文学理论学会和安徽大学中文系联合主办的“新中国文学理论五十年”学术研讨会在合肥市召开，五十余位与会专家、学者对五十年来的诸多理论现象展开争鸣。童庆炳、杜书瀛、王元骧、顾祖钊、许明、陆贵山、李衍柱等学者与会并发言。

## 11月

8—11日　由中国社会科学院文学研究所主办的“新世纪中国文学学术战略名家论坛”在京举行，六十余位知名学者出席会议，中国社会科学院副院长江蓝生代表李铁映到会并致辞。文学研究所所长杨义作了题为《文学研究走向21世纪》的主题报告。孙歌、孙景尧、邓绍基、陈晓明、钱竞、董乃斌、陈平原、王富仁、樊骏等学者发言。

## 12月

22日　《文艺报》在京举办《90年代文学潮流大系》研讨会，五十余位与会者围绕此书的出版，就90年代的文学现象、出版现象进行讨论。

本年度　《芙蓉》杂志第6期发表葛红兵《为二十世纪中国文学写一份悼词》，在文坛引起较大争议与影响。吴中杰在《文学报》1134期著文《评一种批评逻辑》对葛红兵的文章进行评论。此后，一系列争议文章出现。

# 2000年

## 1月

本月上旬　海南大学文学院、《文艺研究》编辑部在海南岛联合举办“现代性与文艺理论”研讨会，与会者围绕“现代性”术语的运用区分、西方文化的现代性问题、中国文论的现代型——限度与越界等问题进行探讨。赵一凡、陶东风、陈家琪、蒋原伦、张志扬、周宪、程正民、金元浦、彭富春等人出席会议并发言。

13—15 日　中国作协理论批评委员会首次全体会议在京举行，中国作协党组副书记王巨才讲话。28 名委员对近年来文学理论批评现状及发展前景等问题展开讨论。

## 3 月

21 日　《文艺报》发两篇文章对葛红兵《为二十世纪中国文学写一份悼词》和《为二十世纪中国文艺理论批评写一份悼词》进行批评。

## 4 月

29—30 日　由北京师范大学中文系和北京师范大学研究中心联合举办的“文艺学与文化研究学术研讨会”在京举行，100 多位学者就文学理论与当代社会文化现状、中国古代文化传统和西方文化的关系及文学理论自身的变革问题展开探讨。

## 5 月

8—11 日　“面向新世纪的马列文论研究”学术讨论会暨全国马列文论研究会第 17 届年会在上海举行，近百名学者与会。老会长吴介民致开幕词。李思孝、董学文、毛崇杰、涂武生、吴元迈、陆贵山、何国瑞、许明等发言。与会学者就马克思主义文艺学的回顾与前瞻、马克思主义文艺学的当代形态即其他一些相关问题展开讨论。吴介民当选为名誉会长，吴元迈当选会长。

上旬　武汉大学人文学院和《文学评论》杂志社在武汉联合主办“21 世纪中国古代文学研究走向及学科发展研讨会”。与会专家就古代文学研究如何体现时代精神，古代文学研究方法、学术规范与学术机制，古代文学研究的后辈力量的培养等问题展开讨论。

5 月 30—6 月 1 日　中国社会主义文艺学会在北京昌平县沙河镇的中国文联文艺学校举办“社会主义与世纪之交的中国文艺”研讨会，70 多位专家学者就如何正确评价社会主义文艺产生后的历史地位，如何展望社会主义与世纪之交的中国文艺等问题展开探讨。学会会长郑伯农致开幕词。王泽洲、李希凡、陆梅林在开幕式上讲话。涂武生、康式昭、梁光弟分别主持大会。

## 7 月

26 日　中华全国美学学会、中国中外文艺理论学会、武汉大学美学研究所、北京语言文化大学比较文学研究所、广西师范大学中文系等多家单位，在桂林联合举办“马克思主义美学的现状与未来”国际学术研讨会，50 多位中外专家、学者就如何使马克思主义美学回归文本、面向当下、立足发展；东方马克思主义美学和西方马克思主义美学研究；文化“全球化”与马克思主义等问题展开讨论。

29—31 日　北京语言文化大学、中国中外文艺理论学会、美国加州大学厄湾分校、山东大学等国内外多家单位在京共同举办“文学理论的未来：中国与世界”国际学术研讨会，百余名中外学者就“全球化”浪潮冲击下文学理论批评的未来前景、中国文学理论批评话语的建构、中国的文学研究者与国际学术界的平等对话、文学理论与文化研究的冲突与共融、马克思主义与全球化理论、20世纪中西方文论的历史回顾、文化研究与文化批评在中西方的不同形态、中西方比较文学的新进展等理论课题进行交流切磋。德里达、詹姆逊、佛克马、伊塞尔等著名国外学者与会参与对话。

### 9月

11日　中国社会科学院"比较文学研究中心"在京成立。

### 10月

10—12日　南京大学中国现代文学研究中心和《文学评论》编辑部在南京联合举办"90年代文学思潮暨现当代文学课题研讨会"，与会50余位学者就90年代各种文学思潮的宏观把握、近百年来中国现代文学史研究的基本经验教训、20世纪知识分子的道路问题等议题展开讨论。

### 11月

4—6日　福建师范大学文学院、《文学评论》编辑部在武夷山联合举办"中国当代文学史学观念学术研讨会"，与会者就对当代文学史写作的反思与历史叙事新构想、台港澳文学与中国当代文学、当代文学史写作的价值评判与相对主义问题等议题展开讨论。

25—27日　第11届世界华文文学国际研讨会暨第二届海内外华人作家作品国际研讨会在汕头举行。150余名海内外专家与会，并就海内外华文文学家主体与文化身份研究、海外华文文学的生存与发展等议题展开讨论。

### 12月

15—16日　中国社会科学院文学研究所文艺理论研究室和当代文学研究室在京召开"全球化时代的中国美学"与"90年代文学批评的回顾与检讨"研讨会，50余位专家和学者围绕当代中国美学的处境及发展方向，一个世纪以来接受西方美学的反思，传统中国美学的继承和发展，八九十年代文学批评的比较与评价，90年代文学批评与全球化语境，文学批评视野下的90年代文学创作等议题进行深入讨论。

## 2001年

### 1月

18日　由北京语言文化大学比较文学研究所和文化学院主办的"迈入21世纪的比较文学：中国与世界研讨会"在京举行，50余位专家学者就比较文学的历史现状以及在"全球化"时代的未来前景进行讨论。

### 3月

15—20日　中国社会科学院文学研究所、《文学评论》编辑部、《东方文化》编辑部和华南师范大学等单位在华南师范大学举办“价值重建与21世纪文学”研讨会，50多位专家学者就新世纪的价值观念与文学的关系、欲望与价值的关系、价值重建与西方文论的关系、价值重建与21世纪文学的关系、价值重建与新的文学精神等问题展开探讨。

## 4月

1—3日 北京师范大学文艺学研究中心召开“当代文学理论新趋势与教学改革”研讨会，来自全国126所高校的219名代表出席会议，围绕文论的前沿问题与教学问题展开讨论。钱中文、吴元迈、童庆炳、程正民、王一川、陆贵山等学者讲话。

23—27日 中国社会科学院文学研究所、《文学评论》编辑部、文学理论研究室和扬州大学等单位在扬州联合举办“全球化语境中的文论研究与教学”学术研讨会，与会50多位专家学者就关于全球化的认识、全球化语境中的我国文论研究的策略以及文学理论的教学改革、对文学理论学科建设的反思与前瞻等问题进行讨论。

## 5月

10—12日 教育部人文社会科学重点研究基地山东大学文艺美学研究中心揭牌仪式暨文艺美学学科建设与发展研讨会在济南举行。本次研讨会由山东大学文艺美学研究中心和首都师范大学联合主办。汝信代表中华美学学会祝贺基地的建成。

22日 中国延安文艺学会举行集会，纪念毛泽东《在延安文艺座谈会上的讲话》发表59周年。代表们认为，虽然环境发生了变化，但《讲话》的基本精神并没有过时，文艺家要关注普通的劳动者，以更大的热忱，更深入、更真实的笔触去表现他们的生活和心声。

## 6月

12—17日 由浙江师范大学、《文学评论》编辑部等单位联合发起的“21世纪中国古代文学研究的前瞻与创新”学术研讨会在浙江金华召开。与会40余名专家就20世纪中国古代文学研究的历史总结、“全球化”背景下的中国古代文学研究的学术创新、中国古代文学与现当代文学研究的相互沟通与促进、中国古代文学与地域文学的关系研究、中国古代文学的跨文化比较研究、关于中国古代文学研究栏目与选题的设计等议题展开讨论。

14—16日 “网络批评、媒体批评与主流批评”研讨会在天津召开。与会者就网络批评、媒体批评的兴起和作用，以及他们对主流批评的影响和三者之间的既对立又统一的相互关系，从不同的角度进行了认真地探讨与交流。从经济和社会的发展和变迁分析了网络批评、媒体批评兴起的社会与文化层面的背景以及二者的涵义、特性、作用，探讨了三者形成一种多元互补的文化空间的可能性。研讨会由北京文联研究部主办。

22日 《中国20世纪文艺学学术史》讲座会在中国社会科学院文学研究所召开。副所长党圣元主持会议。朱寨、杨义、钱中文、何西来、杜书瀛等学者与会。

## 7月

10—14日 由南京大学中国现代文学研究中心主办的“中国现代文学传统”国际学术研讨

会在南京召开，与会 100 余位中外专家围绕“中国现代文学传统”这一总的议题，分别就中国现代文学传统的诸多分支，中国现代文学传统同中国古代文学、世界文学的关系及其在当代的影响与变异，中国现代文学传统在各种文学体裁中的具体表现，以及一些代表性的作家和地域文化所体现出的中国现代文学传统等论题，进行深入而富有建设意义的探讨。

## 8 月

5—7 日　由北京师范大学中文系、清华大学外语系等多家单位联合主办的“全球化语境中的文化、文学与人”国际学术研讨会在北京师范大学召开，70 余名与会者就全球化区域化与文化和文学、全球化与大众文化、科技文化与人全球化语境中的中西文论对话、信息时代及网络与文学理论、文化与文学中的现代性与后现代等问题进行探讨。美国加州大学的希利斯·米勒、美国耶鲁大学的霍魁斯特教授、荷兰乌德勒支大学的佛克马教授，德国汉堡社会研究院的沃尔夫冈·克劳斯海尔教授等国际知名学者与会。中国学者钱中文、童庆炳、胡经之、乐黛云、刘象愚、王一川等出席会议。

7—10 日　中国社会科学院文学研究所和清华大学人文社科学院在京联合召开“文化视野与中国文学研究”国际研讨会，中外学者近百人就全球化时代的文学与文化研究所面临的重大挑战；中国传统文学的文化内涵与 20 世纪中国文学的民族、国家主题；国内与国外中国文学研究的不同文化语境及相互影响；文学研究在新世纪的学术生长点等相同问题进行探讨。

11—14 日　继 1983 年与 1987 年两次中美比较文学双边研讨会分别在中美举行之后，中断了十余年的这一高层次中美两国学者双边理论研讨会 2001 年恢复。清华大学与耶鲁大学在京联合召开第三届中美比较文学双边讨论会，与会 80 余名学者就比较文学在西方和中国的历史回顾、中西方文论比较研究、文化研究及其在中西的不同形态、后现代和后殖民理论及其东西方变体、全球化及其对未来人文科学影响、中西方重要理论家比较研究、20 世纪中美文学交流探讨、比较文学与文化研究的冲突与共荣等议题展开平等的对话和交流。出席此次会议的来自中美两国主要高校与科研机构的专家学者，其中中美双方分别派正式代表 15 人和 10 人。中方代表团团长为国际文学理论学会秘书长王宁，顾问为乐黛云和钱中文。美方代表团团长是耶鲁大学比较文学系主任麦克尔·霍魁斯特教授，顾问有希利斯·米勒和孙康宜。孙景尧、曹顺庆、钱中文、叶舒宪、张旭东等人在会议上发言。

## 10 月

10—13 日　厦门大学中文系、中外文艺理论学会等单位在厦门联合举办“新理性精神与文学研究方法论”全国学术研讨会，与会 50 多位专家学者就在现代性条件下和后现代语境中，如何坚守理性精神；自全球化潮流中，怎样凸显“中国立场”并发出“中国声音”即文学研究方法论等议题展开广泛的探讨。

15—18 日　中国古代文艺理论学会第 12 届年会暨国际学术研讨会在武汉召开。此次大学由中国文艺理论学会与武汉大学主办，武汉大学人文学院中文系承办。90 多位代表提交论文 100 多篇。徐中玉、郭豫适、蒋述卓等学者发言。

### 11 月

2 日　武汉大学中文系、《文艺研究》编辑部等单位在武汉联合举办“高新技术产业化时代文艺的发展问题”学术研讨会，50 余名专家、学者围绕高新技术时代文艺的发展方向及其特征、网络文化及信息技术革命对文艺功能的深刻影响、时代与艺术发展的矛盾关系等问题进行广泛研讨。

18—20 日　上海大学中文系在沪举办“全球化与中国现代文学研究的转变”国际学术研讨会，与会者就中国现代文学研究如何焕发“当代性”等问题展开讨论。

22—25 日　全国毛泽东文艺思想研究会 2001 年学术研讨会在南京召开。与会 40 余名代表围绕“毛泽东文艺思想与 21 世纪文学”这一主题展开。

### 12 月

1—2 日　《文学评论》编辑部、中国人民大学中文系在京共同举办“人的全面发展与文艺学建设”理论研讨会，五十余名专家学者讨论的议题是：人的全面发展问题与文艺学的理论创新；马克思主义思想的当代发展；人文关怀、人文理性与人的现代性；多元社会与复杂人格的文学表现方式；全球化时代东西方人性观在文学中的碰撞；传统与时代——人的发展与文学的发展；多媒体时代人的审美趋向与文化变异。

7—9 日　由深圳大学师范学院承办的“全国马列文论研究会第 18 届年会”在深圳召开，来自全国各省市的 65 位专家学者出席本次会议。围绕着马克思主义文化观、大众文化和经济全球化趋势对我国文化发展的影响等若干问题，代表们展开了热烈的讨论

18—22 日　中国文学艺术界联合会第七次全国代表大会、中国作家协会第六次全国代表大会于 2001 年 12 月 18 日在人民大会堂开幕。江泽民、李鹏等党和国家领导人出席。江泽民同志作重要讲话。周巍峙当选文联主席，97 岁的巴金老人第三次当选中国作协主席。

## 2002 年

### 3 月

27 日　由《文学评论》编辑部、南京大学中文系共同主办的“文学研究中的跨学科发展研讨会暨《文学评论》编委会”在南京召开，与会专家就以下四个方面，何谓文学研究中的跨学科发展及跨学科的几种分布方式、如何跨学科及跨学科的具体案例、跨学科的限度及方法论问题、跨学科的好处进行了讨论。

### 4 月

13—14 日　深圳大学文学院、《文学评论》杂志社在深圳联合召开“文艺与现代化学术研讨会”，与会代表对进入新世纪后，包括文学艺术在内的思想文化领域出现的一系列新的事态发展普遍表示了关注，学者们期望曾经对人类社会发展进程产生过积极影响的文学艺术在新世纪里会有更卓越的表现。研究文学艺术与现实的关系，最大限度地发掘现代化进程中文学艺术的积

极潜能，成为本次会议最重要的议题。

15—18日 由北京师范大学文艺学研究中心与湖南师范大学文学院联合召开的“全球化语境中的文学民族性问题”学术研讨会在长沙举行。来自全国各地高校的专家、学者近百人围绕全球性与民族性的关系、全球化与民族化的出路、文化与文学民族性及其创造性等议题展开讨论。

## 5月

8—12日 由复旦大学哲学系与《中国社会科学》共同主办的第二届全国“马克思哲学论坛”——“马克思的本体论思想及其当代意义”全国研讨会在上海举行。

14日 中共中央文献研究室、中国文学艺术界联合会、中国作家协会在京联合举行《毛泽东文艺论集》出版座谈会。

22日 中宣部、文化部等多家单位在京联合座谈会，纪念《在延安文艺座谈会上的讲话》发表60周年。

23—26日 全国毛泽东文艺思想研究会2002年学术年会在湖北省丹江口市召开，60多位专家围绕“毛泽东文艺思想与中国先进文化的当代前进方向”这一主题展开多方位多层次探讨，会议由全国毛泽东文艺思想研究会主办。

25—26日 由中国社会科学院文学研究所理论室、云南大学人文学院等单位联合召开的“文艺学与文化研究学术研讨会”在昆明召开，与会专家学者就文化研究与文艺研究、经济全球化与文化全球化与文化的民族性等问题进行了深入而热烈的讨论。

## 6月

16—18日 由广西师范大学中文系、《东方丛刊》编辑部发起主办的“学术期刊与文学研究的规范和创新学术研讨会”在桂林召开。

21—24日 由苏州大学主办的首届生态文艺学科建设研讨会在苏州举行。与会者认为生态文艺学的提出与建立对我国文论建设很有意义，对文学艺术的发展及社会思想文化的发展都将有积极贡献。作为一个新的突破点，生态文艺学也将推动实践美学的发展。

22—23日 “马克思主义与后现代主义”国际学术研讨会在武汉华中科技大学举行，来自海内外的四十余位学者参与此会。

22—28日 中国社会科学院文学研究所《文学评论》编辑部、哈尔滨师范大学中文系在哈尔滨联合主办“世纪之交文化转型与文学发展研讨会”。在反思、重建与前瞻的主题下，学者们重点就全球化语境下的中国文论建设、文化研究及其对文学研究的影响、关于当下文论语创作的困境及应对策略等问题进行了讨论。

24—27日 由《文学评论》编辑部和山东大学文学院联合举办的“中国文学现代转型与文学史重建学术讨论会”在济南召开。与会者从中国文学现代转型的形态分析、文学史重建、多样化、学术规范与理论自觉等方面进行探讨。

## 8月

2—12日 由中外文化文艺理论学会、陕西师范大学、新疆大学等单位主办的“全球化语境与民族文化、文学的前景国际学术研讨会”分两个阶段在陕西师范大学和新疆大学两校举办。会议的主题有三个:对全球化语境以及全球化概念的理解和态度;全球化语境下中国古代文论现代转换的命运及态度;树立自信的学术研究心态,坚持多元的学术研究方法。

15—18日　中国比较文学学会、江苏省社科联和江苏省比较文学学会联合主办,南京大学中文系、外语学院,南京师范大学文学院、外语学院合作承办等多家单位在南京联合举办中国比较文学学会第七届年会暨国际学术研讨会,会议为“新世纪之初:跨文化语境中的比较文学”。国际比较文学学会名誉主席、荷兰乌特勒支大学教授佛克马,国际比较文学学会主席、日本东京大学教授川本皓嗣,美国国家人文科学学会主席克莱斯•莱恩,美国印地安那大学和香港岭南大学教授欧阳桢,台湾大学英文系教授张汉良,美国加利福尼亚大学教授叶维廉,斯洛伐克著名汉学家马里安•高利克,新加坡国立大学中文系教授王润华以及来自英国、荷兰、新西兰、日本、印度、马来西亚等国的比较文学学者,应邀参加了会议。近300多名专家学者与会。

16—20日　中国《文心雕龙》学会第七届年会在河北省保定市河北大学召开。有80多位“龙学”研究者参加了此次盛会,在学会会长张少康教授和常务副会长詹福瑞教授的主持下,学会发展了新会员,并顺利地进行了学会改选,组成了新一届《文心雕龙》学会理事会。

21—26日　新疆大学、《文学评论》编辑部联合主办的中国现代文学理论学术研讨会在乌鲁木齐召开,70余位专家学者围绕中国现代文学批评理论的历史与现状、成绩与问题、开拓与创新,中国现代主要文学门类的批评理论,以及现代文学研究的其他热点问题进行了学术探讨,这是多年来现代文学研究界第一次以文学批评理论为主题召开的学术会议。

23—25日　由山东大学美学研究中心主办的“审美与艺术教育国际学术研讨会”在青岛举行。国内外百余位专家学者以“全球语境下的审美文化与艺术教育”为议题,围绕当代审美文化研究、文化产业中的审美活动、艺术教育的规律及特点、美育的社会功能与实践等前沿问题展开了讨论。

## 9月

20—24日　华东师范大学中文系、《文艺理论研究》杂志社等单位主办,吉首大学文学院承办的“21世纪中国文艺理论研究与创新研讨会”在湖南吉首市召开,与会40余名专家学者围绕新世纪中国文艺理论研究面对的现实困难,以及如何走出现实困境并谋求发展等一系列具体问题展开深入讨论。

22—26日　江西省南昌市召开“全球化语境下的中国当代文学理论建设与创新”学术讨论会。会议由山东大学文艺美学研究中心、中国人民大学中文系和北京师范大学文艺学研究中心三个全国文艺学重点学科联合主办,江西师范大学文学院具体承办。40余位专家学者针对当代中国文论与批评现状进行了深刻的反思,提出了全球化语境中的中国文论与批评建设的诸多意见。

## 10月

10—11日　由《文艺理论与批评》编辑部、西南师范大学中文系、四川大学文学院等单位主办的“人民美学与现代性”学术讨论会在重庆举行,与会者就重提“人民性”的现实意义与价值,建构“人民美学”的理论困境、人民美学的历史、人民美学与马克思主义的关系、人民美学的建构与发展方向、人民美学与现代性的关系等问题展开讨论。

### 11 月

8—10 日　中国当代文学研究会主办、广西师范大学中文系承办的中国当代文学研究会第12届年会在桂林召开，与会160多位专家学者围绕“新世纪文学的新格局”的问题，联系当下的文学创作与文学研究状况，就市场经济下的文学走向、文学批评的现状和当代文学的学科建设几个问题展开讨论。

### 12 月

1—3 日　江汉大学人文学院与武汉大学人文学院在武汉联合召开“文化生态变迁与文学艺术发展”学术研讨会，与会30余位专家、学者就马克思主义美学与生态的关系，生态批评与文化生态，20世纪中国文学生态意识，文化生态与近现代中国的文学自治思潮，生态批评的“两难处境”问题，道家文化的三大理论及其对生态文学的启发价值，当下语境中的生态批评等话题进行深入探讨。

12 日　《文艺研究》杂志社召开“文学艺术学科发展研讨会”，学者们就新的历史条件下文学艺术研究领域理论创新问题、文学艺术学科制度与批评体系的现状和前景、以及人文社科理论刊物如何与高校合作发展等话题进行了自由充分地对话。

22 日　“多元对话时代的文艺学建设——新理性精神与钱中文文艺理论研究”研讨会在中国人民大学召开。来自全国各地高校、科研院所的文艺理论界的知名专家、教授约60人参加了会议。会议主要围绕着新理性精神与文学理论的发展、钱中文文艺理论研究及多元对话时代的文艺学建设与创新等三个议题展开。在钱中文先生70周年诞辰暨从事研究工作45年之际，《多元对话时代的文艺学建设——新理性精神与钱中文文艺理论研究》出版，这本文集一方面研讨近半个世纪以来钱中文先生的文艺思想的发展和他对中国当代文艺学的重大贡献，另一方面，与本书同题的学术讨论会就此机会邀请学界同仁来共同探讨多元对话时代我国文艺学的开拓、创新与发展。

## 2003 年

### 1 月

13 日　由东方出版社、湘潭大学共同举办的《比较文学与世界文学研究丛书》首发式暨学术座谈会在中国社会科学院外国文学研究所举行。丛书共6册，由季水河主编，乐黛云、吴元迈、董衡巽、杨义、陆建德等学者出席此次会议。

### 2 月

10 日　《中华读书报》发表欧阳友权题为《网络文学：技术乎？艺术乎？》，强调技术的因素比历史上任何一种文学都要多，因而容易出现只见网络而没有文学的现象，宽容乃至助长了技术主义和工具理性,以技术审美代替艺术审美性。此后张晖等人著文提出不同看法。

## 3 月

30 日　山东师范大学李衍柱教授新著《路与灯——文艺学建设问题研究》学术研讨会在北京大学举行。研讨会由北京大学出版社与山东师范大学文学院联合举办。60 余名专家学者与会。会议由北大出版社乔征胜编审、北大王岳川教授、山东师范大学周均平教授共同主持。杜书瀛、汤学智、党圣元、童庆炳、程正民、胡经之、陆贵山、周忠厚、金元浦、李思孝、王宁等专家学者与会。

## 9 月

17—19 日　由《文学评论》编辑部和四川师范大学文学院共同主办的“中国现代诗学研讨会”在成都举行。来自全国 20 所大学与研究机构的 30 多位专家就近十年来中国现代诗学的研究现状与问题,现代诗学若干重要命题,现代诗学体系诸题及研究前景等,作了广泛深入地讨论,体现了中国现代诗学研究界的最新思维成果。

23 日　中国社会科学院文学研究所召开“中国社科院文学所建所 50 周年庆祝大会”,近 400 名专家学者与会。

## 10 月

19—23 日　由《文学评论》编辑部、中外传记文学研究会等单位联合主办的全国第八届中外传记文学学术研讨会在西安召开,此次会议的主题是“传记文学与素质教育”。

30—11 月 1 日　由中国社会科学院《文学评论》杂志社与浙江大学中国现当代文学与文化研究所共同主办的“中国现当代历史题材创作国际学术研讨会”在浙江大学举行,国内外专家学者六十余人参加了会议。

24—27 日　中国社会科学院文学研究所于南阳师范学院在南阳市联合举办了“文论何为”学术研讨会。六十多位来自全国各地的专家学者出席了会议。与会者围绕全球化与中国文论的发展道路、西方思想的影响与中国文论的建构、日常生活的审美化与文化研究的兴起等问题展开了热烈讨论。张炯、党圣元、杜书瀛、毛崇杰、陆贵山、聂振斌等人与会并发言。

25—26 日　华中师范大学、中华美学学会等单位联合举办的全国东方美学学术研讨会在华中师范大学召开。来自全国各地的东方美学专家就东方美学发展中的重要问题进行了热烈讨论。

本月　“施蛰存、徐中玉学术思想研讨会”在上海举行。王运熙、钱中文、钱谷融、胡经之等近 200 位专家学者参加此次学术思想研讨会。施蛰存主编的《词学》、徐中玉主编的《文艺理论研究》是学术界比较观注的杂志。

## 11 月

2 日　人大复印资料《文艺理论》编辑部、《文艺研究》编辑部与首都师范大学文学院在京联合召开“日常生活审美化与文艺学美学学科”研讨会,与会者就我国文艺学学科的研究现状、问题及未来发展等进行了广泛讨论。

8 日 “‘俄罗斯形式学派学术研讨会’筹划会并 20 世纪俄罗斯文论关键词写作讨论会”在北京师范大学举行。此次会议由中国社会科学院外国文学研究所文艺理论室和“文学理论研究中心”主办。40 多位专家学者与会。外国文学研究所文艺理论室副主任吴晓主持，周启超讲述了本会的宗旨，钱中文等与会并发言。

15 日 为庆祝文坛巨匠巴金百年华诞，中国现代文学馆于 15 日举行“巴金百岁喜庆艺术大展”，贾庆林、刘云山等领导人出席。

16—18 日 苏州大学、华东师范大学、《文艺理论研究》编辑部等单位合作举办的“文艺理论视野中的中国问题”研讨会在苏州召开。徐中玉、钱谷融、张德林、朱立元等 40 余名专家学者就中国文论是否存在“中国性”问题、中国现代性和理论原理建设问题、文学性和艺术生活化问题、文艺生态等问题展开了热烈讨论。

本月 《文艺研究》杂志社召开“日常生活的审美化与文艺学的学科反思”国际学术讨论会。关于文艺学的学科边界的问题引起与会者激烈争论。

19 日 华东师范大学施蛰存教授在沪逝世，享年 99 岁。

17—19 日 第七届巴金国际学术研讨会在成都举行。

21—24 日 全国马克思主义文论学会第 20 届年会暨国外马克思主义文论与中国文论建设学术研讨会在西南师范大学举行。60 余位代表参加，吴元迈、李思孝、谭好哲、冯宪光等在研讨会上发言。

30 日 由中国人民大学国家级重点学科发起并与中国出版工作者协会和《中国电子与网络出版》杂志社联合主办的“多媒体文化艺术——中国多媒体电子出版物十年历程学术研讨会”在中国人民大学举行。

## 12 月

3—4 日 “第四届全国文艺学及相关学科建设研讨会”在广州暨南大学召开，来自全国文艺学及相关学科领域的 70 多位学者、专家参加了会议。会议的中心议题是“文艺学学科的拓展与边界”，会议着重探讨当下文艺学学科建设、文艺学与相关学科的关系等问题。

4 日 苏州大学钱仲联教授逝世，享年 96 岁。

6—8 日 由中华美学学会、中国中外文艺理论学会等单位联合发起主办的“全国美学与文艺学前沿问题学术研讨会”在威海市召开。这是一次别开生面的跨学科的学术研讨会。会议交流美学与文艺学信息，探讨美学与文艺学中的新问题，力求二者走向互补、交融与创新。

7—10 日 上海师范大学人文与传播学院、湛江师范学院中文系等单位在湛江举办“都市文化和都市文学”学术研讨会。会议就都市文化与都市文学的定位与研究的意义、都市文化的表现形态与精神灵魂、对都市文化价值取向的不同姿态、都市文学历史勾勒与当代文本研究等问题展开讨论。

本月中旬 全国马克思主义文论学会第二十届年会暨“国外马克思主义文论与中国文论建设”学术研讨会在重庆西南师范大学文学院举行。来自中国社会科学院、北京大学、中国人民大学、北京师范大学、四川大学等高校和科研机构的代表出席了这次年会和研讨会。马列文论学会会长、中国社会科学院外文所研究员吴元迈致开幕词并在大会上作了学术报告。外文所副研究员、马列文论学会理事吴晓都以"新俄国文化诗学走向概评兼论文化诗学的构建"为题作了大会学术发言。与会者围绕国外马克思主义文论现状、发展趋势以及中国新世纪文论建设的有关学术问题展开了热烈而深入的研讨与对话。

26—28日　在毛泽东同志诞辰110周年之际，由华中师范大学文学院等单位主办的"毛泽东文艺思想和20世纪中国文学理论批评国际学术研讨会"在华中师范大学和三峡大学举行。国内外80余名专家、学者就以下几个问题发表了自己的看法。一、毛泽东文艺思想的本体研究。二、毛泽东文艺思想对20世纪中国文学的影响。三、毛泽东文艺思想所涉及的一些带有普遍性的文艺问题特别是文艺和政治的关系问题。

29日　"著名文艺理论家林焕平学术思想研讨会"在广西师范大学举行。

## 2004年

### 1月

7—9日　由汕头大学和中国现代文学研究会联合举办的"全球化语境下的中国现当代文学国际学术研讨会"在汕头大学召开。国内外120余名学者就若干问题展开讨论。会议讨论问题有，全球化语境下的现当代文学研究、中国现代文学教学研究、中国现代文学与当代文学的互动研究、中国现代文学与外国文学的互动性研究等。

9—11日　中国社会科学院外国文学研究所文艺理论研究室和文学研究所文艺理论研究室联合成立了"文学理论研究中心"。9日至11日，该中心在京举办成立大会暨首届学术研讨会。成立大会由外文所副所长陈众议主持。近百名专家到会祝贺。会议主题为"跨文化的文学理论:问题与前景"。此次会议的议题主要有：一、当代中国文学理论所面临的挑战与我们的应对策略。二、跨文化视野中的文学理论、思想资源、发育空间、研究路径。三、现代外国文论关键词研究构想与中国文论关键词研究基本思路。四、近年来国外文学理论教材的最新状况与当下国内文学理论教材建设迫切问题。

### 3月

14—18日　第四届国际传记研讨会于香港中文大学英语系召开。70多名来自世界各地的专家与会，会议议题是"居住在多维世界中——(反)全球化时代的传记"。具体议题涉及移民的自我、散居的自我，尤其是散居的中国人；作为自传和传记的旅行写作，包括日记和书信等；电子自我和在线的全球化身份；全球化媒体——电影、录像、电视、网络和身份构建；以及多语的自我等等。

26—28日　由中国社会科学院世界文明比较研究中心、国际符号学学会主办，南京师范大学外语学院协办的"符号学与人文科学国际研讨会"在北京举行。

31日　按照中共中央关于坚持科学的发展观和促进文化发展的精神，文化部长孙家正邀请在京的哲学、艺术学部分专家就"文化建设与发展"问题举行座谈。

## 4月

10日 《文学评论》编辑部、首都师范大学文艺学重点学科、《文学前沿》编辑部等单位，在北京联合主办了“身体写作与消费时代的文化症状”学术讨论会。会议就商品化、消费主义潮流不断向文化文学领域深入、文学中部分写作经历着由形而上向形而下、从上半身滑向下半身的运动等文化现象展开研讨。对“身体写作”的评价问题是本次会议有争议的热点之一。

23日 翻译家、《读书》创始人冯亦代逝世，享年92岁。

## 5月

27—29日 由南京大学英语系、香港大学英文系和美国《疆界2》杂志编辑部联合主办的“当代文学文化国际学术研讨会”在南京大学举行，海内外40余名学者与会。

## 6月

6—8日 由武汉大学文学院和《文学评论》编辑部共同主办的“技术化社会与汉语文学的文学性”学术研讨会在武汉大学举行。中、日、韩等地学者60余人主要围绕文学与技术理性和人文精神的关系、文学的文学性、汉语文学的语言特性等问题展开讨论，这是两年前“高新技术产业化时代文学和文学的发展”研讨会的继续和深入，也是对目前学术界关注的“文学性”、“技术理性”、“人文精神”等热点问题的积极介入。

6日 “全球化与本土化国际学术会议”在郑州大学召开，著名西方马克思主义研究学者詹姆逊与会。他认为，经济全球化不应当是文化霸权、而应当是文化的多样化。

10日 中国人民大学出版社与人大中文系联合推出了四卷本《詹姆逊文集》。10日，由中国人民大学主办的“‘詹姆逊与中国’学术研讨会暨詹姆逊(四卷本)文集首发式”召开。本次研讨会围绕“詹姆逊与中国的现代化”、“詹姆逊与中国的文化研究”这几个核心问题进行。

8—11日 由中国中外文艺理论学会与中国人民大学中文系主办、清华大学比较文学与文化研究中心等多家单位参与协办的“多元对话语境中的文学理论建构国际研讨会暨中国中外文艺理论学会第三届代表会议”在中国人民大学召开。来自国内外的三百余名专家学者参加了会议。会议从中外文艺理论多元发展的宏观大局着手主要围绕着当代文论遭遇的危机来展开讨论。与会者们把目光聚焦在边缘化、边界、文化研究等关键词上，努力寻求我国当代文艺理论的出路，以推动中国文学研究与文化研究的创新和发展，促进中国文艺理论与实践的交流。

12—14日 由清华大学和比较文学与文化研究中心联合发展并主办的“批评探索:理论的终结?”国际研讨会在北京举行。参加单位有国际文学理论学会、美国芝加哥大学《批评探索》杂志以及中国中外文艺理论学会等单位。一大批国际文学理论和比较文学研究领域的权威专家出席会议。会议主要围绕如下几个论题进行讨论。当代文学理论的反思；一种阐释理论以沟通东西方；全球化语境下的文学研究；从中国的视角阐释西方文学；从西方的视角阐释中国文学；文学文本的语象阐释；现代性和后现代性重新阐释；后殖民及流散文学的重新阐释；面对文化研究冲击下的文学理论之未来前景；市场经济大潮下的学术期刊质量的提升等。

14—17 日　由中南大学文学院、《文学评论》编辑部、《文艺理论与批评》编辑部联合举办的“网络文学与数字文化”学术研讨会在长沙召开，近百名专家学者与会。会议围绕网络文学的性质、定位、价值导向等问题展开了广泛的交流和讨论，对数字技术时代的社会文化转型、网络图像化审美嬗变等问题进行了深入探讨。

19—20 日　由中国中外文艺理论学会、中国社会科学院文学理论研究中心、河北教育出版社、湘潭大学四家单位主办，湘潭大学文学与新闻学院承办的“巴赫金学术思想国际研讨会”在湖南湘潭市举行。来自俄、美、中等地的 40 多位专家学者出席了会议，就巴赫金的学术思想、在世界范围内的传播与影响、巴赫金与新世纪中国人文学科等重要理论问题展开讨论。

25—27 日　中华美学学会第六届全国美学大会暨“全球化与中国美学”学术研讨会在长春市举行，本次会议由中华美学学会、吉林大学文学院和中国文化研究所联合主办。与会代表围绕主题从多方面展开讨论。主要论题有：全球化背景下的美学和艺术学研究、中国传统美学及其现代意义、全球化时代的媒介和审美文化批评等。

27 日　由北京师范大学文艺学研究中心、文学院、美国加州大学(戴维营分校)东亚学系比较文学研究中心主办的“全球化时代的文学研究”国际学术研讨会在北京师范大学召开。50 多位中外学者参加此次会议。会议强调，社会人文学科要适应新时代的变化。

28—30 日　《文学评论》编辑部、四川大学文学与新闻传播学院以及四川师范大学在成都联合召开了全国“消费时代的文学与文化研究”学术讨论会。来自全国各地的 80 余名学者参加了会议。与会者就当前中国消费社会与消费文化中的种种现象和所面临的问题进行了讨论。主要议题有如何理解“消费主义”与“消费文化”、文学与美学的边界及其走向、如何看待“欲望”与“身体”、对消费文化的现象与个案的研究等。

## 7 月

5—9 日　厦门大学中文系、《文艺研究》编辑部等单位在厦门大学联合主办了“现代性与 20 世纪中国文艺思潮”全国研讨会。40 余名专家学者与会。

本月　由“发展妇女和社会性别在文学文化中的学术建设项目组”主办，陕西师范大学妇女文化博物馆、陕西师范大学文学院承办的“女性文学与文化学科建设国际学术研讨会”在陕西师范大学举行。50 余名代表出席会议。学者们就女性文学批评基础理论，高校女性文学教学方法，性别文化与现代教学手段主题进行了研讨。

24—27 日　《外国文学评论》杂志与苏州大学在苏州联合主办“外国文学与本土视角”学术研讨会，170 多位学者与会。中国社会科学院外国文学研究所所长黄宝生致开幕词，盛宁、王守仁、郭宏安、欧鎁、王腊宝等学者与会发言。会议的议题有：全球化进程中的外国文学与现代价值观；当代文化的多元性与民族文学、民族文化的前景；当代文学的生存方式与大多消费文化市场之间的关系；城市文学与乡土文学以及生态批评；文学翻译与外国文化的传播等。

25—30 日　全国“文化研究中的话语实践”学术研讨会在乌鲁木齐举行。此次会议由湖南科技大学外国语学院与新疆大学外国语学院和《外国文学》杂志社联合承办，40 多个单位的 60 多名学者专家与会。赵一凡以“西方学术生态散论”作了主题发言。王宁发言的标题是“马克思主义与全球化理论的建构”。研讨会的主题有：全球化与文化研究；翻译的文化政治；理论还剩下什么;现代主义文学与现代性;少数族裔文学研究等。

7月31日—8月2日　由《文学评论》编辑部等多家单位为纪念第一部《中国文学史》问世一百周年主办的“文学观念与文学史”学术研讨会在河北承德召开。40多位专家学者围绕百年来中国文学史研究与写作等问题进行了广泛而热烈的讨论。对文学观念的严谨与百年文学史写作实践、文学史研究与写作的界域、类型与规范、文学史研究与写作的走向等问题提出许多富有创见的观点。

## 8月

6日　由中国艺术研究院主办、中国艺术研究院马克思主义文艺理论研究所承办的“邓小平文艺理论与中国特色社会主义文化建设”研讨会在北京中国艺术研究院召开。

8日—15日　国际比较文学学会在香港召开第17届年会,中国学者乐黛云等参加会议。

## 9月

15日　中国社会科学院纪念冯至诞辰百年。

18—20日　山东大学文艺美学研究中心、山东大学文学与新闻传播学院、曲阜师范大学共同主办的“全国审美文化学术研讨会”在山东日照举行,40余名专家与会。

18—20日　由中国社会科学院哲学研究所美学研究室和北京第二外国语大学跨文化研究所合作召开了以“实践美学的反思与展望国际学术研讨会”,李泽厚、聂振斌、滕守尧等学者出席。

21—24日　由山东大学举办的第13届世界华文文学国际研讨会,于9月21至24日在山东威海举行,饶芃子、张炯等专家主持会议,90多学者与会。围绕“多元化语境中的华文文学”议题展开学术讨论。

25—26日　“比较文学与比较文化国际学术研讨会暨四川省第六届比较文学年会”在四川乐山举行,110名学者与会。

## 10月

6—9日　由东北师范大学文学院主办、《文艺争鸣》杂志社协办的“全球化语境下的中国文学理论及文学批评发展状况”学术研讨会在长春召开。

8—9日　由上海社会科学院上海研究中心、中共上海市委党校哲学部联合举办的“马克思主义与当代文化建设”学术研讨会在上海社会科学院举行,英国拉夫堡大学社会科学系默多克教授等学者参加了研讨会。默多克提出“现代性已死”的重要命题,反思现代性。

15—18日　由中山大学现象学研究所和中国现象学专业委员会共同主办的“现象学与伦理国际学术研讨会暨第十届中国现象学年会”在广州召开,与会代表30余名。

21—22日　广西民族学院承办的“全国第三届生态美学学术研讨会”在广西民族学院召开。60多位学者与会。

23日　法国当代著名哲学家、解构主义理论思潮的鼻祖雅克·德里达于10月8日逝世,在国际学界产生了极大的反响。清华大学比较文学与文化研究中心发起主办的“德里达与中国:

解构批评与思考”学术研讨会在北京举行,80多位专家学者出席研讨会。专家学者们认为,德里达在20世纪的哲学界与文学理论界乃至国际思想界,其影响都是巨大的。他虽然是个有争议的人物,但他的逝世是整个人类思想界和理论界的重大损失。

30—31日　由《文学评论》杂志社和复旦大学中文系文艺学博士点联合举办的“全球化语境下的文艺学应对策略”学术研讨会在复旦大学举行。与会学者就“全球化文化语境与文艺学研究范式的变迁”等前沿问题进行探讨。

### 11月

6日　中国作协理论与批评委员会召开“2004年文学理论与批评回顾”研讨会。

14日　由首都师范大学文学院与《文艺研究》编辑部联合主办的“本体意识与世界视野——重建中国文学史理论体系学术研讨会”在京举行。

13—14日　由湖南师范大学文学院与《文艺研究》编辑部共同举办的“当前现实与文艺理论的发展”学术研讨会在长沙召开,三十多位学者与会。

20日　第四届中国文联文艺评论奖颁奖式在渝举行。南帆、陶东风的理论文章获奖。

### 12月

10日　中国社会科学院文学研究所研究员、原《文学评论》主编侯敏泽同志在京逝世,享年78岁。

21日　“中央实施马克思主义理论研究和建设工程”文学组第一次全国学术研讨会在马克思主义文艺理论首席专家童庆炳主持下在江西师范大学召开。会议对当前中国文学创作现状、中国文学理论与批评现状、中国高校文学理论教材与教学现状和马克思主义文学理论等四个调查研究报告进行了讨论。文学课题组的任务是,全面研究新时期以来文学与文学理论的创新发展,对所取得的最新成果进行调研总结,在此基础上编写出以马克思主义理论为指导的、反映当代文学和文学理论最新成果的新编文学理论教材,供全国高校使用。

## 2005年

### 1月

29—30日　由中国传播大学文学院和《文学评论》编辑部联合主办的“交叉与融通:文艺学学科建设2005高峰论坛”在京召开。

### 3月

4—7日　由《文学评论》、《文学遗产》杂志社、郑州大学文学院举办的“文学——文化研究与学科建设学术研讨会”于在郑州大学召开。50名学者与会,大会就文学与文化研究的历史、现状、意义与价值以及相关的学科建设问题进行研讨。

7—9日　“耶鲁论坛:比较视野中的传统与现代北大—耶鲁论坛”在北京大学举行。

## 5 月

23—26 日　“杜威思想的当代意义国际学术研讨会”在复旦大学召开。

## 6 月

18—20 日　由哈佛大学东亚系、哥伦比亚大学东亚系和苏州大学海外教育学院联合主办的第三届国际青年学者汉学会议在苏州大学举行。会议主题是“文学行旅与世界想象”。杨义、范伯群、王晓明、王德威等中外学者与会并发言。

18—21 日　由西北大学文学院承办的“中国文学理论第 14 届年会暨国际学术研讨会”在西安召开，100 多位代表与会。大会分两场大会报告与多场小组讨论，内容涉及中国古代文学理论的诸多问题。

21 日　中国社会科学院哲学研究所主办的“当代西方思潮与马克思主义国际学术研讨会”在京举行，邀请四位西方左翼学者与会发表演讲并与中国学者进行讨论。

26—28 日　由华中师范大学文学院主办“文学批评与文化批判”国际学术研讨会在华中师范大学举行。80 余名中外学者出席了会议。美国著名马克思主义批评家弗雷德里克·詹姆逊因身体原因未能出席大会，但提交了《什么是辩证法？》的论文。

## 8 月

13—16 日　中国比较文学学会第八届年会暨国际学术研讨会在深圳大学举行。来自海内外的 300 多名知名学者云集深圳，国际比较文学学会前主席杜威·佛克马，中国比较文学学会会长乐黛云等到会，学会创始人之一、94 岁高龄的季羡林先生发来祝辞。

19—22 日　山东大学文艺美学研究中心在青岛主办了“人与自然：当代生态文明视野中的美学与文学国际学术研讨会”，与会者中外学者约 170 名。大会收到论文 90 多篇。会议议题有，中国当下生态文学与生态美学研究态势；西方生态批评和环境美学；中国生态智慧和生态文化；生态伦理和生态美学。

## 10 月

16—19 日　由中华美学学会主办、徐州师范大学承办的“美学在中国与中国美学学术研讨会”在徐州举行。

17 日　中国作家协会主席巴金同志在上海逝世，享年 101 岁。

18 日　意大利语言文学研究学者、翻译家吕同六在京逝世，享年 67 岁。

28 日　由上海高校都市文化研究院等多家单位主办的“现代消费伦理与都市文化研究学术研讨会”在上海师范大学举行。

10 月 31 日—11 月 2 日　“文学伦理学批评：文学研究方法新探讨”全国学术研讨会在华中师范大学举行。此次会议由《外国文学研究》杂志社等多家单位联合主办，150 多位专家学者与会。会议围绕伦理学批评方法与外国文学经典作品的解读、文学存在的价值判断与伦理批评、文学批评的道德责任、伦理学批评方法同其他批评方法的融合等议题展开。

### 11 月

10—12 日　华中师范大学召开“第二届全国叙事学”研讨会。

24—25 日　复旦大学当代国外马克思主义研究中心和法国巴黎第十大学《今日马克思》杂志社共同举办的“马克思主义与我们的时代”国际学术研讨会在复旦大学举行。

## 2006 年

### 7 月

16—19 日　“新世纪文艺学的发展走向”学术研讨会，在湖北省郧阳师范高等专科学校举行。来自京、沪、鄂等地的 60 余位专家学者参加会议。

### 8 月

12—14 日　由清华大学外语系主办的“翻译全球文化：走向跨学科的理论建构”国际研讨会于在北京举行。参加协办本次研讨会的单位有国际文学理论学会、美国华盛顿大学人文科学研究中心和国际学者研究院等单位。出席研讨会的近 100 位代表，其中还有一大批国际文化理论、翻译理论和比较文学研究领域的权威专家学者。

### 9 月

21 日　中国艺术研究院马克思主义理论研究所创立 20 周年暨《文艺理论与批评》杂志创刊 20 周年纪念研讨会在北京召开。贺敬之、魏巍、严昭柱、丁振海、李希凡、康式昭等 70 多位专家和学者出席了会议。

25—28 日　由华中科技大学中文系主办的“中国 20 世纪文学与科学”学术研讨会在湖北省神农架召开。近 30 位专家学者到会发言，并就“中国 20 世纪文学与科学之相互关系”这一会议主题展开讨论。

### 10 月

6—8 日　由美国杜克大学和中国清华大学共同发起主办的第四届中美比较文学双边讨论会在美国杜克大学举行。本次会议讨论的主题为“文学与视觉文化：中国视角与美国视角”，试图检视在中国和美国的文化语境下文学和视觉文化的重要地位和最新发展，这对当今的全球化时代的信息化、视觉文化和文学研究无疑有着重要的意义。中方代表团由清华大学王宁教授领衔。开幕式致辞后，詹姆逊和王宁分别作主题发言。中方代表成员有陈永国、周宪、周宁、胡亚敏、王逢振等。

19 日　为纪念马克思文艺理论家、美学家蔡仪先生诞辰 100 周年，由中国社会科学院文学研究所、深圳大学文学院、上海社会科学院三家单位联合主办的“蔡仪学术思想研讨会”在京召开。

20—22 日　北京大学召开“东方文学学科发展史学术研讨会”。

20—22 日　由中国社会科学院文学研究所承办的"马克思主义美学与当代中国和谐社会建设"学术研讨会于在北京召开，80 多名学者参加了会议。会议就"马克思主义美学在当代中国的理论创新"、"马克思主义美学与当代中国和谐社会建设"、"马克思主义美学在当代世界的发展"、"马克思主义美学在中国的发展以及老一辈美学家在中国美学发展中的贡献"等议题进行研讨。

26—27 日　全国马克思主义文艺论著研究会第 23 届年会暨马克思主义与文化研究国际学术研讨会在湖南湘潭大学召开。与会代表 70 余人。吴元迈致开幕辞，吴介民等发言。

28—30 日　中国社会科学院外文所《外国文学评论》编辑部与厦门大学外文学院在厦门大学联合召开"与经典对话"全国学术研讨会，与会代表 170 余名，代表们就"经典作家和经典作品的学术研究史的回顾与反思"、"文化的多元性与经典的普世性"等问题交流看法。

## 11 月

10—14 日　中国文学艺术界联合会第八次全国代表大会、中国作家协会第七次全国代表大会于 11 月 10 日上午在北京人民大会堂开幕。胡锦涛同志在会上发表重要讲话。他指出，文艺工作，是党和人民事业的重要组成部分，在党和人民事业发展中具有十分重要的地位。党和国家领导人吴邦国、温家宝、贾庆林、曾庆红、吴官正、李长春、罗干等出席开幕式。中国文联主席周巍峙致开幕辞。

12 日　中国文学艺术界联合会第八届全国委员会第一次会议在京举行，孙家正当选新一届中国文联主席。周巍峙被推举为中国文联名誉主席。

12 日　中国作家协会第七届全国委员会第一次会议在北京举行，铁凝当选新一届中国作协主席。

13 日　中国社会科学院文学研究所原所长、研究员许觉民同志在京逝世，享年 85 岁。